# 岭上开遍映山红

——六安脱贫攻坚报告文学集

六安市作家协会
六安市扶贫开发局 / 编著

团结出版社

UNITY PRESS

**图书在版编目(CIP)数据**

岭上开遍映山红：六安脱贫攻坚报告文学集 / 六安市作家协会，六安市扶贫开发局编著. —— 北京：团结出版社，2021.4

ISBN 978-7-5126-8685-4

Ⅰ.①岭… Ⅱ.①六… ②六… Ⅲ.①报告文学-作品集-中国-当代 Ⅳ.①I25

中国版本图书馆 CIP 数据核字(2021)第 046354 号

出　　版：团结出版社

　　　　　（北京市东城区东皇城根南街 84 号　邮编：100006）

电　　话：(010) 65228880　65244790

网　　址：www.tjpress.com

E - mail：65244790@163.com

经　　销：全国新华书店

出版策划：成都力扬文化传播有限公司　028-86965206

印　　刷：成都兴怡包装装潢有限公司

开　　本：170mm×240mm　1/16

印　　张：30

字　　数：600 千字

版　　次：2021 年 4 月第 1 版

印　　次：2021 年 4 月第 1 次印刷

书　　号：ISBN 978-7-5126-8685-4

定　　价：98.00 元

# 习近平总书记考察大湾村的讲话

2016 年 4 月 24 日，习近平总书记考察安徽省六安市金寨县大湾村在座谈时指出：

脱贫攻坚已进入啃硬骨头、攻坚拔寨的冲刺阶段，必须横下一条心来抓。要强化目标责任，坚持精准扶贫，认真落实每一个项目、每一项措施，全力做好脱贫攻坚工作，以行动兑现对人民的承诺。

（据新华网北京 4 月 24 日电）

# 编纂委员会

# 《岭上开遍映山红》 序

中共安徽省委常委、六安市委书记　孙云飞
安徽省六安市人民政府市长　　　叶露中

巍巍大别山，主峰在六安；绵延八百里，横亘鄂豫皖。这里是红军的故乡、将军的摇篮，是没有围墙的红色博物馆。在新民主主义革命时期，六安30年革命红旗不倒、20年武装斗争不断、30万先烈为国捐躯，18支师级以上红军部队诞生或重建于此，108位开国将军同一个故乡，六安作为中国革命的重要策源地、人民军队的重要发源地，留下了刘伯承、邓小平、徐向前等老一辈无产阶级革命家的战斗足迹，见证了血雨腥风的峥嵘岁月，演绎了世代传承的红色经典，铸就了"坚贞忠诚、牺牲奉献、万众一心、永跟党走"的大别山精神。

青山遍洒英雄血，始得逢春万壑红。积贫积弱、久困于穷一度是六安的代名词，党和国家没有忘记这方英雄而苦难的土地。集革命老区、山区、库区和沿淮行蓄洪区为一体的六安，历来是国家扶贫开发的重点区域。全市所辖4县3区中，金寨县、霍邱县被列入大别山集中连片特困地区（同时也是国家级贫困县和省级深度贫困县），舒城县、裕安区为国家级贫困县，金安区为省级贫困县，叶集区比照享受省级贫困县待遇。2015年底，全市贫困村442个、贫困人口46.72万人、贫困发生率9.01%。多年来，600万六安人民沐浴红色基因、传承忠诚底色，市委、市政府带领广大干群，始终为了改善老区人民的生活质量、提升老区人民的幸福指数而努力奋斗。

脱贫攻坚战斗忙，领袖光辉照山乡。2016年4月，中共中央总书记、国家主席、中央军委主席习近平到安徽考察时，第一站就来到六安市金寨县并向革命烈士纪念塔敬献花篮。在瞻仰、参观了红军纪念堂、红军广场和革命博物馆后，习近平总书记又冒着霏霏细雨来到花石乡大湾村走访村民，与他们共话民生民情民忧、共商脱贫攻坚大计。对于大别山革命老区的脱贫攻坚工作，习近平总书记指示："脱贫攻坚已进入啃硬骨头、攻坚拔寨的冲刺阶段，必须横下一条心来抓。要强化目标责任，坚持精准扶贫，认真落实每一个项目、每一项措施，全力做好脱贫攻坚工作，以行动兑现对人民的承诺。"总书记曾经强调"全面建成小康社会，一个不能少，特别是不能忘了老区""各级党委和政府要怀着对人民的热爱、按照党中央提出的精准扶贫要求，打好脱贫攻坚战，让老区人民过上幸福美好生活。"

省委书记李锦斌在 2020 年安徽省"两会"期间指出，"六安脱贫攻坚工作，习近平总书记高度关心，全省上下高度关切，社会各界高度关注，如期打赢脱贫攻坚战具有政治意义、示范意义和现实意义。今年是全面建成小康社会收官之年，也是脱贫攻坚决战决胜之年，要坚定必胜的信心和一鼓作气的决心，尽锐出战、迎难而上，不获全胜、决不收兵。"

六安市牢牢把握习近平总书记关于老区脱贫攻坚的殷殷嘱托，严格落实李锦斌书记对六安脱贫攻坚工作的部署要求，始终以脱贫攻坚统揽经济社会各项工作、以各项工作整体联动保障精准扶贫精准脱贫，紧紧围绕"稳定脱贫奔小康，绿色减贫促振兴"，努力实现按期脱贫、真实脱贫、稳定脱贫、绿色脱贫、全面脱贫。截至 2019 年底，全市贫困人口由 2014 年的 70.96 万人降至 1.15 万人，贫困发生率由 13.84% 降至 0.23%，所有贫困村全部出列、所有贫困县区全部摘帽。2016 至 2019 年，我市在全省脱贫攻坚成效考核中，分别位居第六、第三、第二和第一位，呈现出一年比一年有进步、一年比一年有提高的良好态势，2018 年、2019 年更是连续两年荣获全国脱贫攻坚组织创新奖。

万众一心加油干，越是艰险越向前。2020 年是脱贫攻坚决战之年、全面建成小康社会决胜之年，也是新冠疫情肆虐和洪涝灾害泛滥的一年。受各种因素叠加影响，收官之年的脱贫攻坚工作阻碍重重、异常艰难。全市上下以学习贯彻习近平总书记重要讲话精神为强大动力和行动指南，保持尽锐出战、越战越勇的强劲攻势，强化不获全胜、决不收兵的攻坚定力，坚定信心、下定决心，坚决打好防控疫情影响风险"阻击战"、全面完成脱贫任务"歼灭战"、聚力攻克重点堡垒"强攻战"、深入推进减贫工作"接续战"，向历史性解决革命老区群众的绝对贫困问题发起全面总攻，取得了令人瞩目的成绩，无数党员干部、贫困群众在这场没有硝烟的战争中，谱写了可歌可泣的战斗壮歌。

"脱贫攻坚不仅要做得好，而且要讲得好。要重点宣传党中央关于脱贫攻坚的决策部署，宣传各地区各部门统筹推进疫情防控和脱贫攻坚工作的新举措、好办法，宣传基层扶贫干部的典型事迹和贫困地区人民群众艰苦奋斗的感人故事"。值此纪念习近平总书记视察安徽视察金寨五周年之际，六安市作家协会、六安市扶贫开发局怀着无比崇敬的心情、抱着实事求是的态度，严格按照习近平总书记指示要求，认真组织编写《岭上开遍映山红——六安脱贫攻坚报告文学集》，这里有善作为、敢闯敢干带民致富的产业发展带头人；这里有勇担当、做广大群众的贴心人，从大处着眼，从小处着手，努力解决群众身边的操心事、烦心事、揪心事；这里有想群众所想、急群众所急，用情、用心、用力把为民情怀厚植于真抓实干的扶贫工作之中的"领头羊"党支部；这里有"村民不脱贫我就不撤岗"的扶贫队长、守初心担使命的"铁腿"女干部、"带着二孩上战场"的警官……一个个熟悉的名字背后，都有一串串感人的故事，他们始终用青春、用热血践行着对革命老区贫困群众的庄严承诺。

《岭上开遍映山红——六安脱贫攻坚报告文学集》的出版与发行，旨在反映总结六安市脱贫攻坚事业所取得的历史性成就，反映脱贫攻坚工作过程中涌现的先进人物、典型事迹、感人故事，反映各级领导干部、驻村工作队、基层干部等在脱贫攻坚一线开展精准帮扶的生动场景，反映社会各界对贫困对象的帮扶情况等等。希望该书进一步激活老区人民的红色基因，激励大家坚守初心使命、学习先进典型，以不停顿、不大意、不放松的斗争精神，坚决如期兑现"不让一名贫困群众在全面小康中掉队"的庄严承诺，努力向党中央、省委和全市人民交上一份合格的答卷。

喜看老区焕新姿，岭上开遍映山红。告别绝对贫困，脱贫摘帽不是终点，而是新生活、新奋斗的起点，让我们在以习近平同志为核心的党中央领导下，以更加饱满的热情投身到乡村振兴大业中去，让老区群众的幸福指数节节攀升。

2021 年元月

# 目 录

## 霍 山

## 舒 城

## 叶　集

# 金　寨

岭上开遍映山红
——六安脱贫攻坚
报告文学集

# 岭上开遍映山红

### 汪锡文

金寨春天山清水秀，树绿花红，杜鹃花开，燕舞蝶飞，生机盎然，满目葱茏。

## （一）

2016 年 4 月 24 日是金寨县载入史册的日子；是金寨人民难以忘怀的日子；是大湾人欢天喜地的日子。

4 月 24 日上午，习近平总书记从北京到合肥，一下飞机驱车一个多小时来到金寨县红军广场。总书记沿着台阶拾级而上，缓步走到革命烈士纪念塔前肃立。巍峨的革命烈士纪念塔，在翠柏苍松的映衬下，显得分外庄严肃穆。气势宏伟的纪念塔上，刘伯承元帅题写的"燎原星火"四个大字熠熠生辉，敬献花篮在绵绵细雨中进行。总书记悉心整理花篮缎带，红色缎带上写着"革命烈士永垂不朽"。总书记面向革命纪念塔深深地鞠躬，表达了新时代我党领导核心、人民敬爱的领袖对革命烈士的深切缅怀和无限敬仰。接着瞻仰红军纪念堂。在吊唁大厅里，总书记凝望老红军照片、红军烈士英名录、红军雕塑以及在金寨组建和战斗过的 11 支成建制红军队伍序列表。在中国革命的光辉历史中，金寨县共有 10 万英雄儿女为革命光荣献身。总书记感慨万千，深情地说：一寸山河一寸血，一抔热土一抔魂。回想过去的烽火岁月，金寨人民以大无畏的牺牲精神，为中国革命事业建立了彪炳史册的功勋，我们要沿着革命前辈的足迹继续前行，把红色江山世世代代传下去。

## （二）

回望历史，1927 年 8 月 27 日，中共中央在湖北汉口召开紧急会议。毛泽东在发言中提出"须知政权是由枪杆子中取得的"著名论断。1925 年 5 月、11 月在皖西大地先后爆发了立夏节起义和六霍起义。在金寨境内诞生了红三十二师和红三十三师。金寨老百姓，跟党一条心。最后一个儿，送去当红军；最后一把米，慰劳子弟兵。金寨的每一寸土地都有先烈英勇战斗过的光辉足迹，每一个村庄都有前辈勇敢杀敌的传奇事故。"家家有红军、村村有烈士、乡乡有将军。"总书记说：这里是中国革命的重要策源地、人民军队的重要发源地。共和国从这里走出了59位开国将军。

1947年9月2日，千里跃进大别山的刘邓大军解放了立煌县城金家寨，改名金寨县。土地革命实现了"耕者有其田"，金寨人民开始过上安乐生活。

1950年夏季，淮河流域发大水。为根治淮河毛主席题词："一定要把淮河修好！"从1952年初开始，在淮河支流淠河、史河上游先后修建了佛子岭等5座水库，总库容量达到71亿立方米，而在金寨县内的梅山、响洪甸两大水库蓄水量高达49.72亿立方米。金寨县的金家寨、麻埠、流波磄三大重镇埋入水下，10万亩良田被淹，10万人迁移他乡。咚咚锵，咚咚锵，锣鼓敲得震天响，欢送老乡迁他乡。一步三回头，两眼泪汪汪。大车拉到淮河旁，烧稻草，住茅房，煮红芋，饹啦汤。响应号召为治淮，千难万难肩上扛。

淹没了大部分良田的金寨成了缺粮大县。每年县政府都要成立调粮指挥部，赶在大雪封山之前把几千万斤从外地调来的粮食，一车车地送往大山里头的各地粮站，以确保老百姓过冬和春季度荒。

无私奉献的金寨人民一直牵挂着习近平的心。早在上大学时，他特意抽出时间陪同母亲一道专程来看看金寨。

1987年金秋，中共金寨县委在燕子河区召开县区乡村四级干部大会。

燕子河拥有华东地区最后一片原始森林。长岭乡桐桃源村的古树群，渔潭大面积的野生核桃树，后畈一望无际的杉树林和杉树王，无不彰显着得天独厚的生态之美。白马寨（后改名天堂寨）鲍家窝两处国有林场，磨云山等48个集体林场，都是金山银山。集体山场到户之后，山定权，树定根，人定心。杜绝了乱砍滥伐，杜绝了毁林开荒。通过推广节能改灶，基本上杜绝了烧大柴。县委在燕子河召开现场推进会，向全县人民发出号召，禁止乱砍滥伐，禁止毁林开荒，禁止以木材为原材料的加工企业从事生产经营活动。同时禁止在水库、河流炸、电、毒鱼。当时曾有"上封山，下封水，中间封住了老百姓嘴"一说。县委要求转变发展思路，大力发展板栗、蚕桑、茶叶、毛竹、食用菌、中药材等山区特色经济。少生孩子多栽树，脱贫致富迈大步。

1988 年初夏，地、县、区三级书记登顶天堂寨，为林场由砍树造林转变为保护生态，发展旅游业拉开了大幕。

国家科委确定在金寨开展科技扶贫。县委提出"119 科技扶贫"口号。安徽农学院由教授带队在马鬃岭上的千坪村试种西洋参获得成功。在科技扶贫带动下，山区多种经济发展迅速，形成了一批示范基地。国家科委多次在金寨举办由外省山区县主要负责人参加的培训班。"少生孩子多栽树"受到中央领导肯定。

山区痴呆比较多，这是因为孕妇在怀孕期间缺碘所造成。山区患大脖子病的人比较多，也是因为生活中缺碘所致。解放军派来了一批又一批的医疗队，在医治各种疾病的同时，帮助全县推行婚检制度。从此山区很少有痴呆婴儿出生。

一个家庭要是有一个痴呆或有一人患上地方病，这样的家庭岂能不贫？文革动乱期间，外迁移民纷纷返回。他们一无田、二无地、三无房，生活极其艰难。

2011 年金寨县被确定为大别山片区脱贫攻坚重点县。党的十八大以来，金寨的发展进入快车道。一座新城拔地而起，城乡面貌发生了很大变化，脱贫奔小康取得显著成效。但头上的那顶贫困帽仍然没有摘掉。

## （三）

2016 年 4 月 24 日下午，习近平总书记风尘仆仆地来到大山深处的花石乡大湾村，实地考察脱贫攻坚工作。

总书记走进大湾村民组陈泽平的家，询问生活情况，与他亲切交谈。"身体还好吗？""这个季节屋里还有点冷吧？""家里种几亩地？""种的茶叶几年能收获？""养了几头猪？""猪肉价格还可以吧？"总书记问得十分仔细。驻村干部递上"建档立卡贫困户基本情况调查表""移民直补""公益补贴""计生奖励""劳务收入"……总书记一边念着表格上的项目，一边向陈泽平了解贫困户搬迁等支出和补贴情况，问他愿不愿搬迁到山下去。年近 60 的陈泽平与身体残疾的老伴住在昏暗老屋子里，激动得连说："党的这个政策好，我欢迎"。总书记来到村民汪能保家，紧紧握着他的手热情地说："老汪你好，我来看望你们！"精神百倍的老汪说："做梦都没想到您会到家里来，共产党政策好，给我们带来好多福分啊！"总书记拿过他家的扶贫手册，开始翻阅，详细了解致贫原因、扶贫措施、脱贫进展。老汪爱人患有高血压，说一年药费要花上两三千块钱。总书记说，因病致贫、因残致贫问题时有发生，扶贫机制要进一步完善兜底措施，在医保新农合方面要给予更多扶持。走出汪能保家，总书记又走访了汪达伟、汪达开家。

陈泽申的小院子里，一棵樱桃树上结出了又大又红的果实。院子中间摆放一张方桌，桌上放着一筛子花生，四旁是一圈椅子。总书记坐下来和乡亲们座谈。村民陈泽申说："有党和政府的关心，我的孙子都读到高三了。"听说陈泽申的孙子即将高考，总书记详细询问孩子学习情况，叮嘱要做好教育扶贫，不能让孩子们输在起跑线上，教育跟不上就会世世代代落后，学一技之长才能有更好保障。村民汪於常说他家开办农家乐，致富有了门路。总书记问："来的人多吗？是每天都有人来，还是逢年过节才有人来？"汪於常回答："主要是双休日来客人。""主要是哪里人？"汪於常说："都是城里人，前一天来了6批客人，赚了一笔不小的钱。"总书记高兴地笑了。大湾村扶贫工作队队长余静向总书记讲述了自己的扶贫经历后，铿锵有力地表态："大湾村一户不脱贫，我坚决不撤岗。"总书记欣慰地笑了。

习近平总书记在座谈中指出，脱贫攻坚已进入啃硬骨头、攻坚拔寨的冲刺阶段，必须横下一条心来抓。要强化目标责任，坚持精准扶贫，认真落实每一个项目、每一项措施，全力做好脱贫攻坚工作，以行动兑现对人民的承诺！

习近平总书记的谆谆教诲和崇高风范，如习习春风吹遍了山山水水。60多万金寨儿女欢欣鼓舞，振奋无比，乘势而上，励精图治，决战决胜，克难攻坚，甩开膀子加油干。

## （四）

2015年7月余静到大湾驻村扶贫。看着这位来自金寨县中医院文弱的女青年，老百姓在背后议论，她能带领我们脱贫？大湾村党支部书记心中也犯嘀咕，她能在这儿待多久？一个月后，大湾村遭遇一场大暴雨。面对汛情，余静挽着裤腿，风里来雨里去，满头汗一身泥，同村里干部群众奋战在防汛一线。

2016年4月24日之后，她牢记总书记嘱托，不怕山高路远，挨家挨户走访，一户一策制定脱贫计划，因户制宜，选定扶贫项目，精准施策，百折不挠，重在落实。她晒黑了，人瘦了，腰板却变硬了。她利用红色资源、优美风光和茶叶生产优势，招商引资，使支柱产业形成规模，游客络绎不绝。陈泽申四年前收入还不到5000元。这两年他在保洁公益岗位上，尽职尽责，还种植天麻，2019年收入超过4万元。孙子已大学毕业在合肥一家公司上班。现在陈泽申又干起"导游"，他带游客上山，介绍六安瓜片怎么种植，怎么上肥，怎么打虫，怎么采摘。下山到制茶厂，向游客介绍炒茶、制茶工艺，手把手地操作。

陈泽平是第一批搬进新家的移民贫困户。按照每人 25 平方米标准，一家三口人住进了 75 平方米的二层小楼。如今的大湾村，一排排错落有致灰瓦白墙的安置楼房，宽敞明亮，水泥路连组到户，荞麦河绕村而过。层层梯田丰收景，十里茶园绿满坡，褪出了昨日的贫穷和落后。大湾村 2019 年底仅剩下 4 户 8 人的脱贫任务，2000 年全部摘帽。下一步重点是发展产业，建立稳定的脱贫长效机制，以创建 4A 级风景区和特色小镇为抓手，在美丽乡村建设上取得更大进展。大湾村所在的花石乡，从各村实际出发，因地制宜，采取"能人大户+贫困户、党员（干部）+贫困户、合作社（家庭农场）+贫困户、龙头企业（公司）+贫困户"推动特色产业集聚发展，2019 年底全乡脱贫摘帽。

老傅的"拖拉机"开来了，大老远的群众就笑开了。傅应泉是一名党员，曾经是一名军人，2014 年从部队副团职转业到市财政局工作。2017 年他响应党的号召奔赴扶贫一线，在大别山腹地的燕子河镇张畈村开始了扶贫生涯。

张畈村面积超过 50 平方公里，平均海拔在 700 米以上，15 个村民组居住分散，山高路远行走难。傅应泉买了辆二手摩托车，发动机声音像"拖拉机"。3 年多时间暑来寒往，傅应泉就是驾驶着这辆"拖拉机"，一遍又一遍地从海拔相差 700 多米低处的王河到高处的田冲，把党的政策送到每家每户。

老百姓家的狗听到"拖拉机"走近的声音会摇着尾巴跑过来，在傅应泉的身上蹭来蹭去。贫困户余杰受过重伤卧床不起，需要妻子照料。母亲年纪大患有高血压等疾病，儿子上大学了，正是需要用钱的时候。傅应泉精准帮扶，余杰终于站了起来，逐渐恢复健康，并当上了生态护林员。余杰妻子就近在村高山蔬菜基地打工。在大户的带动下，余杰发展高山有机茶，还享受产业奖补、光伏发电入股分红、小额扶贫贷款等优惠政策，2019 年人均收入过万元。余杰儿子大学毕业后考入太和县一所学校担任教师。去年底，余杰一家人喜气洋洋地迎娶了儿媳妇。五保老人余玉文，在兜底扶贫政策的帮扶下，虽然衣食无忧，住房看病都有保障，但老人无儿无女，平时连个说话的人都没有。傅应泉经常登门与老人促膝谈心，送给他《十八大报告辅导读本》《党的十九大报告学习辅导百问》《习近平七年知青岁月》等书籍。老人心暖如春，用毛笔工工整整地写下诗句："好山好水好时光，党的政策暖心房。人逢喜气精神爽，花到春天分外香。"

扶贫路上既有汗水也有泪水。傅应泉的家在霍邱县，家庭重担全落在妻子身上。一天晚上下着大雨，傅应泉爱人骑电动车去接读高中上晚自习的儿子，途中突然被一辆车撞到了，无助地倒地风雨中。防汛时节，远在山区的傅应泉接到妻子求助电话后强忍着泪水，只能请托霍邱县城里的朋友护送就医，安排老家的亲戚过去照顾……

燕子河镇毛河村 19 个居民点 747 户 2600 多人，散落在方圆 36.2 平方公里的大山里。2014 年建档立卡贫困户 237 户 697 人。2017 年金寨县自然资源和规划局派出 3 名优秀干部组成扶贫工作队，并组织全系统干部对贫困户包保到户。在调查研究基础上，指导村两委制定了"强堡垒、打基础、兴产业和部分村民易地搬迁"的脱贫计划。

人均 1 亩多耕地理应成为毛河村农民赖以生存的基础，但因田高水低，虽有毛河水常年流过，祖祖辈辈只能望"河"兴叹，3340 亩耕地靠天收。为了使大部分耕地实现旱涝保收，扶贫工作队和村党支部决定在毛河两岸实施高标准农田建设。近年来，新建拦水堰一座，挡墙护岸 345 米，整修扩大当家塘 8 口，配套修路 8 千多米，基本解决了"靠天收"问题。高标准农田建成，保障了吃粮自足，助推了土地流转，迈开了农业规模化产业化步伐。全村共流转土地 2000 多亩，农民既能坐地收租金，又能到企业打工赚钱。与此同时，全村还建成高标准茶园 2000 亩、桔香园 1900 亩，全村人均增收近 2000 元。

毛河村有低效山场 5 万多亩，扶贫干部通过走访专家和请来技术员，认为这些山场适合种植天麻和茯苓，便鼓励有积极性的陈瑞带头种植天麻 30 亩，同时带动 30 个贫困户跟进。在扶贫工作队请来的技术人员指导下，一年下来，陈瑞收入了 18 万元，带动的贫困户户均收入 3.4 万元，使越来越多的村民把目光投向了山场。金寨县开展宅基地制度改革试点，叠加库区移民、贫困户补助等扶贫政策。毛河村从实际出发，规划了老院、连兴、团山和中心村 4 个搬迁安置点，一改过去"偏远屋破就医难、水电路网不通畅"的局面，实现了住有所居、居有所安。如今的毛河两岸，青山绵延，绿水长流，新建民居，依山傍水。党群服务中心，文化广场，文体乐园，农家书屋，村卫生室，开国将军汪少川纪念馆，一气呵成，一应俱全。

袁涛于 2016 年 7 月 1 日告别军营，结束了 24 年的军旅生涯，回到家乡，组织上安排他到天堂寨镇渔潭村担任第一书记、扶贫工作队长。三年多来，带领村两委走出了一条渔潭特色的扶贫之路，2018 年底村"出列"，2019 年底全村 145 户 463 人全部稳定脱贫。贫困发生率由 27% 降到 0，集体经济收入也由"空壳村"增长至年收入 18.5 万元。

忆往事仿佛就在昨天。渔潭村 16 个村民组有 10 个位于高寒山区，危旧房屋比比皆是，农田水利设施年久失修，没有一条像样的路，没有一座安全的桥。青壮年大多外出务工，留下的都是空巢老人和留守儿童。袁涛面对眼前景象，听村干部介绍，他知道自己选择的这条路十分艰辛，也很漫长。他时刻揣摩着怎样当好"第一书记"，下决心要学懂做实总书记的系列讲话，学好党的政策。向书本学，向基层干部学，向群众学。要知村情晓民意，把基层党建抓起来，把产业发展带起来，把乡村治理管起来，让困难群众富起来。

"绿水青山就是金山银山"，渔潭村紧邻天堂寨和燕子河大峡谷等名胜风景区，且自身自然资源丰富，风景秀丽。从发展乡村旅游产业入手，让渔潭村群众依托生态资源尽快吃上"旅游饭"。为此，袁涛请来安师大旅游教授编制《金寨县渔潭乡村旅游扶贫规划》，大力开展招商引资工作，成立相亲河旅游发展有限公司，启动"三家、两谷、一中心"乡村旅游重点项目。按照乡村旅游"八个一"配套标准，新建游客接待中心 1 座、生态停车场 15 个、旅游公厕 2 处，创建四星级农家乐和农家小院各 1 处。

陡峭的地形、崎岖的山路、落后的生产方式，是束缚渔潭人的羁绊，让这部分群众走出大山是不二的选择。为落实易地扶贫搬迁政策，袁涛带领村党支部充分发挥党组织的战斗堡垒和共产党员的先锋模范作用。分工定责，进户宣传，现场评估。为每个贫困家庭算好经济账、搬迁账、政策叠加补贴账，多数贫困户自己不掏腰包就能住进新房子。住在山头上的 63 户积极响应易地扶贫搬迁政策，率先"搬新家、挪穷窝"。渔潭新村地势较为开阔，一幢幢新楼平地起，一条条道路依山建，一样样配套设施应运而生。公交到了村，网络入了户，游客进了家。山绿水清路通灯亮人欢笑，昔日贫困落后的小山村而今已建成省级美丽乡村示范村、全省乡村旅游重点村，成为名副其实小"香"村。

市人大机关干部何王扉从 2018 年 10 月起，有了一个新身份——双河镇黄龙村扶贫工作队副队长。2019 年是他驻村后在农村过的第一个春节。他从坐办公室到走村入户，从面对各种会议材料到倾听贫困群众诉求，从雪白干净到雨天一身泥晴天一身汗帮助贫困户解决各种困难。工作环境和工作任务的变化，何王扉面临着各种考验。

初来乍到，访贫问难自然是家常便饭。有一个贫困家庭给他留下了很深的印象。户主是一位老奶奶名叫史家荣，儿子早逝，媳妇出走，和孙女相依为命。老人体弱多病，不能从事生产劳动。家庭以低保金和孙女孤儿补助金维持最基本生活。孙女在爱心人士资助下，坚持读书，现在是一名在校大学生。老人独自生活在一间流动板房里。何王扉经常去她家探望和她拉家常。老人常说："共产党政策好啊，包我吃穿，还让我看得起病。我孙女懂事，好心人给她的生活费，她还省吃俭用留给我，自己连一件新衣裳都舍不得买。"何王扉出了史老奶奶家门，就给爱人打电话，要她买几件冬天穿的衣服和羽绒服。当何王扉把新衣服送到史家荣老奶奶家时，她老人家紧紧拉着何王扉手，激动得说不出话来。

2019年夏天，双河镇连续两个月无雨，先是洪场组有人向何王扉反映山上水源地的水快干了。接着杨湾等居民组来人到村部报告，高位饮用水水量太小，很多家庭只能靠老井水维持日常生活用水。何王扉和村干部一起上山查看，连续干旱已使高山水源枯竭。饮用水安全是脱贫攻坚的重要内容，确保群众的正常生活用水刻不容缓。驻村工作队同村干部一起研究克服困难的办法，集思广益，解决燃眉之急。全村设立6个临时供水点，租用洒水车从水源地取水，每天定时定点向群众供水。同时向上级争取项目资金，上马提水工程，把水量丰富的河水抽到山头上来，实现村里高位供水。当何王扉同村干部到户走访，打开群众家自来水龙头时，听着哗哗的流水声和着主人的欢笑声，他心里充满了幸福感和成就感。此时此刻他明白了一个道理，有温度的帮扶才是最暖心的帮扶。扶贫既要落实党的各项扶贫政策，还要和群众建立鱼离不开水的关系。

莲花山有东西两座。两峰顶部均有巨大辫形岩石，排列如莲花。西莲怒放，东莲含苞。地处莲花山顶高山盆地的油坊店乡西莲村古树参天，怪石嶙峋，溪水潺潺，风景特美。手捧金饭碗，何愁不脱贫？在全市开展走进乡村旅游扶贫系列活动中，市文旅局邀请15家旅行社负责人来西莲考察。第一次到西莲村的行家里手，为西莲村的"孟山啸虎""香乳流泉""鹿桥夜月""老潭宿雾"等八景拍手叫绝。

伴随着旅游业的开发，一些贫困户找到了就业岗位。伴随着旅游业的兴起，带动了特色农业的发展，以前抛荒的土地成了香饽饽。外地人前来流转土地在给贫困户带来地租的同时，还增加打工收入。听力残疾的张维相2015年腿摔伤后，无法再外出打工。60多岁的他怎么也没有想到在家门口就成了上班族。张维相家住西瓜基地附近，活不重，上下班方便。张维相上班的西瓜基地，是由外地人张振群、赵大玲两口子到西莲村来发展的。高山西瓜畅销，目前已发展到65个大棚。西莲村昼夜温差大，去年开始试验穴盘草莓育苗获得成功。2020年上半年合肥市长丰恒劲公司投资300万元，同村里合作兴建80亩穴盘育苗和采摘观光园。草莓育苗远销俄罗斯。旅游业的快速发展，拉动了基础设施建设和村容村貌村风的改变。自然景观、人文历史、红色文化、农耕民俗吸引来无数观光客。3年多来西莲村实现了从"养在深闺人未识"到中国美丽休闲乡村、省级美丽乡村建设示范村的嬗变。

果子园乡实施能人回归和产业带动，齐心协力脱贫奔小康。被称为女强人的闫彬，积极响应乡政府提出打造名副其实"花园果园"之乡的号召，2016 年返乡创业，利用贫瘠的荒地种植黄金梨，套种中药材和洋荷姜。采取立体种植、种养结合的新型农业经营模式，提高了土地利用率和生产力。在她的帮助下，很多农户采用她的种植方式，取得较好的经济效益，一些贫困户成了她的务工者。闫彬的果子园乡种植园已经发展到 3000 多亩，还带动吴家店、关庙、南溪等地种植 4000 多亩。乡成立黄金梨协会，建成黄金梨深加工厂。

果子园乡能人大户金诗浩创办的金寨县恒发农场，种植的各类蔬菜远销到合肥等城市，黑毛猪、鸡、鸭、鹅更是供不应求，安排 30 多名贫困人口就业。白纸棚村彭作如创立的金寨果子园皖维生态农业开发有限公司，建立茶叶基地、茶叶加工厂，从茶叶种植、生产、加工到销售，实现全程一条龙运作。几年来公司向贫困户免费赠送优质茶苗，并指导他们从整地、栽培、管理到销售，确保他们茶叶产得好、卖得好。现在的白纸棚村每到春季，到处都是忙碌的身影。茶园里脸上洋溢着喜悦的茶农们忙着采摘；厂房内机器声隆隆，制茶师傅不分昼夜地制作新茶；茶市上，人流涌动。瓜片俏、茶农笑。

斑竹园镇以高品质水果、食用菌、中药材为主导产业的"一村一品"，逐渐形成规模。这不仅助推了乡村振兴，也带动了群众脱贫致富。

走进长岭关中药材中心，阵阵清香扑鼻而来。长岭关地处皖鄂两省交界处，合武高速穿境而过，便捷的交通，让长岭关成了中药材和农副产品加工中心及集散地。去年，中心引进一种香味浓郁、滋味鲜美、营养丰富的名贵食用菌竹荪。近看，一簇簇白色网状菌幕宛如穿着蕾丝花边裙的"雪裙仙子"，紧紧地簇拥在网格木架子上。烘干中心里，十几位妇女正在紧张有序地忙碌着。她们将清晨采摘回来的竹荪码放整齐、烘干。长岭关这个贫困村经过 3 年奋斗，不仅摘掉了贫困帽子，还成了斑竹园镇"一村一品"示范村。

羊肚菌俗称雷达菇。随着市场对羊肚菌需求不断增长，羊肚菌人工化产业化栽培开始迈大步。斑竹园镇小河村、王氏祠村分别建起生产基地，亩产已经达到 200公斤，每亩纯收入 1.5 万元。王氏祠村已建立 33 个大棚安排 20 多个贫困户劳动力务工。竹荪、羊肚菌、天麻、胡元、猕猴桃，擦亮了斑竹园镇山区特色经济名片。"南流河清，斑竹园兴，保护河道清洁，珍惜公共环境"。这是斑竹园村民皮兴峰在自家新开的"斑竹小院"设立的一块公益标语牌。在外创业小有成就的皮兴峰，一次回家看见河道整治规划图，知道了家乡的生态环境会变得更美，于是决定回乡开办农家乐。"斑竹小院"开张两个月，营业额就超过了 5 万元。皮兴峰还通过购买周边贫困户的土猪肉、土鸡蛋、瓜果蔬菜，帮助贫困户增收。

这一天对于南溪镇横畈村贫困户漆祥芳来说，她有了一个新身份——河流保洁员。漆祥芳家中有 80 多岁患有慢性病的公婆，上学读书的孩子，两人无法外出打工。在几亩地里讨生活，家庭很困难，当上了保洁员，就有一份稳定的收入。漆祥芳打心眼里高兴，她十分珍惜这份工作。她说政府信任我，把这么重要的工作交给我，如果我不负责任，河道搞不干净，让人看到河里仍然处处是垃圾多丢脸啊。漆祥芳上任之后，充满着工作热情，认真巡查河道，清除垃圾，积极向村民宣传河道管理办法。功夫不负有心人，漆祥芳管理的河道水变清了，河岸变干净了，环境变美了。同样是贫困户，同样是当上了河流保洁员的张传秀，每天清晨起来拿着竹竿背着袋子开始巡河。一路上见到岸上的垃圾捡到袋子里，水面上漂浮的杂物用长竹竿打捞起来，最后送到村里垃圾回收点。起始张传秀遇到最大的困难是村民和路人垃圾随意丢，有的人图省事经常把生活垃圾扔到河里。自从贫困户当上了保洁员，加之宣传工作跟上，你不扔我不扔，大家都不再好意思往河里倒垃圾了，渐渐地让村民改掉了陋习。

"上工时间到了！"这是黄河村林志军途经黄采莲家时喊她一齐去上班。天堂寨镇黄河村位于金寨县西南边陲，距离县城 150 多公里，交通闭塞。农民种什么一是靠天收，二是没有个定力。跟着市场转，跟不上市场变。一年销路不好，就把苗子薅了，改种其他的，群众抵御市场风险能力差。如何才能脱贫"摘帽"？扶贫工作队同村党支部反复商量决定把着力点放在培育绿色产业上来。勤劳朴实的黄河村人引来了金寨绿然家庭农场，在村里建成了 50 亩大棚种植平菇。这是一个短平快项目，基地每年可产鲜菇 75 万公斤，安排 50 多名群众就业。39 岁的林志军因身患咽癌、脑梗阻等疾病，不能外出打工，也不能从事重体力劳动，成为在册贫困户。绿然农场负责人周俊得知这一情况，当即决定接收林志军长期在他的平菇生产基地上班，从事简单的轻体力劳动，从此林志军有了稳定的劳务收入。华庙组王明凤常年在外地打工，今年因新冠病毒疫情无法外出，失去了工作岗位，有返贫可能。正当她一筹莫展之际，扶贫工作队从中牵线，介绍进基地干活，50 多岁的她，每天来得早走得晚，干起活比谁都利索。

双河镇依托"西山药库"产业扶持政策，积极调整种植业结构，将红芍、黄精、天麻等作为重点项目进行培育，初步形成多元化中药材产业格局。仲夏时节，漫步在双河镇河西村红芍种植基地，一望无际的花海格外引人注目。2016 年红芍基地负责人以林下种植的方式流转土地，200 亩起步，现在拥有基地 5 处、面积达到 2400 亩，每亩年产值超过 5000 元，吸收 50 多人务工。"村里发展红芍产业，我们一下子就多了两份收入，一份是土地流转费，一份是打工收入。"村里一位贫困户，一边在基地里忙活，一边乐呵呵地算着收入账。皮坊村林木资源丰富，对于种植喜阴的黄精来说，有着得天独厚的优势。2019 年朱英郭流转百亩山地，为 10 户贫困家庭找到了就业机会。冬季天朗气清时，大畈村、九房村一带，农户晾晒天麻的场景随处可见，双河镇有 60 多户贫困户通过种植天麻实现了脱贫。今年双河镇又跟华润三九医药股份有限公司合作建立了野菊花生产基地。

汤家汇镇徐海霞大学毕业之后，在外地销售行业中打拼，业绩突出，收入可观。她每次回来，看到乡亲们生活还比较困难，心里总是不好受。一次她在浙江推销产品看到当地养殖业发展很好，便萌生了养羊念头，夫妻俩商议回家乡发展养殖业。2013 年徐海霞发起成立金安山羊养殖合作社，凡是愿意养羊农户，由合作社提供种羊、羊羔、饲料、技术和销售等一条龙服务。经过几年推广，合作社成员年出栏山羊 1700 多只，户均收入近万元，通过养羊和电子商务带动 20 多户困难户脱贫。2015 年徐海霞在金刚台山下办起了"深林泉"农家院。她以生态养殖、销售、旅游服务等方式，借助电商平台扩大市场影响。在农家院既可以欣赏风景，还可以体验农事活动，品尝山区美味，每年接待全国各地游客近万人。徐海霞迈着矫健的创业步伐，又在汤家汇红军街开设"羊之味"餐馆，每天顾客盈门。徐海霞还把分店开到了河南省。创业成功的徐海霞一直牵挂着那些贫困户和一些需要帮助的人，她开的"羊之味"餐馆，所有的食材都是来自贫困户，她的员工也都是贫困户家庭成员。小邓父母都是残疾人，徐海霞把他招来做厨师，每月工资 8500 元，一下子小邓家就脱了贫。小李是外乡人，老公患尿毒症，孩子在上大学，家庭非常困难，徐海霞招她来当服务员，月收入 2400 元。贫困户冯克旺，妻子有病长年卧床不起，看病欠下了很多债，女儿上大学，困难可想而知。徐海霞同他家结对帮扶，送科技上门，指导种植高山蔬菜、早熟花生，平均亩增收 1800 元。丰收的喜悦使冯克旺看到了希望，逢人便讲，"自从海霞来结对帮扶，我家的生活大有奔头。""羊之味"餐馆每年收购铁冲乡刘万运家养的鸡，平均每月 1 万多元，一年下来十几万元，从此刘万运由贫困户成为当地富裕户。

近年来汤家汇镇很多人传颂着小个子张传峰创业的故事。故事里饱含着泪水和欢笑，收藏着艰辛和幸福。早年的张传峰家境就一个字"穷"，而今的张传峰还是一个字"发"。汤家汇镇竹畈村张传峰,身高不足1.5米,自幼家庭贫困。2000年初中毕业,本想着跟别人一样也到大城市去闯一闯,打工挣钱好为年迈的父母分忧解难。因为个子矮、体质差,被拒之门外。在家的那段日子,张传峰骑着和自己身高差不多的三轮车,卖过烤鸭,倒腾过水果,不仅没赚到钱,还把家里仅有的钱搭了进去。日子越过越穷,妻子离家出走,丢下年迈的父母和幼小的孩子。2014年张传峰家被评为贫困户。这一年,张传峰看到有一农户养羊效益不错。家乡山大草多,资源丰富,发展养殖业有优势,决心一下,东拼西凑,借了一万块钱,买了22只羊羔,自己动手建羊舍。夏天脸被晒脱了皮,雨雪天经常摔跤,一次还摔伤了膝盖。有时,深更半夜还得到大山里头找走失的小羊。年底算账,赔本。张传峰心灰意冷,母亲心疼地说,"算了吧,羊也没那么好养。"第二年出现了转机,县上派来扶贫工作队,当地政府帮助他申请10万元扶贫贴息贷款,还专门联系了养殖专家对他进行技术指导。精神焕发的张传峰成立了金寨县"美羊羊家庭农场",先购买种羊20多只。随着羊群不断扩大,羊场也进行了扩建。张传峰还利用第一批卖羊的钱搞起了黑鸡和麻鸭养殖,当年获利12万元。从2016年下半年起,张传峰除了养羊又多了一件新鲜事——手机微信接单。销售不断攀升,平均每天从微信发出订单额超过2000元,线上超过了线下交易。2017年新机遇来了,汤家汇镇结合红色文化旅游资源,创建电商特色小镇,头脑灵光的张传峰在电商一条街上租下门面开启网店。张传峰家山上养的羊、河里养的鸭、地里种的小香薯都成了热销货,当年纯收入达到20万元。从此,在张传峰的生活辞典里扣掉了"贫穷"二字。伴随"朋友圈"的不断扩大,张传峰与别人合伙成立了"金寨县香尖土特产有限公司",利用微信平台客串起了"经纪人"角色。乡亲们的蜂蜜、土鸡蛋、小河鱼等等都成了畅销产品。现在,张传峰被大家称为"电商小能人",他把更多的山区土特产品推销出去,带动更多的人实现共同富裕。

2014年起,国网安徽省电力公司定点帮扶金寨县汤家汇镇金刚台村。金刚台村赫赫有名,当年红25军从这里出发开始长征。主力红军走了,红军妇女排在主峰海拔1584米的金刚台上,展开了艰苦卓绝长达3年之久的武装斗争,留下了许多悲壮而又传奇的战斗故事。扶贫工作队员来到这里,脑海中就多了一种红色记忆,更加坚定了一种信念,强化了一种责任,生发出无穷的拼劲。三任工作队长一任接着一任干。先从基础设施动手,水泥路先通村再到户。持续稳定脱贫,要靠产业支撑。高山茶叶是金刚台村的一大优势,经过几年努力,全村新发展优质茶园和改造老茶园超过1000亩。引进加工企业,茶农可以就近卖茶草。"空壳村"很多公益事业无法做，现在仅光伏发电就能给村集体每年带来 30 多万元收入。集体有了钱通过开发公益岗位，使贫困户多了一条就业路子。晏绍莲 2014 年被评定为贫困户。家中 3 个孩子，那时一个读高中，两个读初中，自己身体不好，靠丈夫在外打工挣钱养家。扶贫工作队来了，山里人搭上了"远亲"。把路修到家门口，扶持她养鸡养猪，帮她销售土鸡蛋，还帮她安排公益岗位，在村里清扫马路。2017 年晏绍莲提前脱贫。2019 年光卖茶草一项就增收 4000 多元。今年 9 月晏绍莲大儿子考上大学。国网安徽省电力公司把教育扶贫放在优先位置，几年来投入大量资金改善办学条件。干部职工捐资 40 多万元，资助贫困家庭学生上学，使这个只有 2500 多人口的小山村有 59 名农家子女成为大学生。扶贫工作队和村两委，依托厚重的红色资源和独特自然景观开发乡村旅游，已经脱贫的金刚台村群众生活将会过得越来越好。

邓延森中学毕业开始在社会上闯荡。当过工人，承包过织布厂，开过连锁火锅店，资本积累到一定规模后在苏州市置房，娶妻生儿育女，过上了安逸富足的生活。一次，他偶然听到一种生长在大别山区的黄缘闭壳龟有很高的药用和观赏价值，且日渐稀少，产生了浓厚兴趣。思考再三，他决定转让资产，于 2018 年初举家回到老家铁冲乡张店村养龟。新建的农家院落紧靠公路东侧，"金寨合盛龟鳖养殖专业合作社"牌匾格外醒目。楼房和办公房后面的一块地被分隔成若干个格子"龟舍"，占地约 3 亩。龟园目前养殖各种成年龟 1600 多只，龟苗 2000 多只。其中一只白化黄缘龟通体呈金黄色，非常稀有珍贵，有人出价 150 万元，他都没舍得出手。每当说到养龟的故事，邓延森总是滔滔不绝，眉飞色舞。具有药用价值的黄缘闭壳龟市场售价 1 斤达到 1 万元。邓延森说，他养龟不单单为了挣钱，而要让家乡濒临绝迹的黄缘闭壳龟的种群扩大，等养殖的龟苗长大后拿出一部分放生。邓延森说，养龟的经济效益主要体现在龟蛋上。龟苗养殖 5 年后开始产蛋。每只龟年产蛋 6——8 枚，平均成活 5 只，每枚蛋售价 1000 元左右，每只母龟每年产蛋收入大约在 5000 元上下。三年后龟园每年将有 1500 只母龟产蛋，到时年收入将近 750 万元。而黄缘闭壳龟繁殖能力可达 80 年。邓延森说，人养龟 5 年，龟富人 5 代。为乡亲们做点事情，是邓延森的夙愿，返乡之初他就向乡村干部表达心愿。2019 年，金寨合盛龟鳖养殖合作社吸纳 107 户投资分红。2020 年又有 104 户入社。邓延森从 10 多户贫困家庭中招收工人，在龟园做日常管理工作。今年，邓延森去外地学习新技术，回来后在村民组推行 100 亩龟稻混养，培养 20 多名贫困群众负责种养管理。

在铁冲乡，人们经常见到身穿"迷彩绿"的军人。从群众熟悉的"扶贫政委"赵克志，到群众一见如故的军队首长，以及受到当地人普遍欢迎的普通战士，这是一支特殊的扶贫队伍。他们一次又一次地走遍了铁冲乡的每一寸土地，一次又一次地走访了铁冲乡家家户户。他们嘘寒问暖，出谋划策，真帮真扶，一干就是 28 年。铁冲人永远不会忘记，1992 那一年，安徽省军区把铁冲乡确定为扶贫联系乡。六安军分区、金寨县人武部随后决定也在铁冲乡定点帮扶。省军区首长说，战争年代，老区人民为中国革命胜利付出了巨大牺牲。如今，这些老区大部分属于贫困地区。金寨县是一片红色土地，铁冲乡是刘邓大军挺进大别山战斗过的地方。我们有责任帮助老区人民脱贫过上好日子。

要致富，先修路。28 年来，来了一批又一批，换了一茬又一茬的军人扶贫工作队，为解决铁冲乡基础设施十分落后的困局，筹措大量资金，修建长河村"爱民路"、金铁柏油路、松山水泥路等多条道路，架设"连心桥"3 座。长江河穿村而过，平时仅靠一座漫水桥通行，每年汛期河水陡涨，漫水桥被淹，两岸群众村通行受阻，省军区首长了解这一情况后，立即拍板架桥。"连心桥"建成时，长江河两岸的老百姓自发施放鞭炮。

扶贫先扶智，扶智先育人。28 年来，省、地、县三级军事机关，以及中国人民解放军上海陆军预备役高射炮步兵师、六安武警支队，援建的"夹河希望小学""申武希望小学""长河爱民希望小学"和"铁冲实验学校"，为改变铁冲乡教育落后面貌做出了有口皆碑的贡献。28 年来，部队官兵们先后开展助学活动 50 多次，捐款 80 多万元，持续资助 2600 余人次贫困学子走出大山。铁冲村孤儿卢健，生活困难，上学费用无法保障。金寨县人武部决定，卢健读高中时每年资助 3000元，并经常看望慰问他。2017 年卢健考入蚌埠医学院，县人武部每年资助他 5000元，直至大学毕业。

发展特色产业，实现贫困户增收，是精准帮扶的重中之重。28 年来，省、地、县三级军事机关协调资金 500 多万元，投入茶叶、蚕桑、板栗、油茶、香菇、黑毛猪等特色产业发展。2016 年省军区在长河村投入 20 万元建立扶贫联户猪舍，扶持25 个贫困户养殖黑毛猪。投入资金 45 万元建立香菇生产基地，帮助 22 个贫困户发展香菇种植。投入 60 多万元建立村级光伏电站，村级集体经济收入增加到 30 万元以上。与县乡协调，为贫困户安装分散式光伏电站 44 个，37 户贫困户入股分红。上海高射炮兵师于 2018 年投入资金 35 万元，今年又投入 11 万元在李桥村建立香菇生产基地，并筹措资金建设李桥村贫困户农副产品交易中心。张店村在六安军分区指导和资助下，流转土地300亩栽桑养蚕，100亩归村集体，200亩流转给4户新型农业经营主体。

28年来，从捐赠物资到教育科技文化扶贫，从援建基础设施建设到帮助产业发展，走出了一条部队助力深度贫困地区脱贫攻坚的好路子，提前实现"两不愁、三保障"、"村出列、户脱贫"的目标。并按照"产业兴旺、生态宜居、乡村文明、治理有效、生活富裕"继续前行。"吃水不忘挖井人"，铁冲乡以"拥军优属、拥军爱民"为主基调，广泛宣传"双拥"政策扎实落实拥军待遇，让军人成为全社会最受尊敬的人。28年来，各级军事机关帮扶铁冲群众看在眼里，感激在心里，愿把最优秀的青年送到部队去。一批又一批适龄青年和高校学生参军入伍，走出了现役军官，走出了兄弟兵、夫妻兵、父子兵。28年来，在军人扶贫工作队的带领下，铁冲干群攻坚克难，使昔日的穷山乡变成了生态环境优美、百姓安居乐业、产业结构合理的边贸特色小镇。28年来，这里谱写出"军爱民，民拥军，军民鱼水情谊深"新时代乐章。

每到金秋时节，金寨县船板冲板栗大市场，一派繁忙景象。拥有700多间交易门点的380多家板栗经营户门庭若市。成交的一筐筐新鲜板栗经过分拣、称重、装箱、封装，72小时内将运送到珠三角、长三角等大城市。大市场建有8座大型冷库，库容量4000吨以上。大市场板栗年交易量在1.5万吨以上，交易额近亿元，畅销日本、泰国、新加坡等20多个国家和地区。金寨县合益食品有限公司，板栗收购量占全县一半以上，成为金寨县最大的板栗收购、加工、销售企业。通过成立的38家板栗专业合作社，带动板栗种植户脱贫致富。车间主任储智荣负责的这个车间，共有职工200多人，其中建档立卡贫困户有64人。车间把收购来的板栗进行漂洗、蒸煮、冷却、速冻，再根据客户的不同需求加工成板栗仁。每位工人年人均收入4万元左右。负责板栗切丁的吴士红，患有高血压高血糖，重体力活干不了。丈夫也是身体不好，只能在家门口做点零工。已经工作4年多的吴士红，已成为车间的熟练工，靠着切板栗的勤劳双手和各项帮扶政策带来的福利，不仅脱了贫而且还把日子过得红红火火。早在二十多年前，金寨县就决定大力发展板栗生产。近年来，全县对20多万亩的板栗园实施改造提升工程，加大投入，加强技术服务，加强病虫害防治，因地制宜实施板栗园套种，使板栗生产成为支柱产业，使很多贫困户实现脱贫奔小康。

# （五）

2020 年 4 月 29 日，安徽省正式宣布革命老区金寨县退出贫困序列。

近日，文化和旅游部、国家发展改革委员会公布第二批全国旅游重点村名单，金寨县花石乡大湾村榜上有名。大湾人唱道：

你曾经是个贫困的山庄

破旧的房屋透着荒凉

多少期待的眼神

被岁月光阴拉长

春风掠过

将扶贫的号角吹响

四月的樱桃

为您早熟了

杜鹃花儿

早为您开放

弯弯小路

印着您的足迹

农家小院里

真情话家常

啊，金寨山水秀

大湾村换新装

山高水长千万里

迎来百花香

啊，金寨山水秀

大湾村换新装……

人间最美四月天。金寨县境内海拔千米以上山峰 101 座。从海拔 1006 米的锯儿齿到海拔 1729 米的天堂寨，映山红开放时，到处是花的海洋。一朵朵、一丛丛、一片片，一望无际，伴着春风共舞，使人们心旌摇曳。有人问：金寨的映山红为什么这样红？那是因为一寸山河一寸血，一抔热土一抔魂。

# 兑现庄严承诺

## 杨秀玲　陈　伟

地处大别山腹地的安徽省金寨县，位于鄂豫皖三省结合部，被誉为"红军的摇篮、将军的故乡"，是中国革命的重要策源地、人民军队的重要发源地，也是安徽省面积最大、山库区人口最多的县，属于国家级首批重点贫困县。

经过数年的发展，老区建设取得了巨大成就。但是，放在全国范围内横向比较还有不小差距。2016 年 4 月 24 日，习近平总书记亲临金寨视察，金寨县委、县政府及 68 万老区人民把习总书记的殷殷嘱托和对金寨革命老区的深切关怀化为源源动力，始终把脱贫攻坚作为最大的政治、最大的任务、最大的责任，以脱贫攻坚统揽经济社会发展全局，牢固树立高质量脱贫理念，以"两不愁三保障"为核心，实施了一系列强而有力、富有成效的攻坚举措。

经过几年的努力，金寨县 71 个贫困村全部出列，贫困人口由 2014 年初的 4 万户 13 万人锐减至 2019 年底的 1039 户 1846 人，贫困发生率由 2014 年初的 22% 降至 2019 年底的 0.31%。

## 传承，红色基因注动力

作为全国著名的革命老区，革命战争年代，金寨人民节衣缩食、积极奉献，"把最后一粒米当军粮、用最后一块布做军装、将最后一个儿子送战场"，为革命胜利作出了巨大的牺牲奉献。全县共有 10 万英雄儿女参军参战，最后幸存者仅 700 余人。金寨当时人口不足 25 万，平均每 5 人中就有 2 人牺牲，牺牲的大多为青壮年劳动力。

社会主义建设时期，为了响应毛主席"一定要把淮河修好"的号召，金寨人民舍小家、为大家，修建了梅山、响洪甸两大水库，淹没 3 个当时最繁华的经济重镇和 10 万亩良田、14 万亩经济林，10 万群众离开故土、移居深山。

改革开放时期，金寨作为国家生态保护功能区，坚决贯彻绿色发展理念，实施封山育林、退耕还林，坚持做到"刀斧不上山、青黄不下山"，为了老区 3814 平方公里的全域生态保护，很多群众"守着金山银山、过着贫困生活"。

"俗话说，靠山吃山，靠水吃水。以前我们靠着这绿水青山，日子过得叮当响，除了种点庄稼地，还有点茶园，但是规模小，一年下来卖不了多少钱。"说起自家以前的贫穷，金寨县桃岭乡龙潭村村民闫峻唏嘘不已。

位于梅山水库边的金寨县桃岭乡龙潭村山清水秀，有 20 多公里的环河库岸线，2 万多亩山场。家门口的梅山水库是重要的水源地，发展产业有很多"红线"不能突破。长期以来，周围的村民守着个绿宝盆，却穷得见了底。

金寨县在资源、区位、人才、原始积累、产业布局上没有优势，远离经济发达带和带动作用较强的中心城市，发展水平低于全省平均水平。全县基础设施落后，农业生产与农民生活现状难以改善，农村基础设施总量不足，相关配套设备不完善，远远不能满足农业生产的需求；农村基本公共服务设施落后，农村中小学设施条件亟待改善，医疗卫生条件差，农村电网老化，文化体育发展跟不上等；没有主导产业，农业、工业都经济基础薄弱，管理、技术、设备比较落后。

2014 年，金寨县生产总值 83.5 亿元，财政收入 7.8 亿元，农村常住居民人均可支配收入 7762 元，其中贫困人口人均纯收入为 2018 元。全县有 4 万户 13 万建档立卡贫困人口，贫困发生率为 22%，且多是"硬骨头"，脱贫攻坚压力大。

党和国家领导人始终关怀、关注老区。2003 年以来，习近平、栗战书、汪洋、王沪宁、赵乐际、吴邦国、温家宝、曾庆红、王兆国、刘延东、张春贤等领导同志先后来县视察，1990 年，李克强同志到金寨考察并选址建设全国第一所希望小学，中央部委和省市都对金寨发展给予大力支持。

"随着中央连续出台大别山革命老区振兴发展规划、加大脱贫攻坚力度支持革命老区开发建设意见等文件，省委、省政府启动新一轮'抓金寨、促全省'脱贫攻坚战略，金寨县脱贫攻坚迎来了前所未有的历史机遇。"六安市委副书记、金寨县委书记潘东旭说。

在今天奔小康的路上，老区人民依然展现着一以贯之的强烈的奉献奋斗精神。多年来，老区人民沿着革命前辈的足迹，延续着老区的红色基因，秉承"坚贞忠诚、牺牲奉献、一心为民、永跟党走"的大别山精神，按照习总书记提出的"精准扶贫、精准脱贫"要求，着力推动区域扶贫向精准扶贫转变。特别是 2016 年 4 月 24 日至 25 日习总书记考察金寨以来，全县上下认真贯彻落实习总书记考察金寨重要讲话精神，坚持以脱贫攻坚统揽经济社会发展全局，以精准为前提、以"两不愁三保障"为目标、以"两业"为抓手、以"双基"为重点、以改革为动力、以扶志扶智为根本，决战决胜老区脱贫，坚决打赢脱贫攻坚战。

## 实干，脱贫攻坚出实效

"全面建成小康社会，一个不能少，特别是不能忘了老区。要怀着对人民的热爱、按照党中央提出的精准扶贫要求，打好脱贫攻坚战，让老区人民过上幸福美好生活。"习总书记的话时刻激励着金寨县干部群众。

金寨县委、县政府瞄准精准要求，结合县贫困人口区域分布、产业资源和致贫原因，制定出台《关于全力实施"3115"脱贫计划坚决打赢脱贫攻坚战的实施意见》《打赢脱贫攻坚战三年行动实施意见》和《"十个一"脱贫工程实施意见》，并配套出台 35 个支持脱贫攻坚工作方案。全县 1.3 万余名干部联系到户，围绕贫困户致贫原因，因户因人制定措施，设计多项脱贫"菜单"，综合施策，对症下药，全县贫困户户均扶持措施达 6.64 个，真正做到对症下药、靶向治疗。同时，择优选拔乡镇事业编制人员、优秀村干部、大学生村官、优秀年轻干部等进入乡镇领导班子，从事脱贫攻坚工作，为脱贫攻坚提供人才支撑。

桃岭乡龙潭村依偎在梅山水库的一角，景色很美，也很孤寂。2014 年，扶贫工作队进驻龙潭村，让这个村一下子有了活力。扶贫工作队先后联系争取项目帮扶资金 124 万余元，积极改善村集体经济和村基础设施建设。同时，工作队本着"产业到村、扶持到户"的原则，把每一分钱用在发展上，把每项政策落到需要处。经过调研，扶贫工作队员和村干部把培育和壮大特色优势茶产业作为发展的重点方向，并敲定发展项目。

经过几年的发展，现在的龙潭村绿水青山依旧，金山银山可期。全村共发展茶叶种植面积 2650 亩，有 5 家茶叶加工厂，茶厂就建在茶叶种植基地中间，村民采完茶 10 分钟就能卖掉。通过示范效应和各种服务，种茶人没了后顾之忧，村里很多人靠着种茶过上了好日子。"在采茶旺季，一家两口人干一个月能有近 2 万元的收入。"龙潭村党支部书记陈进禄说，"现在的龙潭村，已经形成以茶叶种植、光伏发电、生猪饲养和食用菌栽培等为主导的特色产业链，产业总收入超过 150 万元。"

打好脱贫攻坚战，实现"两不愁三保障"是最基本要求。2019 年 9 月份，铁冲乡李桥村的贫困户华同春参加了城乡免费健康体检。10 月份，村卫生室的医生拿着体检报告上门告诉他患了肺结核，要他赶紧治疗。第二天，华同春便在家人的陪同下到县医院复查，并立即住院治疗。"前前后后住了十多天，听孩子讲总共花了 3000 多块钱，但报销后自己只出了 400 多块。如果没有这个体检，不知道病成什么样子。"

金寨县在全面落实健康脱贫政策的基础上，县财政预算 1.25 亿元，按照 155 元/人的标准在安徽省率先开展城乡居民免费健康体检，通过"早发现、早诊断、早治疗"，筛查重大疾病，做到"未病先防、小病先治"，降低因病致贫风险。筹措财政资金 3.8 亿元新建、改建 9 所乡镇卫生院和 221 所村（社区）卫生室，以及配备必要的医疗设备等。试点开展村卫生室配发 14 种慢性病药品和报销工作，为贫困人口提供更加高效、便捷的医疗服务。制定了"1579"医疗补充商业保险政策，由县财政全额承担按照每人 25 元保费标准购买医疗补充保险，确保群众有病能医，不因大病致贫。大力推进"医共体"建设，实施"智医助理"试点项目，提升基层卫生服务能力，实现县乡两级资源信息互通互享。通过认知智能及大数据技术，实现对两百多种常见病的辅助诊断，使山区农民足不出户就能享受到和城里人一样的优质医疗服务，防治并举，助推健康脱贫。

"我家去年脱贫了，多亏了光伏扶贫政策！你看，今天光伏扶贫电站已发 4.1 度电了。"谈及光伏扶贫工程带来的变化，金寨县南溪镇横畈村村民傅卫兵掏出手机，打开一个 App，指着上面不断变动的数据说。54 岁的傅卫兵因残致贫，家里还有 80 岁的老母亲，生活比较困难。几年前，金寨县创新实施光伏扶贫工程时，他拿到了贴息贷款，建了光伏扶贫电站，由此发电收入成了一项稳定收益。查看发电情况、记录发电量，已成了傅卫兵的生活习惯。在他的记录本上看到，上面密密麻麻地写着发电数据。"今年 1 月发了 154 度，2 月因为经常下雨只发了 80 度，3 月发了 270 度……"傅卫兵说，每年平均发电大约 3200 度，收入在 3200 元左右。

目前金寨县已形成了"分户式、联村式、村集体式"三种光伏扶贫新模式，走出了一条"产权跟着股份走、分红随着贫困走"的可持续精准扶贫之路。全县累计投入 14.78 亿元建成并网光伏扶贫电站 20.11 万千瓦，已实现综合收益 4.5 亿元。2.4 万余户贫困户享受不低于 3000 元的年收益分红或发电收入，有力地助推了贫困户稳定脱贫步伐。

同时，金寨县紧盯目标，实施"两业攻坚"促进群众增收，在产业和就业上下功夫，大力发展产业，把发展黑毛猪、家禽、蔬菜等产业作为短线收入来源，把油茶、茶叶、中药材等产业作为长期收入来源。拓展就业渠道,依托金寨技师学院、乡镇农业培训基地、村党群服务中心,建立县乡村三级一体化培训体系,实现有劳动能力贫困人口技能培训"全覆盖"。优化"资源配置"实现教育均衡,组织帮扶干部对所有贫困家庭在校生进行摸底登记,全面落实教育扶贫政策,及时全额兑现各类教育资助资金……

"山区气温低,楼房里过冬暖和又敞亮。"日前,燕子河镇大峡谷村脱贫户黄守义忆苦思甜,他曾经住在土坯房里,每逢暴雨天气,村干部都得帮他家转移至公房避险。在大别山腹地,如何让每个贫困户住进安全住房,成了考验帮扶干部的"坎"。2016年,金寨县实施宅基地改革试点和易地扶贫搬迁后,黄守义的安全住房有了希望。他算了一笔账:老宅基地腾退补助了近9万元,易地扶贫搬迁补助12万元,加上建房奖励补助和农房保险赔付等,他们新建的房子不仅没有出钱,反而有结余。

这种红利得益于金寨县创新思路,将宅基地改革与易地扶贫搬迁、水库移民解困等政策叠加,确保贫困群众住房安全有保障。目前金寨县落实搬迁安置点308个,复垦土地4.7万亩,宅改腾退3.3万户10万人,其中搬迁贫困人口7362户26014人。"搬得出"后,还得解决发展问题。金寨县先后投入资金8.8亿余元,持续加大基础设施和公共服务配套设施建设,采取多种措施推动安置点搬迁户发展产业和就近就业,优先扶持发展特色产业项目,优先安排村级公益性劳务岗位就业,确保了搬迁贫困户稳得住、有事做、能致富。

程富宽是省第六批选派干部,驻村扶贫期间任金寨县双河镇黄龙村第一书记。任期即将结束时,黄龙村村民用朴实但满怀深情方式挽留他——一份盖满"红手印"的联名申请书。看着这样一份申请书,程富宽不能告诉村民,他的母亲正身患癌症,他很想到母亲的病床前尽孝,好让母亲的痛苦减少一点点;他更不能说,他想念自己即将上幼儿园的孩子,他想多陪陪孩子,弥补三年来的缺席,让孩子能跟自己亲近一点;他更说不出口,自己的妻子每天既要工作,还要照顾老小,他想回去接过妻子身上的担子,让她轻松一点。

面对群众热切的目光,程富宽回家做好家人的思想工作,重整行装,又留在了黄龙村。他用自己的实际行动回报村民对自己的信任,回报家人对自己的支持。几年来,程富宽与黄龙村两委共同努力,实施民生项目43个,争取项目资金达3000多万元,水、电、路各项基础设施明显改善,农民文化乐园、标准化卫生室等公共服务设施建成投入使用,建成村级光伏电站140千瓦。他为村集体苗圃四处联系销路，积极争取项目新建了 30 亩蔬菜大棚出租给大户，进一步发展壮大了集体经济，2019 年村集体经济收入突破 50 万元。在程富宽的带领下，如今的黄龙村，不但早已摘掉贫困村的帽子，还成了远近闻名的发展先进村。

精准扶贫，是一场没有硝烟的战争。程富宽只是成千上万名扶贫干部的缩影，他们不忘初心，牢记使命，走村串户为民解难题，与群众建立了深厚的感情。加班加点是常态，他们用自己的辛苦指数换取群众的幸福指数，誓把庄严承诺镌刻在金寨这片广袤的红土地上，无愧为这场伟大的脱贫攻坚战中"最可爱的人"。

省市县抽调 495 名干部组建 225 个扶贫工作队，派驻金寨县 225 个贫困村和非贫困村，明确 71 个贫困村工作队队长由副处级干部担任，154 个非贫困村由科级干部担任队长，实现驻村扶贫工作队全覆盖；选聘 225 个村级扶贫专员专司脱贫攻坚，构建高密度、网格化脱贫攻坚责任网络，制定出台部门、乡镇、村、扶贫工作队和帮扶干部脱贫攻坚职责，压实责任，严促驻村工作队履行职责，要求每月吃住在村 22 天以上，贫困户不脱贫，扶贫工作队不撤岗……

## 建制，攻坚堡垒筑得牢

2018 年 5 月，桂花村书记郭明会带着卖不出去的瓜片茶，长途跋涉，找到远在广州办厂的李德全。看着手里成色差、没香味的劣质茶，李德全沉默了半晌，抬头说了句："郭书记，我回去！"返乡担任名誉村书记后，李德全成了桂花村里有技术、懂管理的"领头羊"。"以前没人知道怎么干，只能干着急，现在德全带着干，大家心里有了谱。"郭明会说。在李德全和村干部带领下，一家一户的小茶园连成了大基地，全村 108 户贫困户有了稳定收入。

金寨县坚持党建引领，探索实施"能人回归"工程，利用金寨在外创业者协会平台，动员和选拔 27 位在外创业有成、社会口碑较好、有志回报家乡的能人返乡担任名誉村书记。充分发挥基层组织功能作用，在全县基层党组织中大力实施以"组织引航、党建强村，科技引领、人才兴村，政策引路、产业富村，宣传引动、文化活村，制度引导、依规治村"为主要内容的"引擎工程"，推进基层党建与脱贫攻坚深度融合，发挥村基层党组织引领带动和服务保障脱贫攻坚作用，真正把农村基层党组织建设成为团结带领群众脱贫致富的牢固战斗堡垒，带领老区人民以"阵雁排空"之势力拔穷根奔小康。

积极构建多元联帮联动机制。通过干群结对、能人结对、城乡结对等方式，拓展帮扶主体、壮大帮扶力量。聚焦生产、就业、生活、思想等脱贫关键点，做到生产联手帮扶产业发展、就业联动帮带劳力务工、经常联系帮解生活难题、思想联络帮提精神状态，有效催生各方力量参与支持脱贫攻坚热情。

"打好扶贫攻坚战，要采取稳定脱贫措施，建立长效扶贫机制，把扶贫工作锲而不舍抓下去。"习总书记的话为各级党员干部全面推进精准扶贫精准脱贫、打赢打好脱贫攻坚战增添了信心、提供了遵循。

具体工作中，县委、县政府不断强化主体责任、强化精准施策、强化资金支持、强化力量整合、强化从严监督、强化考核奖惩。县委对全县脱贫攻坚工作负总责，按照县落实、乡（镇）实施、村为主的工作机制，层层签订脱贫攻坚责任书，成立县脱贫攻坚领导小组，实行县委书记、县长"双组长"负责制，建立健全县乡脱贫攻坚例会制度，建立乡镇抓面、部门抓线、干部抓点帮扶体系，严格落实"单位包村、干部包户"制度。建立健全县级财政专项扶贫资金稳定增长机制，建立扶贫资金统筹整合清单。金寨县累计投入财政专项扶贫资金、统筹整合其他各级各类财政资金共 48.13 亿元，主要用于产业扶贫，改善农村基础设施建设等项目。

建立健全脱贫攻坚多规划衔接、多部门协调的长效机制；统筹整合支持社会事业、公共服务均等化、农业综合开发、农村危房改造、农村道路提升工程、农村综合改革、"一事一议"、库区移民搬迁、技能培训、地质灾害防治、跨区域水资源保护补偿等各类涉农项目，与脱贫攻坚工程全面聚合对接。吸引产业基金、金融资本、社会资金，通过 PPP、政府购买服务等模式，引导市场、企业和社会资源参与脱贫攻坚。

同时，坚持政府主导和社会参与相结合，形成政府、市场、社会互为支撑，专项扶贫、行业扶贫、社会扶贫"三位一体"的大扶贫格局。建立健全主管主责部门和县纪检监察机关的工作联系、信息共享、上下联动机制。强化财政扶贫资金使用和监管，严格落实"乡案县审"，精准运用监督执纪"四种形态"，严把扶贫领域问责案件质量。从严从实整治形式主义官僚主义，深入查找脱贫攻坚工作中"多、推、虚、浮"等问题，对弄虚作假搞"数字脱贫"的，严肃追究责任，确保中央及省脱贫攻坚各项决策部署落地生根。将脱贫攻坚评分结果与干部使用挂钩，以工作实效、群众满意作为评价核心指标促工作落实。

## 创新，山区生活大变样

一幢幢白墙灰瓦的农家小楼，绿树掩映着小桥流水，与远处的青山交相辉映，融为一幅美丽的乡村画卷……金寨县加大资金投入对基础设施进行全面改善，乡村治理成效显著，处处都是清新秀丽的美景。

投入资金 2.635 亿元，对人口较集中的建设规模型水厂，对一般自然村庄实施小型集中供水工程，对部分偏远山区相对分散居民点实施分散式供水工程，逐步全面解决了农村贫困人口安全饮水问题。

"我们这里又偏又远，虽然路修好了，但是一直没有农班车跑。我的腿脚又不好，去镇上坐车一次 10 块钱。现在出门就有公交站台，2 块钱就能坐到镇上，方便多啦!"家住斑竹园镇王氏祠村的村民王远炉拎着新采摘的一篮蔬菜，坐上 403 路公交车。老王说，他做梦也没有想到，过上了城市人"出门走上水泥路，抬脚迈上公交车"的日常生活。金寨县投入 2.3 亿元在全省山区县率先实现城乡客运一体化，先后开通城镇、镇镇、镇村公交线路 93 条，实现了县内全覆盖，既解决了群众的"出行"问题，也解决了农产品的"出山"问题。

全力推进农村垃圾、污水、厕所专项整治"三大革命"，村庄环境得到进一步改善，垃圾得到无公害处理，人民幸福和谐安居感进一步增强。

随着精准扶贫各项政策的落地生根、开花结果，人居环境的改善和收入水平的提高，群众的精神面貌焕然一新，脱贫致富的信心越来越高，"等靠要"的被动思想逐渐转变为"争先干"的积极行动。

易后昌是白塔畈镇郭店村老楼组居民，家中 3 口人，是建档立卡贫困户，于 2017 年脱贫。他的儿子和女儿分别于 2011 年和 2012 年因车祸相继去世，儿媳也随之改嫁，只留下年幼的孙女与老两口一起生活。他依靠国家脱贫政策扶持，激发自身动力，不辞辛劳，发展茶叶、板栗特色种植产业，努力为孙女提供更好生活和学习环境。夫妻二人为人忠厚老实，每次公益岗干活，都能吃苦在前，任劳任怨，积极主动帮助邻居。易后昌通过易地扶贫搬迁在老楼中心村庄建房，坚持移风易俗，杜绝铺张浪费，不收礼，不办酒席，一时间成为十里八乡称赞和效仿的"明星"。

金寨县创新出台《弘扬时代新风推动移风易俗助力脱贫攻坚的指导意见（试行）》，完善村规民约、杜绝贫困户参与高消费、建立推广"红黑榜"管理制度，在全社会倡导"率先脱贫光荣、勤劳致富光彩"的社会风尚，破除"思想枷锁"，激发内生动力，在全县有条件的村（社区）创新开办正威"振风"超市，广泛开展"六净一规范"活动，开展"脱贫之星"、"致富带头人"等评选表彰活动，深入开展脱贫攻坚大宣讲、"举旗帜·送理论·助脱贫·创文明"理论宣讲、"话变化、感党恩，勠力同心奔小康"脱贫攻坚主题宣讲等活动，探索实施"等靠要思想严重的贫困户改造工程"，实行领导联系帮扶负责制，激发群众脱贫致富奔小康的动力，促进贫困户由"要我脱贫"向"我要脱贫"转变。并结合扫黑除恶专项行动，对参与黄赌毒、封建迷信的贫困户加大打击力度，特别是不思进取、痴迷赌博造成违法犯罪的，坚决予以清退。如今，通过一系列创新之举，老区人民的生产生活方式及思想认识正在悄然改变。

经过几年的努力，金寨县脱贫攻坚连战连捷，全县经济实力明显增强，民生保障不断改善，城乡发展更加协调，生态文明优势彰显。2019 年全县生产总值达到 133 亿元，同比增长 7.5%；财政收入达 22.5 亿元，同比增长 10%；农村居民人均可支配收入 12152 元，同比增长 9.6%。金寨县先后荣获"国家园林县城""国家卫生县城""国家级 5A 旅游景区""国家级生态建设示范区""国家级出口食品农产品质量安全示范区""全国十大生态产茶县"等称号，被评为"中国长寿之乡""中国天然氧吧""国家全域旅游示范区"。

习总书记强调，一切向前走，都不能忘记走过的路；走得再远、走到再光辉的未来，也不能忘记走过的过去，不能忘记为什么出发。为打赢打好革命老区脱贫攻坚战，实现连战连捷，金寨县干部群众将进一步守初心、担使命、找差距、抓落实，把中央决策部署及省委、省政府的具体要求，与金寨具体实际相结合，全力实施乡村振兴，用自己的行动兑现对党、对人民的庄严承诺。

# 余静： 根植大湾写华章

## 胡遵远

在绵延起伏的大山下、在山清水秀的农村里，新建的安置房宽敞明亮，新修的水泥路连组到户，新办的农家乐生意兴隆，新兴的"民宿房"欲住难求，在长达 8 公里的水上漂流河道里兴奋的尖叫声频频，来自四面八方的游客会在不同的时间、不同的场景中呈现出蜂拥而至、摩肩接踵、人山人海的可喜场面……

眼前的金寨县花石乡大湾村，很难让人把它与贫困连在一起。然而，4 年前的大湾村就是金寨县的 71 个重点贫困村之一。"大湾好风景，出门就是岭，不是石头绊了脚，就是茅草割了颈。"村里的干部群众为了摆脱贫困奋斗了几十年，但是，一直到 2014 年底，全村 37 个村民组 921 户 3521 人中，仍有 575 人未脱贫，贫困发生率近 17%。

熟悉大湾村历史、了解大湾村情况的人都知道，这一切的变化，是习近平总书记亲切关怀、亲自关心、亲临指导的结果，是全村干部群众在县委、乡党委和村党组织的领导下，自力更生、艰苦奋斗的结果，是党的十九大代表、大湾村第一书记、扶贫队长余静辛勤努力、心血浇灌的结果。

2016 年 4 月 24 日，习近平总书记走进金寨县花石乡大湾村，察民情、听民声、解民意，与干部群众共商脱贫攻坚大计。4 年来，大湾村牢记总书记的嘱托，奋力打好脱贫攻坚战，走出了一条"山上种茶、家中迎客、红绿结合"的特色发展道路，交上了一张满意的"脱贫答卷"。

在集党性课堂、道德讲堂、新风礼堂"三堂一体"的大湾村游客接待中心，人们可以看到了习近平总书记视察金寨县和大湾村的专题片和"追梦路上的大湾村"图片展。一幅幅清晰的照片生动地展示了大湾村 4 年来发生的天翻地覆的变化——道路变宽了、房子变美了、村庄变整洁了、农民生活变好了。

余静原是金寨县中医医院的一名普通干部。2015 年 7 月，根据她个人的要求，组织上把她选派到花石乡大湾村挂任第一书记、扶贫工作队队长。驻村扶贫 5 年来，她抓班子带队伍、刨穷根寻对策、动真情办实事，带领全村干部群众甩掉了贫困帽子、实现了脱贫目标。

## 跋山涉水刨穷根　进村入户觅良方

大湾村是金寨县71个重点贫困村之一。大湾村的穷根在哪、致富路又在何方？带着这两个问题，余静一到村里住下就和扶贫队员们一起翻山越岭、跋山涉水，走进千家万户，寻找贫困根源，觅求致富良方。

为了摸实情、听实话，深入了解社情民意，余静他们按照"先看房、次看粮、再看学生郎、还看技能强不强、最后看看有没有残疾重病卧在床"的思路，逐家逐户进行走访，对存在的问题逐一进行认真摸排和梳理。经过很长一段时间的调研，他们得知：村里的两委班子信心不足、能力不强，干群关系不够和谐是大湾村致贫的一个根本原因。

在余静的主导下，大家综合村里资源、人口、交通、教育等多方面情况，经过反复认真讨论并与村两委班子充分沟通交流，共同提出了大湾村精准扶贫工作的总体思路。通过召开村党员大会、村民代表大会和群众大会等方式，进行广泛宣传、正确引导，迅速建立村级财务公开和干部管理等各项规章制度，充分调动村干部的工作积极性。她带领村党组织以抓党建促脱贫"四联四帮"活动为抓手，积极搭建党员参与村级工作的平台，千方百计地增强能人大户的帮带自觉性，增强广大共产党员的责任感。

为了充分发挥村级党组织和党员的先锋模范作用，余静还将全村61名有帮扶能力的党员与73户贫困户"结穷亲"、定期开展"四联四帮"活动，从而提高村两委班子的凝聚力、号召力，也增强了群众脱贫攻坚的信心与决心，为全面实施大湾村的精准脱贫计划打下坚实的基础。

## 打好攻坚第一仗　搬迁扶贫住新房

2016年4月24日，在余静驻村扶贫10个月的时候，习近平总书记带着党中央、国务院对老区人民的亲切关怀，亲自深入到大湾村走访村民，同干部群众共商脱贫攻坚大计。总书记在村民陈泽平家详细察看了住房和陈设，了解贫困原因、贫困程度，通过扶贫手册看脱贫措施定了哪些、落实得怎样。在村民汪能保家，总书记指出，因病致贫、因残致贫问题时有发生，扶贫机制要进一步完善兜底措施，在医保、新农合方面给予更多扶持。

总书记一连走进大湾村5户农家，听取村民对实施光伏发电扶贫项目、种植茶叶、发展养殖业以及移民搬迁等扶贫措施的看法和想法，了解省市县开展扶贫工作的具体做法和取得的成效。总书记要求各级党委和政府要怀着满腔热爱之情、按照党中央提出的精准扶贫要求，打好脱贫攻坚战，让老区人民过上幸福美好生活。

在村民陈泽申的小院里，总书记同乡亲们围坐在一起拉家常、听乡亲们脱贫措施。总书记强调，打好扶贫攻坚战，要采取稳定脱贫措施，建立长效扶贫机制，把扶贫工作锲而不舍抓下去。就是在这个别开生面的座谈会上，余静向总书记汇报了自己的扶贫历程。她说，"这段时光是我一生的宝贵财富，扶贫不只是经济上的帮扶，还要真心实意地给予关心。"并且当场向总书记作出了真诚的表态："大湾村一户不脱贫，我坚决不撤岗。"

2016年4月24日，这是余静一生中最难忘的日子，和总书记在一起的时光是她终生难忘的幸福记忆。习总书记的亲切关怀和殷殷重托，让大湾村广大干部群众备受鼓舞，不仅增强了大家脱贫致富的信心和决心，而且帮助他们指明了扶贫工作的思路与路径、方法与措施。

总书记离开大湾村的当晚，余静立即和村两委班子一起对原定的发展思路进行重新审视、及时进行调整完善。看着大湾村干部群众那一双双充满信任和期盼的眼神，余静深知自己肩上的责任重大。事不宜迟、刻不容缓，她必须迅速行动，不辜负总书记的殷切期望。从4月25日开始，余静带领大家按照习总书记的要求，一条一条地抓具体、一项一项地抓落实。

2016年前，全村有207户群众住在阴暗潮湿的危房中，其中18户群众的老房子有上百年的历史，"住新房"是村民们梦寐以求的期盼。总书记看望第一个贫困户陈泽平时，就问他愿不愿意搬到山下去？陈泽平就说了"党的这个政策好，我欢迎。"为此，村两委决定把实施搬迁扶贫作为精准扶贫的第一仗，集中精力、全力以赴，确保实现"开门红"。

立足大湾实际情况，经过反复调研，并报请县里批准，余静他们最大限度地整合了各个方面、各个层级的扶助政策，叠加使用易地扶贫搬迁、宅基地改革、移民避险解困、美丽乡村建设等各类项目资金，统筹解决贫困户搬迁建房的经费问题，实行"各烧一道菜、拼成全桌席"。

经过几年的艰苦努力，现已建成大湾组、方湾组、基湾组、中心村庄等4个集中安置点，入住贫困户 62 户 201 人。陈泽平是大湾村第一批搬进安置点的贫困户，早已告别居住几十年的破旧老房，搬进宽敞明亮的新居。

这些安置点均按照美丽乡村建设的要求，规范了猪舍、鸡舍养殖场地，做到房前屋后干净、窗户干净、屋内干净、厨房干净、厕所干净、个人卫生干净，生产生活用具摆放规范，村庄环境整洁有序。住进新居的村民，完全改变了生活面貌和精神状态。他们说，党和政府的搬迁政策解决了自己这辈子最大的事情、最重的负担，现在有信心搞发展、培养下一代了！

## 群众看病吃药有保障

因病因残致贫一直是山区人民难以解决的一个"老大难"问题。2014 年，村里贫困户中因病因残致贫的比例高达 71%，很多家庭"辛辛苦苦奔小康，一场大病全泡汤"。5 年来，在上级党委和政府的大力支持下，村里充分利用各方面政策，逐步建立了多层次的医疗帮扶机制。

余静来后，建起了两个卫生室，各配备两名医生，给每个贫困户都明确了一名家庭签约医生，有效地防止了"小病不治成大病""小病没发现，大病花大钱"的现象发生。她还联系自己的工作单位——金寨县中医医院，定期安排医务人员到村里来开展义诊和健康咨询活动，对因病因残致贫的家庭实行一对一的医疗帮扶。村民周秀凤的母亲被冠心病、高血压缠身，女儿又患慢性骨髓炎，病痛压得她全家喘不过气来。县中医医院副院长周颖结对帮扶她家后，一个月去她家两三次，每次都带上的药品。周秀凤说："以前像挑一百斤的担子，现在轻了七八十斤，我又活过来了。"

"351"政策和"180"政策，让总书记当年看望的第二个贫困户汪能保获益匪浅。汪能保老伴患高血压，常年靠降压药维持，他自己曾患胃癌先后住院治疗多次，花费很大。如今，老两口一个月需要药费近千元，但他们自己需要支出的却很少，他们家并没有因此而返贫，他逢人就说"是党的新农合政策救了我的命。"

## 产业致富奔小康

六安瓜片是中国十大名茶之一，也是金寨的一张靓丽名片。几年来，余静带领大家立足自然优势、大力推进生态茶乡建设，在上级有关部门的支持下，改造提升老茶园 1000 多亩，发展新扩标准化茶叶基地 1000 多亩。同时，在中央定点扶贫单位的帮助下，合作发展小规模精品有机茶园 50 多亩。栽下梧桐树，引得凤凰来，规模化、标准化的发展获得了茶企青睐。安徽蝠牌生态茶业股份有限公司租下了村办茶厂，一头连基地（农户）、一头连市场，不仅增加了村集体经济收入，又带动全村 400 余户茶农增收，不少贫困户还在这里学会一技之长、成为专业炒茶师。他们采取这种"企业+农户"的模式，实行农户务工、企业经销，做大做强了大湾村的"茶叶产业链"。现在，大湾村生产的"六安瓜片"名气越来越大，农民的收入也越来越多。

大湾村位于国家级自然保护区马鬃岭的山脚下，紧邻国家 5A 级景区天堂寨，春日山花烂漫、夏天林海碧波、秋季松竹含香、冬境雪压青松，加上革命老区的红色资源，发展旅游很有优势。余静带着村两委和广大贫困群众一起，充分挖掘资源、大力发展民宿，很快就建起了 20 多家农家乐，不少村民吃上了"旅游饭"。

村里利用山区山场面积大的优势，采取"专业合作社+养殖大户+贫困户"的模式，引导贫困户发展黄牛、山羊、黑毛猪、土鸡等特色养殖。同时，继推行光伏发电扶贫之后，又探索总结出农光互补发展模式，利用光伏板间隙地种植大棚灵芝。

当年习近平总书记问陈泽申，怎么致贫的，政府有哪些扶贫政策？2015 年收入是多少，2016 年收入想达到多少？陈泽申回答说，能达到五、六千元就满意了。没想到，短短的几年，他家的收入就达到了几万元。近几年的收入骤增、翻了几番。他说，他感触最深的就是生活一年好过一年。有吃有喝有穿，家家都通水泥路，都住新楼房，衣食住行、医疗等基本生活都有保障了，很满足。陈泽申告诉大家：除了养羊，村里精准扶贫项目为他家安装了一套光伏发电设备，每年发电收入近 3000 元；村里还开发了贫困户公益性劳动岗位，他做保洁员每月有 500 元收入。村里引进茶商后，2018 年，陈泽申就在茶厂的扶贫车间实现了就业，"一天工作八个小时，每小时 16 块钱，这一季能干 20 多天。采茶季过后，我还能在这打扫卫生，看管厂房弄点工资。" 2019 年他在茶厂里正式上了班，每月工资 2000 多元。随着来大湾村旅游的游客增多，他又做起了旅游服务。2018 年国庆长假，陈泽申卖苦菜、笋干、茶叶等农特产品，短短 7 天时间就卖了 5000 多元钱。此外，他还在山上种起了天麻、黄精等中药材，各种收入加起来就超过四万元了！

几年前，村民周秀凤的丈夫在车祸中受了伤，年迈的妈妈也需要照料，女儿又患上了慢性骨髓炎，全家年收入不到 4000 元，日子过得紧紧巴巴的。在余静的对接和联系下，她报名学习了扳片、炒生锅、拉老火，练就了一手炒茶技术，现在当上了茶叶公司的拉火组组长，"炒茶每小时 16 块钱呢，多亏了余队长啊！"周秀凤说。

现在，大湾村的农民初步走上了"山上种茶、家中迎客，白天忙活、晚上数钱"的幸福之路。他们说，过去"一年吃不了一顿肉，人人脸黄黑又瘦"，现在是"出门车轮滚滚，家家处处生金"。

## 大湾旧貌换新装

为了方便村民出行，他们多方筹资修建了 5 座人行桥。原来村里的泥巴土路全部改建成水泥路，全长 20 多公里。建成了一座 273.6kW 农光互补电站，年均发电量 28 万度，收益约 28 万元。同时，对村庄沿线环境进行了综合整治，如今，大湾村所有村民组全部通上了水和电，生活条件有了很大改善。以前自来水没有全部接通，很多村民吃水都靠肩挑手提；由于电压不够、不稳，住在山上的村民用电也不方便。大家都说，现在好了，水和电都通了，村民生活跨上了一个很大的台阶。

2018 年，大湾村就在全县率先实现脱贫目标，并且成为全县脱贫攻坚的示范样本。

王新云是大湾村张湾组的村民，她是从贵州远嫁而来的外地媳妇，家里有两位患病老人需要照顾，还有两个孩子正在上学。一家几口人的生活全靠丈夫一人在外地打工维持，常常是捉襟见肘。余静得知王新云的情况后，联络各级支持，王新云一家享受了产业扶贫、健康扶贫等多项优惠政策。如今，王新云在大湾村五斗潭附近经营起了农家乐。窗明几净的农家三层小楼里，共有 20 多张床位，家庭面貌发生了翻天覆地的变化。2017 年，王新云家已光荣脱贫，日子过得越来越红火。5 年来，易地扶贫搬迁、健康扶贫、产业扶贫……各项政策的"组合拳"，打散了几十年来萦绕大湾村的贫穷阴霾，如今的大湾村环境越来越美、日子越来越好。

大湾村的"民宿"是在总书记视察后所建，在漫山叠翠间与徽派民居相映成趣。2018 年，大湾村办起民宿，刘辉洪在家门口有了一份稳定的收入，每月工资2000 元，旺季还会根据营业额得到一些提成。稳定收入，让刘辉洪家生活安定，用她的话说日子过得非常幸福。

旅游带火了大湾村，村里现有旅游栈道、休闲漂流、游客接待中心等多个项目在同时建设。刘辉洪的丈夫也结束了在外打工，今年回村里找到了工作。他说，在外打工不如在家踏实。

路子找对了，村子变样了，过去臭气熏天的牛栏、猪圈，改建成了干净敞亮的旅游公厕，潺潺溪水环绕着新修的凉亭，"这儿的夜景可比城市里漂亮多了！"村民们自豪地说。目前，全村办起了 22 户农家乐，其中一半由返乡创业者创办。5G 信号开通后，游客还可以通过"5G VR"技术远程欣赏大湾美景，体验一把"云乡愁"。

近年来，余静他们带领群众大力发展特色产业，精心培育茶叶品牌，着力带动村民增收。身体残疾的贫困户汪能西户，仅采茶一项，去年就赚了 1 万多元。2019 年是大湾村有史以来采摘时间最长、经济效益最好的一个采茶季，好几户茶农的收益都超过了 1 万元。李文海一家扩建了 25 亩"农光互补"基地，他们将采取农户种植、合作社提供技术指导、企业收购加工的模式，靠种灵芝致富。

经过 5 年的不懈努力，大湾村旧貌换新装：田园处处是美景、山村随地见小康。2016 年，全村脱贫 18 户 63 人；2017 年，脱贫 31 户 105 人；2018 年，脱贫 86 户 200 人，贫困发生率下降到 1.3%，顺利实现了"户脱贫、村出列"的目标。

## 真情洒满扶贫路

2015 年 7 月，按照县里要求，金寨县中医医院需安排一人到大湾村驻村扶贫。余静主动请缨，来到花石乡大湾村驻村扶贫，那一年她 33 岁，儿子 6 岁，小女儿才 6 个月。余静至今记忆犹新，当年离开家门时，她把黏在身上的女儿交给奶奶后，心里满是酸楚，纠扯得很疼很疼……此后，驻村扶贫的日子里，唯有视频里与儿女短暂地"相聚"。

"妈妈，回来吃饭啊……"电话那头，11 岁的儿子、5 岁的女儿经常在电话里齐声呼唤着。"等妈妈忙完手里的活，很快就会回来看你们。你们要听奶奶的话，晚上要早点睡觉。"余静捧着手机，语气温柔，充满抱歉之情。这样的话，她已经说过整整五个年头了。

一个午后，余静正坐在办公室忙着，忽然听到门外一个熟悉稚嫩的声音喊"妈妈！"抬头一看，竟然是爱人带着两个孩子出现在村部门口，余静夺门而出，当看到 6 岁的儿子抱着 6 个月的妹妹站在村部院里时，她的泪水再也忍不住了，她一把搂住两个孩子，好长时间都没有松开……

初来大湾一亮相，高高的个子、长长的头发，蹬着皮跟鞋、穿着防晒服，"县里干部不一样，就是比咱山里人漂亮，不知道干事是不是一样漂亮？"看着余静，村里的干部群众心中有些疑虑。5 年来，余静用事实证明，这个"县里的干部"有着映山红一样的个性，"既然种在大别山上，那就把根深深地扎进石头缝里！"

5 年来，余静主动承担起了汪能保一家的脱贫任务。老两口已年过花甲，每天都要靠药物稳定病情，加之儿子意外去世、两个女儿也远嫁他乡，无依无靠。2017 年初，汪能保老人又被查出胃部恶性肿瘤，前后治疗花费近 12 万元，家徒四壁。住院期间，余静一边安慰老人，一边了解健康扶贫政策。为了解决好汪能保老人的后顾之忧，余静隔三差五地到他家看望，帮助他们干家务，帮助办理住院报销和申报慢性病等手续。在余静的悉心照顾和帮助下，老人气色一天天地好转起来，他说："党的政策好，是党救了我的命！余静比自家的丫头还要亲！"

2016 年 8 月底，开学在即，大湾组的陈泽申、占治国和陈尚传等户人家，正在为孩子上学学费发愁时，余静立即与爱心企业联系、为他们解决学费问题。当天晚上，余静和村干部就把每名学生 5000 元的学费送到他们家中。

大湾村姚湾村民组的党员何家枝过去曾担任村干部，群众基础比较好。她了解这些情况后向乡里建议，请她担任村党支部书记，同时将 2 名后备干部选进村班子。新组建的村两委班子通过深入开展"两学一做"学习教育、"五星党员"争创活动，设立党员光荣榜和"曝光台"等举措，进一步激发了党员干部的责任感和荣誉感。5 年来，余静他们带领群众实施了 4 个易地扶贫搬迁项目，全村 61 名有帮扶能力的党员与 73 户贫困户"结穷亲"，开展"四联四帮"、真情服务村民，群众普遍感到"党的好传统又回来了"！

余静和村两委开展"我脱贫、我光荣"授牌"最美家庭"创建等活动，把"要我脱贫"变成为"我要脱贫"，充分激发群众向上向善、脱贫致富的内生动力。立足大湾村的资源优势，"山上种茶、家中迎客、红绿结合"发展思路，因人因户制定脱贫措施。70 岁的贫困户陈泽申，将腾退和闲置的老屋交由旅游企业统一装饰经营，按比例收取分成，仅此一项年增收近 2000 元，2017 年就已顺利脱贫。他们还针对贫困户开发了生态护林员、美丽乡村保洁员、道路养护员、油茶管护员等84 个公益性岗位和 8 个辅助性岗位，上岗贫困户每人每年分别增收 6000 元和3600 元。

扶贫干部长期驻村，与农民群众住在一起、干在一起、苦在一起，将心比心，以心换心，才能赢得群众的真心。贫困户杨习伦以前致富无门，干什么事都提不起精神，余静和村干部 3 个月时间里 40 多次与他谈心，联络能人大户指导他养殖土鸡、黑毛猪，还帮助他申请贷款。一年下来，杨习伦盖了新房、娶了媳妇，生活好了，精气神也足了，眼下正在筹备开农家乐。

余静先后多次在全国和全省抓党建促脱贫工作会议上作交流发言，并且光荣地当选为党的十九大代表。2018年荣获"全省第六批优秀选派帮扶干部标兵"称号，并被相关部门授予"六安市优秀共产党员""安徽省青年五四奖章""安徽省道德模范"称号。2019年以来，先后被安徽省文明办和中央文明办分别评为"安徽好人"和敬业奉献类"中国好人"。

# 唤醒春天的人

### 方观男

提到张功国的名字，熊家河村的五保户老人朱学军说，他逢年过节都给我们红包；当地农民储士秀说：我们在他的生态园里学到了技术；全军实验学校的师生说：他为全军实验学校一次就捐款 10 万元；熊家河的贫困户陈加全说：我们在生态园里做工，增加了收入。

张功国，金寨县全军乡熊家河村人，中共党员，西楼生态旅游有限公司党支部书记、法人代表、熊家河创福发展有限公司董事长、熊家河村名誉书记。

## 50 元起家，走路走得脚起泡

1997 年，在一个阴雨绵绵的日子，30 岁的张功国怀揣着借来的几十元钱，出门了。

因为做菌种失败，欠了 11 万块钱。走投无路的他，随着进城务工的大军来到江苏省张家港。"那时江阴长江大桥还没有建好，我是从桥边走路走过来的。"当时他穿的是母亲做的布鞋，怕潮了，夹在胳膊里，赤脚走在泥地里。回忆起当时的情景，现在的张功国自己都觉得有些不可思议。

"走得两个脚底都是泡。当时，我口袋里只剩下 50 元钱，哪舍得去坐车啊。"怀揣着这 50 元钱，张功国来到了青草巷批发市场。

"我在批发市场内转了几圈，发现批发熟毛栗子的摊位不多。"

用这 50 元钱，他买了一口铁锅和其他的工具，从市场内赊了生的毛栗子，炒熟后再拿到批发市场内卖。"生毛栗子的批发价是 8 元/公斤，熟的是 16 元/公斤，每公斤就有 8 元的差价。"

当天，张功国居然卖了 100 多公斤的毛栗子，除去成本，赚了 400 多元钱。"虽然炒栗子炒得满手满身的黑灰，但心里别提多高兴了。"不久，靠着炒栗子赚到的钱，张功国在批发市场内租了摊位，做起了蔬菜批发生意。在张家港市青草巷批发市场，他靠卖家乡的糖炒栗子起步，发展到种植、销售、餐饮等多行业，凭自己吃苦耐劳的拼搏，赚到了第一桶金。尝到了农业致富的甜头后，张功国将全部精力都放到了农副业上。

张功国凭借老区人"敢为天下先"的一股韧劲，在大棚果蔬种植经营上闯出了一片天地，成为当地蔬菜种植大户，得到当地政府的大力支持。他组建了自己的核心科技队伍，创建了自己的蔬菜品牌——"金南港"。经过两年的努力，"金南港"蔬菜的12个产品已全部获得"绿色食品"证书。目前张功国拥有连栋大棚200亩，单体大棚600亩，还成立了金恭国果蔬专业合作社、国旺现代农业生态园和南港园艺设备有限公司，在江苏省内小有名气，他作为老区人在张家港创业成功的典型代表被数十家媒体报道。

"苏州市蔬菜种植先进个人""苏州市农民专家""科技带头人"第11届、12届张家港政协委员、"张家港市劳模""张家港十佳爱心人士""张家港十佳新市民""张家港优秀共产党员"，各种荣誉不断涌来，而他心里放不下的，依然还是贫困的家乡，还有自己失落的致富梦。

## 情系家乡，能人回归再创业

2016年金寨县实施能人回归工程，县领导力劝张功国回乡，带动乡亲发展生态产业。全军乡以能人回归工程为契点，引导外出创业成功人士回乡参与产业扶贫，乡党委书记黄正先四次前往张家港，了解张功国产业发展情况，与其交心，谈政策、谈家乡情况，谈脱贫致富的措施和政府发展生态农业、振兴乡村经济的规划，欢迎他乡发展。

此时的张功国内心特别纠结，一方面自己在张家港事业有成，顺风顺水，即使维持现状也足以锦衣玉食，生活安逸无忧。但是想到家乡的贫困还是让他心里特别难受。家乡人知道他有钱了，每次家里来人有困难都找他帮忙救济，求帮助、借钱、找事做。他知道自己的亲叔叔、婶婶、堂弟一家三人有病，还是贫困户，尽管在自己的帮助下，堂弟一家已经衣食无忧，但是家乡还有一些亲戚、同学、一同长大的玩伴和朋友生活还很贫困，他坐不住了，吃不香了，心里非常难受。

2016年正月，黄正先书记每天一个电话，跟他说家乡乡亲们的困难，诚邀张功国回乡发展，带动大家一起致富。受其诚心所动，他决定回乡发展。

当他把这个想法告诉家人时，遭到父母、妻子、孩子全家人包括受他资助的堂弟的坚决反对。生态农业投资风险大，投资多，见效慢，何况现在他并不缺钱。妻子考虑到张家港一大摊事务，如果不是他亲自操作，经济上的损失将非常巨大，还有孩子的学习环境等，以离婚来抗拒他的决定。张功国想到的不是自己，他知道自己的资产足以让一家人过上幸福的生活，但是人活一世，总不能光想到自己，有能力总要帮别人一把。他说：人要有感恩之心，我当年就是借钱出来闯的，如果不是同学帮我借钱，我也没有今天，现在我有能力了，也要回报那些帮助过我的人。

2016 年，张功国带着果蔬种植技术及 3000 万现金，离开了他生活了近 18 年的张家港，回乡创业。

他把自己的团队一分为二，一部分放在张家港继续发展，一部分带到家乡开拓新产业。他投资成立金寨县田源科技公司，从生态种植起步，把他在张家港的发展模式复制到家乡。从一块无人问津的河边荒地起步，整地、修渠、铺管道，他用的民工都是周围的乡亲，给他们算工资。经过一年多的努力后，土地平整了，大棚起来了，原先长草的河滩地没荒草了。一座当时群众没有见过的生态园初现雏形。在这三年里，他把张家港收入全部投到西楼生态旅游有限公司，总计 6000 多万元，为长期发展谋篇布局，带动一方发展。

## 生态农业，带动乡亲发展产业

张功国常说，我一个人富了，不值得自豪，只有全体乡亲都富了，才是最开心的事。

为助力家乡脱贫攻坚，挖掘本地产业优势，张功国在收购订单农户的农副产品的同时，积极扶持贫困户发展生态庭院经济，收购农产品，吸纳贫困户就业，推动精准扶贫的实施，为贫困户探索出符合实际、可持续的生态种植脱贫致富模式，有效拓宽贫困人口的增收渠道，带动贫困户尽快脱贫致富。

他无私地把自己的技术教出来，把路子介绍给乡亲，大家一起勤劳致富。2017 年 7 月，张功国以 392 万元竞得全军乡熊家河村西楼组集体经营性建设用地 19.55 亩，用于投资乡村生态旅游项目—金寨兰花庄园一期项目，吸纳当地群众就业。现 7900 平方米的主体工程已完工，计划今年年底完成装修及绿化亮化配套工程，同时着手申报二期项目建设用地。又创办金寨县西楼生态旅游有限公司，主要从事果类、花卉生产销售、乡村生态旅游项目投资开发。通过滚动发展，现有固定资产 6000 万元，公司员工 40 人，年吸纳农村剩余劳力就业 200 多人。

2018 年以每亩/年 520 元价格流转了全军乡何家湾、熊家河两村共 460 亩，土地用于现代农业经营，每年支付土地流转金 23 万元。建成 110 亩蔬菜大棚，生产西瓜 60 万斤、西葫芦 15 万斤，产品成功打入合肥周谷堆农贸市场，带动周边 80 名剩余劳动力就业，21 户贫困户户均就业增收 5000 元，发放民工劳务工资 53.7 万元。何家湾、熊家河村集体经济年增收 6.9 万元。

他加大瓜果蔬菜大棚投入，新增 230 亩种植适销对路果蔬，产品销往合肥周谷堆、张家港市青草巷农副产品批发市场；就近吸纳农村剩余劳动力特别是贫困户到扶贫农场务工及岗前技术培训，确保他们能进得来、稳得住、创得收；带动周边 210 名剩余劳动力，实行"公司+扶贫农场+扶贫户"的扶贫模式，凡进扶贫农场务工的贫困户除可领到在公司每天 80 元的务工收入、享受政府的就业扶贫补贴外，还能享受扶贫农场的利润分红，21 户贫困户户均年增收 8000 元。

## 投身公益，出钱出力无怨无悔

张功国说，如果没有乡亲们的支持，没有政府的好政策，自己也可能是一个贫困户。他用爱心帮助别人，就是希望有更多的能人来一起助力脱贫。

2018 年扶贫日公司向全军乡政府捐赠 3 万元扶贫专项资金。捐赠熊家河五保老人春节慰问金 2.16 万元，考取本科的 8 名学生助学、退职老村干、贫困户发放慰问金 3.96 万元。

2018 年公司发放集体经营性建设用地入市地块股金分红 8.82 万元。

2019 年上缴熊家河村集体收入 35 万元，为金寨全军实验学校捐款 10 万现金，受到当地群众的一致好评。

张功国做产业带动大家致富，遇到乡亲有困难时，他又伸出援手。张功兴就是他倾力帮助的人之一。

因为父母长期瘫痪在床，还有两个孩子上学，张功兴自己在家照顾两位老人，只靠妻子一个人在外打工收入微薄。2010 年张功兴本人又患上重度糖尿病，张功国出钱帮他治病。在张功兴治病期间，父母先后离世，张功兴在医院里做手术不能出院，张功国帮他料理后事，等他出院后，把他带到自己的基地做工，送他去学习、培训，培养成技术人员。现在张功兴年收入 20 万元，彻底摆脱了贫困，也成为他在家乡发展的重要力量和核心骨干。

熊德元一家三口都是病人，本人是糖尿病，妻子是侏儒，女儿有自闭症。村里贫困户住房改造，张功国无偿为他家提供人工、建材，帮他重新建了新房子，节省资金 4 万元，捐赠他送女儿三次到上海治病全部费用 2 万元。现在熊德元在外工地上看场，妻子在家里照顾孩子，做公益岗位工作，每年有 6000 元的工资，闲时还可以在庄园做点事，收入一万多元，生活状况得到明显改善。

张功国尽其所能帮助乡亲，逢年过节慰问五保人、为贫困学子捐款是他最热心的事。每年在这些事情上花的钱，都有几十万，而他本人生活非常节俭，经常跟工人们一起劳动，保持着一个农民企业家的淳朴品质。

## 发展旅游，带动乡亲就近就业

张功国有一个宏伟的目标，他看到张家港的发展繁荣，也要把家乡打造成幸福之乡。他的目标是把熊家河村西楼队打造成天下第一队，带动一方富裕，让乡亲们共享幸福生活。经过三年不断努力，能人回归的杠杆效应日渐显现，有力撬动农村经济社会发展活力，形成"用一个能人，兴一个产业，活一个村庄，富一方百姓"的发展格局。通过非公党支部建设激发乡村活动，确保优质脱贫、稳定发展、勤劳致富，为乡村振兴增添重要骨干力量。

寒冬时节，本该是劳累一年的农民在家里清闲的时候，在金寨县全军乡熊家河村的一排排大棚里，却是一派繁忙景象。暖洋洋的温度和满眼的绿色几乎让人忘了寒冷的冬季。几个家庭妇女忙着打理蔬菜瓜果苗圃，十几个当地农民正在参加新型蔬菜种植现场培训，给他们培训的是西楼生态旅游有限公司董事长张功国。村民储士秀说，以往农闲的时候打麻将，现在有了温室大棚，一天能挣百多元，勤劳能致富，大家再也不想闲着了，干点活给家里增加点收入。

温室大棚给当地农民提供就近就业机会，也起到生态种植的示范作用，还吸收当地 40 多名剩余劳动力和贫困户到生态园工作。他们不仅提高了家庭收入，还学到了生态种植技术。生态种植以星星之火的态势不断发展壮大。如今，熊家河村农业生产总值逐年增加，村集体收入 51 万元，成为远近闻名的富裕村，农民的收入更是有了可喜的变化。

作为一名共产党员，他把带领乡亲脱贫致富当作自己的责任，深入挖掘村级在资源、区位、传统产业等方面优势，兴办致富效果好、辐射带动能力强、能够增加集体和群众收入的特色项目，带头兴办经济实体，推动形成一村一品，拉动村级集体经济发展。

# 又见家乡热土炊烟

## 吴孔文

沈括的《梦溪笔谈》提到，国朝十三山场，都卖茶："寿州麻步场买茶三十三万一千八百三十三斤，卖钱三万四千八百一十一贯三百五十；开顺场买茶二十六万九千七百十七斤，卖钱一万七千一百三十贯"。麻步即今天的金寨县麻埠镇，一个仍以茶叶为支柱产业的乡镇；至于开顺，这个春秋时以"鸡父之战"闻名于世的地方，而今只是一个行政村，寒晖薄影，寂寂无名；鸡鸣野店，真可太息。

关于麻埠的文字，我曾在《抱愧麻埠》一文中写道："这个北魏时被称为'边城'的山镇，北宋时期成为全国12茶市之一。历史上，唐宋元明清都很垂青这里，外族入侵、饥民暴乱、江湖争斗等几乎都没有波及她。比及中原地区不时出现的'千里无鸡鸣，白骨露余野'惨状，麻埠何等有幸！"

这是2012年的一段文字，时光又过去了八年。这次踏上麻埠的土地，是一个春天，"新冠肺炎"疫情刚刚过去，万物都在苏醒中小心翼翼。置身于乡村无边的绿海里，莫名其妙想到加缪的两句话，"我总感觉生活在大海上，受到威胁，然而心存巨大的幸福。"

## 一

决定去采访李德全，想问他的问题只有三个字：为什么？

人到中午，许多人开始做减法，删繁就简，减去不必要的枝枝蔓蔓。年轻时的开疆拓土、攻城略地的锐气收敛起来，守成的同时稳扎稳打，别犯大错误，防止小沟沟里翻了大船。

许多时候，我喜欢静静地回望乡村，那些沉淀在岁月中的镜头会在我的回望中复活：雨雪霏霏，一批批的打工者头顶一件衣服，身背塑料口袋，像一群洄游的鱼，黑压压地从车站出来；春节刚过，这群"鱼"又黑压压地压向车站；农忙季节，田间地头偶尔会出现左冲右突的中年汉子，一通奔忙后逃也似的离开家门；夕阳西下，年迈的爷爷奶奶颤巍巍地出现在村口，等候散学归来的孙子孙女。

不知从哪天起，那片原气升腾、地气丰沛的村庄一点点衰老、荒芜，力不从心，它与城市的距离仿佛越来越远，也越来越需要城市的反哺——交通、通讯、就业、就医、就学等等。尽管如此，自然村庄每天仍以100个左右的速度在消亡。几十年前鸡飞狗跳、阡陌纵横的小村子，而今变得榛莽丛生，野兽出没，风过林梢，吹拂陈年旧事。

那些从乡村冲进城市里的人，上无片瓦，下无立锥之地。进工厂、上工地，咬紧牙关，挺过生活赋予的一道道沟坎。他们真的像野草，卑微而又疯野，有一点土坷垃，就坚韧地生长；有一点阳光雨露，就勇敢地昂起头颅。那些淘得第一桶金后转身为工头、老板、经理、董事长等成功人士，所承受的苦、遭受的罪，是一本本厚重的书，个中的泪水、苦痛、彷徨、抗争、不屈、困惑等，如果不加修饰地呈现在我们眼前，往往有太多惨烈的成分，会震撼每一个有良知的心灵。当前，当我们面对那些开着豪车、脖子上戴着沉沉的金链子的返乡人士，你又会觉得无语而可笑。这些极少数的人，是在张扬什么，又想掩饰什么呢？

中国城市的兴起，与广大农村的支持与奉献密不可分。城乡二元结构、剪刀差、城市优先发展战略以及今天的造城运动，或多或少地都是乡村向城里"输血"，为城市的发展集聚各种要素。城市在发展壮大，乡村却在日渐萎缩。一批批市民加速诞生，一批批乡村留守老人慢慢逝去。然而我们也欣喜地看到，农村税费改革以来，随着国家财力的不断增强以及城市化的不断推进，城市对乡村"反哺"的力度也在逐年加大，政策的、资金的、项目的、人才的、技能的等等。李德全说，乡村没有必要发展成为城市，但乡村完全可以像城市那样实现现代化，乡村居住的人们完全可以拥有城里人一样的美好生活。

其实我们心中都明白，实现乡村振兴，最重要的因素是人，是那些有能力、有担当、有情怀的人。然而，正如当年的艰难出走一样，回归同样充满艰辛。有些回乡创业者因为受到多方掣肘，最后不得不含泪离开，再次融入城里。"回不去的故乡"并不是一句洋气的悲叹，或许是来自内心的真正呐喊。因为爱，我们会为脚下的土地流下泪水，或许某一天，我们是否会对脚下的土地生发出一种哀其不幸、怒其不争的恨呢？爱之深恨之切的道理，对于故乡是否适用？

在城市化的浪潮中，一批批农民涌向城市，甚至成为城市市民。尽管如此，市民返乡者依然不乏其人。他们带着资金、技术以及说不清、道不明的情感，在家乡的土地筑巢孵化、生根发芽。

这些逆行之人，乡村是根、是羁绊，也是希望。乡村给了逆行者迂回的空间，也会带给逆行者某种困惑或者危险。

李德全无疑是众多逆行者之一。作为一个创业有成、五十有余的人，他的回归肯定经过深思熟虑的。这种深思熟虑，让我对乡村抱以更大的希望。

## 二

真没想到，采访李德全，他首先提及的，居然是文化。

会面在一间茶室进行。坦白地说，看到茶室时，我感到有点奇怪。原以为，企业老总的工作室都是那种高大轩敞、宏阔大气的房子，为了自我提高，还会在老板转椅后面放一个大书柜，里面摆满各种各样的书。而李德全的茶室却低矮、局促，置身其中，有一种休闲的满足感，此时窗外春雨潇潇，这样的房间，又让我感到有点逼仄。

谈话是以茶文化为切入点的，先说了一通六安瓜片、太平猴魁、安吉白茶、福建大红袍以及铁观音、金骏眉，接着又说红茶、黑茶、篮茶、花茶等等吧，茶的话题最终的落脚点是六安瓜片，他认为，这个千年品牌，如今面临多种压力与挑战，从他焦虑的话语中，我简直疑心这一名茶要寿终正寝、万劫不复了。

这也许是文化的敏感使然。我知道他最近两年，一直从事六安瓜片茶文化的发掘、研究与推介。一个商人从百忙中分出一些精力，从事文化的研究，这种精神难能可贵，也令人担心。文化终归是一种软实力，真金白银才是支撑我们活下去的基础。在没有吃饱饭之前，谈论文化实在有点矫情。好在我们都已跨越了为一日三餐发愁的时代，谈点文化，适当抬高一下自己的精神境界，也是无可厚非的。

六安瓜片这种茶，号称中国"十大名茶"之一，主要以香气取胜。好事文人搜集过六安瓜片的光辉历史：此茶于明嘉靖三十六年被列为贡品。清朝廷用此例，据说一八五六年，慈禧生下同治后，身价倍涨，受到咸丰帝每月给十四两"六安瓜片"的待遇。在著名的《红楼梦》中，多次提到"六安瓜片"。新中国成立以后，金寨所产片茶曾被作为"国礼茶"送给基辛格、普京；多次被评为"茶王"。与瓜片相关的历史名人，除慈禧、曹雪芹外，周恩来、叶挺、梁实秋、张爱玲等都曾与它有一段或数段佳话。

历史是时间的孩子。历史与现实总是或多或少存在着距离。李德全认为，六安瓜片目前面临多种窘境：一是品种替代所导致的名茶地理属性缺失。二是工艺不规范，甚至生产场地环境不安全。三是原产地概念模糊，没有核心产区。四是同行恶性竞争，品质下降严重。五是缺乏文化氛围，市场对六安瓜片的认可度还有待提高。六是缺乏推广，知名度低，无法同信阳毛尖等名茶相比。这些现象，不能不说与认知和文化有关。有鉴于此，2017 年，李德全从广东回到麻埠的桂花村，注册成立"老山头茶叶公司"，采取"公司＋农户"的方式，从事六安瓜片的生产和茶文化挖掘工作，目前公司拥有茶园 200 余亩。加工瓜片的鲜叶主要是 1976 年的老品种，如今采用无性繁殖技术扩大生产规模，鲜叶的收购量逐步扩大。在李德全的努力下，老山头茶叶公司生产的六安瓜片在继承传统的生锅杀青、熟锅炒制作形、拉老火工艺的同时，着力推进采摘工艺的标准化、成茶冷藏的科学化，销售主要采取线上线下销售模式。谷雨过后，茶叶生长速度加快，品质也急速下降。采摘的鲜叶不宜再成为瓜片的原料，而是制成"黄大茶"。李德全说，茶农采摘"黄大茶"的鲜叶，一天可采几百斤或近千斤，收入几百元不等。

老山头茶叶公司，一面做高端的六安瓜片和低端的黄大茶，同时也准备从事红茶、黑茶、青茶、篮茶的开发。李德全说：作为茶叶大县的金寨，要摒弃狭窄的、仅生产绿茶的思想，从事多品种的茶叶开发，以满足不同消费者的需要。同时，金寨绿茶需要核心文化支撑，重点突出本地绿茶的优良独特秉性，这也算是文化自信吧。

## 三

李德全是金寨"能人回归工程"的响应者，关于他回乡创业、带领乡亲脱贫致富的事迹，麻埠镇人大主席方华曾有详尽的叙述。

李德全，1969 年 10 月出生，金寨县油坊店人。1989 年高中毕业，先后在金寨县第八缫丝厂担任办公室主任、厂长助理等职。1997 年李德全辞去家乡的工作，在上海开始拼搏，并南下广州。经过多年努力，创办"广州市花都区金泰龙通信配套设备厂"，年产值达到 8000-12000 万元，一度进军欧美市场。临近知天命之年，为响应金寨县"能人回归工程"，在 2016 年毅然选择回来，支持家乡建设。兴办"老山头茶叶公司"，将原村部闲置旧房加以利用，总投资约 200 万元，其主要用于"六安瓜片"等名优茶的品牌建设、茶文化学习和研究、传统茶工艺保护和推广。2017 年，在县农委的帮助下，成功举办第一届"六安瓜片"技能比赛。

2019 年，公司共进行过两季"师带徒"培训，帮助 40 余名贫困户实现农民职业培训，带动 40 余户贫困户发展增收，人均增收 3000 元以上。为了更好地帮助贫困户，老山头茶叶申报了就业扶贫基地，企业实现利润 100 多万元，解决 50 多人在公司就业，其中贫困人口 35 人，带动全村 108 户贫困户增收，在公司的带动下，当年 28 户贫困户顺利脱贫。

李德全作为回归的能人，组织上选派他担任桂花村的"名誉书记"，并兼任村创福公司的董事长。为了增强脱贫攻坚和乡村振兴的"造血"功能，李德全上任伊始，就与村两委一起熟悉村情，倾情产业发展，制定了《桂花村 2018-2021 年经济发展规划》和《桂花村 2018-2021 年旅游规划》，同时确定了以特色农业、生态旅游发展为主，一二三产业协同发展的方向。在规划的同时，他还积极付诸行动，投资 500 万元兴建电子商务示范街，规划新建民宿样板项目。为了节省成本，他自费带领村两委干部到湖北、广东学习成功做法，回村后自己动手设计、规划，很快民宿一条街投入建设。他利用茶文化的发展优势，突出"茶+旅游"的龙头经济模式，融合特色自然景观与人文景观，推出丰富多彩的茶旅游精品线路，带动经济快速发展，构建桂花村茶文化旅游产品体系，开拓了多产业联动、产业融合发展之路。

## 四

广州，高楼林立，海风新鲜；麻埠，层峦叠嶂，绿水小园。从繁华的大都市返身到清寂的乡村，需要走过怎样的心路历程？

每个回归者可能都有许多理由。在与李德全的对话中，我提出，能否表里如一地说一句话，选择回来的真实原因？毕竟，他的夫人和孩子仍还在广州。

父母年纪大了，需要人照料。他说。

这是一个很刚性的理由。随着老龄化时代的加速到来，家家有老人成为现实。所谓抱团式养老、公寓式养老、社区式养老往往远水解不了近渴，甚至是镜花水月。太多的人家还是靠居家养老才能解决问题。家中有老人，后辈们心多挂碍，能够在家门口创业，兼顾照料老人，可以一举两得。

为了父母，放弃那么好的发展机会，回到这冷寂的山野中，不仅需要勇气，可能更需要情怀。或许，对家乡的依恋，对父母的感恩，对创业有成的重新定位，对人生的深层次思考，才促使李德全做出这一逆行的举动。

据了解，能人回归工程中，听从召唤的能人并不多。这一现象很容易理解，毕竟从发展的角度来说，家乡在资源、交通、信息、资金、人才、技术等方面都不占优势，舍弃好的发展条件和环境，正常思维的人，是不愿做的。

每一个选择回归的能人，经历了怎样的一番心理挣扎？当年义无反顾地离开，而今满怀心事地回归，个中的比较、犹豫、博弈、争斗、决然，是一本厚厚的书。翻开这本书，我们所看到的，并非都是和风细雨，或许还有电闪雷鸣。

所以我认为，李德全能够选择回归，本身的意义就十分重大，至于他能带动多少人致富，多大幅度推进脱贫，还居于次要位置——乡村要振兴，没有人是不行的，特别是那些年富力强、有一技之长的劳动者。

采访完李德全，我在想，麻埠当年因水路之便，将当地乃至大别山的茶叶销往全国各地，而今，交通已不再是制约当地经济发展的主要因素，那么，麻埠茶乃至金寨茶，能否实现再次雄起？

"一到麻埠，衣冠堂堂，出了麻埠，鸟蛋精光；鲜花岭上，回头望望，下次有钱，还来逛逛"这几句，只是影射到了当年的风月，却没有点透当年茶叶市场竞争之残酷——为了拉来买家，各家茶庄招募美女前来坐台，千方百计色诱进店交易，年轻的茶商经不起茶香和美色的诱惑，买了茶，掏空了银子，才恋恋不舍地离去。今天，污泥浊水被扫荡一空，要想振兴茶市，需要过硬的质量，规范的管理，公平的价格，或许，还有李德全所说的，有独特的茶文化，有坚定的文化自信，唯其如此，这里的茶才会变成大众的茶，变成真正的中国名茶。

真心祝福李德全，祝福麻埠，祝福金寨。也想在人群中寻找那些身背乡情的人，当我们在打拼的路上屡屡梦见家乡的热土炊烟，那是家乡最热切、最真诚、最有力的呼唤！

# 从医学教授到扶贫队长

何 方

　　那个困难的年代，因为贫穷，一批人通过自己的努力奋斗走出了金寨。如今，家乡贫困仍牵动着游子的心，为帮助家乡人过上幸福生活，开始有人陆续返回家乡投入到脱贫攻坚战役中。他们当中有机关干部，有企业老板，还有专家教授。

　　郭毅，出生于金寨梅山，少年、青年时光在金寨度过。特别是上山下乡那个时期，郭毅被安排到斑竹园公社的一个边远生产队，两年知青生活，与群众同吃、同住、同劳动，让郭毅亲历了农村生活条件恶劣，目睹了农民生活的艰辛，也深感贫困人对美好生活的向往。多年以来，那种渴望的眼神始终在郭毅眼前浮现，挥之不去。

　　2017 年，当安徽省委准备在省直机关选派一批干部到贫困县的贫困村担任扶贫队长时，郭毅毅然向组织递交了申请书，决定投身脱贫攻坚。一个医学领域的教授、省医专临床医学系主任、附属安徽省第二人民医院副院长，曾担任过高等教育出版社、人民卫生出版社等国家级规划教材的主编，在全国医学职业教育领域有较大影响的人，要放弃省城优越条件，到工作环境恶劣的贫困村担任扶贫队长、第一书记，一些认识或不认识郭毅的人得知这一消息后，不能理解，是下去镀金？是为进一步捞取政治资本做准备吧！

　　面对疑惑和不解，郭毅没有回答，他坚信实际行动可以说明一切。2017 年 4 月，经过层层选拔，郭毅被省委组织部派往金寨县关庙乡大埠口村担任驻村扶贫队长、第一书记。在接受组织任职前谈话时，郭毅的表态掷地有声："金寨是我的家乡，那里山水养育了我，去家乡开展脱贫攻坚，倍感光荣，责任重大，请组织放心，我一定会带领全村干部和群众打赢脱贫攻坚战，为家乡人民做一些力所能及的事情。"

## 一双铁脚板踏出一张精准坐标图

刚到大埠口村，一些干部群众除了对这位来自省城的专家教授尊敬外，更多的是怀疑。"农村生活他能适应吗？""一个知识分子，能搞好扶贫工作？""医学教授抓扶贫，对牛弹琴，天方夜谭"。面对质疑，郭毅暗下决心要在最短时间内摸清找准贫困家族、贫困人口情况，为下一步工作开展打下基础。

那一段时间内，当大别山清晨还在沉睡中没有醒来时，郭毅就早早起床，不是在省城里那样去公园晨练，而是生灶做饭，规划好一天要走访路线。晚上，当山村再次回归寂静时，郭毅还在灯下记录当天走访情况，张家住房不够安全、缺少劳力，李家有病人、有学生，黄家吃水困难、无就业。等等。

正当走访工作如火如荼进行时，一天，当郭毅从贫困户任本国家走访结束时，由于一个多月的劳作，人困马乏，加上不适应夜幕下的山间崎岖小路，一不小心，滑落山崖，好在崖上有树木阻挡，才没有生命危险。但左膝关节韧带撕裂伤让他痛苦不堪，大汗淋漓，最后在同行两人的帮助下，郭毅才艰难回到村部。

本以为走访工作要暂停，可同事们第二天来到村部，发现郭毅已将走访所需要的东西准备好了。"刚来村里工作一个多月，工作局面还没打开，怎么能休息？没事，我走慢点，每天少走几户，工作不能停。"当乡村干部劝郭毅休息一段时间，他拒绝了。

作为一名医学专家，郭毅非常清楚，膝关节韧带撕裂伤必须打石膏固定 4~6 周，否则可能会带来终身残疾。但是，一旦打上石膏，就很难入户走访了，为了不影响刚刚启动的工作，郭毅坚持一边工作一边自己治疗。为了防止行走时疼痛和保证韧带较好恢复，他用两块木片给左膝关节捆成夹板状，走路和休息时左腿始终保持伸直状态。当时，省级医院骨科专家来大埠口义诊时看着眼前情景感叹道："郭院长不回合肥治疗腿伤，是只要工作不要命了。"每当郭教授走访贫困户回到宿舍，被竹板磨得红肿的左腿，让他冷汗直流，那种痛苦至今无法言表。

就这样，带着伤痛，用了近三个月时间，郭毅走遍了大埠口村 7 个居民组 401 户人家，并亲手绘了一幅"大埠口村贫困户居住点地图"，该图清楚标记出全村贫困户的家庭住址、周围地理地貌。那段时间，他平均每天步行 10 公里以上，走遍了大埠口村山水村庄、道路人家，有些户还去了好多次，那三个月，仅鞋子就穿破了三双，两委干部亲切叫他"铁脚板"。

# 一担水挑起的是责任和亲情

群众利益无小事，一枝一叶总关情。郭毅认为脱贫攻坚工作要从细微处入手，每个家庭有着不同的致贫原因，要让贫困户如期脱贫，就像中医看病一样，经过"望、闻、问、切"，把准脉向，对症下药。

大别山山清水秀，空气清新，风景怡人，但生活在这里的人们却没有闲情雅致去欣赏，他们要忙于生计。每当郭毅带着扶贫工作队入户走访时，总会有人说是走过场、搞形式，甚至有部分群众嗤之以鼻，带有抵触情绪，阻碍了工作开展。郭毅带领扶贫工作队到黄元组分户开展扶贫政策宣传，当时，正值夏末，连续高温少雨，加上部分村民居住的位置较高，高山引水时常出现断流，人畜饮水成了问题。正当工作队挨家挨户宣传时，一位中年妇女向郭毅发飙道："你是扶贫队长，俺知道扶贫是为老百姓好，现在我家都没有吃水了，你到山下河里挑一担试一试，就晓得我们需要什么啦！"一行人愣了，正当同行一位村委干部转身制止那位中年妇女时，郭毅已挑起放在院子里的水桶出了院门。

这户村民住在山半腰，从山上到山下河边足有一公里的路程，从山上下来容易，当挑上一担水原路返回时，汗水不仅湿透了郭毅的衣服，而且双腿不停打战。本来就不习惯山路，再加上一条受伤恢复不久的腿。当中年妇女看到郭毅挑起水桶出门那一刻就后悔了，她第一次见到这样"一条筋"的干部，本来是想出一出心中怨气，说说而已，不想这位合肥来的扶贫干部较真了。事后，她逢人就说："郭队长是合肥的大教授，没有架子，还给我家挑过水，真是大伙的贴心人呀！"

郭毅给农户挑水的事传开了，乡村领导知道后，有人提出要对那家村民进行批评教育，郭毅得知后，立马反对，他说：为村民挑水是我自愿的，只有这样我才能真正体验农村、农民生活，才能知道他们想什么、需要什么，才能将扶贫工作做实、做好。

挑水事件发生后，郭毅主导在全村范围开展饮水安全问题大排查，将吃水不安全、不达标农户登记出来，同时，与村两委一起加大对上争取力度，于2018年8月份，大埠口村实现了集中供水，全村98%以上家庭吃上了干净安全的自来水。

实打实的工作作风，让干群充分认识到这个省城来的教授，学识渊博，平易近人，喜欢与群众打成一片，他懂医学、识农时、说农家话，村民们都亲切地叫他郭教授。连续三年民意调查中，大埠口村村民对扶贫工作队满意度均为100%。

## 一次结对挽救一个困难家庭

经过一段时间走访，郭毅摸清了大埠口村的基本情况，摸准了贫困家庭致贫的真正原因，为分户施策打下基础。但受诸多因素影响，在农村许多人家看上去幸福美满，可一旦遭受天灾、疾病等，家境立马发生逆转，这也给脱贫攻坚带来很大难度。

该村吴上湾组的吴从录家本来不属于最初的建档立卡贫困户，2016 年前，该户家中 5 口人生活，夫妻外出务工，父母在家务农，儿子读高中，本是一个幸福家庭。可是，2017 年 7 月，一次交通事故摧毁这个家庭，吴从录妻子在事故中受重伤，辗转几家大医院都没能挽救回生命，巨额医疗费用，加上失去亲人的痛苦，让这个家庭生活一落千丈，吴从录无心外出打工，儿子成绩直线下滑。

"全面建成小康社会，一个不能少；共同富裕路上，一个不能掉队"，这是党中央对脱贫攻坚任务要求。针对吴从录实际情况，通过多次走访、测算，郭毅认为该户符合贫困户进入标准，于是通知该户书面申请，再经民主评议、公开公示等工作程序，最终将该户纳入建档立卡贫困户。

纳入贫困户管理只是第一步，由谁帮扶才是最主要的，当时全村贫困户都有固定干部结对帮扶，有些干部帮扶户数达五六家，任务都很重。为确保吴从录顺利脱贫，郭毅决定自己与该户结成对子，主动承担起吴从录家庭的帮扶责任。那一段时间，为让吴从录从悲伤的阴影中走出来，让他重振生活信心，郭毅几乎每天都要去吴从录家看一看、坐一坐，从外出务工经历、农作物种植技术到大埠口村的风土人情，渐渐地他们交谈的话题多起来，吴从录也从最开始的拒绝到全面接纳这位合肥来的帮扶干部。最终，在郭毅的鼓励引导下，吴从录重拾木工手艺特长，再次外出务工。

为帮吴从录的儿子从失去母亲的心结中走出来，郭毅前往孩子当时所读的学校，在校门外等待放学出来的吴从录儿子，他将孩子领到学校附近饭店买了可口饭菜，以父辈的口吻与孩子交心，动之以情，晓之以理，要孩子集中精力、好好学习，以良好成绩慰藉逝去的母亲，学好知识回报社会。

思想负担解决了，务工有了收入，孩子上学稳定了，但郭毅并没有因此感到帮扶可以放一放了，他要让帮扶成效锦上添花。思前想后，郭毅牵线，在家料理农事的吴从录父亲与他人合伙种植三亩天麻，2018 年增加收入 2 万元。如今，在郭毅的帮扶下，吴从录家人均收入远远超过国家脱贫标准，不仅顺利实现脱贫，而且其儿子以优异成绩考上了理想的大学，欢声笑语再次从这个曾经不幸的家里传出。

## 一个医学教授撑起一片健康蓝天

作为医学教授，郭毅敏感地发现大埠口村病残是致贫重要原因，70%以上的数据，让人触目惊心，郭毅暗下决心要发挥特长，在健康脱贫上下足功夫。

熟悉郭毅的人都知道，下村走访他必须随身携带三件东西，即听诊器、心脏血压常用药、笔记本。每次走访，对郭毅来说都是一次义诊，每到一个村民组，因为大家知道扶贫队长是医学教授，哪家有个头疼脑热的，总会请他帮把脉、问诊一番，每遇这种情况，郭毅总会乐于帮助，常见病立马抓药服用，药到病除，对疑难杂症，他则建议去相关医疗机构就诊。驻村三年，郭毅给多少村民看过病，他已无法记得，但哪家哪个村民的身体状况，他却记得十分清楚。

高湾组贫困户丁震，因年轻时右肩胛骨骨折后遗症，导致右上肢行动不畅，生产生活都成问题，通过认真仔细检查，郭毅诊断丁震这种情况为创伤性软组织无菌性炎症。为此，郭毅制定一套治疗方案，每隔一天给丁震做推拿按摩一次，一次40分钟以上，同时他还自费从合肥购买外用膏药让其敷用，经过三个多月的悉心治疗，丁震右上肢奇迹般恢复了功能。丁震逢人就说："郭教授是神医啊，是他治好了俺这个残疾人啊。"如今，丁震不再自暴自弃，并能自食其力发展生产，每年仅种植天麻、银耳等收入就超万元。

众人拾柴火焰高。郭毅明白，要想大埠口村整体顺利脱贫，健康脱贫有很多事要做，单靠自己单打独斗是行不通的。于是，通过向工作单位汇报争取支持，再加上自己的人脉关系，2017年9月份，郭毅第一次组织了上海市、合肥市等地知名专家来村开展送医送药活动，但由于村民居住分散和病人行动不便，许多真正需要的人无法得到帮助。针对这种情况，在以后组织开展的专家义诊中，他带领专家深入到重病患者家中，将医学专家的诊断与治疗送到农户床头，真正实现了送医上门服务，受到广大村民的交口称赞。

一枝独秀不是春，万紫千红春满园。大埠口村在推进健康脱贫上的工作成效，让全乡其他村羡慕不已。为让健康脱贫受益更多村民，郭毅想到只有提高全乡卫生队伍业务水平，才能让村民享受更好医疗服务。于是，郭毅向派驻工作单位建议，由省医专出资，聘请省内全科医学专家到关庙进行授课培训。2019年，通过多方努力，省内 9 名顶级全科医学专家、教授齐聚关庙，对全乡卫生人员进行了基层常见病诊治、基层全科医生知识、基本公共卫生服务管理等方面培训。培训期间，专家们通过实际病例会诊，让乡村卫生人员对全科医学有了更深的理解，有效促进了基层医疗服务水平提升。与此同时，为让更多的人参与健康脱贫工作，每逢暑期，郭毅都会安排医学院校部分教师、学生到大埠口村开展"三下乡"活动，让师生们入户宣传卫生知识，发放健康锻炼器具等，教育引导村民养成良好的健康习惯。

## 一组数据奠定一个村的发展后劲

功夫不负有心人。经过努力，大埠口村贫困发生率从 39% 降至 0.2%，如今，随着扶贫项目实施，该村的基础设施得到明显改善，村集体经济收入从无到有，特色产业发展蒸蒸日上，社会风气进一步好转，在此生活的人们沐浴在党和政府的政策阳光下。

郭毅常说，"在扶贫工作中，个人力量是有限的，依靠上级组织和社会的支持才是主要的"。但大埠口村群众知道，最近几年，他们这里的每一次变化，都凝聚着扶贫队长郭毅的辛勤付出。

为夯实大埠口村发展基础，郭毅多次向县乡汇报，先后争取县级资金 982 万元，新修了组级水泥路 6 条 7.6 公里，方便了近千人出行；建成移民安置点 1 处，32 户住房困难、居住边远的家庭乔迁了新居；建成饮水工程 1 处，铺设管网 9.1 公里，解决 12 个居民组群众吃水难题。

为发展大埠口村经济，郭毅积极向派驻单位争取，2017 年，争取资金 40 万元，建成村级光伏电站一座，如今，村级光伏电站增加村集体经济收入 10 万元；2018 年，争取资金 50 万元，新修牛山河漫水路面 60 米，方便了大埠口村大棚蔬菜及时运输销售。

为提振大埠口村乡风民俗，2017 年，郭毅争取社会资金 12 万元，建成大埠口村文化长廊，弘扬真善美，铲除黄赌毒；2018 年，争取资金 10 万元，在关庙乡首次开办村级振风超市评比，评出红黑榜，并对上红榜的家庭和个人进行奖励，净化社会风气。

在积极争取上级和社会资金的同时，为把广大村民农副产品销售出去，郭毅又从医学教授、扶贫队长摇身一变成为"推销员"，每当农作物收获季节，他找朋友、发微博、进机关，帮助大埠口村村民卖茶叶、山核桃、黑毛猪、山羊、粉丝等，近年来，经他销售的农产品达 50 万元。下一步，郭毅打算建一个网络直播平台，让大埠口村里的山货销得更远、更广。

见到郭教授时，他刚从贫困户家回到大埠口村部，他说已是两个多月没有回合肥了，眼下正值防汛关键时刻，自己更不能离开。郭毅告诉我："能够参与脱贫攻坚工作，感觉无上光荣，人们可能不会记住我们，但历史一定会记住我们从事的伟大事业"。是啊，这是一个伟大时代，党中央举全国之力，让亿万民众从此摆脱贫困，在这个过程中，我们怎能忘记那些工作在脱贫攻坚最前沿的人们呢？

# 俏俏果里等俏俏

## 刘永刚

静静的塔儿河绕着山，流淌着。这个春天，塔儿河畔的山核桃基地有点冷清。

看似冷冷清清，但朱先富一点也没闲着。中等身材的朱先富，微胖，很多人都亲切地喊他"朱胖子"。作为俏俏果电子商务有限公司负责人的朱先富，他在这个特殊的春天，积极投身于抗疫阻击战，向金寨县红十字会捐助资金 2 万元，并通过天堂寨、燕子河商会捐款 1.5 万元用于购买疫情防控物资。"我们一直没有联系到物资，只能捐点款略表心意。"他由衷地说。

三月，山里的冷也不再那么肆意了，鹅黄的叶子布满塔儿河附近的山山洼洼，野樱花、李子花开始竞相开放，一切都开始美好起来。抖音、淘宝，都是俏俏的声音。"3 月 10 日这天，山核桃仁和香薯干销售令人高兴，422666 数字也很吉利，期望今天突破 60w。"微信朋友圈里这条消息，展示了朱先富的欣喜之情。这段时间，网红薇娅直播销售，县领导推介俏俏果、抖音"战疫助农"……都为坐落在塔儿河畔的工厂提供了动力。

"免费提供红薯种苗，保护价回收所种红薯，带动 400 余户贫困户发展红薯基地，争取两年后订单发展 2000 户。"钢塑大棚里一袋袋红薯种正从辛劳的人们肩上滑落，迫不及待地向往着黑黑的泥土。四月的天气乍暖还寒，翠绿的红薯苗已欣欣向荣，3000 吨的红薯地窖已破土动工，复工复产已紧张地走上正轨。山核桃已经吐出鲜嫩的绿叶，宽阔的叶子在阳光下闪闪发光，几位专家正手把手地带着当地人在嫁接着核桃苗。

说起创业史，朱先富很是心酸。前几年，刚认识他时，根本不知道金寨县里还有一位这样默默无闻地开拓着山核桃产业，以产业带动一方百姓致富的"名人"。那时的他，到处不遗余力地推介着俏俏果，没有电商、没有抖音、没有淘宝，他的俏俏果一点也不俏，就连本地的超市都没有产品，年销售额说起来都让人叹气。在这样的环境下，他没有气馁。"我们夜以继日、老老实实去干事，除此我们没有任何捷径和优势。"这是他一直秉持的理念。

核桃树是山里无处不在的朋友，更是山里人的骄傲。金寨县的大别山山核桃品种优良，种质资源丰富，为全国最佳山核桃品种之一，是金寨极其宝贵的特色资源。但这些好的资源，却种群多而杂，未进行良种选育，严重制约了产业发展。当地群众只能把它当作无用的木材，作为烧火的柴火。是朱先富，一个壮实的山里汉子，扎根在这样的大山里，潜心造绿，让山里人找到了"摇钱树"。十余年来，他以合作社及公司为主体，找来了浙江农林大学，一起开展产学研合作，他们一班人不分白天黑夜，战斗在燕子河深山老林里，渴了喝山泉水，饿了啃一口饼干。经过十多年普查对比试验观测，选育出"皖金1号"、"皖金2号"、"皖金3号"3个大别山山核桃良种，填补了大别山山核桃良种的空白，实现了大别山山核桃栽培良种化，为提升大别山山核桃综合效益、促进产业科学持续发展及农民增收奠定了坚实基础。

品种是有了，但要想让群众得收益，还有许多的路要走。靠野生资源很难让山里的群众吃上核桃饭。人工造林栽培后7-8年才能挂果，12-15年后才能丰产，这就是林业生产的难点和痛点。怎么办？朱先富去找安农大专家，他们在一起开始苗木繁育、良种标准化栽培及林下复合经营等技术的探索。"实生苗出土中，长势还不错。""大苗嫁接接续中""山核桃基地林下黄精长势良好"……一幅幅朋友圈图片写出了美景，也写出了农人的辛劳。你瞧，一片片核桃树种在了山地里，淡紫色的叶子抽出在枝头，就有喜鹊时不时飞上枝头"喳喳"地叫着。日子一天天过去，核桃开起了花，绿中带着黄，像极了谷穗。穗上结起了果，青青的，有绿豆大小，两个一对，像双胞胎，头上还有小小的花缨子。

大山，山路十八弯，是一座座屏障，也是村民生活困难的根源所在。朱先富与山林打了二十多年交道。历经风霜雨雪、干旱洪涝，有过挂果歉收、销路不畅的压力与苦闷，却终于在科技扶持的春风里，看到了蓬勃的希望。他，创办的百亩大别山山核桃优良品种繁育基地为农户提供着种苗，创办起科技示范基地，每年聘请浙江农林大学、安徽农业大学、安徽林科院等专家为农户开展培训，前来学习参观的农民兄弟络绎不绝，年均培训农户1000余人次、贫困户300人次以上。

老朱说，"我们公司的主打产品是大别山山核桃和小香薯，采用公司+基地+贫困户的形式进行推广种植，无偿提供种苗和技术支持，帮助贫困户增强发展能力，促进产业持续稳定发展。"4400亩的山核桃和小香薯示范基地辐射带动了周边1200余农户及贫困户发展种植山核桃和小香薯，长短结合，以短促长，持续实现增收致富。

怎么让贫困群众有收益？老朱一直在思考，他说，"大别山山核桃挂果期120年，可以说是一株核桃树富三代，许多贫困户都通过种、采山核桃脱贫乃至致富。现在我们又发展了小香薯短平快品种，让农户有了长短结合，效益更持久。"老朱创办的公司优先订单发展贫困户山核桃及小香薯和红薯产业基地，优先按高于市场价3%-5%的价格回收贫困户山核桃及小香薯和红薯原料，仅2019年收购贫困户农产品400余万元。

如何把贫困户的积极性调动起来，让他们更有动力来发展生产？朱先富千方百计想办法：一是贫困户用山场及土地入股，由俏俏果公司全额投资建立山核桃良种繁育、造林、低产林改造及林下中药材基地，除聘用贫困户务工外，种苗及山核桃产品收益还实行保底按股分红。二是贫困户让公司有偿租赁其低产林，获得土地流转租金及劳务收入，租赁期满公司将经济林连同林地无偿归还。通过为贫困户提供树苗与技术支持，联合合作社开发生产山核桃和小香薯，大力拓展线上线下市场，已经取得了较好效果。今年已为燕子河附近1200户农户及贫困户提供小香薯及红薯种苗，发展基地2460亩，户均发展2亩，为百余户贫困户提供山核桃良种苗木200株，发展基地8亩左右，为他们进行农地规划设计、技术指导服务、安排就业务工，培育科技脱贫致富的示范户和先进典型。这几年，年均支付劳务工资、土地租金百万余元，受益贫困户年均增收6000元。

燕子河镇麒麟河村，是一片红色的土地，西镇暴动的领导之一徐育三的徐家老屋、五星县苏维埃旧址黄家祠堂、红四方面军西进遗址-刘家老庄都是昔日红军战斗的地方。麒麟河村贫困户老朱在接受培训后，对发展大别山山核桃及林下中药材复合经营产生了浓厚兴趣，朱先富便亲自到户帮其选址规划，无偿资助其山核桃苗木200株、黄精块茎种苗300斤，现场指导整地、栽植与管理，帮助其发展山核桃及林下中药材基地10亩。天堂寨镇黄河村贫困户老陈承包经营的80余亩山核桃低产林，多年来几无收益，通过朱先富的技术培训和帮扶，低产林逐步改造成为优质高效林，2018年增收6万余元，成为当地科技脱贫致富的典型。

走在塔儿河畔，看着核桃林叶枝招展，望着田垄里欣欣向荣的香薯苗，林间除草的、田垄里分苗的村民们，微笑着纷纷朝我们挥手打着招呼。从他们炽热的目光里，我看到对老朱的信任、充沛的劳动热情。那一片片银白如雪的香薯种植塑料大棚，就像一艘艘白色帆船，正航行在改革的春潮里。

来到他的加工厂，我们看到一排排高大结实的两层楼房，红红的"俏俏果"

几个字印在每栋楼上，在绿树掩映下，显得格外整洁美观。走进厂区，无菌加工环境更是让人放心。据了解，老朱投资 1000 余万元，建设了 6000 余平方米的产品加工厂和 1000 余立方米的产品保鲜库，进行大别山山核桃加工技术及产品研发，开展产品精深加工，在引进吸收与自主研发基础上，成功研发并生产出多种口味手剥大别山山核桃、碳烘山核桃、山核桃仁，并进入省内外市场销售。

一排排码得整齐的俏俏果系列产品正整装待发，送往全国各地。这就是俏俏果。俏俏果电子商务有限公司推出的大别山山核桃直径在 2.3 厘米以上，壳薄易剥，果肉饱满酥香。朱先富介绍，公司拥有"金寨山核桃"地理标志证明商标使用权，产品及基地均通过国家有机认证，自有 3000 余亩基地被评为全国第三批国家级核桃示范基地。

品质天成的山核桃，一粒粒圆润饱满，壳薄易碎。随手拧开盖子，琥珀色的核仁映入眼帘，轻轻一咬，清香松脆，大别山的原始馈赠自然而生，隐隐还有阳光的味道。"嗯，这吃起来怎么一点也不腻。"我有些惊讶地问道。"我们这些核桃，全都是人工采集、手工筛选，自然晾晒而成的，不添加任何化学品漂洗，只用少量的糖和盐轻度调味，就是要把山里的味道留住。"老朱回答说。

阳光和温度，造就原香味道。

看到朱先富那布满皱纹的前额，不难看出他一个人，带领着一个团队，种养收储、加工销售这片山林的产品，该有多么辛劳。

"叶底青丝乍委缠，枝头碧子渐含浆。"明刘崧的这首诗形象地写出了核桃的成长过程。初秋白露时分，山核桃开始采摘了。这时，男人们爬上高高的树梢，举杆敲打下一个个饱满的果实，妇女小孩们在树下的山地上，捡拾起这一粒粒青黄色的果实。这是大自然的馈赠，这是丰收的喜悦。在随后的三四天内，这些青色的果实经过脱脯、浮籽、晾晒等工序，初具雏形的美味山核桃便在农人们艰辛的汗水中变成神奇。这份神奇，必须要有像老朱他们加工产业，才不至于出现销售难的景况。

不说别的，就在 2018 这一年，山核桃原料滞销，少有外地客商进山采购。老朱仍按高于市场价 5-10 元每公斤价格收购产区原料 300 余吨，价款 1800 余万元，直接为林农额外增收近 300 万元，优先并高于市场价收购贫困户原料 300 余万元，30 余户贫困户增收脱贫。

种植渠道稳定后，如何为产品谋出路？老朱决定借助网络的力量，通过电商运营，快速传播"俏俏果"大别山山核桃产品品牌，使得"俏俏果"成为大别山山核桃的代名词，在淘宝、京东、阿里批发、淘乡甜、百诚源、邮乐购、供销 e 家、建行善融商城、工行融 e 购、农行、农商行等十余个网上平台开设店铺，"俏俏果"大别山山核桃产品线上营销取得巨大成功。2019 年线上销售超 2000 万元，比起 2018 年线上销售翻了几倍。特别今年，网红薇娅直播带货、县长直播助力带货……更是让人超赞。"5 秒秒杀 3.8 万罐，一次活动成交 160 万，40 余人发货忙碌一天。"俏俏果大别山山核桃系列产品被评为全国电商扶贫优秀农特产品及安徽百佳好网货；"俏俏果"大别山山核桃品牌快速传播，品牌效益和产品附加值极大提升，增加了山区农户收益，促进了产业健康发展。

来到天堂寨电商公共服务中心，映入眼帘的是"梦想在心中点燃，创业在脚下实现。"正是他的脚踏实地，才有了琳琅满目的俏俏果系列产品摆满展台，摆放齐整的电商直播的耳麦、电脑等，一场场直播秀产生的订单和销售额。

正是这大山的厚重，造就了不一样的俏俏果！

# 香菇撑开致富路

何 方

金刚台下，长江河边，曾在某个很长时间里，在此生活的人们，从水中淘泥洗沙，在河边筑炉冶铁，于是便有了铁炉冲美名，也就是今天的铁冲。铁冲地处豫皖两省交界，虽然这里山高水急，土贫地瘠，区位偏僻，但近几年来，铁冲却声誉鹊起，不仅千回百转的红岭公路穿境而过，而且春天里千亩野生玉兰争奇斗艳、满山杜鹃花风情万种，还有被人传颂的脱贫致脱带头人王汉青的故事。

第一次听到王汉青的名字，就想起文天祥诗句"留取丹心照汗青"，千古绝唱，激励着许许多多的仁人志士。"汗青"、"汉青"音同，王汉青当过兵，总能让人想起军人的刚毅、坚韧。

四月里，疫落花开，在铁冲乡党委副书记洪双竹的引荐下，我们终于如愿以偿，见到了这位产业扶贫带头人。

## 放弃也是一种选择

1米75的个子，平头，衣着虽不是戎装，却是一丝不苟，标准的体型，没有发福的迹象，脸庞黝黑，目光坚定，言行举止从不拖泥带水。王汉青身上的军人风采，一点不像财大气粗的老板。

王汉青出生于1981年，2000年入伍，在沈阳服役五年。退伍后，从2006年起先后在合肥、郑州、武汉从事工程机械销售，2015年回乡创业。回想这几年经历，今年39岁的王汉青总结说："5年军旅生涯，10年外出打工，5年创业打拼。"

军人过硬的良好素质，务实的工作作风，再加上诚信为人的生活态度，外出打工对王汉青来说，可谓是一帆风顺。他在一家工程机械公司从销售员做起，一直做到部门销售经理，再到公司区域负责人，职位越来越高，薪酬也跟着水涨船高，最高时年薪近百万。较好职位、丰厚收入，在外人看来，这是很多人一生奋斗的目标。但就是这样一份多年奋斗令人羡慕的职业，而且干得顺风顺水时，王汉青却义无反顾地放弃了，因为他心中揣着梦想。

谈起回乡创业，王汉青说他小时候生活在农村，农民辛勤的劳作，生活上的艰辛，特别是上学、就医等问题，对于一些缺劳力、无技术的家庭来说，生活更是难上添难，每每看到或听到邻居为生活所困时，他说自己就想着能为他们做点什么。梦想在日积月累岁月的沉淀中逐渐鲜活起来，为梦想奋斗的决心也更加坚定，就是这个梦想，伴随着王汉青从军人到企业高管。

无论在部队还是在外乡，王汉青始终关注着农业、农村、农民，他说自己就是一个农民。近年来，国家对"三农"的支持力度前所未有，10多年了，每年中央一号文件都是涉及农业、农村和农民的，自己要抢抓这一大好机遇。王汉青说，国家释放政策红利，各级政府要把政策用好，让更多人从中得到实实在在的实惠。

于是，在2015年，王汉青的安徽农耕年华农业发展有限公司成立了，注册资金3600万元。从这一年开始，王汉青正式回归成为中国8亿农民中的一员。

## 创业就不怕失败

公司成立后，王汉青就一门心思地想着如何快速将公司做起来，将自己农业产品发展起来。那段时间，他白天北上南下，去河北、广东等地考察农业项目，晚上查阅资材，了解国内国际涉农行情及相关农产品生长环境，从传统农业水稻、大豆、玉米，到高山养殖、大棚蔬菜，再到经济价值较高的茯苓、天麻、香菇等，王汉青在抉择。

"每决定选择哪一个项目，我都要反复论证。"王汉青说。最终他选择引进种植紫薯淮山，这种作物富含蛋白质、氨基酸、淀粉酚、胆碱、钙、铁、锌等20多种营养元素，一种南北气候都能够生存的作物，而且是当时非常时尚的养生珍品，市场价格高，需求量大，供不应求。有着如此这般广阔前景，王汉青决定大干一场，于是他按每亩每年150元的价格，在铁冲乡流转土地500亩，从广西壮族自治区桂平县金田镇引进栽培紫薯淮山，开始实现他的创业梦想。

数月忙碌，到了收获季节，紫薯淮山丰收了，看着堆积成山的紫薯淮山，王汉青却是怎么也高兴不起来。因为信息不畅，运输不便，加上无保鲜仓库，山里气温变化异常，花费很多人力物力收起来的淮山，不到半个月时间就开始变质，最后只能眼睁睁地看着一根根烂掉。

第一年回乡创业种植紫薯淮山失败了，损失了近百万。"经历失败后，你对当初决定回乡创业后悔吗？"对于这个问题，我满以为王汉青的回答是肯定的，可是他却摇摇头说："做任何事都不会一帆风顺的，不能因为一次不成功就一蹶不振。"这是军人一贯的作风，不怕挫折，永不言败，于是王汉青在失败中查找原因，增产不增收，供需信息不灵，销售渠道不畅。这是一个信息的时代，想成功就得加倍付出，要通过学习积累不断提升自己。

## 香菇撑开艳阳天

天无绝人之路。上苍向你关上一扇门的同时，也会向你开启另外一扇窗。2015年，在种植 500 亩紫薯淮山的同时，王汉青还栽培了 20 万棒袋装香菇。当时他只是想着"要学着两条腿走路，鸡蛋不能放一个篮子里"的道理，虽然没有进过高等学府深造，但王汉青却熟知投资的风险，那年栽培香菇只是为了化解风险。

王汉青的做法无疑是正确的，没有想到，紫薯淮山种植亏了，香菇种植却成功了，而且销路非常好，那一年，除去成本，种香菇纯收入 75 万元，有效弥补了因种植紫薯淮山的亏空。

尝到了香菇收益带来的喜悦，他下定决心在农村这块广阔土地上闯出一片新天地。2016 年，经历上一年经验积累，再加上有时间或不断向外地香菇培植专家、能人学习，而且县农业部门工作的妻子，也时常收集一些有关香菇栽培方面的知识，功夫不负有心人，王汉青成了远近闻名的食用菌种植能人。

香菇成长有一个漫长过程，从原种采集，到母种培育，再到栽培接种；从原料选购，到装袋封种，再到散垛散热、刺孔透氧，每一道工序王汉青都要亲自把关，每一个步骤他都认真检查，王汉青像对自己孩子一样呵护着香菇，特别是接种养菌那段时间里，他就吃住在基地。终于，经过草长莺飞的春天，走过满塘月色的夏夜，10 月中旬，到了收获的季节，一节节菇棒上长了香菇，就像一把把撑开的小伞。这个时候王汉青最快乐，也最繁忙。

除了种香菇，还要卖香菇。为了预防紫薯淮山事件再次发生，王汉青进工厂、入超市，武汉、南京、合肥等城市有他推介香菇的足迹，县内县外的机关食堂、农贸市场有他活动的身影。终于，艰辛付出有了回报，王汉青的大别山香菇因质地优良、口感独特、营养丰富，远销武汉、郑州、上海等大城市，并成为安徽省中小学营养餐指定供应商，企业订单纷纷飞来，香菇的销路解决了。

王汉青种植香菇出了名。

## 扶贫需要全社会参与

2016年4月24日-25日，习近平总书记来到金寨，在花石乡大湾村，进农家、查实情，与普通群众坐在同一条板凳上，访疾苦，谋发展。习总书记说，金寨县是中国革命重要策源地，是人民军队重要发源地，过去老区人民为中国革命和新中国建设做出巨大的贡献，现在部分群众生活仍比较贫困，要彻底改变这一状况，要推进精准扶贫。为此，在党和国家政策指引下，全县干群齐心协力、同心同德，一场轰轰烈烈的脱贫攻坚战役全面打响。

单位包村、干部包户，一批批干部进村入户，与贫困群众交心谈心，了解贫困原因，因地制宜，因户施策，制订切实有效措施，助力贫困家庭脱贫致富。在金寨，县委、县政府制定教育、医疗、就业、产业等十大扶贫举措，着力推动8.29万人脱贫，顺利实现村出列、县摘帽。

王汉青的心再次被激荡起来，特别是作为一名退伍老兵，当安徽省军区、六安军分区等单位将铁冲乡作为帮扶单位，每当看到部队首长、现役军人来到铁冲定期开展扶贫时，他都莫名地激动。当贫困群众对部队扶贫交口称赞时，王汉青想，自己是部队培养的人，是一名退伍的老兵，作为一名共产党员，应该发挥党员模范带动作用，应该为铁冲乡的扶贫工作做一些力所能及的事。

当王汉青将这种想法向妻子陈述后，妻子不仅没有反对，还与他一起讨论如何帮助贫困群众，他们首先想到的是捐出一定数额资金帮助一些贫困家庭，可是转念一想，这不是长远之计，于是又想到免费提供技术帮助贫困户学种香菇，两人讨论几天还是拿不出好的方式，最后，王汉青找到时任铁冲乡党委书记洪尚全，并向他表达了自己的愿望。

"当时正苦于贫困户增收无门，王汉青想法一下打破了僵局"，分管全乡扶贫工作的副书记洪双竹感慨道。于是，在全县发展产业扶贫号召下，铁冲乡以发展香菇为扶贫主导产业，在贫困户中广泛推开，并收到很好效果。每当香菇培育和采摘时候，王汉青的香菇基地和香菇扶贫中心就人头攒动，一派繁荣景象。

有着16年党龄的王汉青，没有忘记入党时铮铮誓言，要将人民群众利益放在第一位。在扶贫攻坚路上，他要用上力、使上劲，让贫困群众早日走上致富路。

## 扶贫路上有波折

为让更多的贫困户受益，为了贫困人口创收增收，铁冲乡党委政府积极为王汉青香菇产业争取项目和资金，2016 年争取资金 200 多万元，建成香菇扶贫中心 3000 平方米。

"我的香菇产业能发展到今天，离不开政府的支持。"采访中王汉青多次这样说。"就在今年，因疫情原因，我的香菇销售受到影响，为解决这个问题，县长汪冬、副县长蔡黎丽亲自在抖音平台上当主播，帮助我们卖香菇呢。"

正当王汉青准备大干时，一场意外将梦想再次击碎。2017 年冬，大别山里一夜之间下了一场暴雪，当工人第二天起床后，发现刚建成不久的香菇扶贫中心在暴雪里坍塌了。王汉青在县城接到电话后，暴雪已经封住了进山所有道路。王汉青踏着深深的积雪，徒步 30 公里，从早上 6 点，到下午 4 点钟，整整 10 个小时，一步步走到铁冲。

王汉青到达香菇基地时，看到不仅是大棚倒下的一片狼藉，还有乡村干部、周边群众帮助清理的场景：书记洪尚全正指挥干群从压坏的大棚下清理着财物，并将没有受损的香菇棒转移到安全地带。那一刻，他抽泣着说要感谢铁冲的人们，是他们给了自己无私帮助和希望，这种恩情永世不忘。

最终，在乡党委政府的帮助下，香菇扶贫中心再次得到重建，也正是那次事故后，政府出资 75%、王汉青出资 25% 为香菇种植购买了保险，为香菇增收上了一道安全锁，这让发展香菇的王汉青信心更足了。

## 香菇致富门道多

有了政府支持，再加上王汉青辛勤付出，铁冲乡香菇产业发展空前，香菇扶贫成了贫困户增收的重要有效途径。王汉青与铁冲乡政府签订协议，每年帮助一定数量贫困人口发展香菇，直至脱贫。

针对年老体弱无劳动能力的贫困家庭增收难问题，王汉青的公司制定了"公司+合作社+村集体+贫困户"模式，即由行政村提供香菇种植场地，每个贫困户以 5000 元为本金向食用菌合作社入股发展香菇，由安徽农耕年华农业发展有限公司代帮种植，年终分派红利 2000 元，并返还本金。2019 年，全乡共有 65 户贫困家庭通过入股方式发展香菇。"这完全是一种保姆式管理，贫困户对香菇实行托管"，分管乡扶贫工作的副书记洪双竹说。分红加本金，有了这 7000 元收入，贫困户当年可申报产业奖励 3000 元。

在铁冲乡，更多的贫困户选择自己种植香菇，在王汉青与政府协议约定里，贫困户购买菇棒是受价格保护的，王汉青只能向贫困户收取成本费用，不能多收一分，每袋 100% 出菇棒成本在 4.5 元左右，实际操作中王汉青还需让利更多。2018 年已脱贫的贫困户薛承虎说：去年买 3000 棒，自己每棒只花了 1 元，剩下的部分是政府每棒补了 1 元，政府贴息贷款 5000 元，其余不足的则由王汉青公司先垫付，到收购香菇时一起结算。购回的菇棒由贫困户负责日常照看，农耕年华公司派人负责技术指导，鲜菇采摘时由公司负责上门收购，收购约定保底价格。薛承虎估算一下说，"去年 3000 棒香菇纯收入在 6500 元以上"。

除了入股公司代其发展、贫困户购棒自己发展增收外，全乡 6 个基地、1 个中心在菇棒装袋、散垛透氧、采摘包装时，大量吸纳贫困户来此务工。每年平均种植香菇 60 万棒，需要工时 7500 个，几年下来，王汉青粗略估算一下，全乡近 500 个贫困人口在香菇基地或香菇中心务过工，直接或间接因发展香菇增加了收入。"只要是贫困户，我们就接收，在我这里都能找到他们能干的活"。于是，在王汉青香菇基地，留守妇女、肢体残疾、老头老太成了主力军。贫困户黄卫国的老母亲来了，84 岁的贫困户简道英来了，一个香菇季下来，王汉青支付各种劳务费用 50 万元以上。

同时，公司在铁冲向农户流转租用土地 600 亩，每年支付租金 10 万元以上。另外，各行政村利用创福公司集体经济自由资金发展香菇，2019 年，张店村购买菇棒 10 万棒，其余 5 个村各发展 5 万棒，平均增加收入 6 万元以上，这些收入很大一部分作为村级收益向贫困户分配，一定程度上又增加了贫困户收入。

## 不是尾声的尾声

如今，在铁冲乡 6 个行政村分别建立了香菇扶贫基地，并在离乡政府不远的皂河村建有占地近 20 亩的香菇扶贫中心一处，仅 2019 年，发展香菇产业带动 400 多户建档立卡贫困人口脱贫增收。从 2016 年到现在，王汉青支付贫困人口劳务费 400 万元，再加上香菇收购，发展香菇产业贫困户户均增收在 1.5 万元以上。

香菇是一金鸡，发展好了就会下金蛋。除了线上线下将香菇卖出去外，王汉青开始研发如何延伸香菇产业链条。为提高香菇附加值，他聘请专家研制出香菇酱、香菇脆等多种香菇食品，前不久，还成功研发出天麻种植新技术，即当年培植，当年收获，有效缩减时间，增收见效明显。

　　乡村发展离不开产业。谈起乡村振兴，王汉青仍有许多想法需要表达，他认为乡村振兴不仅是把房子修好、把道路建好，更重要的是发展乡村产业，让村民收入稳定，让农民腰包鼓起来。他说这些时，我看到他的眼神是忧虑的。现在农村缺劳力、缺技术的现象很普遍，外出务工、人口流动让许多自然村庄成了无人村，乡村振兴任重道远。

　　现在，铁冲有"四宝"：长江河的鱼，望春谷的玉兰，金刚台的杜鹃，王汉青的香菇。长江河鱼是康熙帝曾经念想过的美食，玉兰花、映山红春季绽放，吸引八方宾朋，王汉青没有想到他的香菇也成了这里人们心中的宝贝，小小香菇撑起大山里群众的致富路，他用实际行动赢得了事业成功，赢得了一方百姓的信任。

# 晒幸福的"老茂"

## 高国忠

久闻关庙乡仙桃村出了一个"晒幸福"的名人，还被评为金寨县"十佳脱贫之星"，于是满怀好奇的心情走访了这位村民口中的"老茂"——詹必茂。

### "世外桃源"，深度贫困

关庙是金寨县西部一个名不见经传的乡镇，一度被称为"金寨的西伯利亚"。仙桃村则是"关庙的西伯利亚"，与河南湖北接壤，是一个鸡鸣狗叫听三省的地方，因地处偏僻民风淳朴给人一种世外桃源的感觉，所以关庙人总是习惯性地称之为"桃源村"。

仙桃村内古木参天，重峦叠嶂，山花烂漫，资源丰富。尤其是许多美丽动人的传说，更为这片土地增添了古朴神秘的色彩。《山海经·海外北经》记载夸父逐日，"未至，道渴而死。弃其杖，化为邓林。"典籍注释中明确指出：邓林即桃林，地名，今在大别山附近河南、湖北、安徽三省交界处。满山的桃树和山核桃、一直在此原住繁衍的"邓氏"家族，似乎都在有意无意地证明仙桃就是"邓林"，就是夸父手杖化成的桃花源。而夸父精神也正是人类不断征服大自然追求美好新生活的写照，时至今日依然在这里演绎和发扬。

仙桃村是全县71个重点贫困村之一，总面积41平方公里，16个居民组416户1541人，其中贫困户119户，434人。村内最高海拔1356米，平均海拔550米，是典型的高寒山区。群众收入一般来源于林果业、中药材、养殖业等，主要还是靠劳务输出。全村共有外出务工人员878人，占全村总人口50%以上。

史河源头牛山河依依不舍地从仙桃村的高山和村庄间流过，多年来这片宁静的土地有条不紊地重复着昨天的故事。随着国家精准脱贫战略的深入实施，惠民政策暖万家，脱贫致富已经成为新时尚。詹必茂就是仙桃村脱贫致富的典型代表。

## 因病致贫，穷而志坚

仙桃村根据地势分为前冲与后冲两个山凹，詹必茂居住的竹园组属于后冲。翻过房子后面那座山，就是河南省的商城县长竹园乡。

靠山吃山。詹必茂夫妇俩凭着自己勤劳的双手向房前屋后的大山讨生活，在几亩田地和山场上用足了绣花功夫，一家人倒也能够衣食无忧，其乐融融。

总有一些意外猝不及防。1995 年，詹必茂患上了肺结核，当时这个病治疗还全靠自费，前前后后花费一万多元才治愈，这样一笔钱对于他们家来说就是天文数字！更可怕的是，作为家庭顶梁柱的詹必茂虽然痊愈了，却留下了后遗症，一剧烈运动就会喘粗气，很多农活儿干不了。

夫妻俩只能在山沟沟里开了一个卖日用杂货的"干巴店"维持生计，偶尔打一点零工补贴家用，收入微薄且不稳定。尤其是小女儿就读于金寨县南溪中学的同时，大女儿在安徽新华学院上大学，两个孩子的学费和生活费再次让一家人的生活陷入窘迫。母亲年近八十，冠心病、高血压也无情地缠上了这位老人，无异于雪上加霜。

但憨厚淳朴的詹必茂并没有被生活的重压击垮，反而愈发变得坚强，他总是以自信阳光的态度对待生活，以"人穷志不穷"的坚毅感染子女。他从不向政府诉苦叫穷，因为他内心深处始终有一个信念：总会好起来的！只要不绝望不放弃，就一定会走出眼前的困境。

## 精准施策，走出困境

2015 年 10 月，随着国家精准扶贫战略的深入推进，惠民政策的春风再次唤醒了地处大别山深处的仙桃村。

在精准识别走访中，乡村干部通过入户实地考察和周边群众介绍，详细地掌握了詹必茂家真实的家庭状况。后来，通过村民组及村民代表大会逐级评议逐级公示，关庙乡仙桃村将他家纳入贫困户建档立卡，并且安排村扶贫专员结对帮扶他家。

精准识别之后就是精准施策，对症下药用足绣花功夫。针对他家有在校学生精准实施教育扶贫举措：长女享受助学贷款、雨露计划 3000 元/年、国家助学金 4000

元/年；次女享受免除学费 850 元/学期、国家助学金 1500 元/学期。这样一来就大大减轻子女上学费用支出，同时也增强了孩子勤奋学习早日成才的信心。健康脱贫举措上，政府为全家 5 口人代缴新农合，为其母亲和詹必茂本人办理慢性病证，通过"351、180 健康脱贫工程"切实减轻医疗费用支出，实现了医疗有保障。詹必茂投资 5000 元入股村集体光伏发电项目，每年可销售分红 3000 元，而且在一定期限后归还本金。在产业上，利用他家山场田地资源，帮扶干部指导他发展油茶和中药材七叶一枝花种植，并及时申报政府产业奖补资金，再次增加了收入。考虑到发展产业需要资金，又帮助他申请了政府贴息的小额贷款一万元，解决了投入资金的难题。

多渠道全覆盖的精准帮扶措施，不仅降低了詹必茂家庭在教育、医疗、发展产业等方面的支出费用，还有效增加了家庭收入，他看到了脱贫的希望。但他并没有满足眼前的成绩，没有放慢脱贫致富的脚步。因为他深知要想彻底摆脱贫困，必须要扔掉政府政策补贴的"拐杖"，要找到一条稳定增收的"钱途"，靠科学可持续的发展才能脱贫致富奔小康。

## 异地搬迁，脱贫致富

由于受交通及信息诸多因素的限制，在深山里无论是发展养殖业还是种植业，都只能是小打小闹，以詹必茂的资源和实力想做大做强都不现实。随着孩子上学开销的增大，死守着深山里的几亩田地就是累死也只能勉强维持生活，根本谈不上有结余，想要发展致富依然很遥远。在哪里干、干什么、怎么干？他整天都在思索。

当意识到靠山吃山也靠不住的时候，詹必茂果断做出了抉择——异地搬迁。2016 年，他抓住金寨县异地扶贫搬迁和金寨县农村宅基地改革的惠民政策机遇，把仙桃村深山里的老房子拆除腾退，易地搬迁到关庙乡街道的集中安置点，在交通便利配套齐全的安置小区里购置了一套带院子的小洋楼。按照政策，他家 5 口人享受异地搬迁补助 10 万元，享受宅基地腾退补助 11.6 万元，一套新房子到手自己出钱不多，也不负债。新的问题又来了：离开了偏僻的深山老林，在乡政府所在地的安置点确实方便了，但靠什么赚钱呢？

机遇总是垂青于有准备的人。一个偶然的机会，在浙江永康务工的亲戚托他帮忙买一箱老家的手工挂面寄过去，说常年在外打拼但是心里面一直怀念家乡的味道。事情办妥后，一个念头在詹必茂脑海中逐渐清晰——制作传统手工挂面！仙桃村自古就有做手工挂面的传统，主要是以家庭生产为主，过去村里几乎家家都会这种从祖上传下来的手艺。他在青年时期还专门到岭那边的河南从事过"牵挂面"的手艺，有相当扎实的基础。乡党委政府和村委会得知他这个想法后，也是高度赞赏，积极为其提供资金以及政策支持，而且要求他要在继承传统的基础上做出特色，做出"仙桃村的味道"。说起来容易做起来难，在大别山区从事手工挂面生产加工的家庭作坊为数不少，材料配方各不相同，工艺口感也是百花齐放，要想做到"入口家乡味、念念不能忘"的境界谈何容易？

为此他虚心向同行们学习制作挂面的妙招，还把制作工序贴到墙上，一有闲暇就自己琢磨总结，终于形成一套"独门秘诀"。制作挂面共有和面、醒面、盘面、上面、饧面、挂面等十几道工序，一般做完一个流程需要20多个小时（一天一夜），每一个细节都要精细，每一个环节都有窍门。"做挂面重点要起早贪黑，头天晚上必须完成和面盘面上面工作，第二天上午6点多就要出面，10点之前必须出面上架结束，这样才能拉出好挂面。如果上架太迟，太阳光太强温度太高，面就很难拉长拉细拉均匀，而且挂面上会有很多小颗粒不圆滑，自然口感不好。制作挂面必须要有很好的阳光照射，制面时间也很讲究，要掐住时间点，挂面才会有嚼劲……"詹必茂一说起牵挂面的心得，就像他拉挂面一样"越拉越长"。

有道是慢工出细活。詹必茂家的挂面光洁度好，柔滑爽口，口感劲道，风味独特，营养丰富。关键是耐煮沸，煮后不糊，不浑汤，吃起来口感不沾，不碜牙。因此产品深受消费者青睐，长年都有很多外地的居民购买，因为好吃、纯手工又味美价廉。只要天气晴朗，他家院内都会挂上洁白如雪、千丝万缕的挂面，一架架挂面为他带来了可观的收入。用最传统的工具、最精细的手法，制作出最本土的风味，每一份挂面都是詹必茂辛辛苦苦付出时间和耐心换来的，更是贫困户用自己的双手脱贫致富的最好诠释。

功夫不负有心人。詹必茂夫妇二人通过制作手工挂面，增加了家庭收入，提高了生活质量，更提振了脱贫攻坚的信心。2017年，詹必茂家顺利脱贫。大女儿2019年大学毕业后在合肥上班，小女儿从南溪中学毕业考入阜阳师范工程信息学院读大学。人逢喜事精神爽，八十多岁老母亲的身体居然也硬朗起来。因此乡亲们都说"老茂不是晒挂面，他是在晒幸福！"

## 精益求精，携手乡邻

由于詹必茂做生意讲诚信，挂面质量又可靠，生意越来越好，他家的院子里经常坐满等着拿挂面的人。而他也总是毫不吝啬地先请他们品尝"挂面饼饼"，让他们想起儿时的那个味道。

2017年12月8日，詹必茂家来了一位贵客。安徽省委常委、省委副书记信长星同志到金寨县关庙乡仙桃村调研脱贫攻坚工作，专门看望这位脱贫之星。信书记走进小院子，看到眼前生产挂面的场景非常高兴，频频点头称赞。临走时语重心长地对詹必茂说："做得很好！要把规模做大一点，带动更多的群众脱贫致富！"

詹必茂牢记领导的嘱托，力求做到精益求精。除了在挂面制作工艺上融汇众家之长外，他还在产品种类与销售模式上积极探索。针对近几年金寨县推行全域旅游，很多外地游客和"驴友"到山里面游玩体验生活，他和当地的农家乐开展合作，采取现场制作现场体验现场销售的方式，不仅制作挂面，还开发了"挂面馍馍"、"挂面粥"等产品，深受游客们欢迎。随着电商的兴起，他开始在网上销售自家挂面，他特意定做了自己产品的专属包装。现在产品已经远销北京、上海、广州、青岛等地，大量订单已经供不应求。最令他欣慰的是，他家的挂面已经成为很多外出务工人员缓解思乡之苦的良药，充满了乡愁的味道。

一支独放不是春，自己富了不能忘了乡亲们。詹必茂对有制作手工挂面意愿的贫困户毫无保留地传授技艺，对个别丧失信心没有斗志的贫困户给予安慰开导，对需要他帮助的贫困户及时伸出援手。他既是光荣脱贫的领头雁，又是热心帮扶的好师傅。在各级党委政府和帮扶干部的倾心帮扶下，在像詹必茂一样自强不息的群众努力奋斗下，关庙乡仙桃村于2017年顺利实现村出列。截至2019年底，仅剩余贫困户3户5人，贫困发生率为0.034%。

"脱贫不能等靠要，致富不可睡大觉，人只要精神不倒，再难的日子都能熬出头"，这是詹必茂的体会。强烈的脱贫意愿、越挫越勇的斗争精神、立说立行的务实作风、诚信友善的优良品质，一群新时代的"夸父"正奔跑在追逐美好新生活的路上！

# 深山天麻开出致富花

张凤兰

与往年的春天大不一样的。自 2 月 17 号始，在大别山金寨县崎岖的公路上，常见一辆满载菌种的皮卡车在崇山峻岭之间负重前行。这辆挡风玻璃上贴着"疫情防控通行证"的墨绿色半旧的皮卡，总是于凌晨出发，夜半而归，中间往返数次，先后到达铁冲、南溪、汤家汇、果子园等县内种植天麻的地方；随着疫情防控的减弱，又去往河南及湖北一带，历时四十多天，每天行驶 400 公里以上，送出菌种近三十万瓶，同时为群众捎去汽柴油、手套、油锯链条、农药等春耕急需品，解决了许多农户春耕生产的燃眉之急。

驾驶皮卡车的人，就是金寨县金山寨食药用菌种植专业合作社理事长杜方平，一个荣获安徽省农学会理事、食用菌协会会员，省第十二届、第十三届省人大代表、劳动模范，国家科协科普惠农兴村带头人、科技部优秀科技特派员巡讲员、农艺师等荣誉称号的人。

和金寨山区里很多六〇后一样，小时候的杜方平家里兄弟姊妹众多，家庭贫困，中学毕业即为谋生而历尽艰辛。和普通大众又不同的是，他刻苦好学，敢想敢干，坚持三十多年生产食（药）用菌并带领乡亲们种植，让皖西十大中药材之灵芝、茯苓、天麻等，在家乡这片土地上开出璀璨的致富之花。

三十几年里，在致富这条路上，他脚踏实地，一步一个脚印，每个脚印里有艰辛，也有收获。

## 一切都是为了生存

1966 年，杜方平出生在金寨县桃岭乡龙潭村，那是一个集库区、高寒山区、贫困地区于一体的地方。他的母亲陆续生了十个孩子，夭折三个，抱走一个，他是余下兄弟姊妹中的老大。因为梅山水库的修建淹没了当地大量的房屋和良田，从山脚移民到山顶的他们，一分田地没有，一切都要从白手起家开始。靠山吃山，靠水吃水，当时的经济支柱产业以在山头上种植蚕桑、茶叶、板栗为主，山区高寒，山场有限，产量也有限，这各种条件的限制，使他们一直生活在贫困的梦魇之中。

八岁那年，他得了肾炎，水肿到不能走路。没钱去医院治病，母亲就天天用茅草根、棉花秸子、玉米须煎水加红糖冲给他喝，坚持两个多月没吃盐后，居然奇迹般痊愈了。自此，他对山上那些神奇的草药产生了浓厚的兴趣，并学会上山找鱼腥草、夏枯球、苍术、野茯苓等中药材变卖后贴补家用。

最刻骨铭心的艰难却是在十四岁那一年，中考预选后，家里实在拿不出一点米给他带到学校，当了多年班长的他，辍学了。

辍学的那一天，他认认真真写完老师布置的所有作业交上去，然后告诉学习委员，他明天不来上学了。此后两个多月，他天天夜里做梦，梦里都在上学。

作为家里的老大，辍学后的杜方平帮助父母养猪，养羊，养牛，砍树背到叶集去卖……尽力承担着家里的辛劳。他憋着一股劲，想改变家庭贫穷的境地，什么挣钱就去做什么。种种经历都在考验这个十几岁的少年，让他在苦难中探索，探索一条摆脱贫穷、走向富裕的生存之路。

学习，唯有学习才能改变命运。

1984年，安徽大学微生物系讲师徐天慧来三合中学进行农业科技培训，讲解食用菌栽培技术，本就聪明好学的杜方平去听了一个星期的课，算是开了心窍，入了食用菌种植的门。后来，他听说县城梅山举办食用菌种植培训班，又去报了名。栽培菌菇，本小利大，资金周转快，他就一心想把菌菇种植技术学会，过上吃饱穿暖的日子。

那时候，山路不畅通，交通不发达，从住家桃岭去梅山只能坐班船，来回船费两块钱。可是，他常常因为听课而误了回家的班次，又没钱租用私家小船，怎么办呢？凭着"初生牛犊不怕虎"的闯劲，从梅山大青峰岭到村里二里多宽的河面，杜方平就靠游泳泅渡过来，然后沿着河岸爬一个多小时的坡坡坎坎才能到家。就这样，他一直坚持到培训结束。

在梅山培训班掌握了菌菇栽培技术的杜方平，开始带着家人种起菇子。有事干了家里人就有了奔头，忙起来没有年节日的概念。别人家过年聚会打牌拉家常，他们家截枝、种菌、卖菇子。他说，有一年他小弟大过年的在梅山史河路卖菇子，好多人围着他拍照。说及此，杜方平伸出胳膊比画了一下小弟的高度：也就十来岁吧。言谈和举止，难掩辛酸。

菌菇栽培果然是一种短平快的产业，从种植到售卖，两个月就有了收益，家里生活日渐有了起色。

可杜方平并不满足于此，他想更好地学习菌种生产知识。于是他步行二十多公里，找到双河供销社菌种厂，一边打工一边继续学习。

学有所成的人一般都手脚勤快，眼睛亮堂，深得师傅喜欢，杜方平也是如此。去菌种厂一个多星期，师傅就愿意教他怎样制种。严师出高徒。不多久，全面掌握菌种制作的杜方平就有技术能力回家开办自己的菌种厂了。

"一切都是为了生存，要生存，就要有山上茅草一样顽强的生命力，不能遇到一点困难就退缩。"年轻的杜方平，在那时便为自己定下那样的人生信念。

## 穷藤上结的苦瓜撑起一个家

提到妻子王荣清，杜方平就说他们是两根穷藤上结的两个苦瓜，两个苦孩子凑到了一起。1990 年，经人介绍，两人结合了。开办菌种厂，妻子一直是杜方平的鼎力支持者。

提起菌种厂的起步阶段，杜方平忍不住笑，他说：那实在是简陋得可笑。没有瓶子，就找左邻右舍要一些盐水瓶、酒瓶子，然后用家里种的小麦、玉米和稻草粉碎的面组成配方，又跑去高校农大买试管回来，自己转源种；没有超净台，也没有高压锅，就把瓶子放饭甑子里蒸；没有接种的环境，就用箱子挖几个洞，然后把手伸进去……夫妻两个一起干，当时菌种出售以后，就像宝贝送人一样，总是舍不得，于是总会找机会去看一看。那时候没有电话，就记下购买者的地址、姓名，还有数量，然后怀揣一张金寨地图，有时间逐个走访，加深了解，发现问题，解决问题。

1997 年，在菌种初步打开销路之后，为了便于生产和销售，他们在梅山清风岭租下两间平房，在邻居的帮助下，带了部分菌种开始了专业制菌生涯。

因为有多年的细心研究和经验积累，他们生产的菌种出菇率高，四里八乡的种植户都爱到他这里买菌种，菌种厂的生意开始红火起来。

取得初步成功的杜方平夫妇首先帮扶的是自家兄弟。三弟打小过继给了别人家，他和二弟辍学后，家里还有四个上学的弟弟妹妹，尤其是两个弟弟，学习成绩都特别好。那时候虽然说是日子渐渐好起来，也就是能吃饱饭、穿暖和而已，一个家庭要是有几个上学的，还是比较困难的。杜方平不想他的弟弟过他一样辛苦的日子，他希望他们走出大山，看到更广阔的世界。

一个家庭的兴起，必然是这个家庭有担当的人，愿意吃苦受累，愿意承担风险，愿意付出。

杜方平笑着说：我家老四算是不负众望，复习后考取了北京财经大学，现在在北京上班，安居在那儿呢。并在新城江店买了门面房，租给妹妹做生意，手头方便了房租给一点，不方便就欠着，也算是家庭致富路上的传帮带吧。

毕业于北京理工大学的小弟，杜方平提起来略有愧疚。他说老小上学他没帮什么忙，都是他自己一路默默努力。

令他欣慰的是，弟妹们在他们的带动下，个个都很努力地工作和学习，很是让人省心。

杜方平与父母兄妹和和睦睦一大家子，很幸福。这其中，王荣清功不可没。杜方平说：我妻子很好，是我的左膀右臂，别看她读书少，管理厂子，操持家庭，都是一把好手，工人、家人都很服她。

农民没有太多花哨的语言，"很好"两个字已是饱含深情。

每一个成功的男人后面都有一个贤惠的女人，在妻子王荣清的协助下，杜方平没有后顾之忧，他才有精力去做更多的事，帮助更多的家庭走出困境。

他知道，一人富了不算富，带动周边百姓致富才是自己最大的责任。

## 给农民争口气

和杜方平的聊天中，他常常用到贵人两个字：指引他去菌种培训班学习的人是贵人，培训班老师是贵人，双河菌种厂的师傅是贵人……一个个贵人都被他记在心里，说出来都是充满感激之情。

他说，1999 年，国家科技部在金寨实施科技扶贫攻坚项目，中国天麻之父徐景堂的得意门生——中国医科大学教授王秋颖作为青年志愿者科技扶贫支援金寨，他再一次遇到人生当中的大贵人，帮他打开了天麻、灵芝和茯苓菌种野生培育的科技之窗，他也进入人生第二大转折点。

当时，本就对中草药有一定情感，对天麻、灵芝和茯苓种植有一定知识的杜方平求学心切，每每遇到栽培上的困难和解不开的难题，就请教王老师。即便王老师回到北京，他也要在北京上学的弟弟设法联系王教授，给他答疑解惑。他甚至把邻居的电话号码给她，约好时间，定时在电话里交流。王老师都不厌其烦地给予无偿指导。等他们来实施科技扶贫项目的时候，杜方平已经成长为当地的技术员了。

安徽大学生命科学院沈业寿教授来金寨金刚台、悬剑山、水竹坪等地收集野生蜜环菌和萌发菌，研究野生天麻的生长习性，作为技术员，杜方平也全程陪同，借机他又学到更多天麻、灵芝、茯苓方面的栽培技术。

教授们兢兢业业的科研态度，深深影响了杜方平。他觉得，不能躺在别人的科研成果上做个机械的菌种生产种植户，要想办法研制出种植更省心、产量更高、食药性更好的菌种，他住在大山里，他有这个便利。

更为便利的是，国家科技扶贫办给杜方平开了一张介绍信，介绍他以科技天麻特派员的身份去长岭、天堂寨、汤家汇、燕子河四乡镇的 200 多个贫困户家里实地考察了解天麻的种植情况，然后形成报告反馈给国家科技扶贫办，再把学到的科技知识通过讲座分享给种植户们，打开了他走向更广阔天地的视野。

他坚持服务对象家家到，基地一块不少。汤家汇镇占山村陶元平等 10 个贫困户的天麻基地在海拔近 1000 米的金刚台上，为了抢时间，他总是凌晨 3 点多开始爬山，早晨 7 点多才气喘吁吁地赶到基地，和农户一起吃萝卜，滚草铺，手把手地做示范。因为贫困户的基地之间相距很远，夜里骑摩托车从一个村庄赶到另一个村庄做示范是常有的事。

那些高海拔的山林里，也是野生天麻、灵芝和茯苓生长的适宜之地，每发现一处，他就拿出随身携带的海拔表、本子和笔，及时记录当地的高度、湿度、朝向及土壤结构，再回来进行研究，先后培育出金红天麻、金绿天麻两大适合本土种植的优质品种，并通过专家鉴定，填补了安徽省天麻品种的空白。他主持的永久性地下通道式工厂化天麻栽培技术研究，通过省级专家鉴定；他申报的一种室内种植的天麻栽培方法、利用梢头枝桠种植天麻的方法和抑制防虫菌种生产方法三个发明专利先后被国家知识产权局授权……

为了技术扶贫和研究，杜方平遇到的困难数不胜数。山里气候多变，野兽出没，遇到蚊虫、蚂蟥叮咬都是常有的事儿，可是杜方平说：作为一个农民，能承担着全县食（药）用菌培训的讲课任务，我认为是一件很光荣的事情，吃这点苦，我认为值得。你不是农民，你不懂农民的心酸。我希望我们农民都能过上好日子，我要为农民争口气。

他手捧研究种植的特大菌菇王的照片上了人民网；他研究仿野生林下种植茯苓，将野生茯苓菌丝直接种植在山林里的松木墩上，省时省力还产量高；他野外大棚灵芝的种植，每年为当地吸引无数游客……他让更多农民尝到了种植的好处，增加了他们的收入。

杜方平热爱菌种培育、种植的工作态度，感动着种植户们，他们都愿意跟着他干，于是，在当地政府的支持下，杜方平在原有的金山寨食（药）菌种厂的基础上，成立了现在的金山寨食药用菌种植专业合作社，吸收食药用菌种植户五百多家，近百户贫困人口有了劳动就业的地方，增产增收，一举两得。

安徽省今年获得了国家中医药局天麻、灵芝、茯苓、丹皮和半夏五个品种的种子资源基地，他的合作社就扛回了天麻、灵芝和茯苓三个国家级的种子基地的招牌。

中医药治病救人是我国传统的医学手段，清朝末年，因为西医的大量涌入而日渐式微。2003年"非典"，因为中药介入治疗取得良好疗效，之后中医开始有复苏迹象。2020年2月"新冠"期间，由国家中医药局组织实施的中医药有效方剂——清肺排毒汤在治疗新冠肺炎上总有效率可达90%以上，让中药在国际地位再上一个新台阶。

近些年，国家大力发展中医药事业，实行中西医并重的方针治疗疾病，充分发挥中医药在我国医药卫生事业中的作用，对中药种植也越来越重视。

习近平总书记说：绿水青山，就是金山银山。金寨处于大别山腹地，有其独特的种植中药的自然条件，历来有"西山药库"之称，相信随着金寨天麻城、灵芝城等药用菌大市场在全国影响力的不断扩大，金寨药用菌加工企业的集聚，产业链不断完善，与高校产学研关系的不断加强，六安市对"西山药库"建设投入的加大，十大皖药（金寨茯苓、灵芝）作为大别山区的战略新兴产业，立足金寨县情，利用休闲旅游和大健康产业发展机遇期，金山寨合作社会越来越好，也将会在金寨扶贫路上做出更大的贡献。

## 自觉自愿的感恩

金山寨食药用菌种植专业合作社坐落在桃岭乡三合街中心，办公室和金山寨食（药）菌种厂一路之隔。办公室里满墙及墙角堆放的牌匾记录着菌种厂一路兴起的成绩和荣誉，相比之下，菌种厂看起来有点不太显眼。它低于街面数米，需要下十几步台阶才能进入厂区。左右两排加前方一溜厂房，都是白墙上面铺着蓝色的彩钢瓦，一看就是老旧房子改造的。就是这个由三合乡兴达丝织厂和竹编工艺厂改造后的老厂房里，具备年产300万的菌种能力，解决贫困户就业60多户，菌种远销全国 20 多个食（药）用菌产区，还在此基础上，建成 30 多处约 120 亩设施和林下栽培种植天麻、灵芝、茯苓的基地，年创产值 1000 多万元，基地农户年均增收万元以上。

对附近有条件又愿劳动脱贫的贫困户，合作社除了赊销菌种还免费提供技术，回收产品，60 多户贫困户中一大半已经实现脱贫。金山寨合作社已被金寨县人社局认定为产业扶贫就业基地。

走进生产车间，装袋，灭菌，接种……就近就业的村民们，熟练地忙碌着，神态安详，他们不用背井离乡就有能力赡养老人、抚育子女，这，才是脱贫致富带头人的功德所在吧。

在生产的同时，这里还是杜方平的实验室，他的多项发明专利就是在这里研发的。

聊起他对社会的贡献，他说，就是不知不觉地感恩，感恩国家的政策好，感恩政府的扶持，让我们都过上了好日子。那些因病致贫、因学致贫的家庭，能帮一把是一把。至于那些科学技术，本就是国家的科技人才在我贫穷的时候传授给我的，我再回馈给国家和社会。

一枝独秀不成景，满园花开才是春。希望越来越多的农民，不仅仅是脱贫，而是过上更加美好的日子。

对于这些把大文章写在家乡这片厚重土地上的杜方平们，我的文字实在过于单薄，委实写不出他们之一二的风采，唯有致以深深的敬意！

# 大山里的葡萄熟了

## 张　欣

金寨多山，山外山，天外天，群峰连绵，白云生处有人烟。

自金寨县城梅山向西，渡水复渡水，看花还看花，约六十公里后，眼前会透迤出现一片人家，这就是丁家埠。

丁家埠，位于金寨县南溪镇境内，是个老埠口。当年梅山水库尚未修建，金寨斑竹园一带的山货先在丁家埠集中，然后乘船东下，直抵霍邱三河尖入淮。而从淮河来的大米、白面、洋油、铁器等由三河尖逆流而上，进入南溪、斑竹园一带的烟火万家。史载，当年丁家埠樯帆林立、棹楔峥嵘，白日商贾云集，向晚灯烛荧煌，很是热闹了一阵子。

谁也没料到，这个深山中的溪水埠头，会在中国革命史上留下浓墨重彩的一笔：在中国共产党的领导下，1929 年 5 月 6 日，以丁家埠为中心，金寨境内爆发了著名的"立夏节起义"，起义成功后，红军队伍打土豪、分田地、建立苏维埃政权，让大别山一隅满地通红，中外震惊。

2019 年的秋天，秋意渐浓，我怀着崇敬的心情踏上了丁家埠这片厚重的土地，目的是拜访一个人。

许怀兰，女，1975 年生，个头比我料想得要瘦小，声音却不出我所料——刚脆。以我的乡居经验，内心刚强、能扛得住生活磨难的人，声音大多刚脆，说起话来砍筋见骨。

尽管有一定的思想准备，但许怀兰的"家"还是让我相当震撼——十七八亩的葡萄园，沿着乡间公路透迤展开，田间阡陌深处，有一处简易的活动板房。近 6 年时间，2000 多个日日夜夜，许怀兰就在这套活动板房中与葡萄们长相厮守，不离不弃。

秋风中，许怀兰坐在公路边的一张条桌后，向沿途经过的汽车和行人兜售她的葡萄。这是她 2019 年的最后一季庄稼。葡萄品种叫"晚秋红"，成熟较晚。许怀兰告诉我，2019 年夏秋以来，雨水少，阳光充足，葡萄很甜，说着，灿烂地一笑，抓出一串葡萄往我面前一塞，叫我品尝。

我没有接她的葡萄。我此行的目的，是倾听她的故事。这个故事，关乎土地、农民、乡村乃至我们身子拼命奔跑、灵魂几乎追赶不上的时代。

## 一

江苏盛泽，苏南的小镇子，冯梦龙笔下"日出万匹、衣被天下"的地方。改革开放后，这里依托蚕桑、缫丝、织绸、印染、加工，成了中国著名的绸都。当年，金寨有大批人员在盛泽打工。金寨县的天气预报，每天都会播报盛泽的天气，这真是岁月里的一道别致风景。

当年，金寨众多的小夫妻，成了亲，拜了堂、圆了房，就得谋划外出打工挣钱养生活了。许怀兰和老公耿思明的打工地，也选择在盛泽。与那些在丝绸厂找工作的老乡们不同，他俩在盛泽做油漆工。

"盛泽真好，天天在盖房子，到处都是工地，活多得干不完，两人一天能挣七八十块。"回忆起当年的打工生活，许怀兰居然咯咯地笑了起来。"如果在家里，一天连三十还挣不到哦。"

"苦吗？"我问。

"哪有不苦的！没房子住，只能住工棚，睡在水泥地上。早晨天不亮就得上工，中午在工地上蒸饭吃，晚上八点多才回到工棚休息。夏天死热，身上全是热癞子，想洗个澡都难，还好盛泽到处是河，可以约女同伴到河里洗。"

"你和老公返乡种葡萄，是不是因为盛泽太苦太累？"

"才不是呢！盛泽苦，哪有家里干活苦？！现在想想，这么多年，最轻松的日子，还是在盛泽。"

话说到这个份儿上，再问下去已没有必要。在外地的打工者们，孩子要上高中，父母临近衰老，他们都得从打工地返回家乡，虽然极不情愿，却毫无办法。

"孩子要上高中，得当地户口，我们没有。另外，婆婆年纪也大了……"许怀兰的声音低沉下来，然后，长长地叹了一口气。

2014 年春天，许怀兰和丈夫耿思明回到家乡，小两口思前想后，觉得种葡萄比种水稻赚钱，决定尝试一下。流转土地，预订种苗，学习技术，挖沟起垄。尽管心里还对盛泽有丝丝不舍，但致富家乡的种子，已在这个春天悄然发芽了。

许怀兰说，那是一段累并快乐的日子。白天，两人在田里拼命劳作，汗流浃背，尽管累得直不起腰，但心里是满满的希望。夜晚的梦是甜的，梦里总能看见一大片碧绿的葡萄园，绿的、紫的、黑的葡萄累累垂垂，颗颗饱满。对美好生活的憧憬，往往会超越生活本身的磨难。幸福的人，大都一边憧憬，一边生活。

秋天来了，葡萄园已初具规模，藤蔓渐老，棚架历历。对许怀兰夫妇来说，园中的每一寸土地，都紧握丰收的因子；每一缕气息，都弥漫着幸福与希望。秋风漫过田埂，晴空云翳潜至，当尾随而来的阴霾准备给这对小夫妇致命一击时，两人正沉浸在田园牧歌、颗粒满仓的梦想之中。

2014 年初秋的那段时间，耿思明感觉肠胃不适，去县里做胃镜、肠镜，都查不出什么原因。由于葡萄园里的活多，夫妇俩也没往深处想，只是买了几包药回家服用。秋后，耿思明的肚子痛得越来越厉害，吃什么都反胃，人也快速消瘦。夫妇俩这才意识到问题的严重性，赶紧去省城就诊。在安徽省立医院，一纸化验单，让这对小夫妇瞬间掉进了冰窟窿。

胰腺癌！多么可怕的疾病，多么残酷的现实！当听到这三个字时，许怀兰浑身发抖，嗓子发干，她想喊，可喊不出来，想哭，却哭不出来。她就那么傻呆呆地站在医生面前，像一尊痛苦的泥塑。

她再也不想那片青青的葡萄园了，她得带着眼前这个活生生的人打针、吃药、化疗，辗转在省里、市里、县里的各家医院，她甚至一步一祈祷，一步一磕头，悄悄去土地庙、山神庙、道观、佛寺烧香许愿，裤腿被磨出了两个大洞，膝盖鲜血淋漓，自己却浑然不觉。

许多个夜晚，耿思明拉着许怀兰的手，诉说心中的无限歉意。自结婚以来，两人起五夜、睡半夜，没有过上几天安生日子。好不容易把葡萄园搞起来了，自己却要提前离开了。往后，上有近九十的老母，下有上高中的孩子，所有的负担都压在许怀兰这个弱女子身上，家里的日子还怎么过啊！

耿思明认真盘算过，葡萄园虽然有了起色，可为了建园投进去近 30 万元，其中，20 多万是银行贷款。自己如果死了，靠许怀兰一人经营葡萄园，难度实在太大了。因此在剧烈的疼痛中，他反复地跟妻子说着一句话，"把葡萄园卖掉吧，不背债，你负担轻些。"

起初，许怀兰是同意卖掉葡萄园的。但想到两人一起建设葡萄园的每一天，想到儿子要上学，婆婆要赡养，她一次次坚定地摇头。看着形销骨立的丈夫，她一次次泣不成声，"有葡萄园在，我们一家还有希望；没有园子，我们真的没活路了啊!"

2015 年 5 月 15 日,48 岁的耿思明讲完最后一句遗言,带着不甘、留恋的眼神永别了这个世界。办完丧事,看着葡萄园里疯长的杂草,许怀兰眼里满是怒火,她那因疼痛而散乱的心,一点点地收拢起来,坚硬起来,像石、像铁、也像舍利。恍惚中,她听见自己的灵魂在呐喊,该死的草,我要消灭你们!我要坚强地活下去!

二

老天仿佛有意刁难许怀兰,2015 年、2016 年夏季,几场大暴雨侵袭丁家埠,许怀兰的葡萄园,一半被泡在洪水里。

"那些天,雷在头上打,雨在身边下,我在雨中哭。"坐在我对面的许怀兰,说着说着,声音有些哽咽。"我前世作了什么孽啊,老天这么折磨我!"

暴雨中,许怀兰抱着脸盆,一盆盆向葡萄园外舀水。可雨太大,地面的洪水汇集太快,她舀水的速度远远低于洪水汇集的速度。可她不管这些,奋力地舀着、舀着,终于眼前一黑,一头倒进了乱泥里。

"幸亏我的老娘啊!"许怀兰掏出纸巾,擦了擦眼里的泪水。"老耿走后,我娘就跟我住在一起,在葡萄园里陪了我两年,帮我拔草、提水、做饭,娘知道我一个人太苦、太冷清,怕我挺不过来。"

"我这一生,拿什么报答我娘的恩情啊!"许怀兰终于哭了起来。

耿思明去世后,许怀兰的母亲怕女儿太孤独,同时希望帮女儿分担一些劳动压力,就从金寨槐树湾乡赶到丁家埠,与许怀兰一起住进葡萄园中的小板房内,成为许怀兰劳作的帮手,生活的下手,身心的陪伴。那天的暴雨中,看到女儿倒在乱泥里,老母亲赶快上前施救。

"我劝娘多少次,让她回家,她又不是国家干部,没有退休工资,得靠劳动吃饭,她在我这里忙,一分钱也没有。可娘不干,她不放心,她硬是在这里陪了我两年啊……"

秋日的一个傍晚,母女俩坐在昏暗的灯下吃晚饭,桌上只有一个菜:老豇豆。看着母亲那黑瘦的脸及脸上的皱纹,许怀兰的眼泪一滴滴地落入碗里。母亲知道她的心事,叹口气道:"兰子,俺明天就走。俺走后,你要是忙不过来,打电话说一声,俺再赶过来给你搭个帮手。"

困苦是一把刀,它一方面割破人的心,另一方面却掘开生命的新泉。耿思明的母亲周世新在儿子去世的那一段日子，痛不欲生，精神恍惚。但看到许怀兰坚毅的身影、坚定的步伐，老人家慢慢地振作起来。她不仅自己洗衣、烧饭，还种菜、养鸡，天天忙得团团转，根本不像一位九十岁的老奶奶。许多次，许怀兰要帮婆婆洗衣服，都被婆婆坚决地拒绝。而许多次，婆婆将炖好的鸡汤送到葡萄园边，看着许怀兰全部喝下去，才满足地离开。

"儿子也懂事了。"许怀兰擦了擦眼泪说，"孩子知道自己没靠山了，学习比原来自觉了，也不再怕苦怕累了。"

隆冬的一个早晨，天寒地冻，滴水成冰，许怀兰到车站送儿子上学。一路上，两人都低着头，默默地走着。即将踏上车门的刹那，儿子猛地回过头，"妈，你别太累了，这段时间，你又瘦了不少！"许怀兰看到儿子眼中有泪。

她也禁不住热泪盈眶，这两年虽然很累，但看到儿子学习积极主动并日渐懂事，她的心里热乎乎的。

## 三

苦难的尽头通常是幸福的源头，对许怀兰来说也是如此。

丁家埠村两委和南溪镇党委、政府了解到许怀兰的真实情况后，认为她达到申报贫困户的条件。通过户申请、村评议、镇审核、县复审及公示，2016 年，许怀兰被确定为建档立卡贫困户。

在脱贫攻坚战中，金寨县不仅全面贯彻落实省市相关脱贫政策，还根据县情实际，制定了一系列加速脱贫的工作措施。许怀兰向我算了一笔账，被评为贫困户以来，她家享受了以下救助政策：一是 30 万元的创业无息贷款，期限 2 年。二是 1 万元扶贫小额贷款，用于发展光伏产业，每年可分红 3000 元。三是加入扶贫"一亩园"项目，每年可获收益 2000 元。四是特色种养奖补，每年可获 3000 元。五是医保的"351""180"、政府代缴保费、家庭医生签约服务等相关政策。六是读高中的儿子每年可以领到 3000 元国家助学金。对于一个贫困家庭来说，这些"真金白银"是及时雨、救命钱，为家庭输血补气，帮助她家脱离苦难。

"这么多年，我们在外面打工，除了回来开个证明啥的，跟县乡村基本没啥联系。很长一段时间，我认为乡村两级没啥用，可当我遇到困难时，我才知道党委、政府是多么重要，这么多年，如果没有脱贫政策的支持，真不知如何跨过这一道道难关。"许怀兰激动地说。

在得到政策、资金支持的同时，镇村两级干部多次帮助许怀兰解决一些实际问题。包村干部、副镇长彭洪炎，每次到村里，都要到葡萄园里查看，询问许怀兰所需所盼；驻村扶贫大队队长、县林业局执法中队干部王进军，在葡萄种植、病虫害防治、销售信息提供等方面给予她支持；村两委更是将许怀兰作为重点帮扶对象。看着这么多好心人来帮助自己，许怀兰战胜困难的信心更足，浑身充满使不完的力气。

还有亲戚、朋友主动伸出援手。许怀兰的舅妈对她说，如果差钱只管提，要多少借多少，啥时有钱啥时还；许怀兰曾经借了小姑子3万块钱，待许怀兰还钱时，小姑子坚决不要，小姑子说，你的葡萄园开支大，钱你先拿着，我现在不需要钱；许怀兰的五姨手头较宽裕，看到许怀兰有困难，主动借2万块钱给她，待还钱时，五姨却坚决不收。五姨说，兰子，这2万块钱，俺有它不多，无它不少，你别放在心上，等你把所有的欠款都还清了，没压力了，再考虑还我的钱，行不？还有许多亲戚朋友，都表示要帮助许怀兰渡过难关，有些亲戚平时甚至少有走动，可一听到许怀兰的困境，马上愿意提供帮助。许怀兰说，虽然我平时一个人忙里忙外的，可我总感觉身后有一大批人在为我使劲。有了党委、政府和众多好心人的帮助，我还怕什么呢？

在许怀兰的葡萄园边，住着几户周姓人家，他们把许怀兰视作自己的亲人，力所能及地提供帮助。葡萄园除草时，总有人免费前来做帮手；看到许怀兰因为忙没时间烧饭，就将许怀兰拉到自己家中吃饭，平时烧什么好吃的，总不忘给葡萄园里的许怀兰送一份；葡萄成熟季节，这几户人家义务帮助她守护丰收的果实。为了给许怀兰壮胆，这几户人家都在大门口安上了电灯，晚上把电灯点得雪亮，还喂养了几条狗，晚上听到风吹草动，就拿着电筒，远远地打吆喝、打响声。而许怀兰要感谢他们时，他们总是说，兰子，现在年轻人都在外面打工，没有年轻人在身边，俺们都心慌得很，这么多年，你能守在这里，俺们不知道怎么感谢你才好，哪能让你谢俺们啊！

## 四

从许怀兰的讲叙中，我的大脑里勾勒出她劳作的情景：在6年2000多个日日夜夜，她的生活简单纯净又艰辛负重，她像一台不知疲倦的机器，在这片田野里疯野地劳作着。春风过后，园里的杂草争先恐后摩拳擦掌，要不了几天，葡萄园就变成一片油绿的世界。在许怀兰看来，这简直是绿色恐怖。每天五点左右，四周的鸡声透着水汽，她就扛着锄头进园劳作了，锄草，向前。锄草，向前；初夏的葡萄藤万蛇灵动，几阵大风过后，有的软塌塌地匍匐倒地，她得及时将它们扶上棚架的"大位"；秋天来临，园里的葡萄陆续成熟，她得采摘、销售、接听客户电话，跟前来买葡萄的客商讨价还价，一天只能休息四五个小时。饿了，就啃几口方便面，每天晚上，将收到的钞票汇总起来，盘算着这笔钱得偿还哪位亲戚的借款；冬天，采摘完园里的最后一季葡萄，得给它们施肥了。她从霍邱县等地买来羊粪，一个坑接着一个坑地往前挖，然后上粪、盖土，上粪、盖土。每个白天，她几乎都在园里拼命，晚上睡在床上，身子痛得动弹不得，常常在梦中被痛醒。

为了增加收入，许怀兰的葡萄园种了醉金香、夏黑、腾稔、晚秋红四个品种。这四个品种成熟期不同，大约从初夏开始，许怀兰就开始采摘园内的葡萄了，一直要采摘到仲秋时节，也就是等到"晚秋红"采摘完毕，葡萄采摘工作才告一段落。

由于葡萄园面积较大，劳作太费时费力，必要时，许怀兰也会请一些帮工。许怀兰说，每年帮工费、肥料费等需要花费 5 万元左右，如今葡萄进入了丰产期，每年毛收入在 9 万元左右，扣除费用，每年纯收入在 5 万元左右。

"还欠账么？"我问。

"欠，不过不多，只有 2 万了。"许怀兰说着，用手将额前的头发往脑后捋了捋，"当年欠 20 万，如今仅剩 2 万了。"她的声音提高了。

"今后有什么打算？"

"没别的打算，继续把葡萄园经营好，把欠账全部还完，聚点钱，给儿子上大学。也还要聚点钱，为婆婆准备着。"

"目前最想做的事是什么？"

许怀兰没有立即回答我的提问，而是低头深深地沉思。终于，她昂起头，眼中泪光盈盈。

"想找个没人的地方，痛痛快快哭一场，再痛痛快快笑一场，然后抽时间去拜访我的恩人们，感谢他们多年的帮助。没有他们，真不知道我们家现在是什么样子……"

离开许怀兰的葡萄园时，秋风四起，夕阳半山，炊烟缕缕。鸡鸣犬吠中，东天星月初现，岁月一派静好。

哎，人间啊，人间，这充满希望的烟火人间啊！

# 把梦想种在家乡的泥土里

方观男

"你是张传峰？"

"是，我就是。"

在安徽省金寨县汤家汇镇红军街的电商中心，当张传峰站在我面前的时候，我有些意外，有些惊奇。见面前，我想到他应该是一个威武雄壮的汉子，传奇般的人物形象，现在，却要俯下身子去跟他交流。

张传峰身高 1.4 米，体重 50 公斤，黝黑的皮肤，精致的五官浓缩了所有的精华。眼神里透着机灵，那神情，一举一动，明明是一个 12 岁的孩子嘛，甚至声音还有着稚气。走在路上，你会把他当作中学生。

就是这样一个貌不惊人的小伙子，在金寨县汤家汇镇电商一条街，甚至在金寨，张传峰都小有名气：

贫困户；羊司令；电商达人；农村产业带头人；六安市脱贫攻坚先进典型；金寨县十佳产业扶贫带头人……

熟悉张传峰的人都说：这些称号就是他的人生轨迹，他的身上深烙着时代的印迹，从这些称号里，我们看到一个身残志坚的农民后代的奋斗历程，他是老区金寨新一代农民的形象代表。

"我 37 岁，属狗，就是安静不下来的属相。"他笑着跟我说。还有几分孩子般的淘气，没有一丝残疾人的自卑。可能是因为经常与人交流的缘故，他很健谈，在他娓娓道来的人生经历中，我仿佛听到一首贝多芬的《命运交响曲》，他的故事，溪水般流淌出来……

张传峰，出生在金寨县汤家汇镇竹畈村，这是非常一个偏僻的乡村，父母在家里早出晚归辛苦劳作，也不能改变家里的生活。张传峰从小倒是机灵活泼的孩子，在学校里，别人听好多遍都记不住的，他记住了，成绩自然好，老师也喜欢。1998年，张传峰初中毕业了，可是家里的现状，实在无法供他上学了。

　　父母愁苦的眼神，让他如芒在背，作为家里的长子，他必须承担生活的安排，正式成为一名不合格的农民。命运跟他开了一个不小的玩笑，在社会上闯荡十多年后，生活还是那样的贫困，生命的时钟仿佛也停止了运转，同龄的年轻人有的长个子，有的长体重，有的增加了财富，他却丝毫没变。多年后同学聚会，大家都感叹时光的变化，唯有张传峰没有变化，还是那个张传峰。

　　其实他变了，早就不是那个开心的孩子了，生活让他太早地承受命运的折磨。张传峰不得不接受一个现实：自己是一个侏儒，一个残疾人。

　　作为金寨县最偏僻的乡镇之一，汤家汇镇是著名的红色小镇。四面群山环绕，把小镇呵护在怀里，几乎是被人遗忘的世外桃源。茂密的森林里，曾经掩护过无数的红军战士，金刚台红军排女战士的故事，感动了无数的人。因为山高林密，这里盛产灵芝、天麻，但是交通极为不便，销售量极小。更多的年轻人选择了离开，闯闯外面的精彩世界。张传峰没有这样的机会，他1.4米的身高，初中毕业的学历，在外面能做什么呢？于是他努力地把汗水撒在家乡贫瘠的田地里，这是自己最熟悉的行业。可是地里的收成虽然好，农产品却没有人来收购。他自己种的花生、芝麻都是上好的品质，却没有人来收购。堆在家里的破屋里，生活也几乎过不下去了。

　　张传峰还是不甘心，他开早餐店、卤菜店，倒腾水果，贩树，什么赚钱就去做什么，可是折腾来折腾去，仍然举步维艰。因为穷，妻子也离开了他。难道这就是这个穷乡僻壤的农村孩子的宿命吗？他常常想这个问题。

　　2014年，张传峰被评为贫困户，他知道这是乡亲们对他的同情，但是看到自己的名字贴在公示栏上的时候，他还是偷偷地哭了。作为一个农民的后代，在他的意识里，根深蒂固地认为贫困意味着懒惰、不务正业、无能……哪怕是自己身体不好，也不是贫穷的理由。

　　我不懒，我努力了。

　　我不要穷，我还要努力。

　　那段日子，张传峰心里特别郁闷。他坐在屋后的山顶，金刚台的风声掠过耳边，远处银佛山上白云不断变幻形态，放眼四周起伏的群山，两个念头在心里纠结：放弃，继续穷，等政府救济；不放弃，再拼一回！那一个月里，这两个念头在心里不停地交换出现，最终，他下定了决心，再搏一回：用自己的汗水，摘掉贫困户的帽子。

　　一方水土养一方人。他还要从这块贫瘠、封闭的山林里找到致富的路。汤家汇金刚台植被丰富，地广人稀，非常适合发展养殖业。而作为一个农村孩子，张传峰对放羊也是非常熟悉的。在吃过无次亏后，他得到的人生经验就是，从最熟悉的行业入手。他的想法得到政府的认可，镇政府表示大力支持，希望他能起着带头作用。2015 年，张传峰开始养殖山羊。他用政府的帮扶资金买了 18 条羊，正式开始了创业。

这 18 条羊就是他的朋友，他白天放羊，晚上住在羊圈里，他熟悉每一条羊的脾气，给他们分别取了名字，放羊出去时哪只带头，哪只最后，都有秩序。如果说张传峰有什么与众不同之处，那就是做一行爱一行的那股子劲头。

他用全部的心思来伺候这群羊，学习养羊的知识。为帮助和支持张传峰发展养殖，镇村干部、农技人员及帮扶干部经常到张传峰家走访指导，送去养殖实用技术读本。再累，张传峰也会挤出时间学习。他学会了很多东西，哪只羊生病了，哪只羊吃胀肚子了，他一看就知道，还学会了喂羊吃药，为羊接生……遇到不懂的，他就虚心地向当地畜牧部门请教，帮扶干部也积极为他排忧解难。天时地利人和，功夫不负有心人，张传峰的羊场越做越大、越来越顺。

镇里还帮助他成立了家庭农场，引进黑羊、黑鸡品种，申请小额贷款，得到帮助的张传峰信心更足了，养殖规模从十几只很快发展到四五百只，张传峰成了"羊司令"。同样是养羊，别人拴着放，他散着放。别人在家门口放，他赶到大山里。每天一大早，他打开羊圈，赶到屋后山上觅食。自己再做点别的，天黑上山收拢他的羊群，带回羊圈。

他熟悉家乡每一块石头，每一条溪水，每一道山坎。贫瘠的土地是他的希望。春天，树尖上绽出绿色，点缀黝黑的枝杈，渗出勃勃生机。映山红开了，一山一山的红，兰花在幽暗的树林里散发清香，四月粒如小小的红灯笼，挂在树上。饿了，采野果吃，渴了，喝几口溪水。如果不是贫穷，这样的日子倒也舒心。

羊儿不懂他的话，他一个人自言自语解闷。手机就是他的伴，了解外面世界的窗口。张传峰在放羊之余，一有空就将他放羊的路上那些充满乡野气息的图片发到朋友圈，吸引了在外拼搏乡亲人的眼球。他的朋友圈关注的人越来越多，很多人跟他聊起对家乡的那份思念，希望通过他买到产品，再体会那些儿时的味道，张传峰尝试着用邮递的方式给他们发货，产品找到了销路，虽然不稳定，但是放羊、销售两不误，还是很划算的。

羊儿吃百草，喝山泉水，在岩石上觅食，当然身体健壮、肉质鲜美。羊儿生病少，自然收入就高了。这只是一方面，他还先人一步，争取当地农业部门的支持，取得了山羊和土鸡的有机认证。有了证，顾客放心，谈起买卖容易多了。

2016 年，张传峰除了养殖山羊，还养殖了 700 多只黑鸡、1000 多只土鸡，实现年收入 10 余万元，一举摘掉贫困户的帽子。

张传峰的日子过好了，他想到那些贫困户，他们因为这样那样的原因，依然很苦。于是，有了钱的张传峰，亲戚多了。不同的是，这些亲戚不是别人找来的，是他找去的。而且都是贫困户，穷亲戚。

一人富了不算富，政府引导他致富了，他没有忘记自己的责任，要带动别的贫困户们一起致富，一起甩掉穷帽子。

张传峰脱贫后不忘乡亲，"美羊羊"农场吸纳了 3 名贫困劳动力就业，还利用自己的养殖经验，带动张经志、邓正国等贫困户养殖山羊和土鸡，改善他们的生活状况。

2017 年，对张传峰来说注定是不平凡的一年，汤家汇镇用红军街现有的 70 余间门面房，打造电商一条街。对入驻电商一条街的电商主体进行扶持。

有过网上销售经验的张传峰敏锐地感觉到这是一个新机遇。

他在过去的销售中意识到网络的魔力，也体会到一些局限性：只能通过朋友、亲戚、同学和熟人介绍，这样小打小闹的折腾，不是他想要的，张传峰要做一个别人没做过的，要把生意做到成千上万未曾谋面的顾客那里。

金寨无尽的大山是他的工厂，网络是他的柜台，长长的网线就是他的希望。张传峰的眼光和胆量再一次体现出来，果断从电商一条街租农特产店铺，从事电子商务。为了支持他，政府也给予 3—5 年的租房补助和每间 1 万元的门店装修补助。这下他更有信心了，他看到政府扶持贫困户脱贫致富的决心和良苦用心，自己不做好，就太对不起人了。

政府组织张传峰参加电商学习，系统地学习了电商的经营知识，推广、销售、发货……渐渐地，有人从远处打电话来买他的产品，订单越来越多，发货量不断增加，从一天几十元，到上百元，到几百元，到上千元……

他从小小的手机里看到了无限的商机，体会到电商神奇的魔力。从此像上了瘾似的，沉浸在网络销售中，初中毕业的他，开始与网络打交道，他努力学习各种技能，了解网络知识，由陌生到熟悉，从门外汉到网络高手，成了远近闻名的"电商达人"。

对于一个初中生来说，从现实生活到虚拟网络，这种转变是颠覆性的。他的秘诀只有两个字：学习。了解网络知识，学习电商知识。政府举办的各种培训活动，他再忙也要去参加，还坐在最前面，认真地听认真地记，比当年上学还用心。

网上卖产品？都没见过面怎么做生意啊？要是被人骗可就惨了。他的好友善意地提醒他。周围邻居看他一箱一箱地向外发货，却没有一个人来，也不明白：这小子，怎么跟陌生人收账呢？机遇总是给有眼光的人准备的，认准了就干，先人一步，就赢在起跑线上。

金寨电商发展如火如荼，无数像他这样的贫困户也开始从事网上销售了，生意竞争也大了。他又开始了自己的第三步飞跃：成立公司。这在以前想也不敢想的事，现在，张传峰敢想了，敢做了。

他看到了竞争，也看到了机遇。钓鱼只能当个菜，想卖鱼还得有网，张传峰这样告诉他的伙伴们。他认识到，随着电商市场的成熟，只有规范经营，才能有更大的发展，他也看到自己的不足，开始借力上坡，和从苏州返乡创业的大学生王玲合伙组建了金寨县香尖土特产有限公司。

2017年3月，金刚台春意格外浓。山岭上的映山红开得红红火火，吸引了成千上万的游客，金寨全域旅游的发展，把这个偏僻小镇的人气一下子带火了。走步道，看红色景点，买农产品，吸引了大批外地游客。汤家汇红军街上人来人往，张传峰的店很招人气，生意也非常兴旺。很多人慕名而来，就是想看看这个神奇的小人物。

2017年香尖土特产有限公司就业人数达30人，实现盈利25万元，直接带动贫困户35户，其中当年脱贫20户。他被评为2017年度全县"十佳产业扶贫带头人"。

2018年，张传峰继续带领电商街的十多位电商伙伴们，通过电商帮助几十户贫困户销售农产品，月均销售额达50万元，在自己富裕的同时，进一步帮助贫困户增加家庭收入。

2019年上半年，他的营销收入达到300多万元，仅电商就达到240万元。

公司带动了40余户贫困户，帮助销售贫困户农特产品为手段，丰富了网络平台的商品，也提高了贫困户的收入。我看到他记下的一笔笔收购账单：张经志、徐应平等10多户贫困户通过公司电商平台，销售黑毛猪、山羊、粉丝等农产品达1万元以上。也就是说，通过香尖土特产有限公司，张传峰就直接带动40多家贫困户脱贫，10多家致富。他对社会的贡献，对乡亲们的帮助，是实实在在看得见的。

真是了不起啊！

面对骄人的成绩，张传峰并没有停止努力的步伐，2019年，他又找到新的商机：金寨小香薯种植。他试种了10亩，一年两季收获，亩产1500斤，赚到了7万多元。这还不是最主要的，关键家乡有种红薯的经验，小香薯销路好，易种易收，产量高，也不易破损，保存周期长，非常适合农户种植。"农户只要种一亩，就可以收入 7000 多元，多好！"他充满信心地说。

张传峰时时想到的是乡亲们，这就是他的情怀。他和他的"香尖"立足于乡间，扎根在金寨老区的土地上，种下梦想。现在的张传峰，是贫困户心里的亲戚，是乡亲眼里的明星，是脱贫致富的带头人。张传峰身残志坚的故事，是他个人的传奇，更是一个时代小小的缩影，他身残志坚、自强不息的精神，将激励着更多贫困户主动脱贫。

# 霍　邱

岭上开遍映山红
——六安脱贫攻坚
报告文学集

# 红土绿畴绘美图

### 徐　缓

水天相接的湖面，微风吹拂，细浪相拥，波光粼粼，仿若一湖珍珠熠熠生辉；而大风吹过，湖面则巨浪波动，瞬间沸腾，涛声震耳发聩；无风时，浩渺湖水倒映着蓝天白云，薄雾蒸腾，湖面上星罗棋布的渔船缓缓挪移，夕阳余晖下渔舟唱晚之景，令人心动。

夏日湖边，红菱牵着荷花，蒲草伴着芦苇，碧绿千顷，苍翠欲流，庸浩然的"丛丛菱叶随波起，朵朵菱花背日开"、杨万里的"接天莲叶无穷碧，映日荷花别样红"自然而然地涌进心头嘴边，物我两忘，仿佛置身于仙境。

走进地处大别山北麓、淮河中游南岸的霍邱西边的城西湖畔，会被美景迷惑甚至震撼。而位于城西湖南畔、安阳山东麓的石店镇发展，受地理和历史条件的制约，农业不优，工业不强，商贸不活，在全国发起脱贫攻坚冲锋的时候，贫困人口比例依然让人触目惊心。2017 年以来，特别是在市政协的帮扶下，内外合力、攻坚克难，发生了翻天覆地的变化，如今走进这片淮畔乡土，令人欣喜，令人鼓舞，深深感受到这里的干群和谐、产业兴旺、乡风文明、生活幸福。

十月间，一垄垄黄澄澄的稻穗，在收割机的吞吐下瞬间化为金灿灿的颗粒，丰收的喜悦洋溢在农户们的脸上；在连片的蔬菜大棚里，汗水伴着甜蜜，收获劳动的果实；老远就可以听到蛋鸡养殖场传来的鸡鸣，好像掩饰不住的笑声……踏进霍邱县石店镇宽店村、韩老楼村，但见乡村组路平坦，湖塘沟渠畅通，居所干净整齐，生产井然有序，一幅美好乡村建设图画舒展开来。

## 蜜瓜变"金瓜"　麻黄鸡变"金凤凰"
## 产业发展让日子越过越甜

"我们种植的羊角蜜甜瓜，是一种早中熟品种，三月底、四月初头茬瓜已经上市。头茬瓜由于初期生长缓慢、稳定,子房发育较好,无论瓜型还是口感,都是最佳。当然卖得不错。"石店镇宽店村党支部书记、绿峰蔬菜种植专业合作社负责人屠志全一边指导员工们采摘甜瓜,一边快言快语地跟来访者解释着,掩不住地高兴。

"村里牵头成立的绿峰蔬菜种植合作社目前已带动 10 多户贫困户就业,今年可为村集体经济收入再贡献一些。"驻村三年刚刚完成轮换即将离任的市政协机关驻宽店村扶贫工作队队长汤斌倒是像专业人士一样介绍,"羊角蜜甜瓜质地松脆,汁多清甜,亩产 3000 公斤以上。羊角蜜甜瓜以脆甜或者绵甜为特点深受消费者欢迎。营养很高,含有蛋白质、胡萝卜素、维生素 B1、维生素 B2、烟酸、钙、磷、铁等多种营养成分,还含有可以将不溶性蛋白质转变成可溶性蛋白质的转化酶。"离队不离岗的汤队长俨然成为果蔬"专家"。

丝瓜棚里,一袋袋刚下架的丝瓜摆放整齐;番茄棚里,绿叶缀红果餐色可人;养鸡房里,三十万只蛋鸡正在咕咕啄食……该村绿岭蛋鸡养殖和益农蔬菜种植家庭农场,规模化、规范化、设施化、特色化的现代农业给人更加深刻的印象。

"俺不但自己在家养鸡得补贴卖钱,闲时到绿岭蛋鸡养殖农场的养鸡房帮忙收鸡蛋,有时也到菜地帮着收菜。"该村贫困户陈家云语气里蛮有点自豪。"现在蔬菜长势这么好,天天摘不歇气,干一天能得 70 元,全年务工收入加上家里粮食补贴,贫困户的帽子早已经甩掉啦。"

"现在我家的鸡蛋变'金蛋',麻黄鸡变'金凤凰',这是托福村里来了两位'财神'哦!"早上 8 点多,宽店村脱贫户王红琴在给家里养殖的麻黄鸡喂食,咕咕叫的欢声也遮不住她幸福感的表达。她喂食完自家鸡之后,还要赶到绿峰蔬菜公司大棚里帮忙采摘时令菜蔬。近年来,她通过养殖家禽和在村办企业务工全年收入5 万多元。"俺家 2 个孩子靠教育帮扶、孩子半瘫痪的父亲靠大病救助、健康扶贫兜底,俺自己也不能等靠要。'财神'到,幸福来!"她 2 个孩子都培养出来了,一个大学毕业已经就业,一个在读职业学院,订单式就业,还抢手得很。忙碌中都是幸福感,话语中透着说不出的高兴。她说的两位"财神"就是市政协驻村扶贫工作队和引进村的安徽牧翔禽业有限公司。

在众多产业扶贫项目中,麻黄鸡作为霍邱本土产业在脱贫增收中起着主力军的作用。2017 年、2018 年、2019 年安徽牧翔禽业有限公司先后与石店镇宽店村、韩老楼村开展产业帮扶,通过合作建设麻黄鸡扶贫示范养殖基地,为两村集体每年带来集体分红和租金达 20 万元以上,为户脱贫、村出列做出积极贡献。绿岭蛋鸡养殖家庭农场养殖蛋鸡近30万只，带动16名贫困户就业，每年为所在宽店村集体经济增收16万元。

长期以来，宽店村以传统农耕生产和劳务输出为主，公共基础设施欠账较多、建设滞后、标准不高，通组道路多为土基窄面，水利沟渠年久失修，供电线路老化不稳，通信设施覆盖不足，严重影响村域生产生活有效保障，村级集体经济收入不足万元。

打造特色产业支撑，是脱贫攻坚过程中打基础、管长远的首要任务。结合群众发展意愿和传统养殖习惯，该村选定以地域麻黄鸡为代表的养殖项目作为特色产业发展方向。2017年以来，通过成立宽店村畜禽养殖合作社，探索实行"合作社+龙头公司+贫困户"的带动发展模式，与村域引进的农业产业化龙头企业合作，分年度先后组织961户次贫困户参与麻黄鸡"入股分红"定点饲养回收计划，累计存栏饲养量达到125300只，贫困户直接获利累计达252650元。

为引导贫困户和群众积极发展自主养殖生产，研究制定《宽店村贫困户麻黄鸡养殖激励办法（试行）》《宽店村麻黄鸡自养达标户激励办法（试行）》，引导群众自主养殖增量增效。2017年以来，先后有497户次贫困户参与自主养殖增量计划，实现麻黄鸡养殖增量58750多只。2018—2020年，村集体筹资20.625万元，奖励301户养殖户鸡苗20625只。经县畜牧部门认定，2017-2019年，宽店村户均养鸡200只以上的户数分别达到214户、232户、221户，连续三年达到贫困村特色畜牧产业要求。

"扶持本村蛋鸡养殖能手适应市场需求，稳步扩建养殖小区并形成存栏近30万只蛋鸡的养殖规模。为扩大温室蔬菜大棚示范作用，从山东寿光等地引进技术专家指导生产，通过'引才扩产'拓展蔬菜种植规模，积极申报合肥都市圈供肥蔬菜基地项目。产业红火了，农民劳动生产积极性就提高了，贫困户脱贫愿望也就强烈了。"八十年代就有自己产业、为了家乡父老摆脱贫困不惜放弃的该村支部书记屠志全深有感触。该村不断完善"公司+基地+农户"的利益连接机制，瞄准市场需求，做强做大产业规模，创建自主产业品牌，夯实脱贫攻坚之基。村级集体经济从2016年的0.48万元，逐年增至2017年的8.2万元、2018年的18.7万元、2019年的63.6万元。

"为帮扶解决产业发展问题，市政协主要负责同志先后20多次到村调研指导，亲自批示协调重大事项，联系对接产业发展项目。县、镇、村共13名干部与贫困户建立帮扶关系，帮助贫困户选产业。目前，脱贫攻坚已进入冲刺阶段，加大产业扶贫力度，不断增强贫困群众自主脱贫意识，激发内生动力，提高脱贫致富能力，实现稳定脱贫。"新任宽店村第一书记、扶贫工作队长肖佐炳平实的话语中有着深深的感谢、坚定的信念和奋进的目标。

## 修通"幸福渠" 铺就"致富路"
### 基础建设让脱贫越来越稳

石店属亚热带向温暖带过渡地带，无霜期较长，对农作物的生长发育十分有利，但正是因地处过渡性气候带，天气多变，特别是降水的年际和季节的变化较大，往往导致旱涝灾害的发生，严重影响农业生产。该镇又处于波状平原区二级阶地，属地下水的贫乏水区。农业基础设施落后一直是困扰农民生产、制约当地发展的瓶颈。

五六月是播种的季节，古蓼大地一片欣欣向荣的景象，种粮大户韩广红正在流转的100多亩稻田里紧张地忙碌着。"和往年不同的是，由于新修了田间地头的生产道路和灌溉支渠，大型农机具可以直接开到田里进行操作，生产效率大大提升。同时，新修的当家塘蓄水功能更加强大，插秧后再也不用担心灌溉问题了。"

同样，今年郑刚贤像往年一样售卖家里养的羊。"和往年不同的是，由于新修的道路直接连到家门口，羊很快被客户开车上门买完了。"郑刚贤满心欢喜地说："这得感谢村里来的市政协扶贫工作队让我发了'羊'财。"

韩广红和郑刚贤的家都在石店镇韩老楼村，该村位于石店镇最北端，是远近闻名的重点贫困村。受环境条件限制，这里的农民以传统种植业和养殖业为主。道路坑洼不平，雨雪天甚至无法通行，不仅困扰着村民的出行，更制约了老百姓的脱贫致富。

贾宝雨是石店镇扶贫工作站站长，下村是他每天最基础工作，"我们走的那条路叫石高路，是石店到高塘的路。扶贫这几年，最显著的变化就是各村的道路得到明显的改善，我2015年10月份刚来石店的时候，最怕的就是下村，因为不是路窄，就是泥巴路，窄路会车难，泥巴路一到下雨天，汽车压根没法走。随着扶贫工作深入开展，上级加大了道路建设，短短几年时间，全镇14个村完成了组组通水泥路，原有的'村村通'也进行了加宽，现在下村入户，汽车直达。"

"农民种植的水稻不能及时运出去，养殖的鸡鸭牛羊被一些二道贩子趁机压价，严重挫伤了农民发展产业的积极性。"韩老楼村扶贫工作队前些年为此大伤脑筋。

要想富，先修路。2017 年 5 月起，扶贫工作队通过走村串户，用不到一个月的时间跑遍全村每一个角落，倾听群众呼声，与村干部和群众代表一起确定了村组道路建设的蓝图。市政协领导多次到村走访调研，与乡镇、村共商发展大计，帮助协调争取基础设施建设项目。三年来，在市政协的大力支持下，韩老楼村争取项目资金新修了村民组连接路和生产路，加宽了村内主干道，衬砌了灌溉支渠，修整了小二型水库和村民组当家塘，并逐步对中心街道和农村人居环境进行综合整治。

金秋十月，韩老楼村第一书记、扶贫工作队长汪跃武带着来访者到 2017 年脱贫户李新明家。但见屋前大道上晾晒着金灿灿的稻谷，走到屋后，呵呵呵，真是别有洞天：竹林、荷塘、稻田；2 只小狗正与鸡鸭嬉戏，荷塘秋景入镜，充满诗情画意。喂养的 200 只麻黄鸡竹林稻田里散放着，肥壮的老母鸡和傲气的大公鸡咯咯咯地欢叫着，"我已经卖掉大半了，准备再逮 100 只来喂，你看就在这稻茬田里，虫啊、碎稻就够它们吃饱啦！"逮鸡苗，每只贫困户只要掏 5 元钱，其他费用有村里集体经济出，还有养殖补贴，如果没有成活，还有保险赔偿。"养得多就越有赚头哦！这路好走啦，想到镇上集市自己卖方便，想一次省事卖给公司，也可以，反正不愁卖！"李新明笑呵呵地给来访者算起账：今年养殖收入 20000 元左右，稻子收了 1 万多斤，收入 15000 元不成问题。加上集体分红、各种补贴几千块，老伴的病有健康扶贫兜底。更高兴的是丫头享受雨露计划考上阜阳师院专升本，家属身体也是人逢喜事精神爽，已经能够帮手干活养殖，一家子现在再也不是愁眉苦脸地过日子啦。

"现在，贫困户养殖的畜禽鱼虾，大多被远近的客商一扫而光。像张友传养殖十来亩鱼塘，产量在 2000 斤左右，仅仅两天就卖完了，纯收入近一万元。"扶贫专干胡道刚欣慰地谈道，"以前是有好东西卖不出去，现在路修好了，贫困户养殖的畜禽产品不仅运出去方便了，城镇客人直接到村里买的也多起来。"

胡道刚说的张友传，因病致贫，2004 年患脑血栓偏瘫，"16 年啦，能够想象到吗，我在 16 年前是瘫痪人哦，靠别人伺候的人。1952 年生，今年 68 岁啦！"他看上去就 50 出头的模样，正在装成麻袋的稻谷，与老伴抬进雨棚码好，一袋百余斤啊。"今年种了 20 多亩，收了近 3 万斤呢。你们看，我家门口的大塘里放养的鱼虾也能买上一两万哦！"在塘坝上、田地里还散养着几百只鸡鸭鹅，更不用讲啦，除去自家吃用，少说也能买上万把块。看到他和老伴幸福的模样，看到他家属很是激动地展示他们的成果，忙着去塘边"咕咕咕"地唤着鸡鸭鹅，听话的鸡们鸭们飞奔着跑回来，围着她身边讨食吃，只有高傲的皖西大白鹅器宇轩昂地踱着方步，衬托着远近金黄的稻田、波光闪闪的碧水，还有蓝天白云，飘着成熟稻谷的谷香、野花香……

平坦畅通的道路不仅改善了农民的出行，也改变了他们的思维方式和发展观念。贫困户陈人良趁着农闲时节，买来机器开起磨制红薯粉的作坊，由于交通便利了，远近的农民都把红薯运来磨粉，一年纯收入将近6000元。

住在村街头的陈人良老两口，家属2018年心脏搭桥及股骨头坏死手术，因病致贫。九月下旬，陈人良开始擦拭机器，做红薯加工准备。"你们来得稍微早了点，再过10来天，你就会看到我忙得不歇气呢！那时候，周边群众的红芋都往我这儿送，来加工成芋头粉。我收个加工费，少说赚个几千块钱补贴补贴家用。现在路好，来去太方便啦！"他儿子媳妇带着孙子孙女在外地务工上学，"这不，为了看孙子孙女，给我买了智能手机，教会我和老伴用视频呢。每天都能'看到'他们，就像在身边一样。"现在就插秧、收稻时候忙一些，也都是请人干，稻子想卖个好价，就自己费点事多晒晒送到镇上粮站，想省事就直接收割机收了买到粮站。"我今年也收了万把斤粮呢！"老两口笑眯眯地，一脸的幸福。

栽得梧桐树，引得凤凰来。良好的基础设施也吸引了大量的外来投资者。当年外出创业的本土企业家韩司勤带着资金和项目，回村办起农业加工企业，并准备大规模流转土地从事香稻生产；安徽牧翔禽业有限公司建起了麻黄鸡养殖基地，今年加大投资力度，建第二座麻黄鸡养殖基地；合肥的正大有限公司，也派员到村洽谈养殖合作事宜……

脚下的"脱贫路"变成了"幸福路"。截至2020年10月，韩老楼村共有174户498人脱贫，贫困人口发生率降低到0.026%，集体经济收入达到58万元。

石店镇镇长李真介绍说，2014年以来，两村先后实施基础设施建设类项目超过50个，投入各类资金超过5000万元。特别是2017年以来先后完成了通组水泥路的全覆盖，实现组组通；"石店-高塘"干道拓宽延伸，改善了宽店村的通行条件；争取项目资金200万元对军民路入村严重破损路段进行整修并完成沥青路面改造；完成投资480万元的五塔支渠改造一期工程，2020年争取的高标准农田改造项目和水利"最后一公里"项目，惠及宽店村20个村民组9000亩耕地。

## 委员"资源金矿"变"带贫富矿"
## 老总社会担当让致富路越走越宽

青嘴、青脚、单冠直立、胸深背宽，体态匀称、羽毛丰满，公鸡金红羽，母鸡麻黄羽，神气十足。"看着这些神气的鸡，我就打心眼高兴。"宽店村酒坊组 63 岁的王文国咧着嘴笑道。他老夫妻俩均患有不同程度的疾病，因缺少技术致贫。现在他每年从牧翔禽业公司领取 100 只一斤以上的鸡苗，每年收入达 8000 元以上。"现在不能单靠种植水稻，出去打工，我们年龄大了，身体又不好，没人要，自从马总与宽店村合作后，每年配送鸡苗，疫苗和技术我都不用操心，现在生活越过越好啦！"王文国高兴地说。

秋日里，霍邱县石店镇宽店村村民刘泽平一边照顾瘫痪的丈夫，一边给 200 多只麻黄鸡喂食。因丈夫残疾致贫的刘泽平，在市政协驻村扶贫工作队的帮助下，申报产业到户补贴，发展养殖业和种植业，并在村办的蔬菜生产基地和蛋鸡场务工，全年收入 7 万余元。2017 年，刘泽平家成功脱贫。

"我真要感谢市政协委员马国勇，他不仅帮我盖了新房，还帮助我发展麻黄鸡养殖，解决了我的后顾之忧。我现在的愿望就是通过自身努力，早日脱贫，好好生活，报答社会上的好心人。"韩老楼村贫困户孙西海拉着前来查看住房情况的刘波激动地说道。

76 岁的孙西海是特困供养贫困户，独自生活，患有高血压、支气管炎等慢性病，无劳动能力，常年靠捡破烂为生，是当前脱贫攻坚工作中最难啃的"硬骨头"。

"以前他吃住都在一间破旧房子里，家中没有通电，也没有亲人，再加上有病在身，生活艰难得很，人也比较消沉。听闻该户困难后，市政协委员马国勇主动找到村里，希望出资帮孙西海解决住房问题。你看，孙西海现在住进了两间宽敞明亮的大房子，用上了电，看上了电视，切身感受到党和社会的温暖，心态一天比一天好，日子也越来越红火。"说起孙西海前后的变化，扶贫队长刘波很欣慰。

金现良、郭新芝 70 多岁老夫妻俩，因病致贫，享受 351 健康脱贫政策。满头银发的郭新芝，正拎着菜篮子准备喂鸡。"你看我孙子，这是他的优秀士官证书，是我到镇人武部拿回来的呢！"她不忙给来访者讲脱贫事情，却跑到屋里拿出证书和奖章，非常自豪地说。

"我要是没有国家好政策和马老板的帮扶，早就是埋在土里的人了。我经历了 5 次大手术哦。你看，我这人命苦运不苦啊。先是甲状腺肿瘤手术，那时候没有什么医保政策啊，全部医药费都是自己的，花了 5000 多块钱啊，家底都掏空了；还没有过几年，又是乳腺肿瘤，双切。这时候，家里没有钱了，就借，亲戚朋友，凑齐医药费，保住命啊；老屋都要塌了，也没有钱翻盖，那是外面大下，里面小下，外面不下，里面还滴答哦！你瞅瞅我现在的住房，亮堂吧，是村里危房改造带来的福气啊。哦，第四次手术是子宫卵巢切除，这时候已经有农村医疗保险了，我享受一部分报销，还有孩子大了，帮衬帮衬，总算又捡回一条命；日子还是过得哝哝唧唧的，不舒畅。2018年又转移到肺部，手术化疗等花掉十几万啊，我们村里人都开玩笑地说我花了全村人的医保钱，是啊，我自己就花了万把块钱。有医保351，还有大病救助补贴，我真够运气的。现在，我自己能动就喂土鸡，这是马老板那个鸡场送给我的鸡苗，鸡场包活包收，有损失还给补偿呢。"一口气说了这么多话，郭老奶奶还是有点气喘。这时候，她在省城工作的大孙女发来视频，问她身体咋样，又嘱咐不要干活累到了，尽量歇歇保养，不需要她干活挣钱的。没想到，古来稀的人，也会智能手机搞视频了！

随便在村里走走看看，问问扶贫事儿，听到的除了感谢市政协驻镇村扶贫干部及乡镇领导之外，就是"马老板"，一个给他们太多帮扶的本土企业家——马国勇。

市政协副秘书长、办公室主任蔡学玉介绍说："市政协发挥委员优势，组织委员所属企业帮助贫困村发展经济，倡导各级政协委员投身扶贫攻坚，创新提出'贫困户跟着企业走，企业跟着产业走'的发展思路，建立了一套新型企业+脱贫攻坚的发展理念。采用公司+协会+合作社+扶贫户的经营模式，实现统一供苗、统一防疫、统一供料、统一管理、统一销售，降低养殖户风险，提高养殖效益，实现稳脱贫。"

麻黄鸡三分养、七分防。贫困户在饲养期间，牧翔禽业团队定期跟踪回访，在秋冬季免费给养殖户提供疫苗，并定期为贫困户培训养鸡基本常识，提高扶贫户科学养鸡防疫意识。2020年新冠肺炎疫情发生期间，市场关闭、乡村封闭式管理，贫困户没有购买途径，结合政府出台的文件，牧翔禽业采取"三统一"的模式，切实解决贫困户鸡苗购买难的问题，致力于发展规模化、科学化养殖，以"公司+基地+农户"的形式，带动周边更多农户致富，让麻黄鸡变成乡村振兴的"金鸡"。

## 机关干部人人都是"娘家人"
### 党建引领让脱贫致富越夯越实

2017年5月15日　星期一　多云

上午，我带工作队同志从村部出发，沿着宽店军民路向东步行。路两边是大片水田,正是午季插秧时节,不少群众在田里忙着,旋耕机马达轰鸣。行至南竹园组附近,碰到一位60多岁老人家坐在路边田埂上歇息喝水。我们凑上前去打过招呼,向他询问请人栽秧的工钱行情。没想到老人家给了个不清不楚的回答——多少不一样。他反问我们是干什么的,我告诉他我们是派驻到村里搞扶贫的工作队队员。老人家似乎对我们不太感兴趣,再问便无答了。

**感悟**:初来乍到,我们和群众之间是相互陌生的,从那位老人家带有警惕性的回答,看得出我们驻村扶贫首先要解决的就是如何走近群众、融入群众。后面要结合密集走访群众,在接触中学习群众语言,了解群众思维,掌握群众心理,感受群众疾苦,才能消除群众的戒备心理,真正听到实话、摸到实情,驻村扶贫才算真正起步。

2017年10月17日　星期二　晴

最近几天,岗岭组贫困户刘光要频繁来村向村干部要求搞危房改造,接待的村干部也是反复强调他不符合条件。类似的情况还有白牛组的刘顺宝户,县里通过大数据比对发现该户在申请贫困户之前已在县城购有商品房,作为识别不准对象反馈到村后,动态调整取消其贫困户资格,他家媳妇也是多次到村里嚷嚷要说法。村书记让我们去做做说服解释工作,我和工作队同志商议后,先详细了解这两户诉求和相关政策依据,做到心中有数,尝试到户进行政策解读,经过几个回合,对象户从刚开始的抵触狡辩到后来的表示理解,我们悬着的心也放下了。

**感悟**:与群众打交道一定要讲究方式方法,一定要对政策依据、标准要求烂熟于心,一定要有耐心耐力、不急不躁。所谓的群众不讲理,多数是干部没把道理给他讲清楚。要站在群众角度,善于把严谨的政策规定用群众语言表达出来,让群众能听懂记住;要多渠道摸准家庭真实情况,通过对比政策条件,群众自然心服口服。遇到这样的所谓"难缠户",要及时面对、不能躲避,越及时越正面地释疑解惑,越能起到以点带面的效果。

2019年5月14日　星期二　晴

历时一个多月的反复协商讨论,宽店村"两委"的意见总算一致了。村集体经济投资项目——扩建大棚蔬菜四座,今天顺利完成村党支部会提议、村"两委"会商议的程序,明天结合党员创先争优点评日活动,召开党员大会进行审议,再提交村民代表会议决议通过。

**感悟**:贫困村积累点集体"家底"(村集体经济收入)不容易,要搞好产业发展更不容易。选择项目投资,不能坐而论道,要对接市场、知己知彼,既要走出去长见识,也要蹲下来摸实情,选择有市场、有潜力、有带动的适宜项目,才能发挥有限资金的最大效益。讲协商、按程序办事很重要，村级投资大事，事前反复协商论证，全程遵循规定程序，广泛听取各方意见建议，在讨论甚至争论中才能形成共识，后续工作推进才能形成合力。

这是市政协机关选派干部汤斌于 2017 年 4 月至 2020 年 5 月驻村扶贫期间写的工作日志。虽然是节选片段，从中可以看到由机关单位"下"到农村做"泥腿子"扶贫干部的心理历程和切身感悟，也看到他们的能力提升和党性淬炼。

"市政协机关干部每人至少联系 1 户贫困户，人人都是扶贫村里的'娘家人'。市政协机关党委牵头与两村分别成立联合党委，落实党建共建任务，通过定期会商、党课报告等形式，强化组织引领，锻造队伍素质，进一步强化联合党委的领导力和凝聚力。"蔡学玉介绍说，"市政协主席付新安、副主席兼秘书长孟祥新经常采取'四不两直'方式深入两村调研，指导产业发展，督促政策落实，解决实际困难。"

2018 年 6 月 26 日，市政协主席付新安率市政协办公室、市科技局、市水利局主要负责人一行冒着高温、顶着烈日来到霍邱县石店镇韩老楼村、宽店村开展脱贫攻坚调研活动。付新安一行先后来到石店镇村企共建扶贫基地、霍邱县绿岭蛋鸡家庭养殖农场和宽店村五塔支渠实地调研。"扶贫基地什么时候投产？目前存在的主要困难是什么？""农场的大棚抗压能力怎样？遇到大的自然灾害能否抵得住？""这条支渠长多少公里？灌溉面积多少亩？"调研现场，付新安看得认真，问得仔细。在韩老楼村，付新安还来到 2017 年脱贫户叶照明、张友传和郭正安家中，同他们亲切交谈，了解他们脱贫后的生产、生活情况，由于三人均患有疾病，付新安鼓励他们发展生产的同时，注意休息，保重身体。像这样的实地调研和现场解决问题，三年来多达 15 次。

谈到这几年在市政协的真情帮扶下，两村乃至全镇的巨大变化，该镇党委书记方绪琨颇为激动地说："不说产业带动，贫困户实现实实在在的稳定脱贫，单就说农田水利基础建设时，付新安主席非常专业地指出施工质量关键问题，连使用的涵管细节都能准确道出，项目负责人不得不说'真是打不了马虎眼耶！'，必须保质保量完成工程建设，是真心佩服！"

"回顾自己两年的驻村扶贫生涯，坚信做一名有'温度'的政协扶贫工作者。"有着两年驻村扶贫经历的原驻韩老楼村扶贫工作队副队长李士卿深有感触地表示，温度体现在"情"字上。只有俯下身子，真正把贫困群众当亲戚、当朋友，把他们的事当成自己的事，将心比心体会群众疾苦，真心实意为群众办实事，才能得到群众发自内心的拥护和支持。温度体现在"勤"字上。只有勤走访，经常深入田间地头和群众家中，把贫困户家当自己家，经常跑，经常问，才能做到困难原因了然于胸，进而有针对性地制定帮扶措施，精准帮扶，帮助贫困群众树立信心和斗志，积极发展产业和促进就业，带着"温度"，打赢脱贫攻坚战。

李士卿讲述了几个颇有意思的温情扶贫小故事：

"农村有句俗语，叫作'好心当作驴肝肺'，没有想到还有'难办的小额信贷'。"话说住在东楼组的叶照明夫妇，儿子一家常年在外务工，老两口因病致贫在家相依为命。2017年霍邱县制定了小额信贷政策，支持贫困户贷款发展产业或者入股到本地大企业享受分红收益。村两委和扶贫工作队认为叶照明家非常适合这项政策。然而，包点干部连续动员了两次，都被叶老担心被骗拒绝了。

为了帮助贫困户享受这项政策红利，扶贫工作队几个人一起到叶老家宣传政策，动员他申请小额信贷，一连跑了两次，终于做通了叶老思想工作，答应办理相关手续。然而当银行通知叶老去办理手续时，叶老又以离银行远不方便行走为由，拒绝办理手续。为了打消叶老疑虑，李士卿再次到家里跟他解释，并且用私家车送老人家到街道银行办理。为了能在上午下班前将人送到，慌忙中车子不慎掉到路边小水沟，冒着底盘损毁危险，将车子"救出"，及时将叶老送到银行。一切手续办完，又开车将他送回村里，然后才将爱车开到维修店修理。

年底，叶老高兴地拿到带资入股的分红。他逢人便说，多亏了扶贫工作队和李副队长，为了让我们增加收入，把车子都弄坏了。看着叶老和家人幸福的笑容，小李倒是觉得自己的付出和努力值了。

"我与两条大黑狗成了'朋友'。"话说帮扶户许连贵的家里养了两条大黑狗，整天把守在家门口。村里的狗都很"精"，碰到村里人或者熟人，它是不管你的，一旦看到陌生人，便叫个不停，如果感到不利，甚至会发出攻击。第一次到许连贵家走访，小李就感受到这两条大黑狗的威力。两条狗一前一后对着他狂叫，弯腰做出捡石头样子，这两条狗不但不跑，反而叫得更凶，随时准备上来攻击。走到哪里追到哪里，不得已，他只好在许连贵庇护下来到他家里躲着。后来每次到许家走访，他都小心翼翼，最怕那两条大黑狗。

然而，为了帮助许家发展产业、危房改造、到户慰问等，一年内小李不得不多次到许家熟悉情况、沟通联络。时间久了，大黑狗从一开始叫几声，到后来看到他继续睡自己的大觉，再后来看见他到家里来了，竟然到他旁边转几圈并且摇着尾巴示好。小李当然也不再害怕，有时候还摸摸它的毛发。大黑狗则眯着眼睛很是享受，然后摇着尾巴跑开。

"驻村扶贫干部都能够沉下身子，融入百姓，积极开展走访，提升群众满意度。"镇里干群发自内心地评价说。他们多次开展对全村贫困户和边缘户的全覆盖走访，熟悉村情民情，特别是对全村 175 户建档立卡贫困户的家庭年收入情况、居住条件、生活困难以及相关帮扶措施落实等情况进行详细深入的了解，既增进工作队与贫困户之间的双向认知，同时结合走访遇到的实际情况，对年初制定的扶贫措施进行合理调整，确保措施更加精准，成效更加明显。

在走访谈心时，不断宣传国家扶贫政策和乡村振兴战略，着力宣讲普惠性的帮扶措施等，不仅增进一般农户对脱贫攻坚工作的认可度，同时也有效化解了部分非贫困户因"悬崖效应"而产生的怨气和矛盾，进一步稳定全村脱贫攻坚大局。

在走访过程中，对发现的新问题新困难，利用农村低保扩面工作契机，为不符合贫困户标准但符合低保标准的困难户申请低保等最低生活保障，新增低保户 41 户 42 人；并且为因突发状况而陷入困难的群众提供慈善捐助。

"担任第一书记、扶贫工作队队长的 1000 多个日日夜夜，我与大家一起攻克阻碍打赢脱贫攻坚战的重重隘口，一起亲历各项政策措施落地见效的点点滴滴，一起见证新时代宽店村的向好发展变化。"市政协机关选派干部、驻宽店村第一书记、驻村扶贫工作队队长汤斌 2020 年 5 月 6 日离任时感言道。

三年多来，市政协先后选派 9 位机关干部到扶贫一线，不仅真心真情扎实帮扶，取得很大成效，而且锻炼了队伍，历练了党性，培养出一批政治过硬、务实敢为的青年干部，实现了"双赢"。

三年多来，两村的扶贫工作取得突出成就。截至 2020 上半年，韩老楼村建档立卡贫困户共 175 户 500 人，实现脱贫 174 户 499 人，贫困人口发生率为 0.026%。宽店村建档立卡贫困户 222 户 451 人，其中未脱贫户 3 户 8 人，贫困人口发生率从 2016 年末的 7.6% 降至目前的 0.17%。

脱贫摘帽不是终点，而是新生活、新奋斗的起点。2020 年脱贫攻坚决战决胜之后，市政协将一如既往地关注韩老楼村、宽店村，继续保持奋斗姿态，巩固提升脱贫成果，推进全面脱贫与乡村振兴有效衔接，踏实走好未来的乡村振兴之路。

# 扶贫路上的"虎将"

## 鲁　甄

坐落在霍邱县境内南部的岔路镇，听起来不像讲究的地名，却因东汲河与西沣河，具备天然粮仓的资本。近年来，该镇兴起"虾田稻，稻田虾"的种养模式，稻田套养小龙虾2万余亩，一跃成为赫赫有名的特色种养基地。加之素有皖西白鹅、麻黄鸡和水稻的农家种养传统，岔路镇业已成为名副其实的鱼米之乡。

这，是指风调雨顺的年景。

发达的水系，也让岔路镇成为沿淮重点蓄洪区，乃至贫穷的重灾区。下辖水楼村位于蓄洪区，饱受洪涝灾害吞噬，部分村民苦不堪言。多年来，党和政府加大对水楼村的扶贫力度，千方百计让村民摘下贫穷落后帽子，概因经济基础薄弱，少部分村民因大病或子女上学负债累累，难以翻身。随着精准脱贫攻坚战的打响，2014年底，岔路镇党委选派司法所所长崔明虎去该村帮扶5户贫困户。

早在2010年12月，32岁的崔明虎调任霍邱县岔路司法所所长时，他就熟悉水楼村情况，认识这5户人家。每当走村串户开展工作，看到他们家里的情况，他都会慷慨解囊。组织上把扶贫艰巨的任务交给他时，他没有犹豫，没有推脱，他了解群众疾苦，知道肩上担子的分量。崔明虎是个很有亲和力的人，说话总透出一股亲热劲。平时，跟村民打交道，对老弱病残很体恤，大爷大妈都能喊叫得亲亲热热。因为懂得他们的疾苦，愿意俯首去帮扶他们。

确定结对包保贫困户的次日，他就去走访时应田家。时应田患有肌肉萎缩症，近年身体残疾加重，崔明虎由不得关心和同情，时应田却对他冷淡。离开时应田后，崔明虎眼前总是闪现他那无助的样貌。时应田所患病症，医学上叫运动性神经元病，发病率为十万分之一，治愈率极低。几年前，妻子见他治愈无望，甩手而去。时应田还能相信别人吗？他经历了人生的苦难，看透了世态炎凉，只想与女儿相依为命。不久，崔明虎得知时应田去无锡投奔姐姐，把女儿带去上小学。作为包保人，崔明虎觉得不能因他离开就不闻不问，他打电话想跟他沟通联络，加深感情。崔明虎的话在一般人听来，妥帖而友善："不要着急，会有办法的。既然我结对包保你，一定让你摆脱困境！"时应田听来十分刺耳，像是拿大话唬人，他非常反感。没容崔明虎说下去，他脱口反讥："你能包我什么？你工资给我一半吗？"随后就挂断电话。

听到电话里的忙音，崔明虎愣住了。显然，他没有料到时应田会是这个态度。转念一想，时应田长期被病魔缠身，妻子都无情离去，他的人生早被命运压垮了，对外人怎么会没有戒心？崔明虎陷入了沉思：究竟怎样结对包保？是说几句亲热话，逢年过节送去一袋米、一桶色拉油和几百元慰问金吗？没有那么简单。因为贫穷，他们的自尊心更强，心理更脆弱更敏感。不能与他们交流感情，获得信任，结对包保就是一句空话。崔明虎了解他们，体谅他们，知道他们需要的是什么。他要做他们的贴心人，能够交心的人，有困难时站在他们面前，为他们出谋划策。

时应田离乡背井，最需要的是感情慰藉，哪怕唠叨几句家乡话，也能感到温暖，振奋精神。想通了，崔明虎硬着头皮加了他微信，他相信，没有人会拒绝真正的善意。微信上，崔明虎留心观察他的日常生活。一天，看见时应田在朋友圈里晒出女儿的照片，是个聪慧的孩子，学习成绩优秀。崔明虎眼前一亮，决定从帮助他女儿入手。2016年教育部门开展贫困学生雨露计划补贴登记，时应田女儿因为没在家乡上学而漏登。崔明虎得知消息，马上联系有关单位，却被告知摸底登记已经结束，不予补办。这件事，对于时应田来说是改变他家命运的良机，崔明虎不想错过，更不愿意放弃。他一边准备申报材料，一边跑霍邱县教育局解释说明。一次一次，不厌其烦，经办人被他的执着精神打动，终于为孩子办理了雨露计划，补贴也打卡落实到位。经办人打趣道："总算认得了你崔明虎！明知山有虎，偏向虎山行，不愧名字里有'虎'字。"时应田也因此转变了看法，他看到崔明虎在真心实意帮助自己。长期以来，身体的疾病与家庭的贫困压得他无法喘息，亲戚朋友像躲避瘟疫一样远去，崔明虎却肯卖力气为他办事。他虽然被列为包保对象，他认为不过是做做样子，并不寄希望于扶贫政策。拿到贫困学生雨露计划补贴款，时应田感动了："这不是几百块钱的事，是扶贫政策的阳光照耀在了我身上。"

时应田姐姐在无锡生活，家庭条件还不错，手足情深，让他带着女儿过去，以便照料。姐姐每个月给他1000元生活费，又联系一家幼儿园让他当门卫。有了经济来源，时应田心情开朗了，电话里跟崔明虎交谈时，也有说有笑了。暑假里，崔明虎帮他办理扶贫小额贷款，请他带女儿回来办理相关手续。崔明虎像迎接亲人一样，到六安火车站等候接车，带着父女俩入住到开好的宾馆，并请他们一起吃饭。

时应田没有想到崔明虎如此款待自己，激动得热泪盈眶。那天晚上，崔明虎和时应田像亲兄弟团圆一样，边吃边聊，气氛融洽。时应田对女儿说："今后你崔大爷就是你的亲大爷，长大了一定要像孝顺我一样孝顺他！"次日，崔明虎开车带着父女俩办理贷款。时应田和女儿回无锡时，崔明虎又开车送他们到六安火车站，给他女儿买了书包和文具盒。时应田不好意思："给你添了这么多麻烦，你还给孩子花钱。"崔明虎握紧他的手，又拍了拍孩子的头，真诚地说："不要见外。丫头叫我大爷，哪能白叫呀？"

又是一个暑假，时应田接到崔明虎电话，带着女儿回来办理一卡通。崔明虎照例去六安火车站接他爷俩，又带着他照相，陪着他到农商行办手续，奔走在各个办理窗口。高温酷暑，崔明虎忙前忙后，衣服被汗水湿透。临别时，崔明虎又给孩子买了两箱牛奶，拉着时应田手说："丫头正在长身体，要给孩子加强营养。"时应田的泪水在眼眶直打转，半天说不出话来，他紧握住崔明虎的手哽咽："我不知道怎么报答你？我今后一定要多做好事，有益于社会。"

这以后，时应田主动联系崔明虎，分享心中的喜悦。当崔明虎得知时应田是中华骨髓库志愿者，他的骨髓造血干细胞与一个白血病患者配对成功的消息时，崔明虎的眼睛湿润了："没有人甘于沉沦，谁都想做个对社会有益的人。"

随着病情加重，时应田的身体每况愈下，他不得不离开无锡，回到水楼村。崔明虎常去看望他，与他谈心，给他生活的信心和勇气。2019 年，通过村民委员会听证、公示等程序，时应田父女两人被纳入农村 B 类低保，每年享受低保金 7000余元，解决了基本生活问题。同年，崔明虎搀扶着时应田来到县残联，经鉴定，办理了残疾证，每年享受残疾补贴。2020 年 10 月份，时应田病情继续加剧，走路要用拐杖了，而且走不了 20 米就要休息。崔明虎不得不考虑时应田的身后事，他年幼的女儿怎么办？崔明虎向他建议，把女儿交给前妻扶养，毕竟是孩子亲妈，不会对孩子不好。经过多次沟通，时应田姐姐也参与劝说做工作，女儿交给了妈妈。

时应田的人生是不幸的，他无法摆脱病魔的束缚，而他生活在这个时代又是幸运的，有崔明虎这样的帮扶干部真心实意帮助他。鉴于时应田生活不能自理，又无依无靠，崔明虎与当地民政部门取得联系，把他安排在岔路镇敬老院借住，吃住都有了保障。每月所缴纳的 680 元费用，从他的低保金及残疾补贴中支付。

陈青敏也是个饱受生活磨难的人，她是崔明虎包保的第二个对象。与丈夫唐兴河结婚后，她就被查出患有甲状腺癌。做了手术后，身体一直不好。按照她的身体状况不宜生育，但她与唐兴河夫妻感情很好，再者受农村无后为大的传统思想约束，她冒着生命危险生下一男一女两个孩子。生活对这个不幸的女人似乎还嫌打击不够，活蹦乱跳的男孩又不幸溺水身亡。丧子之痛，又给了陈青敏致命一击，导致病情恶化。

从 2016 年开始，陈青敏每年都要住院治疗 4 次以上，花去医疗费近 20 万元。按照政策，陈青敏家三口人，农村合作医疗由政府代缴，她住院享受"351"政策，即：在霍邱县内住院治疗，本人全年只承担 3000 元医疗费；在六安市住院治疗，本人全年只承担 5000 元医疗费；在省城住院治疗，本人全年只承担一万元医疗费。"351"政策看似简单的一组数字，却让陈青敏自 2016 年以来的住院医疗费，通过新农合报销近 60 万元。这项天恩普降的惠民政策，把陈青敏这样陷入水深火热之中的特困家庭拯救出来。但每一次新农合报销有很多程序，需要许多材料。崔明虎在走访她家时，都要协助她整理每一次的住院小结、病案资料、医疗费发票、用药清单，再扎钉成册。这些麻烦事，崔明虎做起来事无巨细，一遍遍仔细检查，防止出错。

只要有相关惠及政策，崔明虎都竭尽全力帮陈青敏争取到，让她能够享受到党的阳光温暖。为方便陈青敏看病，崔明虎协助她办理慢性病就诊证，使她享受看门诊的医疗费"180"报销政策，所有门诊费用可以报销 80%。

2018 年，陈青敏在安医做检查，一项门诊检查费用 8000 余元，医院和医保中心无法解决报销，崔明虎通过当地的卫生院与霍邱县新农合办进行联系，反复协商，该笔款虽然不符合住院报销条件，却符合门诊"180"报销条件。终于，县新农合办给予报销近 7000 元，对于陈青敏家无异于雪中送炭。

2020 年 10 月 24 日，饱受病魔折磨的陈青敏病逝了。得知消息时，崔明虎正休周末，难得与家人共享天伦之乐。接到电话，他心里很难过，马上驱车赶赴陈青敏家，为这位结对的"亲戚"送上最后一程。他送了花圈哀悼，在挽联上情真意切写道："结对六年忆深情，一朝惜别痛人心"。

让党和政府的关心温暖弱势群体，让扶贫政策的阳光照耀在他们身上，让贫困户有尊严地生活——崔明虎就是这样的薪火传递人。结对帮扶中，无论遇到的事情多么复杂，多么棘手，他都不忘自己"始终不忘初心，做贫困群众的贴心人"誓言，表现出一个共产党员"全心全意为人民服务"的高尚情怀。

唐兴才，是崔明虎结对包保的第三户。唐兴才夫妇 50 来岁，妻子患有糖尿病，两个女儿都在上学，家里也是入不敷出，一贫如洗。这样的人家，在农村依靠土地过活，外面没有亲戚朋友帮衬，想脱贫致富无异于画饼充饥。

崔明虎结对帮扶后，常去他家走动，寻思摆脱贫困的路径。临近春节，崔明虎踩着厚厚的积雪，一步步向他家走去，想看看他家里情况。刚进院子，飘来一阵蒸馍香气，身着围裙的唐大嫂瞧见崔明虎进门，热情地迎上："崔所长来了？真是来得早不如来得巧，我家在蒸年馍，你尝尝我的手艺怎么样？"起锅，拿出一个白面馍递过来。接过馍，崔明虎笑着说自己正好饿了，大大地咬了一口，这一口，如醍醐灌顶，崔明虎竖起大拇指："唐大嫂，你蒸的馍真好吃！让我闻到了麦香。比我们镇食堂，比我回家在六安城里常买的馍好吃多了。咱们是不是可以考虑蒸馍来卖？"

老实巴交的唐兴才，以为崔明虎是在打趣，接过话茬："崔所长，你不信就去打听，水楼村家家都会蒸大馍，可没有人能超过你大嫂手艺。逢年过节，我家常蒸馍送给亲朋好友。只是，这穷乡僻壤的，蒸大馍能卖给谁呀？"

崔明虎坐下来，与唐兴才夫妻俩细细合计："俗话说民以食为天，卖大馍虽不起眼，可谁家日常生活也少不了。我看卖大馍倒是一条可以摆脱贫困的路子。至于销路，应该没问题，一是你们夫妇俩可以骑三轮车走村串户销售；二是我也可以联系一下岔路镇政府等各单位的食堂订购。只是，这卖大馍要起早摸黑，十分辛苦。"

听了崔明虎的建议，两口子脸上乐开了花，异口同声道："只要能挣钱，俺俩不怕吃苦，农民哪有不吃苦的？"但是，摆在唐兴才夫妻眼前的还有几个问题，却让两口子犯难：一是手工大馍生产需要机器设备，资金怎么办？二是制作手工大馍，不过是家庭小作坊，能否享受到产业补贴？崔明虎略加沉思道："这些都不是你们要考虑的问题，资金问题包在我身上，关键是你俩要有信心。蒸大馍不仅辛苦劳累，也是技术活，更要有耐心，你俩可要做好长期吃苦的思想准备。"

如同拨云见日，老两口看到了光明，他们说自己吃了半辈子的大馍，做梦也没有想到过要蒸大馍卖。

为了解决资金问题，崔明虎辗转扶贫办、农商行、人社所几家单位，为唐兴才凑足了5万元小额扶贫贷款，又通过人社所办理创业担保贷款10万元。资金问题解决了，崔明虎又带着唐兴才采购机器设备，唐兴才夫妻俩从此开始做起了大馍生意。第一锅大馍蒸出来那天，久无喜事的唐家像过年一样隆重，夫妻俩邀请崔明虎到现场"剪彩"。崔明虎品尝了开张的第一个大馍之后，赞赏有麦香，有嚼劲，口感过关。从此，水楼村四周的乡村公路上，常见唐兴才夫妇骑三轮车卖大馍的身影。

崔明虎说到做到，义不容辞成了他们的"合伙人"，常拎着唐氏大馍出入岔路镇各个单位，接下不少订单。同事打趣他："你天天推销，拿多少回扣？"崔明虎老实交待："你们能够吃上我包保贫困户的大馍，我心里美滋滋的，让我贴钱也愿意！"

按照产业脱贫相关政策，崔明虎又帮助唐兴才每年向扶贫办申报手工业补贴2000元，唐兴才于2017年顺利通过脱贫验收，家庭实际收入进一步提高。大馍生意兴旺，唐兴才信心十足，又在固镇开设大馍店，销量非常好。现在，他每天都有大约300元左右的收入。

唐兴才创业脱贫的事例惊动了四乡八邻，成了岔路镇扶贫的典型案例，安徽电视台、六安电视台、霍邱电视台闻风而至宣传报道。唐大嫂在接受省电视台采访时，发自肺腑地说："俺们都感谢，感谢领导对俺们的帮助和关心。"千言万语，都包含在这一句朴实的话里。

汪传付是崔明虎的第四户。老汪64岁，与老伴都患有慢性病，属于弱、半劳动力。子女成家后都分开出去居住，他们常年在外地务工，无暇顾及父母。老汪夫妻俩平时吃药打针，花费较多，仅仅依靠几亩薄田，收入微薄，日子过得很艰难。

结对包保老汪家后，崔明虎主动联系他的子女，争取赡养费。子女在外打工，挣钱不多，日子过得都不宽裕，所能给的赡养费解决不了老汪夫妻俩的日常开销。老汪的实际困难，让崔明虎非常着急。一天，崔明虎得知种田大户要在水楼村流转土地的消息，赶快找到老汪商议，建议将他承包地流转出去，收取流转租金转产养殖业。老汪夫妻俩年老体弱，无力耕种，再说几亩地实在挣不到钱。听说这个消息，一致认可。崔明虎就找到种田大户协商，为老汪获得流转租金近3000元。按照扶贫政策，贫困户发展产业有补贴，崔明虎又为他争取一笔资金。崔明虎带着汪传付去养殖场买了40只皖西白鹅、近百只麻黄鸡，又请来畜牧技术人员传授养殖技术。有了崔明虎作后盾，汪传付夫妻俩觉得有了依靠，生活有了奔头。

从2015年开始，汪传付每年的养殖销售额达10000余元，单此一项，政府给予养殖补贴款3000元。除此之外，老两口的个人养老金2000余元，在农村足以过上舒心日子。

陈新华，是崔明虎包保的第五户，他常年在外务工。结对包保后，崔明虎说自己又多了一门亲戚。平时，经常电话、微信联系，关注他的情况。由于夫妻俩长年在外，家里的房子年久失修，成了危房。崔明虎便一遍遍打电话让他们回来改造旧房，陈新华夫妻俩觉得眼下不回老家居住，也没有经济能力顾及，不想费时费工去建房。崔明虎电话里一再劝解："咱们老百姓树高千丈，落叶归根，哪有不要老家的？外面再好，老了也不能待在那里吧？"陈新华觉得崔明虎语重心长，说得在理，可他舍不得耽误工期，就让妻子回来办理。农村建房是件天大的事，他妻子一个人哪里能够应付得了？崔明虎没有躲避，他从新房打桩定位，旧房如何维修，厨房怎么安排？卫生间设计在哪里？全程跟踪，每个细节都不放过。终于，帮助陈家完成建房大事。陈新华虽然没有回来，但是听到妻子在电话里的汇报，对崔明虎赞不绝口："俺们遇到好人了，崔所长帮了俺们家，是俺家的贵人。"

作为司法行政工作者，崔明虎的日常工作就是调解民间纠纷、进行普法宣传，接触的对象就是乡村群众。他了解农村情况，关心群众的疾苦，竭尽全力、想方设法为他们排忧解难，摆脱困境，把党的关怀温暖传递给他们。在这场精准脱贫攻坚战役中，他始终牢记一个共产党员的责任，践行"始终不忘初心，做贫困群众的贴心人"的誓言，赢得了包保对象的信任。

2017年崔明虎的扶贫事迹在安徽新闻联播、六安新闻联播、霍邱新闻等栏目播出，得到广泛的社会好评。2018年荣获第一届霍邱县"脱贫榜样"（最美扶贫人）荣誉称号；2018年荣选2018年度"六安好人"；2019年荣选第二批"霍邱好人"。先后4次被中共霍邱县委授予"全县政法系统十佳干警"称号，3次被六安市司法局评为"基层司法所先进个人"，被安徽省司法厅评为"双百日维稳攻坚行动"先进个人。

荣誉加身，崔明虎不骄不躁，他认为实实在在为贫困群众干事，是自己的责任和良心。他知道扶贫的根本必先扶智，要让群众了解扶贫政策，也要让群众掌握法律武器。为此，他利用自己的法律专业知识，将普法与扶贫相结合，每年开展20余场次的宣传，有效传送相关内容。

如今，崔明虎这员虎将继续奔波在岔路镇扶贫攻坚的路上，又被任命为洪城村的驻村点长、扶贫工作队队长。

急贫困户之所急，想贫困户之所想，成为他们最需要的人，最贴心的人，崔明虎觉得就是自己的价值所在。扶贫路上无坦途，崔明虎自信名字里有个"虎"字，就不惧怕艰难险阻；他会不遗余力地搬掉任何拦路虎。

# 虾跃龙门幸福来

## 庄有禄

　　霍邱县三流集乡，坐落于烟波浩渺的城东湖西岸，距县城 20 余公里。境内沟塘堰渠星罗棋布，南大湾、雷家湖、麦茬湖、王家湖连成一片，宛如 4 个儿女，静静地躺在城东湖的臂弯里。淡水资源十分丰富，是块难得的风水宝地。

　　据史书记载，大约一千年前，这里便兴建了码头，水运交通和商贸服务业开始发达起来，形成了繁华的小镇，名叫三刘集。后来更名为三流集。新中国成立前，三流集号称"小南京"，与裕安区苏家埠、霍邱县河口集并列为大别山区皖西 3 个交易口岸。20 世纪 60 年代初，随着淠史杭工程的竣工，上游梅山、响洪甸、佛子岭等水库蓄洪，淠河、汲河经常断流，往日帆樯云集的港湾，变成了一汪湿地，小镇失去了通航条件，渐渐地没有了商贸的繁华，回归到原始状态——交通闭塞，易涝易旱，由当初的"一流"小镇退变为贫穷的"三流"之乡。

### 一

　　1978 年改革开放前，三流集乡除了街道有稀疏的几栋瓦房外，几乎为清一色的土坯草房，灰头土脸，陈旧破烂，十分寒碜；商贸落后，经济萧条，不通公路，不通电和自来水，乡民们日出而作，日落而息，过着传统的农耕生活，绝大多数都在贫困线上挣扎，半饥半饱，捉襟见肘，日子过得十分紧巴，一言难尽。

　　改革开放后，特别是党的十八大以来，习近平总书记向全国发出了决战脱贫攻坚的动员令，三流集乡党委政府和全县各地一样，积极响应落实党中央号召和战略部署，因地制宜，因村施策，充分调动广大干部和群众的主观能动性，上下拧成一股绳，披荆斩棘，迎难而上，全力培育支柱产业，一举拔去穷根，过上了安定祥和幸福美好生活。

　　而今三流集乡的 10 个村村村通水泥路，有 3 条乡村公里穿境而过，晴雨通车，方便快捷，彻底改变了从前出门靠步行、晴天一身灰、雨天一身泥的尴尬场景。三流集乡街道面貌变化巨大，主干道和人行步道全部硬化绿化，修了下水道，装上了简洁大方的路灯。夜幕降临，华灯齐放，整个小镇五彩斑斓，流光溢彩，充满温馨与浪漫。街道两边，悉为二三层楼房，有的起脊，有的平顶，白墙红瓦，装上木门和玻璃窗，充满现代气息，一眼望去，美观整齐大方。居室内家具和家用电器齐全，大都用上了煤气灶和自来水，生活便捷舒适，全部实现或远远超过了"两不愁三保障"的最低生活标准。一些富裕户，在县城、六安和省城置了房，购买了小轿车，穿着向城里人看齐，走起路来，昂首挺胸，步履矫健，脸上洋溢着自信的笑容。

街市商贸发达，购物超市、品牌服装店、餐饮店等如雨后春笋般冒出，吸引当地居民和南来北往的客商选购心仪的物品，尽情品尝丰盛的地方美食。一年四季，主街道上，车来人往，川流不息，呈现出当年的繁华景象，令人十分欣喜与快慰。当年的"小南京"又回来了。

## 二

2012 年以前，三流集乡因地处偏僻，交通闭塞，几乎没有像样的乡村工业，只有几家建筑公司、几家砖瓦场、十几家养殖场和一些手工作坊，乡里 4 万多百姓，要么外出务工，要么在家从事传统的种养业，规模小，技术落后，就业面窄，收入低下，缺吃少穿，大多数乡民都在温饱线上徘徊。2014 年全乡 11859 户 41619 人，其中建档立卡贫困户 2365 户 5109 人，贫困发生率为 10.39%，距离脱贫摘帽标准高出 5 倍多，脱贫攻坚任务十分艰巨。若要如期摘去贫困乡帽子，一等不来，二要不来，三靠不来，只有找准路子，依托当地资源优势，快速培植壮大新兴产业，吹响脱贫攻坚、决战决胜的集结号，让更多的居民增加收入，方能如愿以偿。

2012 年秋，三流集乡党委政府一班人，大胆求索，深入思考，多方论证，选定淡水资源丰富的老集村开展"稻田+龙虾"轮作种养模式试验。先选择水产养殖大户袁义传试养 10 余亩。袁义传一开始心存疑虑，怕搞砸锅后，鸡飞蛋打，得不偿失。乡党委政府负责人，多次登门做思想工作，分析形势，撑腰打气，说服了袁义传。在外出参观学习、请农业技术员指导的基础上，袁义传试养龙虾，一举成功，既稳定了水稻收入，又增加了龙虾养殖收入，一石二鸟。袁义传脸上笑开了花。榜样的力量是无穷的。乡党委政府抓住时机，因势利导，号召全乡有条件的农户学习稻虾种养轮作模式，快速增加收入。

一石激起千层浪。率先养殖龙虾的农户尝到了甜头，随即产生了辐射效应，一传十，十传百，许多农户纷纷效仿，实施稻虾种养轮作模式的越来越多，规模像滚雪球般越来越大，在城东湖两岸产生较大影响，受到地方宣传媒体的关注，引起县委、县政府和省、市相关部门的重视，先后派人深入实地调研走访，总结经验做法，以便在具备龙虾养殖条件的地方推广，产生更大的效益，让更多的农户通过养殖龙虾脱贫致富。

好事传千里，花香蝶自来。中央电视台和国家农业部纷纷派员深入三流集乡调研采访，对稻虾种养轮作模式予以充分肯定，并做了报道，在全国产生了一定影响。

## 三

2016 年，三流集乡龙虾养殖面积发展到 4 万多亩，当年全乡脱贫 286 户，其中有 178 户通过龙虾养殖脱贫，占脱贫总户数的 62.2%。2018 年除去外出打工户80% 的贫困户发展了龙虾养殖，九丫槐树、马南园、宋桥 3 个重点贫困村通过发展龙虾养殖均摘掉了贫困帽子。2019 年，三流集乡引导 1424 户 3312 个贫困人口发展稻田养虾 10000 余亩，亩均增收 2000 元以上，总效益达 2000 万元以上，这一年全乡通过龙虾养殖实现脱贫 1424 户，占脱贫总户数的 62.3%；全乡有 10.56 万亩耕地，其中 7.6 万亩发展稻虾综合种养；全乡 10 个村连片稻虾（渔）综合种养面积均在千亩以上，成为安徽省稻虾（渔）综合种养双千工程万亩示范区，稻田养龙虾的面积和产量均居全省乡镇第一位，被誉为"安徽龙虾第一乡"。

稻虾种养轮作模式取得成功，得益于方方面面的积极参与和大力支持。独手难拍响巴掌。一花独花不是春，百花齐放春满园。

三流集乡双塔村村民李振师，现年 47 岁，上有年迈的父母，和妻子带两个念书的孩子，他本人小学毕业，无技术，无资金，家庭负担重，2014 年被评为建档立卡贫困户。如何尽快摘掉贫困户帽子，李振师开始十分茫然，理不出头绪来。后在乡村干部的开导下，2016 年利用家庭 4 亩承包地，尝试龙虾养殖。李振师和爱人，几乎天天"长"在稻田里，一心一意侍弄龙虾，生怕发生闪失。经过几个月的辛勤操劳，龙虾养殖成功，当年增收 1 万元。尝到甜头后，2018 年他又大胆流转土地 28 亩，实施稻虾种养轮作，实现稻虾双丰收。2019 年继续实施稻虾综合养殖，收入比上年又有所增加，达到 4.8 万元，加上水稻和畜禽养殖收入，全年人均收入万元以上，一举摘掉了贫困帽子。李振师逢人便夸党的扶贫政策好，对来之不易的幸福生活十分珍惜，对未来充满无限希望。

许金海是三流集乡大雁村村民，全家 4 口人，夫妻带两个读书的女儿，自己无技术，经济来源少，家庭收入低，2015 年成为建档立卡贫困户。2016 年他利用自家承包地养龙虾，收入大增；2017 年顺利脱贫。手里有了钱，他把原来居住的几间破旧的瓦房翻盖成两层小洋楼，添置了家具电器，居住条件发生了显著变化，日子过得红红火火。

胡长扬，三流集乡老集村村民，全家 4 口人，夫妻俩带着两个上学的儿子。他腰椎间盘突出严重，虾躬着腰，行路十分艰难，不能在外地做工。2013 年返乡从事传统农业，一季小麦一季稻，产量上不去，又没人喂养牲口，家庭收入低，2014 年成为贫困户。2015 年开始龙虾养殖，当年便尝到甜头。2016 年大胆流转土地 76 亩，进行稻虾综合种养，当年实现收入 20 万元，顺利脱贫，并进入富裕户行列，小日子过得十分滋润。

三流集乡党委、政府为了把"稻田+龙虾"轮作产业做大做强，深谋远虑，综合施策，不断完善提升承载平台，使之行稳致远，实现长期富民富乡目标。2013 年以来，举全乡之力，咬定青山不放松，大力实施小型农田水利整治工程、乡村道路延伸工程、农村供电台区改造工程、高标准基本农田建设工程等涉农项目，经过 6 至 7 年的综合整治，实现了田、路、渠、电、水综合配套。放眼望去，田成方，路成网，树成林，一片葱绿，生机盎然，赏心悦目。县财政对该乡"稻田+龙虾"轮作贫困户、万亩示范区实施乡镇和千亩示范区实施主体予以奖补，仅 2019 奖补资金高达 284.8 万元，有力地提升了龙虾养殖户的积极性。

乡政府利用项目资金，新建了占地 5000 平方米的龙虾交易大市场，完善销售大厅、冷链物流配送、信息交易平台等配套设施。目前，三流集乡除有 8 处较大的交易市场外，规模较小的交易点达 100 余处。交易高峰期，龙虾养殖基地处处是交易场所。外地客商常住三流收虾，乡街道 5、6 家宾馆全部住满，有的一张床铺挤两个人。每天早上 6 点龙虾收齐后即走，运往合肥、南京、上海、杭州、宁波、武汉、盱眙等地，远的送至北京，近的当天中午或晚上即可上餐桌。每天运走量达几十货车、50 万斤以上，可谓车水马龙，热闹非凡。同时，与长集方硕食品公司密切合作，进行龙虾深加工，拉长产业链，提高了经济效益。

张老园村村民何长俊，常年在常州做水产生意，年收益不菲，手头十分宽裕。

2018 年看到老家龙虾养殖风生水起，便毅然做出抉择，回乡创业，为家乡脱贫致富贡献智慧和力量。返乡后，在地方党委、政府支持下，很快成立了吉运水产养殖合作社和鑫荣生物科技有限公司龙虾交易市场。现拥有养殖基地 1000 多亩，2018 年至 2020 年 6 月免费举办龙虾养殖培训班 10 期，直接服务养殖面积达 3 万亩；县内设立服务网点 21 家，月交易龙虾近 200 吨，将三流集龙虾向全国各地销售，扩大了影响，提高了知名度。何长俊因此赢得乡邻们的交口夸赞。

双塔村村民李德龙，现年 56 岁，中等身材，皮肤黝黑，身板硬朗，两目炯炯有神，说话时眉飞色舞，仿佛相声演员，幽默风趣，富有感染力和亲和力。他 1998 年开始水产养殖，目前养殖面积发展至 220 亩。他头脑灵光，看到三流集乡龙虾产业上了规模和档次，立马转身做龙虾产业经纪人，他既为养殖户供应虾苗，又组织货源，联系外地客商，来三流集购买贩运龙虾，从中收取中介服务费，年收入在 200 万元以上，成为全乡闻名的养殖经营大户。他在双塔村乡村公路边建了一栋高大漂亮的楼房，冷库、食堂、住宿和办公场所样样齐全，购买了一辆小汽车和一辆大货车，在合肥买了一大套住房，"泥腿子"变身成为城里人。

## 四

三流集乡的稻虾轮作模式新颖，被外地称为"三流模式"。龙虾养殖一般于当年 10 至 11 月份秋后在稻茬田放水，沤田一次，水放掉再加新水，水深 20 厘米左右。埂边开沟并加固田埂，田埂上设围网，投放一些黄豆、玉米及龙虾混合饲料等。一般初次每亩投放虾苗 40 至 80 斤，第二年 3 月前后开始捕捞。个体大的销售，个体小的放回稻田继续饲养，随行就市。个体大的一个有 0.8 两左右，价格高达每斤 40 至 50 元；连续捕捞销售至 6 月份结束，改种水稻插秧，第二年再适当补苗，种稻养虾两不误，农户心里特别踏实和舒坦。

三流集乡境内没有一家污染企业，以种水稻和养龙虾为主导产业，雨水充沛，空气清新，负氧离子含量高，是难得的一方净土。养殖的龙虾个大，通体浅褐色，晶莹剔透，品质上乘。初出水时，鲜活乱蹦，十分水灵，视之，爱不释手。秋季投放虾苗，食取稻田内有机物生长，春节后适量投放少量黄豆补充养料，栽种伊乐草做饲料，少用或不用混合饲料，属纯天然无公害饲养。据合肥工业大学食品科学与工程学院对其营养检测分析，其基本营养成分矿物质组成及含量、氨基酸组成及含量、脂肪酸组成及含量均十分丰富，富含营养。据国内权威的谱尼测试机构检测，三流集乡龙虾的铅、镉、甲基汞、无机坤、铬、呋喃类代谢物、孔雀石绿、恩诺沙星、氯霉素等有害物质全部为零。同时虾田水稻不打农药，很少施化肥，龙虾的生长环境天然洁净，保证其具备上等品质，让人吃得放心舒心，吃得过瘾，吸引大批回头客，百食不厌，情意绵绵。

而今的三流街道，大小饭馆几乎一家挨着一家，主打菜肴除了鸡鱼肉蛋外，就是用各种烹饪方法烧出来的龙虾，点上一盆，食客们不停地下箸，撩到饭碗里，用手剥去外壳，露出白嫩的内穰，急忙放到口中，细嚼慢咽，唇齿流香，心满意足。

乡党委政府乘势而为，发动相关企业及时注册商标，打造知名品牌，以便抢占和扩大销售市场，让龙虾养殖产业能够立得住，站得稳，发挥综合效应，让虾农们长期受益，彻底拔出穷根，过上幸福美满的生活。截至 2020 年上半年，六安市窑湖水产养殖有限公司注册了"三流乡龙虾""东湖龙虾"商标，霍邱县德龙龙虾养殖专业合作社注册了"蓼城老李"商标，三流大堰水产合作社注册了"蓼尚品味"等商标。这些注册过商标的龙虾已逐步占领国内部分市场份额，成为抢手货，供不应求，前景看好，品牌效应初步显现。

# 五

经过几年滚动发展，三流集乡的龙虾养殖已成为支柱产业，全乡 50% 以上的居民从事龙虾养殖业。2020 年初，全乡 2014 年以来的建档立卡贫困户 2365 户中，有 1610 户发布了产业需求，其中 1510 户发展稻虾养殖产业。稻虾养殖成为全乡大多数农户首选的主业。全乡现有 176 家家庭农场、54 家合作社从事稻虾（渔）经济，稻虾综合养殖业由一家一户的零打碎敲，向规模化、集约化迈进，抱团取暖，增强了抗风险能力，前景十分看好。

正常年景，三流集乡养殖的龙虾亩产可达 160 斤至 260 斤左右，上市价格按每斤 30 元至 40 元计算，每亩养殖龙虾纯收入在 2000 元至 3000 元之间，少数的高达 10000 元左右。即便 2020 年春受新冠疫情影响，龙虾市场遭遇寒流和冲击，价格每斤锐降至 10 元至 20 元，收入大幅减少，但虾农们仍然可以获取一定收益，养殖龙虾的积极性丝毫未减。龙虾养殖业俨然成为三流集乡广大居民的摇钱树，生活水平如芝麻开花节节高。据霍邱县农村商业银行三流支行统计，2019 年底，三流集乡农村居民存款余额达 2.79 亿元，比 5 年前的 8000 万元多出近 2 亿元。

随着三流集乡稻虾综合种养业的做大做强，产生了蝴蝶效应。

带动民风的好转。以往农闲时节，群众要么喝酒、打牌，要么到处逛悠，招惹是非，影响社会安定。自从龙虾养殖以来，养殖户早晨 2 至 3 点钟便起床收虾，5 至 7 点卖虾，早饭后，整田晒网，午饭后下网投料喂养，忙得不亦乐乎，生活十分充实安定，井然有序。大街上再也见不到游手好闲的人了，打架斗殴的现象几乎绝迹。

带动政风的好转。三流集乡党委政府及乡直部门，一年到头围绕稻虾（渔）经济转，全身心地做好引导服务工作，向上争取项目资金，改善种养区基础设施，千方百计招商引资，延伸龙虾养殖产业链条，助推龙虾养殖业做大做强。群众逢人便夸乡村干部一心扑在工作上，真正为老百姓办实事、办好事，党的优良作风又回来了。

带动全乡面貌显著变化。乡村硬件设施有了明显改善。乡村公路纵横交错，形成了大循环；道路两边绿树成荫，一年四季，花果飘香。整治了灌溉渠，新修了提水站，用水方便，旱涝保收。乡村环境整洁优美，没有了暴露垃圾，弥眼的是庄稼、树木、鲜花和草地，生活其间，舒心惬意。干部群众的关系和谐融洽了，精神面貌焕然一新，人人脸上洋溢着自信和幸福的笑靥，说话做事精神头十足，令人刮目相看。

每至夜幕四合，街头广场华灯溢彩，有的跳舞，有的散步，有的打球，有的演唱，悠闲自得，各取其乐，宛如一幅幅美丽动人的画卷，异彩纷呈，令人陶醉。

# 拔除穷根的"金刚钻"

## 张正旭

在扶贫攻坚滚滚巨浪中，江淮儿女挺身而出，责任为魄，担当为魂，书写了一幅气势磅礴的历史画卷。胡建远就是书写这一画卷的一员。男儿何不带吴钩，收取关山五十州。面对攻坚脱贫的历史使命，一个私营企业家敞开博大的胸襟与气概，摆开格局与气场，勇于担当。

六安市霍邱县花园镇素有"朗德鹅养殖天堂"之称，我前往实地采访。

车子沿着一条水泥路七拐八弯来到李丁成家门前停下。新建的两层楼掩映在热辣辣的阳光下，格外引人注目。我见到了李丁成的父亲和他的爱人。李丁成当时不在家，到外地洽谈业务去了。从采访中得知，这两层新建的楼房是 2019 年下半年新建的，到了过年的时候，私家车也买回来了，不但拔掉了穷根，还奔向了小康生活。谁都不会想到，这两层楼房的前身是土坯墙茅草房。穷则思变，李丁成看到周围人踏着"朗德鹅"养殖的春风，干瘪的腰包鼓起来了，决定也走这条路闯一闯。

世上无难事，只怕有心人。李丁成到胡建远朗德鹅养殖基地学习养殖技术。对于愿意学习朗德鹅养殖技术的有志青年，胡建远非常欣喜且毫不保留地把养殖朗德鹅经验传授给了李丁成。掌握了德朗鹅养殖要领的李丁成决定回去大展手脚，在土坯墙房屋旁搭建了简易的养殖场，开始了他的踌躇满志创业之路。李丁成选项创业是朗德鹅的育鹅苗，鹅苗喂养 2 个月后卖给胡建远的德朗鹅养殖基地，一年纯收入不低于 6 万元。尝到甜头的李丁成更有干劲了，扩大了养殖规模，由家庭小作坊转变成了大作坊，收入翻了好几倍。2019 年上半年李丁成顺利脱贫摘帽。2020 年，他筹建了自己的朗德鹅一体化养殖基地，把生意从国内做到了国外。

从杰，家住花园镇庙洼组。小时候，因为父亲去世早，母亲改嫁，他跟随年迈的爷爷奶奶生活。从杰从陈埠职高畜牧专业毕业回家后，就被胡建远请到公司做德朗鹅的"保健员"：给朗德鹅打疫苗、常见病防治。由于小伙子很敬业，学到的知识有了用武之地，在实践中不断地摸索经验，成为当地大名鼎鼎的德朗鹅的"华佗"。由于当地的家庭作坊养殖德朗鹅和上规模产业养殖基地有几百家，德朗鹅的防疫任务全落在了从杰身上。小伙子热情服务，不怕苦不怕累，白天黑夜，一个电话打来，立马赶去。2018 年，一个穷得叮当响的小伙子顺利脱贫，2018 年下半年在刘李街道买了两间两层楼的门面房，专业做德朗鹅疾病防治服务站，同时从事德朗鹅饲料零售批发业务。鸟往高处飞，从杰看到了朗德鹅养殖前景，流转土地 300 多亩，先期投资 500 余万元，正在筹建朗德鹅标准化养殖基地。从杰驱车把我带到他正在筹建中的养殖场，主体工程的标准化厂房已经建成，工人们正在修建污水处理厂。从杰自豪地告诉我，这家基地投入使用后，每年出栏德朗鹅不少于 5 万只，利润非常可观。从杰还告诉我，能在短期内筹到这笔资金，都是在外打工的亲朋好友入股的资金，他们都看好这个行业远景空间，纷纷加盟。

一叶知秋，从一个个贫困人口走向小康生活的节奏里，我们不难看出，新时代的中国农村，已经发生翻天覆地的变化，刷新了数千年农耕文明的乡村形象；脱贫攻坚、乡村振兴等一系列举措的实施，让乡村也跟上了现代化。这种变化，是亘古未有的蜕变，是一种全新的突变。生活不是简单的油盐酱醋茶，也不是报告里的几个翻来覆去炒作的口号与数字，只有深入生活、了解生活，双脚踩进泥土、胸膛贴近大地、心灵感知时代，真切地体认生活的方方面面，才能呈现"胡建远带动化模式"全景。

"他创业有成，不忘乡亲，为民铺就致富路；他扶危济困，彰显大义，不忘初心敢担当；他把脱贫的种子埋在希望的田野，把富裕的硕果装进农民的口袋，谱写出了新时代'鹅、鹅、鹅，曲项向天歌'"……2019 年，"为国争辉六安人"和"为国争光霍邱人"的颁奖词是这样速写这位扶贫致富的共产党员胡建远。

胡建远是六安龙翔美食王禽业有限公司董事长，公司党支部书记，出生在六安市霍邱县。霍邱襟淮萦山，民间有句顺口溜："霍邱县，破猪圈，权裆裤，穷光蛋"，因为这里是大别山革命老区、国家级贫困县、安徽省深度贫困地区，是淮河流域最大的行蓄洪区，新中国成立以来先后三十余次奉命行使蓄洪。这里自然灾害频发，贫困程度较深，是脱贫攻坚的主战场。

胡建远是农民的儿子，在浩瀚淮河水浸润中成长着，继承了革命老区不屈不挠的奋斗精神和沿淮人民坚韧不拔的秉性，遗传了勤劳睿智、吃苦耐劳的基因，奔腾着大爱无私、甘于奉献的情怀，发扬了敢闯敢试、敢为人先的开拓进取风格。

多年前一个偶然机会，胡建远接触到了朗德鹅。他怀揣着憧憬与激动，前往上海、广东等发达地区考察德朗鹅的"价值"，经过实地考察后，胡建远心头也明朗了，霍邱沿淮湖洼交织，水质优良，野草丰盛，是朗德鹅天然养殖的"风水宝地"，他决定把朗德鹅饲养技术从外地引进霍邱饲养。

"以点带面尝试，全面推行问世"，胡建远是一个脚踏实地的人，为避免走弯路，他先是自己试验养殖，总结经验，成功后逐渐扩大养殖规模。通过几年的跌打碰撞摸索，风雨之后见彩虹，胡建远终于闯出了一条朗德鹅产业发展道路。如今，公司拥有中国驰名商标 1 件、省著名商标 1 件、申请发明专利 37 件，是省级农业产业化龙头企业，组建了省级农业产业化示范联合体，公司系列产品被评为安徽名牌产品，2017 年参加第 15 届中国国际农产品交易会，参展产品获得金奖……

"再亮的月亮没有星星是残缺的，就像再漂亮眉毛下面没有眼睛一样"。踏实肯干的胡建远取得了事业的成功，但看着自己家乡还戴着国家级贫困县的帽子，自己的老乡还在穷窝里挣扎，没有实现脱贫，他心急如焚，吃水不忘挖井人，利用自己事业的发展来带动身边更多人脱贫致富的想法在心中扎了根。

行蓄洪区非涝即旱，群众长期受灾，家底薄、缺技术，一家一户发展产业难之又难，始终徘徊在致贫、脱贫与返贫之间。胡建远看在眼里、急在心里。他初步估算，一个养殖户，每年发展三批鹅，每批 2000 只左右，一年能净赚打底 10 万元。

10 万元不是干巴巴的数字，是千万双眼睛盯着绽放的答案。踏着扶贫惠民政策的春风，加上技术引导布局，这是千载难逢的脱贫路子。巧妇难成无米之炊，如何借米下锅呢？农民们一没技术，二没资金，三没销路，靠什么优势引导他们来养鹅？扶贫的核心是人。现代化经济的快速融合，要搭上时代驰骋经济发展的列车，就得转变人们因循守旧的思路，就得刨掉他们前怕狼后怕虎的思想包袱，就得放眼大局。功夫不负有心人，经过反复斟酌，反复比对，"123"扶贫模式浮出水面——"一个免费、两个垫资、三个带动"。

## 一个免费献爱心

雨果说："人间如果没有爱，太阳也会死。"胡建远心中装满对霍邱这片土地深沉的爱，积极响应中央坚决打赢脱贫攻坚战的号召，主动投身县委、县政府"百企帮百村联千户"精准扶贫行动，把地方特色养殖作为攻坚脱贫的突破口，让企业自身优势化作春风细雨，春燕啄泥，积极推出免费赠送鹅苗和免费提供技术服务的扶贫措施。胡建远豁出去了，积攒近二十年的"锦囊秘籍"全部无私撒出去，这是一种气魄，更是一种壮举……

"把门打开，把春天打开，你的心跳站直了阳光，那都是人间大爱的敬礼"。几年来，他先后向 700 名贫困户，免费赠送鹅苗价值 80 余万元；每年开展上门技术指导服务 100 多人次，并承诺如果发生疫情，造成的损失由企业兜底，让广大贫困户吃上了"定心丸"。与贫困户签订养殖回收协议，实行保护价收购，若市场价高于保护价，养殖户可以把成鹅向市场出售，确保了养殖户利益，2019 年贫困养殖户人均增收 3800 余元。2020 年新冠肺炎疫情发生以来，为保障贫困户养殖收益，在企业面临鹅产品难销、资金周转困难的情况下，积极筹措资金 300 余万元，保底、及时收购 130 多户贫困户养殖的朗德鹅，稳定了贫困户产业发展收入。

## 两个垫资鼓干劲

鲁迅说："希望本是无所谓有，无所谓无的。这正如地上的路，其实地上本没有路，走的人多了，也便成了路。"为切实解决贫困群众没有朗德鹅产业发展资金和资源的问题，做到鼓舞群众干劲与增强自身实力两促进，胡建远高瞻远瞩，大胆采用"两个垫资"，解决贫困户和规模养殖户缺资金、缺技术、缺销路、担不起风险问题。这种举措让贫困户解决了后顾之忧：一为贫困户垫资购买朗德鹅苗，二为贫困户垫资提供养殖饲料。养殖户在养殖过程中不需要投入资金购买鹅苗和饲料，增强了脱贫致富的信心和能力，调动了贫困户自身积极性、主动性、创造性，摒弃了"等靠要"的思想。这个过程由被动扶贫转变成主动迎战贫困，起到了思想上一百八十度大转弯，激活了贫困人员脱贫致富欲望的潜能，最大化地提升贫困人口"精气神"。

花园镇天竹村贫困户李丁成白手起家，在胡建远"两个垫资"的带动下，2018 年养殖朗德鹅 3 批，每批 1300 只、养殖 60 天，每只平均利润 18 元，获纯利润达 7.1 万元，当年实现了脱贫。2019 年李丁成继续跟着胡建远养殖朗德鹅，实现了小康生活。

窥斑蠡测，胡建远卓有成效的得力措施，是助力乡村脱贫的曲项向天歌的胆识气魄，是攻坚乡旮旯穷根金刚钻，给贫困户送来了"福音"。两年来，胡建远为贫困户和规模养殖户垫资鹅苗和饲料款 1200 多万元，累计带动 482 户贫困户脱贫致富。正如一句顺口溜说的那样："胡是福，远是远，德朗鹅声福音远，助力乡村脱贫梦，乡旮旯里迎笑脸。民营企业担风险，后顾之忧逃遁潜，攻坚路上丹心耀，贫民干劲互追赶。"

# 三个带动拔穷根

为了更多的贫困户能够参与到朗德鹅产业发展中，胡建远通过摸索开辟了"三个带动"的帮扶模式。

一是带动贫困户自愿入社入股增收。胡建远积极探索产业发展模式，结合农村产权体制改革，龙翔公司与贫困户签订入股分红协议，承诺如果合作社亏损由龙翔公司兜底，保障贫困户入股收益不低于同期贷款利率；如果贫困户退出股份，股金全额退还，规避了贫困户养殖风险；没有参股资金的贫困户，在合作社干活出工都能获得工资和分红。这种把贫困户凝聚在一起，带动贫困户自愿入社变成股东入股增收的方式，不仅实现了共同富裕，也促进了企业大发展。

二是带动贫困户就业增收。胡建远规定自己的企业、合作的养殖场，优先录用有劳动能力的贫困户就地就近就业，保底工资每月不低于 2500 元。目前，已带动全县 100 多家规模养殖场，实现 2000 多名贫困人口脱贫致富。花园镇迎龙村贫困户汪怀礼 2017 年开始在龙翔公司务工，年收入 3.5 万元。

三是带动贫困村增加集体收入。在"百企帮百村联千户"行动中，从 2018 年开始，胡建远因村制宜，带动全县 16 个重点贫困村的产业扶贫基地养殖朗德鹅，签订 5 年至 15 年村企合作产业扶贫协议，每年为贫困村集体分红 200 万元以上，16 个贫困村的村集体经济显著提升，带动村级双基建设逐步完善，均实现了贫困村出列。

创新的"123"朗德鹅产业扶贫模式，不仅能让贫困户能通过养鹅脱贫致富，通过就业增收，而且还能让贫困村村集体经济得到大幅度提升。这种贫困户和村集体经济双重收益的模式，受到各级党委、政府的重视，得到干部群众的认同和支持，成为安徽省"四带一自"产业扶贫模式的生动实践。在胡建远朗德鹅产业辐射带动下，霍邱县每年养殖加工朗德鹅 380 多万只，加工鹅肥肝 3600 吨、鹅产品1.6 万吨，全县朗德鹅产业年产值达 12 亿元以上，形成了种鹅繁育、养殖、屠宰、加工、销售、技术研发全产业链发展。目前，产业链上共有规模养殖企业 126 家、合作社 28 家、家庭农场 65 个，已经发展成为全国朗德鹅养殖加工第一大县。在胡建远的带领下，龙翔公司已经发展成为全国唯一一家标准化、规模化朗德鹅养殖、鹅肥肝生产加工企业。累计带动全县 5000 多名贫困人口先后脱贫。

在做好产业发展的同时，胡建远还积极投身社会公益事业，每年都会捐资助学助教、修路修渠、建设村级公共服务设施。抗疫物质最紧张的时候，2020 年 1 月 28 日，胡建远千方百计购买口罩一万只，捐献给当地政府抗击疫情，当时有人要出高价购买，胡建远没有动心。近年来，他累计捐款捐物价值 300 多万元。2017 年 4 月，全国政协副主席王正伟到霍邱县开展脱贫攻坚监督性调研，对胡建远创新的扶贫模式、带动能力给予高度评价。2017 年被评为安徽省优秀中国特色社会主义建设者。2018 年当选为安徽省第十三届人大代表。2018 年 10 月龙翔公司，被全国工商联和国务院扶贫办联合表彰为全国"万企帮万村"先进民营企业。胡建远喜获 2020 年全国脱贫奉献提名奖……

胡建远就像乡村一棵树，苍劲有力。一棵树如果在乡村把根系扎得太深，就已经不再是一棵树，而是乡村固有的一个部分。它在岁月中汲取的一切，如今都要反哺给岁月；它在乡村中所得的一切馈赠，如今也将回馈给大地。

"作为一名共产党员，不会忘记为人民服务的初心，我会继续做好自己的工作，用自己掌握的技术和自己的事业，继续为人民服务。作为习近平新时代中国特色社会主义的建设者、实践者，会认真学习总书记扶贫思想，在各级党委政府的领导下，践行新时代共产党员担当奉献精神，为决战脱贫攻坚、决胜全面小康贡献自己的力量，接力乡村振兴做出自己的贡献。"胡建远的肺腑之言点燃了乡村沸腾的激情，激发了淮河涛声的悠远与真诚，宛若一首清凌凌的民谣，唱响淮河两岸，唱遍蓼城大地。

# 把青春"论文"写在田野上

徐　缓

2016年4月26日，习近平总书记来到中国科学技术大学考察，强调"创新居于五大新发展理念之首"。总书记语重心长地对大家说，年轻人既要读"有字之书"，又要读"无字之书"，努力练好人生与事业的基本功。青年是国家的未来和民族的希望，希望同学们肩负时代责任，高扬理想风帆，做有理想、有追求，有担当、有作为，有品质、有修养的"六有"大学生。

而就在6月20日，薛业静在安徽师范大学博士生导师吴正翠教授依依不舍的眼光中走出校园，婉谢导师举荐到加拿大留学，回到家乡霍邱县周集镇，接过双桥村支部书记魏锴畯信任的接力棒。

2020年10月23日正午，深秋的太阳依然热辣辣地直射在霍邱县周集镇双桥村集中连片300余亩稻田上，闪着亮眼的金黄，丰收的气息扑面而来。枫浩水产养殖专业合作社负责人薛业静在田边指挥收割机忙碌着，一边还时不时地看看正在收笼逮虾的情况。他和村书记魏锴畯、富蓼米业老总杨立俊兴致勃勃地环视着金波滚滚的稻田。

"今年这片稻虾田300多亩，种植的是优质水稻品种兆优5431，在安徽2015－2018年四年种植表现优良，尤其在2017年历经48天阴雨天无倒伏、无穗芽现象，平均亩产量依然达到600公斤，是种植大户虾稻共养田块首选品种；同时，作为小龙虾繁育基地，为全县养殖区域提供本地优质虾苗，成活率高。"看上去文质彬彬的薛业静，其实已经在农田里耕耘了4个年头，尝到了苦辣酸甜，青春筑梦的脚步踏得更加坚实而铿锵。

## 梦想，从这里启航

薛业静2016年毕业于安徽师范大学物理化学专业，研究生阶段发表了5篇SCI

国际期刊学术论文和 5 篇中国发明专利，毕业后又发表了 2 篇中国发明专利和 12 篇实用新型专利。

随着国家对农村和现代化农业的重视，面对家乡农业相对落后的现状，作为本土人才，他婉拒了导师举荐国外留学免试读博，回乡创业，希望能为家乡农村建设出一份力。由于他学的是物理化学专业，对水产养殖中的知识如杀菌消毒、改底解毒、培肥培藻等都非常了解，加上现在的小龙虾更是火遍全国大街小巷，于是决定从事水产养殖小龙虾，并成立枫浩水产养殖专业合作社。

从学校到田野，从理想到现实。要把青春的"论文"写在家乡的大地上，没想到满腔热情却迎来"当头一棒"。

他与乔纪春、汤广岗、李保贰几个志同道合的同学回乡创业，没有做好市场调研，就想着做正规化、标准化、专业化，一上来就做设施农业，建 5 亩地的水泥池，又建设越冬室、储藏室，购置恒温供暖设备、供气设备，基础建设花掉 60 多万元。结果因为选址不当，水源很差，技术欠缺，学习的理论知识和实践脱轨，最终养殖一塌糊涂。

清明节后，一场暴雨瓢泼而下，水位迅速上涨，当时基建给排水系统不行，水排不掉，眼看着正在进行繁殖的种苗，应激死亡、逃跑，损伤一大半，暴雨浇淋着他们的身子，也冲跑了他们几个初出校门小伙子的希望。"真的是欲哭无泪啊！回想那一天一夜，依然会梦中惊醒。"但是，他们在家乡奋斗的铮铮誓言还在耳畔回响，"不能放弃，挫折、失败，是在考验我们的决心和意志。"他们又直接高价采购幼苗进行养殖。

谈何容易啊，养殖过程不仅是体力的付出，更充满心酸与泪水。由于水源不行，水质差，幼苗陆续死亡，又用大量的水质改良剂进行改善，无疑增加了养殖成本，效果还不好。"最让我们绝望的是，在养殖中后期的时候，水质很差了，我们进行换水处理，结果因为疏忽、经验不足，水位加得太满，几亩地的水泥池被涨倒，瞬间，所有的心血化为乌有，不仅养殖的产品全部损失，就连基建也全部报废。"几个人彻夜未眠，商量了一夜，决定从头再来，老基地彻底放弃，重新选址，重新规划。

"困难到什么程度呢？我的爱人是 2013 年大学毕业时候认识的本乡姑娘，2016 年年底结婚，在镇卫生院做医务工作者，也是很忙，还要带孩子。她的工资除了生活开支，都给我创业用了，一直鼓励我、支持我，可以说这也是爱情的力量吧。"白净净的小薛摔打几年了，提到爱人竟然害羞得脸红了。

吃一堑长一智。薛业静和团队友们对养殖地势、水源和模式到养殖技术重新做了全新的认识和评估。通过多地考察，最终决定在周集镇双桥村（深度贫困村）开展养殖，从事稻虾综合种养，稻田里既种稻又养虾，不打农药，不施化肥，既获得生态米，又养出高质量的虾，一田两用，一水双收，达到双层效益，完全符合现代农业的标准，很值得推广。随着养殖经验的加深，再加上他们的创新，渐渐做得越来越好。

薛业静所负责的枫浩水产养殖专业合作社在双桥基地占地面积300亩、阜南基地1400亩，主要从事稻虾养殖、稻鳖养殖、稻鳝养殖、稻鳅养殖和稻鱼养殖，常用员工15名，以休闲观光、养殖、繁育、推广、服务为一体的综合型养殖场，其中稻虾养殖技术达到国内领先水平，实现了一年养三季。在产品销售方面，合作社更是与北京、上海、南京等多家单位合作，并在合肥周谷堆市场、南京六合市场、上海江阳市场都有固定渠道，对种养殖产品一年四季均有大量需求。

"致力于打造绿色种养产业，助力群众脱贫致富。我们采取'合作社+农户+贫困户'的模式，帮助贫困户开挖虾田，提供种苗、饲料、药品、技术指导、回收等服务，使贫困户经营零风险。2018年就业、产业扶贫116户，2019年就业、产业扶贫75户，2020年全村仅剩2户未脱贫的贫困户中1户在合作社上班；免费技术服务全县近5万亩稻虾种养殖。作为六安市科技特派员和稻虾种养技术培训讲师，每年都会举行几场大型技术推广会和十几场中小型技术交流会，为农村的科学化种养殖做宣传和推广。为加快新型农业的建设，帮助政府推进新型农业产业化、规模化、品牌化，我非常愿意奉献自己的力量，也是一种社会担当。"

扶贫先扶智，合作社2017年开始用工以贫困户为主，并定期对贫困户进行技术培训，每年给贫困户培训养殖技能四场共300余人次，其中任家户、冯德强、张萍、魏传玲、魏喜家等均是受益者。另外与种养殖大户唐少毛、李勇明、张洋洋、周明运等也签订合作协议，无偿技术扶持，条件是优先贫困户用工，增加贫困户收入，形成一个企业带动的良性循环。

疫情期间，很多种养户耽误了最佳的种养殖管理节点，为了加强技术扶持，枫浩合作社及时实行线上交流和教学，带动种养户100多户，帮助他们解决养殖难题，减少不必要的损失，实现稳产、增产。

周集镇大成村龙运水产养殖合作社周明运，养殖面积200亩，2018年开始养殖稻虾，由于他前期不懂技术、没有经验，听了一些卖苗贩子的话，当时塘里水草还没有长起来，就从湖北拉苗过来，每亩放苗密度高达35公斤，长途运输后处理不当，虾苗损伤惨重，所剩无几，还没开始养殖就亏损 30 万元的虾苗钱，后来又补了一些虾苗，最终还是以失败而告终。了解情况后，薛业静团队与其及时达成帮扶协议，免费提供技术帮扶，从塘口建设、水质检测、水草栽种、苗种选育、养殖管理、疾病预防等全方面进行指导。他们唯一的要求就是龙运水产养殖合作社用工要优先使用贫困户，给贫困户提供相应的工作岗位。在龙运水产养殖合作社劳动的 4 个贫困户，平均年收入在 6000 元左右。

这两年，在他们的帮扶下，周明运养殖逐步走上正轨，扭亏为盈。"2020 年龙虾行情不太好，能保本，虾田稻挣一点，养的黑鱼还不错，今年 200 亩地效益在 20 万元左右。"周明运倒是很谦虚地说。"霍邱县各乡镇村的养殖大户，比如唐少毛、班一清、张洋洋、何伟等，他们近万亩的养殖基地，都是我们团队提供免费技术指导。"小薛很有成就感，根本不在乎自己那么多精力、技术的投入。

稳定增收脱贫致富，必须有好的产业支撑。薛业静把稻渔共作模式的经验，进行推广运用，让周边百姓都参与进来，实现产业帮扶。水稻种植上统一选购国家级优质米，实行订单农业和视频农业，为所有贫困户免费提供稻种和有机肥，全程提供技术指导，并以高于市场价每斤 0.1 元的价格优先回收，在收获高品质米的同时也高效助力贫困户脱贫。2020 年交给村集体分红资金 18.8 万元，资金用于村集体发展及扶贫等。

薛业静现在依然在水产饲料中排名第一的海大集团挂职，担任安徽片区经理，负责安徽区域的动保药品和饲料的技术服务，每年服务基地上百家，遇到并解决各种问题，并且每月都回公司参加一次技术交流会，探讨和完善养殖技术，与时俱进地保持一流的养殖技术和经验。

## 科技，让虾跃"龙门"

在合作社里，我们看到规范化、标准化的实验室、展览室、培训室。实验室拥有电子比色仪、PH 计、分析天平、离心机、显微镜、分光光度计等设备。"我们免费为养殖户检测水质，根据水体情况来调节水质；这些动保药品和饲料，分批给养殖户，讲解药品真伪和饲料优劣的鉴别。培训室里有投影设备，定期举行养殖交流培训会，我们邀请专家授课指导，更好地推广技术，确保增效增收。"薛业静对自己认定的事业充满信心。

"科技兴农，实业筑梦"。薛业静带领他的团队，通过 3 年多的不断探索和努力，将科技创新的能力运用到稻渔综合种养上，坚持科技兴农，形成了一套非常科学化的稻虾种养殖体系，包括小龙虾的高效繁育技术、冬虾暂养技术、水稻免耕栽培技术以及龙虾养殖水质调节技术、生物发酵料制备技术，每一种技术都对稻虾共作产业带来巨大的贡献。一共申请 4 篇发明专利、18 篇实用新型专利，其中已授权 12 篇实用新型专利。

霍邱县地处淮河中游南岸淮河冲积平原，地势平坦，湖泊众多，是传统水稻种植的主产区。稻虾产业发展以来，由于龙虾销路好、收益高，群众发展稻虾产业积极性高。2017 年开始，该县主动作为，积极引导水产养殖大户探索虾苗繁殖新路子。霍邱小龙虾养殖面积迅速扩大，从 2018 年初 20 万亩到 2019 年底 51 万亩，稻虾产业在脱贫攻坚中起到极大的带动作用。2020 年 5 月，霍邱县被中国渔业协会正式授予"中国生态稻虾第一县"称号。

龙虾养殖水质调节技术解决了大量换水困难、养殖过程中水质恶化、龙虾病害等问题，实现了龙虾养殖周期短、产量高、效益好的养殖效果。

小龙虾高效繁育技术解决了龙虾繁殖率低、虾苗成活率低、公虾吃小虾、深水区小虾长势慢、饲料利用率低等等问题，实现了每亩 20 公斤亲本母虾产出 250 公斤以上虾苗。基地获得六安市小龙虾繁育基地称号，并申请了中国发明专利。

冬虾养殖技术解决了龙虾冬季养殖困难、冬虾成活率低、龙虾打洞、冬季龙虾长势慢、饲料利用率低、冬虾不易捕捞等等问题，实现了龙虾冬季生长快、成活率高、易捕捞、元月份龙虾还可大量上市，错开了龙虾上市高峰期，大大提升了龙虾养殖的经济效益。

水稻免耕栽培技术在稻渔综合种养上运用，实现完美契合，解决了稻田旋耕对水产品（鱼、虾、蟹等）的损伤、大量使用化肥以及肥力容易流失的问题，实现了不打农药、不施化肥、对水产品（鱼、虾、蟹等）生长无影响、节约多项费用开支，节约机耕费、农药化肥费用每亩约 300 元，全县 50 万亩稻渔综合种养面积，仅此费用就可以节约 1.5 亿元。

霍邱县内自育虾苗，质量有了保障，价格得到控制，降低了虾农生产成本，促进了全县稻虾生产。截至目前，全县共创建市级龙虾苗繁育示范基地 6 个、县级示范基地 20 多个，能够满足县内虾苗产业供应的 50%。该县计划为全县 30 个乡镇培养养殖能手 2000 名、营销专家 200 名和厨师 300 名，产供销与深加工产业并驾齐驱，"小龙虾"大产业，引领农民发家致富。

随着霍邱稻虾产业的迅速发展，新手养殖户也随之增加，由于小龙虾养殖经验和技术的缺乏，亩产量偏低、质量偏差，2020年带来的经济效益并不理想。原本是扶贫助农的好产业，由于过度的扩大与发展，霍邱龙虾养殖现状面临着前所未有的挑战。大多数养殖户都处于被动、迷茫的亏损状态，他们急需得到相应的指导和帮助。

"目前，加强对霍邱小龙虾现状的认知及对霍邱龙虾的探究具有重大意义。"薛耶静及其团队也是心焦如焚，"我们通过对霍邱龙虾发展过程中遇到的问题进行分析，并给出一些合理性方案和建议，以供霍邱龙虾产业的发展做参考。"

"随着霍邱稻虾行业的发展，越来越多的产业问题也暴露出来，如：新型产业技术的不完善、时段性的产能过剩、供求关系的不平衡、行业模式的粗犷、养殖户技术的欠缺、养殖观念的落后、养殖户的受教育水平偏低等多方面的问题。"

"养殖观念的落后。很多养殖户喂养小龙虾很简单随意，粗粮为主，吸收差、利用率低、水质污染大、营养不均衡等。养殖节点把握不住，思想观念不转变，该卖的时候舍不得卖，该投喂时候舍不得投喂，补钙改底一样不做，等龙虾发病后各种不理智的操作。"

"养殖户的受教育水平偏低。养殖户以农村老百姓为主，受教育程度低，接受新事物能力偏弱，技术培训效果差，需要到塘口实地指导和培训，加大了技术推广的难度。"

如何破局呢？薛业静认为：走"高大上"路线：高品质，大规格，上市早。龙虾的养殖面积不断扩大，产量也逐年增加，品质却参差不齐，市场消费仍以高品质、大规格为主。由于5月份龙虾集中上市，价格不高，想要获得好的效益，需要错峰早上市。量力而行，不贪大贪多。龙虾养殖需要专业化，除了前期塘口建设和苗种的投入，还需要后期持续的养殖管理投入（饵料、动保、人工、网具等），目前有很多养殖户贪大贪多，但是又没有足够的资金，养殖中后期不能正常进行，损失惨重。加强营养，加强水质底质管理；养殖节点把握住……通过对养殖现状及亏损原因进行分析，并给出一些合理化建议，希望能让霍邱稻虾打破僵局、产业快速优化，真正成为扶贫和乡村振兴的支柱产业。

他自己的团队也通过增加经营品种实现增值增收。2020年开始尝试养殖南美白对虾，在本地淡化后养殖，第一年养殖取得不错效果，亩产达到400-500公斤左右，亩投入成本在一万元左右，亩效益可达近2万元，明年将扩大规模，进行技术宣传和推广。另外，又选取鲈鱼、青虾、螃蟹等好品种进行试验养殖，试验成功后再扩大推广。

"从农业需求出发寻找科研重点和方向，是我开始科研与实践时学到的第一课。我们要坚定理想信念，将科研创新根植于农业发展事业，把个人理想融入国家发展大局，为我连心的家乡贡献智慧和力量。"小薛常常会对自己的团队战友说。"一代人有一代人的使命，青年人有青年人的担当。习近平总书记鼓舞青年人始终保持艰苦奋斗的前进姿态，对我们有知识和技能的年轻人来说，尤其重要。施展才华的舞台已经准备好，唯有奋斗，才能不辜负这个时代。"

## 探索，永远在路上

金灿灿的水稻黄毯一般铺陈在广袤的大地上，红彤彤的龙虾"不情愿"地被一笼笼从稻田沟渠里逮上来。深秋的双桥村田间地头，依然处处可见迷人的乡村田园风光。

近年来，双桥村在驻村扶贫工作队的支持帮助下，依托环境优势，集各方智慧，多点发力、各方出力、共同给力，着力探索实践推广"稻虾共作"产业脱贫之路，为全村老百姓"量身打造"增收模式，并发挥"培育一个品牌，带动一个产业，富裕一方百姓"的作用，村集体经济不断发展壮大。2018 年通过盘活村预留地及水面和发展稻虾共作等方式，村集体经济收入达到 15.1 万元、2019 年村集体经济收入 45.75 万；2020 年村集体经济收入 63.25 万元。

双桥村是霍邱县 9 个深度贫困村之一，由原周集镇黄岗、松林两村合并组建，地处沿淮洼地，位置偏远，耕地面积 6408 亩，水面 310 多亩，林地 68 亩。农业生产以传统种植小麦、水稻为主，经济结构单一，基础设施薄弱，生产生活条件相对落后，2017 年村集体经济收入基本为零。全村 11 个村民组，1382 户 5282 人，共有建档立卡户 304 户、687 人（历年脱贫 283 户，645 人；2019 年脱贫 18 户 38 人，未脱贫 3 户 4 人）；2020 年可全面脱贫。

由于沿淮居民都是延续传统种植模式，缺乏稻虾共作养殖经验和技术，担心养不好养不活，稻虾共作模式的推广遇到了很大的阻力。群众不认可这一新的种植模式。怎么办？

改变农户的传统种植模式，并非一朝一夕。村民不愿干，得让大户做示范。为降低群众养殖风险，保障农户利益，双桥村"两委"在前期调研的基础上，决定引进枫浩水产养殖专业合作社示范带动，将村集体资源和上级相关奖励扶持资金119 万元作为集体财产入社，按合同规定，合作社每年上交分红利润 14.3 万元给村集体。

目前，枫浩合作社流转土地 330 亩，投资 150 万元，分稻虾共作、稻鱼（泥鳅、黄鳝、甲鱼、本地鱼）共养、休闲观光采摘、家禽养殖等四大区，成功实现"一田两种、一水两用、一田双收"，使农田效益倍增。该项目已通过租赁、劳务、带资入股等形式带动 116 户贫困户发展特色产业，示范带动 47 户贫困户发展稻虾共作等水产养殖 840 亩，户均增收 4000 元，为全村脱贫攻坚和产业结构调整发挥着积极作用。

在五四青年节之际，习近平总书记寄语新时代青年，为广大青年提出目标要求、指明前进方向，激励他们在决胜全面小康、决战脱贫攻坚的收官之年，在实现"两个一百年"奋斗目标的历史交汇之年，作出新的更大的贡献。

"我们联合双桥村共同组建电商平台，共同搭建订单式农业服务。2019 年帮助双桥村水稻订单 1200 亩，2020 年水稻订单 2100 亩，在全县订单超过 5000 亩，每亩增收 200 到 300 元。另外，2020 年我们还在双桥村试养殖 30 亩南美白对虾，淡化后养殖非常成功。准备明年扩大面积，大力推广，发展特色养殖，为增收开辟新渠道。"

薛业静团队虽然艰难地度过很多困惑期，历经曲折，但是年轻人的成就感也是满满的：先后被评为省级大别山等革命老区乡村产业创新团队；被列为安徽省大学生返乡创业示范基地、市级龙虾繁育示范基地、霍邱县扶贫基地、新型职业农民实训基地、产学研合作项目和远程教育示范点；本人先后被评为六安市优秀科技特派员、六安市向上向善好青年、青年创业者协会先进个人等。

仰望星空，脚踏实地。有理想与梦想，有实干与科创，业精于勤，薛业静一定会对痴恋的事业静下心"钻进"厚沃的泥土，把青春的"论文"书写在广袤的田野上，看一张张幸福的笑脸，听一阵阵舒爽的笑声。

我们都是逐梦人，我们就是筑梦人，我们会决战决胜扶贫攻坚后，走在全面奔小康的道路上，一如既往地续写美丽乡村振兴的鸿篇"论文"，交付人生满意的答卷。

# 荒坡种出"构"香"艾"果

## 梅　香　李国银

　　产业扶贫是指以市场为导向，以经济效益为中心，以产业发展为杠杆的扶贫开发过程，是促进贫困地区发展、增加贫困农户收入的有效途径，是扶贫开发的战略重点和主要任务。产业扶贫是一种内生发展机制，目的在于促进贫困个体（家庭）与贫困区域协同发展，根植发展基因，激活发展动力，阻断贫困发生的动因。

　　2016 年 11 月 23 日，国务院发布《关于"十三五"脱贫攻坚规划的通知》。通知第二章明确指出，农林产业扶贫、电商扶贫、资产收益扶贫、科技扶贫是产业发展脱贫的重要内容。

　　彭塔乡位于霍邱县东南边陲，大淠河西岸，全乡有 92.7 平方公里，辖 9 个行政村，岗、畈、湾并存，西高东低，西部为黄土丘陵，中部为白土畈区、沙壤湾地，西部有汲东干渠渠网密布，当家塘星罗棋布；中部库群缠腰，湾畈区之间小淠河横穿南北。受资源禀赋、地理环境、自然条件制约，工业基础薄弱，传统农业不强，发展较为滞后，脱贫攻坚任务十分艰巨。近年来，乡干呕心沥血，高歌猛进，辟路开河，能人创业反哺，挥洒汗水，一路向前，脱贫攻坚故事如涓涓溪流，温暖滋润你我他，朴素而感人，既有泥土的芬芳，也有汗水的酸涩、难心的泪水，更有收获的笑语欢歌。全乡发展安徽宝楮构树、金艾园合作社、金古堆黄桃园、慈佛园林、怡林旅游生态园、兴鹏科技生态园等六个园区就像"六朵金花"，我们选取三朵花开果香的故事说道说道哦。

## 第一篇章：构树撑起绿色梦

　　"风吹新绿草牙坼，雨洒轻黄柳条湿"的春天与"田中禾穗处处黄，瓮头新绿家家有"季节交替之际，正是户外游历之时。在 2020 这个特殊的时期，让人们更加关注健康。踏上生产园区食品安全探源之旅，构香客小云兴奋地说："不看不知道，一看还真是吓一跳哦。没想到我们消费的构树产品生产基地这么美!"

四五月间开始，昔日荒岗荒坡枯黄裸露的江淮分水岭如今却是生机盎然，满眼葱绿。站在霍邱县彭塔乡构树产业扶贫科技示范园丘岗坡地上，放眼瞭望，数千亩嫩绿密布的构树好似无垠碧海随风波澜，几处大塘波光粼粼，蓝天白云倒映；就连整齐划一的育苗养殖建筑也是既有气势又有画面感。

大别山构香六安店市场销售部总经理孙仁亮自豪地说："我们宝楮生态农业科技有限公司 2016 年开始陆续投资 7100 万元，建成年育苗能力 7000 万株的构树育苗基地、2600 亩种植基地，年产鲜构树叶 15000 吨；建成年出栏 15000 头无抗安全生态养猪场、2000 平方米构树生物饲料加工厂，两条饲料生产线年产构树生物饲料 20000 吨；已经形成集育苗、栽种、采收、养殖、加工、研发、销售为一体的全产业链生态循环构树扶贫科技示范园，去年 11 月，全省构树扶贫现场会就在我们园区观摩考察。我们已经开发出构树香猪、构树香鸡、构树鱼、构树虾、构树茶、构芽菜，等到你们游览和参观过种植养殖场所、品尝过构树产品全宴的时候，一定会更加赞不绝口的。"

构树田野里 60 多位员工正在不同的地方有序劳作，构香客有的乘观光车游览，有的品构树茶、听专家介绍，更多的观光客走进构树林采摘构芽菜，还有的来到 1300 平方米养殖示范大棚"大跑场"与构树麻黄鸡玩起抓鸡游戏、现场交易。

"用构树饲料喂养，全程不打抗生素，我们现在存栏还有 3000 多头育肥猪，可是鸡场、猪场你们丝毫闻不到异味。构香猪鲜肉无腥臭体味，抗氧化能力强，暴露于自然环境不变色发黑。食用口感鲜、嫩、香、脆，汁水丰富，入口爽脆不腻，入喉无颗粒感，有显著芳香回味。'构香猪'品牌与六安西商等合作，直供江浙沪一带。"产业园老总王敬利介绍说，为解决养殖的粪污问题，在构树循环基地建设 1 处粪污处理项目，采取厌氧发酵技术进行污水处理，园区铺设管道，建成喷灌系统，为构树生长提供有机肥，实现了园区外污染零排放。

十几口顺坡而建的景观塘，水泥护坡、路渠配套、四通八达，小钓台延伸水面、摆放有序，垂钓爱好者在太阳伞下悠闲地享受着"等待的幸福"；有兴趣的朋友还可以三五人一起野炊烧烤。

进入构树饲料生产车间，技术员李军和员工们正将一包包构树青储饲料按照牲畜、家禽、水产养殖配方加工，满屋淡淡的青稞味，带着丝丝甜香。带着我们参观的乡党委副书记吴跃广介绍道，彭塔乡构树种植面积 3000 亩，分布在慈佛寺、赵圩、松台、彭塔四个村，2018 年，构树种养循环基地投入 300 万元，新建两处构树饲料加工厂，年可生产构树饲料 20000 吨左右。每亩构树种植基地可产构树 6 吨，按 3：7 的比例配置进行饲料加工，1 吨构树可产 3.3 吨构树发酵饲料。2019 年，已加工饲料 10000 吨左右，主要用于园区构树猪、鸡、羊、鱼、虾等养殖。

老总王敬利兴致勃勃地给我们算了一笔账：建成年出栏 10000 头的猪场，2018 年 8 月第一批构香猪出栏上市。按每头猪 110 公斤左右测算，饲料成本（构树猪 700—900 元、普通猪 800—1100 元）最少可结余 80 元，抗生素及防疫（构树猪 50 元、普通猪 80 元）最少可结余 30 元；构树猪比普通猪每头最少可多盈利 220 元。2020 年是特殊年份，受非洲猪瘟影响，最高峰时，每头猪可盈利 3000 元，正常盈利 2000 元左右。现在存栏 3000 头，能繁母猪 400 头。存栏构树鸡 8000 只。此外，园区还与养殖大户合作，提供构树饲料，并进行回收，统一销售，年出栏 6 万只构树鸡。构树鸡比本地土鸡每只增收 40 元。

看着咯咯叫的 2 个养殖示范大棚里构树香鸡，小云咂巴着嘴说："构香鸡我已经品尝过，比普通土鸡还要香，不腻不柴，口感特好！"

负责喂养的老胡"很不谦虚"地说："我们养的构树猪和鸡以鲜嫩构树为主要饲料原料，经生物发酵处理后全程饲喂，不添加抗生素，经第三方专业权威机构检测，农药残留、重金属、抗生素均未检出。"他拿出检测单很权威地介绍，"大别山构香"麻黄鸡皮下脂肪较少，肌肉丰满，但肌间脂肪含量和香味因子比普通散养鸡增加 50% 以上，所以鸡肉香气更芬芳浓郁，鸡肉口感紧脆，不柴不粉，汤汁尤为鲜美，具有构树独特清香。"构树鸡产的蛋也与众不同，构树鸡蛋卵磷脂含量较高，富含锌、硒、叶酸，特别是 ω-3 脂肪酸含量高，能促进甘油三酯的降低，有利于心脏健康。"

构香客游览园区、采摘构芽菜一个上午，依然兴致不减，回到游客接待中心，有的亲手把刚刚采摘的芽菜现场制作，有的小憩喝着构树香茶。负责构树产品开发的小鲍不失时机地介绍，构叶具有类似人参的补益与抗衰老、稳定神经系统的作用，以构芽和叶为原料制成的构叶茶，能够抑制或消除自由基来防止细胞氧化损伤，从而达到延缓人体衰老的养生功效。同时构叶茶不含茶碱咖啡因，有利睡眠和休息，增强人体免疫力。

巧遇参与合作的德宝农牧（广东）股份公司副总周明钟，他表示，计划开发 200 亩花海乐园，按照旅游规划设计，新建蒙古包、游乐园，配置小步车，开辟网上代租、代耕、代种、托管模式，将逐步建成集观光旅游、餐饮、垂钓、采摘、休闲、娱乐于一体的构树产业文旅融合发展生态文化乐园。

正在锄地除草的丛大妈快言快语地说：我每天在园地里栽栽苗、除除草、育苗前采枝、剪段、扦插，活儿有得干，现钱拿到每天 65 元。薄地土丘的，流转给每亩 600 元，在家还能带孙子。你看，这儿的环境比往常还规整、清朗，还能挣到钱！你说幸福不幸福？说着，她先笑了起来！像丛大妈这样在园区务工的每天有一二百人。

每年 5 月中旬开始，彭塔乡千金田村就会组织贫困群众采摘第一批构树芽头。一大早，村民们就来到村构树园里按照技术人员要求开始采摘，然后送到加工车间里，把采摘来的芽叶像茶叶制作工艺一样进行分拣、杀青、揉捻、烘焙等环节制作成高质量的构树茶叶。贫困户倪有道说：我们每天有 100 元的补贴，活儿也不太累，很满意哦。村民兵营长杨道成说："这片土地是我们村集体租来的，共 100 亩，去年全部种上构树，今天组织全村有劳动能力的贫困户 30 多人到这里采摘构树芽头，制作构树茶叶，既增加村级集体经济收入，又带动贫困户持续增收。每天能采摘 600 多斤构树嫩叶，当天采摘、当天制作，第一茬能够实现村级集体经济收入 3 万元，一年能够采摘 3-4 茬呢。"

2019 年 4 月 15 日，彭塔乡首批构树鸡苗在西隐贤村发放，全乡部分村贫困户和养殖户纷纷前来选购。发放仪式上，王敬利对鸡苗供应、饲料配方、监控管理、回收保护价格等方面与养殖户达成共识、分户签订了合作协议。公司向养殖户提供全防疫麻黄鸡育成鸡苗 1.5 斤左右，养殖户领取鸡苗时预付一半保证金，余款在销售时结算，养殖户十分满意。首批安全发放到户 800 只鸡苗，总计 6000 只鸡苗与饲料配送给养殖大户。

"为积极推动构树产业扶贫，多渠道助力脱贫攻坚，我们通过群众座谈、入户走访、企业运作，在自愿、平等、互信、互利的基础上，提倡在部分村和部分贫困户开展构树养鸡，让他们先行先试，待条件成熟，群众得到效益，再进一步扩大养殖范围。"该乡党委书记宋晓辉更加看重的是构树产业发展对扶贫攻坚的巨大带动作用。尤其是循环化种植养殖，"林、料、畜、肥"等多位一体，以种植养殖专业合作社形式，创建林产业、种植业、养殖业、加工业、生物能源和有机肥料等产业链互相结合的绿色生态循环经济发展模式，实现经济、生态和社会效益的有机统一，带动周边贫困户（包括留守老人、妇女）通过在园区务工（除草、育苗、田管）、种养（公司提供猪仔、鸡苗、饲料、防疫、销售全服务）实现增收、稳定脱贫。

宝楮生态农业科技有限公司在慈佛寺、松台、赵圩三个园区共流转土地 2600

亩（含育苗 300 亩），每亩土地流转费 600 元，每年群众可获得流转费 180 万元，其中流转 152 户贫困户土地 800 亩，每年流转费 48 万元。松台、千金田集体经济和彭塔乡大户种植构树 800 亩，每年群众获得土地流转费 48 万元，其中贫困户获得 12 万元。常年从事构树育苗、种植等田间管理，以及在园区务工有 120 多人，其中本地贫困户 45 人，户均年增收 1.5 万元以上。构树鸡正在进行示范养殖，贫困户开始小范围试养，下一步将在全乡范围推开，为贫困户及一般群众提供新的增收方式。

"霍邱县彭塔乡是生我养我的地方，无论走到哪里，事业有多大，都永远忘不了我的家乡；助农增收是我多年不变的梦想，发展构树产业，带动群众增收致富就是感恩之心、爱心之梦、绿色之梦……"霍邱县第十届政协委员、安徽宝楮生态农业科技有限公司总经理王敬利用实际行动兑现了承诺。

王敬利，彭塔乡慈佛寺村人，80 年代初，他修过自行车，收过废品，因家庭贫困外出打工，在上海打拼，饱受苦辣心酸，但是长期磨炼也增强了艰苦创业意志，多行业学到了专业技能，找到了适合自己的发展空间，1995 年成立运输公司，2003 年成立上海乐天化工有限公司，2009 年在六安经济开发区成立安徽乐天化工科技有限公司。事业日益做大，他想着怎样拓展发展领域、做什么产业才能与家乡父老乡亲共同富裕连在一起？

霍邱县位于淮河沿岸，是人口大县、农业大县，连续 11 年荣获全国粮食发展先进县的光荣称号。但是随着经济社会的发展和人民生活水平的提高，原来以小麦、水稻等为主的传统种植业，因为投入大、效益低、结构单一等原因，难以实现由"农业大县"向"农业强县"的跨越。近年来，霍邱县围绕"农业强县"的发展目标，因地制宜，因市场制宜，进行农业产业结构调整，走出了一条绿色、高效的新路子，促进了农业发展、农民增收，也助推了扶贫工作顺利开展。彭塔乡是典型的丘岗地区，又处于淠史杭灌溉工程末端，生产用水成为制约当地农业发展的瓶颈。为什么不能换个种植模式呢？

一次北京学习中，中科院一个朋友说起构树产业是一个好项目，特别是 2015 年被国务院扶贫办确定为全国十大重点扶贫项目之一，王敬利开始认真研读政策和项目，而且跑遍全国各地构树产业发展基地考察学习，参考在北京学习培训相处的专家、博士、院士等建设性意见，坚定了回乡种植构树、发展构树产业链的决心和信心。

2016 年 11 月，王敬利开始返乡流转土地，全身心投入到构树种植产业园建设和产品开发、推广，园区配套建成干粉、颗粒以及发酵饲料等饲料加工生产线以及育苗、炼苗、科研大棚、院士工作站，以霍邱"养殖业强县"（年出栏百万头）为契机，建立标准化环保型的示范养殖基地。如今2600亩荒坡薄岭土地里，大片构树长势旺盛。这些都是使用他自己培育成功的构树苗。

在赵圩村，你可以看到50来岁的湖南省林科院植物学博士曹阳，面膛黑黝黝的，除了戴副眼镜，就像位农民一样，正在指导采枝做扦插和田间管理的群众，说话细声细语，不急不躁。2019年年初，痴迷构树研究的曹博士得知安徽宝楮生态农业科技有限公司王总在彭塔乡流转土地规模种植杂交构树，便欣然来到赵圩村常驻，筹建博士工作站并前期开展杂交构树扦插繁育技术落地，取得成功，在赵圩村建设育苗基地500亩，搭建大棚繁育杂交构树苗1000万株，可供2000多亩杂交构树原料林种植基地所用，大大降低了构树种植成本。

2019年5月24日，这是王敬利老总和乡党委政府领导及农户们都高兴的日子——霍邱县第一家"安徽省院士工作站"在彭塔乡挂牌成立，科技助推作为全国十大扶贫产业之一的构树产业发展成为现实。

3年来，霍邱县委、县政府悉心孵化培育，加快培育构树扶贫产业新业态，出台《在彭塔乡实施构树产业扶贫试点工作的意见》，对示范基地采取"8+3"扶持模式，"8"，即统筹产业扶贫、就业扶贫、退耕还林、粮改饲补贴、林木良种培育补贴、技能培训、电商扶贫、旅游扶贫等政策，"3"，即综合运用贷款贴息、经费补助、奖励等方式，大力支持彭塔乡构树产业发展；对市场主体实行"864"奖补政策，即种植构树2亩以上且当年保苗率达90%以上的每亩补助800元，第二年保存面积不减少的每亩再补助600元，第三年保存面积不减少的每亩再补助400元；加大财政资金投入，加强园区基础设施配套建设和周边环境治理，先后投入项目资金进行道路改造、渠塘整治、绿化亮化、粪污处理、喷灌系统、构树育苗大棚和养殖大棚等项目建设，支持企业成功申报印遇龙院士工作站并对工作站及广场建设给予配套。构树已成为当地老百姓的"致富树"。

院士工作站挂牌当日，中国工程院院士、中国科学院亚热带农业生态研究所研究员印遇龙一行走进构树种植田间地头，查看苗情长势，了解粪污固液分离、沼液发酵、喷灌模式；考察构树养猪养鸡，详细了解饲料配方、粉碎发酵利用，与技术员就科学配方、降低养殖成本、增加经济效益开展技术交流。印遇龙表示，将依托科学团队，研发、扩展构树养殖项目，支持构树产业做大做强，促进宝楮生态农业科技有限公司带动更多群众脱贫致富。

2020 年 6 月 11 日，中国工程院院士、饲料与动物营养学家、博士生导师李德发，中国农业大学教授杨富裕一行也专程来到彭塔乡调研构树产业发展工作，并就提升构树产业科技含量、开发杂交构树全产业链等问题进行探讨，努力打造全国构树产业示范点，占领行业制高点。他表示，在技术集成、人才培养、科技研发、饲料配方、项目合作等方面提供人才保障和智力支持。

8 月 13 至 14 日，北京师范大学中国扶贫研究院院长、教授张琦，河北农业大学教授侯朝和等国家构树扶贫调研组到彭塔乡调研构树产业发展工作，了解企业与贫困户利益联结、构树产业链发展、科技研发和社会效益。张琦指出，推广杂交构树是国务院确定的全国十大重点扶贫项目之一，在扶贫领域发展构树是做好带贫减贫工作的有效途径，是安徽省唯一调研考察对象。通过考察了解，认为该企业种养循环模式具有可复制、易推广的发展模式。

构树产业撑起王敬利的绿色发展之梦；吃过苦，受过累，经历过的贫穷困苦也让他终生难忘。不论在外地，还是回家乡，他始终不忘初心，把爱心放在扶贫济困上。他，在事业上有成就，在帮扶上有梦想，处处诠释着致富不忘乡亲的人间大爱。

## 第二篇章：与"艾"同行汇幸福

在南北朝《荆楚岁时记》中有"采艾以为人，悬于户上，可禳毒气"的说法，"清明插柳，端午插艾"，是我国千百年来留下的传统，把艾草插在门上或做成香囊挂在门上，可以驱蚊辟邪、静心安神，延续至今。有研究证实，艾叶燃烧产生的烟气有抑菌杀菌、抗病毒的作用，能抑制细菌和病毒在空气中的传播，起到预防流行性疾病的作用，对这次疫情也是强有力的防护措施。

"艾草芊芊，植于汤阴。疗我唇兮，佑工身健。"这是当年汉献帝赞美艾草神奇的疗效留下的诗句。艾草极易繁衍生长，对气候和土壤的适应性较强，耐寒耐旱，田边、地头、山坡、荒地均可种植。艾草产业是一个方兴未艾的绿色产业，也是一个具有巨大发展潜力的朝阳产业。如今，有着 2000 多年种植历史的小小艾草，在彭塔乡一跃成为群众脱贫致富的"金钥匙"、"幸运草"。

"我在这里上班感觉特别好，干了一段时间艾绒卷条加工，不仅没有感到累，反而把我的颈椎、腰疼病给治好了，这艾草作用太神奇了……" 2020 年 3 月 26日，室外春雨绵绵，室内却温暖安详，在霍邱县彭塔乡安徽大艾药业科技有限公司艾草加工车间里，西隐贤村李台组村民李勤边干活边高兴地说。

2020 年初，在认真做好疫情防控的同时，大艾药业公司艾条生产车间及时复工复产。公司负责人李永梅介绍：艾灸是指用艾草制成的艾灸材料产生的艾热刺激体表穴位或特定部位，通过激发经气的活动来调整人体紊乱的生理生化功能，从而达到防病治病目的一种治疗方法。新冠病毒肺炎疫情给人们生命安全造成威胁，通过中医专家医疗鉴定和临床应用，证明艾灸系列产品能够增强人体抗击病毒的能力，提高自身免疫力，这大大提升了艾产品在大众心中的全新认识。

为支援家乡全力打好新冠肺炎疫情攻坚战，安徽大艾药业科技有限公司向彭塔乡捐赠了价值 1.8 万元的 5000 多只艾条，还把艾条赠送到疫情重点区周集镇助力抗击疫情。

3 月 11 日，安徽省委副书记信长星，六安市市长叶露中、市政协副主席、霍邱县委书记刘胜在视察艾草生产加工基地时对西隐贤村这种发展模式、带动就业的好做法给予充分肯定。

让"艾"化解病痛，带给大家健康；让"爱"温暖弱困，引领群众致富。大艾药业艾绒扶贫生产车间、成品仓库里，幽幽清香扑鼻，沁人心脾。展示室里，分区域摆满花样众多的艾草成品。李永梅热情地接待顾客，边介绍着产品功能，边操作器具演示用法。

"你看，这个是便携式艾灸盒，可针对不同穴位、疼痛处艾灸，便携式设计可随时使用，缓解疲劳。"

"这个是艾绒被，轻巧清香提神，特别适合车内搭盖。"

李永梅快言快语地介绍，目前公司已经研发生产出艾绒枕头、被褥、护膝、暖宫贴、灸柱、肚兜、精油、座垫、艾草精油、艾叶茶、防蚊香膏等家纺、日化及药用三大类近百种产品，因其人性化、便携式设计，全身可用、品类繁多，深受众多女性、中老年人的青睐。随着人们对健康的追求，艾产品的应用更加全面。

说起创办大艾药业，李永梅陷入深深的回忆：你看我现在的面部还残留一点不自然，这就是错过了最佳治疗期。丈夫郭端良初中毕业后就到上海打工，收废品、开货车、当建筑小工。小日子过得有些辛苦，但也很满足。突变发生在五年前，我产后患了面瘫和强直性脊柱炎，到多家医院治疗也不见好转。所幸偶然间，经朋友介绍采用艾灸治疗。经过半年时间的坚持，病情有了明显好转。我们夫妇俩也因此与艾草结下了不解之缘。

在为妻子治疗过程中，郭端良对艾草有了更多的了解。艾草可以食用，可以做茶，可以做家纺类生活用品，还是温性中药，具有温经、驱寒、祛湿、杀菌、止血、抗过敏等功效，用途非常广泛。

"既然艾草用处这么广，市场潜力应该很大，种植艾草也许是一个好产业。"郭端良把想法告诉了妻子，没想到夫妻俩一拍即合。2017 年年底，夫妇俩回到家乡，开始艾草种植的各项准备工作。

2018 年元月，在省政府参事室扶贫工作队、村两委的大力支持下，郭端良夫妇成立了霍邱县金艾园艾草种植专业合作社，投入 200 多万元，流转土地 600 余亩，从湖北高价购买艾根，开始艾草种植。

"以前老家荒地坟堆经常可以见到野生艾草，但真正大面积种植，远村近邻都没有任何经验。"郭端良说。为了少走弯路，郭端良夫妇先后到湖北、河南考察，在村"科技专家大院"有关专家现场指导和他们夫妇的精心管理下，艾草长势喜人，收割艾草三至四茬，共 800 多吨。

郭端良夫妇艾草种植获得成功，也给村里贫困户带来了实惠。"我们回来创业，不就是为了造福乡邻吗？贫困户的土地愿意流转的，无论地块土质如何，我们都按照高价提前付清费用。"艾草专业合作社成立初期，郭端良夫妇就坚持这一原则。他们流转的三个村近百户土地中，其中有贫困家庭 31 户土地 300 余亩。

为了更多带动贫困户脱贫，郭端良还安排 30 多名有劳动能力的贫困户家庭成员在合作社务工。贫困户从善乐年事已高，儿子智障，一家人几乎没有收入来源，生活困顿。郭端良把他安排在合作社务工，每天收入 100 元。"我这老胳膊老腿的，到哪干活都没人要。小郭安排我在这里务工，到年挣了一万多元。加上土地流转的收入，我们一家收入近两万元。"

在创业过程中，郭端良夫妇也遇到过很多困难。2018 年初，几百亩艾草同时种植，上百工人分组操作。郭端良夫妇一边指导分工，一边亲自示范，每天都要加班到凌晨。一个星期下来，郭端良的体重下降了 3 公斤。艾根刚种下，又遇到 2018 年第一场暴雪。由于经验不足，田中墒沟没有处理到位，雪化之后，满田积水难以排除。为保证艾草发芽率，郭端良夫妇穿着胶靴踩着冰渣排水，田中一身汗，到家打寒战。谈起那次排水，郭端良记忆犹新。"没有苦中苦，哪有甜中甜呢！"妻子李永梅感慨地说。

郭端良深谋远虑，在有了原材料后，他与安徽中医药大学专家团队达成合作协议，依托科研机构研发更多新产品，延长产业链，提高产品附加值，带动更多贫困群众脱贫致富，让"艾"的故事唱响家乡每一个角落。

"艾"意蔓延，让"艾"化解病痛，让"爱"带领父老乡亲创造幸福。2017年底，李永梅和丈夫郭端良开始艾草种植各项准备；2018年初春，成立"霍邱县金艾园艾草种植专业合作社"，并以每亩600元租金流转西隐贤村1200亩用于艾草种植，其中流转贫困户土地占总面积的52.1%，带动32户贫困户，年增收37.5万元；常年在基地务工人员达80余人，吸纳贫困户就业45人，户均增收约7000元。

2018年12月16日—21日，霍邱县委组织部联合县扶贫办，借助中国出口信用保险公司扶贫资金，组织86个贫困村100名创业致富带头人到苏州干部学院接受技术培训。学习期间，郭端良非常专注地听老师讲解，还利用课间与专家交流。他想把"爱"的产业做强做深。

2019年，他和妻子又成立安徽大艾药业科技有限公司和霍邱县徽艾缘中药材种植家庭农场，带动周边群众自种1000多亩；由驻村扶贫工作队牵头引领，累计投入2000多万元，购置收割、运输、加工等机械设备20台套，拥有仓库3个、车间5个，建成办公、仓储、成品库、精深加工车间用房1700平方米。产品畅销，当年见效；2019年，企业支付农民土地流转费70余万元，企业经济效益600余万元，带动60多贫困户200多人稳定增收脱贫。

立秋时节，站在千余亩的艾草种植基地边，已经长到30公分高的艾草，一片绿油油的"苍茫"感，微风一吹，就如同海浪一般波荡着，郭端良和种植大户们情不自禁地笑容满面。

艾草种植大户葛少亮笑靥憨厚地说："我的田块与郭老板艾草基地连在一起，看到种植艾草一年的收入比我原来种植其他农作物要高得很多，成本还低，前景广阔，我就依照他的合作社种植模式当年种植、当年收益。我今年流转土地200多亩，估计每亩能收1000斤，今后10年，经济效益将会翻三番。"

目前，在艾草产业发展过程中，仅西隐贤村就有像梁其平、王永华、葛少亮、李永昌、李国军等周边群众纷纷跟着学、比着干，种植面积稳定增长。

种植艾草、发展产业，让这里的群众看到了希望，得到了实惠，脱了贫、致了富。郭端良感慨地说："我们种植的艾草一年可以收割4茬，年收入亩均在2500—3000元；如果深加工成艾枕头、艾草肥皂、艾草花露水等，不仅经济效益翻三番，而且还能持续带动有劳动能力贫困户10多个。"

走进艾绒生产车间，映入眼帘的是大大小小色彩艳丽的艾绒香包，清香怡人，香包袖珍精致，功效却丝毫不减，提神醒脑，驱虫避邪。正在装艾绒香包的是妯娌俩，配合默契，一旁8岁的李沛轩也在帮忙，她平时生活在上海，还没开学，回乡在大姑家。

"很喜欢香包的精巧与香味，走到哪都会戴着它们，散发着家乡的味道。"李沛轩妈妈欣慰地说。李永梅也感激地说：艾草产业稳定发展，得益于省政府参事室驻村扶贫工作队按照"四带一自""三有一网""三业一岗"产业就业扶贫模式引导支持，得益于彭塔乡党委、政府的高度重视和村两委的积极配合，帮助协调流转土地，因势利导，还成立科技特派员链接站和三区人才队伍，定期邀请安徽中医药大学等专家开展技术培训。

西隐贤村书记赵以松信心十足地展望美好的发展未来，采取"合作社+基地+农户"和"土地收益、种收双包、吸纳务工"三种带贫模式，已经在高楼村种植100亩、千金田村种植100亩、彭塔村种植300亩的基础上，西隐贤村准备再扩大种植500亩，由金艾园合作社负责艾根供应、技术指导、成品收购等，努力实现村有当家产业、户有致富门路、人有一技之长的稳定发展目标。

如今，有着2000多年种植历史的小小艾草，在彭塔乡初步形成了集艾草种植、生产加工、产品研发、销售服务于一体较完整的产业链，新兴产业正在广阔的田野上开花结果。金艾园合作社在不断总结经验，扩大种植规模，提高经济效益的基础上，把重点放在艾产品深加工和积极引导周边群众一起发展上，通过艾根提供、技术帮扶、产业带动，与这里的群众共同增收致富。

## 第三篇章："金古堆"上果飘香

初秋时节，当车辆驶入彭塔乡美丽乡村金古堆境内时，一种心旷神怡、环境优美的舒爽感默然升起，一改往日的颠簸与沮丧，这是一条刚修建的4.5米宽乡村级沥青扶贫大道——金陡公路。

自2019年金古堆村被列入美丽乡村建设以来，彭塔乡不断加大资金投入，积极争取项目建设。如今，金古堆村不仅有了东西、南北交通顺畅的沥青马路，而且拥有硕果满枝千亩冬枣园，还有翠冠梨、黄桃园、六安市怡林生态旅游服务有限公司，路边小品、小站、标识醒目。左（左王）单（单王）公路通往安徽宝楮生态园、金古堆村冬枣园的"金陡公路"已成为集交通、生态、旅游、扶贫于一体的乡村振兴靓丽风景，既方便了沿途群众出行，又延伸了彭塔乡现代农业观光旅游产业链条，有效带动更多群众加快脱贫致富步伐。

"金陡公路"沿线，标识着"最佳旅游地，最美黄桃乡"：满岗遍坡景色宜人，数千亩果园映入眼帘。如若阳春三月来，桃花、梨花绽放，粉的发萌，白的亮眼；如果初夏六月来，黄桃、翠冠梨硕果飘香；金秋十月，脆甜爽口的冬枣压弯枝头……昔日荒岗薄岭，今朝桃果飘香，华丽转身为村民脱贫致富的聚宝盆。这就要说起六安市农业产业化龙头企业、科技示范园、安徽省林业产业化龙头企业、安徽省农业产业化省级重点龙头企业的安徽金古堆绿色农业有限责任公司。

"丘岗贫瘠水如油，四季耕种望天收；汗滴禾下投血本，换来眉锁一空秋"。金古堆地处丘陵，地势崎岖不平，堰渠不畅，容易内涝，无雨即旱。传统农业只能果腹，有个天灾人祸，就陷入贫困阵营。

2009 年金秋十月的一个清晨，上海民办福祉教育集团董事长马子正、总经理马飞父子返乡寻求发展项目时，偶遇金古堆村民王敬义、李构保、贺修全等 20 户农民种植的冬枣喜获丰收，彭塔乡人民政府利用冬枣丰收的机会举办第一届冬枣节。冬枣园里笑声接连不断，隐贤街道组建的腰鼓队、舞龙队、跑旱船、唢呐等锣鼓喧天、热闹非凡。丰收景象让马家父子看到发展现代农业的美好未来。

经过多次赴山东沾化等地考察之后，父子俩终于下定决心，鼓起回乡创业勇气。"起初也只想搞个 400 来亩尝试栽植冬枣，见效后再扩大种植规模。"这个想法得到乡党委政府高度重视和金古堆村两委的大力支持，并立即派出乡村干部专抓班子跟踪服务，帮助企业办理营业执照、协调土地调整、化解民事纠纷。在群众的拥护下，连续 3 个月时间先后在金古堆村七树、岗坡、竹元、古堆、新塘、大塘、椿树等 9 个村民组流转土地累计 3200 亩，经过精心设计、周密规划、自费购买机械设备、修渠、整地，高薪聘请技术人员，吸纳失地农民进园区务工就业。

施工现场机声隆隆、田间地头人头攒动，每天上百名群众在金古堆村干部的统一调动和园区负责人指挥下，先后分区栽植冬枣、黄桃、樱桃、桑葚、翠冠梨等 8 大品种，最终筛选出冬枣、黄桃、翠冠梨三大主打产品，同时申报成立霍邱县气牛农机农民专业合作社和安徽金古堆绿色农业有限责任公司。多年来，规模越做越大，产业越做越强，农民就业人数越来越多，经济收入更加稳定，成为远近闻名的金古堆冬枣园。全国政协副主席王正伟，省委常委、六安市委书记孙云飞，市长叶露中，市政协副主席、霍邱县委书记刘胜等各级领导先后来园区调研考察。

安徽金古堆绿农公司 2010 年 3 月始建，逐年累计投资 6000 余万元。截至 2019 年已流转土地 4200 亩，其中冬枣 1000 亩、黄桃 1000 亩、水面 1200 亩、翠冠梨 800 亩，正常年景亩均收入 8000 元，支付土地租金每亩 600 元，支付劳务工资和生产资料成本 5000 元。多年来艰苦创业，在现代农业结构调整过程中取得丰硕成果，有效带动贫困农民稳定增收，促进江淮果岭桃果产业健康发展，创业者从中饱尝了创业艰辛与丰收喜悦。

今年 52 岁的邱传兵是彭塔乡金古堆村本地桃农，自从 2010 年将家里 13.5 亩花生玉米地流转后，加入黄桃种植大营。他过去种花生玉米，天旱效益低，碰上年成不好的时候还得贴钱，是种植黄桃改变了他的生活。他为人憨厚、干活踏实，如今在绿农公司当产业工人，还带领几十人一起种植黄桃。"以前是'穷忙'，现在忙着也开心。"邱传兵的话语里，透着对生活满满的信心和幸福感。

村里贫困户王胜前憨憨地笑着说："俺不懒不傻，以前就是找不着致富路子。"他将自家承包耕地 20 亩，连岗坡地、荒地、埂渠，以每亩 600 元的价格一次性流转给冬枣园，国家粮补自己得，年租金 12000 元；自己在园区常年干活，年收入 2 万多元，每天园区还免费提供三顿饭，2019 年他家就光荣地摘掉了贫困帽。

贫困户吴庆萍更是开心得合不拢嘴地说："2014 年，我家把 10 亩土地全部流转给了产业园，每年租金 6000 元，我在公司常年务工，一天能搞个百十块钱，一个月二三千块钱，收入比较稳定，早晚还能照顾家里老人和幼小的孩子上学。这样的好事哪里找？"看来，她享受到了农业产业扶贫带来的真真实惠。

像邱传兵、王胜前、吴庆萍一样情况的有 186 户，他们都通过流转土地、进园区务工实现精准脱贫、稳定增收。

金古堆园区副总经理李广多介绍，公司大力发展生态林果业带领群众精准脱贫，特别是六安市实施打造江淮果岭和淠河生态经济带战略以来，随着项目扶持政策的出台，乡里和公司发展的信心更大了。2019 年，黄桃园、冬枣园、梨园已发展到 3000 多亩，虽然遇到雨水灾情，但是亩产值也达 8000-10000 元，农民增收脱贫毫无问题。

2020 年 6 月，站在园区高处，望着满眼生机勃勃的果林和劳作的果农，年轻有为的公司董事长马飞谈起果园建设和发展，不仅显示出行家里手的专业，而且对产业发展促扶贫助困信心百倍。他娓娓道来：黄桃从栽种树苗到挂果采摘大概需要 3 年，在这期间，从种植到施肥，再到修剪和采摘，桃园长期用工量在 50 人左右，有效解决了周边村民的就业问题。目前，一期栽种的黄桃树已经全面挂果，正在推向市场。金古堆黄桃脆香可口，品质极佳，近年来的价格一路看涨；翠冠梨果皮光滑，果肉松脆细腻，汁多味甜，石细胞少，果核小，是目前砂梨系列中品质最好的品种之一，具有成熟早、产量高、适应性强等优点，是一款优良梨树新品。今年黄桃、翠冠梨几乎都是走订单销售，只有少部分桃梨由顾客上门体验采摘，供不应求呢!"我们有信心通过公司+农户+消费扶贫多种利益共享发展模式,让金古堆现代农业在江淮果岭中焕发青春、充满活力,让我的'家人'过上更加甜蜜的生活。"是啊,他这个土生土长的青年,早已经把父老乡亲当作自己的"家人"。

统计数据很枯燥,但是在马飞和"家人"看来却是非常温暖:2018 年金古堆冬枣 1000 亩、黄桃 1000 亩、翠冠梨 500 亩全面挂果,水面特种养殖 1000 亩,亩产值 5000 元左右,效益倍增;2019—2020 年产品产量、经济效益都比上年增长 10—20 个百分点。企业常年用工在 50 人左右,季节性用工 4500 多人;通过土地流转及务工脱贫 21 户 90 人,2018 年脱贫 4 户 14 人;另有 42 户 102 人通过参与企业土地流转及劳务就业,到 2019 年全部实现脱贫目标。

正在中彭生态农牧公司督查指导工作的彭塔乡党委书记宋晓辉说到顶层设计大格局:彭塔乡是六安市"六大平台"建设中的重要一环,是泌河生态经济带和江淮果岭建设重点乡镇。全乡有近一半的村是重点贫困村,建档立卡贫困人口近 7000 人。6 年来,乡里紧紧抓住政策机遇,支持园区扩大种植规模,充分发挥林果产业和现代农业资源优势,不断延伸产业链条;以农业产业化龙头企业为引领,以宝楮构树、金古堆冬枣园等为示范,多渠道吸纳贫困农民到园区从事生产服务行业,实现就地、就近就业致富,一鼓作气完成 28 项特色农业规模发展项目,并依据这一优势积极打造乡村生态旅游乐园,形成了"一村一品"的产业发展格局。目前,已有 22 家公司和 68 家专业合作社发展势头迅猛,安徽宝楮构树、金艾园合作社、慈佛园林、怡林旅游生态园、金古堆黄桃园、兴鹏科技生态园等六个园区就像"六朵金花"在彭塔乡这片热土上大放异彩。

扶贫攻坚取得丰硕成果,延伸到乡村振兴更将是一篇大文章。挥毫运笔、布局谋篇,需要多管齐下、步步为营。彭塔将在提质扩面上下功夫,引导更多社会资本进入,立足资源优势,采取有效举措,加快产业培育,让乡村振兴的路子越走越宽广,让我们的父老乡亲拥有甜蜜美好的未来。

# 红手印

## 张正旭

民亦劳止，汔可小康。——《诗经·大雅·民劳》。

历史昭示现实，现实辉映历史。摆脱贫困奔小康，一直是中国人民几千年来最朴素的追求。过上好日子、富日子、体面生活，是千百年来中国农民最大的梦想，而农民收入的增加是托起这一美好梦想最为有力的柱石。

手是劳动的工具，吃饭的工具，手也是一种信物。红色，是生生不息的颜色，象征着旺盛的生命力和火热的激情，传递的是希望和信心。这种信物很奇特，按上红色，是心与心的缔约，是时代使命与时代使命的复合，是一个大写的"人"字的一种注解与诠释。罗炜正是这样的人。

丹心书写扶贫路，攻坚克难情满天。

扶贫工作就是要耐得住寂寞、吃得了辛苦、放得下身段、看得见问题。

七里棚村，村部到长集镇街道仅七里路，因此得名。2014 年 10 月注定了罗炜与七里棚村一场命运搏击战。十月是金秋的物语，是点燃收获的激情，可眼下这片被贫穷落后蹂躏的土地却感受不到金秋的洗礼。从安徽省国贸集团下派的第一书记罗炜初来乍到，经过初步了解村情民情，除了震惊还是震惊：全村 101 名党员，党员生活长期处于停摆状态；村支两委人员貌合神离，使村支两委工作处于瘫痪状态，村集体收入为零；全村除一条通往镇上的主路外，没有一条像样的路；全村有 253 户 646 人贫困户，有的穷的连下饭的咸菜都没有……

腿是测量仪，眼是摄像机，心是成像资料库。当罗炜用两个多月时间，踏遍八平方公里的每一个村庄、走访了所有的贫困户之后，感觉自己仿佛是一艘帆船，被推到大江大浪的深处，浪涛汹涌，他在激浪中颠簸起伏。他深感这里的脱贫之路"远不止七里棚"，任重道远。在整个走访贫困户过程中，罗炜得到这样的结论：生活恐惧、生存恐惧无时无刻不扼住贫困人口思想的容器——头颅。心理暗示对人的心理影响特别重要，这个时候我们一定要激发体内积极向上因子，激活生活阳光正能量。在这个扶贫最关键时期，扶贫工作人员与贫困人员都要改变认知方式、思维方式、行为方式，把物质最大化的生活方向，人生观调整为心量最大化，集体服务意识最大化。他在笔记本上写下大大的"心"字，好似一朵迎风绽放的映山红，诉说着春天的气息。心需要穿着铠甲奋勇杀敌，这件铠甲的名字叫"决心、红心、信心"六个字。决心，是"志不坚者志不达，言不信者行不果"一枚钉子，牢牢地钉在时光的墙上，群众不脱贫绝不撤离的钢铁意志；红心，是流水在碰到底处时才会释放活力，满载激情工作，把心掏给群众品尝、赏阅；信心，是命运的主宰，不管遇到多大困难，不言放弃。"天涯路远我为天，只为奔向春天"，罗炜揣着"三心"神物，义无反顾地踏上荆棘丛生的扶贫之路。

思路是打开工作开局的急先锋，孙子兵法曰：不打无准备之仗，方能立于不败之地。千丝万缕疙瘩总有解开的绳头，罗炜第一步棋就是"解疙瘩"。罗炜深谙，扶贫工作能否干好，村支两委起到承前启后关键作用，一定要把村支两委涣散的心头疙瘩解开，再拧成一股扶贫直绳子，与贫穷做一场拔河比赛。第一书记的首要责任就是筑牢堡垒、带好队伍，沉心敛力，力拔山兮气盖世，是扶贫工作的根。"没有一个坚强的组织，仅靠一己之力是无法改变这一切的"。理清思路后，罗炜主持编写了《安徽国贸集团公司2014-2017年扶贫帮扶工作实施方案》、《七里棚村三年项目实施方案》，紧接着及时恢复组织生活，在村里相继发展7名40岁以下党员，培养后备干部，并在镇党委大力支持下逐步整顿、调配村支两委人员，让年轻有为、勇于担当、责任感强的新党员进班子，让软弱涣散"病态"班子壮骨壮胆壮机能，血脉充沛，痼疾除去，以健康的状态迎战扶贫攻坚的艰巨任务。

时光更迭，岁月辗转，大半年过去了，村支两委成员班子成员干工作生龙活虎，劲往一处使，形成了排山倒海的优势兵力。党员活动开展有声有色，"三会一课"正常运转，村里的歪风邪气、戾气及时刹住，有人敢管了。洁净的空间最适合心灵呼吸，干部的话无形之中成为感召力的助力器。经过断腕扼脉的村支两委干部调整，赢得了民心民意，群众看干部的眼神也从棱角变成了直角。

稳定村支两委队伍后，要出征打仗。打仗具体方案是：扶贫队长身先士卒，冲锋在前，肩挑最艰巨的任务，起到引领表率作用，每个责任扶贫人都要做到"三精准、三到位、一成效"：运用科学有效程序对扶贫对象实施精确识别、精确帮扶、精确管理的治贫方式；三到位：政策宣传到位、思想鼓励到位、协调服务到位；一成效：危房改造、产业帮扶、教育帮扶、金融扶持政策及配套的优惠政策等有成效。罗炜明白，贫穷是一种状态，而贫困，则是因为这种状态陷入的一种境遇。因地制宜，根据村情村貌，制定出的扶贫方针就是一面军旗，人在阵地在红旗在，每个帮扶人都是扛大旗的先锋者，只准前进，不准后退。

人要衣服马要鞍，将帅出征粮草先。罗炜的目标牢牢地盯在基础设施建设和产业扶贫上。罗炜通过"三多三少"的规律扇形开展工作：多面对面问询，少在乎集体汇报；多背对背求证，少关注人云亦云；多田野调查，少依赖材料。罗炜通过走访来的资料进行综合梳理，纵横交叉求和，得到较为客观的数据，那就是"诸疾内瘵，不通则痛"，这是致贫主要因素之一。治疗方案是，活血化瘀，通经达脉。罗炜经过一番辨证施治，对症下药，收效立竿见影：新修村组道路10余公里、加宽村主干道5公里，新修塘堰500多平方米，建设无线广播站一座，新修水利支渠15千米，建设200千伏和60千伏光伏电站各一座，改造高标准农田3000余亩，建筑面积约80多平方米的村为民服务大厅，从而解决居住偏远的5个村民组村民的出行难和农副产品外销难问题，光伏电站每年给村集体带来10万余元的经济收入，村里所有田块实现了旱涝保收；产业发展上，引进众诚家具厂进村落户经营，利用县扶贫项目和争取企业无偿支持等办法，引进麻黄鸡养殖，免费为贫困户提供5万多只鸡苗，让235户贫困户逐年加入养殖项目计划，联系县工投公司和龙翔公司免费为80余户贫困户提供皖西白鹅种苗2500只，2017年在七里棚村实现了贫困户产业扶贫全覆盖，并组建种植和养殖业合作社，还发展家庭休闲农场，发展乡村休闲旅游项目……

巧媳妇难为无米之炊，没资金怎么办？政府投资需要考察、报告、审批等环节。但脱贫工作，时间紧，任务重，需要打开思路找财源。这些数目聚沙成塔，是一座让人仰目的丰碑。殊不知这些数字的背后，是一个倔强的身影找单位"化缘"、找亲朋好友募集来的350余万元钱。

其间，有好多人说罗炜"傻"，让他扶贫，走走过场，蜻蜓点水仪式感足够了，何必充当拼命三郎的形象来打肿脸充胖子呢？也有人认为，人为仕死，鸟为食亡，罗炜利用千载难逢的好时机，"表现自己"，握紧金钥匙，下底层"锻炼锻炼，镀镀金，打捞一点政治资本"……热议话题辗转腾挪，莫衷一是。罗炜明白，所有的路都是脚步盛开的微笑，所有路途中铺满的荆棘都是微笑留给天空的剪彩。劳累、辗转、颓废、徘徊、崛起、迎战，一系列的词语雕刻着罗炜的心跳，雕塑着岁月成长的图腾。

罗炜脑海中挥之不去的是贫困户甘连书。甘连书是七里组村民，一个常年扶着"药罐子"打发日子的贫困人员，因身患糖尿病及腰椎病慢性病，不到50岁的人被病痛和贫困双重折磨着，额头皱纹纵横交错，脸色蜡黄灰暗，毫无生机，一双呆滞的眼睛仿佛被什么掏空了，目光分散着胆怯与无奈。四目相撞，只一刹那的交错，罗炜感觉心被蝎子蜇了一下。甘连书妻子，因一场车祸落下双腿残疾。因为两个人身体目前状况不允许他们从事种地强体力的活，几亩土地不得不流转出去，靠微薄流转土地资金缝补破破烂烂的日子。绝望像幽灵一般钻进了甘连书的心头，死亡的气息扑面而来。

从第一次登门随访，到多次谈话中，嗅觉灵敏的罗炜已经嗅到了不测，为了消除甘连书的负面情绪，罗炜绞尽脑汁，形成了一整套的应对措施：心理疏导，迫在眉睫，数次上门与夫妻俩叙谈，拉家常，输灌国家扶贫政策，说一些比甘连书更困难家庭脱贫励志故事……一束阳光足以改变黑暗的笼罩，见甘连书思想有了改变，不再垂头丧气，眼睛里闪烁着期盼的光芒，初战告捷，罗炜乘胜追击，实施第二套方案：亲自送去免费麻黄鸡苗 200 只，手把手教他如何科学养鸡。在这期间，罗炜还安排甘连书去省城大医院检查病情，并得到更好的治疗。甘连书的思想有了磁场反应：阳光明媚，坚信自己在党委政府关怀、在扶贫干部大力帮扶下，自己努力，一定能爬出山坳低谷。见甘连书身体健康状况一天比一天好转，眼睛有了亮光，脸色朗润，罗炜的心里比吃着蜂蜜还要甜。罗炜在村里家具厂帮他联系了一份轻体力的工作，增加经济收入。2016 年，甘连书一家纯收入跨过 6000 元大关。

"不是罗叔叔，我不可能重回校园圆上学梦"。这是一个十二岁小女孩满怀感激的肺腑之言，宛若百灵鸟扑棱着翅膀拥抱蓝天白云。

贫困户胡学文因经济困难，12 岁的孙女辍学在家。列夫·托尔斯泰说："幸福的家庭都是相似的；不幸的家庭各有各的不幸。"眼前的小女孩不正是一朵绽放的迎春花吗？"决不能让小姑娘辍学，我们要给她一双隐形的翅膀！"罗炜马不停蹄回到集团为小姑娘筹集到善款 3000 元。罗炜揣着钱，又风尘仆仆赶回来，联系上了学校。罗炜把小姑娘送进了朗朗读书声的校园。

把平凡的工作做好就是不平凡，把普通的工作做好就是不普通。四年来，罗炜通过申请"雨露计划"、社会募捐等方式，为全村解决 35 名贫困户子女上学问题。这些数字背后，深藏着罗炜润物细无声的奉献情怀。

为了增加贫困户就业岗位和收入，他带领村支两委村干一起将霍邱众诚家具厂引进七里棚村里落户经营，目前在厂务工的 20 名工人中，贫困户就有 5 人，每人每月工资收入不低于 2000 元，实现了"一人进厂，全家脱贫"。

2017 年 4 月 7 日，陪同全国政协王正伟副主席到七里棚村开展督导调研的全国政协常委、人口与环境资源副主委吴双战，看到这里的产业扶贫后说，"这里的经验做法值得在全国推广"。

面对如此高的评价，这位从农村出来、大学毕业后又在农村工作过的汉子有些忐忑不安："我熟悉农村的人和事，与他们有种天然的感情，能做这些是应该的；再说扶贫工作本身对我教育挺大的，让我更知道怎样做人做事！"

在七里棚村，现在从外貌上已看不出今年44岁的罗炜是省城下派的干部，因为常年的田头奔波让他体表完全变回了农村人，情感与百姓早已融为一体。

"他为扶贫太投入了！"这句话是家里家外人对他的评价。"为了扶贫，他三年中节假日基本上都在村里度过的，家里的事几乎没有过问过"，妻子动情地说。的确，自从驻村那日开始，他把家就甩给了妻子。驻村时女儿正值高三关键时期，作为父亲，女儿高三那年他没有完整地陪过一天；作为儿子，七十多岁的老母他却很少能抽出时间去探望。有时到省城跑项目、去募捐，他也是常常三过家门而不入，即便有时在家住一晚，也是为村里节约点住宿费。

他对扶贫工作的用心用情感动着自己单位的集团老总。单位原定一年支持村里10万元扶贫经费，被破格提升到30万，集团党员干部共有40余人自觉加入七里棚村结对帮扶队伍中。

为了扶贫，他付出了很多，也收获了百姓的口碑和组织上的信任。五年来，全村共有243贫困户634人顺利实现脱贫；村基础设施和公共服务设施建设有了质的飞跃，村组环行道路网初步形成；在全村建档立卡贫困户中实现了产业扶贫全覆盖，全村养殖麻黄鸡200只以上的贫困户和农户达到380户（其中贫困户有198户），占全村总户数的42.8%，成为全县"十大特色产业村"之一，2017年12月顺利实现"户脱贫村出列"目标。

"一个村庄，不只是成百上千人的生存聚集地，更是中华民族的原始母体，是灵魂的根植地和出发地。"共同致富的氛围逐渐在村里形成，村干部想事干事的热情被激发。

2017年6月18日，新华社安徽分社记者以《烙在心底的红手印——献给战斗在扶贫一线的"第一书记"们》为题，对安徽选派的2万名在任扶贫干部中，被群众摁"红手印"申请留任的7名"第一书记"感人事迹进行了专题报道，而报道中排在第一位的便是安徽国贸集团驻霍邱县长集镇七里棚村第一书记、扶贫工作队长罗炜。

群众心中有杆秤，红手印，中国老百姓表达意愿的庄重形式。2017年5月，听说罗炜任期即将结束，七里棚村的群众愁上眉梢：这么好的书记怎么舍得让他走呀！为了能留住心中的好书记，贫困户张义山带头在村民大会上提议，"俺们摁手印，央求上面把他留下来！"一句话点醒梦中人，于是一份摁着近百人手印、包含浓浓深情的申请成了群众挽留的期望。在村党员点评日上，党员们异口同声："让罗炜留任！"

这每一个红手印的背后其实都印证一个个感人故事。因扶贫工作业绩突出，他被安徽省扶贫开发领导小组授予"安徽省社会扶贫先进个人"、被安徽省委组织部、省扶贫办、省人社厅、省财政厅授予"全省优秀选派帮扶干部标兵"等荣誉称号；连续五年的年度考核都在优秀等级。

无论是"五谷丰登、物阜民康"的美好愿望、"无处不均匀、无人不饱暖"的理想追求，还是"存百姓""厚民生"的治世之道，中华民族"汔可小康"的呼唤与奋斗从未停歇。煌煌中华文明史，就是一部与贫困持续斗争、向小康接续奋进的创造史。此时此刻，成千上万的"罗炜"就像苍穹里一颗颗启明星，在扶贫攻坚时代浩瀚的经纬里谋篇布局，默默地唤醒黎明。

# 把家扛在肩上的女人

## 潘　梅　赵广才

　　霍邱县宋店乡砖店桥村，有位传奇女子，叫焦林萍。

　　似乎每位宋店的乡亲们，对她的认识都不同。做水产品的生意人说她信誉好，收购小龙虾等价格公道、童叟无欺；镇上宰杀牛羊的小商贩说她能吃苦，宰杀剥皮利索，"比男人还男人"；跑长途的货车司机们提起她，都会翘起大拇指，赞她总有股狠劲，一个人拉货千里长途跑个来回很是家常便饭。甚至霍邱一中的老师们也知道她，因为两个女儿被她教育得很出色……而砖店桥的村民提起她，都会肃然起敬，说她是带领全村40多个贫困户脱贫的"领头雁"。她的事迹在当地广为流传，其中更让人称赞的，是她割肾救夫的感人故事。

　　机缘巧合，我们终于踏上了去采访她的旅程。

　　从六安市到霍邱县，近两小时车程，途经宋店乡政府，又拐进了一条羊肠小道，虽窄了些，却是村村通的水泥路，路况很好，在乡宣传委员赵广才老师的引领下，轻易就找到她家。

　　因提前有联系电话，一下车就见她丈夫刘期全站在门口迎接我们。这位憨实的汉子搓着双手，爽朗地对我们笑着说："来了？快进屋。她正在里面忙呢。"

　　话音刚落，我们就见到一位再普通不过的霍邱农家女子：罩着一件泛旧的外套，扎着没有任何花哨的马尾，柔弱的身形站在人群中，似乎一眨眼就被淹没了。

　　她言语不多，声音低沉，透着一种不符年龄的嘶哑。常年不曾护理的脸上，满是风吹日晒的褶皱，却始终洋溢着浅笑，羞涩又腼腆。

　　赵老师是善心人，对她家情况非常了解，不时给我们介绍；她丈夫刘期全也很健谈，很快，焦林萍便融入了采访，显得不再拘谨。

　　2001年，俊俏的焦林萍嫁给了比她年长两岁的刘期全。刘期全在岔路镇街上有一上一下的两间门面房，做着收购小龙虾、黄鳝、泥鳅等水产品的生意。次年，他们生下一个可爱的女儿。丈夫忙着小生意，妻子看家带孩子，用刘期全的话说，他舍不得妻子劳作，家里有他一个劳动力就够了。

这对年轻的小夫妻很是恩爱，两人从没红过脸、闹过一次别扭。刘期全天性豪爽，骨子里有种义气，时常邀朋友一起喝酒。焦林萍对此也不恼，她认为，男人，就应该这样。一家人的生活和和美美。

谁料，天有不测风云。2006 年，第二个女儿出生不久，刘期全突然感到身体不适，四处寻医，最后被确诊为重度尿毒症，若想根治——换肾。这一噩耗无疑晴天霹雳，让焦林萍顿时觉得，天都塌了！那至少 30 万起步的手术费用，让这对夫妻望而却步，无奈之下，他俩只能拿出家里仅有的两万元通过透析保守治疗。

可在病魔面前，这点积蓄显得那么微不足道，很快见了底。焦林萍为了丈夫能继续治病，毅然用瘦弱的双肩担起了家庭重担，她一边拾起丈夫的生意，一边照顾病重的丈夫和两个年幼的孩子。

每天，焦林萍早早起床为丈夫做好饭菜，洗好衣服，然后独自在住房门前张罗水产品的收购生意。其间，抽空给孩子穿衣喂饭。为了保证水产品的质量，收了摊点，再四处联系买家打包运走。

每一天，她都异常忙碌，身骨也更加瘦弱。焦林萍经常抱着孩子陪丈夫到县城医院进行血液透析或观察治疗。有时一个星期要透析两三次。每当刘期全病情严重时，焦林萍就停下生意，陪丈夫到六安、合肥等大医院进行紧急治疗，短时几天，长时要二十天左右。住不上院时，他俩就住价格便宜的小旅店。

说到这里，刘期全不好意思地挠挠头："透析时我每次都要从肾上过五斤的水，脾气也糟得很。真是难为她了。"

焦林萍听了低首对我耳语："他很可爱的。"

夫妻俩现在都不忍回忆那段痛苦的经历。刘期全的病，就像一个巨大的黑洞，无情地吞噬着这个家庭的幸福。高额的费用很快让这个小小家庭陷入负债累累的境地。

2007 年，焦林萍为了筹钱给丈夫续命，不得不含泪卖掉门面房，开始租借别人的房子继续做生意。租房过程一言难尽，有着焦林萍最不愿回忆的痛楚。先后曾有七八家房东拒绝把房子租给她，都说她一个女人拖着两个孩子，还带着病重的丈夫，很不吉利。她听得懂别人未尽的言语：都怕刘期全病逝在自己的出租房里。

这些话就像一根根尖锐的长针，狠狠地扎进她柔弱的心里。她更是心疼丈夫。可生活再艰辛，她也很少当着家人的面流泪。她知道，她现在是家里唯一的顶梁柱，她连哭的资格都没有。只有更深人静时，眼泪才敢如霍邱西城湖的水，无语静流。

为了做生意方便，也为了尽可能不让丈夫出门治病时遭受风寒或因行走过度劳累而加重病情，2008 年，她考了驾照，又向亲朋借钱买了辆二手轻型货车。

从此，她每天上午开车到处收购、销售水产品，下午开车送丈夫去医院。在病情相对稳定时，她起早贪黑开车拉货跑运输，想尽一切办法挣钱。

在仲夏水产品刚上市时，她还得在凌晨两三点独自去 15 里外的三流乡收购。乡下夜黑，她头顶着笨拙的矿灯帽给自己壮胆、照明。不止一次有人好奇地问她："姑娘，你怎么一个人啊？司机呢？"她每次都含糊地一句带过。她很少诉苦，更不喜欢揭露伤疤以讨得别人同情和怜悯。就像她自己说的："俺不想欠太多的人情，俺怕这辈子还不了，怕背着来生账……"

最让她后怕的是，有一次拉鸭子从霍邱去河南，来回三趟、整整三天两夜没合眼。只趁别人逮鸭子的空隙，才稍作打盹。再困、再累，她也不敢休息，她怕雇主找了别人的车。在最后一次回头拉活时，严重睡眠不足的她把车撞树上了。车坏了，人也受了轻伤。那一刻，她懵了，也吓坏了，瑟瑟发抖。无助的她第一反应打电话给丈夫。在接通电话的瞬间，她听见丈夫的声音，顿时泪如雨下，此时她好想扑进丈夫的怀里，说她害怕。可是，她紧紧捂住自己的嘴巴，尽可能不让自己发出一丝哭泣的声音，轻描淡写地在电话这头说：嗯，嗯，没事、没事，俺就是想你了……她不让丈夫知道自己出了车祸，不想让丈夫担心。

水产品淡季时，焦林萍跟人学了宰羊剥皮卖肉的手艺。她成了镇上唯一的"女屠夫"，生意居然是最好的。可每天收工后，焦林萍双臂酸胀，无力下垂，根本没有力气再举起来，连人都是飘的。有时她也会带着刘期全来帮忙，她说自己两只手都血淋淋的，不好收钱……

曾经，焦林萍的双手秀美白净，可现在再伸出来，已经绝不会让人看出这是双女子的手——不仅黑黢黢的粗糙皲裂不堪，而且，十指的指甲都已经剥空了。焦林萍顾不得打扮，她所心心念念的，有丈夫，有孩子，有公公，唯独没有她自己。

村里知道她家困难，让刘期全享受了一定的医疗费报销。尽管如此，还是入不敷出，从丈夫生病到 2016 年底，其家庭负债已高达十几万元。

为了节省租房开支，焦林萍带着家人住进了好心人提供的两间鱼棚里。一住就是两年，直到修塘拆迁。

为了帮助这个不幸的特困家庭，宋店乡和砖店桥村乡村干部为刘期全申办残评、残补，为她家申办低保救助、申办贫困户，并想方设法争取民政救助和学生上学困难补助等资金，私企老板曾自发为她家捐款，帮助她缓解家庭的经济压力。

解决住房是头等大事。2016 年，乡村干部再次共同献爱心，并通过乡村干部捐款、社会捐赠和争取危房改造项目资金等方式，为她家在砖店桥村盖了 3 间 60 平方米的砖墙瓦房。她跟两个孩子说，自家的房子叫"爱心房"，垒砌它的不是硬邦邦的砖瓦，而是一颗颗爱心。等你们以后有能力时，一定要把这份爱心传递下去。

可是，还没有来得及感受爱心房的温暖、明亮，刘期全的尿毒症病情突然急剧加重。如果再不进行换肾治疗，他随时都有去世的可能。焦林萍心急如焚。丈夫的安危、巨额的医疗费都是压在她身上的座座大山。她突然想到自己的双肾，不知合不合适呢？她瞒着所有人，悄悄同丈夫到合肥安医作了配型检查。她想，万一配型成功那该多好！

奇迹！一对毫无血缘关系的夫妻，竟然真的配型成功，可以作移植手术。焦林萍瞬间就像做梦一样，她喜极而泣，形若癫狂，抱着刘期全欢呼：天啊，你有救了！你有救了！三十多岁的她，竟雀跃得像个孩子。刘期全也怔住了，他没想过会匹配成功，他只是单纯地想满足妻子的心愿。等平静下来，他坚决反对让妻子为自己承担风险。

双方家人知道后，也是竭力反对。万一手术不成功，不仅救不了刘期全的命，就连焦林萍的自身健康都会受到严重影响，那这个本来就处于风雨飘摇之中的家，瞬间就会倾塌……

焦林萍虽然早做了决定，却也有踌躇。她不是为自己的身体健康考虑，她是想到了两个正在读书的女儿和年迈的公公。一旦手术不成功，再欠下一笔巨款，可怜家里的老人孩子，以后就会无依无靠，饿了，谁给他们做饭？冻了，谁给他们取暖？焦林萍的心又揪了起来。

但是，如果不尽快做移植手术，就只能眼睁睁地看着丈夫被病痛折磨，随时都有生命危险，医院已经多次下病危通知书……

焦林萍前思后虑，最终为了这个家，她放手一搏，不顾丈夫和亲友的劝阻，决意取出一个肾移植给丈夫。

这已经无关爱情了，于她而言，这是一份发自内心的责任，一份自认为对家庭必须付出的无怨无悔的责任。

经亲友的再次借款相助和充分准备，2017 年 3 月 3 日，焦林萍夫妻在合肥安医做了手术，焦林萍的左肾被移植到刘期全的身上，并且手术非常成功。又经过 3 个月的巩固治疗，焦林萍夫妻怀着重生后的喜悦回到了家乡。

移植手术虽然借款 12 万元，但通过"351"和"180"医保政策报销之后，实际开支还不到 3 万元。当焦林萍拿着医保报销款逐一退还给亲友时，亲友们一致决定：留作创业，日后再还。焦林萍心怀感恩，暗下决心，一定要脱贫致富，不辜负所遇的每一份救助和善意。

随着产业扶贫、低保、残疾人补贴等各项脱贫攻坚政策相继落实到户，更加坚定了焦林萍脱贫致富的信心。

献了一个肾脏后身体还很虚弱的焦林萍对丈夫刘期全说："俺是一个不认命的人，靠自己努力能够解决的，决不依赖政府。现在房子有了，病也治了，俺们要加倍努力，早日脱贫，不拖后腿。"

因为换肾后的夫妻俩都无法从事较重的体力劳动，焦林萍选择了劳动强度较轻的产业项目——养殖业。从此，焦林萍羸弱的身影更加风风火火，从不肯有片刻停歇。

在村两委会的帮助下，她养殖了 200 只麻黄鸡、10 亩龙虾。待身体逐步恢复后，她创业脱贫的劲头更足，又重新做起了水产生意。

为了让上高中的大女儿集中精力学习，焦林萍每天上午做完生意都会到县城给她洗衣做饭，陪伴她读书学习，直到第二天凌晨两三点，再和睡梦中的女儿告别，匆匆赶回家中，开始新的一天周而复始的忙碌。

眼见刘期全身体逐步康复，焦林萍把养殖业交给了他。她自己开着一辆小货车四处贩水产、跑运输，闲暇时还帮人打零工，千方百计增加家庭收入。她曾为了 2800 元的运输费，一个人为一个搬家公司跑了趟江苏。回来后刘期全心疼地拉着她，问她怕不怕，她想了想说：怕啊。天忒热，太阳忒毒，俺怕车在高速路上爆胎……

2017 年年底，焦林萍一家纯收入达到 5 万元。生活又有了新气象。

2018 年，是焦林萍脱贫变化最大的一年。在村两委积极协调下，她流转了 20 亩土地，进一步扩大了龙虾养殖面积。

产业壮大了，焦林萍向前再冲一把的思想就更加强烈。她对刘期全说："现在国家有扶贫小额贷款，俺们也贷一点用在养龙虾和发展水产品生意上，相信俺们一定能够还得起，并能够做得更好。"刘期全在焦林萍的劝说下，申请了 5 万元的扶贫小额贷款，夫妻俩将这笔资金投入到水产品收购和龙虾养殖上。

这一年，焦林萍一家的纯收入比上年翻了一番，生活质量再上一个台阶。

2019 年，可以说是焦林萍最幸福的一年。曾经因为家庭贫困一度想辍学的大女儿，在母亲自强不息的精神感召和循循善诱下，奋发图强，顺利考上本科大学；小女儿也考上县内省级示范高中。而家里，产业正逐步壮大，收入越来越稳定，教育、医疗、住房全部得到保障，焦林萍一家顺利实现了脱贫。

当拿到女儿的大学录取通知书和大红的《脱贫光荣证》时，焦林萍终于抑制不住，流下了幸福的泪水。往日的所有心酸，在此刻，都烟消云散了。

这一年，焦林萍被表彰为"安徽省最美巾帼脱贫攻坚人"。

正说着，焦林萍大女儿视频电话来了。焦林萍让丈夫先接，自己则匆忙去换了件体面点的衣裳。当然，这种体面，也是相对的。见我们不解，赵老师解释说，孩子们很孝心，见母亲自己舍不得添衣物，大女儿就勤工俭学给母亲买衣服。焦林萍反过来又怕委屈了孩子，每次视频，都会刻意先拾掇一下……人世间最温情的善和暖，大抵如此吧。

焦林萍一直是个懂得感恩的人，她从没有忘记，是乡村两级党组织和乡亲们，在自己最艰难时，一次次伸出关爱援助之手。如今，自家脱贫致富了，当然也要尽最大的力量去回报家乡、回报社会。

从 2017 年起，每到龙虾上市期和水稻生长期，焦林萍都会在自家门口开启"小讲堂"，向周边的贫困户提供龙虾市场交易信息，讲解稻虾共作技术、水稻病虫害防治等常识，帮助他们及时了解市场信息，掌握种养技术，提高产品品质，增加经济收入。

焦林萍还利用自己开车收购水产品的便利，帮助贫困户代购代运小龙虾种苗、饲料等，到各村田间地头去收购成品龙虾，打开贫困户的销售渠道。她不计辛劳，不图回报。

焦林萍扶贫又扶志。她会以自己脱贫的经历去鼓励有畏难情绪的贫困户，言语真诚："俺家这么难都能挺过来，你们还有什么理由放弃呢？只要你想干，不懂的都可以来问俺，俺们一起干，一定能脱贫致富。"

乡亲们对她都很感激。村民顾纪成，每到小龙虾收获季节，就情不自禁地想起焦林萍，逢人便说："多亏焦林萍帮忙，鼓励俺养殖小龙虾，不然俺家还没脱贫呢。"

像这样通过传授技术等，三年来，焦林萍带动全村 40 多户贫困户，依靠"稻虾共作"产业实现了脱贫。

焦林萍，一个看似柔弱的女子，却把一个家庭的重责扛在肩上，在脱贫致富的康庄大道上，留下一路动人心弦的传说。

# 扶贫路上"追梦人"

## 王太贵

春回大地。立春之后，风就变得柔和而温润了。地处淮河之畔、城西湖边的霍邱县邵岗乡，田畴一片碧绿。人勤春来早，忙于春耕的人们踩着肥沃的土地，在春风中描摹着新年的希望。加工厂、苗木基地、果园、养殖基地，到处呈现出一派紧张而又忙碌的景象……

"我要好好读书，等我长大了，一定要报答陈叔叔的关爱之情……"小学六年级、家住邵岗乡沣河村竹园村民组的汪玉祥，用微微颤抖的声音，含泪读完了自己写的发言稿。此时，邵岗乡政府大院内正在举行一场感人肺腑的捐助仪式。

"我们乡此次安排 20 名特困留守儿童，每人获得 200 元钱和两箱鸡蛋，全部由尧塘村养鸡大户、俊远禽业有限公司董事长兼总经理陈俊慷慨捐助。尤其是对汪玉祥这样品学兼优、家庭特困的学生，陈俊承诺实行一对一帮扶，一直到大学毕业。"该乡关工委主任王顶刚乐呵呵地说。

1994 年，因家庭贫困，高中毕业的陈俊不得不辍学归家，不会农活的他看到身边的年轻人都出去打工挣钱，想象着闪烁的霓虹灯、繁华的都市生活，也想出去闯一闯。一位负责劳务输出的亲戚分别在北京、上海、广州等大城市，给他物色了工作岗位，每个月的收入也很可观。但这位西湖岸边出生的穷小子萌生了在家创业致富的梦想。干什么好呢？养鸡行不行？他的奇特想法当即遭到亲人们的反对。然而，他是一个有了想法就愿意付诸行动的人，说干就干。陈俊东拼西借凑了 1000 多元钱，买了 400 只鸡苗，开始自己的养鸡生涯。

"我有一个梦想，农民也能过上城里人一样的生活，不再受苦受穷，脸上开满幸福的花。"凭着一股子韧劲和毅力，他为这个梦想咬牙坚持着。

万事开头难。第一次养鸡，没经验、没技术。但陈俊不怕难、能吃苦。他总是想，别人是两个肩膀扛一个脑袋，自己也是，只要自己努力，别人能干成的事，自己也一定能干成。没有经验，他就找高手请教，不辞辛劳远到六安、合肥，近到周边乡镇向养殖大户请教。没有知识，他就节衣缩食省下钱来买养殖技术书籍。他白天喂鸡，晚上再一页一页地看那些养鸡方面的专业书，整理别人传授的养鸡经验，一点一点地琢磨养鸡技术。2001 年，陈俊再一次扩大养殖规模，又从亲戚那借了4000 元，购买了鸡苗。这个亲戚为他捏把汗，天天要来看鸡，担心鸡养不成，他的借款就泡汤了。

最难的要数卖鸡蛋，那时从村里通往集市的小路凹凸不平，一下雨更是泥泞不堪。有一天，陈俊装了满满两挎篓鸡蛋，骑着自行车带到集市上去卖。就在离集市还有 2 里地的时候，突然狂风大作，下起了暴雨，由于没带雨具，浑身被浇个湿透，小路又湿又滑，车子不但没法骑，而且推都推不稳，陈俊一个趔趄，滑倒在地，车子翻了，鸡蛋打了，陈俊的泪水和着雨水哗哗流淌。2013 年全国发生禽流感，有的养鸡户为减少养鸡损失，把成年鸡迅速脱手销售，而陈俊却严格执行国家政策，忍痛将 2 万多只成鸡进行无害化处理，挖坑深埋地下，一下子亏了 100 多万元。

吃了苦中苦，方得甜上甜。有多少付出就有多少回报，陈俊始终把这句话当作人生信条，这句话始终激励他往前走，走出困境和坎坷，走出了一片艳阳天。通过不断的学习和实践，陈俊逐渐摸索出一套蛋鸡养殖技术。他的养殖规模也开始从400 只到 500 只，从 500 只到 1000 只，从 1000 只到 80000 只不断扩大，养殖面积达 1.1 万平方米，他卖鸡蛋的工具也由最初的自行车到脚蹬三轮车，再到电动三轮车，后跑起四轮面包车。通信工具也由电话到手机，由手机到电脑，信息化已经在他的养殖产业中发挥了极大作用。陈俊的生活就像芝麻开花节节高，最初的苦涩和泪水也在心底化成了甜蜜。

"这四座标准化的养鸡圈舍内，8 万多只母鸡正在觅食，圈舍外的几个工人熟练地装着鸡蛋。除装蛋外，所有的工作都由眼前这几台巨大的机器设备完成。"陈俊说："之前，我一直利用老式圈舍养鸡，人不仅累，而且成本还高。县里和乡里组织我们去江苏、山东等地学习参观取经，又与安农大和中国农业大学的养殖专家不断进行电话和网上联系，解决了很多技术难题。买了几台设备花费 100 多万元，因为科技成分很高，可以自动投料、自动饮水、自动刮粪、自动控温，既省心又省力，还节约了不少人工成本。现在，标准化圈舍只需要请几个工人帮忙装鸡蛋，而且只要设备保养得好，每个月的折旧费仅需 500 元，节约了每月两万多元的工人工资，很是划算，科技确实是生产力啊。"说起新型标准化圈舍和养殖设备，陈俊一脸自豪和高兴。

"公鸡母鸡分笼饲养，用人工的方法使他们交配受精，直到可孵化种蛋，再通过 21 天出小鸡，60 天育成，120 天产蛋。"陈俊一边捡着蛋槽里面的鸡蛋一边介绍，"蛋鸡从小鸡到淘汰鸡一般是 24 个月，如果鸡养得好，足足可以下 20 个月的蛋呢！种蛋 1.4 元一个，每箱 420 个，每天 20 箱，加上湖南、湖北和本省各大批发市场和屠宰场销售的商品蛋 2.8 万个，一个 0.6 元，每天产蛋 3 万多个，收入达 3 万多元。这样一来我投入的成本要不了多久就能全部回收。"算起这笔买卖，陈俊乐得合不拢嘴。

在国家优惠政策的带动下，银行部门工作人员也纷纷上门，为陈俊简化贷款手续，让其扩大规模，抵御风险，创造更多的效益，成为乡里致富带头人，为邵岗乡的脱贫攻坚发挥更大作用。

"个人富不算富，大家富才是真的富"。陈俊成"名人"了，他成功实现了从一个乡下穷小子到养殖老板的华丽转变。吃水不忘挖井人，富裕起来的他没有忘记自己的穷乡亲们，更没有忘记自己当初的承诺。

本村及周边村民看到陈俊的蛋鸡养殖场取得良好的经济效益后，纷纷上门取经，他总是热心帮助，无偿提供技术咨询和养殖书籍，当上名副其实的"土专家"。目前，他以市场为导向，以专业协会为手段，成立了霍邱县俊远禽业有限公司，以"养殖—销售"一条龙的产业经营模式吸收农户加盟，解决 20 多个村民就业，其中一些是贫困户，带动乡亲们一起致富奔小康。"俺是陈老板手把手教出来的养鸡技术，2014 年养了 2 万只鸡，年收入 70 多万元。"家住尧塘村村民张宝成感慨万千。像张宝成这样手把手教出来的养鸡专业户远近达 50 多家。

不仅如此，陈俊还创办乡青少年培训基地，定期上养殖课，以身说法，让小学生感受到创业的艰辛，动员自己父母回来创业。该乡初一学生汪玉伟听了陈俊讲的养殖课后，立即说服在外跑运输的爸爸汪祖权回来养鸡 6000 只，当年就赚十余万元。尝到甜头后，汪祖权今年正在加盖一栋现代化的养鸡场。

行善积德，致富不忘乡邻。在发展特色养殖实现共同致富的同时，陈俊心系全村的脱贫事业，时刻不忘帮扶村里的困难群众，用一颗真心赢得了村民的点赞。为照顾村组里的困难群众，陈俊每逢过年过节都坚持送鸡送蛋，改善困难群众的生活。投资 30 多万元修建了 4 米宽 740 米长的水泥路，解决了 2 个村民组村民出行难的问题。向乡敬老院捐款捐物，不计其数。本村一个家庭困难的高三学生，考上大学时，陈俊以贺喜名义多给了他几千元钱，帮助他顺利完成学业。

对于自己坚持做善事的缘由，今年 45 岁的陈俊这样理解："在自己身处困境时，也曾受过他人的恩惠，如今自己有能力回报社会了，就一定要回报。我付出的是杯水车薪，希望能起到抛砖引玉的作用，带动全乡养殖户都能伸出援助之手，奉献爱心。"

"在搞养殖的过程中，对于我来说，最重要的一点，是坚持。坚持努力，坚持梦想。最终就算不能获得想象中的成功，但是也一定能从这个过程中学到很多。"陈俊如此说道。如今，他最初的梦想实现了，而现在他又有了一个新的梦想，就是让他的品牌土鸡实现产业化发展，让小小的土鸡飞上枝头，成为邵岗乡未来一颗耀眼的明珠，为家乡经济发展奉献更大力量。

"正是因为陈俊有梦想、有技术、有行动、有付出、有爱心，能够带领村民致富奔小康，帮助贫困户就业，我们就破格提拔陈俊为村干部，以他为榜样，在全乡掀起创业致富、科学养殖的高潮。"该乡党委书记刘开宝对陈俊勇于奋斗的创业精神和乐于助人的奉献精神给予了高度赞誉。

"未来2年内，完成总投入400万元以上，实现'互联网+农村'电商经营模式，实现年纯利润超过200万元……"养殖场边，一脸憨厚的陈俊正信心满怀地描绘着他和乡亲们一道致富奔小康的美好蓝图。

决战决胜脱贫攻坚的集结号已经吹响，脱贫致富的大路上，陈俊的创业梦不再只是一个人的梦想，他的奋斗也不再是一个人的孤军奋战。苦尽甘来，幸福花开，他的身后有了更多的党员和群众，在党和国家脱贫攻坚、乡村振兴旗帜的引领下，共同奔跑在新时代的致富路上。

# 脱贫不能少一户

## 张正武　徐有亭

淮河流千里，扶贫惠万家。生机勃勃的古蓼大地，到处涌动着忙碌的身影，勤劳勇敢的霍邱人民吹响了脱贫攻坚的强劲号角，书写了一首首敢叫日月换新天的壮丽诗篇，呈现出一个个脱贫攻坚的动人故事，犹如星河里的浪花，采撷几朵，馨香四溢，拂面而来……

### 攀亲就攀"穷亲戚"

"月亮岗"，一个富有诗情画意的名字。然而，它却是皖西大别山革命老区霍邱县扈胡镇最偏远的一个深度贫困村，因扶贫让陈孝军与它结缘，因使命让陈孝军与它相遇，因担当让陈孝军与它熟悉，因责任让陈孝军与它攀上了亲戚，就让陈孝军与"穷亲戚"的一个个动人故事从这里说起吧。

2017年5月的一个细雨霏霏的清晨，作为县纪委监委一名党员干部，陈孝军被选派到扈胡镇月亮岗村任第一书记、扶贫工作队长，开始了他的驻村扶贫生涯。这一刻，出现了一幕让人难以忘怀的动人场景。陈孝军打起被盖卷，提着行囊，带着衣物，他的妻儿伫立于晨风细雨之中为其送行。"好好干啊，别牵挂家里，别惦着孩子，干好了，完成任务再回来！"

即将离去的陈孝军也在不停地告慰妻儿："因为我要吃在村上，住在村上，干在村上，平常有很严格的请假制度，不可能经常回来看望你们，你们就多加保重吧！"

这一幕一幕，不禁使人想起当年"妻子送郎上战场，母亲叫儿打东洋"一样的豪情，甚至还有着一种"风萧萧兮易水寒，壮士一去兮不复还"的悲壮。

就在几天前，霍邱县委、县政府就作出统一部署，全县86个重点贫困村每个村选派一名处级干部担任村第一书记、扶贫工作队队长。时间紧，任务重，战线长，需要众多的干部及各路"诸神"沉下基层，深入一线。不知源于何时，在与这些干部交谈之中，诸如"战区""战场""战斗队（工作队）员"这些既感到新鲜而又久违了的"关键词"，便成为当地频率最高的"口头禅"。

那次"千人干部动员大会"上，县领导的讲话情真意切，让人刻骨铭心。"你们驻村扶贫的主要任务，就是结穷亲、帮穷户、拔穷根……"市政协副主席、县委书记刘胜的讲话让陈孝军铭记于心。

"对待困难群众，我们一定要带着感情带着责任去关心、支持和帮助他们脱贫致富，要扎扎实实地解决贫困村和贫困群众的实际问题，多做雪中送炭的实事，少贪锦上添花的虚名。要有干大事业的创业情怀，大家一定要有'情注扶贫村，汗滴扶贫路'的思想自觉，有'不拔穷根不收兵，不改面貌不撒手'的工作勇气，真心实意在农村干出一片新天地，趟出一条致富路"；"衙斋卧听萧萧竹，疑是民间疾苦声。些小吾曹州县吏，一枝一叶总关情。"这是一位县委书记拿出"掏心窝子的话"，向全县 160 多万父老乡亲坦露的心声。

一声声叮咛犹言在耳，一句句重托常现脑际。在脱贫攻坚的岁月里，有克难攻坚的辛劳，也有与群众同甘共苦的欢欣，尤其那结穷亲帮穷户的桩桩件件更是令人难以忘怀。

2017 年"五一"过后的一天早晨，一位老汉火急火燎来到了村部。"俺要找扶贫工作队长，听说他是县里头派来扶贫的，叫他帮俺评评理！""我是扶贫工作队长，我姓陈，老人家有啥事呀？"听见有人找他，陈孝军赶忙迎了出来。"陈队长，俺叫董正福，是村里的贫困户，有件事你得给评评理，今年春上，俺和老伴俩人的'新农合'钱都交给村里了，共计 240 元，前些日子政策宣传，说是今年贫困户的'新农合'由国家代缴，别人的钱都退了，可俺的钱到现在也没退。"

肯定是哪个方面出了情况，钱虽不多，但群众利益无小事，陈孝军心里寻思着。"董大爷，您放心，这事我一定把查清楚，给您老一个交待，该退给您的，一分不会少。"听陈孝军这么一说，董正福的脸上开始晴朗起来，连忙说："俺就相信你们，有你这句话就行了。"说完便笑呵呵地走了。

一句承诺的话语，好似千斤重担；一句承诺的话语，好似涓涓细流；一句承诺的话语，好似春风暖心。

经调查了解，是村文书只顾干其他业务，把退钱的事耽搁了，为此，村党支部对文书进行了严肃批评，责令他深刻检讨，并快速把钱退到位。

通过这件事，董大爷对扶贫工作队更加信任，打那以后，陈孝军与董大爷家就如同亲戚般常来常往。像董大爷这样的贫困户让陈孝军上心的还不止一户。

去年秋天，村里进行"改厕"，施工人员弄漏了沈奶奶这个贫困户，正赶上陈孝军去给她送药，得知后，他立即找到施工单位，及时进行了补建。沈奶奶逢人便说："这扶贫干部，对群众事真上心，大事小事都帮，真为俺老百姓着想呀！"

俗话说"亲戚不走就不亲了"。到贫困户家"串门"是陈孝军的"常念经"，日复一日中，他和很多人成了无话不谈的好朋友，"穷亲"也越结越多。

"大兄弟，你来啦，我正有事要找你呢，有的人怎么连数都不识了呢？……"一次，陈孝军到贫困户陈德芳家走访时，刚进门就遇到了她的一串"连珠炮"。由于都姓陈，所以刚认识的时候她就说，你要看得起我这个穷大姐，咱们就姐弟相称吧。"大姐，有啥事，你就直说，我给你做主。"听陈孝军这么一讲，她有些不好意思地说："其实也是小事，俺家今年养了130只鸡，可村里统计成了120只，俺也不是为了这养殖补贴，这该多少就是多少！"

漏统计几只鸡或许损失不大，但群众的事再小，对扶贫工作队来说都是天大的事。陈孝军连忙说："大姐，你讲得对，干什么都要实事求是，咱精准扶贫必须得精准。"他随即安排人员对陈德芳家的养殖数量进行了重新统计，并对造成误统计人员进行了批评教育。

结了"穷亲"，就要常来往，实时掌握他们的脱贫动态和生活疾苦，在"嘘寒问暖"中增进感情，在"话家常"中加深了解。三年来，陈孝军入户走访587户（次），真正和群众打成了一片，让"亲戚"越走越亲。

一次次倾心帮扶，一条条精准措施，月亮岗村的扶贫工作取得长足发展，"穷亲戚"们的日子也越过越好。2018年，月亮岗村顺利"出列"，脱贫186户，贫困发生率0.2%以下，实现了既"不漏一村"、更"不漏一家"，脱贫路上一个也没落下。

陈孝军的"穷亲戚"都已脱贫，但"亲戚"还要走下去，因为，他与他们已经结下了不可分割的鱼水深情。

## 脚下泥土见真情

"脚下沾有多少泥土，心中就沉淀多少真情。"地处淮河岸畔的霍邱县周集镇双桥村驻村扶贫专干陈皓昕对这句话有了新的诠释。他不忘初心，情系双桥村贫困户，倾注真情帮扶贫困户脱贫致富，与贫困户之间架起了一道五彩斑斓的彩虹。

2017 年，陈皓昕由六安市广播电视台中波发射中心派到双桥村，担任驻村扶贫专干。该村离周集镇 20 多里，地理位置偏僻，基层设施薄弱，集体经济为零，是霍邱县 9 个重点深度贫困村之一。看到这情景，陈皓昕为村民艰苦的生活环境心酸，也感到自己肩上责任。

他一直随父母在城里长大，从小到大没吃过什么苦。学校毕业即参加工作，分配在广播电视台工作，任务比较轻闲，上下班也较有规律。可以说，以前坐在办公室提及农村、农业、农民，也只是一种概念或者想象。

这次要直接去农村工作，必须按照上面的统一要求，如期脱贫并将接受严格的验收，而且自己要在那里待上一年或者更长时间。"我能行吗？"他在内心深处一遍又一遍地审视自己。可又转念一想，自己身为一名共产党员，党组织在关键时刻把这么重的一副担子压到我的肩头，这是对自己的充分信任和肯定。既是挑战，也是机遇，要干就得干好，干出成绩来。

越是艰苦的环境越考验人。陈皓昕吃住在村、工作在村。驻村伊始，他带着感情、揣着良知去与村上的父老乡亲打交道。如何让农民认识、认可并接纳他这初来乍到的队员，这是下村工作必须迈过的一道坎。与农民交道多了，感情便自然而然深厚起来。他每次下村入户，农民将他当作亲人，把最想说的话给他讲，把最好吃的东西给他吃。

有一次，他与另一个工作队员到一位贫困户家，主人家给他们每人端上热气腾腾的 5 只荷包蛋。盛情难却啊，他同那位工作队员吃着荷包蛋，心里涌起一阵酸楚："我们的农民兄弟太纯朴、太可爱了，如果不帮助他们渡过难关，消除贫困，真是无颜面对江东父老！"

陈皓昕坚持经常性走访和每月集中走访相结合，掌握贫困户生产生活情况，找准致贫原因，制定帮扶措施。特别是在开展"大走访大调研""大起底大排查大整改"活动中，他积极主动，认真负责，出色地完成了各项任务。

"今年双桥村脱贫任务重，时间紧，有大量的基础数据摸排、整理及上报工作，村干工作任务十分繁重且普遍年龄较大，对计算机办公心有余而力不足。"驻村工作队副队长刘荣华介绍，陈皓昕便利用个人精通计算机技能的条件，帮助村干处理电子化文件、数据，传递文件材料，让扶贫数据更加及时精准，完成了所有的电子版数据、文件的制作整理。

就在他专心工作的时候，家庭生活遇到了挫折，妻子打电话说："孩子出生时臂丛神经损伤造成左臂瘫痪，需要赴上海手术治疗后还需反复赴上海、合肥等地康复治疗。"

　　祸不单行。陈皓昕的妻子查出妇科病，又因宫颈癌前病变需手术治疗并长期观察复诊，医药花费需要数十万元。"自孩子受伤以来，妻子便请假休息和孩子一起奔波在去医院的路上。家中还有一个刚上小学的长女需要照顾，为了支持我的工作，妻子独自一人承担家庭的责任，保证了我安心驻村工作，我对不住妻子与孩子，欠她们太多了。"陈皓昕十分酸楚地告诉笔者。

　　男儿有泪不轻弹。面对如此的家庭情况，他深埋心底，一门心思地扎在他深爱的扶贫岗位上，因为他深深知道双桥村底子薄、困难多、产业弱，要想彻底摆脱贫困，必须发展富民产业，让产业发挥持续动力。在村里，在田间地头，或是饭后村头聚集的地方，陈皓昕都会加入进去，逢人便说富农、强农、惠农政策和现代农业知识，有意引导话题展开讨论。

　　润物细无声。慢慢地，"产业结构""现代农业"等这些词语在村民的言谈中多了起来。在他的引导下，双桥村成立了第一个"稻虾混养"的枫浩水产养殖专业合作社。"这个项目已通过租赁、劳务、带资入股等形式，带动 116 户贫困户发展特色产业，示范带动 47 户贫困户发展稻虾共作等水产养殖 840 亩，户均增收4000 元，实现'一田两种、一水两用、一田双收'，为全村脱贫攻坚和产业结构调整发挥积极作用。"该村支部书记魏锴晙说起产业发展慷慨激昂。

　　为扩大产业规模，陈皓昕不分白天黑夜，深入农户家中宣传产业政策。2018年，双桥村大力发展单一品种肉鸡养殖特色产业，全村有 282 户农户养殖肉鸡，每户平均养殖达 200 只以上，占全村农户总数的 20.4%。功夫不负有心人。经过全年努力，双桥村贫困发生率降至 0.72%，村集体收入达到 15.1 万元，顺利完成整村出列脱贫任务。"双桥村的产业发展，离不开驻村工作队，尤其是陈皓昕，以村为家，情牵贫困户，一心想着贫困户怎么去脱贫。"该镇党委书记朱余江这样评价陈皓昕。

　　产业发展了，一系列项目纷至沓来。投资近 630 万元，建设了乔吕路、瓦西提水站、渠道硬化等水利兴修"最后一公里"项目、自来水安全饮用水工程、无线宽带免费安装、体育健身活动场所等一系列"双基"项目；争取了 300 多万元危房改造、产业、就业、金融、教育、光伏、健康、社保兜底等到户扶贫项目资金，群众生产生活条件实现较大改善。

## 帮到百姓心窝里

一块块绿油油的蔬菜，长势喜人；一个个产业基地，机声隆隆，人声鼎沸。"今年午季和去年秋季收了5000多吨稻草、秸秆，现在进行机械化打捆，然后送到电厂，废物利用，变废为宝，解决了雷李、长马、南滩、下楼、曾王等周边上十个村秸秆禁烧问题，环境变好了，效益提高了。"在沿淮行蓄洪区的霍邱县王截流乡朱张村，该村草场负责人李立军告诉笔者。

这只是该村抓产业，真心帮扶，激发脱贫攻坚的内生动能一个缩影。

"脱贫攻坚任务艰巨，责任重大，你代表霍邱县法院的形象，一定要按照霍邱县脱贫攻坚工作要求，发挥好我们的优势，因地制宜，决战决胜。"该院负责人说。"驻村之前，院领导提出了这样的要求，对我来讲，这既是压力，也是动力。帮扶只有帮到群众心窝，才能让群众满意，才能真正实现脱贫……"周明俊的肺腑之言让人为之感动。

2018年，霍邱县人民法院在脱贫攻坚战中，抽调精锐力量，向朱张村派出了脱贫攻坚驻村帮扶工作队队长周明俊，他与县里其他单位两位成员一起驻进了朱张村。

"脱贫路上一个也不能少。"周明俊坚定地说。自该村扶贫工作队驻村以来，找差距、想点子、谋思路，分析主要致贫原因是因病、因残、因学，缺乏劳动能力等。个别贫困户存在消极思想对脱贫没有自信心，存在等、靠、要的错误理念，更不能通过自身发展产业获得经济收入。

周明俊一方面带领村民和部分贫困户到附近乡镇，参观学习发展产业的先进经验，深入实地观看生产模式，另一方面，利用乡镇产业培训的机遇，让专家手把手教会一些产业技能，从心灵深处去激发脱贫致富的强大动能。

与此同时，该村还加强基层党组织的战斗堡垒和党员先锋模范带头作用，认真落实"三会一课"和党员活动日，发展年轻有为的新党员，增添新鲜血液。对涉及群众切身利益重大问题邀请老党员、村民代表参加讨论，听取意见、建议。

据该村扶贫工作队队长周明俊介绍："通过完善和健全党组织各项制度，努力提升村班子凝聚力和创业的干劲。由于完善了村公开、财务公开、理事会等村民自治制度，自觉接受群众监督，现在干群的关系逐步加强，为扶贫工作开展打下良好基础。"

发挥扶贫工作队优势，改善村民生产生活条件，解决实际问题。贫困户陈家顺，今年60多岁，家属残疾，因为一场车祸，产生了纠纷。对方没有能力偿还赔款，导致案件得不到处理。

精诚所至，金石为开。周明俊利用在县法院工作的优势，上下协调，为陈家顺办理了司法救助3万多元。同时，他还拿出自己的办公经费，为村部购买了电脑、空调等。

投资700多万元的安徽顺淮农牧科技有限公司创办的养猪场，刚开始，征地一时得不到解决，周围群众不愿意建猪场，周明俊不厌其烦做群众工作，上门挨家挨户宣传该猪场环境达标，还能就近优先安排本村村民和贫困户就业，实行"一条龙"服务，村民也可以自己在家养猪，公司负责销售。最后，猪场建好了，10多个村民安排在养猪场上班。去年猪瘟，又养了一季鸡，收入100多万元。

"公司能发展到现在的规模，多亏了周队长，不然效益不会这么好。下一步还要扩大规模，开发新产品，带动更多的贫困户脱贫致富。"谈到公司发展，养猪场负责人陈思军感触颇深，信心十足。

在增加群众收入的同时，周明俊在单位领导的支持下，不断丰富朱张村群众的精神食粮，通过向员工发出爱心倡议，共募捐到爱心书籍20000余册，并购置了书架，成立了朱张村农民书屋，提供了农业生产种植、农业管理、果木管护及文学艺术等方面的书籍，丰富了群众的文化生活。

想村民之所想，急村民之所急。周明俊利用产业扶贫工程，投入种植业10.55万元；利用集体收入7万元、公路扩面延伸等双基建设工程，对村内李家圩、大朱台、小朱台、徐台子的道路进行整修，解决了部分村民的出入困难，实现了村民小组道路的硬化。去年，该村危房改建25户，维修13户，解决了贫困户的住房，改善了人居环境。

"脱贫攻坚工作是一项政治任务，不管困难多大，我们必须按照要求，无条件完成，确保该项工作决战决胜。"周明俊说，"虽然我们村已经全部脱贫，但巩固提升工作依然非常重要，我们的扶贫工作还在路上。"

产业是朱张村群众脱贫增收的重要支撑，如今，种植业、养殖业、秸秆草场和养殖场已经让群众享受到了产业扶贫带来的好处。但是，周明俊和他的队员们一刻也不敢松懈，通过入户了解，不断发现群众生产生活中出现的难题，并采取措施积极应对，确保群众稳步增收。

今年夏季，雨水较大，周明俊和他的队员们发现群众水稻销售困难后，帮助一些种粮大户和贫困户出售水稻上万公斤，销售货款及时回到他们手中，受到贫困户的普遍赞誉。从而，拉近了村干与村民之间的距离，村民的脸上露出灿烂的笑容。

"下一步，我们将突出党建引领，狠抓产业保障，培植文明新风，把脱贫攻坚和乡村振兴相结合，努力建设更加健康和谐的农村文明新风貌。"周明俊的铿锵话语更显示出磅礴之力。

# 五里墩村的"霸气"书记

### 刘爱玲

　　夏书阔，2017 年 5 月 1 日，从霍邱县委统战部副部长、县台办主任职位上"走马上任"城关镇五里墩村第一书记、扶贫工作队队长。三年多来，夏书阔多次立功受奖。2017 年被市评为优秀扶贫干部，2018 和 2019 年度连续两年被评为优秀第一书记、扶贫工作队队长和优秀公务员。他所在的五里墩村党组织连续三年被县授予"五个好村党组织"和"先进基层党组织"光荣称号。

　　敦敦实实"1 米 78"的身板，"三眼皮"的大眼睛，一脸的忠厚老实。夏书阔看上去有些腼腆，笑容可掬。采访夏书阔之前，笔者在五里墩村群众中搞了个"问卷调查"，要求把夏书阔最大的特点讲出来。"耿直、厚道"，多数人这样下评语；"急躁、脾气大"，少数人这样提意见。以此让夏书记"照镜子"，他双手搓搓，嘿嘿一笑："是这么回事。"随即他反问道："当啥子典型？往大里讲抓脱贫攻坚，往小处说，干好工作呗！"

　　这人倒很实在，个性也挺鲜明。

## 一

　　山不转水转。等哪一天选派任务结束"往回转"，得罪恁多人，弄不好要吃亏。有人说夏书阔"霸气"太盛，不讲"方法"。

　　"第一书记"，虽然在别人看来只是一个"喝水拿筷子"的职务，但是夏书阔当真：水烫了，筷子搅搅；水里要加"佐料"，筷子可以把它"擂"匀。不然，国家花那么大代价精挑细选第一书记，闲得没事干？

　　"第一书记"首先要抓"党务"。夏书阔转业前曾是解放军某红军团的副政治委员，转业后长期在组织部门和统战部门工作，他既知道抓党务的重要性，抓党务又"轻车熟路"。大家都知道"三会一课"，可是"三会"里的党小组会在村级很难落实。为此，夏书阔经常带领扶贫工作队 2 名成员列席 14 个村民党小组会议，听取普通党员的意见和建议，通报全村党建、扶贫和村级全面工作开展情况。据说，有两个村民党小组长召开党小组会"打马虎眼"应付，被夏书阔"质问"得哑口无言，搞得满"村"风雨……

打"质问事件"起，夏书阔给部分人留下的印象是：原则性太强，爱抓"小"事，不讲"方法"。自从 2017 年 5 月 1 日当第一书记起，他常寻思，自己是党的选派干部，"辖区" 3468 口人，3800 亩地，管得天地不大，责任可不小！假如全国村的第一书记们都能"管好自己的那片天，把好自己的那道关"，全国的农村工作不也就好做了吗？夏书阔开展党建工作，抓"小"也从不放"大"：改选年富力强的同志担任书记兼主任，本人每季度坚持上一次党课，并亲自主持每月 15 日的全村党员"创先争优点评日"活动等，党建抓好了，扶贫工作就有了坚强的组织保证。

现在，夏书阔干工作，形成了一个张果老骑毛驴"倒行逆施"的"一成不变"模式：干工作前，先到 14 个村民组集中宣讲政策，晓之以理，等你口服心服后再"下手"。三年多来，正是由于他的"霸气"，村许多方面保持着这样的"记录"：镇以上上访人数是"零"；计划外怀孕和殡改土葬人数是"零"；2018 年底，五里墩村作为重点贫困村，整村出列误差是"零"等等……

夏书阔常说：老百姓最讲理。你把理讲明了，他就服；你盲目乱来，他就敢和你较真。干工作跟开会一样，"先议政后议事"。政，就是原则，就是上级立的规矩，不能破！不顾原则地讲"方法"容易讲成"橡皮筋"。我虽是中国共产党"最小的书记"，但党交办的事办砸了，别人就会戳你脊梁骨。宁让一些人的责怪，不遭后人的唾骂。

二

都说五里墩村扶贫工作队、村"两委"和村民组长们度量大，为啥？夏书记爱批人，小心小肺的"呆"不下去。有人说，夏书阔管理不懂"艺术"。

除了走访贫困户外，夏书阔还有一个"转悠"的习惯，无论贫困户还是非贫困户，只要看他在村庄里"转悠"，大家都想跟他"唠嗑"几句。啥事找到他，符合政策的，他帮助你办，不符合政策的，他当场解释。五四村民组组长陈德付曾开玩笑说：现在全村的狗看见夏书记都不咬他。玩笑归玩笑，至少说明夏书记"常在群众中间"。

有一次夏书阔在三一村民组"转悠",几户非贫困户问:啥条件才可以"当上"贫困户?你们只关心贫困户,我们非贫困户有困难找谁?扶贫有什么政策我们一概不知!夏书阔当场解答后,找来驻点三一村民组的村计生专干兼文书的周宏玲:我们安排的政策宣讲你到位了吗?群众反映的问题你为什么不在村工作例会上说?……一连串的发问,使周宏玲现出女同志特有的"大红脸"式尴尬。事后一查,周宏玲正准备忙完上面急要的孕期摸底后,再宣讲扶贫政策。

在有些人看来,村里的事杂,有时干起来不分先后,夏书记不懂村级工作"艺术";而有些人则认为,第一书记批评人,就是批错了也没什么大不了的。而夏书阔则引用他反复引用过的毛主席他老人家的语录:世界上怕就怕"认真"二字,共产党就最讲认真。夏书阔较真了:"认真"应从我们村干部开始!现在,夏书记主持的每周二上午村工作例会"雷打不动",扶贫工作队和村"两委"的同志,分别就上周工作完成和下周工作打算逐个发言,五里墩村以扶贫工作为重点"轻重缓急"的村级工作脉络清晰。

三年来,五里墩村驻村扶贫工作队一行3人,在夏书阔身先士卒下,对建档立卡的252户贫困户进行了三轮"全覆盖"、"零死角"走访,并率先在全县对本村658户非贫困户和边缘户进行100%入户走访,工作队用自己的办公经费,赠送每户非贫困户和边缘户精美茶杯1个。同时,分村民组召开片会,开展专班宣讲活动,集中宣传扶贫和农村相关政策,社会反响好,群众特认可!

村党支部书记兼村主任田孝明告诉笔者:你有什么错误或工作失误,夏书记当面批,对我也不例外,有"价值"的,得口头检讨,他自己有工作失误也主动作自我批评。但夏书记批人不记仇,事一过,该咋还咋。

夏书阔深知:在全国脱贫攻坚的大形势下,五里墩村与不少先进村相比还有差距,真想等人家睡一觉的功夫就赶上。抓村级扶贫和其他工作,没有太多的"艺术",老老实实按要求和规矩来,从点滴和小处"抠"就行了。四平八稳、嘻嘻哈哈,你好、我好、大家好地干工作,不会发生什么"风波",艺术倒艺术,但他不习惯。

三

虽然长期受紫外线照射,红光满面的夏书阔脸不算太黑,但心肠硬;军地"场面"见得多了,有时好"摆谱"儿。有人说,夏书阔不重"感情"。

夏书阔对党、对祖国、对人民的感情，都倾注在干好本职工作、为本村"平头百姓"办实事上。当然，重感情也分对什么事，对待损公肥私的事就不能重感情。

五里墩村是全县86个重点贫困村中，第一个开展村级环境整治的村，城关镇出资和驻村工作队争取资金共计500多万元，主要开展"硬化、净化、亮化、绿化、美化"工程。工程还没开始，熟悉和不熟悉的老板们，自己上门或通过别人引荐不少人来找夏书记"谈判"。一个夏书阔"比较熟悉"的工头，因为没有被他"通融"，就采取"迂回战术"，把一个"密封"的信封交给他妻子："等夏书记回来后，把这封信交给他"，夏书阔的妻子信以为真。夏书阔回来后拆开一看，是沓厚厚的人民币，火了，要"收拾"妻子，并大发雷霆：以后长个记性，别说是钱，就是信都不能收。

笔者曾在一个场合，问五里墩村民兵营长蔡庆军和驻村扶贫工作队扶贫专干屈大娘：夏书记是不是有点铁石心肠？他俩都说你错了，人看上去挺严肃，其实感情可丰富了。2019年5月，57岁的上一任村书记刘士进因患肺癌去世，夏书阔手捧鲜花站在刘书记的遗体旁久久不肯离去，泪流不止，半个多小时说不出一句话；五保贫困户李桂于，有一次说天冷了焐不热被窝，夏书阔给他买了床电热毯，他逢人便讲夏书记送的电热毯真暖和，邻居们也很"架相"：你也不看什么牌子的？"夏氏电热毯"当然暖和！

夏书阔明白：村第一书记官阶没"品"，做人要有"品"！虽然自己有时不近人情，但是农民儿子出身的他会"掂量轻重"：在公与私面前，不断"情丝"腰杆挺不直，说别人气不壮；在"为人民服务"方面，"天生"的情深意长！大理讲算是"组织行为"，小理说则靠"自身形象"。

## 四

工作求真的、来实的，为人坦诚直率，丁是丁，卯是卯，不玩虚的，不搞遮遮盖盖。一张脸是喜怒哀乐的"晴雨表"。有人说，夏书阔不善"掩饰"。

五里墩村在脱贫攻坚方面创下了不少全县"第一"：第一个带头评选"孝亲敬老好媳妇"，目前已评选了两届28位，第三届正在公示；第一个在贫困户中设置公益岗位；第一个邀请书画家进村开展文化扶贫；第一个大规模、全方位进行环境综合整治等等……煞是一道道"风景"。去年底，县相关部门想在五里墩村开个扶贫工作现场观摩会，把"经验"推广推广，夏书阔第一个"捅漏子"：虽然我们是创新性地开展扶贫工作，但也只是"因村制宜"把扶贫政策真正落到实处，有些方面做得还很欠缺，怕对别的村有"误导"，这样的现场会还是不开得好。就这样，夏书阔把到手"露面子"的"美差"又推掉了。大家都说，每逢上面检查，夏书阔总爱扮"实话实说"的角色。仅这一点，曾有不少人"埋怨"他。为此，笔者对夏书阔的"访谈"结果是：虽然工作上没有"炫宗耀祖"的业绩，但是有一天"下台"了，在人们心目中至少留下一个印象：实在。

夏书阔三年多的"实在"产出可观的效益：现在，村集体经济纯收入近20万元；农民人均年收入超过6000元；全村危房改造和饮水工程100%通过上级验收；环境整治后的村容村貌大为改观；村卫生服务室建设使群众小病不出村成为现实；村级小学扩建和办学条件的改善，为基础教育提供了坚实的保障；村民组之间通水泥路，晴、雨通车无阻，大大方便了群众的出行；村级为民服务中心的建成，使开展活动和为民服务环境更宽敞；党员对群众"四联四帮"活动开展得如火如荼；村级稳定各项事业全面提升……这些都是"硬家伙"！

"硬家伙"多了容易出事。夏书阔定期不定期召集村民代表和村财务监督小组的同志查村里的账，为此，有人说这是夏书记对大家不信任。夏书阔眼一瞪："对谁都信任，都放手，当第一书记的整天看蚂蚁上树？只有对你们严格要求，村里的财务才不至于混乱，群众才能对咱们信任！"

别瞧夏书阔五大三粗，可心特细。有时他会冷不丁地跑到你家：地里的草要除了；有时会突然给谁谁打电话说，你家的果树从南往北数第几棵树生虫了，快点打药。连刚懂事的娃们都说，夏叔叔天天爱溜达，像"看青"似的。他妻子有时也埋怨，老夏你净抓这些鸡毛蒜皮的事，掉不掉价儿？"掉啥价？光待在村部抽'黄山'、喝'瓜片'可不中！"夏书阔一脸正经。

夏书阔坦言：人生就那么区区几十年，光工作就够受的了，要再装模作样，遮遮掩掩，故意活给别人看，太累了。干第一书记，工作就要有"第一"的样子，"夏书记"与"夏书阔"虽然只一字之差，但是责任重大！做人，还是顺其自然个性鲜明一点好。工作别弄虚的，为人要来实的，你坦荡荡，真实一些，大家都不琢磨人，光琢磨事，这不挺好吗？

# 霍 山

岭上开遍映山红
——六安脱贫攻坚
报告文学集

# 徽姑娘变成金凤凰

### 金从华

## 筑梦和梦灭

霍山县东北角的但家庙镇有一个小山村叫观音岩，这是一个极富禅意的地方，它更像是一个图腾，保佑着一方百姓的衣食住行。长期以来，山村的百姓一直在黄土地上亻亍前行，小农意识束缚了他们苍劲有力的手脚，他们中有相当一部分人把希望寄托在天地之间，他们祈求观世音这个大慈大悲的菩萨来救苦救难，普度众生。观音岩，这个带着农民美好梦想的名字应运而生了。

陈汉明就是生活在观音岩村的一位普通农民。他的理想和多数农民一样，不求大富大贵，但求通过自己勤劳的双手，解决一家人的温饱。尽管当初描绘过人生的宏伟蓝图，但随着一次次的棱角被磨平、梦想被击碎，他本分了，沉默了，屈服了，终于向黄土地低下了自己的头颅。

村上的青壮年随着打工潮东进或南下了，而且个个赚得盆满钵满的，陈汉明也动了心思，但老实憨厚的陈汉明，挣脱不了"父母在不远游"的桎梏。他上有父母，下有儿女，特别是一双儿女是陈汉明的心头肉、掌中宝，如果丢下这对活泼可爱的儿女，岂不是让他希望儿女成龙成凤的梦想彻底破灭了么？陈汉明权衡再三，淡化了花花世界的诱惑：自己就是个农民，还是把一亩三分地种好吧！培养好自己的儿女，把奔小康的梦想寄托在孩子们的身上，希望他们有朝一日成龙成凤。于是，陈汉明把自己的女儿起名：陈来凤，把儿子起名：陈龙。

随着国家科技兴农政策的提倡，陈汉明又在心中构筑自己的梦想，他要在这片黄土地上做文章。但要做活这篇大文章，就必须改变晴耕雨读的传统模式，要运用高科技，现在政府推广农业现代化，对购买大型农业机械政府还出台了政策给予高额补助。这是个难得的机遇，就从这里入手。

陈汉明是个心细的人，经过调查发现，村上的劳动力基本上都外出打工了，每年午季和秋季作物收割便成了大问题。庄稼成熟都在那一二十天左右，家家户户都苦于没有劳动力，陈汉明看到了商机，当机立断添置一台收割机，而且买了最好的。

当时进口的洋马 CE-2 收割机价格很贵，除政府补贴外个人还需 28 万元，这对陈汉明来说可是个天文数字。怎么办？陈汉明拿出家里的全部积蓄，变卖了几件电器，向信用社贷款部分，又向亲朋借了一半，凑齐了 28 万元。一台进口的收割机开进了观音岩村，这是霍山县第一台进口的收割机。

陈汉明很快地掌握了操作技术，加之他的热心服务，收费又低，周边村队的农户纷纷与他达成口头收割协议，当年陈汉明就收获了成功的喜悦。

陈汉明淘到了人生的第一桶金，他的喜悦心情溢于言表。2007 年 9 月，女儿陈来凤又以优异成绩考取了高中，这时的陈汉明又有了新的梦想：再苦干三五年，我也可以住楼房开小轿车了，那时女儿也该圆大学梦了！

然而，天有不测风云。就在陈汉明憧憬着自己美好未来之时，妻子倪克群被查出患有淋巴瘤，需立即住院手术。高额的手术费让陈汉明变得一筹莫展，存折清零了，亲朋借遍了，收割机的钱还没还……陈汉明看着收割机发怵，他要在医院伺候妻子，他没有时间再去开收割机了，他想变卖收割机来换回相濡以沫的妻子，可是一时又找不到买主，他只能看着收割机一天天锈下去。

2008 年这个鼠年，是个多事之秋。乌鲁木齐广场大火，南方雨雪冰冻灾害，安徽等省的手足口病，北京至青岛的列车相撞，汶川大地震……然而，对于陈汉明这个普通的中国农民家庭来说，更是灭顶之灾：农历三月初九，他的妻子终究没能战胜病魔，撒手西去了。给陈汉明留下的不仅是十万元的医疗费用债务，还有太多的遗憾和残缺的梦。他的天空黑暗了，一个老实巴交的汉子，私下里几乎哭干了所有的泪水。

在痛定思痛之后，陈汉明没有沉沦下去，因为家中还有五张张开的嘴，还有他望子成龙望女成凤的梦。他要支撑起这个家，他强忍着悲痛，振作起精神，又把收割机开向了田野，向着自己的梦想进发。

可是命运并没有偏袒这个可怜的庄稼汉，而是再一次开了他一个大玩笑，因为妻子的离去，让他背上了沉重的思想包袱，经常在工作中分神。在一次收割稻子时，稻谷飞进了陈汉明的眼睛，真的是"屋漏偏逢连夜雨，船小又遇顶头浪"，陈汉明的视力因此而慢慢下降，不久便模糊不清了。陈汉明不能再操作机械了。他不愿、也不能接受这一事实，他在田畴边歇斯底里地哭喊着，捶胸顿足。陈汉明终于瘫倒在田间，就像一所房子的顶梁柱断了，房屋顷刻间坍塌了。

陈汉明的致富梦破灭了，一夜间成了观音岩村有名的贫困户，那个大慈大悲的观音并没有保佑他的平安。

## 徽姑娘变成金凤凰

背负父亲"成龙成凤"梦想的女儿陈来凤已是高一学生，应该说她还是一个懵懂无知的孩子，然而生活就是这样捉弄人，把一个只有十六岁的女孩推向了人生的十字路口。

陈来凤，这位 1991 年 12 月出生的山里女娃，面临着人生第一次痛苦的抉择：大学梦，跳龙门，贫困户，退学，接过收割机，当一辈子农民……这些关键词，像一记记重锤敲打着陈来凤这颗还不成熟的心灵。

陈来凤知道，当初父亲借亲友乡邻的钱买收割机、给母亲治病，承诺其中一部分就是用收割费来抵债的，现在父亲不能开收割机了，这也是一笔良心债啊！

有道是"穷人的孩子早当家"。陈来凤是个懂事的孩子，有着坚韧倔强的性格，在家庭遭遇变故时，她拒绝了无数好心人的规劝，毫不犹豫地选择了退学。陈汉明知道后极力阻止女儿的退学，但陈来凤太犟了。陈汉明见说理不行，就操起了木棒向心爱的女儿打去，陈来凤没有动，她怕视力不好的父亲追赶她发生意外。木棒打在女儿身上却痛在父亲心里，陈汉明是恨铁不成钢啊！他没能阻止女儿的退学，无奈，陈汉明只有认命，和女儿耐心讲授收割机操作技术和注意事项。

从一个娇生惯养的心头肉，到一个农机操作手，陈汉明有着几多的不愿，但他终究犟不过女儿。陈来凤在父亲的指导下，在自家田里试验收割，惹来很多乡邻来看热闹，有嘲讽的，有怀疑的，也有不屑一顾的。对于这些，陈来凤完全没有理会，她把稻田当作了画纸，把收割机当作了画笔，尽情地在田野上泼墨，完成了她人生中的第一幅画卷。在无数次的摸爬滚打中，她最终赢得了赞许的目光。

女本柔弱，担责则刚。陈来凤俨然是个一家之主，担起了一家五口人的生活重担。2009 年春，不足 17 岁的陈来凤，便带着收割机来到肥西一家农场，帮助抢收几万亩小麦，起初人们并不看好这个个头不大、乳臭未干的小丫头，但在实际收割中，他们见识了什么是巾帼英雄。那次陈来凤整整干了七天七夜，吃饭休息都在田间地头，而且几乎没有怎么休息。因收割前下过一场小雨，小麦长了很多霉苞，收割时那些霉灰落在她身上厚厚的一层，仅能在她说话时看出牙齿是白的。陈来凤，这位徽姑娘没有变成金凤凰，却真的变成了"灰姑娘"，在场的人无不伸出拇指，真的是巾帼不让须眉啊！

肥西农场刚刚收割完毕，陈来凤没有顾得上休息，立马又带上收割机去了苏北，因为午季作物必须抢收，不能耽误了下季的农时。那个午季，陈来凤白天忙收割，晚上忙装袋运输和保养机械，一个月总共睡眠不足一百小时，其中的辛酸无人能知。

一个人来到几百里之外的异域他乡，每到夜深人静时总是默默流泪，她想起了去世的母亲，她想念父亲，还有爷爷奶奶和弟弟，好几次她想扔下机械，马上回到家里，回到那个虽然贫困但有温暖有亲情的家，她真的太累了，她每天都在透支自己的身体，但懂事的她，每每站起身来便打消了念头，把泪咽了下去。白天忙收割时，她的腿被机械烫伤了，全然不知道疼痛，但一到夜晚那伤口便扎心得痛，陈来凤咬着牙，没让眼泪流下来。

苏北农场的小老板被陈来凤吃苦耐劳的精神感动了，称赞说：这个"徽姑娘"将来一定会变成金凤凰。

一个十七岁的花季少女啊，就这样为了撑起五口之家，便开始与命运抗争。陈来凤承受着成年人都难以承受的生活压力和工作压力，她何尝有过欢乐，却饱尝了人世间的苦辣酸咸，家庭的变故，让陈来凤养成了倔强的性格。

功夫不负有心人，陈来凤初尝了人生的甜头，在她第一次凭自己的劳动拿到挣来的血汗钱时，她激动，她感慨，她双手颤抖着告诉自己：陈来凤，你终于可以支撑起这个家了！她终以双手的老茧、黝黑的皮肤、溅满泥浆的外套，换来了五口之家的踏实生活。

2009年底，陈来凤还清了母亲治病时的欠款近10万元，那年她不足18岁。

2010年底，陈来凤还清了购买收割机的欠款近20万元，那年她不足19岁。

2011年，陈来凤有了一点资金，便有了自己的想法，她不再满足自己是一个"徽姑娘"，她要变成一只"金凤凰"来实现父亲陈汉明当初的夙愿。她没有去买轿车，也没有到城里买房子，甚至没有给自己买一件像样的衣服。她在一次和朋友聚会中发现，小龙虾市场火爆，而且供不应求，于是她萌发了饲养小龙虾的念头。那年政府倡导农民可依托本地资源成立合作社，做事一向干练、雷厉风行的陈来凤，是个敢于做第一个吃螃蟹的人，她联系了周边几个大户、能人，只用了一周的时间，便成立了观音岩村第一个合作社：成凤生态农业农民合作社。合作社是一家以种植、养殖、加工、销售及社会化服务为一体的农民专业合作社。合作社以基地为依托，以提高农产品效益为目标，充分利用大别山腹地霍山县优良的生态环境和气候条件，按照"电商企业+专业合作社+基地+农户（贫困户）"的产业经营模式。这一年，她不足 20 岁。

2012 年初，陈来凤开始尝试在稻田饲养小龙虾，她一次就流转农田 100 多亩，她先是做给社员看，接着就带着社员干。年底，陈来凤的稻田养虾喜获成功，虽然每亩的纯利润只有 500 多元，但远远高出了种稻的价格，更主要的是收获了稻田养虾的成功，为周边农户做了很好的示范。

大胆的尝试成功之后，陈来凤便主推稻虾连作综合种养模式，根据生态经济学原理，对稻田生态系统进行有机化改造，通过水产养殖与水稻种植技术的高度融合，实现水产品和水稻的共生互利，减少了农药、化肥使用，保障了农产品质量安全，具有稳农促渔、提值增效和生态节能等多重功能，大大提升了合作社的经济、社会和生态效益。通过几年的探索，陈来凤领导的合作社已经走上了一条农业增效、农民增收、贫困户脱贫、合作社健康发展的生态农业之路。

然而，前进的道路并非一帆风顺的，而且总是与曲折坎坷相伴而生。2017 年成凤合作社扩大规模，急需建立自己的加工生产车间，特别是需要新上烘干车间，因为大规模收割，粮食必须短时间内烘干进仓，否则就会霉烂，所以迫在眉睫的是建立烘干车间。在县法院和镇政府的协调下，合作社收购了镇上的一家破产企业——金天磁业的厂房。这样，一是合作社可节省时间，仅需把原先厂房稍加改造即可投产；二是可帮助政府处理闲置资产，化解债务。购买协议签定后，陈来凤到相关部门办过户手续，却遇到了始料未及的麻烦，原先的金天磁业拖欠国家税收近百万元，办不了执照，国土部门也无法办理过户。不仅如此，金天磁业还有大额的三角债、拖欠的材料款和农民工工资，债主们像约好了似的，一下子把厂房堵得水泄不通。原先预订的路线走不通了，开工的计划泡汤了，线上的订单要违约了。陈来凤像热锅上的蚂蚁，急得团团转，因为她面临的不仅仅是经济损失、法律关系，还可能影响到合作社的声誉。原想走个捷径，同时还能为政府分忧，现在倒好，协议签了，资金已投入，部分机械已订购，扩大再生产的计划出来了，却不能实施……这些事搁谁身上都会寝食难安的，更何况一个二十刚出头的弱女子呢？陈来凤天天与债主们周旋，任凭她说破天，债主们就认一个死理，今天欠的钱，就剩下这厂房了，谁动这厂房谁还账。债主们依然天天围着旧厂房，陈来凤只得天天跑市跑县跑镇村，一周下来，成效是零，陈来凤有些心灰意冷，相关单位的不支持不理解，债主们什么难听的话都往耳朵里进，吃瓜群众的冷嘲热讽，压得陈来凤喘不过气来。特别是再有一个月，粮食就要收割了，厂子还没有动工建设，陈来凤心急如焚。实在坚持不住的她跑到母亲的坟头号啕大哭，诉说着自己创业的艰难和命运的不公。她想撂挑子不干了，她想出门打工，她甚至想找个人家把自己嫁了。

就在陈来凤万般无奈的情况下，镇党委书记葛子俊、镇长储著时了解情况后，向她抛来了橄榄枝，书记镇长亲临合作社召开现场办公会，安排镇分管领导牵头，司法所、驻村干部和村干部参与协调。葛书记、储镇长亲自到县里协调法院、税务局、市场监管局和自然资源局等单位的工作。县直几家单位高度重视，在第一时间派出得力干将参与协调处置。县法院专门派出党组成员张正超驻厂现场办公；县税务局按照镇里的申请，帮助减免了近百万元的拖欠税款，等等。困扰了陈来凤近一个月的问题解决了，陈来凤扩大再生产的梦想实现了。她知道这一切完全得益于党委政府和县直有关部门的支持帮助，陈来凤心存感激，并决心回报社会。

## 一个和七十个

成凤生态农业农民合作社成长之时，正赶上全国上下掀起脱贫攻坚的高潮之日。陈来凤脱贫了，合作社的成员脱贫了，但是乡邻们还有很多人没有彻底脱贫，他们的生活还很不宽裕。陈来凤看在眼里，急在心头，她决定为乡亲们做一些力所能及的事情，回报家乡和社会。

陈来凤首先考虑是做公益活动，她与省市县妇联联合，给幼儿园、中小学、敬老院和贫困户送文具、送粮油、送食品，今年疫情期间她捐出了 300 袋优质大米。像这样的公益活动，她经常参与，但她知道这样的做法是挖不掉穷根的。

经过深思熟虑，陈来凤决定积极参与脱贫攻坚工作，一是不惜重金给全镇和邻镇的贫困户免费送 4 万斤优质稻种，总价款达 240 万元，同时以高于市场价每斤0.3 元的价格回收，大家知道，粮农大户做生意利润都是以每市斤几分几厘来计算的，仅这一项陈来凤就让利近 200 万元给贫困户；二是成凤合作社无条件地吸收贫困户社员，现在合作社里有贫困户 70 户，通过与贫困户心与心交换，手把手帮扶，来激发他们的内生动力。

倪守胜是观音岩村出了名的贫困户，早年他受陈来凤父女的影响，也买了一台手扶拖拉机，为村民代耕，收取代耕费，无奈家属患病离不开人，女儿又要上学，他只能三天打鱼两天晒网，手扶拖拉机最后成了摆设。陈来凤了解情况后，拉他入了合作社，鼓励他流转几十亩土地发展稻田养虾，并免费给他提供虾苗，特别是在技术指导上，陈来凤对倪守胜是有求必应。如今倪守胜一个人就流转了500亩土地，发展优质水稻和稻田养虾，年纯利润达30多万元，早已过上小康生活。

江祥文也是观音岩村的贫困户，家属患糖尿病，是个"药罐子"，还不能干重活，两个女儿又在上学，债台高筑，艰难的日子让这位壮汉抬不起头来。又是陈来凤，这位比江祥文小二十岁的女孩向他伸出了援助之手。陈来凤说：现在党的扶贫政策好，发展产业有补助，治病有"351"、"180"，个人也花不了多少钱。陈来凤帮他家5亩承包田全部改成了稻田养虾，免费提供稻种虾苗，当年就实现利润3万元。不久，江祥文就凑齐了妻子的医疗护理费用，准备送妻子去省城医院治疗。可是省安医附院一床难求，于是陈来凤通过一个生意伙伴托人，让江祥文妻子住进了安医。后来陈来凤还帮助他发展"订单农业"，如今江祥文逢人便说：来凤大侄女，不仅帮我脱了贫，帮我家属住进了院，还带我走向了订单农业，坐在家也可赚钱了。

邻村花石嘴的马克道是个残疾人、贫困户，有两个小孩读书，生活仅靠家属在村口开个小商品店。说他的生活度日如年，一点也不为过。陈来凤主动找上门与他拉家常，起初他并不相信这个小丫头能帮上什么大忙，心存疑虑，但当他向周边邻居打听时，他才得知陈来凤就是他早已熟悉的"脱贫之星"、"致富能手"。陈来凤的到来让马克道从此坚定了生活的信心，在陈来凤的帮助下，第一年就收入3万多元，很快就拿到镇里发的脱贫"光荣证书"。

在成凤生态农业合作社里，这样的脱贫故事不胜枚举，陈来凤起初自己也是一个贫困户，而今已带动70户贫困户全部脱贫，这也兑现了她当初"回报社会，共同富裕"的承诺。不仅如此，她还通过线上线下、通过抖音直播、通过聘请专家授课等形式，让更多的省内外贫困户和农民获得帮助。每期线上培训参与人有上海、新疆、云南等十几个省市的，线下培训每期也有来自合肥、淮南、滁州等十几个市的近百人参加，参加的人都获得了免费技术和稻种虾苗的提供；抖音直播：如何使稻田养虾低投入高产出？让抖友们眼界大开，获益匪浅；聘请省农学院教授来当面授课，打通了合作社很多社员的技术瓶颈。

## 幸福终于来敲门

桃李不言，下自成蹊。成凤生态农业合作社成为江淮大地上一颗耀眼的新星，陈来凤更是成了网红和"网上热搜"。成功后的陈来凤常有人来登门寻求合作、讨教技术，当然也不乏说媒的。亲朋好友们也常半开玩笑地说，你家庭脱了贫，你情感也要"脱贫"啊！每当这时她总是一笑了之，说自己工作忙、暂时还年轻等婉言谢绝了别人。看着女儿的同学个个都已成家，让父母抱上了孙子，陈汉明急了，催促女儿赶紧找对象。其实找什么样的郎君，陈来凤心中是有数的，只是还没有遇上"对"的人。

俗话说得好，有缘千里来相会。2017 年春，幸福终于来敲门了。

王堃，一个 85 后的小伙子，家住寿县双庙农村，2006 年考取了省科技学院，2009 年入党并以优异成绩考取了省委组织部选调生，成了公务员，2013 年进入省直机关工作。

王堃的父母在寿县农村一直从事养殖业和种植业，孝心的王堃节假日经常回去帮父母发展小产业，因为他是学科技的，也经常教授父母一些技术。他有时也参加一些农业技术培训班，来提高自己的实际操作水平。

2016 年秋，王堃参加了六安市农技部门举办的一个培训班，在班上遇到了一位霍山的罗大姐，在闲谈中罗大姐提到了霍山有个小姑娘叫陈什么凤，稻田养虾做得如何如何的好，又如何从一个贫困户变成了一个致富典型。言者无心，听者有意。王堃遂向罗大姐了解陈什么凤的更进一步情况，罗大姐说只知道她家中遭遇变故、自己退学、十几岁就学开收割机这点情况。一点点简单的情况，冥冥之中抓住了王堃的心，他先是恻隐继是敬佩。他也有着倔强的性格，这个女孩已深深走进了他的心灵深处。他在心底里说：小陈姑娘，虽然我们不曾相识，但我知道，我要找的就是你！

王堃在网上搜索"陈凤"，但搜索了很长时间都没有他要找的答案，有时搜到叫"陈某凤"的，又感觉似是非是。王堃就这样每天晚上在电脑上手机上搜索着，一个月后的一天，突然搜到一条"霍山飞出金凤凰"的新闻，文章里说到了"陈来凤"、"稻田养虾"等，王堃一下子高兴得跳了起来，他断定文中这个主人公就是他找了一个多月的陈来凤。他立马搜索"成凤生态农业合作社陈来凤"，然而联系的号码都是不全的，查了几个网站，总是有四个数字被隐去。倔强的王堃，当天夜里大有不破译号码绝不睡觉的决心，接着又搜索了八个网站，拼齐了自认为是对的号码。有心人，天不负，陈来凤的手机号码被王堃破译了。

王堃欣喜若狂，连夜便以"农场主"的网名请求陈来凤添加好友。有了微信，这个世界遥远的不再是距离，有了共同的目标，陌生的世界将不再孤单。初次接触，陈来凤只要讲到水稻种植、稻田养虾等总是滔滔不绝，王堃感觉陈来凤根本不像是一个只有初中水平的人，俨然是一个农技研究员。而当了解到陈来凤已经通过自学拿到了专科学历，并正在自修本科后，王堃从内心里对这个弱女子开始由敬佩到爱慕。一粒爱的种子，在王堃的心里悄悄地发芽了。

自从那夜陈来凤收到"农场主"请求加为好友之时起，陈来凤暗笑，这个男人也怪有意思，他怎么知道我就会添加农场主呢，莫非他摸透了我的心思？通过几分钟的聊天，她居然莫名其妙地对这个"农场主"有了好感。几天后，她竟有意无意地翻翻手机，看有没有"农场主"的信息，渐渐地她对"农场主"的信息有了一种依赖，因为他的信息不仅有大量的农技指导和团队管理知识，还有弱弱的关心和问候。在孤独的黑夜里，她太需要一个肩膀、一个支撑了。慢慢地，陈来凤对"农场主"产生了爱慕之情。

诗人说，真正的爱情，就是千万种理由认为不能相爱，却居然相爱！

一个省直机关公务员，一个合作社社员；一个大学选调生，一个初中毕业生；一个大城市市民，一个山区贫困户；一个天天西装革履拎着皮包的执法者，一个天天与稻田打交道的"泥腿子"……很多人怀疑，很多人不屑，很多人冷嘲。王堃的亲人极力反对：这是根本不可能的事；王堃的同学说：她就是一位徽姑娘，不是金凤凰；王堃的朋友也劝说：想当网红啊？还是现实一点吧。陈来凤的父亲直接了当地说：女儿，听老爸一句，我们高攀不起啊！陈来凤的同学也说：嫁不掉啊？你也太随意了；陈来凤的同事也说：当心被他耍了，我们是女孩，伤不起啊……

没人看好这桩爱情，但事实就摆在你的面前。2018 年 7 月，是个激情燃烧的日子，王堃终于牵手陈来凤，相拥着走向婚姻的殿堂。

王堃的到来，给成凤生态农业合作社带来了勃勃生机，王堃懂财务管理，懂市场分析，又在省城工作，眼界宽，思路广，成了陈来凤的高级参谋，王堃也很俏皮地把自己的微信名改成了"陈来凤总助"，这也反映出他俩爱之深、情之切。陈来凤也不无诙谐地说：现在我两是一根桩上拴着的两头犟驴，可真的要责任共对、风险共担了。

2020 年夏天，霍山遭遇了百年不遇的特大洪水，成凤生态农业合作社的基地、车间、仓库遭到洪水的袭击，围墙冲垮了，部分厂房垮塌了，饲料冲走了，成品大米冲走了……合作社损失 500 多万元。当时陈来凤身怀六甲、行动不便，只能眼睁睁看着肆虐的洪水吞噬她的梦想。王堃第一时间赶到陈来凤的身边，挽着自己的妻子，原本以为她会伏在他的怀里放声大哭，没想到陈来凤非常淡定，并幽默地说：

如果这次没有你，我可能又要去母亲的坟头哭得死去活来了。

的确，一份责任，如果两个人来扛，每个人只需承担百分之五十的重量。一份幸福，如果两个人来分享，就有了两份快乐。

现在的成凤生态农业合作社，实行统一购种、统一耕种、统一销售、机械共享、相互协作的模式，年种植优质稻米 2000 多亩，稻田养虾 1450 亩，年产优质稻米 2000 吨，小龙虾 200 吨，社会化服务面积 10 多万亩，实现年产值 1200 万元，带动县内外周边几百户贫困户脱贫增收。先后获得"省级稻渔综合种养示范区"、"省稻渔综合种养双千工程千亩示范片"、省农委"稻渔综合种养十佳创新模式"、省级"示范家庭农场"等称号。陈来凤本人也获得市县妇联"巾帼创业之星"、团市委"龙熙杯"青年创业大赛冠军、团省委"向上向善好青年"提名奖和五四青年奖章等荣誉，并被《人民日报》《中国青年报》《安徽日报》《皖西日报》腾讯视频和央视 7 套等多家媒体广泛报道。

2019 年 8 月 2 日，是陈来凤终身难忘的日子，省长李国英来成凤生态农业合作社视察，原本安排二十分钟时间，结果李省长对合作社非常感兴趣，在场里视察了一个小时，肯定了合作社的运营模式，并给予陈来凤高度的评价。那一天，陈来凤沉浸在幸福的喜悦之中，久久不能平静。这更加奠定了陈来凤发展的基础，增强了陈来凤发展的信心。

2020 年 9 月 20 日，"爱你爱你就爱你"，这是个"倔犟"的日子，幸福再次敲开了陈来凤的大门，陈来凤王堃的爱情结晶小宝宝出世了。小生命的到来，给成凤生态农业合作社增添了无限活力。

陈来凤，这位极普通的徽姑娘，终于变成了万人瞩目的金凤凰。目前她正谋划着更高更大更远的目标，来日方长，我们拭目以待。

# 石斛花开

### 谢　明

## 石斛花开满畈香

大别山腹地深处的霍山县太平畈乡，春天总是姗姗来迟。这里的人们有约定俗成的共识，春天是石斛花开的时候。

5月，淅淅沥沥的春雨过后，冬季休眠的连绵群山，像一个个汉子搓揉着惺忪的睡眼，伸展着倦意的身躯，条条沟壑、道道山岭上的各类植物，慢慢地才舒展开来，摇曳着，开始舞蹈起来，整个山野有了盎然生机。……绵亘山岭、峡谷的各色鲜花，或朵朵像云，或簇簇如锦，或团团似火，倾吐芬芳，让我们眼花缭乱、目不暇接。

最为精彩的景致，当属石斛花开。好像是听到了号令，在岩崖上、在溪流旁、在林荫下、在种植大棚里、在农舍的家前屋后，次第开放，那乳白微黄色的花朵，像夜晚满天苍穹的星星，目击所能，尽收眼底。每当此景，太平畈乡的人儿开始忙碌起来，脸上洋溢着喜悦、欢乐、憧憬，他们像石斛花一样对世界微笑。

石斛花开，春天来到了太平畈。

太平畈乡，1992年，由原来霍山县的高山铺乡和太平畈乡合并而成，大别山主峰白马尖就依偎在旁，是长江、淮河的分水岭，"一山之二河分"。这里是皖鄂两省交界之地，鸡鸣二省三地，与湖北的英山县，安徽的岳西县接壤，面积86平方公里，距霍山县城86公里，是全县最偏远的乡镇，辖8个村，155个居民组，人口1.48万人。由于历史和自然的原因，到2014年，全乡建档立卡贫困户尚有1025户，共计3374人，贫困发生率达22.6%。

我通过采访，切身地感受到，太平畈乡党委、政府做足了石斛文章，锻造了他们脱贫攻坚的"绝活"。短短几年，霍山石斛在太平畈乡呈爆发式增长，截至目前，种植基地规模达 16000 多亩，年产值达 20 多亿元，一批知名企业入驻，全乡直接从事霍山石斛种植、加工、销售的企业、合作社达 339 家，与之相关联的农户超过 50%，拉动了二、三产业的兴起，广大群众在这根长长的产业链条上，普遍受益，带动了农民的增收致富，脱贫攻坚步伐加快，成效凸显。

据霍山县农村商业银行太平畈支行提供的数据，截至目前，农户存款余额达 3.4 亿元，户均 8.5 万元，比 2014 年分别增长 105% 和 109%，连续四年增幅位居全县 33 个支行之首。

我在乡政府还了解到这样一组数据，2018 年全乡四个贫困村同时出列，2019 年农民人均纯收入达到 21764 元，比 2014 年增长 100.11%；2019 年贫困户和人口分别下降至 11 户计 33 人，贫困发生率下降到 0.24%；今年可以把贫困发生率归零。

霍山石斛文化博物馆，位于太平河畔，在一面荣誉墙上，我看到琳琅满目、各色各样的荣誉牌匾：国家农业产业建设示范强镇、国家霍山石斛专业示范乡、中国中药石斛文化小镇、中国特色农产品优势区（霍山石斛）、安徽省霍山石斛特色小镇、安徽省石斛产业集群乡镇、安徽省霍山石斛品牌战略基地、安徽省第三批优秀旅游乡镇、安徽省避暑旅游目的地、安徽省首批健康小镇等荣誉称号，已经拥有石斛类中国驰名商标 1 个，省著名商标 8 个，市知名商标 12 个，省级非物质文化遗产 1 项，国家石斛发明专利 27 项，2 个省级生态农庄，4 个国家级生态原产地产品保护品牌，拥有"十大皖药"霍山石斛、断血流、皖贝母、赤灵芝、茯苓等 5 处省级产业示范基地。……

仰视这些喜人的业绩，我无论在哪里，都会听到这样的心声：现在拥有的一切，是霍山石斛带来的。说到霍山石斛，我们不能忘记一个人，不能忘记他曾经的付出，不能忘记他几十年在其中沉淀的时光、凝聚的心血和汗水！

这个人就是被誉为"大别山药王"的何云峙！

何云峙，地道的大别山药农，几十年来，跋山涉水，踏遍了家乡的山山水水，为挽救濒临灭绝的霍山石斛这一"中华瑰宝"，倾其一生。1986 年 12 月，"霍山石斛野生改家种试验技术研究"通过安徽省科学技术进步奖评审委员会评审，何云峙荣获安徽省科学技术进步奖二等奖。1989 年 4 月，中国科学技术协会授予何云峙"全国农村科技致富能手"。1991 年 7 月，中共安徽省委员会授予何云峙"优秀共产党员"。

何云峙不仅保留并发展了霍山石斛物种，催生了霍山石斛产业的兴起，而且还推动了山区中药材的发展。参与创办的长冲药材场，种植药材品种 180 多种，高山铺、太平畈成为远近闻名的药材之乡。几十年来，他一直坚持向全乡、本县、周边县区乃至本省安庆等地、湖北、河南的药农传授中药材种植技术，先后参与《霍山石斛野生改家种试验研究》《皖贝母栽培育种试验研究》《百蕊草野生改家种》等科研项目，并获得成功。值得称道的是霍山石斛、皖贝母二例物种的抢救和挖掘，分别被载入《中国药典》。大别山区无数的百姓得到他的帮助和支持，他以个人博大的情怀，深受百姓的爱戴，被尊称为"大别山药王"。

2019 年夏天，李登云带着 91 岁的母亲何玉莲回乡省亲，他是与何云峙同组姚家湾的乡邻，1990 年高中毕业，家庭比较贫困，外出打工。一次回乡，何云峙找到他说，你家的山场适合种药材，特别是种植霍山石斛非常好。在何云峙方方面面的支持和帮助下，通过几年的努力，他家改变了贫困面貌，过上了幸福富裕的日子。现在，他把自己的山场田地，流转给"九仙尊石斛公司"继续种植石斛，他们一家到外地办起了公司。

感恩是一种特殊的能力。酷暑不能阻止何玉莲拜谒的步伐，她艰难地爬坡、步行，来到何云峙的故居，流连于故居里外前后。而后，来到"药王"铜像前，久久地凝视，抚摸着药王的"手"，老泪纵横："不是您搞起了石斛，不是您把我们家带出来，我们现在还不知道是个什么样子？……" 90 多岁老人真情实感的流露，令在场的人，无不动容！

何云峙以他心底无私、高风亮节的品格，为乡邻们称赞、怀念！

## 青山常绿富太平

大别山横跨鄂豫皖三省 36 个县，曾经全部都是国家贫困县，是国家扶贫开发重点片区。2012 年霍山县率先在大别山区摘掉了贫困县的帽子。

在学习贯彻落实十八大精神的过程中，霍山县委、县政府清醒地认识到，霍山县位于安徽省西部大别山腹地，曾经在 1986 年被确定为首批国家贫困县，2001 年又被列为国家扶贫工作重点县，经过几届领导班子的接续努力，虽然整县"摘帽"了，但霍山县是集革命老区县、国家重点生态功能区、水库移民集中区、自然灾害频发区、大别山主峰核心区为一身的基本县情，没有改变，脱贫攻坚任务仍然十分繁重。2016 年精准核查全县有重点贫困村 43 个，建档立卡贫困人口 11801 户 32102 人，贫困发生率 9.78%。毫无疑问，消除贫困、改善民生，实现贫困村出列，贫困人口脱贫，是当务之急。啃下这些硬骨头，合围拔寨的最后冲刺，历史性地落在这一代人身上！

在太平畈采访时，我了解到，太平畈乡通过几年的努力，到 2016 年精准核查时，全乡仍有 4 个贫困村，贫困户 810 户，贫困人口 2484 人，贫困发生率达 16.78%。如何解决贫困村、户、人的脱贫问题，是摆在太平畈乡党委、政府一班人面前紧迫而重大的政治任务。

乡党委书记贺新建、乡长崔世良向我介绍，在贯彻中央、省市和县委、县政府关于脱贫攻坚的战略部署中，乡党委、政府学习讨论时，决心在具体工作落实上，一定做到不走老路，避免弯路，闯出新路。他们结合境内拥有道地中药材 1460 多种，是著名的中药材之乡，更是霍山石斛的原产地、核心区的乡情，提出并紧紧围绕"做大石斛产业，打造石斛之乡，推动石斛之旅，带动群众脱贫致富"的思路，通过"大户带贫户，公司带农户，先富带后富"的路径，咬定霍山石斛主导产业、做足霍山石斛文章，激活"药王"品牌效应，引导改变贫困群众等靠要思想，通过入企务工、土地流转、入股分红、兴办农家乐等多种形式，增加收入，使当地百姓都能分享中药材，特别是石斛产业发展带来的资源红利，为脱贫攻坚成效的巩固，提供长效的发力机制。

思路决定出路。认识指导行动。

如今，在太平畈乡，以"药王"何云峙所在的王家店村为源头核心、以国道 529（与省道 318 线并线）为主轴线，霍山石斛产业已成集群发展之势。

进入太平畈境内，道路两旁种植大棚连绵不断，抬眼看得见的满目青山，郁郁葱葱的林下，种植了大面积的霍山石斛。

中国作家协会副主席、著名军旅作家徐贵祥，参观霍山石斛林下种植，从山地里捧起一丛，满怀深情地说："太平畈的绿水青山，是名副其实的金山银山！"

孙正义，著名的老药农，也是最早响应并跟随何云峙种植霍山石斛的当地农民，他跟我说，霍山石斛能够搞这么大的面积，这么多企业参与进来，何老当初没有想到，我更是做梦也没有想到！

眺望霍山石斛欣欣向荣的发展，老人动情地说："何老当初跟我们说，要是把石斛这个东西种成了，太平就不穷了，孩子就不要东奔西颠外出了，我们就享福了。太平现在这个样子，就是他当初想要的样子，也验证了何老的话，我们现在在家真是享福了。你看，路两边几十里的人都靠它吃饭、靠它过日子呀。"

在王家店村委会，乡党委分管扶贫的副书记汪海军、村党支部书记何志向我介绍，王家店村辖33个村民组，总人口为909户3188人。2014年建档立卡贫困户199户577人；2016年精准核查贫困户130户334人。这几年石斛产业的快速发展，贫困户普遍受益，脱贫致富步伐明显加快推进，是安徽省石斛示范村、"十大皖药"（霍山石斛）产业示范基地。全村石斛大棚种植面积750余亩，林下种植面积400余亩，种植户近100户，农民合作社45家，为300余人提供了就业岗位，人均年增收2万元，贫困发生率从2014年的18.1%，下降到2019年的0.41%，2020年有望实现贫困户全部脱贫。

由乡里扶贫干部李树春伴行，前往何云峙故居的小路上，一个山冲路口，"药王谷"门匾吸引了我。走进去，得知主人叫何斌，因为带动贫困户就业，深受群众拥护，被选为县人大代表。他放下手中活计，非常热情地接待我们。在交谈中了解到，他是何云峙的堂侄，原先在区中心卫生院学中医，1985年回乡，当起"赤脚医生"，同时跟着何云峙采药。他清晰地记得，回乡不久，何云峙给他十几丛石斛，教他任何分根栽植，后来，在何云峙的指导下，成为第一批试种试管苗的人之一。他告诉我，开始成活率不高，何云峙就到他的地里，精心选择植料、调整种植朝向、指导遮蔽直射阳光、择时浇水等等，直到2008年建起了简陋大棚。接下来，他开始学习仿野生环境的林下种植，何云峙还是全程关注，适时提供帮助。他说，老叔是给我"扶上马，送一程"。现在自己成熟起来了，不能忘记老叔当初的鼎力相助。

这是个性格直爽的人，从他的谈吐中，就看得出他是一个目标颇高，又苦干实干且有怜悯之心的人。他告诉我，自己的日子现在过好了，对周围贫困家庭，我们得帮他们一下，像老叔当初帮助我们一样。在他的用工记录上，常年在此务工的贫困户就有储召明、肖学元、何云舟、邢炎东。

我看到，药王谷农林科技有限公司与邢炎东签订的常年劳务合同中，双方约定，每一个工日，劳务报酬80—100元。我粗略码算，按一年出工150天，以约定的最低单价，邢炎东即可获得报酬12000元。通过走访了解，在"药王谷"务工的几个贫困户，现在都脱贫了。肖学元，还盖起了楼房。他们的生活，一天天都好了起来。

我多次往返太平畈采访，都是住在"何家大院"。这是一个典型的徽派庭院建筑。

何辉、何伟二位兄弟是这里的主人。因为常来，大家都熟络起来，老大何辉夫妇带着老母亲在此生活，经营民宿，种植、管理大棚和林下种植的石斛，注册成立了绿斗石斛生态观光园公司。弟弟何伟，在杭州和六安经营餐饮，并销售石斛，据说生意做得不小，还时常带来一些客户前来休闲度假，感受乡野农家生活，近距离参观霍山石斛的种植和生长环境。

何辉是当地人，经常有人来这里，聊天，谈生意，我发现他们谈话中，很多时候都离不开石斛。我的疑问还是何辉70多岁的老母亲帮我解开的。老人坐在板凳上，双膝放着一只竹筛，里面盛着石斛鲜草、钢丝、龙须草，正在做霍山石斛"枫斗"。她告诉我，自从何云峙把石斛搞起来了，我们家家都与石斛有关系了，在一起肯定要谈石斛了。谈话间，来了几位中年妇女，听口音都是当地人。

她们在一旁也帮助解释道，现在年轻人，家里经济跟得上的，就种石斛，不种的可以出去推销，或者进厂。留在家里的都是我们这些妇女，现在我们在家门口有事可做，可以到企业做工，或者做"枫斗"，这样拿工资，不吃闲饭。

采访的几天里，我观察，现在留守在家的确实大部分是中年女性，她们心灵手巧，石斛产业的发展，她们中很多人，或可以居家灵活就业，或可以利用空闲时间，参与石斛缠绕，制作霍山石斛"枫斗"，从她们轻巧手指的上下翻转中，获取报酬。

我问其中一位，种不种石斛？她说，种不起。是的，种植霍山石斛的先期投入非常大，1亩土地上，可以建3个种植大棚，每一个投入要25到30万元，林下种植投入更高，一般人难以承受。交谈中得知，她叫段秀英，今年59岁，在绿斗公司务工，家里是贫困户。当我询问她家生活和收入情况时，她让我去问她的"老板（丈夫）"。

出了绿斗公司的大门，20来米就是她的家。来到晒场上，场边是一座坐北朝南的二层三间的小楼，看上去盖得已经有些年头了，直觉告诉我，她家原来的年景应该不错。大门敞开着，我走进，招呼了几声，一位中年男人曲拐而艰难地从屋里走出。我自报家门，说明来意，他很热情让我坐下，给我递烟、倒茶。在攀谈中了解到，他叫李明旺，是段秀英的丈夫，1958年出生，原来他们夫妻很能够吃苦耐劳，家里的日子还过得去，多年前在砖厂务工的时候，不小心腿被搅进搅拌机里，造成重度残疾，什么体力活都不能干了，日子一天不如一天。

在他说话的时候，我环顾了他的家什，确实比较简陋，但也不像他说的那么艰难，也许他看出了我的疑惑，他提高嗓门对我说："要不是政府精准扶贫政策的支持，加上何总（何辉）的绿斗公司的帮助，我早死定了！"

他详细地告诉我，自从被列入贫困户，政府和帮扶人给了很多扶持，享受了一些政策。他家沾了何总他们公司不少光，他把山场流转给公司，每年流转费用是4200元，把田地租给他，每年租金收入5000元。家属在公司上班每个月工资1800元，因为在企业上班，政府每月还补助她300元，自己家里还可以忙一点。2016年我就脱贫了，现在，吃喝不愁，日子一天比一天好起来了。

从李明旺惬意的谈吐里，我分明感受到，在他起伏的生活状态下，他没有倒下去，确实得益于精准扶贫政策，得益于石斛产业发展所起的带动作用。否则，像他们夫妇，随着年纪一天天大起来，是难以走出贫困泥潭的！

知名企业参与的动能巨大而无声。2013年3月28日，香港人卢润樟先生，在太平畈乡王家店村，注册成立霍山县天下泽雨生物科技发展有限公司。

香港老板要来太平畈种植霍山石斛。霎时，成为当地坊间茶余饭后热议的话题。

一些担忧的人说，卢老板看人家吃豆腐牙快，一个香港人，根本不知道霍山石斛水有多深，种起来有多难，他这是光着头往"刺蓬笼子"里钻，流了血也缩不回来了，投入的钱，肯定是打水漂。

一些反对和怀疑的人说，听说卢老板生意做得大，做得好，怎么想到跑太平畈来种石斛？不是来种南方的"黄草"，把它当作霍山石斛卖吧？这样会毁掉霍山石斛的声誉！

南方有一种植物，外形酷似石斛，太平畈的人，称之为"黄草"。

在采访过程中，听到这些议论，我真的感到，人们的担心和忧虑不是没有理由的。按照市场规律和常理来说，卢先生作为成功的商人，没有必要另辟蹊径，涉足自己压根儿不熟悉的领域。

卢润樟先生为什么要到太平畈来种植霍山石斛呢？初次听到这些，对于我，也是个谜。我和卢润樟先生认识，也有过交流。那时候，我没有听到当初的这些议论，也没有想到要写这个报告文学，更没有当面询问这些问题的答案。

在这次采访中，我听到一个未经验证的传说，可以导出这个问题的缘由。

卢润樟先生，香港商人。在香港从事皮草生意，且经营得风生水起，拥有自己的工厂和时装设计、市场营销团队，还创立了"第一夫人"等高端品牌，市场占有率非常高，在行业内知名度和美誉度非常高。

在这里有必要说一下皮草。我们说的皮草，就是利用动物的皮毛制成的服装，其较为美观并且价格较高。牛、羊乃至狐狸、貂、水獭、獭兔等毛皮兽动物，都是皮草原料的主要来源。大部分皮草原料来自人工饲养，不过，不法商贩在利益的驱动下，捕杀、收购、销售野生动物皮毛及其制品，使得一些珍贵稀有野生动物濒临灭绝。

对此，业内人士心知肚明。

随着世界范围内，人类道德水平和文明程度的提高，环境保护的理念深入人心。皮草和环保之间的矛盾，成为人类不争论的话题。为了人类的衣装，不能让动物付出灭绝的残酷代价。没有杀戮，就没有交易。没有买卖，就没有伤害。

卢润樟，作为具有国际视野的商人，他当然明白，零皮草是当代社会价值的时尚风向标，更符合国际潮流。

也许，是为了救赎。

也许，是为了秀出无伤害时尚理念。

他，在寻找。

霍山石斛，系国家批准的药、食二用珍稀植物，是石斛属植物唯一品种，在中国两岸三地、东南亚乃至世界范围内，具有良好的知名度与美誉度，而道地霍山石斛的正品，市场拥有度非常低。凭借市场的广泛考察、调研、分析和把握，卢润樟把目光聚焦到太平畈、锁定在太平畈这个狭小的范围。因为，这里是蜚声中外的霍山石斛原产地，在香港被称为"石斛之都"。

地处大别山腹地深处的安徽省霍山县太平畈乡，群山环抱、绿树参天，森林覆盖率高达85%，负氧离子含量平均在4200以上，海拔1774米的大别山主峰——白马尖，雄踞于旁，多云尖、天河尖、四望山等山峰雄峙四周。这里气候湿润，季节分明，氤氲弥漫、清流潺潺是太平畈的四季常态，年平均气温为15℃，是中国天然氧吧、中国石斛之乡、中国药材之乡。

方向既定，说干就干。

卢润樟怀揣"挽救濒危药材品种，延续稀缺种源，惠及大众健康"的愿景，来到了太平畈，立志以中华瑰宝——霍山石斛的传承与推广为己任，提高企业社会责任感，树立传统中医药企业的品牌形象，惠及人类健康。

卢润樟的天下泽雨生物科技发展有限公司，从流转土地建基地起步，短短的时间里，就投资3亿多元，建立起原种保护、种苗繁育、规模化栽培、中药饮片、保健品加工与销售、技术研发和中医药健康旅游为一体的全产业链龙头企业。到2019年底，拥有中药材基地4000余亩，厂区占地面积60余亩，建有霍山石斛枫斗、石斛粉、灵芝破壁孢子粉、中药饮片、食品五条加工生产线，其中，有三条是经过GMP认证的生产线，研制、开发出多种霍山石斛衍生产品投入市场。

乡党委书记贺新建、乡长崔世良和当地农民纷纷告诉我，天下泽雨公司入驻之后，对带动当地的经济发展和农民增收，特别是吸纳贫困户就业，起到了很大的推动作用。

2020年7月15日，我带着很强的目的性，到这家企业采访。

王成，天下泽雨生物科技发展有限公司副总经理。这是一位年轻、精干、富有朝气的年轻人。王成向我介绍，公司入驻以来，已经流转农民田地1000余亩，山场3100亩，2019年支付农民的租金和工资达到1070万元。现有固定员工200余人，全年季节性用工达2万余人次。

王成报出的数字，引起了我的兴趣。

我问他：你知道"建档立卡贫困户"吗？

他非常快速地回答：知道。是2014年建档立卡的，这些户子我们公司吸纳固定员工就有9户。

我又了解他们的收入情况。

王成非常礼貌地请求加了我的微信，而后立马给我发了一份"天下泽雨贫困劳动者就业工资发放汇总表（2019年）"。这份表格把贫困户就业的相关情况，记录非常详尽，有姓名、户籍地、身份证号码、工作岗位、所属部门、联系电话、工资汇总等等。我数了数：王子芳、伍芹、杜秀、朱芳、储德芳、万翠、邢桂梅、储小丽、伍满环，正好9户，与之所述吻合。我查看他们的收入，最低的是储小丽，20040元，最高的是储德芳，25144元。

王成副总经理的举动，给我留下了非常深刻的印象，这位年青的外资企业管理者，能够把脱贫攻坚时刻装在心里，对贫困户的情况了如指掌，反映了公司的社会责任，和他个人深深的情怀。可能是职业的习惯，我对于报表数字，有一种天然的不屑一顾。

谢别了王副总经理，我让陪同的乡干部解磊，按照表格上记载的家庭地址，直接驱车前往洪峰村。

在村部，见到了吴南江，他是我们单位一名副处级干部，选派到这个村担任扶贫工作队队长。

"走，老吴，陪我到余家湾，找一下储德芳家！"

吴南江听说我要去余家湾村民组找储德芳，似有所悟。"你最近在采访，是不是想写一下储德芳夫妇？"

"你带我去看看，了解一下实际情况再说。"

吴南江对洪峰村的情况十分熟悉，在任县广电台长的时候，他们单位就一直帮扶洪峰村。在路上，他向我介绍，储德芳的丈夫叫余方升，61 岁了，这里山高路远、交通闭塞，再加上他们文化低，又没有一技之长，还要供二个孩子上学，收入捉襟见肘，陷入贫困。这些年，他们夫妇在村里的推荐下，到天下泽雨公司务工，收入比较稳定，有闲暇功夫，在自己的山场、田地搞一些种植，收入增加很快，2016 年已经脱贫。

我一边听着介绍，一边观察车窗外的景象。虽然下着雨，但蜿蜒在海拔千米的山里道路，不算宽阔的水泥路，畅通无碍。一幢幢农民的小楼坐落或路旁、或山脚，当我们的车子经过的时候，他们在门前观望我们的眼神，少了一些呆滞，多了一些自信。

我感到，昔日的贫困村，真是变了。

刹车声，打断了我的思绪。走下车来，迎面出现的一幢小楼和毗邻的土墙瓦顶房屋，形成鲜明的对比。

余方升把我们迎进那土墙瓦顶的房屋。这里就是他的家。我正在纳闷：这样的住房，达到"三保障"标准吗？也许，陪同前来的吴南江看出了我的心思，给我介绍："他家新的住房，是在乡里集中移民安置点购买的，正在装修。"

走进他家的堂屋，我环视了整个房里的陈设，感到与我过去到过的其他贫困户家里基本雷同。家什陈旧，农具等随处摆放，没有像样的电器。我招呼他们夫妇不要忙着给我们倒茶，坐下来聊聊。

余方升递给我一支烟，在我不远处坐下。我说明来意，他就滔滔不绝地说了起来："要说我家能够脱贫，我要感谢共产党、政府，还有帮扶干部和'天下泽雨'，要不是他们，我家还不知道现在是个什么样子。"

看来面前的这位汉子，是个健谈的主儿。我也就直接告诉他，不要这么笼统地说，请他把这几年怎样做到由贫困户到脱贫户转变的，给我介绍详细点、具体点。

他停顿了一下，好像是思考着什么。他接着跟我说："我真得亏村里把我俩介绍到'天下泽雨'。我们每人负责 30 亩的石斛，除草、清沟，每个月每人有 1800 元的工资，有时候还有补助。"

在一旁的储德芳赶忙插话："我每个月还多 300 元的补助。"

我问余方升有吗？他回答："我没有了，我是 1958 年 3 月出生的，年龄超过 60 岁了，就没有了。"

何故？我细问同行的乡干部解磊。解磊解释说："她说的是就业补助。60 周岁以下的贫困户进入企业务工，每人每月补助 300 元，政策是市里出台的，资金由政府支付。"

"我好像这几年时来运转，自从进了'天下泽雨'务工，企业给我的任务干得没有让人说闲话，自己家的活也没有耽搁，粮食够吃有余，茶叶照摘。你说怪不怪，现在兴的药材，像黄精、茯苓比以前卖的价格都高，还拿到了产业扶贫补助 3000 元。"余方升抢着跟我说。

"你现在药材卖的价格高，是因为你现在减少了种植面积，讲究科学了。"赶来的村书记李滔，也是他的帮扶联系人，怂恿他。

面对年轻村书记的话，余方升非但没有生气，反而面带羞涩憨厚地笑着说，"那倒也是。我和'天下泽雨'的人闲扯，就扯了这个事。技术员告诉我，药材种植一定要讲科学。什么是科学？我也不知道。还是村里帮我找来农技站的技术员，他们教我怎么干，我就按照他们讲的干，哈哈，还真照！"说到这里，他不自觉地大笑起来。

这一说一怼的细节，让我观察到，只要乡村干部真心诚意地帮助农民，做一点在他们看来是有利于己的好事，他们就会有感恩戴德的回报，就会和你心贴心，哪怕你对他态度硬一点、语言辣一点，他们也不会计较，甚至顺从你，认为你是他的知己人。

接着，余方升像是自言自语地说"'科学'真是个好东西，能够让人天晴有事干，雨天也有事干。"

我问此话怎讲？他滔滔不绝地说："原来我没有技术，只能出去卖力气，靠天气吃'碰头草'，遇到雨天只要在家'焐床'。现在不一样了，天晴、天阴都有事情干，天晴去企业干活，天阴就在家里准备种药材的东西，锯树桩、打眼种菌种这样的事都可以干。不像过去'焐床'焐得腰都疼。"说着，他用右手捂了一下腰。

他的这个肢体语言让我想到，我们单单在口头上喊，要唤起贫困户的内生动力，如果我们不能从实际出发，或者因人而异、因户施策帮助他们，找到激发他们内生动力的支点，无论用多少力气，都是白搭。

乘着他高兴劲，我问："现在你的日子好了，还住这个旧房子吗？"

可能又是说到他的兴奋点了，说："我的新房子在街上，是楼房，正准备装修。你看，我现在这个地方，没有地方盖，要是翻盖，离路这么远，买个、卖个东西都不方便，我就花了 19.8 万元，在乡里统一建的移民安置点买的。买的时候钱不够，我托亲代友借了 10 万，不过现在已经还上了。搞好了我家搬过去，底下一层可以租给做石斛生意的人，现在好租得很。如果不租，自己开个门市部什么的也行！我有这些，真的感谢党，感谢政府，感谢吴书记他们这样的帮扶干部！"

从余方升慷慨激昂、流水似的叙述，我看到，他不光拥有当下生活的满意度和幸福感，更对今后的生活充满信心和期待！

临别之时，他握着我的手，他说的一句话，使我久久回不过神来："唉，想想过去，脸上都淌'黄水'！"

我的眼眶也有些湿润！

告别余方升夫妇，准备到不远处的太平畈街道，看看余方升们将来的新居。在路上，遇到村委会主任何子英，这位干练的中年女同志，2008年就担任村干部，对村情和每家每户的情况很熟悉，当她得知我此行目的，快人快语的她，就自告奋勇地为我介绍，她对余方升一家的了解："他们俩是实施精准扶贫以来，变化最大的农户之一。特别是'天下泽雨'进来后，好像换了一茬人。要讲原来，他家真是穷得叮当响。我讲一个例子：那年，他大儿子在浙江结婚，要带新媳妇进门，就是今天你们去的老房子。那时，他家除了大门，房间都没有门，你想，我们山里人讲究，不能这样敞着吧，要装一扇门都没有钱。最后，只好拿块布挂上，算是门了。不过，他们家原来贫困，与那些好吃懒做和两眼向上等靠要的人不同，周围邻居都知道，他们俩责任心非常强，又很勤劳，起早贪黑干，真是'日出而作，日落而息'。可是，因为他们干什么都不得法，或者说不懂技术，药材种的多，没有别人收的多，猪养的多，没有别人卖的多，最多的一年，就养死掉六头。有人笑话他'我卖的还没有他家死的多'。你想，再多的本钱也招架不住呀！"

这二年，在技术人员的指导下，余方升压缩了中药材的种植面积，也减少了种植的品种，在乡农技站和天下泽雨公司技术员的帮助下，运用适用新技术开展种植，种出药材的品质、产量大幅度提高，出售的单价也随之提高，收入增加。据吴主任介绍，产业扶贫验收，他家得到了顶格3000元的补助资金。

何子英主任的话，与我了解到的情况基本吻合。

农民在从事种植业、养殖业的时候，如果仍然沿用传统的耕作模式和饲养方法，是无法产生经济效益的，也无法适应市场需求端对农产品高品质的要求。好在，余方升们有缘结识了天下泽雨公司的技术员们，乡村干部又为他请来了农技人员，为他拿捏把脉、精准施策，终于，苦心人，天不负，老天没有辜负勤劳人的汗水。

采访余锡庭是临时安排。我在走访落户太平畈的石斛开发企业时，得到一个信息，外来企业，招用常年务工人员，根据岗位条件进行录用，不困难。难的是，"初来驾到，摸不到锅灶"，招用临时用工比较困难，一来时间紧，二来季节性强，三来每次用工数量不一，群众之间，谁干，谁不干？相互难以协调。

得知这个情况，乡党委、政府出面推荐余锡庭义务帮助协调此事。接手任务，几年来有序满足了企业用工所需，做到了企业、群众、政府都满意。

探其究竟，我前往拜访。

在太平畈街道，来到位于乡扶贫移民集中安置点，找到余锡庭的家。余锡庭，1954 年出生，1976 年入党，1986 年就在洪峰村里任职，2002 年从村书记岗位上退下来。走进余锡庭不久前搬进的新屋，是沿街二层楼房，宽敞明亮，新购置的家具，简单而实用，地面和陈设打理得干净、整洁。在等候老余的空隙，我从同行的村干部口中知道了他的一些情况。在他年富力强的时候，把主要精力都用在村里事务上，无暇顾及自家农林生产，全靠妻子一人支撑。从村书记岗位退下来，因无一技之长，加之底子薄，陷入贫困，2014 年家庭人均收入只有 500 元，被评定建档立卡贫困户。

谈话间，余锡庭走了进来。初次见面，给我的印象，他是一个实在而有头脑的人，讲话举止比较得体。坐下来交谈，我直入主题，说明来意。他简单思考了一下，面带愧色地告诉我，"我被评为贫困户，当时心里也不是滋味，在村里干了十几年，没有把村搞起来，自己家也没有搞好，对不起人啊。"

我把话题引向企业用工的问题，他介绍说，我主要是给天下泽雨公司组织劳力，我觉得这是乡党委信任我，交给我这个老党员的任务，一定要干好。公司在我们洪峰村流转了 2900 亩山场，搞林下种植石斛，让我组织一下劳力，避免一窝蜂、乱糟糟的，公司也不好干。我把大家召集起来商议，社会上不是说，干部靠"杠子"，群众靠"阄子"吗？我们家庭住得分散，不可能每次都抓阄子，根据大家讨论的结果，定下一个"谱子"，就是每次需要出工，贫困户优先，然后是有山场田地流转给企业的，再有多余的名额，其他户子再上。这些年我们就按这个"谱子"抹的。

介绍时，余锡庭也不避讳地告诉我，他是二头（贫困户、流转山场）都挂的上，大部分他都出工了，其中还有一个原因，就是每次出工时，还能义务组织和管理、服务一下大伙，给大家发放报酬，大家都没有意见。

我问起收入情况，他的记性很好，一本账全在他的脑子里。天下泽雨公司在他们村流转山场田地 2900 亩，有 14 户的山场在设计的流转范围，其中有 6 户是贫困户，他们每年都能够按合同到时候就拿到流转费。经常参与出临时工的有 20 多户，其中有 16 户是贫困户，整地、种植、除草、支水这些活，干得熟到，企业也很满意。他们出一天工，报酬是 150 元，还管一顿中餐，说句良心话，这个价格，是优惠的。2018 年就发掉 15.16 万元，去年和今年可能还要多一点。现在这些人在政府的帮扶和社会方方面面的关心下，都脱贫了。

我问起他家的情况，他高兴地对我说："我搬到安置点来了，把 233.49 亩山场田地流转给天下泽雨公司，每年可以获得流转费 10669.85 元，自己平时在松鹤堂中药材有限公司打工，平均每天有 80 元的收入，2018 年申请了小额贴息贷款 4 万元，新栽茶园 1 亩，低产改造 3 亩，还发展了茯苓种植 567 平方米，获得政府产业补助 3000 元，有时参加天下泽雨公司的出工。2016 年的时候，我家人均收入就有了 11830 元，那一年也脱贫了。"

在余锡庭家里交谈的时候，我还间接从随行的乡村干部言谈中获悉，洪峰村祝家冲组的曹言堂，因夫妻都身患重度慢性病，家里缺乏劳力，2014 年被评定为建档立卡贫困户。2016 年，他家水田山场 162.8 亩流转给天下泽雨公司，每年流转费 6825 元，李晓英身体许可的时候，在松鹤堂中药材企业打零工，平均每天收入 80 元。儿子在上海予安消防工程设备有限公司务工，每个月有 3000 元的收入。曹言堂本人视身体状况，好的时候，在家务农，2017 年还申请小额贴息贷款 3 万元，发展新栽茶园 1 亩、低改 3 亩、天麻 500 平方米，获得产业补助 3000 元。这一年，他家的人均收入达到 10775 元，实现了脱贫。

我还得到一个令人兴奋的消息，太平畈乡党委、政府，特别注重激发贫困户内生动力，同时精准引导贫困户因地制宜发展农林产业，增收致富；在尊重群众意愿的前提下，有计划把山场田地流转给石斛开发企业，吸纳他们入企就业，获取报酬，这些措施，对贫困户持续稳定增长，构建了长效机制。这几年，已经脱贫的人口和农户，没有一人一户返贫。

告别老余，走在宽敞的沥青路面街道，我始终感受有一股向上的力量在胸中激荡，在扶贫攻坚决战的关键时刻，基层党组织的战斗堡垒和党员的先锋模范作用充分彰显，起到了关键性的作用，不可取代。余锡庭，无职的普通党员，没有忘记自己的党员身份，交谈中，他的一句话，我记忆深刻："当初，我虽然是贫困党员，但不能拖脱贫攻坚的后腿！"

我回望，一排排扶贫移民安置新房，一张张充满希望的笑脸，我深深地呼吸着，富含负离子的新鲜空气，立感心旷神怡！

## 岁月沉香幸福长

采访回到家里，从 CCTV 新闻中得到消息，农业农村部发布《2020 年乡村特色产业十亿元镇亿元村名单》，依据全国"一村一品"示范村镇检测结果，经各级农业农村部门审核和专家复核，公布全国 91 个乡村特色产业十亿元镇，太平畈乡位列其中。

时光之味，岁月沉香。

今天，不论是前往太平畈的道路上，还是漫步在太平畈的街道上，都能够亲身感受到，一个处于大别山主峰脚下的偏远乡村，因霍山石斛产业的快速发展，带来蓬勃旺盛的经济活力。深情回望来路，我真切地感到，何云峙们，从一开始，就不单纯是一个自身爱好和自出机杼的举动，这是一个有志向和有责任的农民，不屈服苦难命运安排，不向身处贫困环境低头，在完成摆脱贫困的同时，不忘初心，敞开胸怀，献计出力，躬耕示范的仁爱和明智之举。

蜿蜒的太平河，日夜不舍，奔流东进。太平畈，山山岭岭流淌而下的滔滔河水，记忆着两岸往日的贫困和苦难，品味着两岸热土中的硕果与希望。今天，激情正在燃烧的岁月，太平畈人依旧没有停止前行的脚步。

石斛花开，满畈飘香！

# 小溪河的变迁

伍凤麟

　　在单龙寺镇的双龙村，小溪河蜿蜒而过，清澈的河水唱着欢歌，常有飞鸟在河面飞翔、觅食，与河畔绿树掩映的村庄构成一幅流动的乡村画卷。常有三两驴友溯溪而上，感受如画的山水美景和恬静的乡村生活，于是，小溪河的灵动和诗意常常刷爆朋友圈。

　　小溪河是双龙村的母亲河，村民临河而居，日出而作，日落而息，日子过得滋润而悠然。双龙村的村民说，曾经的小溪河"晴天像水沟，雨天像黄河"，两岸被山洪水冲刷得参差不齐，河床快要高出路面，河边村民习惯性将垃圾倒进河中，河水污浊不堪。小溪河是随着美丽乡村建设的脚步而变得清亮起来的，小溪也见证两岸村庄的沧桑巨变，记录了双龙人打赢脱贫攻坚战的信心和决心。

## 希望的种子

　　二十世纪八十年代，小溪河两岸的村庄大多是土砖垒起来的老房子，一条泥泞的土路是进村的唯一通道，交通不便，信息闭塞，大山里的人们，日子过得清贫又清苦。一个偶然的机会，村民蒋立云掌握了种植黑木耳的技术，在他的带动下，小溪河村几乎家家户户都种起黑木耳，由于质量好无污染，虽然当时卖到十几元一斤的高价，但来这里买黑木耳的人还是络绎不绝，一时之间，小溪河热闹起来，中央电视台还专门来村里拍摄了新闻专题片《小溪河之路》，让这个深山小村落走进了全国人民的视野。如今，小溪河人回忆起那段光辉的岁月，依然充满了自豪和怀念。

　　"小溪河里流淌不息的河水，可不就是我们当年干活时候的样子嘛，那个时候老是觉得有使不完的劲，靠着种植黑木耳我们解决了温饱问题。"70岁的石灰冲村民组村民张友根提起当年感慨万千，他当年是村里种植黑木耳的代表人物。

传统的黑木耳种植需要大量砍伐椴木，毁坏植被破坏生态，随着封山育林的推进，黑木耳的种植日渐走进尘封的历史，有的人选择外出务工，有的人则陷入贫困的境地。2015年，双龙村被确定为贫困村。

何时才能拔掉"穷根子"，甩掉"穷帽子"，过上"好日子"？穷则思变、敢闯敢干的种子根植在小溪河人的心田，只待春风一吹，又会生根发芽、枝繁叶茂。

## 致富新路径

"这茶颜色好！"

"除了摇青、炒青，发酵的时间也要把握好……"

在双龙村贫困户储著权家，一场围绕着山野茶制作成乌龙茶的小型研讨会正在热火朝天进行中。

"听说你自制了摇青机，制成了乌龙茶，我今天特意给你带来了茶叶专家，请他们给你的乌龙茶'把把脉'！"得知老储乌龙茶试制成功，霍山县政府主要负责人带着茶艺专家再次登门。储著权本是当地小有名气的能人，二十世纪八十年代曾经自费到安徽农学院学习菌种种植，回来后发展黑木耳。然而天有不测风云，后来因小儿子精神异常，先后到上海合肥等地各大医院救治，加上老婆又患上糖尿病，雪上加霜。两个常年吃药的"药罐子"让老储债台高筑，成了建档立卡贫困户。

县领导得知情况后，亲自结对子进行帮扶。不安于现状的老储又盯上漫山遍野的山野茶，如果能够制作成乌龙茶，就能打造特色和品牌，在市场中占得一席之地。听了老储的想法后，县领导当即给予支持，于是出现了开头的一幕。

镇村和有关部门开辟了绿色通道，老储顺利争取到发展资金，流转50亩土地建成茶叶基地，申请注册"林中音"商标，并由霍山县蒲公英电子商务有限公司免费为其在线上销售，如今，更是成了"零距离"电商平台的销售产品之一。今年，老储的茶叶还走进了快手直播间，搭上网络销售的快车道。老储不仅自己脱了贫，还带动周围群众一起发展茶产业，让漫山的茶园变成源源不断的绿色银行。

大力发展茶产业的同时，村两委还鼓励村民发展养殖业，引进鼎萃山乡康养农业有限公司，成立生态养猪合作社，采取"公司+贫困户"模式分散养殖黑毛猪，按照"公司提供仔猪——贫困户采用传统生态方式喂养——公司不低于同期市场价回收猪肉"方式，为贫困户解决生猪变现问题。然后，再利用其自身的农村电子商务平台及供应链运营管理，将猪肉向外销售。

夕阳西下，家家户户飘起了炊烟，山村显得格外宁静。吴海俊正在猪栏里忙活，为 100 多头黑毛猪喂食。吴海俊天生哮喘，年轻时身体还能抗得过去，但上年纪后，他便经常住院，家里越过越穷。2014 年他因病被列入双龙村建档立卡贫困户，健康扶贫"351"、"180"政策出台，他的大部分药费得以报销，缓解了家庭的压力。2017 年，小女儿大学毕业在外上班，他申请了 2 万元小额信贷，扩大养殖规模，又种了 5 亩中药材，更坚定了自己脱贫的信心。他说："我的这些猪都是黑寿淮猪，肉质特别鲜美，根本不愁销路，鼎萃山乡康养农业公司为我们提供猪苗、养殖技术，而且统一回收，价格比市场上还要高出不少。小猪就像小孩，必须尽心尽力地看护着，只要有一点不对头，就要隔离治疗。还好，公司会定期派技术员来指导，让我们心里有底。"目前，他家养母猪 11 头，肥猪存栏保持在 100 头左右，年销售近 200 头。

村里像吴海俊这样的养殖贫困户，双龙村生态养猪合作社里有近 30 户，每户年均增收万元以上。从种植黑木耳到养殖黑毛猪，在"勤劳实干、光荣脱贫"的道路上，双龙人一直在探索，在实践，将梦想照进现实，从未停止脚步。

## 一群追梦人

王磊是双龙村的扶贫第一书记，临近退休年龄的他，2018 年来到村里后，就一头扎进扶贫事业，他总是笑着说："我快退休了，到村里干扶贫工作，不图名不图利，就图个让大家都能脱贫致富过上好日子。"王书记带着扶贫工作队人员，在村里住了下来，用脚步丈量了双龙村的每一寸土地，摸排村情和贫困户的情况，他知道每一户的致贫原因，了解每一家的实际困难。扶贫工作队和村两委一道，因地制宜地研究制定脱贫方案，帮助双龙的群众找渠道想办法，发展脱贫产业。

庚子年的疫情，让群众的农产品生产销售受到极大影响。为了减少损失，王磊发动扶贫工作队和村两委成员，通过网络和亲戚朋友为群众销售农产品，成了名副其实的带货大王。打开王书记的汽车后备厢，里面装满蜂蜜、葛根粉、茶叶、干豆角，都是朋友订购的农特产品，他到农户家把产品收上来，再给买家送去或邮寄出去。有一次，他连夜送到 50 公里以外的市区。费时费力不说，贴进去的汽油费、邮费都算不清。但扶贫工作队算的不是个人经济账，算的是群众产业脱贫致富的大账。

扶贫工作队是干部，更是贫困群众的亲人。彭光东是五保户，无儿无女无亲人，六十多岁了，身患严重的肺结核。王书记和村干部经常到他家里嘘寒问暖，送米送油，后来，彭光东病情加重生活不能自理，王书记请县民政局、县疾控中心协调，将彭光东送往县医院治疗，并请护工精心护理，直至病愈。大家都说，彭光东虽然很不幸，但他生在好时代赶上好政策，干部不是亲人胜似亲人。还有19户贫困户缺技术缺资金，没有办法发展产业，村里就开发护林员、养路工这样的公益岗位，想方设法为他们增加稳定的收入。2020年底，163户439名贫困人口全部脱贫，开启全面小康的幸福生活。

2017年以来，双龙村新建了美丽乡村中心村，实施了小溪河治理项目，新修了文化广场，安装了健身器材，自来水通到家家户户，宽阔的公路四通八达。昔日河道长满荒草、河坝溃烂不堪的场景远去了，如今的小溪河整洁靓丽，河水清澈，鱼虾成群，夹岸绿树成荫，蓝天白云倒映水中，成为一幅幅流动的山水画卷。山外的游人溯溪而来，或骑车或徒步，被小溪河自然宁静的美景所陶醉。越来越多的人被吸引而来，乡村旅游日益兴起。

经济发展了，生活水平提高了，精神生活也要跟上来。在扶贫干部肖平生的主导下，村里成立了广场舞队伍，4年来个人出资近万元，用于购买音箱、服装，并从县舞蹈协会请来专业老师指导。每当夜幕降临，华灯初上，小溪河广场就热闹起来，散步的、跳舞的、健身的，音乐声、欢笑声在山谷中回荡，随着欢快的河水流到很远很远……

# 桃李河的春天

**陈 伟**

桃李河，讨米河，

山连山，河叉河，

山脚看天，天一线，

山顶看地，地无影，

山头看山，山一片，

山腰看山，石打滚……

在霍山县东南边陲的东西溪乡有一个叫桃李河的小山村，这个山村竟然与三县两市交界，四周大山环绕，两条溪流在山脚蜿蜒相交，山路险峻曲折，村里耕地稀少，人们过惯了青黄不接讨米饭的日子，所以自古称为"讨米河"。村里人爱面子，虽然"讨米河"这个名字生动形象，但是听起来确实不好听，所以新中国成立后改名"桃李河"，听着读音相似，但是这一改意思却是天壤之别。改革开放以来，桃李河村通了电、通了路，但是受自然环境影响，这里依然是当地最穷的旮旯。

伴随着精准扶贫的号角，桃李河迎来了真正的春天，在短短几年时间内，桃李河村发生了翻天覆地的变化，村容村貌焕然一新，基础设施日新月异，特色产业蒸蒸日上，贫困户生活日益改善，贫困发生率从2016年的25.6%下降到2019年底的0.85%，实现了整村出列。桃李河村的脱贫历程，真似一部微电影，有扶贫工作队的感人事迹，有发展产业的辛酸经历，有拓宽山路的豪情壮举，可圈可点、精彩纷呈。笔者就用发生在桃李河的三个人三件事，以点代面，阐述这段不平凡的奋斗篇章。

## 小羊倌的脱贫故事

生于 1984 年的吴军，今年 36 岁，他土生土长在桃李河，这位年轻人做梦也没有想到自己会因养羊而闻名乡邻，走上脱贫致富的道路。他用自己的亲身经历给父老乡亲脱贫增加信心，成为脱贫致富"领头羊"。

年少时的他，也曾有一个远大的梦想，那便是走出大山！那时候，学校在集镇上，离桃李河很远，但他毅然决然去念书，哪怕是走上十几公里的山路，哪怕是顶着夏天的烈日，迎着冬天的暴风雪，他都坚持去学校上学。但是，由于家庭经济拮据和母亲改嫁，刚刚初中毕业的他不得不离开热爱的校园，为了一家人的生计，背上行囊，背井离乡，到江浙打拼。

在吴军刚刚踏入社会的那段时间，由于经验不足，常常是入不敷出，再加上只有初中毕业的学历，在社会上难以立足，吃了很多苦，受了无数罪。然而也正是在这段艰苦岁月，他结识了一位金华的女孩子，很快坠入爱河，结婚生女，这一切让他有"从天而降"的感觉。有了家庭和孩子后，在大城市的生活压力变得更大。吴军渐渐有了一个想法，带着妻女回老家创业，也能更好地照顾家中卧病在床的父亲。起初妻子也同意这样的想法，可是回到家乡，看到那一座座的大山，家徒四壁的房子，从小在金华长大的妻子无法适应，慢慢地矛盾增加，持续争吵，以致最后选择离异回城。

"她走后的每一天，我都觉得是世界末日，精神上的打击和生活上的困顿把我压得透不过气来……"那时候，吴军既要照顾年迈的父亲，又要给年幼的女儿当爹当妈，现实在不断撕扯着他，他感觉快到崩溃的边缘，"每次路过村头小店，女儿就拼命哭着要进去，我却抱着女儿飞快地躲开，因为我知道女儿是要喝商店里的酸奶，可是我连买幼儿米粉的钱都捉襟见肘……"每每讲到这里，吴军都是泪流满面。为了女儿的茁壮成长，也为了父亲不再担忧，吴军必须从低谷中走出来，必须思考自己之后的路到底该怎么走。

2014 年村里评选贫困户，吴军迫于生活的压力向村委会提交了申请。通过评选成为贫困户后，吴军觉得有点不好意思，他心里默默想着一定要为女儿和父亲撑起一片天，早日摘下贫困的帽子。最初的时候，吴军就在附近打零工，家里的生活慢慢地有了一点起色，他逐渐有了继续创业脱贫的信心。但是看着眼前闭塞的桃李河村，人烟稀少，群山环绕，交通不便，又一时陷入了迷茫之中。

没有思路就没有出路，经过一段时期的静心思考后，吴军看着周围的大山，绿油油的草地，还有优质的溪水，他想这不正是自己可以一展身手的好地方吗？他决定养殖适合本土的黄山羊。2016年年底，吴军开始试着引进羊种，开启了创业之路。也正是在这一年，党和国家精准扶贫的春风，给他这个极其贫困的家庭带来了更多的实惠，产业补助和小额信贷带来了发展资金；健康扶贫政策解决了他的后顾之忧，让其父亲的病情得到好转；教育扶贫政策更是让他的女儿能够上得起学。这些政策都让吴军对自己走的路更加有信心，也更加努力地为实现自己的目标而辛勤劳作。很快，他就光荣地摘掉了贫困户的帽子。

说起养羊这件事，吴军觉得既辛苦又满足，"作为一个年轻人，我也常常想出去和朋友聚聚，可现实告诉我只能成功不能失败，所以不敢有丝毫的大意，多数时间都是在山头上与羊相伴，一年四季难有休息的时间，而且身上也总是脏兮兮的。因为不论风雨，不论严冬酷暑，这群山羊都离不开我的照顾，既要忍着难闻的气味打扫羊舍，又要在深山中沿着羊的足迹搜寻羊群……虽然辛苦，但是看着那群小羊崽慢慢长大，心里有说不上来的喜悦，看到愈来愈多的人来买我的山羊，我也是十分满足！县里电视台也来我这里采访过，现在，我家的羊不管跑到哪里，只要一听到放音乐，就知道回圈了。"

当然养羊也是一项技术活，完全靠死看硬守也不行，在养羊的初期，羊群也是出现了许多问题，吴军到处求教询问解决办法，后来在乡党委的推荐下，他参加了县里举办的一场专业培训会，在这个会上，吴军结识了多位养殖专家和能人大户，他不仅得到了技术指导，还拓宽了羊的销售渠道。"这几年我家里的收入增加了，女儿在桃李河小学开心地上学，两位老师对孩子也很体贴，经常会有爱心人士送衣服送文具，父亲的身体也在治疗中慢慢恢复，我真正尝到了幸福的滋味。"说到这里吴军腼腆地笑了。

2019年初，吴军的黄山羊养殖发展到近200只，年收入也有10万以上，他买了一辆运输车，成为远近闻名的脱贫之星，吴军还作为六安市第二批脱贫攻坚先进典型代表，在全市各县区巡回宣讲。在参加全市巡回宣讲回来不久，吴军就在思考一个问题，是不是可以用一种方式带领大家一起脱贫致富呢？于是他与村第一书记吴南侠进行了深入沟通，吴书记赞成他采用大户带动的方式来发展，"我成立合作社的目的就是为广大的村民提供技术支持和拓宽当地土特产的销路，"吴军告诉笔者："我们村里还有贫困户在养殖土鸡，还有贫困户在饲养生猪，但是他们的销路不是太好，我就运用当下流行的互联网+，将我养殖的山羊和其他土特产一起放在网上售卖，更好地提高我们村村民的收入。"

"一枝独秀不是春，百花齐放春满园。在未来，我希望自己能够带动大家共同致富，也希望自己能为村里甚至是乡里的经济发展贡献一点力量。而作为一名农村的有志青年，我深刻体会到自己今天能够站在这里，离不开党的正确领导和培养，是各界人士和父老乡亲关心支持的结果，我也积极向党组织靠拢，向村里提交了入党申请书，下定决心为乡村振兴贡献自己的力量。今天，我在这里的讲话，既是我的一个总结汇报，更是我今后奋斗的目标，希望在座的各位老乡能够多多支持……"在东西溪乡举行的新时代文明实践站"脱贫攻坚百姓大宣讲"大会上，吴军当着父老乡亲的面深情地表述。

## 万老师的桃李芬芳

万明霞，一名来自霍山县东西溪乡中心学校的女教师，一个 90 后，脸上总是挂着笑容。听她娓娓道来自己的扶贫故事。

第一次邂逅桃李河，是 2017 年的春天，她第一次带学生们到桃李河村参加"豆芽杯"采茶大赛仪式上的文艺演出。进村的山路十八弯，山花烂漫，茶草飘香。但扭头就能看到路下的万丈深渊，她坐在车上一路把心提到了嗓子眼，暗暗嘀咕：我的天呀，以后再也不会来这个吓人的"鬼"地方。

2018 年 8 月，万明霞接到到偏远薄弱教学点支教的通知。当时支教的学校就是桃李河小学，一所只有三名学生的袖珍校园。想到第一次去桃李河时被山路绕得晕头转向的她，从理智上简直无法接受这个事实，甚至在心里开始盘算着如何拒绝这次支教任务。但就在接到通知的第二天，她在桃李河老校长那里看到了桃李河小学三个学生的照片，照片上三个小女孩瘦弱的脸庞散发出天真烂漫的笑容，那三双清澈的眼睛似乎在恳求她："老师，你快来吧，不然就没人给我们上课了……"万老师瞬间被她们可爱又纯真的脸庞感动了，她带着忐忑不定的心第二次走进了桃李河村。

三名小女生都是单亲家庭，也是贫困户，她们的身边都没有妈妈，跟着爸爸一起生活，每天都是蓬头垢面地来到学校，要么没吃早饭，要么没刷牙洗脸。第一节课万老师问到她们有什么愿望，孩子们说：我长大了想扫地，我想帮爸爸洗碗，我想给爷爷奶奶做饭……如此简单的愿望，简单得让人听到心疼。

一个偶然的机会万明霞在朋友圈发了一张自己学生从家里带的一碗发霉泡菜的

照片，引起圈里众多好友的评论和转发，也因为这条朋友圈，小小的学校渐渐地热闹起来，来自各地的爱心人士纷纷到此为孩子们送来衣物和学习用品。这些举动让孩子们真切地感受到社会的温暖。

支教的岁月，她和这三名学生朝夕相处，一起吃饭，一起午休，一起春游，一起玩游戏，甚至还一起经历大雪封山，断水断电的日子，在孩子的眼中她既是老师，又是姐姐，甚至还是妈妈。面对清苦和孤寂，只要看到孩子们天真无邪的笑脸，她就觉得一切都值得。

"看着她们成长，真是一件令人欣慰的事，随着相处时间越久，我却越来越心疼她们。徐乐乐说还是会偷偷地想妈妈，妈妈已经快一年没有来过电话了；吴鑫鑫说，自己都快忘记妈妈长什么样子了；吴若曦的外公愿意接她去城里上学，但她每次说起这件事的时候都直摇头，她说她要陪着爸爸，因为爸爸一个人很孤单……"万明霞说到这三个孩子时就止不住自己的话匣子。

说起来缘分是很奇妙的事情，也许正是因为这一年支教的经历，又让万明霞再一次"情定"桃李河。2019 年 8 月的一天，她接到一个让其一生难忘的电话。因为这个电话是要她离开教书育人的本职工作，作为一名扶贫工作队员参与桃李河的驻村扶贫工作，她将要面对的不再是熟悉的学生群体，而是之前几乎很少接触过的贫困群众，对于一个没有基层工作经验的年轻教师来说，她真的不知道自己能否胜任。万明霞又一次想到山里那三个可爱的孩子，想到可以用这样的方式继续陪伴，她第三次走进桃李河村，用一个坚定信念开启扶贫之路。

第一次独自走了十多里的山路，

第一次赤脚淌过满是砾石的河流，

第一次喂饱了山里的旱蚂蟥，

第一次因为贫困户的不理解哭了鼻子……

如果说这些只是桃李河村给她的餐前开胃菜，那么山体滑坡就算得上是这里的家常菜了，因桃李河村特殊的地理环境，山体滑坡堵塞交通的情况经常发生。尤其是下雨天，他们走访贫困户的时候，常常跟村干部们一起冒着被滚落飞石砸中的危险，徒步翻过陡坡，进沟入村挨户走访。通过走访她逐渐了解了村情民意，各家各户的基本情况记满了笔记本。她慢慢地拉近了与村民们的距离，学会了和群众打交道，了解他们的所思所盼，成了他们的贴心人。

一路扶贫一路情，一路扶贫一路歌。在扶贫路上，慰问、走访、调研，与老乡们拉家常、话桑麻，一桩桩、一件件，历历挂在她的心头。

"现在如果你再问我扶贫扶的是什么？我可以如数家珍地告诉你许多许多，扶贫不仅仅是让贫困群众富口袋，更重要的是要他们富脑袋。当你看到他们脸上洋溢的笑容，那就是对我们这些扶贫干部最大的奖赏，现在村民们只要看到我，都亲切地称呼：小万老师！"万明霞说到这里眼里泛起了泪花，她又不禁笑起来反问："你看，我是不是特矫情？"

也许是映衬桃李河村"桃李"二字的缘故，万明霞给自己起了一个好听的网名叫"美树"，这个小小的山村成为"美树"生命中不可或缺的一部分，如果说在精准扶贫的号角下桃李河迎来了春天，"美树"小万老师更是感受到了桃李芬芳。

## 大侠书记的扶贫情怀

大侠书记真名叫吴南侠，今年64岁，早先他在乡镇干过主要领导，又在县里担任部门负责人，后来在政协常委的位置上退休，他腰板硬朗，做事雷厉风行，很早时候人家就开始喊他"大侠"或"大侠书记"。

大侠书记本可以过着颐养天年的日子，但他毅然决然地赴桃李河村担任第一书记，带着村两委和工作队，领着贫困群众脱贫致富奔小康。大侠书记是80年代初期安徽农学院的毕业生，学的是畜牧，偏偏对茶叶情有独钟，早在单龙寺乡担任乡长时，他就主导研发了"香草毫尖"新品种，在当地迅速推广，取得了很好的经济效益。

那天对接会议一结束，他就捧着一个大茶杯跑到村部门口踱步，桃李河村部所在的船形地四面都是郁郁葱葱的茶梯，海拔都在600米左右，常年云雾缭绕，是个孕育高山名茶的好地方。他看着看着，哈哈大笑起来："你看看，这块环境真的太好了！"说着拧开杯盖，咕嘟、咕嘟地喝几口茶，翘着嘴角，眯着眼睛，驻点干部凑到他身边，跟他说了桃李河百年古茶园、古税票以及研发桃李青茶叶的故事，他立马要去现场看看。一下午的时间他看完一张张古茶叶税票，了解到桃李河茶叶品质，看到车间完备的生产设施，高兴坏了，那天晚上乡村干部陪着大侠书记畅谈桃李河茶叶发展之路，激动之时，他拍起大腿说："来对啦，来对啦，这个村来对了，都说这块偏僻，现在给我换，我都不换了……"很快在大侠书记的积极主导和多方争取下，桃李河村举办了"品茗赞桃李，共享扶贫茶"茶农采茶大赛，推广改进摘茶工艺。结合桃李河茶叶的特质，他又很快摸索研制出"兰香翠芽"新品种，行内称赞：香气高长、兰花香，滋味鲜爽、汤头多，茶色明亮、色翠绿。

在发展茶叶的同时，大侠书记又鼓励村里有意愿做产业的村民因地制宜发展适合自己的产业，短短一年多时间，桃李河涌现一批"四带一自"的典型：有养羊户吴军，养牛户吴功有、王思贵，有种植培育能手章声浩，养鸡大户刘会东等等，而通过土壤分析、技术培训和市场考察，如今天麻种植也成了村里炙手可热的香饽饽，这些大户的出现让贫困户感到通过辛勤劳动脱贫致富可行可信，从而帮助他们树立摆脱困难的斗志和勇气，内生动力显著提升，有人曾跟大侠书记开玩笑：你们桃李河现在真是"羊"眉吐气、"鸡"发动力啊。

2019年初桃李河的窄路加宽工程开工了，这是村里的大喜事，将一举解决困扰路窄岭大的难题，高兴之余，村两委同志心里也有担忧，当年地理条件限制，修路标准不高，很多路线都紧贴着群众房屋铺设，这次拓宽，占林占地就不说了，还涉及好几户要拆除老房子，如果协调不好必然耽误工期。得知这个情况，大侠书记站出来："这个千万不能犹豫，要尽快解决，要做好解释工作，建议把几个村民组长先喊来……"村干部和村民组长很快统一了思想，各自包片入户开展协调工作，对于群众提出的一些合情合理诉求也都给予积极回应，先易后难，先党员后群众，最后老村干、老党员都纷纷出面做"钉子户"的工作，动之以情、晓之以理，短短几天时间全路段所有占地问题迎刃而解，随后几处历史遗留的堰坝挡土墙纠纷也在大侠书记亲自调解下顺利施工。"从群众中来到群众中去，以前我们工作就是这样干的。"大侠书记兴致勃勃地跟工作队年轻同志传授自己的制胜法宝，"不要以为老的那一套过时了，以为是信息时代了，在家发发短信什么都能搞定，发动群众做群众工作从来都不会落伍，不深入下去，工作干不好，不掌握方法，工作也干不好！"

大侠书记在桃李河也尽显"大侠风范"。2018年9月的一天，吴书记开着私家车带着工作队和村干部下队走访，那天正好下了一场暴雨，途中由于山路崎岖、轮胎打滑，导致车辆后溜，情急之下车上人只能跳车自救，价值20多万的新车掉入100米的深渊，大侠书记也重重地摔在山坎上。乡党委政府第一时间了解情况，大侠书记坚持自己的事情自己处理，也没向组织上提任何要求。一回想起这件事，村里人还觉得后怕，他的一位老同事开玩笑道：老吴啊，你要是连人带车掉下去可就提前收摊子啦……大侠书记听后，却不缺幽默地说："扶贫任务重，暂时还收不掉我的摊子，来这里就是讲'情怀'二字，这一点点小风小浪不怕……"

一晃两年多时间过去了。大侠书记就像一头不知疲倦的老黄牛坚守在桃李河，带领一帮年轻人，坚持着自己的坚持，从平凡中折射着不平凡的光芒。

春天里大侠书记在茶梯上指导群众采摘晨曦中的翠绿，夏日里大侠书记带头值守在地质灾害点的第一线，秋天里大侠书记和群众一起分享丰收的希望，当皑皑白雪落下，桃李大地一片苍茫时，大侠书记急切地吆喝着：雪下大了！咱们都分头到五保户家去看看……

## 尾　声

在桃李河村一年一度的采茶节的现场，霍山中学音乐教师、桃李河村帮扶干部吴怀强为在场的群众唱起了一首他自己创作的歌曲《桃李芬芳的地方》，而这首歌词正是对近些年桃李河那些人、那些事最好的诠释，也是对桃李河未来最美的憧憬。

东溪水的日光照亮心房

西溪水的月光流进梦乡

看不够青山绿水田园诗行

唱一支山歌就走进了画廊

呀子喂　依子喂　呀子喂　依子喂

大树青扑扑　小草绿汪汪　这里是桃李芬芳的地方

生长着乡愁盛开的希望

魂牵梦萦　是我思念的家乡　是我可爱的家乡

屏峰山的巨石见证沧桑

杨三寨的春色令人向往

读不尽茶园竹海生态文章

追一片云彩就遨游在天堂

呀子喂　依子喂　呀子喂　依子喂

水稻绿油油　玉米金晃晃　这里是桃李芬芳的地方

勤劳的乡亲放飞着梦想

桃李芬芳　是我可爱的家乡　是我可爱的家乡

# 情暖山乡小松尖

## 陈 波 张 颖

胡家河村位于大别山北麓，与岳西县黄尾镇接壤，总面积 42.6 平方公里，是典型的库区村、生态村、水电村。全村辖 36 个村民组，810 户，人口 3115 人。2016 年精准核查的建档立卡贫困户有 199 户共 636 人。

如果不是为了投入脱贫攻坚这场必胜的战役，也许我一生也不会踏上小松尖这个偏僻的小山村。作为县直单位扶贫干部的一员，2016 年 5 月，正是草木竞秀、山花灿烂的暮春时节，我像一个上门认亲戚的小姑娘一样，怀着一颗忐忑又新奇的心，第一次下村走访结对帮扶对象磨子潭镇胡家河村小松尖村民组的贫困户黄庭福家。

## 白云深处小松尖

由于我是第一次下村不认识路，是当时的胡家河村委会文书陈新开着自己的一辆旧普桑送我到小松尖去的。（后来 2018 年村两委换届时，他当选为胡家河村委会主任。）

从霍山县城经六潜高速到岳西县黄尾收费站要 35 分钟，再由县道到磨子潭镇胡家河村部要 10 分钟，由村到小松尖还要 30 分钟。黄家和外界连接的是一条像脐带一样险峻的机耕路，宽不足 3 米，狭窄处仅容一辆车勉强通行。尤其是行驶到谢家畈—小松尖路段的一段陡坡时，车头高高昂起，像是要投入蓝天的怀抱。透过前车窗，完全看不到车前的路，只有蓝天白云映入眼帘。那种紧张刺激与美轮美奂的景致相互交织于胸间，让人终生难忘。

因为前几天刚下过大雨，粗糙的砂石路面被泥水冲刷得坑坑洼洼、沟壑纵横，凹凸深度有近 20 公分。我没跑过山路，小心脏随着险象环生的路况而怦怦乱跳。早已司空见惯了的陈新却胜似闲庭信步，手中的方向盘忽而左旋，忽而右转，车轮也跟着左躲右闪。老普桑像摇篮一样，左右晃荡上下颠簸，在一边悬崖一边陡壁、险象环生的狭窄机耕路上跳跃前行。

峰回路转间，普桑车像是一位爬不动山坡的老人，大喘着气，一步一步向上努力行驶了 30 分钟才看到黄庭福的家。而这 30 分钟，恐怕是我一生中最长的 30 分钟了。

终于上来了。黄庭福家居住在山坡上一处破旧的土房子里，这里海拔约 900 米，是名副其实的"白云深处有人家"。

"现在快多了，高速、县道和乡村公路都修好了，老年头我们下一趟县城，要大清早摸黑动身，晚上天黑了才能到家，来回得一整天。"黄庭福老人看到我们到来很高兴，话语里满是山里人天然的客气。老人今年 70 岁了，已经古稀之年的他看上去还很硬朗。家里的活计不可能都交给儿子一个人忙，许多农活他还得自己下地伸把手才行。

"2014 年，黄庭福户因为交通不便，老夫妻俩都有慢性病再加上孙女上学等原因，被评为建档立卡贫困户。"陈新顾不上喘口气，坐在黄家屋前详细地向我介绍黄家的基本情况。

黄庭福家现有 4 口人，老伴、儿子，还有尚在读书的孙女黄菲。老伴曹正霞有慢性病，常年用药。儿子黄文元是家中主要劳动力。十多年前，黄文元的妻子抛下年幼的女儿，离开这座贫穷破旧的老屋改嫁他乡。"上有老、下有小"，祖孙三代的生活重担就压在了黄文元一个人身上。

1996 年，黄文元到上海打工，干过厨师，当过小工。2008 年，由于孩子要上学，加上父母年纪大了，他又回到了家乡，一直在建筑工地上打零工为生。

黄家有 30 亩竹园，5 亩茶园，还有几亩田地。由于交通不便，卖毛竹、卖茶叶都得靠双脚一步步走几十里山路才能到山下通卡车的集镇交易。腿脚再麻利的汉子，一天也只能跑两趟，卖物品的钱还不够功夫钱。

家里几亩田地由于地块小，大都得用人工耕作。山里种庄稼收成本来就少，还得提防野猪等畜牲祸害。家里养了几箱土蜂，黄文元也没有指望卖蜂蜜赚钱的念头。老话说，"靠山吃山"，黄家几代人都住在这大山里，却也只能勉强糊个温饱。

家住深山，交通不便；房屋破旧，亟须修缮；家里老的老、小的小，上学的上学、生病的生病；既无致富门路，更缺脱贫信心……这就是黄庭福一家的现状。

听完陈新的介绍，我也一时陷入了沉默。现在都进入 21 世纪信息化时代了，小松尖上的黄家仍然持续着这种近乎刀耕火种的原始生活状态。如果不是自己亲眼所见，我也觉得这一切都简直不可思议。

后来，我一次次行进在陡峭的小路上，一次次地对自己发问：这里许多像黄家一样的山里人家，为什么不离开这与世隔绝的大山？为什么要守着这不知传了几代人的土墙老屋，迁移到山下城镇生活不行吗？

从黄庭福脸上的风霜，手上的老茧，可以知道，他们一家并不是好吃懒做才让日子过得如此困窘，只是因为地处偏僻，长期与世隔绝与时代脱节，一时找不到脱贫致富的门路，再加上因病、因学致贫又给黄庭福这匹老骆驼压上了最后一根稻草。

也正是因为咱农村像黄庭福家这样的贫困户还有很多，党和政府才下定决心要打赢这场脱贫攻坚战，彻底消除这些绝对贫困现象。这也是无数像我一样走上扶贫道路的党员干部必须要完成的时代任务。

## 扶贫带货卖蜂蜜

我不是驻村专职扶贫干部，不能全日制地驻扎在村里，只能抽空往帮扶对象家里多跑几趟，和他们多交交心，多打打气，虽然时间有限，但我还是愿意倾尽全力，想尽一切办法去帮他们尽快找到适合自己的致富门路，早日走出贫困。

2018年深秋的一天，我又一次走访黄庭福家。父子俩正忙着给家里养的几箱土蜂取蜜。第一次亲眼看到金灿灿的蜂蜜从蜂巢中流出，我好奇地问这问那。曹正霞热情地冲了一杯蜂蜜水来款待我。一端上玻璃杯，就有一股大自然的花香气息扑鼻而来，远不是在超市里购买的蜂蜜可以比的。浅尝一口，甘甜馨香，全身都好似沉浸在春日的百花园中。

"咱这大山里，一年四季都有各色草木和中药材等野花盛开，我们这大山里种田种地都不打农药，所以我们家的蜂蜜是真正的百花蜜，是真正滋补养人的好东西！"黄文元自豪地向我们介绍他家的宝贝。他说是我们扶贫干部给他家带来了好运气，自从我们上门扶贫开始，他家的蜜蜂也从最开始的3箱增加到24箱。

那一年，黄文元家总共取了上百斤蜜。甜蜜的收获让黄家喜出望外，但也为陡增的蜂蜜犯了愁。自家吃，送亲戚都用不了许多，想卖出去，又找不到合适的销售门路。

临走时，黄文元拉扯了半天，非要送我两斤蜂蜜带回家喝，说是对女人家养颜有好处。万般推辞不掉，给他钱也坚决不收，我只好带了回来。

当天晚上，我便将自己在走访时用手机随拍的图片分享到朋友圈里，还专门为黄家的蜂蜜编发了文案："高山百花蜜，天然无添加，美颜又滋补，欢迎来选它。一斤不嫌少，十斤不嫌多。指尖见爱心，扶贫靠大家。"虽然那时还没有网络带货一说，但我还是想利用一切渠道帮黄文元推销一下他们家的百花蜜。心里想，哪怕只有一个人买，也算是对黄家的扶贫尽了一份心力。

没想到，朋友圈一发出去，我的微信就"炸"了，"叮叮咚咚"的消息声音响个不停。我的亲戚、朋友、老师、同学、同事、文友们，都在问一句："是贫困户家自产的蜂蜜吗？""那当然是，还是我亲自帮忙取的蜜呢！""那行，给我来两斤，在哪买不是买，贫困户家产的肯定是真蜂蜜，咱也算给国家扶贫大业出了力！"

不到一个小时的时间，我就帮黄家卖了 20 斤蜂蜜，2400 元现金全部到账。手慢没抢到的人还千叮咛万嘱咐，下次一定帮他多留存几斤。接二连三地又有南京的、合肥的、六安的朋友，向我了解贫困户黄家的情况，纷纷约单采购这既能放心品质，又能兼顾扶贫助农的高山百花蜜。

为了让黄家也能感受到社会力量的关爱，经黄文元允许，我将他的联络方式告诉了各地的爱心人士，让他们能与黄家直接对接询价，逐渐放手让黄文元自己按照地址为客户快递自产的生态产品。

"不能再宣传了！今年我家的蜂蜜已经全部卖光了！"朴实的黄文元在电话里告诉我，话语中洋溢感激之情。

黄家对养的土蜂很是爱护，在自家菜地的崖壁上开凿了许多冬暖夏凉的洞穴放置蜂箱，一有空就跑去照看那些勤劳的小精灵。在他的精心侍弄下，一笼蜜蜂最多时可以采收 20 多斤蜂蜜。2018 年，黄家的蜂蜜卖了 2 万多元；2019 年天气干旱，蜜蜂产蜜少，但也卖了 1.2 万元。

快入冬时，我和驻村扶贫书记何祥国一起来到黄家。黄文元告诉我，他在山里采了几百斤野葡萄，酿出了 80 多斤葡萄酒。黄文元让我们品尝了一下，这种家酿的野葡萄酒颜色纯净无杂质，入口甜香不酸涩，带着山野自然的果香。

尽管初尝的口感很好，但能否为黄家推介自酿酒品，我还是抱着谨慎的态度。酒饮品进口入肠，食品安全很重要，万一出了啥事儿，谁能负责？

从黄家回来后，我电话联系了迎驾集团白酒检测中心国家级酿酒大师广家权。我把黄文元家的难处、苦处一股脑地向他倒了出来。广家权听完也很是感动，立即承诺免费为黄家自酿的野葡萄酒进行检验监测分析。

经检测，黄文元家自酿的野葡萄酒的酒精度为 12℃，甲醇含量在国家标准的区间内，没有超标，储存三五年也不会变质，没有质量问题。检测结果令人兴奋，我心里挂着的问号可以消除了。厂家权还在电话里向我科普了葡萄酒能软化血管、预防高血脂，还能美容养颜等功效，我的心也更踏实了。春节临近，霍山文艺界的老师们纷纷为消费扶贫下单，还说今年年夜饭就用黄家原生态野葡萄酒了。

中国地大物博，农村更是我们的乡愁所系、魂魄所牵，农村原生态的土特产都是有机的、绿色的、健康的，也是城市居民最心仪的，但信息的闭塞、交通的阻隔，却使得现在的城乡之间仍然是脱节的。也正是这种长期的脱节和阻断，才使得城乡差别越来越大，童年的记忆越来越淡，故乡的炊烟也越来越远。

其实，党派我们这些扶贫干部上山下乡，除了要我们把党的优惠扶贫政策直接送下乡，更直接的原因是要通过我们的口传心授，通过我们的匆匆脚步，打破城乡之间这条看不见的鸿沟，让乡村的信息通畅起来，让乡亲们的眼界开阔起来，让农村的特产能走上城市人的餐桌，让农村能早日跟上咱大中国昂首阔步的前进步伐。

## 危房改造迁新居

黄庭福家祖居的小松尖村民组，据他回忆，黄家已经在这里世代居住了好几代人。这老房子还是在他父兄手上盖起来了，距今已经有 65 个年头了。老房子为黄庭福遮风避雨，黄庭福也在老房里生儿育女。但老房还是抵挡不过岁月的风雨，早已破败不堪。

2018 年，县里开始推行危房改造政策，黄庭福家 4 口人，按人均 2 万元的标准，他家可以争取到 8 万元的改造补贴。再向亲戚们挪借点，2018 年底，黄庭福家在老房的原址上拆房盖房，建起了一栋 100 多平方米的砖瓦房。

再去黄庭福家时，看到新落成的新房背靠青山，面朝云海。三间卧室，一个客厅，宽敞的厨房洁净卫生，灶旁的自来水哗哗流淌。刚修好的水泥路一直通到大门口，坐在门前的平整光滑的水泥稻场上，黄家人脸上满是笑容。

"盖房子连装修一起花了 13 万多。要不是共产党的政策好，我这辈子哪还能住上这么好的房子！"黄庭福感慨地说。从老人脸上毫不掩饰的笑容可以看出，他对如今的好光景是真心满意和感激的。

黄家新房的房前屋后都是茶园，每一块空地里都种满了各种各样的中药材。"我们这上面海拔高，产的茶叶都是高山云雾茶，口感回甘，还有一股山花清香，现在根本不愁卖不掉。"黄文元带着我们参观他家的"后花园"。

"这边两亩种的是重楼，俗名又叫七叶一枝花。那边种的是黄精和白芨。光中药材这一块，去年就卖了一万多元。"

"现在有张局长、何队长他们通过自己的朋友圈帮我们吆喝，许多外面不认识的人都开车到我家来买蜂蜜，现取现卖。或者通过微信联系好买家，送到村部的扶贫驿站，通过快递寄出去。现在咱山里面的蜂蜜、葛根粉、干菜啥的一点也不愁销路了。"黄文元乐呵呵地说。

安居才能乐业，自从家里盖起了新房，黄文元一家人都觉得自己的腰杆在全村人面前挺直了。山上长的、地里种的、家里养的，只要能挣到钱，黄文元啥都想钻进去干，哪怕吃再大的苦，受再大的罪也不在乎，用他自己的话说就是"睡觉都觉得这日子越来越有奔头了！"黄文元自己算了一笔账，2019 年，他家的毛竹、茶叶、蜂蜜、药材、山货等加一起少说也收入 4 万余元。

像黄文元一样，在脱贫攻坚这场持久战中，大多数群众真切感受到了党和国家扶贫政策带来的实惠，也尝到了勤劳脱贫的甜头，走上了致富奔小康的道路，越干越有劲头。

中华民族从来就是一个吃苦耐劳、勤俭节约、自力更生的族群，只要给他们一点致富的希望，他们就有强大的脱贫信心，不等不靠，不怨天尤人，依靠自己的双手和对过上好日子的无限祈盼，在贫瘠的土地上创造出生活的奇迹。

## 云端通车乡村路

"我上小学时，到学校的路还只是两尺宽的石子山路。2014 年政府投资 20 万元，我们小松尖上住的 8 户人家每家 5000 元一共自筹了 4 万元，总算把原先的小路拓宽成了 3 米宽的机耕路，村民不少人家开始买了摩托车。2019 年底县交通局'四好乡村路'项目又投资 134 万余元，把从谢家湾村民组到我们小松尖村民组 2.3 公里的谢-小路铺上了水泥。5 月 18 号开工的，今天刚刚完成主体路面水泥的铺设。下次来，你们的小车就能直接开到我家门口了。"

1975 年出生的黄文元多年在外奔波，显得有些超出实际年龄的沧桑。看他脸上红通通的，兴许是因为路修通了高兴，中午和村里人多喝了几杯酒，一打开话匣子就收不住了。

"我们这上面常住的还有 8 户 20 余口人，这要不是共产党，我们再有几辈子也修不成这条路啊！我们这些祖祖辈辈都在大山头上住的山头佬心里高兴啊。我要让所有亲戚朋友都知道，咱家路修好了，这山头上也能通车了！"

曾经，黄家一到冬季就开始窝在家里"猫冬"的生活状态，让我们很是纠结。修通一条不受天气影响的公路，该有多好！要想富，先修路。这不单是这些山里人家出行路，更是像黄文元这样贫困户的"脱贫路"、"致富路"。

在结对帮扶进村入户的四年时间里，我见证了小松尖人家的交通嬗变。我亲眼看着这条路由原始的羊肠砂土路变成了双车机耕路。在我们扶贫干部的四处呼吁下，县交通主管部门借着"四好农村路"项目资金的扶持，修通了现在这条混凝土浇筑的标准化双车道，打通了小松尖扶贫的"最后一公里"。

2020年6月9日10点08分，投资标的1370万元的村组路——谢家畈至小松尖路段铺设的水泥路全部连接合龙。黄家门前那不足2米的砂土脐带终于变成了4米宽的平整水泥公路。

没有共产党哪有今天的幸福路？在这注定要被小松尖人世代铭记的大喜日子里，全村民组的男女老少都聚集在村口公路边，亲眼看着铲车将最后一车混凝土倾倒在合龙处。黄庭福那紧锁一辈子的眉头舒展开来，笑容满面。

黄文元在路口点燃了早就准备好的几箱大烟花。五彩缤纷的绚丽烟花，"叮叮咚咚"地绽放在湛蓝的天空上。烟花点燃了村民们的欢呼声，也点燃了包括黄家在内所有小松尖村民对未来美好生活的希望。

## 教育扶贫圆梦想

货真价实的山货走出大山，成为城市里的紧俏商品。黄家因各种土特产品的线上和线下销售终于摆脱了贫困，祖孙三代居住的老旧、斑驳、危险的土房子改建成了整洁、敞亮、安全的砖瓦房。再加上享受的行业、产业、危改、教育、健康、就业、金融等一系列精准扶贫政策，黄庭福户于2018年光荣脱贫。年底，在磨子潭镇龙井冲风景区举行的六安市"文化科技卫生"三下乡活动中，黄文元作为"脱贫之星"还上台领奖，县政府领导亲自为他披红挂彩、合影留念。

今年暑假，心系着黄菲的高考成绩，我又一次来到小松尖走访。这一次山路虽然还是上坡不断、转弯不停，但刚浇筑好的水泥路面让车子行驶起来轻快了许多，也让我有更多的闲情逸致欣赏道路两旁的风景。看到有好看的景色，我也中途停下来几次，一边使劲呼吸这大山里的洁净空气，一边用手机随手拍些美景向圈里的朋友们炫耀。

来到黄家，黄菲正好在家。"你带给我的书我都认真读完了，我也喜欢你买给我的每一件衣服，最喜欢橘黄的那件。"黄菲在我耳边悄悄对我说。

考虑到黄菲的母亲不在身边，每个寒暑假去黄家走访时，我都会给小姑娘买一件衣服，带一本书。连续几个新年，我都给黄菲选购了长短、款式不一的新羽绒服。纯净沉稳的天蓝色、明亮温和的橘黄色、喜庆活泼的椒红色……

黄菲从小就没有母亲，父亲又只顾得上一家人糊口，单亲家庭成长起来的她自小就内向孤僻，不愿意与人交流。看到她现在像对亲人一样愿意和我说悄悄话，我也真切感受到了她的成长和变化。也许是我带给她的物质和精神上礼物让她对我逐步放下了戒心，也许是她从我身上感受到了久违的母性，她对我由初识时羞涩躲闪到现在如同家人般亲密无间。看到黄菲从最开始不敢见生人的腼腆怯懦，变成今天的落落大方、彬彬有礼，我也由衷地替她自豪和高兴。

和很多基层干部一样，我也是从贫困中走过来，和农村有着千丝万缕的关系，从内心里对抓好脱贫攻坚有着更强的使命感与责任感。在一家一户的走访中，我见过卧榻病床的老人、患有重症的病人、无助的孤寡，还有更多渴望走出贫困的乡亲，也看到许多奋战在一线的扶贫干部，从内心深处怀着对弱势群体的关爱，对困难群众的同情，牢记着自己的初心和使命，坚持行善向善的信念，变任务为责任、化压力为动力，充满激情、充满爱心，积极投身于脱贫攻坚这场整个国家、全部民族参战的决胜战役之中。

2020 年 7 月，黄菲高中读完，报考了心仪已久的一所中药学院。县里有专门面对贫困学生每年五、六千元的教育资助，还有中职学校的资助、"雨露计划"，以及县里规模企业赞助等等，她以后每年上学也不需要家里负担多少了。

"我们老黄家出了第一个大学生！"黄文元恨不得见人就把这句话说上几遍。在他眼里，黄菲考上大学，是她自己努力学习的成果，更是黄家几辈山里人终于走出大山的希望所在。

涅槃的历程总是坎坷密布、荆棘载途，但结局却充满了美好。自 2016 年 5 月我结对帮扶开始，在党和政府精准扶贫政策引导、支持下，胡家河村小松尖村民组 4 户贫困家庭逐年实现"两不愁三保障一安全"的脱贫目标，已于 2019 年全部脱贫。脱贫不脱政策，通过智志双扶和政府兜底，相信他们都能以自己勤劳的双手，让稳定脱贫后的日子越过越红火。

"我们霍山是天然氧吧，咱这里还有广家河、别山湖、太阳尖、仙人门等许多好看的自然景观。现在公路修到了家门口，肯定会有更多人愿意来这里消暑度假的。"黄文元说，等到那时候，他准备开一家"山里人家"农家乐，用山里地道的绿色食材款待四面八方的客人，带他们游遍这里的山山水水。

临行前，黄文元带我们登上了门前自修的观景平台。登高望远，烟波浩渺的磨子潭水库如一块天然碧玉，镶嵌在连绵青峦之间。如牛乳一般的云海在山脚下翻腾奔涌。观眼前"小松尖云海"景象万千，变幻无穷，令人心旷神怡，恨不得身生双翼，翱翔在这广阔天地间……

# "凡书记" 的凡事儿

张同球

凡冲，亦称"樊冲"，是大别山区的一个平凡而又安静的小村子。

但就是这样一个普普通通的小村落却因两件事而改变了模样。一是二十世纪六十年代中期，因国家建设"三线厂"的需要，一夜之间来了一万多名天南地北的机械厂工人，在其后的近 20 年间，这里日夜喧闹，白天机械轰鸣，运送各类物资的车辆进进出出；晚上家属、小孩们则在山冲里看电影、唱歌、跳舞、读书。八十年代初，随着"三线厂"外迁，小山村再次恢复了往日的安静。二是从 2017 年起，响应习近平总书记关于开展精准扶贫工作的指示，六安市纪委、监委第七批驻村扶贫干部闫贵安出任凡冲村党总支部第一书记、扶贫工作队队长。此后两年多来，闫书记带着许旭、蒋光风、姚琨 3 名队员深入到 165 个贫困户家中调查走访，帮助全村村民修路、架桥、通水，办产业，建广场……一个安静的小山村又一次闹腾开了。

## 精准走访　挂图作战

"闫贵安书记本来姓闫，但我们村民大多喜欢叫他凡书记。一是因为我们村子姓凡，叫凡冲村；二是闫书记平易近人，每天清晨就早早地出现在村里，把我们普通老百姓都当成朋友，一来二往，大家都叫他凡书记了。"村书记舒启勇介绍道。

闫贵安说："扶贫首先要摸清底数。"2017 年 5 月 1 日，闫贵安带领队员来到村里报到，只见他把背包往租住的老百姓家中的木板床上一放，就径直来到村内一处毁弃的老粮站的办公室内，这是村"两委"仅有的一间办公场所，10 来个人挤在一起，围在一个破旧的会议桌上办公。条件简陋，没有减少他对扶贫工作的热情，办公桌椅还没找齐，他就带着队员们进"冲"去了。

凡冲村位于霍山县与儿街镇西南部，总面积 17.5 平方公里，是由原凡冲、高河、土地湾等 3 个行政村合并而成，现有 36 个村民组，799 户人家分散居住在 5 个"冲"里。5 个小"冲"，面积虽然不大，直线距离亦不长，但由于山路弯弯，沟壑纵横，有一"冲"到顶的，有大"冲"套小"冲"的，也有"冲""冲"相连的，但要从此"冲"到彼"冲"，只能翻山越岭，有时还要迂回往复。"我们去贫困户家中走访，一般不坐车。"闫贵安说，"坐车不容易记住路，只有一步步地走一趟才记得仔细，也才能记住每个贫困户家中的具体位置。"闫贵安在部队曾是军区"基层干部标兵"，又是作战参谋出身，擅长绘制军事地形图。这一次，他把这一特长用在扶贫上。

5 条冲，36 个村民组，165 户贫困户，382 口人，每家每户的住房、山场、耕地、人口、出产、健康状况、当年收入、享受哪些扶贫政策等情况手工绘制到一张《凡冲村脱贫攻坚作战图》上。从此，一"图"在手，他走访贫困户就十分顺畅了。

"图不能只挂在办公室墙上，还必须时时装在心中。"闫贵安针对每户贫困户的实际情况，在"精准"二字上大做扶贫文章。《作战图》绘好第一天，闫贵安就对照图纸来到新庄村民组贫困户舒启龙家。这哪像个家哟？3 小间土墙房岌岌可危，屋外用十几根木桩撑着，风吹过，屋顶似乎都在晃动，屋内家徒四壁，空空如也。50 多岁的舒启龙，不识字，经常酗酒打骂妻子，导致妻子离婚出走，女儿正在外地上大学。舒启龙还有一位 80 多岁的老母亲跟着他大哥生活。

"人穷志不能穷，男子汉就要活出个人样来。"闫贵安从被窝里把满嘴酒气的舒启龙拉起来，劈头盖脸地一顿猛批。舒启龙很不服气地说："我有什么办法？老婆离了，不要我了；老娘跟大哥了，也不要我了；女儿外地上学去了，以后也不会回来了。"忽然，舒启龙猛地抓住闫贵安的手："闫书记，你要我吗？""要不要你，是由你自己说了算，你目前这个样，哪个敢要你呢？你如果活出个人样来，相信大家都会要你的。"

"舒启龙也不是坏人，我们都要想办法帮帮他才是啊。"闫贵安找到正在工地上开挖掘机的大哥舒启生，一起动员帮助舒启龙改造危房，然后动员 80 多岁的老母亲搬过来与舒启龙同住，互相有个照应。闫贵安又从"危房改造"项目中申请 2 万元资金，多方筹款帮他盖起了 4 间平房，外加单独的厨房。闫贵安动员舒启龙赴苏州打工，每月有了 2000 多元的工资收入。如今，女儿也大学毕业上班了，一家老少三代 3 口人生活得其乐融融。

此后，闫贵安把 165 个贫困户分成 4 组，带领扶贫工作队员，每人拿着"作战图"挨家挨户摸情况。仅用 2 个多月时间，贫困户家中大大小小的情况再次充实到"作战图"里，从而为精准帮扶提供了第一手资料。

## 精准帮扶　产业先行

凡冲村在家的贫困户大多是老弱病残和妇女儿童，青壮年劳动力大多外出打工了，依靠这些人脱贫，路只有一条：发展产业。

产业，产业，又是产业！

闫贵安出生在农村，深知庄户人家挣钱不易。近些年，虽然外出打工是大多数农户的首选，但打工有年龄要求，且很难照顾到家庭。因此，发展产业是农户，尤其是贫困户脱贫致富的最好选择。

按照其他贫困村发展产业的经验，有种植天麻、茯苓的，有养殖黑毛猪、黄牛、山羊的……但凡冲村适合什么样的产业呢？闫贵安陷入了苦苦思索之中。

闫贵安睡眠本来就不好，驻村扶贫以来睡眠更差了，165 个贫困户家家都有一本难念的经，怎样尽快帮助他们完成脱贫既是党组织交给他的光荣任务，也是每一户贫困户的期盼啊。他白天一家一户地上门走访，夜晚整理资料，看书学习别人经验，经常忙到深夜。

"嗡，嗡，嗡嗡……"一阵蜜蜂敲打窗玻璃的声音把他惊醒，只见一群蜜蜂正在山花间飞舞。"养蜂不是一个好产业吗？"前几天，他了解到舒启勇在外面打工期间学到一手养殖中蜂的技术，加上他家祖上也有养殖蜜蜂的土方法，如今，"土""洋"结合，不正好可以在凡冲大展身手吗？想到这里，他拨通了远在浙江的舒启勇的电话，约他尽快回村共议"养蜂大业"。

"蜜蜂好养吗？""贫困户能学会养殖蜜蜂技术吗？""蜂产品销售市场稳定吗？"几天后，踌躇满志的舒启勇回到凡冲村。舒启勇说："凡冲村作为大别山腹地的典型山区村，生态环境优越，自然资源丰富，尤其是各类树木花卉种类繁多，这是开展养蜂产业得天独厚的条件。"舒启勇早在浙江期间，就开始接触养蜂产业，还专门到湖州的养蜂专业培训机构系统学习，不仅掌握了中华蜜蜂的养殖技术，也有蜂业发展的思路和前景。他说："蜜蜂养殖技术好学、好记、好用，只要初学者勤劳、有悟性，就一定能在短时间内学会的，而且土蜂蜜的销售市场行情一直在上涨，只要村里支持，贫困户配合，凡冲村蜜蜂养殖产业一定大有可为！"

"好，我们来个君子协定，你负责养殖的技术推广和产品销售，我们村里负责搞好外部环境。"两双男子汉的大手紧紧地握在一起。

在扶贫工作队和村两委的大力推动下，舒启勇坚定了信心。在安排好浙江工厂的生产经营后，他一心扑在村里的"甜蜜事业"上，白天到贫困户家中现场指导蜜蜂养殖，晚上在村部开培训班，从提供蜂种到回收蜂蜜，从技术指导到联系市场，舒启勇忙得不亦乐乎。同时，闫贵安多次赴六安市发展和改革委申报"农业低碳奖补项目"，获得 20 万元的项目补助金。闫贵安提请村两委研究，决定给每个贫困户养殖户补助 3 笼蜜蜂种子。目前全村已有 30 多户尝到养蜂的甜头，2018 年底有 25 户贫困户通过养蜂实现了脱贫。

## 聚焦民生　解民所盼

"闫书记：我们是凡冲村叶家院组村民，我们村门口有一块荒废了好多年，又破又烂，十分难看，也没派上用场的空地，请帮忙打个水泥晒场吧……"2017 年年底的一天早晨，闫贵安正在村里转悠，叶家院村民组组长叶其和托人送来一封群众联名信件。"群众利益无小事，我们上午一起去现场看看。"闫贵安带着村主任张长珍来到叶家院。远远望去，叶家院村民组 30 多户村民散落在小山坡前边，家家户户门前的空地很少，仅有的一点点地方也被猪圈、厕所、菜地等设施挤得满满当当，平时村民们想晒点农作物确实很不方便，夏天的夜晚更是没有一个纳凉的地方。

"信"中说的那块空地，是全组的"大门口"，又是 30 多户人家的中心地带，如果在这里打上一处水泥稻场，能给村民们的生产生活带来方便。闫贵安说："不能光亮化成稻场，要建就建一个白天既可以晾晒农作物，晚上又可以休闲乘凉的综合性广场，村民们家中有红白喜事时，还可以在广场上置办酒席。更重要的是，把广场周围的环境整治好，栽上绿化苗木，配上锻炼身体的器材，再放上几个休闲的座椅，就能整体提升村民们的幸福指数。"

"我们要把好事办实，但一定要依法进行，占用一亩多废弃地，是否符合法律规定？"闫贵安多次跑到镇土管所请他们来现场确认土地性质。经与村民们调查和现场比兑，土管所工作人员认定此地不属于基本农田，可以从事公益性质的基础设施建设。随后，闫贵安又把帮扶单位——霍山县法院院长桂云峰请来，请帮扶单位在建设资金上予以支持。随后的 3 个晚上，闫贵安 3 次召开村民组群众大会，就建设标准、规模、式样、用途等问题广泛听取村民们的意见和建议。今年一开春，广场建成并投入使用，群众高兴地给该广场起名为"叶家扶贫广场"，几位老年村民还兴奋地这边摸摸，那边坐坐，笑得合不拢嘴。

村民委员会主任张长珍说："闫书记虽然是城市来的干部，做起群众思想工作来，比我们这些本地干部还管用。"张长珍说的是东冲村民组修通"断头路"一事。东冲村民组是位于"冲"顶的几户人家，几十年来，这几户人家不团结，经常因一些小事纠缠不休。为了修通组内一处"断头路"，村民组多次召开专题会议协商，每次都是不欢而散。闫贵安又一次披挂上阵，在村民组组长郑龙九的带路下，挨家挨户走访、做工作，了解主要问题的症结，并针对各家各户的诉求进行思想引导。闫贵安在部队当过政工干部，深知思想政治工作的重要。他说："信任是做好群众工作的基础。"为了赢得群众信任，闫贵安多次或骑车或步行到这个全村最偏远的村民组，就占用土地与相关农户进行沟通交流。一开始，村民们说到修路，大家都欢迎，但一说到要占用自家的一点土地时，就不愿意了。闫贵安深入到农户家中开展"算账"工作，引导群众"算大账不算小账，算长账不算短账"。有户群众说："我家门口的地给再多的钱也不卖，给再好的地也不换。"正因为这一户从中"卡"着，导致这一处"断头路"几十年修不通。闫贵安邀请组长一块儿去他家走访，组长说这家人"神经病"，工作做不通。组长不愿去，他只好一个人去。一次不行就来两次，两次不行就来三次，直到把他的思想顾虑全部打通为止。

果然，要通路，必须先通思想。随后，这位村民说，谁说的都不行，我就听闫书记的。当然，闫贵安也不能让他家吃亏，经村民组共同测量，一次性发放占地补偿款 8000 元，并当天发放，当天开工，仅用一周时间，这条断头路终于开通了。

随后，上中院、下中院两座水泥桥和即将建设的土地湾水泥桥，也都是通过这个方法一一破解的。

## 精准引导　创办超市

闫贵安给自己的微信昵称取名叫作"冲里人家"，告诫自己时时刻刻生活在"冲"里，时时刻刻想着"冲里人家"。今年初，闫贵安在阅读《中国扶贫》杂志时，突然被一篇《爱心超市》的文章吸引住。

通过两年多的驻村扶贫，闫贵安发现贫困户们存在着许多不好的生活习惯，比如：不注意环境卫生；家人之间经常争争吵吵等等毛病。俗话说：江山易改，禀性难移。闫贵安想，要想从长远解决贫困村、贫困户的扶贫问题，就必须从"禀性"

上下手。

闫贵安想到了在部队工作时，做后进战士的思想工作常常从引导入手的成功案例。于是，他结合《爱心超市》文稿，也想把这个"超市"移植到凡冲来。

闫贵安发动队员们上网收集相关资料，又带着大家自费到外地参观学习，并结合自己驻村扶贫的工作体会，共同制定出《凡冲村爱心扶贫超市积分制度》，按照"集一个分值兑换一元商品"的标准，村民们用积分兑换生活用品。《积分制度》分为产业发展、环境卫生、互敬互爱、赡养老人、抚养子女、家庭和谐、与邻和睦、助人为乐等十几项内容，每项内容确定相应的分值。比如：在产业发展方面：贫困户发展产业经县乡验收合格后分别获得 500 元、1000 元、1500 元、2000 元、2500 元、3000 元补助资金的，分别记 5 分、10 分、15 分、20 分、25 分、30 分。在环境卫生方面：家庭环境卫生做到房前屋后整洁，物品堆放有序，在当月检查评比中按标准分别记 5 分、10 分、15 分、20 分。每月还评定一个模范村民组，该组组长当月计 100 分。在崇德尚贤方面：家庭成员间互敬互爱、赡养老人、抚养子女、家庭和谐的；与邻和睦、助人为乐的；倡导、践行文明乡风的；全年无不良表现的计 5 分。每年推选"助人为乐""孝老爱亲""见义勇为""诚实守信""敬业奉献"典型模范户，全村每次不超过 10 户，每户计 100 分。荣获国家、省、市、县、乡表彰的家庭，分别计 500 分、400 分、300 分、200 分、100 分。经国家、省、市、县媒体报道的先进典型分别计 500 分、300 分、200 分、100 分。在文化事业方面：积极参加镇村组织的文体活动，每次计 30 分；借阅农家书屋图书每次计 5 分；参加各级组织的技能培训，每次计 5 分。在配合工作方面：积极参加镇村扶贫会议，每次计 20 分；积极参加镇村公益活动，每次计 20 分；主动学习并熟悉相关扶贫政策，每次计 5 分。在临时救助方面：因灾因病等特殊情况，经镇政府批准，一次性救助 200—300 分。

同时，《制度》还规定，贫困户凡是受到刑事处罚、打架斗殴、赌博、聚众闹事、无理辱骂他人、拒不清理环境卫生、违反法律法规和公序良俗等行为，一律实行积分清零政策，不得兑换任何商品。

2019 年 5 月 1 日，全县第一家爱心超市——凡冲村爱心扶贫超市在贫困户的期待中隆重开业。大家在多做好人好事的基础上，多积分，多兑换生活日用品已成为凡冲村的一种新时尚。

在正确舆论氛围的感召下，凡冲村好人好事蔚然成风。板桥组村民舒世琴家中6 口人，其中 3 人重度残疾。90 多岁的婆婆患有多种老年性疾病，小叔子智力残疾，基本不能干活。更为严重的是，丈夫陈修瑞在几年前帮他人盖房时摔成了脑残，被评定为智力二级残疾，生活不能自理。两个女儿正在大学和高中读书。闫贵安多次上门看望，鼓励她养殖中蜂，养殖老母鸡，并推荐到村公益岗位上就业。舒世琴没有怨天尤人，挑起了生活的重担。在乡亲们的帮扶下，她平时在附近的一家小工厂里打杂工，挣一点微薄的收入补贴家用。让舒世琴欣慰的是，两个女儿都很争气，读书非常上进，相继考取了理想的大学。大女儿如今已成家就业，不但生活上能够独立自给，还经常接济家里、支持正在读大学的妹妹。

2015年，因为家庭困难，舒世琴家被当地村民代表一致评为贫困户，引起县直有关部门和镇村干部的关心和关注。在他们的帮助和指导下，舒世琴发展起种植业和养殖业，在增加家庭收入的同时，也得到政府给予的相关补贴和扶助资金，并于2016年底顺利实现脱贫。近年来，舒世琴相继被省、市、县评为"五好家庭"、"最美家庭"和"六安好人"等，获得爱心扶贫超市400分的奖励。2018年，舒世琴还被推举为村民组组长。

## 立足长远　拔除穷根

凡冲村，自古有；

民风醇，风景秀。

老三线，村内建，

变民居，多成就。

新时代，新风貌；

爱国家，跟党走……

走进建成不久的"凡冲清风广场"，"走进凡冲""记忆凡冲""历史沿革""凡冲好人榜""优秀学子榜""创业致富榜""新兵光荣榜""脱贫先锋榜"等光荣牌映入眼帘，其中尤以《凡冲村村规民约三字经》格外抢眼。

这个广场的位置全部都是拆迁改建而成的，以前到村部去办事都只是一条窄窄的人行道，其周边都是破房子、破棚子、破厕所、破猪圈，简直就是一个大垃圾场。但就是这样一个地方，若是要拆迁的话，每家每户的工作都十分难做。广场西头的贫困户杜贤琼就是一个有名的"难说话户"。闫贵安说："杜贤琼是一个又可怜又可气的贫困户，说她可怜，是因为她家中确实困难；说她可气，是因为她经常提一些无理要求。"杜贤琼的两任丈夫都因车祸去世，仅有一个读六年级的儿子，儿子患有先天性心脏病，每年要去北京看病一次。杜贤琼的房子正好"卡"在广场的出口处，只有把她的房子安置好，才能动迁其他人家。在村两委和驻村工作队召开的联席会议上，闫贵安郑重承诺："杜贤琼户的拆迁安置工作由我牵头负责。"散会后，闫贵安就直接来到杜贤琼家中走访，还未等闫书记开口，杜贤琼就诉起苦来："闫书记，我家的日子过不下去了啊……"闫贵安耐心地与杜贤琼讲政策："不要怕，有党和政府扶贫的好政策，你家一定会过上好日子的。"此后，闫贵安多方协调资金，加上她两处旧房拆迁赔偿款 20 余万元，经她本人同意在村广场北侧盖起了两上两下外加厨房的楼房。

安置好贫困户杜贤琼后，闫贵安又一家一户做工作，协调拆迁、补偿。在美丽乡村建设过程中，闫贵安一有空就跑到施工现场，协调解决施工中遇到的困难和村民们的诉求。如今，错落有致、绿树成荫、大气灵动的清风广场已展现在人们的面前。原来镇政府只打算建一个普通的农村示范点，后通过层层申报，现已成为省级新农村中心村的建设示范点。

绿水青山，就是金山银山。凡冲村在扶贫攻坚发展中一直把保护生态环境放在第一位。如今，一个整体环境的改善与周边青山绿水相融成趣、相映生辉的新凡冲正在向我们走来。近年来，凡冲村良好的生态环境正引领招商引资爆发式增长，全村集体经济收入 2018 年已突破 18 万元，今年有望超过 25 万元。

风，还在继续吹。闫贵安与他的扶贫工作队的脚步还在延伸……

# 汤玉胜的爱民情

## 张同球

"汤书记，我家的秧田里没水了，你快去帮我们想想办法吧?" 6 月底的一天清晨，汪家湾组村民耿光裕扛着大锹敲响了正在熟睡中的汤玉胜的房门。

"汤书记，我丈夫病在床上躺了 11 年，你看我家的日子怎么过呀?" 入户走访时，李盛飞的爱人哭着对汤玉胜说。

自 2014 年 11 月到村任职以来，1400 多个日日夜夜过去了，汤玉胜留给耿家坊村的是一条条公路，一块块产业，一道道堰坝……此外，还有一串串口碑。

一

村部，又叫村级党群服务中心。村部，既是一个行政村群众办事的活动场所，又是一级政府的形象、门面。耿家坊村部原坐落在一个陡坡、拐弯的背荫处，是一座建于二十世纪九十年代的两层小楼房，其中一大半为村卫生室，一小半为村部。2014 年 11 月的一天，汤玉胜七拐八弯地找到村委会时，心陡然凉了半截："这就是我接下来工作的地方吗?" 汤玉胜原是一名退役士官，在县砂石管理局从事机关党务工作。多年来，汤玉胜的良好品行赢得了领导和同事们的广泛信任。在全省第六批选派干部进村扶贫之际，汤玉胜经层层推荐，被任命为太平畈乡耿家坊村扶贫工作队队长（2015 年 8 月兼任村党支部第一书记，2017 年 5 月调整为工作队副队长）。"一定要建一座跟得上发展需要的村部，让全村党员有一个稳定的家，让村民们办事有一个舒心的环境。" 汤玉胜默默地想。

按照市委组织部的要求，村级党群服务中心要达到 "2141" 标准，其中 "2" 就是整个服务中心建筑面积达到 200 平方米，第一个 "1" 就是党员活动室达到 100 平方米，"4" 就是服务大厅不少于 40 平方米，第二个 "1" 就是宣传栏不少于 10 平方米。汤玉胜根据这一标准，进行广泛调研，先后赴黑石渡镇朱家畈村、但家庙镇胡大桥村、太阳乡金竹坪村和邻近的湖北省英山县百丈崖村进行实地考察。汤玉胜认为，村部建设一定要针对当地环境，注重实用性。不宜贪大求洋讲排场，也不宜过分节俭跟不上发展要求；既要有前瞻性，又要有地方特色。

有了"想法"之后，汤玉胜带领村干部们开展广泛的选址工作。经多方调研，反复比较，他发现位于"双太"路东侧的一块荒山比较合适。这里交通方便，又位居全村中心，有利于群众办事。但也有不利的一面：荒山开方量较大，填方也多，外方还要打一处5米多高的石坝挡土墙，总体造价较高。"价钱高一点不要紧，一个好的村部要管几十年呢。"针对群众害怕背债的疑问，汤玉胜说出了自己的想法："建村部的经费由上级政府负责，不要村民筹一分钱。"村干部们说："这个地方好是好，但有几处坟山要迁走，可能难度较大。"坟主们也是不容商量："祖坟万万不能动，那是我们的风水宝地呀！""那都是迷信。"汤玉胜反复做群众和坟主们的思想工作，对封建迷信思想进行了科学批驳。

2016年春节前夕，"耿家坊村党群服务中心"在一阵鞭炮声中正式动工。由于准备充分，群众思想工作到位，一时间，拆迁的拆迁，迁坟的迁坟，开山的开山，砌坝的砌坝，平地的平地……昔日的荒山顿时成了一片大工地。汤玉胜既是一位外来的村官，又是一位从善如流的组织者。2017年7月1日，投资180万元新建的600多平方米的"耿家坊村党群服务中心"及1000余平方米的村民广场正式启用。整个村部占地3亩多，其中中心600多平方米，大厅80平方米，其他用房也都达到或超过标准要求。当日，30多名党员从全国各地赶回来参加党员大会，村民们自发到村民广场舞龙灯狮子、唱地方小戏、跳广场舞，极大地激发了村民的自豪感和归属感。

## 二

办公司，是汤玉胜的又一想法。一个深山区的贫困村办企业？一没有资源，二没有市场，三没有技术，四没有流动资金。汤玉胜在村委会上启发大家："耿家坊的优势在山，希望也在山。我们只有充分利用好山场，不断摧发出山场的价值，就一定能为贫困群众脱贫致富插上腾飞的翅膀。"他请来县农委、科技局、中药材管理局和回音必集团等单位的专家来村把脉开方。

专家们认为，耿家坊的山场特别适合种植中药材。于是，经汤玉胜提议，村两委研究，村民代表大会讨论通过，相关部门审查批准，2016年底成立了"耿家坊中药材开发有限公司",采取"公司+农户"的模式,农户在村公司订单指导下种植,由村公司按保护价收购农户生产的中药材,统一销售给通过跑市场获得的供货协议单位。经过争取,回音必集团安徽制药公司等协议单位还向村民免费发放了120亩断血流种苗和200余亩桔梗、益母草等中药材种子,收获后按协议价回收。村公司还与市农科院合作创建了六安市农业科技专家大院耿家坊村断血流分院,为科学种植、增加效益提供了技术支撑。一年来,公司先后收购杜仲20吨、茯苓6吨、断血流130吨,一方面为村民种植中药材提供了稳定的市场,一方面为村集体增收创造了条件。2017年,加上光伏发电等收益,村集体经济由空壳村公司一举上升到20余万元。

汤玉胜在扶贫工作中,始终把贫困户的造血功能建设放在首位,"只有贫困户们有了产业,有了基地,才能有点石成金的'金手指'。"为此,汤玉胜通过多方调研,2017年建设"十大皖药"之一的断血流种植基地120亩,桔梗、益母草种植基地200亩,与遍布全村的杜仲、石斛、天麻、茯苓、山茱萸等共同形成一个中药材种植基地。断血流种植已成为省内"十大皖药"种植示范基地和回音必集团药材研发种植基地。去冬今春,又争取项目支持,通过流转土地,公司统一管理运营的方式,新建了300亩断血流为主体的种植基地,基地内新修了一条水泥路,进行了间伐与复垦,新栽种一批中药材,29户群众(其中贫困户6户)通过种植断血流每年增收1000余元,25户群众(其中贫困户14户)在基地内务工,每年增收2000余元,还有48户群众(其中贫困户17户)通过土地流转户均增收200余元。基地建成后,村级集体经济有了自己的"自留地",种植、加工、贸易的三元结构已初步形成,大大增强了贫困户的"造血功能"。在此基础上,汤玉胜经多方争取项目,新建中药材贮存仓库230平方米、晒场1000平方米,并购置一批加工设备,为公司长期运营打下了坚实的基础。

三

汤玉胜在农村长大,深知农民的苦处。到村任职以来,他一直把贫困农民,尤其是患病、残疾、年老的弱势群体记挂在心上。2016年6月30日至7月1日,一场特大台风过境耿家坊,台风在短时间内带来的强降水,使全村顷刻之间河水陡涨,山路阻断,大量泥石流、塌方时时威胁着村民们的安全。7月1日中午,正在村部指挥抗洪抢险的汤玉胜突然得到消息:柴家湾组70岁的独居老奶奶储爱清住在多处开裂的土坯房内不肯撤离，随时都有房塌人亡的危险。"文书，我们快去！"说着，他抓起一件雨衣，冲进暴雨之中。经过一天一夜暴雨的冲刷，去往柴家湾的5华里公路已无法行车，汤玉胜只好徒步行进。赶到储老奶奶家中，望着这座建于二十世纪七十年代的3间土房，除墙体摇摇欲坠之外，堂屋的地面已水淹脚背，房梁在吱吱作响，一阵风吹来，房顶都在微微颤抖。汤玉胜扶起老人就往外跑，可是老人一屁股坐在地上，说什么也不肯走："我的小猫没走，我就不走。""我的小狗没走，我就不走。"汤玉胜只好帮她找来小猫、小狗，让文书耿家志抱着，自己背起老奶奶往安全地方赶去。由于暴雨中迷路，他们绕行了三四公里。刚刚走上公路，老奶奶的侄儿王定华就气喘吁吁地匆匆赶来，看到眼前一幕时，扑通跪在地上："有这样的共产党员，有这样的干部，我们老百姓就放心了。"汤玉胜一把扶起双膝跪地的王定华："这时候什么也不要说了，快扶老人去你家吧。"

如果说，汤玉胜关心风雨中的老人是职责所系的话，那么他看望残疾人储召银，并帮助他评残；送患病卧床11年的李盛飞治病的故事，则是他爱民情怀的惯性使然。

贫困户储召银，在外地打工时大拇指受伤截肢，一直住在上海休养。汤玉胜在多次联系无果的情况下，于2018年4月直接找到储召银所在的工地，将早已准备好的各类政策文书一一送到他的手上，嘱咐他及早回霍山进行健康检查并办理残疾证。储召银感动地说："汤书记，我一个残疾人，既不能为村里做事，也没有为家乡做过什么贡献，用得着你大老远专程来看望吗？"汤玉胜握着储召银残疾的右手，语重心长地说："老储啊，你是我们耿家坊村的村民，还是在册的贫困户，我们哪能丢下你呀？"一席话说得老储热泪盈眶。随后，汤玉胜又安排帮扶人到县残联了解残疾人相关政策并办理了残疾证，让储召银享受到每月一定数额的残疾人补贴。

1973年出生的李盛飞，正当盛年的他却因"股骨头坏死"而卧床11年。汤玉胜在走访时了解到这一情况后，立即动员他去县医院手术治疗。李盛飞说："我这个怪病许多医生都看过了，根本没办法，只能等死了。""如今政策好，医疗技术高，你这种病应该能治好。"汤玉胜一边说着医疗情况，一边把带来的健康政策明白书放在他的手上。"汤书记，好多年没人拉过我的手了。"随后，汤玉胜又安排他家人与医院联系。一周后，李盛飞被送进县医院手术室。经过半个多月的手术治疗，李盛飞奇迹般地站了起来。又经过一段时间的休养，如今已成为一家企业的保安员，每月拿着1500元工资。李盛飞说："是共产党让我站起来的。"

# 四

据统计，4 年多来，汤玉胜带领耿家坊人新修了 10 条水泥路，总里程达 10 余公里，总投资达 400 余万元，实现了组组通水泥路；新建和维修桥梁 5 座，沟渠堰坝 10 余处，争取投资 100 余万元；帮助 98 户贫困户享受产业补助共 45.674 万元；教育扶贫补助 83 户 14.4375 万元；2017 年为 26 户贫困户授信贷款 108 万元；2018 年为 18 户贫困户授信贷款 84 万元；2016 年帮助贫困户实施危房改建 7 户，打卡发放危房改建资金 8.6 万元，2017 年帮助贫困户实施危房改造 15 户，打卡发放危房改建资金 30 万元；2016 年在乡集中安置点安置 1 户 4 人；2017 年新建苏家湾安置点一个，安置贫困户 5 户 14 人；2018 年帮助 8 户 35 人申请了易地扶贫搬迁；免费为 23 人提供了中药材种植和家政服务培训。对属于村里灌溉中枢的卫星水库进行了全面修缮，确保包括中药材产业在内的农业旱涝保收。

一棵树，可以站成一处风景；一个人，可以汇成一股洪流。如今，已是六安市人大代表的汤玉胜，工作似乎更忙了。"但再忙，心中始终放不下的还是耿家坊群众……"

# 舒 城

岭上开遍映山红
——六安脱贫攻坚
报告文学集

# 纪道明和他的伙伴们

### 徐　航

　　舒城县五显镇梅山村村民纪道明，2014 年被评为建档立卡贫困户，2017 年脱贫。两年多来，他不仅再接再厉、巩固成果，而且继续为脱贫攻坚奋力拼搏，带动 50 余户村民增产增收。2019 年，荣获"全国脱贫攻坚奋进奖"并"中国好人"两项大奖。

　　五显镇距县城 40 公里，为舒城西南山区的山口重镇，与金安区、霍山县为邻，国道 105 线、346 线穿境而过。该镇在获县、市、省、国家的多项奖项之中，最撩人眼目的，是获得中华人民共和国环保部颁发的"全国环境优美乡镇"。全镇面积 97.16 平方公里，耕地面积 1114.5 公顷，山场面积却高达 5414 公顷。青山连绵起伏，碧水蜿蜒长流，白墙红瓦的小楼民居，或掩映在青松翠竹之间，或翘首在白云蓝空之下，人行其间，犹如辗转在仙境。但是，就在这样一个美丽的地方，贫困依然无所不在。2014 年，全镇建档立卡贫困人口 2728 户、7924 人，贫困发生率 21.7%。截至 2020 年 6 月，全镇已脱贫 2404 户、7593 人；景山、余畈、梅山、光明 4 个贫困村，已全部出列。目前，全镇未脱贫人口 56 户、108 人，贫困发生率 0.3%。这其中，纪道明和他的伙伴们，无疑作出了自己的贡献。

　　纪道明，1964 年生，祖籍安徽池州市，后迁居湖北大冶市。旧社会兵荒马乱，民不聊生，逃荒到哪里，都是天下乌鸦一般黑，不得已又从大冶逃荒到五显镇这荒山老岭，到纪道明这一辈，已是纪家逃到五显这儿第七代了。

　　纪道明 56 岁，中等身材，精干灵活，一副宽肩，似乎能承担任何负载，一双锐眼，似乎能看透世间一切，特别是他那额头连着后脑门，宽广、善良而睿智。照理说，智商高的人是不应贫穷的。但是，他自幼家贫，无任何帮衬，两间破屋栖身，二亩薄田糊口，翅膀实在难以伸展。直到 1994 年 30 岁那年，他与邻村韦洼村的李邦芝相爱结婚，生活才展现一点亮色。当年，儿子呱呱坠地。老纪干农活是一把好手，搞养殖技术领先，虽然只读到小学五年级，但头脑灵活，善于钻研，为了妻子，为了儿子，纪道明拼搏的劲头更大了。

可是，命运却同纪道明开了一个巨大的玩笑：2003 年，李邦芝外出务工路上，被一辆大卡车撞飞。送到医院虽然捡回了一条命，但一直处于昏迷状态。李邦芝昏迷不醒的一年零五个月后，虽然苏醒了，但是瘫痪在床，说话不清；儿子当时才九岁。纪道明无微不至照料妻子 17 年，直到她 2020 年 4 月安然去世。同时，精心抚育儿子纪舒乐，使他 2013 年考取合肥铁道工程学院，如今奖金不计，每月工资5000 余元。

模范丈夫、可敬父亲的事迹，使纪道明荣获 2017 年 "六安好人"、2018 年"安徽好人"、2019 年 "安徽省道德模范"、2019 年 "中国好人"。纪道明这是当之无愧，实至名归！

纪道明本来是不会进入贫困之列的，但由于妻子车祸卧床，孩子年小需要养育，只能困守在家，又无力发展更多的副业，致使长期处于贫困状态。党中央提出了 "精准扶贫" 战略，梅山村的脱贫攻坚工作打开了新局面，纪道明的人生也踏上了新征途。

2014 年，纪道明被确定为建档立卡贫困户。他家的房子年久失修，这一年村里又帮他申报了危房改造项目，落实了危房改造补助 1 万元，新建平房 4 间，经济条件好转后又持续加高扩建。门朝东南，白墙红瓦，高大敞亮，200 多平方米住房焕然一新。这一年，村里又为他妻子李邦芝办理了残疾证，按年度享受残疾人的补助和慰问金。多项帮扶措施并举，解除了纪道明脱贫致富的后顾之忧。

也就是在 2014 年这一年，纪道明谨慎地迈开了脱贫致富的步伐。这一年，他自孵皖西白鹅 100 多只，卖了之后自己又添点钱，以每头 3000 元的价格，买了两头小母黄牛。2016 年，两头母牛又过了两头小牛。老纪自己卖鹅又卖点稻，筹资又买了 3 头小黄牛。这样一来，他便有 7 头黄牛了。2017 年，他步子迈得更大，贷款 5 万元买了 10 头黄牛，连家里自养的 7 头，他手头共有 17 头黄牛了。

2017 年 5 月，中共六安市委宣传部扶贫工作队进驻梅山村。工作队通过深入走访调研，发现纪道明的感人事迹，对他予以表扬、鼓励，纪道明也表明自己愿做产业扶贫带头人的决心。工作队进一步鼓励他扩大养牛、养鹅的规模，并协调帮助他销售全部饲养产品。驻村工作队与镇驻村指导组和村两委会商后，决定对纪道明进行全面帮扶。

经多方协调，纪道明在梅山村仓房组万佛湖湖滩的西上方租地 3 亩，兴建了黄牛散养基地和皖西大白鹅散养基地，并挖了一方供鹅、鸭嬉戏的小水塘。当年，散养黄牛 20 余头、白鹅 200 只、麻鸭 200 只。2017 年 8 月，纪道明作为梅山村贫困户的代表，同迎驾慈善基金会、安徽省徽菜产业发展促进会、固镇军明皖西白鹅养殖专业合作社等七家合作商，签订了产业扶贫合作协议，就扶贫捐助、种苗提供、技术指导、销售服务等，达成了合作意向，进一步增强了纪道明发展产业、脱贫致富的信心。他乐呵呵地说："多亏工作队和镇、村领导的帮忙，现在苗没有问题，养没有问题，卖也没有问题，我们要练强翅膀，飞得更高更远呢。"

读者朋友很难想到纪道明搞养殖地方的美丽和神奇！

从纪道明黄牛、白鹅等散养基地向东走约 30 米，驻足向东、向北凝眸眺望，是万佛湖的一片近千亩的湖滩草原，碧草如茵，杂花争艳，连棵的高大白杨在清风中展露姿容。向东看岔湖隐隐如练，向东南看，万佛湖正蒸腾白漾漾的水波。蓝空之上白云悠悠，草滩之上黄牛逐草，白鹅成群似在休憩。白鹭在黄牛背上驻停、翻飞，蜻蜓在人前结阵、扑逐。宛如梦境的美丽草原，黄牛、白鹅流连成长的地方！

纪道明饲养的黄牛，属大别山本土的"三黑"黄牛，所谓"三黑"，则是鼻黑、蹄黑、尾梢黑。皖西目前常养的黄牛有两种，除了"三黑"之外，还有"三黄"（上述三处皆为黄色）。另有一种个头比较大的西门塔尔花牛。这三种牛以"三黑"最好。"三黑"三年出栏，每头牛杀肉 300 斤，一般不超过 350 斤；"三黄"也是三年出栏，但身架子大，每头杀肉一般在 390 斤以上；花牛则两年出栏，每头可杀肉 1000 斤以上。"三黑"牛肉肉质细密，宛如猪肉，一般卖 50 元/斤；"三黄"牛肉也是 50 元/斤；花牛肉则是 30 元/斤。

纪道明的"三黑"黄牛就是在湖滩草原上散养。每年 4 月下旬，春雷动、青草发，就把牛放到外面。用 8 米绳索拴系，距牛 1 米处的绳上有状似"滑轮"的装置，以防牛打转绳子上劲把绳毁掉。饲牛的地方每天换两次，三天以后才能放到曾经饲养过的地方。这些年来，纪道明的牛一般是谷雨季节放出来，到立冬才拉回 200 多平方米的散养基地喂养。

纪道明养的鹅是皖西大白鹅，裕安区固镇品种。鹅性娇贵，小鹅要膀根毛扎齐才可放在外面。纪道明在草滩上散养的白鹅似通人性，每天下午五点半左右就自动回家，挡都挡不住。好在老纪建的白鹅散养基地有 300 多平方米，可为白鹅们提供温暖的家。纪道明的皖西大白鹅体健硕大，每只至少 10 斤重，最大 17 斤，一般都在 16 斤左右。皖西白鹅的羽绒世界最佳，每只鹅羽绒可卖 12 至 18 元。

皖西人饲养的麻鸭一般有三种，即山东 1 号、大京湖和小京湖。山东 1 号每只长到 8 至 10 斤，但水分大，泡肉多，懂行的人往往不喜欢。大京湖麻鸭身上的花纹要大一些，容易区别，每只约有 5 斤左右，比较受人欢迎。小京湖则是指肥西县三河镇那边产的一种麻鸭，体格较小。老纪饲养的麻鸭，多为皖西本地品种大京湖。

常言道：宁吃鲜桃一口，不吃烂杏一筐。如今，人们追求食品口味，要求越来越高了。纪道明在湖滩草原上散养的黄牛和白鹅等等，即使是口味刁钻的人也非常欢迎。在梅山村驻村工作队的积极联络下，安徽省西商集团的领导多次到纪道明的养殖基地考察，并免费为纪道明在六安提供铺位，协助他销售黄牛、白鹅等特色农产品。在六安"腊货节"上，老纪的牛肉供不应求，平均每天能卖掉两头牛。梅山村成立了"农民专业合作社"，纪道明作为社员发起人登记备案，并被选为执行监事。他还注册成立了家庭农场，经营范围包括动物饲养、隔离、屠宰加工，水稻及农产品种植等等。产业发展了，收入增加了。纪道明在 2017 年直接增收 5 万元，不但摘掉了"贫困户"的帽子，还成了远近闻名的养殖大户。

2018 年，驻村工作队和村两委，多次带领纪道明赴霍山、裕安、叶集等县区学习，帮助他学习技术，开阔眼界。在裕安固镇考察时，纪道明与军明皖西白鹅养殖专业合作社现场达成了合作协议，订购了 1000 只鹅苗，其中纪道明本人饲养 500只，为贫困户代养 500 只；他还散养了 30 头黄牛。1000 只鹅苗入驻散养基地的时候，正值初春，春寒料峭。怕鹅苗冻着，老纪架起干柴生起火堆为鹅棚增温；怕鹅苗闷着，老纪一夜未合眼，不停地来回巡视；怕鹅苗呛着，老纪及时垒起通风管道；看到个别鹅苗不对劲，老纪赶紧托到一边，留心察看。在老纪的苦干实干之下，2018 年他增收了 7 万多元，生活更上一层楼。

2019 年，纪道明从小有名气的养殖大户变成了大有名气的先进典型。驻村工作队在跟纪道明谋划新的一年发展时，说道："老纪啊！你现在是名人啦，要争取把典型优势转化为品牌优势，你可以注册一个商标呢。"老纪笑道："那当然好啦，注册个商标，我的黄牛、白鹅名声会传得更远，销售也会更好啦！"说干就干，驻村工作队陪同纪道明到舒城县商标事务所跑了一趟，成功地注册"纪道明"牌商标。

2020 年，纪道明散养黄牛 40 头、皖西大白鹅 2000 只，还发展了 7000 平方米的蔬果产业，种植小南瓜、青椒、西瓜等。看着黄牛、白鹅生机勃勃，看着蔬果种植长势茂盛，初获成果，纪道明抑制不住心中的喜悦："今年都要全面小康啦，我一定要更加努力，带动乡亲们增产增收！"

纪道明在自己脱贫致富的同时，从来没有忘记梅山村的父老乡亲，更没有忘记那些没有脱贫的人们。纪道明在修建牛棚的时候，主动找到村里的贫困户，邀请他们尽其所能，铲铲土、砌砌墙、拔拔草，不嫌他们力量微弱，能干什么就干什么，多少能增加一点收入。黄牛、白鹅入住散养基地后，岗位就更多了，放牛、赶鹅、割草、打扫卫生等等，都需要人手帮忙。为了把养殖基地的务工纳入规范化管理的轨道，同时增强贫困户的内生动力、造血功能，驻村扶贫工作队、镇驻村指导组、村两委召开联席会议研究，确定 26 名贫困户。梅山村毛竹园农民专业合作社出面与 26 户贫困户签订了用工协议，安排在纪道明的黄牛、白鹅散养基地务工，根据贫困户的身体状况和技能特点合理安排工作岗位，由纪道明统一安排劳动。2017年，在黄牛、白鹅散养基地务工的 26 户贫困户，户均增收 1500 元。

2018 年和 2019 年，根据对贫困户和非贫困户中的"六类户"（低保、重病、危房、残疾、独居、无劳力）的摸排，梅山村确定了入股白鹅养殖的 30 户困难群众，每户入股 500 元购买鹅苗，由合作社委托纪道明代养，饲料、防疫、管理等成本均由合作社补贴，收益全部给农户分红。在两年的协议期内，30 户每户每年分红 1000 元。

2020 年 5 月 8 日，纪道明风尘仆仆，再次来到裕安区固镇军明皖西白鹅养殖专业合作社，订购了 1500 只鹅苗，再加上自己孵化的几百个鹅蛋，今年养的鹅依然在 2000 只以上。今年，老纪还为村集体代养了 1000 只白鹅，带动集体经济增收，助力梅山村向年收入 50 万元的集体经济强村迈进。

笔者在梅山村走访了 4 位贫困户和边缘户，从他们身上感到了他们脱贫攻坚的决心和对纪道明的感激。

梅山村堰坝村民组的班友仓，55 岁，2016 年发现右腿患癌瘤，2017 年在省立医院动了手术。近几年他靠自己养鱼每年收入 1 万多元，跟着纪道明养大京湖麻鸭 300 多只，每年收入 7000 多，现已脱贫。韦祠村民组的赵贤稳 54 岁，妻子胡传菊左心房长瘤，在省立医院动手术，医药费除报销外，自己花了 14 万元，因病致贫。近两年每年都跟着老纪养两头黄牛，纯赚 8000 多元，大女儿在国家帮助下已经大学毕业，现已脱贫。仓房村民组查明山，57 岁，2016 年得了尿毒症，因病致贫。他靠养鹅入股，每年分红 1000 元；在黄牛、白鹅散养基地做临时工，平均每月 1000 多元，现已脱贫。

四位乡亲中，最有意思的要数库边村民组的汪道仓，69 岁，但生性乐观，说话高声大嗓。他说："我老伴患有心脏病，自己年纪也大了，干不了重活。我在纪道明的白鹅散养基地赶赶鹅，活不重，一天能挣 80 块钱，我很快活。"文革时，他曾在大队文艺宣传队待过，登过台，唱过戏。他曾赋《无题》诗一首赠纪道明：

"苦干实干纪道明，养牛养鹅助扶贫；身边众人来帮衬，脱贫攻坚有决心。"可惜，纪道明没有唱和。有一天，有人发现汪道仓在青山绿水之侧引吭高歌。舒城民歌最难唱的是"蜜蜂钻天"，又名"挣颈红"，歌声高入白云，老汪当然唱不了，他唱的是大别山流行的"五句头"：

不写情词不写诗，一方素帕寄心知。心知接了颠倒看，横也丝来竖也丝，这般心思有谁知？

唱了之后，他觉得不过瘾，又唱一支与养牛有关的山歌：

三月湖滩绿油油，我和妹妹去放牛；情妹打我一鞭子，打过忙摸我的头；不打怎好头对头？

我们不好给汪道仓唱歌打分、作评论，但有一点是肯定的，他心里一定很快活。

这次，笔者在五显镇走动了 5 天，心里也是很快活。2020 年，五显镇同全国各地一样，是决胜全面建成小康社会、决战脱贫攻坚收官之年，即将成就中国历史从未有过的伟业。为此，省妇联、六安市委宣传部、市文联和舒城县相关单位，派员进驻五显镇四个贫困村奋战多年，获得全胜。几个单位的领导也不时下来察看。譬如咱们六安市委常委、宣传部部长韩军，这位山东聊城姑娘，这位南京大学文学博士，就曾不声不响地来到梅山村 15 次，多次小住或长住，令人感佩。

五显百姓是舒城人民的可敬代表。他们勤劳、忠厚、精明、善良、善解人意、勇于进取，蓄积着伟大的创造力量。短短几年，百分之九十以上群众都住上楼房，就是一个明证。别看他们在山村中普通平凡，一旦乘风，便可破万里恶浪。梅山村书记李帮军告诉我，仅这个贫困村就有 500 多人在外面大世界拼搏，有 20 多位像模像样、叱咤京沪的老板。

这其中，纪道明无疑也是一位代表人物，虽然他的事业还没有做大，"虎威"还没有呈露，但是我们可以期待。这几年，县委、市委、省委的主要领导人分别接见了他。2019 年 10 月 17 日，他在北京领取"全国脱贫攻坚奋进奖"期间，受到中共中央政治局常委、全国政协主席汪洋及中共中央政治局委员、国务院副总理、国务院扶贫开发领导小组组长胡春华的亲切会见，无疑给了他巨大的鼓舞。

离开梅山村那天，笔者同纪道明又谈了一次心。问及他下一步的打算。他说，我首先想到的是更换所养牛的品种，明年我想买 15 头"鲁西"牛。这种牛原产山东，大都同"三黑"差不多，但关键的是，"鲁西"长得快。

好，纪道明！祝你诸事顺遂，旗开得胜，步步登高！

# 大山里来了"拼命三郎"

## 丁文新

入夏，才六点多钟，对面山峦上刚刚探出头的太阳就迫不及待地释放着热情，宣告着又一个艳阳天的到来。

"顾老师，吃过早饭，我们到狼谷游步道看看？过两天要下雨，咱们去催催他们进度吧。"

说话人叫王方宝，鼻梁上架着一副厚厚的眼镜，斯文而朴实。作为扶贫干部，他已经在这个美丽的小山村坚守了近三个年头了。这里的一草一木、一人一户他都了如指掌，如数家珍。

他和顾方、马桂生三人常年共处村部一间不到 40 平方的房间内，像亲兄弟，同吃，同住，同战斗。

他们均来自六安市委党校，在舒城县晓天镇三元村驻村扶贫。他们的工作干劲、工作作风、工作成果，村民们有口皆碑。村民们见他们这么起早贪黑，卖命工作，便送他们个雅号"拼命三郎"。

## 拼一身汗水　造秀美"狼谷"

从村部沿平坦的水泥路，经一栋栋整洁洋气的楼群，穿过一畦畦碧绿油亮的茶园，不到十分钟，便到了三元村正在开发的旅游景点"大别山狼谷"。

景点入口处，新建的石砌门楼巍峨气派。走进去，只见一条集奇石、幽潭、流泉、飞瀑于一体的幽深峡谷，渐次明朗。这里就是当地人津津乐道的"小龙井"，或"三口缸"。如今，有了个响亮的名字"大别山狼谷"。

从入口上行，那一块块或圆润、或奇特的石头群落，像写满颜真卿的行书，和怀素的狂草，惊艳着人们的视线。在清凌凌的山泉滋养下，格外生动悦目。沟谷幽深，明灭可见，似潜伏的卧龙，山转水流，风姿绰约。这鲜活的一切，似乎自古以来就是这般模样，但对于王方宝这三位扶贫干部来说，每一次走进她，都感到无比亲切。

山还是那座山，水还是那股水，石还是那块石，但周围的基础设施、环境条件却发生了巨大的变化。这变化，浸透着他们多少汗水和心血。

2017年4月，王方宝、顾方、沈雅君三人接受组织任命，来到晓天镇三元村，与当地的广大党员干部一道扛起了脱贫攻坚的重任。

三元村位于晓天镇东部，799户，2750多人，是舒城县贫困村，也可以说是晓天镇的"困难大户"。在走访了所有的贫困户之后，工作队感到，除了帮助贫困户发展产业经济之外，应该看得更远，想得更深。他们觉得村集体如果没有支柱经济实体，让贫困户稳定就业，就无法保证他们稳定脱贫，致富发家。

调研中，三个人对神秘清幽、植被繁茂、怪石嶙峋的"小龙井"产生了浓厚的兴趣。他们潜心研究，反复琢磨，深入走访，他们想在"小龙井"做一篇文章，做一篇大文章。

6月21日，扶贫工作队邀请安徽师范大学国土资源与旅游学院系主任、博士生导师杨效忠教授一行，对"小龙井"开展了实地考察。杨教授认为"小龙井"资源独特，优势明显，景点的原始味和原生态特点明显，是绝佳的户外旅游探险胜地。从此，开发旅游景点的想法，在三个人心中扎下了根。

"当初全程考察时，有苦有乐，收获颇丰。既发现了别人从未留意过的特色景观，又增强了大家团结协作、并肩战斗的感情，真是回味无穷啊！"队长王方宝回忆起来仍然记忆犹新，宽慰不已。

"如果我们自己对景区都一无所知，又怎么找出亮点吸引客商来投资呢？"顾方、沈雅君不约而同地接上话茬。是啊，他们三人就是这样想在一起，走在一起，干在一起的。

2017年夏天，扶贫工作队拉开了走进狼谷、打造狼谷的序幕。

大清早，扶贫工作队三人，和村支部书记储成玉，村主任赵娟，镇文化站站长等一行人，带上照相设备，踏上了"小龙井"探险之旅。当把之前的那块奇异石床抛在身后，前面的道路便越来越险峻了，谁也不知道前面是险滩、陡崖，还是深涧。但大家都抱定一个决心：前方的风景，一定更美妙，更精彩！

就这样，你拉我手，我拽你衣角，甚至把一根绿藤都当作一根救命绳索的情况下，攀援而上。一抬头，眼前就跳出了一道飞瀑，穿云钻石，奔流而下。那"飞流直下三千尺"的气势，那扑面而来的清凉雾气，顿时让满脸的汗水和遍身的疲惫，一扫而光。

跋山涉水，攀援而上。赵娟厚厚的牛仔裤都磨破了，王方宝数次落水湿身，但他们毫不在意，依然勇往直前。顾方胳膊上被蚊虫叮咬、荆棘划破，一道道血印子像一只只红色的蚯蚓。但大家谁也没有退却，在欢笑和汗水中完成了一次"小龙井"的探险考察。

重要的是，大家由此掌握了第一手详细资料，理出了有关文字影像记录，掌握了"小龙井"的地形地貌，感受了它的原始况味和粗犷景观。正是靠这套资料，为三元村今后打造狼谷、招商引资奠定了坚实基础。于是，便有了 2018 年 9 月的项目确立，有了安徽宝元乡村旅游发展有限公司的投资，有了 2019 年 6 月开工大吉的响亮的鞭炮声。

2017 年 8 月，天气还比较热，省委常委、六安市委书记孙云飞来村调研扶贫工作并亲临"大别山狼谷"，提出要把景区规划好、开发好，以旅游带动群众脱贫致富的要求。2020 年 5 月 31 日，舒城县委副书记、县长张秀萍来到正快马加鞭建设中的狼谷，要求加快工程建设进度，讲好狼谷故事，打造一个不一样的特色景区。

看起来的这一帆风顺，扶贫工作队却伤透了脑筋、跑断了双腿。找教授勘察规划，找专家考察设计，找公司投资立项，找部门争取资金，最后达成了由投资公司整体开发、政府负责基础设施建设的合作意向。每一项设计的构思，每一个项目确立后的兴奋，每个夜晚谋划后的夜不能寐，让扶贫工作队员们疲惫不堪，却又无比开心。

目前，游客接待中心主体建设全部完成，景区门楼、游步道和安全扶手、河道整治、湖畔饮吧、扶贫驿站、天狼湖等工程即将完工，今年十一之前，一个安全、惊险、刺激、绿色、颐养的旅游景点，向众人揭开神秘的面纱。"重要的是，大别山狼谷景区的启动将为三元村广大群众稳定脱贫提供重要的经济支撑，不仅解决了当地贫困户就业和农特产品销售，还可为村集体每年增加近 10 万元的收入，对晓天镇的餐饮住宿等服务业，也将是一个极大的推动。"说到狼谷开发，王方宝踌躇满志，信心百倍。

## 拼一股干劲　助产业发展

夕阳即将落山，一片片灿烂的晚霞扯着白云的裙裾，在银灰色的天幕上织就了一幅幅斑斓多姿的油画。晚饭后，像往常一样，扶贫工作队三人，如走亲戚一般来到距村部 3 里多路的石龙村民组。

"王队长你们来啦！快坐，快坐，老汪快泡茶……"性格爽直的秦知银，一边热情地打着招呼，一边支派起老伴来。

"今年干茶工挣了不少钱吧？"

"向领导汇报，我们老夫妻俩一直忙着挣钱呢，也就这两天才歇下来。卖茶叶打零工，还有孩子在外务工等几项收入，揣到兜里的大概有 3 万多块了呢。"大大咧咧的老秦说笑之间，掩饰不住一脸的开心和喜悦。

"那不错哎，老秦不是说要到狼谷干活吗？哪天去呀？到时候你跟顾老师联系一下。"王方宝呷了一口清香的兰花茶，感觉暑热顿时消退不少。

三元村是舒城"小兰花"的主产地，村民种植茶叶历史悠久，但村民们都零敲碎打、各自为阵，成不了气候。2015 年，在帮扶单位舒城县扶贫开发局的引荐下，安徽兰花茶叶有限公司在汪屋组流转土地 23.5 亩，建起茶叶育苗基地。一片空白的村集体经济从此看到了希望的曙光，有了盼头，有了美丽的前景。

一枝独秀不是春！为了将资源优势发挥到极致，扶贫工作队和村两委又积极动员贫困户和广大村民在荒山上开荒种茶，新建茶园。截至 2017 年 9 月，三元村茶叶种植面积增至 1460 亩。投资 60 万元在大塘组流转 2 亩土地新建了一家茶叶精制厂，并将其承包给能人大户经营，以解决茶农的销售难题。因此，村集体每年可增收 5.6 万元，为三元村茶农带来每年 100 多万元的新增收入。

茶叶发展有了起色，扶贫工作队又有了新的打算，开启了又一轮新的征程。

"三元村属平原地带，田地面积较多，105 国道穿境而过，发展中药材天时地利。"三元村两委与工作队不谋而合。

于是，在焦畈组新建占地 6.8 亩的蔬菜大棚，流转 100 亩土地进行高山有机稻种植。扶贫工作队又找到相关私营业主对下剩的 30 多亩撂荒田地进行实地考察，成功引进大丰浙贝母和中药材元胡种植项目，当年获益 60 多万元。目前已扩大到 100 多亩。与此同时，三元村还新建了一座 120 千瓦的村级光伏发电站和 72 千瓦的户用光伏电站，村集体年收入达 7 万元左右。

就这样，三年前还是两手空空的三元村，2019 年集体经济收入近 20 万元，使这个集体经济空白村一跃成为全镇的特色产业发展领头羊，未来两年村收入有望达 50 万元。

## 拼一份执着　引八方支援

金陵盛夏，骄阳似火。一个寻常的周六，刚刚完成整周训练任务的驻南京某综合训练基地的战士们刚刚进入午休，一群中小学生的出现，顿时打破了基地的宁静。

这16名贫困家庭的孩子，全部来自晓天三元村。在为期三天的军营生活中，孩子们先后体验了连队的正规化训练，叠军被、观格斗，了解武器装备、参观坦克陈列馆，过了把期盼已久的乘坐装甲车的"瘾"。

严谨的队列训练，严肃的升旗仪式，丰富多彩的文艺活动，不仅使孩子们体验了严谨有序的军营生活、认识了现代化军营管理，还收获了官兵们热切的关怀和诸多的温暖，加深了孩子们对国防事业的向往与热爱。他们一个个许下宏愿，写下豪言壮语，立志将来做个保家卫国的潇洒军人。

某部队从2017年结对帮扶晓天镇三元村，几年来一直关注着村里的扶贫工作，捐资捐物、救助贫困、结对帮扶困难学生、支持基础设施建设，让三元村的广大村民牢牢记住了这群富有爱心的军人，加深了人民与军队的军民鱼水之情。而这支部队能够与三元村建立起密切联系与深厚感情，还得感谢扶贫工作队一班人的引荐。

"想夺取脱贫攻坚战役的全面胜利，仅靠单打独斗力量是有限的。这几年来，我们利用党校的资源优势，或者同学和朋友的关系，集合更多的力量帮助三元村发展，才有了今天的丰硕成果啊！"王方宝说得一点没错。

争取外援，是三元村扶贫工作队打好脱贫攻坚战中浓墨重彩的一笔。中国人民解放军某部队与三元村结缘让广大群众得到了不少实惠。该部队自从与三元村结对以来，投入35万元援建了河东组溢水坝和挡土墙，增加灌溉面积30多亩，使200多名群众和20余户贫困户直接受益。

针对村里当初茶厂茶叶销路不畅的问题，官兵们通过自愿购买和自媒体协助，促销茶叶300多斤。其间，部队还携手郭明义团队，成立了东部战区首支郭明义学雷锋爱心组织，进入村民组挨家挨户送去近4万元的帮扶物资。部队基地官兵还建立了扶贫教育基金，对贫困学生定期开展帮扶，为贫困学生资助达7万多元。

2020年初，部队拟资助13万元，在狼谷风景区建造扶贫驿站，帮助贫困户售卖茶叶、板栗、茶油等农特产品。几年来，部队坚持做好义务巡诊，派出军医专家，开展健康扶贫、义诊送药，并对大病家庭进行定点资助、重点资助。部队官兵的厚爱，深深地烙在老百姓的心坎上。

沈雅君在扶贫工作队中最年轻，他积极向王方宝和顾方两位老大哥看齐，抓住一切机会，让身边的群众得到更多的关爱。他争取六安国元证券，对3个贫困家庭扶贫济困，每户每年1500元，资助他们的子女继续求学深造，直至他们读完大学，让他们不仅在物质上丰足，还要在精神上脱贫。山行户外组织，也结对十个贫困家庭学生，每年6000元。而沈雅君也通过自己的工作单位支持慰问资金3万元……

扶贫工作队调动各种关系，引来众多的爱心企业和爱心人士，使三元村的贫困家庭始终沐浴着人间大爱、浓浓的温情。碧桂园、华成矿业、舒城县食品公司等单位，或送慰问金，或送物资，或出资助学，救难救急，把贫困户的冷暖温饱记在心上，落在行动上，帮在节骨眼上。

对于自己的娘家六安市委党校，王方宝也是"毫不手软"，在汇报工作的同时，抓住一切机会争取单位领导的重视。每年，党校常务副校长夏伦平都会率领导班子成员深入三元村，开展调查研究，了解扶贫工作成效，指导帮扶工作。村里的老党员、贫困户、特困户、重症户，一个不落地关心慰问，点点面面，深入人心。党校把三元村作为干部教育培训基地，组织学员开展"三同"实践。2020年6月，省委党校多名年轻干部驻村开展"三同"实践活动一周，他们不仅更多地了解了基层、体察了民情，也很好地锻炼了自己，在实际工作和生活中帮助了更多需要帮助的群众。

## 拼一腔热忱　让温情常伴

"这两年的日子越来越好过了，今年在扶贫工作队的帮助下，又成立了保洁公司，我一定要把三元村的环境卫生搞得美如花、美如画，才对得起大家的关心。"张德海表下决心，立下誓言。这个大个子就是晓天镇首家村级保洁公司——舒城得海保洁服务中心负责人。几年前，他还是三元村最为典型的贫困户，如今，他已是像模像样的保洁公司负责人了。

张得海的母亲去世早，父亲双目失明，弟弟又患有精神障碍，常年照顾父亲和弟弟的重担一直压得他喘不过气来。2014年张得海全家被评为建档立卡贫困户。2016年，张得海先后被聘为村里的护林员和保洁员。2019年，晓天镇三元村启动美丽乡村建设，并计划采用购买服务的方式，维护村里的卫生环境。此时，任劳任怨的张得海进入驻村扶贫工作队和村两委的视野。在大家的推荐下，张得海从众多的竞争者中脱颖而出，于 2020 年 4 月 29 日成立了舒城得海保洁服务中心，昔日贫困的张得海成了保洁公司老总。

"我只不过尽力做了自己应该做的事，如果没有国家的好政策，没有扶贫工作队的关心，我不可能这么快就脱贫了。"今年 48 岁的汪德留顺利脱贫后，道出了肺腑之言。

家住三元村汪屋组的汪德留虽然年纪不大，但由于两个孩子都在上学，妻子陪读，不能挣钱。汪德留只好自己一个人忙前忙后，家庭入不敷出，因此成了贫困户。

看到他的困难，王方宝等一班人多次登门嘘寒问暖，宣传扶贫政策，了解他的真实想法，劝导他有针对性地发展产业，帮助他解决实际困难。

在外打工的汪德留，由于孩子渐渐长大，两口子便决定回乡干点什么，没有手艺，没有技术，没有多余的资金投入，很难有份固定收入。怎么办呢？他找到扶贫工作队一合计，决定在距家不到 2 公里的集镇做早点。于是学手艺，租门面，户贷户用 4.5 万元，开始小作坊生意。同时，汪德留还在家门口盖了几间猪舍，在扶贫工作队的帮助下购买了 6 头猪仔，让妻子负责喂养。经过几年的辛苦努力，汪德留的家庭面貌发生了根本性变化，平均年收入近 4 万元，光荣脱贫。

有一位七十多岁的老人，时不时到三元村村委会来转转、坐坐，抽上一根大家伙递来的烟、泡上的热茶，虽然他一言不发，但脸上的笑容却是满足的、开心的。他叫汪义法，单身一人，是个哑巴，五保户。一到村里，他就对着顾方指手画脚，一脸的笑容。大家都知道，他是感谢的意思呢。那一天，距离村委会不远的汪义法一脸煞白、跌跌撞撞地跑到村委会，一副疼痛难忍、痛苦不堪的样子，他知道这里的人是他的"大救星"，村干部也明白，一定是他的疝气发作了。

赶快送往医院！

顾方立刻发动了自己的汽车，几个人当即将他送到了县医院，经过手术，彻底解除了老人多年的隐忍和痛苦。

后来村里帮助汪义法解决了住房，但老人生活自理能力较差，家里做饭常常弄得烟雾袅绕，墙壁熏得到处漆黑。电，时断时续，电视机，时好时坏。顾方就经常去帮他查看，修理，安装，从此成了他家的常客。

有一年，时近腊月，汪义法家里的电又瞎了，顾方带着工具把电弄通了，给他换上了一盏明亮的大灯泡。争取了一台电视机，并给他装上了一个卫星小锅，接着，又是铺被子，又是抹桌子，又是掏烟囱，还把屋顶及房前屋后的雪清扫干净。

从此，隔三差五地上门服务，就成了顾方棍打不动的一项工作内容。

2017 年底，焦畈组曹胜根的土打墙房子承受不了大雪的覆盖，王方宝带领工作队一次次上门帮他扫雪，并于第二年很快给他落实了危房改造。三十几岁的付作义，父亲与妻子因恶疾先后去世，上有一位 60 多岁的奶奶，下有未成年的两个孩子，家庭的变故让他一下子垮了。面对此情，扶贫工作队数次上门给他精神鼓励。他鼓起信心，不仅办起了养猪厂，而且还启动了竹业加工。2019 年，付作义年收入达到 7 万多元，一扫往日的阴霾，身板也从此直了起来。

这几年，象张得海、汪德留、曹胜根、付作义，等等，这样贫困群体，通过扶贫工作队的扶持、自己的努力过上好日子的越来越多了，大家的精神面貌也为之一振，脸上的笑容更多了。看到这一切，扶贫工作队一班人心里既欣慰，又感慨万千，辛苦终于有了成果，付出盼来了回报。大家心里在充盈着丝丝甜蜜的同时，也有着班师回朝前的忐忑，以及对同事、对老乡深深的不舍和留恋，还有对在这片土地倒下的战友沈雅君的心疼和怀念。

## 拼一片天地　让此行无憾

有一天，正在埋头整理扶贫资料的沈雅君实感胸部不适，他捂住胸口，停了一会，又继续工作。但这样的情况多次反复，引起了王方宝的注意。在同事们的催促下，2018 年 10 月，沈雅君来到省城检查，结果是胆管癌！

当沈雅君做手术那天，工作队和村两委前去探望。"狼谷的规划设计出来了吗？六安证券最近有没有过去开展慰问？我帮扶的那几户产业申报了吗？"沈雅君一连串的发问，让大家的鼻子一阵阵发酸。不论是日常的扶贫工作，还是在软件资料的归档、对旅游项目狼谷开发的推介上，他始终与大家站在一起，从不掉队。

但手术后的沈雅君并未能就此站起来。当他在身体稍有好转的时候，曾要求重返岗位，多次给同事们打电话说想到村子里看看，终未能成行。2019 年 8 月 26 日，年仅 42 岁的扶贫人走了，带着对扶贫事业的热爱、带着对三元村广大群众的满腔挂念离世，给并肩战斗的战友们留下了永远的遗憾和心痛。

2018 年 10 月份，55 岁的市委党校理论研究室的马桂生接替了沈雅君的岗位。虽然中途上阵，但老马始终保持着旺盛的工作干劲，与大家战斗在一起，与村民们打成一片，续写着"拼命三郎"永不褪色的篇章。

"扶贫工作队是真拼，三个人，一条心，的确是'拼命三郎'。"红红火火的产业发展，辛勤奔忙的付出，殚精竭虑的谋划，让三元村的广大群众脱贫致富的路子越走越宽，更看到了扶贫工作队对党的扶贫事业的赤诚和努力，还有背后的艰辛。"'拼命三郎'这个称号用在他们身上绝对是名副其实。"村支部书记储成玉深有感触地说。

脱贫攻坚即将收官，也许不久，"拼命三郎"就要打道回府，闲暇时，工作队与村两委偶尔提到这件事，突然都沉默了下来。

"三年时间，我们与村两委，与村民们，建立了难舍难分的深厚感情，一说离开，心里真不是滋味。对于农村的发展，脱贫攻坚只是其中的一个段落，还有乡村振兴、小康建设，都需要领头羊、带头雁，需要一班人的精诚团结和奋力拼搏。无论如何，只要组织需要，或者另有安排，'拼命三郎'精神在任何地方都会散发不灭的光芒。"

看着面前一条条宽阔的水泥路，一栋栋楼房，生机盎然的茶园，蓬勃生长的中药材，田间地头勤劳而忙碌的身影，工作队长王方宝的语气充满力量，无比坚定。面对眼前一派派勃勃生机，王方宝深情眺望着这片洒满他汗水的土地，那晒得有些黑红的脸上露出了欣慰的笑容，舒展的皱纹间，写满了对未来更多的期许。

# 科技扶贫情暖农家

## 武明发

"我们农科所就像是一根藤子，上面连接着国家农科院、省内和省际的农业高等院校等科研机构，下面连着广大老百姓。我们是一个平台、一座桥梁、一根纽带，没有我们，广大农户与上面那些专家教授接触不上，通过我们及时地把最前沿的知识营养源源不断地输送给他们，让知识在他们手里落地、生根、开花，最终结出累累果实，这就是我们所有工作的目的。"

葛自兵，舒城县农科所所长。这位 42 岁的中年男子，每当谈起工作的时候，总是将这句话挂在嘴边。而在实际工作中，他正是一位积极将农业科技成果推广到千家万户的践行者。

葛自兵出生在舒城县棠树乡寒塘乡下，家里祖祖辈辈都是农民。改革开放以后，家里分得了田地，全家人种地为生。他自小就跟父母一起下地干活，目睹了农民艰辛而低效的劳动，一直在思考着：如何让农民干活的效率提高、如何让地里的粮食和瓜菜高产，最好能让一根藤子上结出一万颗瓜来。当然，这些都只是他幼小的心灵里很幼稚的想法。1996 年高中毕业，他考上了安徽农业大学园艺系。从此，他为改变农村和农民的命运迈出了第一步。

大学毕业，他被分配到县农科所工作，从事水稻和瓜果蔬菜新品种、新技术引进试验示范工作。充满激情的他，和同事们一起，一头扎进工作当中。当时农科所担负着全省水稻、小麦区域试验。遇到不懂的问题，就翻书本、向所里的老同志请教、去合肥向自己的老师和省农科院的专家请教。白天解决不了的，晚上接着干。终于，那一年里，他们完成了上面交给的 20 多项试验任务，受到上级的表彰。

舒城是合肥的南大门，城区周边群众种植蔬菜面积大，对蔬菜种植品种、技术有迫切需求。县农科所担负着全县蔬菜新品种引进、种苗繁育、技术模式示范推广工作。

2010 年，舒城县委、政府委托中国农业大学对桃溪镇境内 9 个村集中连片 4.1

万亩土地做出发展现代农业示范区规划，决定在这里打造合肥农产品直供基地。并于 2012 年 10 月将县农科所入住桃溪农业示范区，将核心区 6000 亩由农科所承担运营管理，6000 亩之外部分，采用"合作社+家庭农场+龙头企业"模式，共同打造示范区。经过几年时间的努力和精心培育，2019 年 8 月，经科技部专家组考核验收，评定为国家农业科技园区。同时园区创建为国家现代农业科技示范展示基地、全国新型职业农民培育示范基地、全国农村产业融合发展示范园，成为全国唯一一个获得这些荣誉的县级农科所。

舒城是全国农业大县，有近一百万人口，2019 年 4 月份之前，是全国贫困县之一。为响应中共中央、国务院提出的全面建成小康社会、打赢脱贫攻坚战役的号召，舒城县委、县政府出台了一系列惠及民生的政策举措，2017 年初，把大规模发展蔬菜生产基地作为产业扶贫抓手，帮助广大农民依托城市市场，发展蔬菜产业致富。已是副所长的葛自兵决定带领自己的团队，利用农科所的优势，发挥自己的一技之长，为全县的老百姓脱贫致富大显身手。

一

汤池镇西河村村民汪泽柱，在浙江温州打工 18 年，是一家企业的生产厂长。村书记汪泽会跟他说，希望他回乡办蔬菜种植专业合作社，带领村民共同致富。长年漂泊在外的汪泽柱，考虑父母年老、子女上学等问题，也早有回乡创业的想法。于是，技术员丁长书带着他一起来到县农科所，找到葛自兵。听了汪泽柱的想法之后，葛自兵当即表示：你们为群众脱贫致富做事，我会全力支持，要技术给技术、要人才给人才、要种苗给种苗。

有农科所做后盾，汪泽柱的底气足了。他当即把村里 15 个贫困户的 60 亩土地租下来，注册成立了汤池镇昌涛生态蔬菜种植专业合作社。他给这些贫困户的回报是：租用的土地，在租金的基础上每亩每年另加 200 元；15 户将近 30 人成为他的员工，长年在园区干活，发给工资；年底每户另外享受 1000 元分红。村民汪泽权 72 岁，老伴朱少英 73 岁，两人同时被安排在园区干些轻巧活。去年汪泽权干活挣了 2.9 万多元，老伴朱少英挣了 2.4 万多元。老两口激动地说，我原来以为自己老了没有用了，没想到现在两个人一年还能挣几万块钱！村民汪宜春妻子胡凤英是聋哑人，汪泽柱将她安排在园区干活，胡凤英十分开心，现在每天见到人总是笑嘻嘻的。

对于汪泽柱的合作社，葛自兵和他的团队没少费心血。从最初的品种选择、到后期的栽培、管理、黄瓜嫁接、茄子嫁接、无虫害黄瓜栽培、水肥一体化技术等等，一一给予悉心指导。合作社距离农科所 50 多公里，葛自兵自己经常过来察看瓜菜生长情况，还安排一名农技人员作常年指导，并为他们请来了一位省农科院知名教授担任首席专家。在葛自兵和农技人员的指导下，去年汪泽柱年产蔬菜 630 多吨，产值 300 多万元。年底，他又拿出 8 万元，给村里其他贫困户分红，成为带领村民脱贫致富的带头人。现在，汪泽柱的合作社已成功创建为国家级农民专业示范社。

汪泽柱的做法给了葛自兵一个启示：农科所只有 15 名技术人员，全县 21 个乡镇，地域广阔，要想做到一家一户上门指导，肯定是分身乏术，收效甚微。而选择培育大户，将这些大户培育起来，再由大户带动贫困户就业和帮扶贫困户，就能带动千家万户走出贫困。因此，近一两年他们加大了对大户的培养和扶持力度。

2018 年农科所园区发展 350 亩芦笋扶贫示范基地，增加就业岗位 220 个，园区周边农民通过流转土地，在园区内打工就业，实现人均年收入 17000 余元。项目间接辐射带动全县 6 个乡镇新发展芦笋订单产业扶贫基地 1000 多亩，直接带动贫困户 198 户 394 人收益分红 278500 元。去年，他们又在桃溪、春秋、汤池、万佛湖、干汊河、城关等乡镇发展芦笋订单生产基地 790 亩，年终，这些大户从收入中拿出 40 多万元给没有劳动力的 300 多个老弱病残户"分红"。

为了帮助大户成长，农科所全力为大户做好服务，2020 年上半年累计为周边蔬菜种植户免费发放种苗 8 万多株。在农科所的帮扶引领下，全县 17 个贫困村新建蔬菜特色产业扶贫基地 5000 余亩，带动 600 余户贫困户收益，增加效益 6000 万元以上。

## 二

位于舒城西南的河棚镇余塝村，属于山区。虽然这里山清水秀，但近年来村里的经济一直没有大的起色。年轻人纷纷走出去打工挣钱。村里有个能人叫林争辉，他打工的地方是浙江的丽水庆元。这里几乎家家户户种植食用菌，被称作中国的菌菇之乡。目睹庆元的菌菇生产盛况，林争辉觉得，自己家乡农作物秸秆、杂木、玉米芯、棉籽壳等适合做菌菇营养基的材料充足，何不也回家搞菌菇生产呢？

从 2017 年开始，他就在村里租了一块地方，建了几个大棚，搞起了香菇和平菇生产。林争辉在外面看到的只是菌菇生产表面的东西，真正的核心技术并未掌握。结果，在实际生产中出现了许多问题。首先是温度控制不好，出现了烧菌。接着培育的菇子形状开伞，进入市场不好卖、卖不上价钱。春节后的一场大雪，又将他的菇棚压塌了。一连串的问题让他垂头丧气。

遭遇挫折后，林争辉向农科所求援。葛自兵当即带着一名技术员赶到现场，和他一起分析原因，解决问题。原来菌菇生产从菌种培育到出菇过程，对温度要求很严。比如香菇养菌要求温度在15—25℃为宜，21℃左右最好，高了就会出现烧菌；出菇期间，要求白天和夜里有10℃以上的温差，否则，菇子出来了就会"开伞"。针对问题，葛自兵带领林争辉到湖北、浙江等成功厂家去参观，学习人家的做法。回来后，先从养菌车间入手，将棚顶盖上两层防晒网，而后在山下打一口深井，将车间的四面墙上装上水帘，抽来井里的凉水在水帘上循环，用抽风机将室内的热空气排出，这样，盛夏季节进入车间，感觉跟在空调房里一样凉爽。

林争辉先前自行设计的栽种大棚结构不合理，抗雪压力强度不够。葛自兵建议他在横梁上方增加了两个倒八字形型的支撑，又在横梁下方正中设置一个可自由收放的垂直立杆——平时收上去，下雪天放下来，很好地解决了大棚抗雪压强度的问题。现在，他的栽种大棚已经增加到45个，经去年冬天的雨雪考验，安然无恙。

受自然温度影响，菌菇生产具有季节性。夏秋期间，有几个月的时间不能生产，但培育好的菌种不及时移出育种车间，又会影响车间的周转率、影响一年的产能。为了解决这个问题，葛自兵指导他将培育好的菌棒移到生产大棚"地栽"：就是将一支支菌棒摆放到地上，覆上浅土，并浇水让地面保持湿润，这样就能较好地让菌种在低温环境下休眠，待到10月份左右自然出菇。用这个办法较好地解决了养种车间使用率问题。由于能够合理利用场地，去年，林争辉累计生产香菇和平菇25万棒，产值100多万元。他的香菇基地带动了本地贫困户40多人就业，2019年底，人均务工收入8000多元。

为了让林争辉上规模、增效益、更好地带动周边群众一起发展，2020年，葛自兵又给他建议：一是香菇出菇方式改良，由常规的多方向出菇改为单一方向出菇，实现优质高产；二是购买封口设备，将袋装菌种的封口实现机械化，提高工效；三是实行立体栽培，按初步设计可以做成7层架构，使亩产产能提高数倍；四是由单纯生产型往管理、服务型转变，即由单纯生产菌菇改为向周边群众提供菌种、指导栽培、回收销售产品，这样既能做大自己，又能带动群众创业致富。在葛自兵的指导和鼓励下，林争辉越做越有信心，目前，他已在邻近的两个村开始了他的菌菇种植带动计划。

一花独放不是春，万紫千红才是春。农民群众有脱贫致富愿望，但是缺技术。向广大群众普及农业科学技术，成了农科所的迫切任务。从 2017 年开始，他们承担了全县贫困户、大户和职业农民的技能培训工作，几年累计实用技术培训 3600人次，其中贫困户培训 1200 人次。除了他们自己讲课以外，还经常请来全国和全省知名专家，把当前最前沿的农业科技成果传达给广大农户，把全国最好的品种引进到舒城，筛选种植、示范推广。经试种以后，对于适合本地土壤、气候条件的品种，让群众直接拿种苗回家栽培。近几年，累计培育各类瓜菜种苗 1000 万株，食用菌种 100 万袋，为全县 12 个贫困村每年成本价提供优质种苗 60 万株、菌种 8万袋。

经他们试种、培育之后，蔬菜品种得到优化，产量大幅度提高。仅辣椒一项，品种就达一百多个，产量从常规品种每亩两三千斤，提高到六千多斤，而且商品性很好。番茄，是一个比较受群众欢迎的蔬菜品种。但这里以往长期种植的都是属于"有限生长型"（长到一定高度自动封顶）的常规品种，产量不高。经他们跟省蔬菜产业技术体系专家合作，引进筛选出了无限生长型品种（株高可达几米），推广给农户种植，亩产达到 8000—10000 斤，产量比过去有了大幅度提高。科学技术就是生产力，通过葛自兵和农技人员的辛勤工作，全县及周边地区蔬菜产业得到了高质量可持续发展，为合肥菜篮子优质蔬菜产品的丰富供给提供了支撑。

## 三

通过几年时间的培育，全县的蔬菜基地和种植大户已经发展到 200 多家。但是，他们在实际运营和成长过程中，还会遇到一些靠自身难以解决的问题，仅靠提供技术指导远远不够，必须提供更全面的服务，才能让他们保持旺盛的生命力，不断成长。

从事蔬菜产业化生产大户，大多是本地的农民，要想发展壮大，很多人遇到的实际问题是缺乏资金。这个问题不解决，就势必会影响他们发展的后劲。为此，葛自兵依托桃溪农业园区平台，在县财政局的争取下，省财政厅农业担保公司在舒城开展了"劝耕贷"项目试点工作，由县政府、省财政厅农业担保公司、商业银行等三家联合担保，为这些大户们提供免抵押担保贷款服务。在他们的支持下，先后为全县 20 多个蔬菜经营主体提供贷款 1600 万元，同时县财政拿出 200 万元，为蔬菜经营主体贷款提供贴息支持。

　　一直在园区从事袖珍菇种植的陶玉武，已经熟练掌握了全套菌菇生产技术，他很想把规模做大，但是由于场地和厂房的限制，一直未能快速发展。得知他的想法以后，葛自兵立即召开会议，研究帮扶方案，迅速为他解决了场地问题，在陶玉武自建部分厂房的基础上，又给他配套了路渠水电等基础设施。得知他的资金不足，及时为他联系解决了 80 万元贴息贷款。2019 年，陶玉武当年就生产菌菇 50 多万棒，实现产值 100 多万元。

　　汤池镇方畈村是贫困村。本村青年方德余当兵 8 年，复员回乡后被安排在乡派出所工作。为了带领村民脱贫致富，他辞去工作，办起农民专业合作社。起初，他面临着许多问题，找到了县农科所。葛自兵结合宣城市宣州区结对帮扶舒城县产业扶贫政策机遇，带他到宣州区参观学习，回来后又让他选派骨干人员到农科所进行业务培训。然后对他计划种植的 20 多个蔬菜品种、规模，一项项进行规划、指点，从宣州区请来一位芦笋种植技术员，指导他新发展芦笋订单基地 100 亩。刚起步时，方德余手头资金不足，葛自兵当即与省财政厅农业担保公司联系，为他提供贷款 25 万元。在葛自兵和县农科所的精心培育下，方德余的舒城县东升生态蔬菜扶贫产业园的蔬菜种植规模已经发展到 160 多亩，2019 年生产各种蔬菜 300 多吨，实现销售产值 130 万元。带动全村 70 个贫困户人均受益 2400 多元。他的合作社也分别被省、市、县评为专业示范合作社。

　　葛自兵心系大户、贴近大户，已经成了全县蔬菜种植大户们心中的及时雨。谁家有困难、有需要，就首先会想到葛自兵和县农科所。

　　五显镇光明村的纪道明是 2019 年全国脱贫攻坚奋进奖获得者，他建了十几个大棚，想做蔬菜种植，葛自兵得到消息，为他免费提供小南瓜、小西瓜、辣椒等瓜菜种苗，并给予技术指导。

　　经开区青敦村是全国政协扶贫挂职村，扶贫单位为部分有困难的村民兴建了蔬菜大棚，葛自兵当即表示：种苗由我们负责提供，技术由我们负责指导。

　　……

　　现在，全县的大户发展起来了，葛自兵又开始思考：如何改变他们的种植习惯，比如引导他们使用生物有机肥料、使用低毒高效生物农药等，真正实现农业生态循环，为城乡居民提供健康环保的绿色蔬菜。

　　近年来，葛自兵为舒城蔬菜产业的发展、为全县蔬菜产业扶贫基地助力群众脱贫致富做出了积极的贡献，多次受到县委政府和上级有关部门的表彰和嘉奖。2012

年，他被中国科协授予"全国优秀科技工作者"称号、被省农委授予"安徽省农民创业带头人"称号、被共青团安徽省委授予"安徽省五四青年奖章"；2013年，被市科技局授予"六安市优秀科技特派员"称号；2016年，获农业部农牧渔业丰收奖一等奖，获六安市劳动模范称号；2017年，获县农委"脱贫攻坚工作先进个人"称号；2019年，被省委组织部授予"特支计划创新领军人才"称号。现在，他已晋升为舒城县农科所所长，享受省政府津贴。我们期待他为实现自己的夙愿，在科技扶贫和科技兴农的道路上，百尺竿头更进一步。

# 为了舒合村民的幸福

## 王德成

巍巍大别山，悠悠杭埠河。在皖西这片红色的土地上，有一条生生不息的杭埠河。河的南岸，有一个梦开始的地方，有个充满诗意的百神庙镇。

来到小镇西部的一个村落，走进党群活动中心宽敞的办事大厅，第一眼看到的是一排闪亮的奖牌：脱贫攻坚考核多年第一，经济和社会发展多年第一，现代农业工作多年第一，重点工程及民生工作多年第一，人口和计划生育工作多年第一。还有，社会治安与信访维稳多年先进，基层党组织建设多年先进，等等。

全面建成小康社会，坚决打赢脱贫攻坚战，总书记的话语如春风吹拂在祖国的大地，在皖西龙舒大地的这个村庄，就涌现出一位极具代表性的新时代女村官。

她，30年仍在坚守，凭着一颗赤诚为民的心，坚实地履行着一个农村党支部书记的职责，用行动诠释了一名共产党员的可贵品质和崇高风范，焕发着巾帼不让须眉的时代风采。她，无愧于"优秀村干部""优秀女村官""巾帼标兵""最美巾帼脱贫攻坚人"等鲜亮的称谓。如今，这里人们的生活状态就像这个村的名字一样甜美，舒服得称心如意，这个村叫"舒合"。

## 风尘仆仆"女汉子"

电话里约好上午9点到村部，当我到达时却不见人影。

快11点时，一张黑色面包车驶进院子，从副驾驶下来一个中年妇女，一个外表非常普通的农妇，脸红扑扑的，额头上满是渗出的汗珠。这张脸，一看就知道什么是风吹日晒，什么是饱经风霜。

风尘仆仆站在我面前的就是她，今年55岁的金明芝，百神庙镇舒合村党支部书记兼村委会主任。1991年，26岁的她到村里任计生专干，转眼就在村里工作了30个年头。

这个中午，在村食堂就餐后，金明芝陪我走访了农业专业合作社，察看了村水利基础设施建设，直到 3 个小时后，在村扶持企业车间上楼梯时，我才知道，她的膝盖上还缠着绷带，还有手术缝合时的 6 根线没拆。然而，就是她，在我到来的这个上午，仍在和村民兵营长胡昌平、团支部书记程霞一起，为村民增减挂项目测量地界。

难道，她真的就是钢打铁造的女汉子吗？

舒合村是 2005 年由原先的金宕村与舒合村合并而成的，2014 年建档立卡贫困户 187 户 467 人，是全县 80 个重点贫困村之一。2017 年，舒合村在全县率先提出村出列申请，当年舒合村脱贫 92 户 199 人，金明芝自己包片脱贫户就有 22 户 45 人。

在金明芝的带领下，村两委一班人始终坚守在脱贫攻坚第一线，三年的艰苦奋战，2017 年，舒合村顺利实现出列目标。2019 年底，这个村接受了安徽省第三方评估组全覆盖检查，而且反馈意见中没有提出任何问题。

## 脱贫攻坚"领头雁"

2010 年，金明芝挑起村支部书记的担子。当时，村里累计负债 100 多万元，全村只有一条 2.6 公里的水泥路，村民想去县城，过河要乘船，出行十分不便。由于没有直通县城的道路，群众打车进城要 50 元，还要从相邻的南港镇绕道。白马凼街道坐落在舒合村，却被一条河阻隔，群众往来非常不便。

要想富，先修路。在争取县交通部门的支持下，先后建成了白马宕杭埠河大桥和南港河过湾大桥，群众欢欣鼓舞，赞声不断。白马宕大桥的建成将舒合村与孔集镇相连，直上舒城县城只有 10 多公里，村民打车进城只要 25 元。如今，舒合村已实现了村庄水泥路组组通、户户通，彻底解决了村民出行及农产品的运输问题。

为了化解村级债务，金明芝决心，一定要带领村民脱贫致富。2014 年，她以敏锐的眼光，通过招商引资引进安竹工艺品厂和馨宇蔬菜种植专业合作社，不仅解决了全村群众和贫困户的就业问题，更是带动了本镇和相邻乡镇 3000 多人，通过领料加工增加家庭收入。

金明芝通过努力争取和多方协调，2014 年筹资 70 万元，新建了村级活动场所两处和图书阅览室，改善了广大群众的基本文化生活需求。金明芝还主动联系结对单位中石化六安市公司，2016 年以来，支持到位资金 35 万元，用于产业园建设 20

万元，建成 11 个公厕近 9 万元，以及基础设施维护和改善办公环境。

前几年，街道乱，市场脏，无序搭盖没人管。2016 年舒合村成功申报美丽乡村建设，列入省级示范村。2018 年实施环境综合整治，违章搭建拆除成为难点和焦点。金明芝带领村两委一班人，一户一户上门宣传，带头先拆自家的，再拆亲友的，最后全面清理拆除，不到一个月的时间，圆满完成了 320 户拆迁任务。

金明芝带领两委一班人绘制发展蓝图，撸起袖子加油干，村里的经济社会各项事业和村民收入都有了很大起色。通过发掘自身资源优势，整合产业扶贫发展资金 160 万元，入股安竹工艺品厂和馨宇蔬菜种植专业合作社，年分红 16.8 万元，光伏发电扶贫项目每年为村集体带来收入 7 万元。

2018 年以来，为贯彻落实乡村振兴战略，按照镇上总体部署，金明芝和村两委共同探讨，结合村情制定计划，对空心村庄、老宅基地和荒地实施增减挂项目，清理道路两边杂草树枝，集中整治猪圈、库棚和临时搭建，对土墙厕所和路边违章搭建统一拆除，极大地改善了全村人居环境。

2019 年，舒合村产业园建成，通过厂房租赁的形式为村集体带来收入 37.8 万元，在金明芝的带领下，舒合村由贫困村升级为集体经济强村，村集体年收入达到 61.6 万元。

金明芝坚持村级支出公开透明，2019 年，通过有偿服务形式，安排扶贫户参与村内卫生保洁等公益劳动，按每户年 1200 元支付劳务补贴 14.6 万元。同时，分年度按计划实施基础设施建设维护、村内路面维护和清障工程等。

舒合村旧貌换新颜。现在的舒合村，是村有扶贫基地，组有扶贫庭院，人有一技之长，个个都有事干。晚间，在闪烁的霓虹灯光下，是翩翩起舞的人群。乡村的道路，路面整洁，绿树成荫，鲜花簇簇，美不胜收。舒合，成为名副其实的美丽舒适村庄。

## 解下围裙去抗疫

2020 年，庚子春，新型冠状病毒肆虐着中华大地。

2020 年 1 月 24 日，大年三十。金明芝忙了一天，督促农贸市场活禽交易区摊贩撤离，对市场进行全面消毒，临晚才赶到家，系上围裙，开始忙着做年饭。

刚刚做好两个菜，手机响了。

"金书记，我要举报，我们这里有人到湖北武汉过年去了，明后天可能要回来。"

疫情就是命令，防控就是责任。接到电话，金明芝立马放下手中的锅铲，骑上电动车入户了解情况。

这时候外面已经是炮竹声声，很多人家已经开始吃年夜饭了，她家厨房的菜还是生的。

县新冠肺炎疫情防控应急指挥部要求，从大年三十开始，对所有在武汉务工或务工回来途经武汉的人员，进行全面摸排并隔离防控。金明芝率领村两委一班人迅速行动，一方面，安排人员入户走访、排查登记；另一方面，为防控外来不明人员，分别在村里的 8 个主干道路口设立卡点，每个卡点安排 2 名认真负责的党员群众值守，卡点值守时间从早上七点到晚七点。每天清早，金明芝都准时到各卡点查看值守情况。在她自己值守的时候，更是一步都不离开岗位，午饭都是爱人送给她吃。

舒合村地理位置特殊，白马宕街道和农贸市场坐落其中，人员流动性特别大，很多周边群众抱着无所谓的思想，不能正确对待疫情防控的严峻形势，总是有人在卡点不服从管理，无理纠缠。每当这个时候，她总是冲在前面，宣传政策，分析利弊，耐心劝导。一天下来，常常是口干舌燥，声音嘶哑。

在新冠肺炎疫情防控期间，金明芝不仅自己模范发挥带头作用，还发动家人支持防控工作，她和儿子分别为村里捐款 1000 元用于购买疫情防控物资。她的行动深深地感染着身边党员干部和群众，全村先后有 154 人累计捐款 5 万多元。

每天看到新闻里播报着新冠肺炎感染者和死亡人数在不断增加，金明芝很心痛，但更多的是为自己坚守的这片零感染的净土而感到欣慰。

## 群众称她"贴心人"

村民的大小事情，金明芝都装进脑子里，放在心坎上。谁家有难事，第一个想到的是她，她成了村民的主心骨。

李圩组村民陈超村老夫妇俩都快 70 岁，儿子陈法骏身患白血病，治疗花去 40 多万元，家庭债台高筑，2014 年陈老一家被评定为贫困户，金明芝经常抽空上门看望。当得知大额的医药费让陈超村一家陷入了困境，她主动帮助办理新农合报销，跑大病救助，跑医疗二次报销，还多次到县民政局争取救助。有了金明芝和村两委的帮助和鼓励，虽然日子过得很艰苦，陈超村老人还是靠自己的双手支撑起这个苦难的家庭。然而，天总不遂人愿，儿子还是治疗无效去世了，老年丧子给陈老带来了沉重的打击。

儿子死后，儿媳丢下 2 个未成年孩子，跑回四川娘家。稍大点的女孩为智力残疾，生活无法自理，生活的重担压得老两口喘不过气来，金明芝跑了多次，县民政部门为小男孩办理了孤儿补助。从此，陈老一家的实际困难就牵动着金明芝的心。她和村两委同帮扶联系人一起为他家制定了帮扶措施，联系安竹工艺品厂帮助陈老和老伴在厂里领料加工，在家里打竹篾筛子，每天可以挣到 30 多元的手工费。陈老自己也勤劳肯干，还养鱼、种田增加家庭收入，后来儿媳妇也到外地打工，共同的努力结出了丰硕的果实，2018 年，陈超村一家顺利摘掉了贫困户的帽子。

"感谢党和国家的好政策，感谢金书记和这些帮扶的好干部，让我们一家在最难的时候，看到生活的希望，现在，我们家的困难得到很好的解决，一家人生活过得很开心。"陈超村老人的声音，因为激动有些颤抖。

其实，金明芝心里惦记的又何止陈老一家，还有贫困户束克财，还有开网店的脑瘫小伙黄斌，还有许多许多。

贫困户束克财家住的房子是 20 世纪 70 年代建成的土草结构，每到下雨天，外面下大雨，里面下小雨，她积极向上争取危房改造计划，但是危房改造资金上限只有 2 万元，束克财自己又没有积蓄，只能按 2 万元造价来建造新房子。束克财找了十多个本地包工头都没人愿意来承建，无奈找到金明芝，寻求帮助解决，金明芝经过多次沟通，才说服了一位包工头接下了束克财家房屋的承建任务。房屋建成后，束克财夫妇逢人就夸："是金书记帮我们住上了安全房，她是我们的好书记！"

"我是一名共产党员，有义务带领大家干事创业、共同致富，这是我的历史使命，我为我的付出感到自豪。"金明芝说。

## 心有愧疚的"家里人"

又是一个忙碌的周日，前一天晚上回来太迟了，一早爱人生气和她吵架。内心对家庭的愧疚与工作的压力，让本来可以撒娇的女人倍感无奈和委屈，眼泪控制不住地往下流。

这时，手机铃声响起。

"金书记，八点半到镇上开会。"

"好的，我准时到。"

擦干泪水，骑上自行车，这样的场景不止一次出现。

想想自己刚到村里任计生专干时，女儿只有 8 岁，儿子 6 岁。那时计划生育抓得很紧，天天在外面跑，夜里还经常加班，不是上门做思想工作，就是赶台账做报表，一搞一大晚上，根本顾不上家。

金明芝很要强，总认为任何一件事，要干就干好，就要负责到底。要当好村干，总是付出要多，回报是真的很少。

而像金明芝这个年纪，在农村都是当奶奶的人了，该享受天伦之乐了。可她白天在外面干事，晚上在办公室整理资料，计生台账要求非常严格，要付出更多的心血。

"妈妈是个很能干的人，我妈妈当村干前，在家种田干农活，男人的活都能干，比较能吃苦耐劳。我小时候，父亲一直在打工，家里家外都靠妈妈一个人。"金明芝的女儿在电话里，表达了对妈妈的崇敬。

"当村干后，妈妈一直很忙，虽然总是想方设法照顾好我和弟弟的生活，但的确很少有时间陪伴我们，这些我们从小就习惯了。这些年，妈妈也吃了不少苦，我们打心里对妈妈没有怨言。"女儿的话语里也充满着对妈妈的柔情。

"刚当村干那会，家里是很困难，遇到事情经常到外面借钱，农业税、三上缴，都是爱人问亲戚借，家里的事全靠爱人在艰辛地支撑着。"金明芝的话语，多少透着些许无奈。

为了舒合村这个大家，金明芝不得不割舍自己的小家。的确，当村干以后，时间长了，家人也慢慢地接受了金明芝为舒合村的发展所付出的一切。

一声"奶奶"，普通得再也不能普通的称谓，对做奶奶的金明芝来说，也成为一种渴望，还有的，就是内心深深的愧疚。

中国梦，美丽的梦。在皖西百神庙这个梦开始的地方，女村干金明芝的梦已经融入舒合这片土地，融入舒合 3600 多群众的家长里短、一年四季和一日三餐之中。

金明芝，好样的，好一个新时代的女村干！

# 柔肩挑起脱贫担

## 洪丰乔

2020 年 5 月 30 号，第一季度"六安好人"发布会在金安区举行。万佛湖镇"最美脱贫攻坚人"甘孝琴，非常荣幸地名列好人之榜，并光荣地参加了此场发布会。

她本想在会后向其他"六安好人"学习请教，可是，家中的一个电话，却将她唤了回去。甘孝琴为何如此十万火急地赶回家去呢？这，还得慢慢道来……

## 命运不公，勇挑重担

1997 年，原籍为贵州省织金县的甘孝琴，怀着对美好生活的向往，经人介绍，嫁到了舒城县龙河镇（现在的万佛湖镇）汪湾村。让她没有想到的是，她虽嫁出了故乡连绵的大山，却嫁进了汪湾村连片的小山。除了山小了，贫穷依然，失望依旧，"这愁吃、愁穿、愁住的日子何时才是个尽头啊？难道我就是这穷苦的命吗？"

舒城县坐落于大别山东麓，集山区、库区和老区于一体，是国家级扶贫开发重点县。当年的龙河镇就处在龙河口水库库区之内，脱贫致富一直是该镇的主旋律。而当时的汪湾村，又是怎样的呢？

汪湾村地处水库的西北岸，本身就是个库区村，人口多，山地多，贫瘠土地多，羊肠小道虽然不少，可就是缺少通向外面的大道。闭塞的位置，落后的交通，让汪湾村成了万佛湖镇最为偏僻、最为贫穷的行政村！村民们要想发家致富，只能外出打工。而留在家守着贫地薄田的村民，只能谈贫色变，望富而叹！

甘孝琴就属这类走不开的"叹息人"！原本，她打算等女儿周岁后就出门打工，不让家在贫穷的道路上越滑越远，可是，女儿还没到周岁，家里又增添了"噩耗"——丈夫贾世树的身体状况越来越差！她成了家中的主劳力。

甘孝琴一手抱着嗷嗷待哺的女儿，一手推着坐着轮椅的丈夫，一边看着自家快要倒塌的小屋，一边看着年老体弱的公婆，那茫然无助、无依无靠的人生状态真是让人揪心啊！她不断地告诫自己：即使这副全家的担子再沉重，即使自己的肩膀再柔弱，自己都要挑起这副脱贫致富的重担！

## 甘苦与共，琴瑟相和

贾世树，虽患有小儿麻痹症，但原先生活尚可自理。可是，在大女儿出世后不久，贾世树的病情就在慢慢加重，并最终导致了半身不遂，基本丧失了劳动能力。

为了防止丈夫肌肉萎缩，她每天要多次给丈夫活动关节、按摩肢体。不论是寒风凄凄，还是夏日炎炎，即使是自己累得精疲力尽，即使自己病得头昏眼花，她都是一如既往，从未停止。洗菜、淘米、煮饭，再一口一口地喂丈夫吃下，她总是那么细致；挑水、烧水、端水，再一把一把地给丈夫擦洗，她总是那么温柔。有时面对情绪低落的丈夫，她更是面带微笑地安慰着："你在，我就在，家就在！家在，温暖就在，希望就在！"

在甘孝琴的照料下，贾世树的身体不仅逐渐好起来，愁容也渐渐消失了。

看着丈夫振作起来，看着公婆微笑起来，看着女儿长大起来，甘孝琴脸上的笑容也逐渐多起来！满脸笑容的甘孝琴，既安慰着丈夫，劝慰着公婆，逗引着女儿，更立志着自己！为给家里增加点收入，改善家里的生活条件，她在村里榨油厂找了份临时工。

每天她安顿好丈夫之后，便匆匆吃上一口饭，就赶往油厂上班。虽然上班的薪水不高，但是油厂的工作可并不轻松，对于每天忙于照顾丈夫的甘孝琴来说真是考验重重。有时为了干完油厂的活，她不得不在中途回家安顿好丈夫之后，再赶回油厂加班加点。等她完成任务，夜已经很深了。虽如此奔波忙碌，虽如此披星戴月，可她从未抱怨过，也从未想放弃过。

自从有了这份临时工，她每个月可以有两次给家人买点鱼肉，补补身子！每当回到家，看到等待她回归的丈夫和孩子，她就觉得所有的付出都是值得的。

虽然家依然贫穷，但总算能熬得下去。振作起来的丈夫，坐着轮椅，不仅能够照看家，而且还能为甘孝琴出谋划策，有时，还能指导她看书学习。

## 孝老敬亲，传承美德

屋漏偏遭连阴雨。甘孝琴家刚刚过上勉强温饱的生活，贾世树刚刚从阴影中走出来，可在 2011 年，噩耗传来——公公被确诊为肺癌！

从 1997 年嫁到这个家，甘孝琴的孝心孝言孝行就一直闻名全村。贾世树的父母一说到自己的儿媳妇，脸上总是洋溢着幸福的笑容。2012 年，在甘孝琴盖起四间新房时，为不拖累儿子儿媳和孙女，老两口决意留在老屋。

甘孝琴并没有因为公婆分开过而忘记了尽孝的本分。为公婆洗衣做饭，帮助婆婆操持家务，农忙时帮助公婆做农活，公婆一旦有个小病小恙，她无论多忙，都会为公婆寻医买药。这些年，公婆看着儿媳妇忙里忙外，也是急在眼里，疼在心里。

自从公公被确诊为肺癌后，婆婆的情绪就一落千丈。这样，甘孝琴除了照顾丈夫和孩子，还要照顾安慰公公和婆婆。后来，公公去世了，她就一直劝说婆婆搬过来和他们一起住，可是婆婆就是不愿离开留有老伴气息的老屋。放心不下的甘孝琴，不仅请人加固了老房子，而且对婆婆经常早晚看望、午送饭。

甘孝琴的孝心和孝行，让婆婆赞不绝口，让邻居交口称赞。甘孝琴不仅让孝老敬亲这一美德影响着自己的孩子，同时也在影响着周围的每个人。不仅她被村里评为"好媳妇"，而且她家还被镇上评为"五好家庭"。2020 年春，她非常荣幸地被评为六安市第一季度"孝老爱亲类六安好人"。

## 愈挫愈勇，自强不息

在大女儿出世后，甘孝琴就暗下决心：一定要凭着自己的努力，让一家人的生活有所改变，而且一定能够改变！只有自己的力量在，才可适时抓住机会，迎难而上，找到脱贫致富的门路。

那就行动起来吧！对亲人，不仅要有爱心，更要有爱的能力！这份爱的能力虽然有点难，但还好，随着党的富民政策一路向好，随着党和国家精准脱贫措施的精准落实，她看到了希望！埋藏在她心底世界的那把脱贫致富的火，被党的扶贫政策，被国家美好乡村建设的新举措彻底点燃了！

汪湾村扶贫专干夏娟的话说"她做起事来就像个硬汉子，执着而**豪爽**。"汪湾村支部书记许绪仓认为，"她文化水平虽然不高，但她爱学习。做起事来　既有目标，又有章法，还会随机应变。"

2005 年 7 月，就在甘孝琴从村油厂"失业"时，她家被村里评议为低保户。同年冬，她东借西凑，买了近百只鸡苗在家饲养，这也算是她人生中的第一次创业吧。只可惜，眼看这些肉鸡快要有收入时，因为养殖技术不过硬，2006 春的一场鸡瘟，将这些肉鸡全部绞杀了。她一边深埋死鸡，一边泪流不止。

2006 年秋，就在她为家中新添的债务彻夜难眠时，村镇领导为她家申请了一笔贷款，希望她在总结经验教训的基础上，重新养鸡，而且还要扩大养殖规模。

2007 年，甘孝琴开始了人生中的第二次创业，在汪湾村办起了第一个"家庭鸡舍"。她发誓坚决不能让噩梦再次上演。为此，她开始摸索、收集养殖信息和养殖技术，并跟着村里的其他养鸡户学技术、学销售。那几年，她常守在鸡舍边。

贾世树看着妻子如此投入，又是那个心疼啊。贾世树经常在妻子为自己洗漱之时安慰她，开导她。为此，贾世树也请人买来一些养鸡的书籍，使劲地学习，然后再把自己从书上学来的养鸡知识传授给妻子。夫妻二人就这样互帮互助着，奋斗着。

2008 年，甘孝琴家基本还清了债务。

2009 年，甘孝琴又扩大了养鸡规模，年终时家里第一次有了积蓄。

2010 年，家里养的鸡突破一万只，而且都非常顺利转化为家庭收入！

2011 年，甘孝琴和贾世树发生了小小的争执。面对在风雨中飘摇的三间危房，甘孝琴早就想重新盖新房，好让一家老小过上雨天不用接漏的生活。可是贾世树知道，现在，妻子需要这些钱再去扩大养鸡规模。

2012 年，村镇给属于低保户甘孝琴家送来了农村危房修缮资金。有了这笔不小的启动资金，夫妻俩拿出家中所有的积蓄，又向亲戚朋友借了不少，盖好了四间新房——夫妻之间的这场争执平息了。

2013 年，为了尽快还清债务，甘孝琴决定再次贷款扩大养殖规模……可是一场突如其来的"禽流感"，差点要了她的命。

2014 年春节，一家人基本就是在流泪中度过的。而甘孝琴对养鸡也好似有了恐惧症："难道天注定我就是这穷命吗？难道我想通过自己的努力改变命运有错吗？"七八年的努力毁之一旦，人生的低谷，创业的低谷。虽然家人安慰她，亲戚朋友安慰她，可是最大的安慰来自党和政府的关怀。经个人申请、村民代表大会评议，甘孝琴家被确定为建档立卡贫困户，村镇又为贾世树办理了残疾证，镇扶贫工作站还为甘孝琴一家人办理了健康脱贫工程医疗服务证。

减轻了负担的甘孝琴知道：所有这些"输血"的举措，虽能救急，但要脱贫致富，还需她变"别人输血"为"自己造血"！

## 精准扶贫，精准脱贫

对养鸡好似有恐惧症的甘孝琴，还能从创业的低谷中奋起而自我造血吗？她自己不敢想，更不敢去做！她太担心鸡瘟了！她太害怕失败了！

"山重水复疑无路，柳暗花明又一村。"2015年，当驻村扶贫工作队知道她的情况后，当她家结对帮扶单位——省广播电视局知道甘孝琴的情况后，他们迅速行动，联合办公，并针对她家的特点，制定了详细的精准脱贫措施，并给予菜单式服务：

一、打开心结。扶贫专干们想方设法劝解甘孝琴：禽流感那是场意外，以后，如果处理得当，可以预防。2013年的那场损失，责任不在她，她无须太多自责！

二、扩大规模。汪湾村两委，经村民委员会同意，划出一片山地，让她作养鸡场用。这次不再搞家庭鸡舍养殖了，而是利用汪湾村的地理优势，在她家附近，利用一块约1500平方米的相对独立的平地，让她办起养鸡场。

三、强化技术。总结上次教训，结合甘孝琴不能出去系统学习的特点，镇扶贫站专门请来农技人员，担任她家养鸡场的技术顾问。让她边学习、边实践，让她在自家养鸡场也能系统、熟练地掌握整套养殖技能。

四、资金到位。不仅省广播电视局送来启动资金，而且万佛湖扶贫站根据产业扶贫政策，给她家一次性配齐5000元产业扶贫资金。

五、降低风险。在甘孝琴脱贫致富上，万佛湖镇党委书记周世松不仅在生活上关心甘孝琴一家，而且在精神上积极鼓励甘孝琴，激发甘孝琴再次创业的斗志。当他了解到甘孝琴的顾虑后，主动联系县内一家养殖公司——万佛禽业，让万佛禽业和甘孝琴家采用"公司+农户"的合作模式，极大降低了甘孝琴养鸡的风险。

顾虑消除了，场地有了，技术有了，资金有了，合同签了。甘孝琴在党和国家精准脱贫政策的感召下，在政府和社会扶贫人员的帮助下，又一次怀揣梦想，开始了人生的第三次创业！与此同时，大女儿在大学校园里可享受国家"雨露计划"，而在读小学的小女儿，中午可在学校吃上营养餐，每学期还能获得生活补助。

在技术人员指导她搭建好鸡场后，在养殖公司送来鸡苗后，在好心人帮她买来饲料后，甘孝琴又多了个家——养鸡场。每当东方破晓，她就会准时地在鸡场问候她的"小伙伴"。

2015年末，债务还清了，甘孝琴轻松了许多。为节省开支，很多脏活累活都是她自己来完成。她不仅学会了怎样养鸡，而且还学会了怎样给鸡看病治病，甚至解剖断病。

## 知恩图报，琴和小康

甘孝琴本身就是个知恩图报的人，更何况她家在发家致富过程中，没少得到身边人的帮助呢？脱贫之后的甘孝琴，富裕起来的甘孝琴，不仅在考虑着自己小康的梦想，更在考虑和周边人一起实现小康的梦想！

甘孝琴将自己的想法告诉了贾世树，得到他举双手赞成。

从新的养鸡场开张开始，甘孝琴就担心可怕的鸡瘟。虽然养鸡有公司分担风险，但有了风险，不要赔钱，可自己也不赚钱啊！

在长期的摸索中，她发现，汪湾村独特的地理位置，种植出来的玉米等农作物，非常适合喂养肉鸡。自家当然没有时间种植玉米，那么就采用"订单式"种植吧。甘孝琴和贾世树一合计，召集了村里十几家收入微薄的农户，请他们广种玉米，然后再卖给养鸡场。这样既解决了天然的鸡饲料，又增加了那些农户的收入。而鸡吃了这些天然无污染的饲料，不仅长得健壮，鸡肉还鲜嫩可口。当然，公司回购这些鸡，也会适当提高价格。甘孝琴的收入也有了提高。

自2015年以来，每年出栏肉鸡几万只，收入几万元。她已成为万佛湖镇有名的养鸡大户和致富能手。2018年，甘孝琴家光荣脱贫，同年又被评为万佛湖镇"脱贫示范户"。2019年她又获得万佛湖镇"最美脱贫攻坚人"荣誉称号。

"知恩不报，还是人吗？"在她帮助下，汪湾村好几家贫困户都是通过养鸡这一途径脱贫的。比如同为2014年建档立卡的贫困户王国富、张德根和贾中慧三家，一开始他们基本都是"等靠要"，但是当他们看到甘孝琴的成功后，都跃跃欲试起来。用王国富的话说："我家境况比甘孝琴家还好一些，为什么她行，我不行呢？我想，只要我干，我也行！"于是，他们先后都找到甘孝琴。甘孝琴二话不说，从鸡苗育养、饲料搭配、鸡舍搭建，到疫情防治、产品销路，毫不吝啬地倾囊相授。2019年，这三家也都光荣脱贫啦！

甘孝琴脱贫致富，让汪湾村贫困户贾正跃和潘安长很"不服"："女人都能养鸡脱贫致富，我们男人为何就不能搞养殖脱贫致富呢？"2019年，他们不仅光荣脱贫了，而且贾正跃还成了汪湾村养牛大户，潘长安成了汪湾村养鱼大户。

在产业扶贫上，汪湾村一直走在全镇的前列。而这些脱贫之后的养殖大户，又不会止步于自家脱贫，他们都在想着怎样回馈社会呢！

2019 年，随着环万佛湖旅游扶贫大道的通车，汪湾村交通落后的面貌彻底改变了。随着国家一系列利民利国政策的落实，汪湾村的村容村貌、村民的生产生活都有了根本性的改变。而"最美脱贫攻坚人"甘孝琴，面对未来的想法，较之以前又有了根本性的改变。

"因为国家政策好，我们才敢扩大养殖规模。这次不仅是我家要扩大养殖规模，而且我打算带上乡亲们一起扩大规模。2020 年，既然我们都脱贫啦，那么我们还有什么理由不一起奔小康呢！再说党和政府，对我们脱贫不脱政策，我就更敢想下一步的规划了。"说到对未来的打算，甘孝琴春风满面地说道，"现在我家养鸡场养的都是肉鸡，下一步我打算和村里几位养鸡大户联合起来，承包村里的一些林地，把土鸡散养起来。如有可能的话，再结合村里旅游扶贫项目，我们不仅要办肉鸡和土鸡养殖场，而且还想在村两委的指导下，通过'四带一自'产业扶贫的方式，和其他养殖大户一起，成立产业联社，带动大伙一起奔小康！"

听着甘孝琴的畅想，贾世树在旁笑道："你啊，又瞎吹啦……"看着妻子，他会心地点点头。

"这几年我忙这忙那，最受累的就是他了。"甘孝琴看了看贾世树，对笔者说道，"因为我瞎忙，不仅不能好好照顾老贾，有时老贾还帮我照看这照看那……上次我到金安区领那个'六安好人'奖，他在家非要帮我照看鸡场，结果在下坡时，轮椅搞翻了。当时我听到这个消息，我的魂都吓飞了！"

"所以您当时那么急着赶回来，是吧？"

"是啊，真是万幸啊！小康不小康，首先看健康，现在我家老贾虽然行动不便，但是健康状况一直很好，特别是心态上，愈来愈健康。"

"不委屈！能找到这么好的老婆，是我修来的福分！"

看着他们夫妻温馨扶持的画面，笔者也忍不住眼闪泪花，崇敬之情油然而生。

# 公仆躬耕转水湾

## 袁孝友

"治政之要在于安民，安民之道在于察其疾苦！"扶贫之道：授人以鱼不如授人以渔，找准"贫根"、找准路径、找准"共振"，以特色产业"名片"带动村民致富，以精神脱贫引领物质脱贫，促进扶贫与扶志扶智深度融合——促进扶贫与被扶贫的自我革命，于正德厚生、臻于至善的过程中，实现脱贫致富、乡村振兴和人的全面发展。

——题记

舒城县城西南二十里有两座山，一座叫马鞍山，另一座叫笔架山，皆因其山势而得名。两山的北面，有一座稍小的山叫弯弓山，形似弯弓射月。据史料记载，三座山中间这个地方或是"社会管理鼻祖"上古四圣之一的皋陶封地高阳城的遗址。

发源于大别山脉万佛山的杭埠河，奔流而下，汇于万佛湖水库。自水库龙河口渠首而下，杭埠河逶迤流向东南直至巢湖。杭埠河流经弯弓山受阻，山不转水转，遂沿弯弓山的弓背绕流而过。河东这块皋陶封地，就被称为转水湾。

杭埠河遇弯弓山转弯绕行，水势变缓，河面宽阔，易于船渡，便形成了一个古渡口。上下游，左右岸，人员往来，物产交流，日久兴盛，转水湾逐渐成为一个热闹繁华的地方。二十世纪五六十年代，转水湾街道上有邮政所、信用社、供销社、粮站、卫生院、中小学等，市井百态"人间烟火气"最抚凡人心，自然成为当地群众生产生活的中心。

跨入新世纪，靠山吃山、靠水吃水的转水湾村，虽然温饱不愁，但贫困现象依然普遍发生。直到2013年，全村608户2002人中，建档立卡贫困户还有118户371人，贫困发生率18.5%，脱贫攻坚任重道远。

## 榜样就是力量

2014 年 10 月，省委编办结对帮扶转水湾村脱贫攻坚，拉开了整村脱贫的序幕。曾挂职担任过舒城县委常委、副县长的省委编办主任郭本纯带领工作队，深入调研，谋划指导，确定目标，找准路径，务求毕其功于一役。省委编办领导班子成员和 32 名党员，每人包保一户贫困户，六安市委编办、舒城县委编办积极响应，持续推进"三级编办联动、五级支部共建、服务改革发展"行动，上下同心，群策群力，围绕"生产发展、基建保障、文明创建、民生改善"的目标，打响了整村脱贫的攻坚战。

农历小满过后的某天，村民袁忠年一大早准备下地，迎面走来了几个人。袁忠年一看，是自家结对帮扶的郭本纯主任和驻村扶贫工作队的同志。郭主任笑呵呵地说："老袁，这个周末我就在你家过了。"说着就拿起一把锄头，和袁忠年到地里种芝麻。在地里，郭主任一边挥锄干活，一边和老袁拉起了家常。家里收入怎样，老伴身体如何，子女们都在做什么，村里群众对脱贫攻坚有什么想法和要求……看上去，两人就像一家人。午饭的餐桌上，郭主任与老袁一家边吃边谈论着村里和家庭的变化。从此以后，老袁常说，郭主任不像城里当官的，就像自家的亲弟弟一样，对我们群众亲热关心。

在郭主任示范带领下，省委编办和六安市、舒城县委编办的同志深入帮扶户，尽心尽力，真帮实扶，全面落实党组织共建、常态走访调研、"双联"行动等。驻村扶贫工作队两任队长、队员，全身心投入，察民情、解民困、兴产业、跑项目、拓市场，夙夜在公，乐在其中。

## 产业发展是根本

驻村扶贫工作队深刻认识到，做好脱贫攻坚工作，发展产业是关键，只有产业发展了，才能带动村民致富奔小康。但针对转水湾的实际，该从哪里下手？驻村工作队苦苦思索，伤透了脑筋。

有一天早上，一个骑着摩托车的小贩吆喝着："收香椿啦、收香椿啦"，在关外村民组，一个农户说"有香椿"。二人一番讨价还价，生意成了，小贩走了。驻村干部很好奇，上前一问才知道，这里香椿只卖 3 元钱一斤，而合肥市场旺季的时候能卖到 10 元一斤，还非常畅销。合肥人、舒城人都很喜欢吃香椿，香椿炒鸡蛋、香椿拌豆腐、凉拌香椿头，都是餐桌上不可少的时令美食。转水湾村土地贫瘠，低山连绵，不太适合水稻等传统农作物的种植，却很是适合香椿的生长。但转水湾的香椿，大多是在村民的房前屋后自然形成，既没有规模，也难成产业。工作队看到了希望。既然转水湾村有香椿种植习惯，那么家家户户都种植香椿，岂不是一笔很好的收入来源？

于是扶贫工作队和村两委立即开会研究，召集村民代表讨论，听取大家的意见。有的村民心里有疑虑，说以前政府要我们栽过板栗，栽过桑树，都没成气候。这回又栽香椿，怎么能保证不失败？

驻村干部们瞅准了这个事情，并进行了前期的市场调研。大家认为最终还是要用市场规律去解决问题，不能强干蛮干。为了把群众都动员起来，驻村工作队向省委编办报告，成功申报国家扶持项目资金 230 万元。村里决定以奖代补鼓励香椿种植。每种一亩香椿，奖补 400 元。这样许多户不仅地里，连田里也种上了香椿。此外，村里还兴建了 16 座塑料大棚，租给农户种植香椿，49 个农户成功就业。

香椿种植基地快速发展，但销售成了大问题。

2015 年初夏，香椿成熟，又有小贩 5 元一斤来收购。有的群众看到这年香椿多，怕卖不掉，就卖给了小贩。驻村工作队看着心疼，大家认识到，要让群众得到实惠，就必须跑市场、找销路。于是干部们跑到合肥，跟一家菜市场讲好，13 元一斤，订购 400 斤。回来跟群众一说，大家可高兴了。你传我，我传你，人们大一筐、小一篮，都送到村部来。不仅转水湾村民，而且周边村的，甚至小贩的香椿都送来卖。驻村工作队在小本子上一一记下来，总共收了 2000 来斤。租辆卡车运到合肥，400 斤订单的一把称走了，还多出来 1600 多斤，怎么办？这可都是 13 元一斤收来的，2 万多元的本钱呀。大家心里犯了难！村书记赵厚年二话不说，就在周谷堆菜市场临时租了个摊位，一斤斤地零售。驻村干部们纷纷找关系，托家人、朋友、同事、同学，所有能用的关系都用上了，到太阳落山的时候，终于把收来的香椿全部卖完。省委编办的同事跟驻村工作队队员们开起玩笑："你们不当书记，去当菜农了啊！"虽是调侃，但在驻村干部们心里激起了层层涟漪，能帮群众干点实事，做什么都高兴。

通过这件事，驻村工作队常常思索，靠零售不是香椿产业的出路。要想大面积种植，解决好种植户销路的问题，就必须搞深加工，提高香椿的附加值。但把香椿加工成什么好呢？太和县搞腌制，真空包装，成本大不说，味道不纯正，影响销路。有的干部提议，制成香椿酱，这样既能解决香椿季节性强、销售价格不稳定的问题，又能很好地保鲜，一年四季都能卖。驻村工作队上网查询，四处打电话了解，还真有地方把香椿做成了酱。有了先例可循，大家再次商量，把香椿拉到合肥去，找家酱品厂加工成酱，借船下海，一劳永逸。可是有的同志说，这样就把香椿拉过去，村里只负责提供原料，成了"二道贩子"，最终形不成产业链，一来一回，除了运费、加工费，几乎没有利润。于是工作队最终决定在村里自建酱品厂。

谁来建呢？工作队和村两委同志寻亲访友，终于找到了在杭州创业有成的本村企业家杨龙棠。杨总在杭州有个很大的工程公司，一级资质，1000多员工，实力很强。听村里说要上这个项目，他直摇头。一来觉得这个项目没有前景，不想干；二来没有涉足过这个行业，不敢干。工作队干部们毫不气馁，接二连三去找杨总，"三顾茅庐"，先谈感情，再谈投资，一来二往，时任驻村工作队队长王许和他成了朋友。有一次，两人促膝谈心，王许对他说："杨总啊，挣钱固然重要，但能为家乡做些事更重要，这是替老百姓做事。人是要有点精神的。转水湾是杨总你的家乡呀！"这样一说，杨总动心了。他想：是啊，人是要有点精神的，连省城的干部都能为转水湾脱贫致富出力，我杨龙棠为什么不能？于是，杨总携家带口，毅然决定回来投资办厂。

找到了领头雁，但筑巢也不是轻而易举的事。

杨龙棠带回启动资金3000万，计划建起一座现代化的香椿酱深加工企业。这下好了，香椿深加工从此该走上康庄大道了，这是多么令人高兴的事啊！驻村干部们欢欣鼓舞。可是，当建厂手续全部办好，挖掘机开到工地以后，事情来了。十几个村民爬到铲车上，硬是不给动工。驻村干部们上前一看，竟然全是转水湾的村民！为什么呢？因为"阚红酱品厂"的地址就在原转水湾预制厂的地址上，这些土地早就租给了预制厂，每年预制厂都要付给这些人租金。现在他们听说这里要建酱品厂，换了老板，他们就想趁机增加租金。驻村队员们只有去找那些村民交涉，动之以情，晓之以理，经过多少天的艰苦工作，嘴皮磨破了，最终使那些人理解，兴办酱厂是为了全村百姓着想，是为了大家共同致富奔小康着想。于是纷纷表态，积极支持不再闹，"阚红生态农业发展有限公司"的建设这才正式开始。

随着"阚红生态农业发展有限公司"正式建成投产，500平方米的酱品厂厂房和300平方米的香椿产品展示中心工程竣工，每年能保证以高于市场50%的价格收购村民的香椿。有了固定的销售渠道，老百姓种香椿的劲头更大了，"龙头＋基地"的产业链条更紧密了。"阚红生态农业发展有限公司"用工50名，每年可生产200

万罐香椿酱，既解决了 50 人就业问题，又创造了 2000 万元的产值。

公司不断做大做强，陆续开发出 3 个系列 8 个品种香椿酱，而且申报了绿色有机食品品牌。对外拓展市场，走进了合肥等大中城市超市，深受消费者喜爱，供不应求。近年来，扶贫工作队又瞄上直播带货，驻村干部摇身一变成了带货主播，其中一次，仅仅用了 20 分钟，就推销出去近 7 万元的转水湾香椿酱。在线上，转水湾香椿酱开通了京东、天猫、阿里商城、抖音等旗舰店；线下，应邀参加中国合肥连续三届农展会，以及农业农村部和安徽省人民政府在上海举办的农产品交易会。作为六安市唯一一家扶贫产品，转水湾香椿酱还承办了"黄金六十分钟"活动。

加工龙头强了，收购价格高了，带动了群众增收。观窑组老队长程元来，71 岁，与老伴种了几亩香椿，"头茬"香椿卖了 2000 元，"二茬"又卖了 1000 元，他高兴地说，香椿现在真"吃香"啊！文建周，文老村民组人，58 岁，左手残疾，家有 87 岁老母亲，生活贫困。2017 年到酱厂工作，负责仓储和记账，月工资 2200 元，当年脱贫，还可就近照顾服侍老母亲。

如今，香椿产业成功带动全村 80% 的贫困户稳定脱贫。从 2014 年种植不足 200 亩发展到目前的 1600 亩。现在的转水湾村，庄前屋后，路边水旁，山头丘岗，香椿树或高或矮，或粗或细，一片片，一行行，修剪整齐，枝繁叶茂。每到春季，嫩芽新出，嫩黄嫩黄，香椿树下，村民们满脸喜笑，采大留小，一茬茬，一把把，直接在路边卖给加工厂。全村户均香椿收入 4000 元，大户三四万元，香椿树成了转水湾的"摇钱树"，小小的绿叶子成了老百姓脱贫致富的"金叶子"。

## 一着好棋满盘活

随着香椿产业的发展，也带动了转水湾村旅游的兴起。这里山美水美，还有优美的传奇故事，发展转水湾旅游有着得天独厚的条件。香椿示范基地砚台山，现在成为香椿采摘体验、爬山观光的好去处。

驻村工作队争取到 300 万元资金，把水泥路修上砚台山顶，大理石栈道木栅栏杆东边修到马鞍山战壕，西边修到关外村庄背后，好几里路长。游客在这里可以逛着栈道，采摘香椿，品尝香椿酱，听着优美的传奇，欣赏着青山秀水，吃着特有的农家土菜。这几年又陆续规划建设了休闲观光亭和采摘园。春夏的节假日，砚台山游人如织，寂静的山林热闹起来，农家乐也跟着红火了。茶叶、茶油、粉丝、土鸡蛋等土特产，成为城里人青睐的抢手货。香椿加工厂建起了游客接待中心，参观、购物、休闲、食宿，成为转水湾村一道亮丽的风景。

为了把转水湾旅游打造出去，驻村工作队又想了个妙招，在转水湾举办香椿节，2017 年 4 月举办的第一个香椿节，引来周边近 2 万人前来观看，造成了轰动效应。2018 年 4 月的第二个香椿节影响更大，名声更响。电影《香椿树》，也于 2017 年 5 月在转水湾村开机。以香椿观光旅游取得突破为契机，村里接连推出香椿采摘节、香椿跑山节等一系列大型活动，使转水湾香椿体验运动休闲基地成为响当当的旅游休闲品牌。

脱贫攻坚，基础设施建设是保障。几年来，在省委编办支持和各方帮助下，转水湾的基础设施投入大、变化大。修缮加固杭埠河大桥，解决了转水湾村出行的瓶颈问题；拓宽村内道路，8 个村民组 7.5 公里道路硬化绿化完成；电网改造，安装太阳能路灯，方便了群众生活生产；修建了 5 个休闲娱乐广场、4 个停车场、9 个旅游厕所，建设商贸一条街、游客中心。昔日破旧散乱的转水湾，如今村容整洁、道路宽畅、灯红树绿、农舍敞亮，基础设施配套，群众安居乐业。

扶贫要扶志，道德文化建设和乡村治理创新同步推进。扶贫工作队陆续在转水湾推出评选表彰道德模范、组织五保老人集体过节、挖掘好人故事、建立救助社、成立志愿者队伍等五个公益品牌，全面引导村民在精神层面积极脱贫。办起了"转水湾村道德大讲堂"，开设传统文化讲座，为首届转水湾"道德模范"颁奖，为"转水湾志愿者"揭牌。在苏州创业有成的村民赵和武，看到家乡的变化，深受感动，主动出资邀请全村 21 名五保老人到"农家乐"集体过端午节。此后，纷纷效仿，至今已举办 6 届，并预约到了 2021 年。效果显而易见：一度小偷小摸频发、矛盾纠纷不断的转水湾，开始有了宁静、祥和、安全的新环境。

受到表彰的贫困户柳昌现，独自种植香椿，服侍高位截瘫的丈夫，29 年不离不弃，而且培养两个孩子成人。柳昌现被评为"六安好人"、舒城县"最美家庭"。类似这样的感人事迹在转水湾受到褒奖，广为传颂，成为乡风文明的榜样。

百年大计，教育为本，原本落后的基础教育硬件，是压在驻村工作队员们心头上的一块大石头。转水湾小学无操场，缺桌椅，缺图书，食堂房子也不安全。驻村工作队积极争取化缘，从安徽省对台办公室争取了 2000 册图书，从安徽省电视台争取了 183 套价值 4 万元的课桌椅，从县教育局争取了 15 万元改造学校食堂的资金，又为学校争取了场地，建了操场，建了塑胶跑道，转水湾学生的学习条件大为改观，老百姓们交口称赞。

在做好扶贫工作的同时，驻村工作队抓党建促脱贫谋发展，大力推进"党建+

产业扶贫"精准扶贫模式，切实发挥基层党组织的战斗堡垒和党员先锋带头作用。多措并举发展村集体经济，2018 年人均纯收入 13000 元，村集体经济年收入迈过 30 万元台阶，村集体资金累计达 60 万元，转水湾也摘掉了集体经济"空白村"的帽子。

转水湾村先后申报为国家乡村旅游扶贫试点村、国家扶持村级集体经济发展试点村、省级美丽乡村、省级"五个好"党组织标兵村。人勤地生金，民和产业兴，贫困群众越来越富，转水湾村名气也越来越大，干群干劲十足，思路更广阔了。

转水湾村已整村脱贫，赢得了诸多赞誉和美称。有位乡贤赋诗赞到：圣人封地耸三山，公仆躬耕转水湾。践行宗旨惠民生，济困扶贫合众愿。椿树摇钱成佳话，酱香爽口有美谈。斗转星移春几度，山环水转看人间。

# 带民迈向绿水青山

### 陈　胜

## 扛起扶贫重担

2014 年，十八大召开后的第三年，绿水青山就是金山银山的理念越发深入人心，绝不能以牺牲环境为代价发展经济越来越成为人们的共识。

舒城县春秋乡采石厂的整改迫在眉睫，文王村一时成为时代的风口浪尖。

文王村，舒城县西南二十公里，风景秀丽的春秋山脚下。近几十年来，为了发展当地经济，改变群众的贫困面貌，文王村与周围其他村一样，靠山吃山，在山脚下开辟了众多的采石厂。从此，一台台挖掘机开进来了，一台台破碎机日夜经营，一台台运输车把破碎出来的石子运到全国各地。

"最繁华时，我们村里有十多家采石厂，每天从早到晚，震耳欲聋，车辆川流不息。石子紧俏时，拉石子要提前预定。有的车主为了能拉到石子，就提升收购价格，相互竞价，那时数钱真数到手抽筋。"村民向我们介绍当年的繁华，仍掩饰不住骄傲。

采石厂发展了，但也带来了一系列问题。随着村民生态环保意识的提升，特别是国家要求加强生态保护，要金山银山更要绿水青山，全村十多家以经营砂石为主的采石厂被关闭或整顿。

没有资源依托的文王村陷入了发展的困境，群众生计顿时成了问题，村里的集体经济收入面临枯竭。2014 年，文王村 28 个村民组，628 户 2256 人，人均纯收入 2700 元。在册贫困户 111 户 311 人。其中五保户 27 户 29 人，低保户 43 户 73 人，一般贫困户 25 户 95 人。昔日的小康村成为春秋乡三个重点贫困村之一。

文王村的出路在哪里？全村上下开展了思考和讨论。

文王村的出路在哪里？村民们在思考，上级机关也在思考，并派出了脱贫攻坚工作组。

村书记郭德胜，这个十多年的村支书，义不容辞地挑起了村里的扶贫重任。他对妻子说："我是党员，也是现任村干部，我不干谁能干？况且现在村里正是困难时期，我能当逃兵吗？"无论妻子怎么反对，他都坚持一句话："谁叫我是共产党员呢？我不能当逃兵，村里的事我不能撒手不管。"郭德胜苦口婆心地解释，终于说服了妻子，得到她的支持。

## 治贫必先治愚

掀开了过去采石公司掩盖的虚假繁荣的面纱，文王村一下变得安静了，它的贫穷也暴露在世人的面前。

郭德胜走在村里的泥泞小路上，这是怎样的景象呀：裸露山体，黄风一吹，沙尘满天飞扬；门院紧锁，芳草凄凄，青年外出谋生；乡间小道，泥泞不堪，向外恣意延伸；老年村民，无所事事，麻将馆人满为患；三五小孩，光着屁股，山石下尽情玩耍。

困难，重重的困难，像大山一样，压在郭德胜的双肩上。但是，他是带着使命接手脱贫攻坚任务的，是带着不改贫穷面貌决不收兵的决心来的。在他看来，现在到了脱贫攻坚啃硬骨头的关键阶段，相信在党的领导下，发动广大群众的积极性，一切艰难险阻都是可克服的。

这天，他召开了村两委成员和村民小组长大会。会议开始，他没有像过去那样，在主席台上洋洋洒洒地讲话。他当即宣布，我们五个村干部每人牵头成立一个调研组，带领村民组长，一家一户访贫问苦，要掌握第一手资料，了解最新情况。把家有几口人，主要收入来源是什么，致贫原因是什么，目前期望是什么，都要问清楚。郭德胜动情地说，没有调查就没有发言权，今天，我们要打赢脱贫攻坚战，要增强群众的获得感，就要深入群众，发挥大家的积极性，单打独斗是不行的。

一连一个星期的走访，郭德胜黑了、瘦了，但也收获满满，他记了满满三大笔记本。这沉甸甸的本子，都是村民的心声，都是实实在在的干货，他要把群众的想法化为丰收的果实。情况明了，家底清了，也了解了群众的想法，下一步如何解决问题？

晚上，郭德胜翻阅着《习近平论治国理政》丛书，书里面字字金句，郭德胜如饥似渴地阅读着、吮吸着。"扶贫必扶志，治贫先治愚。"当看到这金光闪闪的大字时，郭德胜如醍醐灌顶，他的头脑一下清醒了；他找到了治贫的良方，他一下茅塞顿开了。

他到了村营长李万余家，开口便问："你也是土生土长的文王人，在村里也干了几十年，我想问你这脱贫要从哪打开缺口？"

李万余略一沉思，回答说，关键在于改变群众的思想。

"对，我们想到一块了。我们要扶贫必扶志，治贫先治愚。"郭德胜紧紧握着营长的手。

这晚，他们谈得很久，很深，一直谈到后半夜。

第二天，郭德胜召开了贫困户脱贫动员大会。大家到齐后，他没有宣布会议的议程，他说，今天是个观摩会。

大巴车载着他们来到了全县的最强村，阙店乡转水湾村、干汊河镇洪宕村、城关镇七星村，他们一路走一路看一路学。每到一地，郭德胜带领大家参观人家的累累成果，听脱贫之星讲解奋斗历程。在大棚蔬菜基地，在香春酱制作厂，在扶贫车间，郭德胜看得仔细，听得认真，他动情地对大伙说，这都是大家奋斗出来的，是转型发展、绿色发展出来的。脱贫致富，我们一定要靠我们的双手，一步一个脚印干，要做新时代的新型农民。

参观结束，已经很晚了，郭德胜马不停蹄召开脱贫攻坚誓师大会。听了村干部和村民组长以及贫困户的表态发言后，郭德胜说，美好生活是干出来的，天上不会掉下馅饼。我们现在有这么好的政策，有社会各界的关心支持，我们再不脱贫，说不过去呀，于理不容呀。他面对村里的党员说，我们口口声声讲要为人民服务，现在帮助脱贫就是最大的为人民服务，从现在起，党员要结对帮扶，要帮到位，帮彻底，要立下军令状，不脱贫绝不脱钩。

紧接着的几天里，郭德胜组织大家学习了毛泽东、邓小平的相关著作，特别是习近平关于扶贫工作的论述，从思想上武装大家的头脑；又邀请了全县的产业脱贫带头人前来介绍自强不息的体会和经验，大家深受启发。

一连串的教育，大家受到深刻的精神洗礼，党员干部树立了信心，增强了服务贫困户的主动性和自觉性；贫困户也打消了"等靠要"和无所作为的思想，坚定了克服困难，改变贫穷面貌的信心和决心。不久，郭德胜拟就了脱贫攻坚作战图，规划在三年时间内，要让全村生产总值翻番，贫困户全部脱贫，全村人均收入增加五千元以上，要让昔日的荒山变成绿水青山。这个报告经全村大会通过后，上报乡党委、政府，郭德胜又在报告下面写了以下的感言：

"文王，是我们生于斯、长于斯的土地，这里有我们亲爱的乡亲，我们坚决响应党的号召，苦战三五年，打赢环境治理、脱贫攻坚的硬仗，一举改变文王村的面貌。不达目标，决不罢休。"

这是文王村"两委"和郭德胜的心声，也是他们向党组织的庄严宣誓。

## 绿色兴村，带给村民无限的希望

"秀美的山水、柔和的夕阳，绚丽的云彩，一畦畦绿意恣意铺开，一簇簇村落错落有致，让乡村成为看得见山、望得见水、记得住乡愁的美好田园。"郭德胜在全村扶贫推动进会上向大家描述脱贫攻坚建设全村的图景。

有规划，才有发展方向。郭德胜请来省里的专家，为村里的发展把脉。他带领专家组一道道沟、一道道坎丈量、测算，根据资源禀赋、环境条件、村民素质，他们终于制定了文王村三年发展规划。"要让绿水青山成为村里的本色，要让脱贫致富成为村民的自觉，要让山山沟沟成为人们向往的乐园。"郭德胜信心满怀。

李光友是县里的成功人士，在全省各地从事园林生态、养殖种植等行业，科技附加值高，经济实力强大。在一次聚会上，郭德胜认识了他，从此就瞄准了他。

"来我们村里投资吧?"郭德胜发出了邀请。

"暂时没有这个规划，以后再说。"李光友委婉地回绝了。

"村里在艰难转型，贫困户就业无望，需要我们帮一把。"郭德胜很是真诚。

李光友的心动了，他答应来村里看一看。破落的村部，荒芜的土地，无望的村民，李光友不忍看下去了。郭德胜趁势向他介绍村里的发展远景，鼓励他参与这个具有典型意义的转型发展，见证从资源型村向绿色发展的历史，并向他介绍了在此投资的一系列优惠政策。这个有远见、有抱负、富有同情心的慈善企业家终于下定了决心，决定在此投资兴业。

郭德胜说，李总，你尽管干，后续服务就全是我的了。

创业是艰辛的，为企业服务更是繁重的。流转土地、签订合同，协调关系，争取政策，郭德胜不厌其烦，耐心做村民思想工作。文王村迈开了绿色发展的铿锵步伐，油茶基地、生态渔场、风景苗木纷纷发展起来。春光里，一处处绿色发展尽展多姿风采。

贫困户郭小余过去在村里的采石厂打工，干最累最重的活，劳动强度很大。家里虽然盖了一上一下二层楼房，但由于紧贴采石厂，长年被灰尘包裹，噪音不断，由此患上了神经衰弱，后来逐渐丧失劳动能力。2014年被评为贫困户，这时，他赶上了村里的经色发展，他发挥自己有园艺种植经验的特长，帮助来此投资的安徽农业生态科技有限公司开发油茶，年收入五万多元，一举摆脱了贫困，神经衰弱的老毛病也不知不觉中好转了。

贫困户郭得牛说，他家的3亩土地流转给村里，一年流转收益1500多元。自己又被雇到这里劳动，一年收入近两万元。不到一年时间，他就光荣脱贫。郭得牛说，村里像我这样流转土地给大户，又在大户里从事农业生产的有十多户。郭得牛指着家里门牌上悬挂的"脱贫光荣"牌匾说，我是全村第一个脱贫的，这牌匾是郭书记为我挂的，好光荣。

村美了，民富了，年轻人纷纷赶回来了，特别是一批有学历、有技术的年轻人回来发展家乡，令郭德胜无比激动。他说，年轻人是宝贵的财富，我们一定要为他们发展创造良好的条件，他们是全村的未来。

## 点滴关爱，他成为群众的亲人

郭德胜一出门，遇到在他家门口等着的几个老奶奶，她们一下围住他，"郭书记，这是我家的土鸡蛋""这是我家的小公鸡""这是我刚从菜园里采来的新鲜小白菜"，她们纷纷把家里的好东西拿来了，要给郭书记尝个鲜。

这些七老八十的老人把郭德胜当作自己的孩子。老人刘氏今年八十多了，十多年前丈夫去世，在外地的女儿要接她一起住，住了一段时间，老人不习惯，执意要回来。后来，女儿的生意陷入困境，老人的生活也受到了影响。根据老人的实际，被评为贫困户。

从此，郭德胜就成了老人的亲人，他不仅自己经常前来问寒问暖，还要求自己的女儿逢年过节过来慰问。老人去年生了一场大病，郭德胜安排妻子、女儿、儿媳到医院轮流照顾，直到老人康复。

郭德胜说，我在乡下工作几十年，处处感到浓浓的亲情，你给群众做了哪怕一点点小事，群众就会到处讲你的好，就要想方设法报答你。

郭德胜动情地说，文王村有着光荣的历史，当年这里打游击，涌现出许多父子争着上前线、妻子送郎去前方的动人场面。我们的前辈响应党的号召，将一针一线、一块铜板、一粒粮食节省下来，集中起来，送往前线。他们喊出了"一切为了支援前线""倾家荡产，支援前方"的豪迈口号，用小轮车推出了一场场战争的胜利。

在文王小学，孩子们有的紧紧抱住郭叔叔的腿，有的忙不迭地向他汇报学习情况，还有的把手高高举起，向郭叔叔挥舞着，大声呼喊着：郭叔叔！郭叔叔！他们一脸童真、一脸纯粹。此时，我分明感到，郭叔叔与这些孩子之间，亲密无间，他们就像血脉相连的一个整体，如同大树根与根的相连。

刘明发，一个四十多岁的贫困户，有手有脚，就是不愿劳动，还天天跑到村里要低保。后又到乡里、县里上访，大家见他都头疼。看在他家实在贫困，一双父母生活无着，村里评定他家为贫困户。

有了贫困户这个金罩钟，刘明发越发伸手要这要那。为了帮助他脱贫，乡里送他去学习培训养殖技术，他总是借故身体不好、需要在家照料老人等理由，不愿前往学习。扶贫办帮他建了鸡舍，为他买了鸡苗，他却偷偷杀掉公鸡炖了吃。他说，公鸡不下蛋，不如杀了吃。

这是一个难剃的头，但绝不能一甩了之。郭德胜隔三差五前来帮助他、感化他，解决他家的困难。一次，刘明发的母亲突然生病，当时，刘明发不在家。郭德胜得到消息后，连夜把老人家送往医院，并垫付医疗费，陪护到第二天早上老人家苏醒。

"我不是人，我对不起郭书记。"看着因照料母亲而憔悴的郭书记，刘明发"扑通"一声跪下。

从此，刘明发就像变了一个人，钻研养殖技术，开办养殖场，干事劲头越来越大，事业越来越红火。后来，他主动写了脱贫申请书，并帮助村里的三户贫困户也走上了养殖之路，摆脱了贫困。

过年了，刘明发非要送一只鸡给郭书记，郭书记肯定不要，刘明发就站在他家不走。看来拒绝不了，第二年春节，郭书记送给他一窝鸡苗。

刘明发说，我一只鸡换来一窝鸡苗，你书记净做亏本生意。

郭书记笑着说，那不是生意的问题，是咱们互换心意，我们是心与心的交流。

郭德胜说，看到贫困户的笑容，我的心就宽了，表明我们的扶贫有成效了。

在大家心中，郭德胜是什么样的人？

县里和乡镇干部说，工作扎实，能与群众打成一片。

村干部说，很民主，遇事广泛听取大家意见；不怕苦，工作带头干。

村民说，他在，我们就有主心骨。大事小事，找郭书记没错。

## 树文明村风

文王村，如今在国家扶贫政策的引领下，在几年的时间光景里，全村发生了翻天覆地的变化，人人有就业，家家有收入，水泥路四通八达，经济收入年年攀升，绿意盎然的村庄吸引八方投资者。活力四射的文王村，向大家展示着美好的前景。

但作为村书记，郭德胜总感到在发展的进程中欠缺什么。

他思考着，空闲的时候，郭德胜总一个人在村里转悠。"村民虽然经济上富裕了，但集体事业反而没人做了，婆媳纷争反而多了，鳏寡孤独老人的晚景更凄凉了，大家一个劲地只往钱眼里钻……"郭德胜在笔记本列出了一系列不正常现象。"???……"一个个问号就像一把把钥匙，急待他打开问题的良方。

"和谐美丽富裕的乡村绝不是这个样子，社会主义新农村不仅是生产发展、生活富裕、生态良好，更要乡风文明。村民们不仅经济宽裕，还要过得有奔头，活得有希望。要贴近文明，远离恶习，让好习惯蔚然成风，社会生活风清气正。"郭德胜描绘着村里的发展愿景。

两个村民组要修路，这是村民几十年来的梦想。郭德胜决定圆村民的梦，但修路要占用村民的土地，如果全部按政策补偿，这路无法修下去，上面给的资金不足以支付补偿款。

这天是六月十八日，村里召开党小组会，"群众看党员，党员看干部，只要党员思想通了，党员家属思想才通，群众思想才能跟着通。"就在小组会上，郭书记带头在不要补偿款的协议上签字，其他党员纷纷跟进。

这小小的举动，产生了极大的示范效应，很多村民们主动找上门来，要求无偿拿出自家的土地配合修路。从此，六月十八日，就被文王村委作为党小组学习日。

路通了、灯亮了，村里的基础设施逐步完善了，但卫生状况实在令人堪忧。村里安排了保洁公益岗，贫困户成了保洁主力军。

"光有贫困户干还不行，要让爱国卫生运动成为群众的自觉行动。"郭德胜又打起了主意。

在每月十八日的例行党小组会上，郭德胜说：村看村户看户，群众看党员。不管遇到什么事，只要党员带头，无艰不克，战无不胜。

群众很快动员起来了，每周六，郭德胜组织大家参加义务爱国卫生运动，家家户户，门内门外，马路边、广场上，人们拿起铁锹，挥动着扫帚，铲除着垃圾，欢快写在每个人的脸上。

2018 年村民大会上，大家决定对《村规民约》与时俱进给以修改。经过激烈讨论，商定了办红白喜事的统一标准、流程和场地，并将婚事新办、厚养薄葬、拒绝高价彩礼等内容写入新版村规民约。

过去，农村红白喜事相互帮忙，大家也不要什么工钱，但不知什么时候，这工钱不但成了规矩，还越来越高。新版的《村规民约》里，明确规定，大家要发扬互助互爱精神，一家有事，全村帮忙，不收工钱。

变化悄然发生着，2019 年，村里有三户孩子考上了大学，按照以前，这村民的贺礼肯定要送，但他们三家好像商量好似的，在村里的微信群里发布：谢谢各位乡亲，新事新办，礼金不收，我们的升学宴不办了。这如一缕清风，让大家感到久违的清新。

虽然升学宴不办了，但镇、村干部一合计，在村文化广场办一场"脱贫宴"，为几名学子一起祝贺。这个村民们自编自演的晚会，有歌舞、相声等，把村民脱贫致富的喜庆气氛烘托得淋漓尽致。

陈规陋习逐渐摒弃，有益身心的活动越发出彩了。不知何时，村里悄然成立了一支文艺健身队。广场舞、太极拳、羽毛球，各种文化娱乐项目渐渐兴盛起来。

在郭德胜的身上，有一种力量，这力量表露在他的言谈举止间，体现在他的和蔼笑容里；这力量带着泥土的芬芳，带着大地的厚重：平稳、踏实、忠贞、善良、谦逊、执着。

# 蔡店村的温暖和感动

### 许礼荣

2020 年 6 月 30 日，当我到达柏林乡蔡店村的时候，村党支部在新落成的蔡店村为民服务中心召开党员大会，下派扶贫工作队长桑永传正在给全体党员上党课。

乘着这间隙时间，我开车去村周边群众家了解一下情况。从柏林乡道到蔡店村通组道路，一路上青色一片，耳边似乎有禾苗拔节的声响。通组道路旁新安装的太阳能路灯站立在我的面前，好像在欢迎我的到来。这是我第一次到蔡店村，在与路边居住的村民短暂交流中，得知桑永传下派到蔡店村后心系村民，用真情温暖群众，帮扶群众。他用心血和汗水描绘蔡店村美好幸福生活的新画卷。

2017 年 4 月省委组织部委派安徽粮食工程职业学院现教中心主任桑永传担任驻村扶贫工作队队长，并担任村第一书记，与张临颖、许代云组成了学院驻蔡店村扶贫工作队开展扶贫工作。三年来，他们在这片黄土地上谱写了一首首扶贫之歌，在这片黄土地上书写着一脉脉温暖和感动。

一

蔡店村位于舒城县城以北 10 几公里，全村耕地 3330 多亩，属于平原圩泛区，一部分土地为低洼地，防汛抗旱任务重，基本没有什么资源优势。全村人口 1906 人，609 户，农民以种植水稻为主，也有养殖白鹅的习惯，但青壮年大多都在外务工。2014 年建档立卡贫困户为 64 户 138 人，致贫原因基本是因病、因残、缺劳力。村集体一穷二白，原先土地被分干用尽，连一片荒地滩涂都没保留。基础设施薄弱，除了穿村而过的县道，通组水泥路只有 2 条，更差劲的是村部旧小，按组织部门标准不能达标。好在过去撤区并乡之前该村是小柏林乡政府所在地，有一个小有规模的街道和依托老粮站建成的一家民营米厂作为资源可利用。

面对具体的村情，桑永传和队员一下子感觉到肩上的担子重了，任务真的不轻。驻村的第一个月，他和队员就在村干部的带领下，先访建档立卡的 64 户贫困户，大力宣传党的扶贫政策，同时逐户登记贫困原因和急需解决的问题，做到因户施策，以便于努力将各项扶贫政策措施落实到户。第二个月桑永传和队员就不需要村干部的陪同，全面走访村民，为制定村级扶贫三年规划作准备。

走访结束后，桑永传立即与村曾书记商议，先召开村两委会，再召开村民代表大会，商讨扶贫工作推进事项。

2017 年 7 月 16 日，蔡店村先召开两委会，统一扶贫工作的重点和难点，商讨了推进扶贫工作安排。从整理完善扶贫资料开始，逐户核实信息，根据上级资料目录清单，反复修改整理完善，及时开展动态调整工作，确保识别精准。紧接着又召开村民代表大会，通过村三年扶贫计划，落实"单位包村、干部包户"的工作机制。积极对接学院为每个贫困户确定 1 名帮扶联系人，制定计划，开展定期走访，结对帮扶。

工作之余，桑永传与队员召开三人会议，不分时间段，有时晚上碰头。在三人会议上，桑永传经常对队员说："我们是来扶贫的，一要学习党的政策，加强政治学习。二是要转变角色，融入扶贫工作，尽快融入柏林融入蔡店。三是要严格遵守《安徽省选派干部管理办法》规定，严格落实驻村工作制度，坚持吃住在村，按要求签到，每月在村不少于 22 天。四是要学习掌握扶贫知识，提升扶贫业务能力。"

桑永传做到反复与乡、村两级汇报沟通，经常向学院和省局汇报协调，赢得了省局、学院对帮扶计划的认同、支持。2017 年仅 3 个月的时间，桑永传和队员已融入扶贫工作，融入了蔡店村，和村民们拉近了距离，经常和村民们拉家常话，做到了以心交流。

## 二

"桑队长好，曾书记好。"贫困户姚继军从屋子里出来，勉强挤出一丝笑容。

2016 年在危房改造干活的时候，他右腿不小心被墙打断了，造成重度残疾，花去了一笔不小的治疗费。为了做残疾人康复，用完了家中的积蓄，而且负债累累，日子过得很困难。家里的经济收入只能靠年迈的母亲养殖点家禽和政府的补助，一日三餐还要靠母亲照顾。他的儿女还年幼，这日子怎么办？

面对姚继军的家庭情况，2017 年桑永传与村两委积极筹集治疗资金，并与六安医院联系，安装上了假肢，同时还帮助他申请了低保补助，办理了残疾证。

自从安装上假肢后，姚继军充满了对党和政府的感恩，他觉得自己不能一直向政府等靠要，还要依靠勤劳双手脱贫致富。于是他买了一辆二手电动车跑营运，在蔡店街道接送人，还利用家里的空闲地方养殖了鸡鸭鹅。

桑永传根据群众反映和日常走访，2017 年至 2019 年三年间，加大对特殊贫困户的帮扶，不让一户贫困户落下。

吴之飞，2017 年建档立卡贫困户，蔡店村夹衖组，家庭 2 人，吴之飞本人在本地务工，其妻身患癌症，因病致贫。桑永传和队员依据扶贫政策帮助其申请了合作经营收益、光伏收益、农业补贴、低保补助。得知吴之飞往年有养殖经历，桑永传帮他理清发展思路，鼓励其发挥技术优势，发展养殖产业，并申请产业补助。

吴之飞一边照顾患病的妻子，一边发展养殖产业，一年两季，春季散养大白鹅 2000 余只，秋季散养麻鸭 1500 余只。2019 年他的特色养殖喜获丰收，全年创收 5 万多元，还带动了周边群众居家就业。当年产业补助就达 15000 元。2020 年春，受疫情影响，早该出栏上市的大白鹅滞销，桑永传广泛发布销售信息，联系到省冷冻食品流通商会人员上户对接，帮助吴之飞打开销路。目前，吴之飞户已成功脱贫，其妻病情已趋于稳定，生活越来越好！

吴胜，蔡店村街东组村民，家庭 3 人，他患类风湿性关节炎，腿脚不便，劳动力弱，妻子在家务农，孩子上学。为了看病，耗尽了家里的积蓄，导致生活困难。当桑永传和队员得知情况后，经常到他家走访，帮助吴胜家申请了低保补助、教育补助、残疾补助、公益岗等扶贫政策。

2019 年随着原柏林乡街道道路的拓宽，早市流动人口增多，桑永传和队员动员吴胜开个早餐摊位，生意慢慢红火起来。2020 年，桑永传多次走访，发现早点摊桌椅破旧、摇摇晃晃，给就餐顾客造成不便。桑永传看在眼里记在心上，他积极联络粮食学院后勤总务处，为吴胜家争取到 4 套 4 人位的不锈钢餐桌椅，送到吴胜早餐点，帮助其摆放好。吴胜夫妻俩看着崭新的不锈钢餐桌椅，脸上乐开了花。吴胜于 2017 年脱贫，加上其自身的勤劳，目前的家庭收入稳定增长。

在扶贫精准施策中，桑永传和队员深入所有建档立卡贫困户家中，了解他们所期所盼，与他们交心，送扶贫政策，力所能及地进行帮扶工作，深入贫困户了解需求，做到精准扶贫一户一策，真正做到应享尽享。

除了让贫困户享受扶贫政策，桑永传和队员积极向学院争取，出台扶贫工作学院帮扶人制度，学院帮扶所有贫困户每人每年享受 200 元的困难补助，每年每户春节慰问金 500 元。三年来，所有贫困户每年都能感受学院给予的特别的"温暖"。

三年来，蔡店村建档立卡贫困户 56 户 135 人绝大部分已稳定脱贫，其中，2017 年脱贫 24 户 63 人，2018 年脱贫 14 户 25 人，贫困发生率下降至 0.016%，下剩 2 户 3 人将于 2020 年底脱贫，"村出列"也于 2017 年如期完成。

## 三

2017 年的一次走访中，桑永传得知朱梅系贫困户，属于单亲家庭，一直缺少母爱，父亲在外打工。走访时，朱梅读高二，准备辍学外出务工。针对朱梅家庭特殊情况，桑永传经常上门劝说她继续学习。同时，桑永传和队员到技师学院联系，让朱梅纳入自主招生。2017 年的 9 月，朱梅终于走进安徽省粮食职业学院技师学院学习。

为了让朱梅同学安心学习，桑永传和队员多方面解决朱梅实际困难，得到学院贫困生救助。朱梅带着一颗感恩之心，努力学习，每年都能得到奖学金，加上学院的贫困生资助，她顺利完成大专学业。

2019 的下半年，朱梅毕业了，桑永传多方托人，帮助联系工作，经过努力，朱梅到武汉的一家企业上班。2020 年由于疫情影响，朱梅一直在家待着，不能去上班，桑永传看在眼里，急在心里，又重新给朱梅介绍到合肥的一家物流公司上班。桑永传就是这样以一位父亲般的心让朱梅看到了生活的希望，感受到慈父般的温情。

在蔡店村，只要得知贫困户家庭有学生有意愿上安徽省粮食职业学院，桑永传就会让入学的学生安心学习，同时还经常联系，为他们协调学院优先安排勤工俭学岗位，让他们得到历练，最终实现一人学成就业，全家脱贫。

"少年智则国智，少年强则国强"。桑永传说："关爱贫困儿童成长，发挥高校教育资源的优势，着力扶贫扶智扶志，开展特色教育扶贫，努力阻断贫困代际传递"，他这样说，也这样做了。

对于柏林乡蔡店村的留守儿童郭近鑫、胡佳、石谢勇等，2017 年夏天，他们做梦也想不到能像城市里的孩子一样，参加夏令营活动。

在包河公园里，留守的孩子们接受包公文化的浸润，他们参观包公祠，在大殿、在蜡像馆，在花亭廉泉，扶贫工作队的老师分别向孩子们讲解了"色正芒寒"的含义，介绍了包公刚正不阿、公正无私的故事以及无丝藕与铁面鱼的传说，在孩子们幼小的心灵种下正直、无私、堂堂正正做人的种子。

走进合肥科技馆，孩子们充满了好奇，勾起他们探知未知世界的兴趣。不知不觉中，崇尚科学、追求知识在孩子们的心中扎下了根，学习的兴趣、探究的欲望也被调动起来。

在安徽省地质博物馆里，孩子们看到了安徽的"明星化石"——巢湖鱼龙化石，参观了安徽土壤剖面及土类标本，知道了安徽的土壤到底有哪些种类；馆里的4D技术，让小朋友与各类恐龙们零距离互动，"指挥"恐龙做一些简单动作，无比的开心自豪。孩子们学习了地质知识，增长对安徽的了解，激发他们更加热爱我们的祖国、我们的家乡。

夏令活动一整天的奔跑仍掩不住孩子们的兴奋，看到孩子和家长满意的笑容，驻村工作队、村两委的全体人员在劳累中也收获了一份沉甸甸的幸福。

三年来，在学院领导的关心支持下，2017年组织开展了夏令营活动，2018年、2019年，分别组织学院青年团干和学生骨干代表赴蔡店村金太阳幼儿园、德仁希望小学，开展专项帮扶活动，拓展了学院的扶贫渠道，发挥出学院共青团在扶贫工作中的生力军和突击队作用。

2020年疫情期间，为了让孩子们继续学习，桑永传与队员们商议，开展课业辅导。结合工作队成员的教师专长，特别是队员许代云在小学工作过，根据自愿原则，利用业余时间，对孤儿郭近鑫和其他有需求的贫困家庭的学生开展免费课业辅导。

为立足长效扶智，桑永传结合高职扩招，组织动员该村村干部、经济带头人4名同志到校参加学历教育，协调学院为其提供减免学费等便利服务。"村级新型职业农民培训班"也已经列入扶贫工作队的扶贫计划。

## 四

三年多来，桑永传和队员用心血建起蔡店村粮安农业发展有限公司、蔬菜大棚基地、蓝草香米业公司和扶贫商城。组建村集体经济组织，壮大村集体经济是扶贫工作的重点，桑永传说："只有增加村集体收入，才能多办实事。"

2017年桑永传开始申办成立"蔡店村粮安农业发展有限公司"，作为管理、经营村集体资产的主体，开展小型工程、农资农产品购销和有偿中介服务，管理和运营村集体资产，使其成为村集体创收的合法载体。

为发挥扶贫资金杠杆撬动效能，支持"启军家庭农场"做大做强，进一步形成村域特色产业和在脱贫攻坚、乡村振兴中的发展带动作用。通过桑永传和队员的精心策划，蔡店村以村集体经济组织（舒城县希望农业发展有限责任公司）为实施主体，将扶贫工作队从安徽粮食工程职业学院争取的20万元产业扶贫资金入股"启军家庭农场"，开展大棚种养合作经营，一方面解决"启军家庭农场"部分资金瓶颈，一方面增加村集体收入、带动贫困户就业脱贫，实现企业、村集体、贫困户、社会多方共赢。

目前，蔡店村形成了以"启军家庭农场"、"世纪家庭农场"、蓝草香米业为基础的稳定的村级发展带动合力，为脱贫攻坚和下一步的乡村振兴打下了坚实基础。学院支持资金30万元，整合工作队专项资金10万元，于2018年建成蔬菜大棚30亩；利用上级扶贫资金15万元开荒扩塘建设垂钓中心。两个项目建成后，均采取公开招租方式对外发包给大户经营，增加村集体经济收入，带动了部分贫困户居家就业。

为实现产业带动村级集体经济，桑永传充分利用粮食行业特点优势，积极支持当地粮食企业——蓝草香米业公司申报国家粮食局"粮食主产区粮食产后服务中心"项目，在蔡店村建设粮食烘干项目，为当地和周边提供粮食烘干服务。同时通过支持粮食企业做大做强，进而调动企业发挥社会责任和带动作用，助力蔡店村脱贫攻坚。通过争取省粮食局扶贫资金45万元，结合柏林乡蔡店农贸市场建设规划，沿街建设门面房10间，用于"村扶贫驿站"用房和对外出租，实现村集体经济增加收入，并实现房屋固定资产保值增值。

三年来，蔡店村集体经济收入从无到有，通过村级产业支撑，2019年村级收入实现17万元，壮大了村集体经济。

## 五

桑永传和队员配合村两委积极争取并组织实施好各级各类扶贫工程，大力改善村级基础设施，只有让贫困户之外的广大群众同样拥有获得感，才能不断提升对扶贫工作的满意度。同时，桑永传和队员通过对项目程序监管，确保资金使用合规，真实用于扶贫项目；通过对中标人约谈和过程监督，确保工程的质量和进度。

桑永传通过争取各类资金，开展基础设施建设。2017年争取上级各类资金90余万元修路治渠；2018年争取上级各类资金700余万元，分别实施了高标准农田、大界路拓宽、吴庄美丽乡村建设、周岗等7个村民组通组水泥路，以及蔡店街道整治、蔡店农贸市场等项目；2019 年争取了污水处理厂、公厕、大界路铺设沥青和街道部分立面统一化项目，使蔡店村的整体面貌得到极大的提升。

2018、2019 连续两年，支持资金 20 万元，实施道路路灯亮化工程。加上 2017 年争取的上级资金 10 万元，在通组主干道共计安装太阳能路灯 135 盏，持续改善乡村环境。

桑永传按照市县组织部门关于村级组织标准化建设达标的要求，2018 年争取学院专项资金 40 万元，并多方筹措资金 100 万元，组织实施村部新建工程，实现蔡店村为民服务中心达标，提升蔡店村级形象，改善了为民服务场所的环境。

驻村以来，群众的点点滴滴都让他铭记于心。他们已经与蔡店村的村民建立起亲密的干群关系，贫困户的笑脸就是最美的风景。桑永传深情地说，通过我们的双手将党的温暖和关怀送到千家万户，为党赢得了民心。

# 丝丝络络总关情

胡 军

2020 年 7 月 11 日，"皖里有货"舒城专场"直播带货天团"亮相抖音，舒城县棠树乡窑墩村扶贫工作队队长、第一书记余成发深情推荐了大别山瓜蒌籽，这是工作队扶贫成果的一个缩影。

窑墩村位于舒城县棠树乡西南，占地面积 3.2 平方公里，耕地面积 1300 亩，辖 24 个村民组。该村于 2008 年被列为县整村扶贫推进村。2017 年以前，该村还有贫困户 11 户，贫困人口 43 人，那时水泥路总长仅为 5 公里，老百姓饮用水仍取自自掘的土井。

而今，走在舒城县棠树乡窑墩村，你会被这里的风光所吸引：水泥路四通八达，丝瓜地果实累累，当家塘碧波粼粼，各色花卉点缀庭前院后——好一派"绿树荫浓夏日长，晓烟穿树且荣光"的景致。

## 响应号召不违初心

2017 年 4 月 25 日，安徽新闻出版职业技术学院召开党委会上，学院党委委员、教务处处长余成发主动请缨："如果组织有需要，我愿意去。"

那年，他的孩子才上三年级，妻子患严重的颈椎病，常常头晕得厉害，需要卧床休息。他的岳父罹患癌症，刚动过手术。一大家子，老老小小都需要他照顾。

余成发充满愧意地对妻子说："实在是对不住你和儿子呀。但我是党员干部，脱贫攻坚责任重大，我看了看，学院我去最合适。希望你能支持我！"余成发毅然选择了舍小家顾大家，因为他是从潜山县乡村里走到省会的，他的心中装着一份情怀——要为乡村，为农民兄弟们做点什么。因着这份情怀，肩负着如期完成脱贫攻坚任务的使命，余成发带领扶贫工作队进驻舒城县棠树乡窑墩村开展扶贫工作。

驻村后，扶贫工作队队员们切身感受到村里条件的艰苦，经济的落后，群众生活的贫寒。当余成发看到贫困群众期盼的眼神，看着他们辛劳的身影，顿觉身上的担子千斤重，他下定决心：一定不辜负组织的期望，一定不折不扣地完成这光荣而艰巨的任务。

驻村之初，余成发带领团队用了 50 天的时间，顶着炎炎烈日，走村串户，深入 24 个村民组，详细了解群众需求，重点摸排 25 户贫困户、57 户低保户和 27 户五保户，走访村中的老党员、老干部。工作队与村"两委"一起研究，并根据实际情况制定"脱贫帮扶计划"。帮扶计划从群众最期盼的事情做起，主动争取派出单位的支持，当好派出单位的联络员、协调员、服务员，把可用的政策资金统筹、整合起来，实行挂图作战，对工作任务、产业项目列出时间表、路线图，一项一项、一件一件推进落实。用余成发队长的话说就是"凡事预则立，不预则废。只有周密规划，才能不违初心"。

## 小事最亲民

强基方能固本，余成发知道只有加强党建才能凝心聚神；只有建设一支战斗力强、热心为群众服务的基层党组织，才能充分发挥党组织战斗堡垒作用；只有以党建为抓手，才能引领整个扶贫工作更好、更扎实地推进。

余书记说干就干。他先从党组织标准化建设入手，落实好"三会一课"，建立健全"四议两公开制度"。他鼓励党员同志加强学习，掌握实时动态，及时将上级关于精准扶贫工作的重要指示和会议精神贯彻落实到位。在党员大会上，他推荐大家下载"学习强国"APP，说上面的内容可多了，能了解扶贫政策，还能看新闻、听戏曲。党员同志们纷纷下载学习，农民党员顿时有了"源头活水"，解释起扶贫政策来也底气十足、头头是道了。

扶贫工作队又从人民群众最关心的问题入手，为他们谋福利。

"以前我们用的是自己打的井水，但一泡茶，杯子里面就有一层白沫。这水加在太阳能上，两三年太阳能管子就坏了。一砸开，里面全是垢。真是要感谢我们的好书记啊，不然我们不知哪一天才能用上自来水？"这是何庄组村民童杨伦的心声。

农村饮水安全关系到千家万户，扶贫工作队一行人以此为突破口，从申报、立项、测量、建设入手，多次向乡扶贫办、县水利局汇报项目的急迫性，每两个星期到水利局汇报一次前期工作进度，将群众的心声带过去。

那是冬日的一个下雪天，异常寒冷。为了争取早日立项，余成发书记一早就来到县水利局。他来到经办的科室，发现负责同志不在。一问，原来是下乡了，说不准啥时候回来。余书记便在走廊静静地等待。这时，窗外的雪下得更紧了，不一会儿工夫就有几寸深，同行的人说："余书记，您看贾股长到现在都没回来。咱们回去吧，早晨您就差点滑倒了，待会儿路更不好走了。"余书记看看手表，已经下午四点多了，说："再等一会儿，之前他说今天会回来的。"当贾股长返回看到余书记时，吃惊地说："今天山里雪大，您怎么等到现在？太不好意思了。"余书记风趣地说："古有程门立雪，今天我们也要在您门前立一回雪。老百姓的饮水问题是大问题啊，您可要帮帮忙啊！"精诚所至，金石为开。水利局特事特办，终于给这个项目立项了。

历时 10 个月锲而不舍的坚持，村里迎来了测量队，规划、施工，井然有序。党员、村民组长等充分发挥作用，积极协调，2018 年国庆节全村顺利安装了自来水，确保了广大群众的饮水安全。而今，窑墩村家家户户都用上了自来水，大爷大娘们笑得可欢了。

余书记一行人有着"会当击水三千里"的气概，在解决群众的饮水问题后一鼓作气，又实施了一系列扶贫举措：积极争取各方扶贫资金一千多万，修建了 3.5 米宽水泥路约 20 公里，实现组组通；改造 5 个电力台区，确保户户明；实现了全村有线网络全覆盖；修建 120 ㎡标准卫生室 1 座、30 ㎡文化（图书）室 1 间、污水处理站 1 个，公共卫生厕所 2 个；开挖塘口 22 口；修建支渠 2 条、提水台 1 个；危房改造 82 户；新建党群活动中心 590 ㎡，文化广场 1800 ㎡；实施了美丽乡村中心点提升工程；建设了一个特色种养扶贫基地和一个扶贫驿站。这一系列扶贫举措，极大地改善了村民们的出行、生产和生活条件。

余成发一行人从小事做起，想群众之所想，急群众之所急，解群众之所困，因地、因人制宜，摆问题、想对策，以实干精神筑牢了扶贫工作之基。

## 产业能"造血"

输血易，造血难。如何让贫困户增收，这是扶贫工作队迫切需要解决的问题。余成发认为增收不是直接给贫困群众钱，而是根据每户实际引导其发展产业，指导和帮助贫困群众掌握适合自己的"生财之道"。

为了尽快掌握各户民情，余成发白天头顶烈日走访，夜晚在村里埋头查阅产业政策，结合各户的实际，精准发展到户产业：有水塘的发展养鱼，有旱地和荒山的种植油茶，房前屋后空间大偏屋多的养猪、养羊、养鸡。工作队还帮忙签订养鱼承包合同，购买鱼苗，举办养殖培训班，提高养殖技术防病减灾，鼓励 21 户养鱼108.91 亩。工作队还争取公益力量的支持，舒城宏丰纸板公司了解到贫困户的困难后，主动出资 3.6 万元买了 6 头牛，发放给 6 个贫困户饲养。

65 岁的张学胜便是众多受益者的一员。他 5 年前中风后行动不便，妻子患精神病，29 岁的儿子是个智障。每当张学胜见到余书记时，他总拉着书记的手，口齿不清地说："余……余书记，我一家都快成废人了。这可怎搞啊……"听到这无助的呼声，余成发的心被深深揪疼，他暗下决心：一定要想办法帮助他们一家。余书记查遍他家房前屋后，走遍他家田间地头。发觉他家屋后有一片洼地可以挖深后养鱼，他家那间闲置的小屋，可以辟出来养头猪。于是，余书记和张学胜谈心，希望他利用好党的扶贫政策，养鱼、养猪。并找来村里的养殖能人张正傲，让他手把手地教张学胜，还叮嘱张学胜："老人家，您身体不方便我知道。您不要担心，我住得近，没事就来看看。"余书记果然不食言，只要没有特殊的任务，总是帮张家胜家割草、买豆渣、喂鱼、喂猪。邻居们都羡慕张家胜来："老张，你真是好福气啊！人家余书记是省里的教授，看他把你看得像亲人一样。"张家胜连连点头，一个劲地憨笑："是哦，是哦。"

2017 年 12 月猪出栏，余书记动员全院教职工爱心采购。当余成发把 5365 元现金交到他手中时，张家胜高兴地笑了，紧紧握着余成发的手，激动地说："感谢党！感谢政府！感谢书记啊！"在找对了增收路子后，2018 年，余书记又鼓励张学胜养了 2 头猪，当年年底收入 7500 多元。

"天道酬勤"，扶贫工作队的付出，贫困户的辛勤劳动，终于慢慢都得到了回报：胡道金和王兴友养鱼 2019 年分别收入 1 万元和 8000 元，张正傲养了 120 头羊，2019 年他销售了 50 头羊，收入 6 万元……

鱼跃羊肥、鸡鸣牛壮，看到一张张饱经沧桑的脸上溢出久违的笑容，余成发感到无比的欣慰和踏实。他说："贫困们大多勤劳，只是没找到增收脱贫的路子。我们工作队要做的就是帮他们找准路子，扶上马再送一程。这样，脱贫攻坚的重任才能早日完成。"

为了窑墩村的可持续发展，余成发决定带领"村两委"壮大集体经济，从而真脱贫，稳脱贫，走上乡村振兴路。

带领"村两委"一起找准产业项目是第一步。那段时间，白天，余成发带领工作队走访老干部、老党员，查看村情，晚上就与"村两委"一起商讨，结合特色，一个一个地摸排。通过调研、撰写报告，找专家论证，召开村民代表大会，最后确定了安新农业科技扶贫生态园项目。生态园由三部分构成：一是稻虾共养基地，预计每亩增收1500元；二是蔬菜大棚种植基地，可解决居家就业且每亩增收1000元；三是中药材（丝瓜络）种植基地，每亩预计可增收3000元。

项目找准了就要筹措资金。生态园项目规划用地一期200亩，启动资金要150万元。余成发与村书记一起多次到相关部门争取，经过半年的努力，共获得资金326万元——安徽新闻出版职业学院出资80万元，其他各类扶贫资金246万元。

资金落实了，接下来就是把项目建好。第一步是"土地流转"。要想土地流转成功，必须做好种粮大户和村民工作，只有征得他们的同意才能实施。2017年11月，为了流转200亩地，余成发与其他两委同志到5个村民组召开了11次村民会议，单胡庄村民组就开了5次。

在余成发等人的政策宣传下，胡庄村民组大多村民都憧憬着美好的蓝图，但胡贤流等三户村民坚决不同意。胡贤流拿着土地确权证，当着其他村民的面质问余成发："土地确权证受不受国家法律保护？你们那点心思我还能不知道？不就是想把我们的土地搞过去开厂赚钱嘛！"村民们纷纷抱怨胡贤流不识好歹，有个脾气火爆的还抢起了扁担，准备跟胡贤流动真格的。余书记一把拉住那位村民，说："是我们的工作没做到位，不能怪贤流大哥。你们手里的确权证当然受法律保护。我们搞土地流转，一定会依法依规推进。"余书记又放下身段、摆正姿态，耐心地和胡贤流他们解释政策，分析收益。或许是碍于面子，胡贤流就是不表态，其他两户见他如此，也没能明确态度。

余书记找到与胡贤流交好的胡之保，胡之保一把应了下来："余书记，您放心，这事包在我身上。余书记，说实话，你们刚来时，我们认为你们工作队就是搞搞形式。所以当时你让人帮忙找房子，过了好几天都没找到。后来看到你们把锅碗瓢盆从车上卸下来，住进低保户家中，我们才信了你们是真来帮扶的。这段时间，你们辛苦了，我们看在眼里呢。我这就去！"没想到，胡之保一出马，胡贤流真的就答应了。余成发一行人赶紧去胡庄，203亩土地的流转工作终于顺利完成。

第二步是"规划设计和施工"。为确保村民放心流转土地，扶贫工作队又请设计公司对安新农业科技扶贫生态园进行规划、测量、设计制作工程预算，让生态园建设与美丽乡村建设有机结合，做到产业兴旺和生态宜居。工作队还帮助村两委成立项目管理机构，负责对生态园项目的规划、招标、建设、资金使用，以及后期的绩效评估，确保了项目工程如期顺利完工，交付使用。

实践证明：产业能"造血"，齐心合力方能谋求振兴。

## 窑墩集体经济模式

如何才能使相关产业长效发展？工作队决定采用合作社制度。村里先成立农业合作社，再鼓励党员带头，群众加入。

工作队帮助村里申报了"舒城兴裕农民专业合作社"，并根据生态园功能区的不同，采取差别化公开招标确定了党员种植户，确保总收益 15 万元。

工作队还帮助专业合作社开展生产指导、技术引领、产品加工、市场营销等活动，协助"村两委"做好公共服务。鼓励村委会与亳州中药材公司签订技术保障协议，确保按质提供丝瓜络种苗、技术指导和最低保护价收购，以期实现每亩收入3000 元的既定目标。工作队还指导合作社为蔬菜大棚种植户提供工作岗位，实现村民就业，每人每月收入 2000 元。在发展扶贫产业中慢慢形成规章制度。

工作队还通过"党建引领和村社合一"模式，采用财政扶贫资金入股分红的利益联结机制，壮大发展生态园。扶贫生态园社会和经济效益明显，于是工作队尝试土地入股、订单生产、以园带户、技术支持、市场营销、资本注入等形式扩大再生产，实现土权变股权、资金变股金、农民变股东的新型经营模式。之后，合作社又吸收土地入股 350 亩、入股资金 80 万，进一步扩大中药材种植 200 亩、稻虾共养 100 亩，特色产业初成规模。

村集体经济收入如何进一步壮大？余成发认为仅有了稳定的种植规模还不够，还应在初加工和服务业上再找思路。

2019 年 3 月初，扶贫工作队多方争取资金，准备建设丝瓜络储藏加工基地，但选址一直是个头疼的事情——基本农田是红线，动不得；荒地地势太低，易内涝。那段时间，余成发书记成天在村子各个地方转悠。后来，他寻思着，村委会西南边的那个小丘若铲平了，地势高，离生产基地还近。说干就干，余书记召集村两委成员开会，一个班子成员质疑："余书记，您这是要愚公移山啊？这个工程太大了，得干到哪一天？"余成发思索良久，说："没有储藏加工基地，就没法做丝瓜络初加工的第二产业。老百姓的收入就没法提上去。铲平土丘工程的确大，这个事情我全程监工。大家怎么看？"同志们都被余书记的决心打动，纷纷表态支持。

在征得相关村民的同意后，工程顺利施工。土石方施工的那段日子，余书记倍感自豪："建这个基地，我瘦了十来斤。但值！看着土丘变成了900多平方米的标准化厂房，我打心底里欢喜。您看，加工的设备都运来了。这些丝瓜络可以制成鞋垫、搓澡巾、洗碗球等保健产品，到时候我们的丝瓜络自产自销，这样就可以放心大胆地扩大种植规模了！"

为了让村民们能有更多的就业机会，扶贫工作队还帮助村集体申报了一个劳务有限公司，取名"兴裕"，意为兴盛富裕，让窑墩村走上乡村振兴之路。为了盘活经济，工作队又积极协调村委会购买了日立200型挖土机1台，通过劳务输出和承接土石方、园林绿化、小型水利建设等工程增加集体收入。通过这些措施，2019年，窑墩村集体经济收入已达67万元。

现在，很多村集体慕名来观摩、交流，余成发书记成了"网红讲解员"。他对窑墩村的各方面情况如数家珍，语言极为风趣。而今，"找准产业项目—筹措资金—建设项目—形成良性经济管理"的"窑墩集体经济模式"正在市内外推广。

## 丝丝络络总关情

"脚下沾有多少泥土，心中就沉淀多少真情"。通过三年多帮扶，窑墩村的基础设施有较大改善，贫困户有了致富项目，村有了当家产业，村两委的自信心增强了，群众的满意度也越来越高。2017年以来，窑墩村先后获得"安徽省美丽乡村中心村""安徽省森林村庄""舒城县集体经济发展先进村"和"舒城县美丽乡村建设工作先进集体"等荣誉称号，工作队队员们倍感欣慰和踏实。

只有心中始终装着群众，扶贫攻坚才能有实效。余书记说："这些荣誉的取得，离不开各级领导的关怀，更离不开窑墩村群众的不懈奋斗。习近平总书记说过'脱贫攻坚不是轻轻松松一冲锋就能打赢的，从决定性成就到全面胜利，面临的困难和挑战依然艰巨，决不能松劲懈怠'，我们还要继续扎根基层，多做实事，不辱使命！"

采访的时候，正赶上村民在给丝瓜除草，只见那丝瓜青翠欲滴，婀娜修长。余书记深情地说："干扶贫这几年，我体会更深了。你看这丝瓜，一株挨着一株，一根缠着一根，密密实实的。不怎么要施肥，但长得都挺壮实。平时，烦了，累了，看一看这一大片一大片的丝瓜地，心里就踏实了。"

致力脱贫初心显，丝丝络络总关情。如今的窑墩村，正在扶贫工作队的带领下，绘就乡村振兴蓝图，阔步昂首，朝着富裕新农村的目标前进！

# 悬壶助力脱贫梦

### 倪进科

舒茶是个响亮的名字，舒茶人民公社是一个时代的缩影。1958 年 9 月 16 日毛主席视察舒茶人民公社，老一辈的人都记得当时的情景，小学课文《红日照舒茶》，记录下了那个瞬间。

## 一

倪卫红，是土生土长的舒茶人，名字富于时代特色。五十出头的倪卫红，身材修伟，沉稳干练，出身于中医世家，其祖父倪让泉先生医术高明，宅心仁厚，在方圆数十里闻名遐迩，德高望重。曾参与创办舒城县中医医院。倪卫红从小耳濡目染，受益匪浅。1986 年，倪卫红毕业于安徽中医学院，分配在舒茶镇卫生院工作。2012 年，他辞去公职，创办了舒城县第一家民营医疗机构——舒城县龙王庙杏林医院。2013 年又相继创办了舒城县杏林老年公寓和鸿升农林科技有限公司。

从医 30 余年，倪卫红潜心中医研究和中草药开发，共获得中草药治疗胃病、腰间盘突出和野生半夏人工栽培技术等多项国家发明专利。并曾应邀到首都北京，参与高层干部的会诊。连续多次获得"安徽省优秀乡村医生"称号，是舒城县十佳科技特派员、舒城县政协委员、六安市人大代表。

倪卫红不仅医术高明，而且医德高尚。他自小生长在农村，又长期在基层为群众诊疗疾病，深知老百姓"看病难、就诊难"的问题。多年来，坚持每天亲自坐班接诊，雷打不动。由于他诊治精心、和蔼亲切，而且治愈率高、费用低，口碑极好。慕名而来的各地患者络绎不绝，常常累得筋疲力尽。医院同仁和广大患者看到倪院长太辛苦，都劝他休息一下，让别的医生看病，他却说："来我们这里看病的人大多数都是来找我的，很多农村人生活困难，有的还是远道而来，如果我不亲自给他们看病，他们肯定很失望，我于心不忍啊！"遇到家庭困难的患者，他就让医院减免部分医药费用甚至是全免，每年的减免单据都是厚厚的一摞。

2013 年 11 月，习近平总书记到湖南湘西考察时首次做出了"实事求是、因地制宜、精准扶贫"的重要指示。2014 年，精准扶贫工作在全国范围内全面实施，倪卫红更是积极响应。他立足自身，主动对接政府，发挥中医特长，制定扶贫规划。

## 二

倪卫红是龙王庙杏林医院的创始人兼法人代表。为响应政府扶贫号召，回馈社会，倪卫红带领全院医护人员，凭借精湛的医术、先进的医疗设备和良好的知名度，积极承担起民营医院的社会责任。

杏林医院位于舒茶镇龙王庙火龙岗街道，全年出院约 6000 人次，普通门诊每年约 6.5 万人次，治愈率基本保持在 90% 以上。2014 年 9 月，经过省、市、县三级卫生部门领导的实地考察和检验，正式批准杏林医院为舒城县定点医疗机构。

2017 年春节前的一个下午，北风呼啸，大雪纷飞，倪卫红院长正在坐诊，一位风烛残年的老人蹒跚来到杏林医院，要求见倪卫红院长。老人名叫夏修余，今年已 80 岁了。见到倪院长后，老人哭诉：儿子夏俊身患尿毒症，因无钱医治，在家绝食，已经有好几天没进食了，请求院长救救他的儿子。

倪卫红院长了解情况后，二话没说便背上药箱，冒着风雪随同老人一道赶到他家。

嘘寒问暖后，倪卫红得知，夏俊已患慢肾衰三年余，高昂的治疗费不仅使本不富裕的家庭一贫如洗，还欠了亲友和邻居们许多债务。现在，一家五口，除政府给予一定的经济补贴外，只有妻子一人在外打工挣点微薄收入补贴家用。父母都已是八十岁高龄的人了，而且父亲夏修余还患有胃癌，也无钱医治，女儿面临辍学的境地。对生活失去信心的夏俊一时想不开，想放弃治疗，以绝食来了结余生，减轻家里负担。

看着躺在床上骨瘦如柴的夏俊，倪院长动情地坐到床边，拉着他的手耐心开导：现在政府的政策这么好，扶贫的力度这么大，你家的情况又这么特殊，政府不会坐视不管的。关键是你自己要树立生活的信心，如果你死了，你是解脱了，但这个家就彻底散了……

眼看着就要过年了，再看看家徒四壁的夏家，没有一点喜庆和生机，倪卫红眼圈一红，当即电话安排医院给夏家送来大米、面粉、猪肉和蔬菜等年货，以解夏家燃眉之急。

同时，倪卫红充分利用人脉资源，一方面积极委托在北京 301 医院工作的同学，帮助夏俊寻找肾源，一方面又多方筹款，号召医院同仁捐助，为夏俊的换肾手术筹措经费。幸运的是，北京的同学很快就为夏俊找到了合适的肾源并且配型成功。夏俊的女儿也在倪院长的帮助下，到合肥红十字学校学习，当了护士。夏修余老人更是通过倪卫红院长的精心调治，病情逐渐好转。

一个家庭，如果有一人生了大病，全家就会被拖垮。因此，他率先提出"脱贫必须先脱病，只有积极治病防病，才能保证不致贫不返贫"。倪卫红做出了决定：自 2017 年开始，杏林医院坚持每年为舒茶镇所有在册贫困人口开展一次免费体检，仅此一项，每年投入就达 60 万元。

今年以来，杏林医院为扩大扶贫范围，又投入大量资金及医护人员，给舒茶镇、南港镇及百神庙镇三个乡镇的在册贫困人员进行一次免费体检，全套体检费用约 480 元。考虑到许多扶贫对象离家较远，医院在体检时还免费提供营养早餐，安排专人负责解答体检报告，针对需要治疗的人员及时制定治疗方案，并承诺所有治疗费用均由杏林医院全免，体检和治疗期间不收取任何费用。目前，舒茶镇在册贫困人员 924 人已全部完成体检工作。南港镇和百神庙镇的在册贫困人员的体检工作正在有序进行。

## 三

扶贫的最终目的，不是简单的"输血"，而是要增强肌体内的"造血"功能。

舒城县鸿升农林科技有限公司自 2013 年成立以来，主业是"舒城县中药材种植推广基地"，基地现有中药材种植面积约 1000 亩，主要品种有艾蒿、丹参、桔梗、白芨、半夏、薄荷、杏仁、桃仁等，还从事舒城本土地道中药材的良种选育和应用推广、名优中药材系列的种植加工和包装销售。公司具有安徽省特种养殖资质，其中鳄鱼养殖属于高新技术特种养殖，鳄鱼系列产品具有高价值应用，可开发鳄鱼皮具及生物制品、药品。舒半夏是《本草纲目》当中记载的舒城县道地药材，舒城县出产的半夏自古以来在全国同等药材当中都是药含量最高的，由于多年缺乏对地道中草药的保护，而今市场上已基本上看不到舒半夏。

2018 年，公司牵头和皖西学院签订了技术合作协议，由公司采集地道舒半夏优质种苗，由皖西学院提供基因研究技术，依托县农科所技术力量，并培育出优质种苗，并开始大面积种植。

种植初具成效后，又积极参与"两免、三保、一分红"社会扶贫活动，由公司免费提供给村民种苗，免费提供种植技术支持，统一中药材品种，统一技术培训，统一技术标准，统一生产资料，采取订单保护价方式进行种植，成熟后按照市场价统一收购，实行"产、供、销"一条龙服务模式。努力承担企业的社会责任，鼓励和发动周边村民一起种植，最大化带动产业扶贫基地共同发展中药材种植特色产业，让周边村民得到最大的实惠。

倪卫红院长不仅会治病救人，而且还会识人用人。他说，任何人都有自己的长处和优点，要因才而用，才能适得其所，事半功倍。为此，他根据周边村民和扶贫对象的知识和年龄结构等进行科学分类，合理分工，最大化发挥每一个人的特长。

项目实施以来，已发展良种中药种植园 100 多亩，年纯增效益近 1000 万元。每年为周边贫困户免费提供优质高产中草药苗 50 万株。共有员工 62 人，其中贫困人员 13 人；带动周边农户 226 户，其中带动贫困户 82 户。每年人均增加收入约 3 万元。不仅提高了全县农业丘岗低产区的种植规模和效益，也提高了全县中药材生产的技术水平和农业生产的信息服务水平。农民的科技意识和科技素质普遍提高，加快了农民致富奔小康步伐，为实现农业发展、农村繁荣、农民增收的目标起到了积极的推动作用，为当地农民尤其是贫户提供了稳定的就业岗位和可持续增收的产业项目。

在稳步提高产业收入的同时，基地还具有良好的生态效益。

在初始的整体规划中，颇有创意的倪卫红院长就按照四季常年开花的设想来进行选种种植和科学套种。每种中药种植面积不少于 10 亩。春季以桔梗、桃树、杏树、金银花为主；夏季有白芨、芍药、山姜等；秋季有野菊花、鸡冠花、凤仙花等；冬季有梅花、款冬花、野蒙花等，一年四季都有大面积中药草同时开花，形成花的海洋，从远处看过来形成视觉冲击，十分壮观。

在中药材种植推广基地的入口和基地内，设立了华佗等古代名医塑像，以及与医药、医疗有关的经典古诗词、名联、名言等碑刻小品点缀其间，将古老的中医文化融入基地鸟语花香、自然祥和的景观环境："魏紫姚黄花世界；莺歌燕舞鸟天堂。""奇卉开时，嫣红姹紫萌萌达；春风过处，雀唱莺歌脆脆甜。""妙术奇方，唯愿众生不老；灵丹仙草，能医百病回春。"此情此景，更像是旅游观光的好去处，为精准扶贫和加快社会主义新农村的建设做出了贡献。

与此同时，倪院长尤其关心残疾人的工作和生活。他说：残疾人作为社会特殊群体，需要我们用心灵去倾听，用爱心去抚慰，用关怀去照料，用理解去沟通，用行动来互动。

陈吉其是舒茶镇火龙岗村鲍湾村民组的残疾人，也是火龙岗村的贫困户。他因小儿麻痹症致残，无劳动能力，加之父母早逝，生活无继，思想消极。得知其情况后，倪院长上门找他谈心，鼓励他树立起生活的信心和勇气。并安排他在中药材种植推广基地做门卫和传达工作，既解决了他生活上的困难，又消除了他的自卑心理。现在，陈吉其心情开朗，整个人都变了样，不管是分内还是分外的事，都不遗余力去做。他深情地说：基地就是我的家，倪院长就是我的亲人，只有不懈地工作着，才能报答倪卫红院长的恩德！

这不仅是陈吉其一个人的心声，也是曾得到过倪院长关心和帮助过的所有人心声。

## 四

随着人口老龄化程度的不断提高，颇具商业头脑的倪卫红院长敏锐地发现并把握住商机。2013 年年底在舒城县民政局、卫生局的牵头下，由杏林医院出资在舒城县与庐江县交界处的界牌村兴建了一所集康复、医疗、养老为一体的新型养老公寓，取名"杏林老年公寓"。公寓占地面积 60 亩，建筑面积约为 8000 平方米。依山傍水，环境优美，宜养宜居。床位已扩展到 300 张，已入住 140 名老年人。与其他养老院所不同的是，杏林养老院不仅服务态度好，服务质量高，而且经济实惠，不以营利为目的，只求保本经营。

公寓对所有入住人员均安排免费体检，并建立老年人健康档案，定期为每一位老年人的心脏、血压、血糖等做检查，发现问题及时制定治疗方案并记录在案。由专职护理人员督促并看护生病老人按时、按量服药，力求"小病不出养老院，大病做到早发现。"入住老年人和亲属一致表示，杏林老年公寓就像是一个温馨的大家庭，住进杏林老年公寓比居家养老更贴心、更实惠。

2019 年 8 月的一天下午，天气十分炎热，杏林老年公寓一位 84 岁的老人束庆恒突然昏迷，不省人事。护理人员对每一位老人的身体情况都有一定的了解，查体后初步诊断为心脑血管疾病，经倪院长检查确诊为高血压引起的脑溢血，通过及时采取降压、止血、降颅内压等治疗措施，老人在一小时后渐渐苏醒，在倪院长精心调理一个多星期后终于逐渐康复。几天后，患者的儿子赶到时，老人已基本康复。他从心里感谢倪院长，拿出 2 万元现金作为感谢费。倪院长表示，这是老年公寓应尽职责，也是医生救死扶伤的准则，额外费用一分也不能收。

2018 年 1 月，舒茶镇公办敬老院因入不敷出，难以为继，面临倒闭。镇领导首先想到了倪卫红，但又怕他不愿接下这个出钱出力又不讨好的烂摊子。没想到倪卫红知道后，爽快地答应下来，很快就将 52 名孤寡老人全部接收过来，仅这一项，除上级民政部门给孤寡老人的政策补贴外，杏林老年公寓一年增加的费用就在 14 万元。而倪卫红却说，"老吾老，以及人之老。"每遇到类似的情况，他想到的总是别人的困难和疾苦，而不是考虑自己又要投入多少钱财，付出多少精力。

在倪卫红院长的爱心感召下，杏林老年公寓每天都有不同年龄、不同职业的志愿者前来做义工。入住老人的子女们来探视自己的父母时，也是尽可能多带奶粉、饼干、水果等营养品，分发给其他老年人尤其是孤寡老人。他们将这份爱心奉献着、传递着、延伸着、发扬光大着……

# 志菊，是这样练成的

丁迎新

天才麻麻亮，有些星星还在坚守着岗位，张志菊打开屋门走出来，向建在数百米开外山坎上的农场走去。通向农场的路口竖着一个简单的铁架门楼，门头上镶嵌着"志菊农场"四个字，在几乎没有城市标识文化浸染的偏僻山乡，显得格外醒目。路是土路，砂石和泥土混杂，紧邻着沿山势而下的几米宽的河，平时可见发黑的石头顶出水面，遇到雨季则汹涌泛滥，能毁了土路和另一边的田地。好在张志菊已经把危害最大的一段砌成了水泥墙，可保那一段的平安。说偏僻并不为过，地处大别山东麓皖西山区舒城县的西南方，距离最近的山七镇尚有曲里拐弯的 30 多公里勉强能通行汽车的乡间公路。

梳洗完毕的她，一天的工作开始了。农场不大，简陋，三个竹木搭建的屋棚，似屋也似棚，比农村早年人家的一溜三间大瓦房略大一轮，倾斜在山坎上，分别住着羊、鸡和猪。住只是晚上，天只要白着，就自由地在山林间漫步，无拘无束。另有一幢已经迁走的人家的老屋和屋角搭就的两个小棚，老屋是夜间看守才用，小棚一是猪食烀煮操作，一是小型仓库。唯一先进的是现代社会的产品——监控摄像头，在电线杆上不分白天黑夜地忠于职守。

先是喂猪喂鸡，接着是赶羊上山，山野间鲜嫩的草是羊的最爱。已过霜降，整个山乡都凉凉的，连隐约的灯火也透着寒意，夜风更像一把无情的刷子，把寒冷到处涂抹，一丝边角也不放过。

对于张志菊来说，这是稀松平常一天的开始，每天都是一个样，就像复制粘贴，重复再重复。不同的是，张志菊另有一个家，一个六口人的温暖的大家庭，农场也从庞畈村转移到了燕春村，规模更大，一大片荒林都是她的地盘。黑毛猪从一开始的 6 头发展到 50 头，土鸡 1000 多只，波尔山羊 150 只，为集中精力办养殖，原先的半亩鱼塘、5 亩稻田和 2 亩多茶园全部放弃，加上周边农户共同构建的合作社，张志菊已是这几支庞大部队的最高长官和 700 多家农户农产品的总调度，在日复一日地用心谋划调度下，成立才两年的志菊农民专业合作社已经年销售额 70 多万元，还在快速地增长。

谁又能想到，九〇后的她，曾经是一个弃儿，一个打工者，一个孝女，一个自立自强创业还债的奋斗者，一个闻名遐迩的好人，如今，则是一个带动乡亲们脱贫致富的带头人。时间拨回到 27 年前的那一个夜晚……

## 捡来的志菊

1993 年 1 月 13 日，也是腊月二十一的晚上，家住舒城县山七镇庞畈村的张成贵从镇上卖完柴，用卖柴的钱办了些年货回家。由于种种原因，已经 50 多岁的张成贵还是个寡汉，父母去世后一个人过活，一人吃饱全家不饿，吃喝穿用全靠自己。

走在静寂无人的偏僻小路上，突然听到一阵婴儿的啼哭声。前后望望，前面离村庄还有两里多路，后面是刚走过的山野，没人跟来，哪来的哭声呢？可哭声像一根绳子，拴住了张成贵的脚，寻找哭声的来源，找见的一刻，吓住了，竟然是在路边的草丛里。

会是谁把娃给丢了呢？

腊月天，实在太冷，再等下去怕嫩小的娃受不了，张成贵抱着娃，小心地一步步向家走。这一无意中的爱心之举，促成了一段从陌生人到父女的情缘，留下佳话在人间。

这是个遗弃的女娃。两只小脚已经烂得不成样子，襁褓里有个纸条，写着一串数字，显然是娃的出生日期，距今天刚刚两个月。

张成贵顾不得许多，敲开左邻右舍的门，要治脚伤的药，什么办法都用上了。邻居们听说张成贵捡了个娃，都上门来看，心疼可怜娃的，骂娃父母没良心的，为治脚出主意的，夸张成贵行善积德的，说什么的都有。有人建议，你正好寡汉一个，干脆收养算了，老了还有个伺候你的人。

第二天，第三天，张成贵捡到个娃的事传扬开来，来看的人多，能帮到忙的人少。张成贵抱到卫生院找医生看了娃的脚，开了药，找到村里，村里也无能为力，跟很多乡邻一样，反而劝张成贵干脆收养下来。没了交出去的地方，总不能把一个鲜活的生命丢下不管吧，已经是个被狠心父母丢弃的孩子，苦命的孩子，张成贵无论如何不再忍心。

有我吃的，就有你吃的，日子再苦，把你养大再说。张成贵下定了决心，不再到处寻找娃的父母，用心当起了娃的爸和妈。

从此，在山七镇乃至舒城周边，人们时常会见到一个老相的汉子，挑着两个箩筐讨生活，其中一个箩筐里坐着的就是那个捡来的女娃，也就是幼年时的张志菊。人家给饭菜的，先让女儿吃，女儿吃过了再自己吃，遇到给米的，就攒着，差不多了就卖掉，换钱给女儿买奶粉。

张志菊 7 岁时，张成贵把家里的鸡鸭全卖了，凑钱让她上学。直到 2006 年，还在上初二的张志菊选择了退学。懂事的她眼看着 60 多岁的父亲辛苦操劳，身体又不好，虽然很喜欢上学，但已无法安心读书。

她觉得，应该由她来撑起这个家了，决定出门打工。

## 为孝还乡的志菊

小小年纪的张志菊在求职上屡屡不顺。从合肥到杭州，从小饭店的刷碗工到大酒店的服务员、迎宾和领班，聪明上进的张志菊不怕苦，不嫌脏，什么都愿意做，只要能挣到钱。她很用心地钻研学习，自己买书，从书上学，虚心地向同事学，偷偷地瞟学。打工之路是艰辛的，变化也显而易见，短短几年就扎下了根，成为杭州一家餐饮集团的冷菜师傅，一个月有四五千稳定的收入。

好女百家求。在一个同乡男青年的爱慕和追求下，两人喜结良缘，组建起小家庭。小家庭安在杭州，张志菊经常带着丈夫和儿子回乡看望父亲，还带着老父亲到处游玩散心。2014 年，张志菊将张成贵居住了大半辈子的草房翻盖成三间砖瓦房，家用电器、生活用品一应俱全，不比人家差。

长大后的张志菊知道了自己的身世，深感养父的不易和养育恩情，在她的心目中，养父就是亲人，最亲的人。2017 年 2 月，张志菊被收养整整 24 年后，因为耳朵痛的张成贵竟被检查出患有右腮腺鳞状细胞癌，晴天霹雳猛地砸在了父女俩身上，再多的泪水也改变不了铁的事实。没有一丝一毫的犹豫，张志菊立即辞职，抛下自己的小家庭，从繁华的大都市杭州回到偏僻的老家，专心照顾和伺候父亲。

县医院，省城医院，上海大医院，张志菊带着父亲不厌其烦地四处奔波治疗。年事已高，癌细胞已经开始扩散，计划中的手术不得不转为保守治疗。接下来的日子仿佛回到了 25 年前，不同的是调换了位置。张志菊向医院的护士学习了打针技术，一切按照医生的嘱咐一丝不苟地执行；舌头失去了味觉，也不能吃固体食物，张志菊买来榨汁机和豆浆机，做各种各样的流食喂父亲；有时张成贵病痛难耐拒绝进食，张志菊像哄孩子一样服侍张成贵吃饭喝药；每天给父亲翻身按摩，接大小便，擦洗身体；病情恶化后的右耳后面肿胀流脓，每天用棉签蘸药给父亲擦洗耳朵；从网上买来轮椅，自己到地里干活，就推着父亲一起去，以便照应；晚上放一张小床在父亲身边，陪伴着，守着，须臾不分离。

照顾病重父亲的同时，鸡、猪和羊，还有几亩田地，把张志菊忙得团团转，没有一刻歇时。连骑摩托车到 16 公里外的婆婆家看一眼儿子，都来去匆匆。与忙碌相比，更大的难题摆在了张志菊面前，那就是巨额的治疗费用和因此欠下的债。思来想去，只有一个办法，那就是：创业还债！

## 创业还债的志菊

到各个医院检查治疗花了 20 多万元，其中借款就达 18 万多，张成贵居家治疗后每个月的各种药费加起来要 3700 多元，钱像流水一样，一个劲地淌，可源头是一直以来空空荡荡的家，挤都挤不出一滴水来。

县委宣传部工作人员张向阳，也是本县颇有名气的摄影家，无意中从镇政府干部口中听到张志菊回乡反哺患病养父的故事，很是感动，用相机记录了她日常护理养父的画面，通过新华网发布了通稿，随后又由新华社记者陶明等大力度地深度发掘，引发了诸多新闻媒体的争相关注和报道。当地政府把张志菊家列入贫困户进行帮扶，社会各界人士也发起爱心捐款，令人想不到的是，张志菊做了一件让外人不理解的事，她只动用了捐款中的 7000 元交纳住院治疗费，其余的几万块钱委托筹集善款的好心人原路退还。

个性要强的张志菊有自己的主张，那就是创业。父亲养了我的小，现在应该轮到我养他的老，这是我义不容辞的责任，来自社会的爱心再多再大不能代表我的心意和付出。

没有哪一个女孩不爱美，对于 90 后女孩来说更是如此，正是花枝招展的年纪，穿鲜艳的时装，用昂贵的化妆品，信步于都市的繁华，享受飞扬的青春。可对于同样是 90 后女孩的张志菊，她的爱美之心狠狠地封闭了起来。一旦下定了决心，就有了充分的思想准备，再大的苦难也要去面对，去扛起来。

先是租了亲戚弃置不要的养猪场进行翻新，为减少支出，搬砖头、挖渠道、埋水管、拉电线，都是张志菊一个人承担。建好了猪圈，又搭起 200 平方米的羊棚。

茶山不能荒了，进行改造，田地都种上了，鱼塘也用了起来，不会的不懂的就请教乡邻，再就是从书上学。张志菊的床头始终放着厚厚一沓养猪、养羊的技术书籍，忙完一天所有的活计，躺到床上的一刻，已经疲累得没有翻身的力气，但还不能睡，揉揉眼睛，拽拽眼皮，捧书在手，认真地读，读着读着能忘记了疲累。同时放在手边的，除了给父亲吃的药和为父亲打针的药水针筒，还有几个粗粗的针管和几瓶兽药，短短的时间，张志菊熟练老练的程度不亚于真正的医生和兽医。

对于销售，在创业一开始，张志菊就谋划在先。无论是鸡鸭鱼猪羊等家禽家畜，还是稻米、茶叶和蔬菜，坚持纯天然传统的种植养殖方式，远离带有化学成分的饲料、农药、化肥，粮食和蔬菜种植用人畜粪和自己调制的农家肥，青草、植物茎叶、粮食则是家禽家畜的口粮，传统农耕模式的生态链在张志菊手里又复活过来。保证了这些农产品生态健康无污染的品质和原汁原味，也增加了大量的劳动用工和忙碌的时间，投入了相当的精力和心血。从早到晚，都是张志菊忙碌的身影，山上，地里，田野，水塘，菜园，家中，像一睁眼就打开了开关的机器，不到半夜合上开关不会止歇。

有了品质保证，在大都市闯荡过的张志菊的优势发挥了出来，象征性地在山七镇上开了个门面，挂牌营业，营销主要通过网络方式进行，客户可达五湖四海甚至国外。2017 年当年，每个月仅销售土特产的收入就有 2000 多元，年底出栏的黑毛猪脱手，欠亲戚朋友的借款就还了一半。

## 脱贫致富带头人的志菊

2018 年 4 月，张成贵终于没能抵抗过无情的病魔，撇下苦苦挽留的志菊，撒手而去。

痛苦埋藏在了心里，孤独无助淹没了张志菊。只有宁静的夜晚来临，当奔波了一天的张志菊走进清冷家门的一刻，再没了熟悉的那个人在等待自己，再喊不出那声喊了二十多年的爸爸，再没有一双关心怜爱的目光凝望自己，心头似有钢针猛刺，疼痛不已，泪水也汹涌而下。

在山七镇西南方向有座山峰，叫望母山，有一个传说。一个叫杨三的青年对母亲不孝，每到山中砍柴，老母亲总是不辞辛苦地送饭，却百般挑剔，又打又骂。一天，杨三看见树梢上的鸟窝里有一只瞎眼的老鸦快要死了，小鸦衔来吃食喂老鸦吃，一时间羞愧不已。乌鸦都有反哺尽孝之心，我还是人吗？恰在此时，雷鸣电闪，大雨倾盆，一想到母亲肯定会冒雨送饭，连忙扑下山去迎。正过河的母亲见儿子从山上飞奔而来，以为是嫌送迟了发火，一慌神，滑进了正涨的河水，顿时没了踪影。杨三从此天天顺着河道寻找，再登上山峰从高处向下寻找，只是徒劳。长年累月苦苦地张望，最终成了山的姿势，所以叫望母山。

张志菊想，未尽孝道父先逝，现在轮到我望父了。我不能这样消沉下去，父亲把我拉扯成人，是希望我过上好日子。我要还债，要创业，要活出人样来，让九泉之下的父亲安心放心。

从销售自产的土特农产品，到帮乡里乡亲代销，舒城志菊农民专业合作社宣告成立；品牌意识确立，"志菊"商标申请注册成功；志菊农场建起来了，以传统的土办法专门养殖土品种的黑毛猪、土鸡和山羊；免费向群众发放农作物种子、鸡苗、饲料，义务指导群众种养，全程跟踪服务，统一收购销售；在舒城县城再开一家门店，柜台展示和宣传推广，同时覆盖城区及周边区域，减少物流成本，送货上门；开通网络直播，每周两次，把自己从事种植养殖生产包装的全过程置于全社会和无数双眼睛监督之下，公开亮相，接受检阅和验证；

……

网上流行的李子柒的直播是美化诗化的乡村生活，是团队合作的成果，张志菊用一个人的力量，自拍，拍自，以毫不修饰的真实画面和本真状态示人，重在亮出从源头到商品的过程，证明品质。张志菊所有生产活动中的几乎每一个细小的环节，都通过视频和网络，在产品之先，传达到每一个顾客，传达到每一个受众，铸造出"志菊"品牌的含金量和品质保证。

山七是舒城县西南方向集山区、岗区和库区于一体的重镇，总面积132.9平方公里，其中耕地1.3万亩，山场15万亩，森林覆盖率达74.2%。辖16个村1个街道，9635户，总人口3.55万，其中贫困人口2853户9116人。截至2020年元月，全镇外出务工人员12336人，占全镇常住人口的35%。大量的青壮年外出务工，留守村民大多为老人、妇女和儿童，农作劳力不足，缺乏科技文化，收入低微。走乡串户收购农产品的张志菊逐渐了解到这些情况后，心里沉甸甸酸溜溜，联想到自己和故去的父亲的以往，想到孤苦无助时乡亲们自发给予的关爱和温暖，乡亲们也是亲人呀，心与心仿佛通了，能感受到他们的愁怨和哀痛。

张志菊加大了骑着摩托车挨家挨户收购土特农产品的频率和范围，边收购边指导边手把手地教，什么样的才能卖出好价钱，还无偿地把种苗送给每家每户。时间一长，乡亲们尝到了甜头，开始主动地往门店里送，地里产的家里养的杂七杂八一股脑地送上门，让张志菊帮着卖。张志菊来者不拒，同时耐心地叮嘱，应该怎么种怎么养怎么保管，事无巨细，把自己的经验倾盘传授。

有愿意加入合作社的，就一起干，如今的合作社已有成员7人。一传十，十传百，更多偏远的村民不惜路远，争先恐后地把家里的土特农产品送到张志菊这里来，代销或收购，由张志菊精心挑拣包装好，发送到全国各地的订户手中。

订单如雪，源源不断，架设成一条糅合着欢喜和渴望的信任之路，张志菊再以品质和信誉植成这路上的芬芳花木。这只是显性的一方面成功，更难能可贵的是，带动和解决了周边700多户农产品的销售问题，从"土"里掏出了"金"，穷日子过成了好日子，年销售额达70多万元，而且还在增长。

## 荣耀加身的志菊

荣耀来了，光环罩顶，从县市省到国家，褒奖和荣誉接踵而至。"六安好人""心动六安最美人物""安徽好人"安徽省"争做新时代向上向善好青年"、"全国优秀共青团员"等等，前不久还当选为十三届全国青联委员，可谓名声响亮，声名在外。

但张志菊还是那个张志菊，90后的张志菊，农妇张志菊，网红张志菊，好人张志菊，朴实，真诚，热情，乐观，爽朗，自强，很苦很累，但笑容常在脸上。

名誉不能当饭吃，我是农民，只有干才有收获。这是张志菊对荣誉的态度。

最大的欣慰，是终于拥有了一个新的家，有了温暖关爱和热饭热菜，有了帮手和后援，不再孤苦无助。在外打工时仓促结成的婚姻，因为为孝回乡以及立足农村创业等原因而分手。现在的丈夫是一名退伍军人，在村里做事，帮助张志菊办事的过程中慢慢走到一起，结合后，才有了志菊农场从庞畈村到燕春村的搬迁。家就在跟前，公婆和丈夫都是农场的成员，一起操劳。除了家人，还雇用了3个贫困户和2个五保户，其中一个还有残疾。说是雇用，其实像一家人一样，不用特意交待和吩咐，都自主地做事，吃什么喝什么也都一样，也说笑和逗乐。

谈到未来，张志菊一双透着灵气的眼睛里闪烁着能点燃一切的光亮。远的不敢想，五年规划已经有了，把燕春村所有的荒地都承包过来，全部用来办养殖。现在的燕春村是过去的燕春乡，撤区并乡后改为村，划归山七镇管辖，那可是不小的范围呀。面对质疑，张志菊很有信心，她的理由很充分。

我现在的养殖模式是生态循环式的，羊吃的是草，羊的粪便里生的虫，是鸡喜欢吃的，鸡粪是种菜的好肥料，免费提供给农户们种菜，菜收购过来给猪吃。我的农场里连饲料都不需要，农户们的玉米秆、山芋藤、稻草全收来，青的烀煮，干枯的粉碎成颗粒，是最好的猪食，这样养出来的猪要十个月才能出栏，农户们连秸秆焚烧都免了。已经开通的直播和网络平台，"安徽志菊土特产"在抖音和娱播上已经各有粉丝几万十几万，销售只是一方面，最主要的是把我的生产过程公开出去，让人看到，让人相信，让人检验。就是从农户那收购的茶叶、猕猴桃、家禽、鱼虾、干野菜、山芋粉丝、葛根粉等等土特产，我也严格地把关，不是用土办法土生土长的土货坚决不要，种子、肥料和技术我都免费提供，我们讲求的就是原生态的品质，这才是我们的金字招牌。不但我做到，更带动农户们都做到。

站在还有些简陋的农场面前，娇弱的张志菊分明力量无穷，给人高大的感觉。先是一个人与一个人的关系，没有血缘关系的女儿和父亲；接着是一个人与一群人的关系，也没有血缘关系，像杠杆，撬起周边乡民生活的希望和可期的富足。这就是始终在成长的张志菊。

过去的，已经成为过去，来路仍远，张志菊始终在路上，也将永远在路上。志菊，正如山野里到处都是的苦菊花，细小、灿烂，无惧风雨，顽强地绽放，可以入茶，也是一味药。苦苦的味，灿灿地开，无论是否有目光关注和在意。作为人的志菊和品牌的志菊，都还在磨砺当中，因为磨砺而向前向上向好。

一份感恩，一股闯劲，一肩担当，一个生命的重量！

# "土"里淘金　志存高远

## 丁文新

从舒城县城驱车 60 多公里，沿 105 国道前行，进入晓天镇的东大门，映入眼帘的便是安徽省省级生态村、安徽省乡村旅游示范村方冲村。

在一排排繁茂的桂花林间，一座写有"小洞天"字样的秀气门楼格外显眼。走进这个不大的村落，但见峰峦叠嶂，沟壑纵横，鸟语花香，溪水潺潺。一条蜿蜒的水泥路贯穿全村，道路两旁各类花卉苗木枝繁叶茂、姹紫嫣红、盘根错节、美不胜收的花卉盆景，修长挺拔、亭亭玉立的景观树，错落有致、白墙红瓦的农家屋舍，一切都赏心悦目。农舍前栽满了各种花草，每一处院落都收拾得干干净净，连村中的水泥路面都一尘不染，整个村庄洁净、明亮。无论你站在哪一个角落，当微风拂过，泥土清新，草儿芬芳，花木飘香，宛若世外桃源，令人心旷神怡。

安徽省万佛山农业综合开发有限公司就坐落在这纯净秀美的自然环境中，公司生产的茶叶、茶油、橡栎粉丝、葛根粉等绿色农产品，全部来自这一方热土，而就在这方热土上出产的一批批"土"特产品，就是晓天镇的品牌，得到南来北往游客的青睐。公司董事长汪之存是土生土长的方冲村人，是从这座深山里走出来的企业家、省劳模。

## 贫寒之中　昂首挺胸

今年 60 岁的汪之存，言语不多，虽是远近有名的企业家，可是农民的淳朴在他的身上挥之不去。

汪之存家中兄弟姐妹 9 个，他是老五，从小吃不饱饭是常有的事。尽管这样，他还是想好好读书。初中毕业后，家中就不让他读书了，一位同学的父亲看到他读书心切，就拿出七块二毛钱，让他去交了学费。父亲知道后，狠狠地把汪之存骂了一顿，"念什么书，先把肚子填饱再说。你这钱交得多浪费，简直是葬送！"汪之存含着眼泪，和父亲大吵了一架，之后，依然遵从父亲的意思，丢下课本，埋头于田间地头，躬耕于黄土地上。除了郁闷，也有理解，因为除了父亲，他是家中唯一的男劳力，能挣工分，能养活一大家人。

从此，汪之存天天在生产队的窑厂做砖坯，两手黄泥，一身灰尘，起早摸黑。尽管这样，仍然挣不够一家人的口粮，汪之存暗下决心，一定要想办法，让家人吃饱饭。

1978年，改革开放的春风吹到了这个小山村。汪之存开始走村串乡买猪屠宰，用自行车驮着四处销售。虽然很辛苦，可是家人的肚子饿不坏了。在跟养猪户打交道的过程中，他的吃苦耐劳和诚实厚道，赢得了大家的赞许和信任。在手头不宽绰的情况下，汪之存也可以赊欠着拉走农户家的大肥猪。小伙子的肯干能干，获取了一位姑娘的芳心，她叫胡孝凤，后来成了他的妻子，从此陪着他一起吃苦，也一起收获着丰收和希望。

1981年的一天，汪之存从外面卖猪肉回来，累得喘不过气，却见父亲在和村里人赌博，便劝他回家，拉不下面子的父亲，为此与儿子又是一通吵闹。父亲恼羞成怒，气冲冲地把儿子从家里撵了出去。

没地方住了，汪之存只好待在生产队的牛棚里。他用木板拼了副床，用泥巴垒起了锅灶，和牛棚里的牛成了患难与共的伙伴。白天，汪之存在外面走村串户，忙碌着暂时能忘记一切，当夜里寒风袭来，饥寒交迫，他禁不住流下心酸的泪水。

困境之下，汪之存的第一个想法就是走出去，到外面的世界去闯闯。当时还是女朋友的胡孝凤说："你不要走，还是在家乡努力吧，不管你怎么样，我都会陪着你。"暖心的话语，让汪之存打消了这个念头，并开始筹建自己的小家庭。为了建几间属于自己的房子，汪之存起早贪黑地挣钱，最紧张的时候，一个星期连轴转，没有睡过一个整夜的觉。两年后，他在自己的新房里迎娶了胡孝凤。之后，他们生下一儿一女，生活开始逐渐安稳，也好转起来。

## 立足资源　初试牛刀

成家后，汪之存放下了屠宰生意，开过三轮车帮商家拉货，也做过其他生意，但都未能让他满意。1991年，村里的茶厂向外招标，他立即报名承包，经营了两年，效益不错。可好景不长，因茶厂原负责人与他人发生经济纠纷，导致茶厂关门。

　　两年经营承包茶厂的经验，让汪之存尝到了甜头，看到了山区利用资源优势发展的曙光。山上莽莽苍苍的竹林，汪之存觉得应该大有前景，他到福建进行了考察学习，了解到当地夏天使用的麻将席很畅销，做工技术也比较简单易学。回乡后，汪之存说干就干。1994 年，他和几个朋友合伙创办了"玉竹凉席厂"，其制作方法是用进口的一种皮线将磨成麻将大小的竹片串起来，制成"麻将席"，既结实又凉爽。这在当时的六安属最早也是唯一的一种凉席，很受欢迎，销售红火。

　　1998 年，福建的麻将席打入皖西，由于福建的生产成本低，销售价格仅 120 元一床，而"玉竹凉席厂"生产的凉席，每床成本就要 160 元，价格的差异使厂子不得不停产。

　　但汪之存创业的脚步没有停顿。晓天镇地处大别山区，盛产橡栎、葛根，用其加工的淀粉，食用与药用价值都较高，具有一定的市场前景。据史书记载，野生橡栎和葛根粉还具有保健、美容的功效。汪之存及时抓住这一机遇，决定把山上野生的橡栎、葛根利用起来。当时，方冲村有个生产橡栎粉的手工作坊，汪之存便将该厂盘下来，在当地党委、政府的支持下，投资 20 多万元，启动了橡栎粉、橡栎粉丝、葛根粉、葛根粉丝的生产。产品上市后非常受欢迎。

　　与此同时，汪之存不失时机地通过各种方式加大对橡栎、葛根系列食品的宣传，注册了"万佛山"牌商标，其产品当时被中国绿色食品发展中心认证为"绿色食品"。经营中，汪之存秉承"诚信、守法"的理念，为此赢得了众多消费者的首肯，产品一度供不应求。为此，汪之存与当地 1000 多农户签定了原材料供需合同，仅此一项，使这些农户年增收 2000 多元。创业的同时，汪之存注意到，山区腌制的泡菜和土鸡蛋深受城里人喜爱，于是，他采用传统独特的腌制技术加工生产泡菜，并饲养土鸡。从此一炮打响，生意红火，商家接踵而至。

## 一枝独秀　茶香弥漫

　　随着人民生活水平的日益提高，历史悠久、品质优良、具有兰花香气的晓天茶叶开始走俏。2001 年开始，对茶叶情有独钟的汪之存再次萌发了开办茶叶加工厂的念头。

　　晓天茶叶历史悠久，《安徽茶经》和《中国名茶研究选集》记载："舒城以晓天白桑园产品最著名，为兰花茶的上品"。据《晓天区志》："晓天茶叶唐朝就享有盛名，明朝时期进入国际市场，光绪年间年销茶叶千余引（每引折现约 60 公斤）。"茶叶一直是晓天山区群众的支柱产业，每当茶叶上市，各地茶商云集，茶叶日成交量达几百吨。

由于茶农制茶技术落后，茶叶档次较低，价格上不去，市场前景不好，利润空间小。汪之存瞄准市场开展茶叶精加工，优化茶叶质量，同时要创出优质品牌，发挥品牌效应。在镇党委、政府的支持下，汪之存一门心思投入到新产品的研发当中。他组织茶农到一些名优茶产地进行考察调研，学习别人的先进经验与制作技术，同时结合当地茶叶的独特品质，改进传统的制作工艺。经过一番努力，当地茶叶的精加工技术，茶叶的外形、色泽度与香气较之以前有了较大的改观。为了提高茶农的制茶积极性，汪之存将茶农加工的茶叶以高价收购，再进行深度加工，终于研制出高、中、低三个档次的礼品茶，并将精品茶命名为"兰花剑"和"白霜雾毫"，并注册了商标。

2006 年，"兰花剑"茶叶研制获舒城县科技进步奖。经过精心打造的晓天茶叶上市后，销售火爆，价格较之以前有了大幅提高，最高售价已达到每市斤 1600 元。品质的提高，使名优茶"兰花剑"和"白霜雾毫"相继于 2001 年、2002 年、2004 年、2005 年获得中国（芜湖）国家茶叶博览会"广厦杯"、"天润杯"和"老三届杯"的金奖和银奖。"白霜雾毫"在 2003 年中国（安徽）第一届茶业博览会中荣获"安徽省市场畅销产品"荣誉称号；2006 年，在中国（安徽）第二届茶业博览会评比中荣获"十大名茶"称号，并在中国（青岛）国际茶业博览会评比中再获"金奖"。在历届舒城县兰花茶评比活动中，届届都是榜上有名，特别是 2008 年第五届舒城小兰花系列名优茶评比中荣获"一等奖"，并现场拍卖，一市斤拍出了 20 万元的高价。

辛勤的付出终于缔结了硕果，晓天的茶叶终于有了自己的品牌和知名度，并逐步占领市场，而汪之存也成了茶农心目中的"茶神"，成功地带动一方村民踏上发家致富之路。

## 美化城市　一路风光

在创业的同时，汪之存多了一份心思，喜欢到全国各地走走看看，目的是发现更多的商机。他发觉，城市建设越来越趋向回归自然，所以对园林的绿化美化也愈来愈加重视和讲究。2002 年，汪之存果断决策，投入上百万元资金，立足当地成立了舒城县荣盛花木贸易有限公司，开始从事有良好前景的花卉苗木的培育和城市绿化工程。他自己先做学生，认真揣摩学习苗木的栽培技术，并聘请苗木栽培工程师，收购栽培各种苗木，并承接各类大、中、小型园林绿化工程。通过几年的发展，至 2020 年，已拥有园林基地 700 余亩，桂花、红枫、银杏、石楠、挂果苦丁、广玉兰等各类苗木 40 多种，总价值 7000 多万元。

2004 年，南京某单位在他的园地里培植了几万棵构骨，约好只养一年，一年过后，发现种苗根须不壮，如果移走，可能成活率不高。汪之存说，我再给你们免费培养一年，既然你们相信我，给了我机会，我一定要确保成活率。对方非常感动，便和他签下了长期的供给合同。2005 年初，浙江一客户前来收购汪之存的苗木，起初，该客户试探性签订了 20 万元苗木购销合同。后来通过了解，发现汪之存为人真诚、爽直，于是又续签苗木供需合同金额达 170 余万元。双方直到现在仍保持着业务关系。凭着过硬的技术，诚实守信的经营作风，汪之存多次承接来自南京、合肥、六安等地的绿化工程，让他渐渐拥有了更多长期合作的客户，虽在深山，但他的各类苗木却总是供不应求。

单一的苗木培育，已跟不上城市美化的需求。2006 年，汪之存开发景观石资源，为城市小区、道路、公园美化增加了新的亮点，目前已拥有各种景观石价值 1000 多万元。

"做企业，就像走山道，会不期而至一些弯路。"汪之存总结道，"但只要我们勇往直前，学会适应，敢于挑战，反而会多了一个又一个机会。"汪之存的园林公司在六安市如今早已赫赫有名，仅桂花树就形成了一个桂花园。时值金秋，顺着105 国道，一路前行，一路风景，金黄的银桂，橙红的丹桂，清风徐来，满鼻芳香，沁人心脾，令人陶醉，感叹流连。在桂花树下，近万只土鸡吱吱喳喳，啄食着草叶和虫子，鸡粪又给桂花树提供了养料，动物与植物之间良好的生态循环，相得益彰，让深山里的这座庄园充满了勃勃生机。

## 大爱无疆　志存高远

汪之存曾担任舒城县第七、八届政协常委，十七届县人大代表，连续多年被县委县政府评为农村发展经济致富带头人。2007 年被评为安徽省劳动模范。2008 年，被评为六安市发展现代农业"十佳农村经济人"，六安市"农村优秀乡土人才"……事业的蒸蒸日上、来之不易的荣誉和各级的肯定，让一步步富裕起来的汪之存深知，自己的成功离不开党委政府和众乡邻的关心和支持。多年来，不但在产品原料和价格上向广大农民倾斜，还积极使用当地的农民工，解决了 200 多名农民工和贫困户的就业。

园林用地的流转，工人的长年使用，茶叶制作，橡栎和葛根的生产，泡菜等农特产品的加工，汪之存全部倾向于本村和当地的贫困群体。家庭贫困的本村村民张朝鲜在汪之存发展园林的时候，就在公司打工，如今成了公司里的元老级工人，年收入达十多万元。据不完全统计，本村和附近村通过汪之存带动脱贫致富的农户达 600 多户。

而每逢端午、春节等传统节日，汪之存都要花上几万元购买慰问品对村里的五保户、特困户，以及镇敬老院的老人开展走访慰问。汶川地震，汪之存捐款 6000 元；2007 年，为方冲村王湾河修建造价 5 万多元的水泥桥一座；2008 年，又为方冲村灌溉农田的王湾水毁工程，投入近 4 万元；同时还投资 6 万多元为王湾村民组新修了一条水泥路；2020 年，新冠肺炎防控期间，汪之存不但和大家一道卡点值班，还捐赠 5000 元现金和 1000 只口罩……乡里乡亲有了困难，找到汪之存，他都毫不犹豫热心帮忙。

这几天，虽然天气炎热，在晓天镇方冲村安平村民组，已脱贫户何大文正在喂着几头黑毛猪。"又帮我建猪舍，又送我猪苗，我得抓紧干，这 3 头猪，估计年底能从汪总那里拿到 5000 多元。"贫困户何大文说的汪总就是汪之存。

2017 年，脱贫攻坚进入关键阶段，汪之存也积极行动起来。当年 3 月份，一纸协议让方冲村 40 多户贫困户今后每年又将增加 3000 元的收入。这便是汪之存结合国家扶贫政策，以新型农民专业合作社为经营主体，通过银行、企业、贫困户三方协议，让贫困户入股企业分红。

2017 年 4 月份，安徽省万佛山农业综合开发有限公司启动天子峰家庭农场建设项目，将基地选择在距离国道近 8 公里、海拔 500 多米的秦畈村民组，也是本村海拔最高的一处山坡上，以此确保黑毛猪和鸡鸭的品质。汪之存考虑得很周到，所以毫不犹豫地扭转了秦畈、安平两个村民组 100 多亩的荒坡地，其中有 12 户贫困户。模式则根据贫困户的自身条件和需求，采取农场集中饲养和贫困户家庭分散饲养两种方式。猪舍建设费用全部由公司承担，猪苗和鸡鸭苗费用由个人先期垫付，公司以高于市场价格负责回收成品。经过大半年时间的筹备和施工，投资 120 多万元占地 2000 多平方米的猪舍和鸡舍建设完成，目前饲养黑毛猪 50 多头、鸡鸭 600 余只，分散饲养的也全部上马。至目前到户建舍的已有 12 户，集中建猪舍 2000 平方米，年生猪出栏量可望达 500 多头。为让贫困户放心，公司不但为他们建设了标准化的养殖场所，还统一提供优质猪仔，疾病防疫也由公司一手包办，养殖户只要用心饲养就行了。据了解，"猪栏扶贫"养殖模式可直接带动十多户贫困户就业，让30户贫困户通过就业摆脱贫困。

新冠疫情过去，阳光灿烂，风景如画的安徽省万佛山农业综合开发有限公司庄园内，再次热闹起来。开业于2018年的"随园"农家乐吸引了更多南来北往的游客，土鸡、土鸡蛋、香猪肉、小河鱼，橡栎粉丝、千张、豆腐、小青菜、洋胡姜、泡辣椒，清一色的原生态、土里货让游客们大快朵颐、赞不绝口。与此同时，茶谷驿站、自行车步道等旅游设施也在紧锣密鼓的建设当中。

"方冲村是'省级生态村和乡村旅游示范村'，发展旅游也是实现乡村振兴战略浓墨重彩的一笔，我们将努力抓住这个机会，壮大旅游实力，让更多的贫困户和群众沾旅游光、发旅游财。"发展旅游业，让汪之存开始绘就又一幅宏伟蓝图。有理由相信，在不久的将来，这位踏实、勤恳的山里汉子一定会再度谱写出一篇篇精彩的华章。

# 金　安

岭上开遍映山红
——六安脱贫攻坚
报告文学集

# 心有莲花　灼灼其华

## 梁厚云

## 一

　　我接到采访任务打电话给刘春，他再三考虑，然后把见面时间安排在了下午。刘春给我的第一印象，个子高，戴着一副近视眼镜，很健谈。说到精彩处的时候，他两眼放着光，嘴角不由自主地笑着上扬。

　　他笑着和我说他非常喜欢"莲花"这个名字，莲花，出淤泥而不染，濯清涟而不妖。从听到这名字的那刻起，冥冥之中，他就感觉到，他将会和这个地方结下不解之缘。

　　2014年11月刘春被选派到金安区东桥镇莲花村担任党总支第一书记。

　　一个阴雨绵绵的日子，他踏进那片属于莲花的土地；走进莲花的村部；走访了一些农户；看了莲花村大片的耕地……他的心被欣喜和疼痛纠缠着，欣喜的是他发现莲花村拥有大量肥沃的土地，拥有得天独厚的地理环境，未来的发展空间很大。疼痛的是他发现村里还有很多农户处于贫困之中，村内很多基础设施没有完善，老百姓整体生活水平得不到提高。当晚回到家，他失眠了，躺在床上辗转反侧，妻子关切地问他怎么了？他拉亮了床头灯，看着妻子的眼睛说：从明天开始，家里的一切全靠你了，以后我的家在莲花。妻子迷茫地看着他，嬉笑着问他：你干吗呀？不就是下派去农村吗？有你说的那么严重吗？他认真地回答：有，我明天就准备住进村里，估计以后很少有休息日，家里的事我真的顾不上了，你得做好思想准备。妻子似懂非懂，将信将疑地点了点头。

　　刘春把行李带到了莲花村部，住进一间闲置的小办公室里。第二天就开始走访贫困户。

　　当他第一次踏进贫困户马万礼家的时候，他整个人的皮是麻的，被眼前的情景深深震撼了。马万礼 67 岁，家庭共同生活的有 3 口人，老伴张荣芝身体不好，儿子刘真辉患有严重精神病，三个人住在两间不足 40 平方米的土坯房里，家徒四壁，除了两张简陋的床和最基础的生活必需品，其他几乎一无所有。全家三口人仅靠马万礼一个人种几亩责任田和政府提供的低保金为生。

那天正赶上刘真辉患病，大冷天，刘真辉把棉衣给脱了，上身穿着一件破旧的内衣，下身仅穿一条短裤，蜷缩在墙角索索发抖。见家里来了人，如惊弓之鸟，霍地站起身，一股劲头逃窜出去。外面北风呼啸，下着小雨，马万礼老两口跌跌撞撞撵着儿子，老伴张荣芝边跑边擦着眼泪，不停地咳嗽、喘着粗气。刘春准备跟着出去帮忙，随行的村干部制止了他，因为刘真辉从不买陌生人的账，外人不但帮不上忙，而且还会帮倒忙。这样的情况对于熟悉马万礼家的人来说，早已司空见惯了，而刘春的心一直为这一家人悬着，久久平静不下来。

第二天刘春买了些生活日用品和营养品独自一人送了去，那天，他和马万礼聊了很久，针对马万礼家的情况，刘春拟定了适合他家的帮扶措施，鼓励他走小型养殖的路子。

贫困户解本兵，是一位具有传奇性色彩的老人，54 岁的时候和一个小他 13 岁的精神病女人结了婚，次年生了儿子，三口人挤在一间破旧的小砖瓦房里，小破屋四周都是裂缝，屋顶上的瓦破烂不堪，挡不住风，也经不起雨。解本兵十多年前因眼疾，视力急剧下降，几乎成了半个盲人；妻子时不时患病，严重的时候，必须去六安市二院住院治疗；儿子就读于莲花小学，一家三口的生活举步维艰。

贫困户王和青 45 岁，一家 7 口人，王和青一直在家务农，妻子汪贤霞在家带孙子、孙女，儿子和儿媳在外务工，由于文化水平低，一直没有找到好工作，收入很低，女儿在合肥职业学校上学，每年的学费和生活费也不是个小数目。2013 年王和青投资养鸭，由于缺少技术和资金，导致创业失败，欠下 28 万元的债务。王和青受此打击之后，精神萎靡，一蹶不振，成了名副其实的贫困户。

刘春在莲花村两委的配合下，花了一个多月时间走访了莲花村所有的贫困户。自从来到莲花那天开始，周末很少休息，也很少再回六安的家。村部内没有热水器，只能自己烧水洗澡，天渐渐冷了，每天晚上需要加班到很晚，劳累了一天，倒床便呼呼睡去。

2015 年端午节，刘春还在为村里的工作劳累奔波，慰问完贫困户后，刘春又要去相关养殖场取经。村支部书记杜家乐发火了：今天是端午节，你也该回六安的家陪陪老婆孩子，再不回家，他们恐怕就认不得你了。说完，杜书记气呼呼地带头走了。走了几步，又扭过头，没好气地说：今天全部放假，村里不准开火烧饭。刘春赶到六安家的时候，正好是午饭时间，妻子把几个大菜端上桌，返回厨房准备再炒两个小菜，当她端着炒好的菜准备吃饭的时候，发现刘春已躺在沙发上酣然入梦。她走近他，仔细端详：丈夫瘦了，憔悴了，脸上的皮肤松弛、泛黄，不再那么红润，上衣粘着鸡粪和鸡毛。妻子鼻子一酸，眼泪止不住流下来。她拿来毛毯，轻轻盖在丈夫身上，然后示意儿子回房间，唯恐吵醒了他。那顿久违了的团圆饭，母子俩整整等了他 2 个多小时……

2016 年 12 月 31 日，对刘春来说，是个极其难忘的日子。那天，他正在村里忙于工作。妻子突然打来电话，说儿子小便带有红色（隐血），经六安医院检查，可能是一种急性肾炎，建议到合肥更权威的医院做进一步诊断。刘春当时因为有工作急需处理，一时半会脱不开身。等他处理好一切，回到家里，妻子已经独自带儿子去了合肥。

在省立医院门诊部大厅，刘春见到妻儿的那一刻，心里一酸，差点流下泪来。妻子的脸上全是惶恐和不安，平时天真活泼的儿子虚弱地靠在妻子怀里，病恹恹的样子令他心如刀割。妻子跟他说儿子的病需要住院慢慢检查，可住院需要预约，一时半会还住不上。妻子眼泪扑簌簌地往下掉。儿子双手勾住他的脖子，央求他在医院陪护几天，刘春知道不能再让儿子失望，不假思索地答应了。天渐渐黑了，在极度担忧和焦急中等了一夜，第二天才住进省立医院。好在正赶上元旦放假，这一次，刘春在儿子面前没有失言，陪护了三天，等儿子检查结果一出来（急性肾炎），又匆匆赶回莲花村。

他很欣慰地告诉我：妻儿特别的理解并支持他，每每在扶贫工作上取得一点点的成绩，妻儿比他还高兴。每次回到家，刚上初一的儿子小大人似的问这问那，关心莲花村扶贫的一些事。

## 二

2018 年刘春服从组织安排，又从莲花村调回到原单位金安区财政局上班，人虽然回原单位了，可他心里始终牵挂着村里的贫困户和村其他各项工作的开展情况。经受不住煎熬，回单位后，他还一直抽空经常回村，协助村两委开展扶贫工作。2019 年他再也按捺不住对莲花村的牵挂，主动向组织申请，以脱贫攻坚指导员的身份再次回到莲花村。

当我询问他，是什么力量，促使他又回到离家那么远的偏僻农村？这可是"苦差"，他笑着说了三个字：放不下。

刘春说，莲花村共有贫困户98户，合计280人，2019年欲脱贫9户14人。每一户贫困户都牵挂着他的心，村里每一个项目实施他都要亲力亲为，所以他放不下，又义无反顾地回来了。

王和青是贫困户中典型的成功例子。刘春了解王和青的情况之后，开导他，帮他树立信心，找症结、理思路，共同商讨谋划发展的路子。帮助王和青贷款、打井、架高压线，正式成立了汇金养殖专业合作社。刘春帮助他联系有关企业以最低的价格订购鹅苗1700多只、麻鸭1000余只，2015年当年王和青的家庭收入达到17万元。2016年王和青在刘春帮扶下，贷款50万元，争取项目资金10万元养殖白鹅2500余只，同时流转土地24余亩建立蔬菜大棚10000平方，当年增收25万元。经过两年的帮扶，王和青从此脱贫致富。

贫困户马万礼和解本兵，都在刘春的帮助下，走上了小型养殖的路子。如今的马万礼每年养麻鸭和鹅五六百只，增加了家庭收入。解本兵养鸡鸭七八百只，两户均在2017年住上了宽敞明亮的大瓦房，下雨下雪再也不用愁了。解本兵的儿子现在金安职业学校上学，一切都在朝好的方向发展。

托尔斯泰说：幸福的家庭都是相似的，不幸的家庭各有各的不幸。也正如刘春在扶贫日记中写到：来到莲花让我打破了我原有的人生观和价值观，真正理解一人富不是真正的富，千千万万人富起来才是真正富的更深层含义！

## 三

2016年6月初，刘春结合党委政府提出的"抓党建促脱贫"，考虑到发挥农村无职党员的先锋模范作用，他大胆创新，在莲花村率先开展党员"联帮户"活动。发动48名党员和52户贫困户结对帮扶，开展党员"四联四帮"扶贫工作，解决了贫困户脱贫"最后一公里"问题，取得显著实效，并在全市迅速推广。

联帮活动期间涌现出很多先进人物事迹，种粮大户张久佳联帮贫困户都同好，利用自己设备无偿帮助春种秋收；党员杨传金联帮贫困户谢树茂，在其生病住院期间杨传金义务在医院全天候护理半个月；莲花小学校长蒯圣俊联帮贫困户邓香宏，帮助解决子女上学困难，并利用业余时间为其辅导课程，提高学习成绩。农村党员"联帮"贫困户制度，既充分发挥了农村无职党员模范作用，又是脱贫攻坚"单位包村、干部包户"制度的有机组合。在莲花村形成亲帮亲、邻帮邻的扶贫热潮。

其中最为典型的是贫困户王和青，"吃水不忘挖井人，致富引路反哺家乡"。在刘春的协调下，王和青积极结对帮扶贫困户，向贫困户免费提供鹅苗，送去饲料，并无偿为白鹅接种疫苗，确保鹅苗安全生长。王和青主动要求帮助贫困户幸多告、马万礼等户，免费送去价值4000元的鹅苗，并开展一系列帮扶措施。11月份刘春和王和青入户了解到贫困户销售鹅困难，又以高于市场价格把白鹅全部回收，帮助贫困户持续稳定增加收入，优先保证了贫困户的效益。自2017年起，每年王和青早早将价值几千元的鹅苗免费发放到贫困户家中，集中开展白鹅疫苗接种，并分别入户讲解养鹅知识和注意事项。

为了解决贫困户就业难题，王和青在刘春的建议下，通过"合作社+农户"的形式，在大棚蔬菜种植过程中，尽可能多增加用工岗位，先后为张运好、黄方玉等贫困户提供就近就业岗位20多个，别人用工一天80元，他提高对贫困户务工待遇，每人每天比一般农户增加20元，以每天100元的工资支付给贫困户，每个贫困户年增加6000元经济收入。

2017年4月4日省委常委、市委书记孙云飞到莲花村调研，对党员联帮贫困户活动给予充分肯定，并做出批示，要求对党员"四联四帮"贫困户活动在全市推广。

走在莲花村整洁干净的水泥路上，我们边走边谈，刘春给了我这样的一组数字：五年来，他为村争取基础设施和公益设施项目36个，项目总投入资金2100万。其中修建水渠20公里、水泥路23.5公里、沙石路15公里，电网改造19公里，完成村部、小学和相关卫生改造，新建文化广场和公厕，互联网全覆盖和全村自来水的安装等。

当我询问他能争取2100万项目资金，这可不是个小数目，你是怎么做到的？他笑着回答说：一是各级党委政府对脱贫攻坚投入政策支持和资金支持力度大；二是充分利用财政局自身资源和自己人脉资源；三是争取来项目在村两委大力支持下能顺利实施。

走在一边，一直保持沉默的杜书记插嘴说：啥事都是说起来容易做起来难，哪有他说的那么轻松哟？刘书记最大的特点就是能顾全大局，持之以恒，坚持不懈。为争取资金修路，他数次跑上级政府和主管部门，用诚心争取到额外追加的项目资金。

2015年5月他在一次开车去道路现场督查施工质量时，车被拖拉机追尾，被撞得面目全非，他坚持先完成道路质量督查，再回头处理事故，赢得了群众的信任和施工方的尊重。

多次到农电公司争取项目未果，他仍坚持不懈，最终争取并实施了 210 万元的农村电网改造项目，使全村群众彻底告别了生产生活用电难的问题。

杜书记不无感慨地说：莲花村能发展如此之快，党的政策好是有益于发展的大环境，与各级政府的关心、指导和支持，特别是刘春的全身心奉献是分不开的。

通过五年时间的努力，如今莲花村实现贫困户脱贫、贫困村出列目标任务，变成了村级组织坚强有力、基础设施改善、村民收入较快增长、村容村貌焕然一新、群众安居乐业的先进示范村。刘春先后被评为优秀党务工作者、优秀选派干部、六安市财政系统先进个人、安徽省扶贫先进个人、安徽省优秀选派第一书记，先后受到省委书记李锦斌和省委副书记信长星的接见和表彰，得到莲花村干群的一致好评。

## 四

打造古柿园和野鸡洼，对古柿园的保护和环境整治，打通古柿园至野鸡洼圆形循环路，新修游客步道，发展乡村旅游，发展大雁养殖，实施柿树林生态观光园产业旅游项目，发展集种植、养殖、采摘垂钓、旅游观光、休闲度假为一体的绿色生态园，是刘春为未来莲花发展谋划的又一重要举措。百闻不如一见，傍晚时分我们到了古柿园和野鸡洼。

走进柿子园，因为是初秋，柿叶尚未落完，没有出现我所期待的红红的柿子挂在枝头的美丽景象。秋风过处，黄里带红的柿叶，东飘西荡地从树上凋落下来，铺在地上，走上去"沙沙"作响，还真有些深秋红枫的韵味。我顺着蜿蜒的枝丫向上看，一枚枚柿子在柿叶的庇护下安静地生长着，不招摇，不显摆。它们正在慢慢蜕变，孕育着生命的巅峰。刘春饶有兴趣地介绍说：这些柿树大约有二百多年的历史，柿子个大、肉厚，红彤彤的，可惜现在早了点，没有成熟，有点遗憾。

距古柿园约有 300 米处，我们到了野鸡洼，野鸡洼的水面大约有 300 多亩，呈不规则的 T 形，我们沿着圆形循环水泥路慢慢转了一圈。这个时候夕阳渐渐西沉，落日余晖照在水面，泛着红光。更让人大开眼界的是，野鸡洼已被人承包发展养野鸭和大雁，我们在养殖基地看到了一群大雁，我正想近距离地和它们接触，可它们怕生，一下子全飞了……

　　我迫不及待地朝它们飞去的方向望去，它们正飞向一处莲花塘，举目望去，那满眼的碧绿铺天盖地，千姿百态的莲花有的洁白无瑕，有的粉妆玉琢、朱颜粉面。我小跑着迫不及待地走近她，一眼就发现有两朵粉色莲花相互依偎着，生长在同一根茎上，碧绿的莲叶庇护着她们，在晚霞的照映下显得更加清秀、雅洁。我一下子惊讶到愕然，想到两句诗：

　　并蒂莲花开，好事自然来。

　　接天莲叶无穷碧，映日莲花别样红。

　　刘春介绍说，这荷塘的地方原是一处野草丛生的沼泽地……

　　这突如其来的温馨，使我感动，我觉得这应该是春天渴望的气息，应该是无数个刘春努力拼搏后的景致。

　　那时那刻，我终于更加理解了刘春，理解了他为什么放不下，二次驻村……

# 龙穴村扶贫记

韦国华

## (一)

我从六安市国土资源局下派当第一书记和扶贫工作队队长的这个贫困村，叫龙穴村，属于金安区椿树镇，处在江淮分水岭。全村 2200 多人，到 2016 年，人均收入不到 3500 元的贫困户还有 79 户、265 人。这么多贫困户，靠我们扶贫工作队的3 个人，是帮扶不过来的。市局党组很重视扶贫工作，安排局里每两名党员干部帮扶一个贫困户，尽心尽力地为这些贫困户做实事。到 2019 年底，这个村的 79 个贫困户、265 人年人均收入达到 9000 元，全都摘掉了贫困户的帽子。

我们工作队三个人，每人帮扶 5 个贫困户。在我帮扶的贫困户中，顾忠军是其中一户。他家本来经济条件还是可以的，因为会开铲车，能赚到一些钱。因为妻子去世，女儿精神上出现了问题，他自己也患病腿肿不能走路，更不能干活，结果家庭状况弄得一落千丈，成了建档贫困户。我们在走访中了解到他家情况后，与村干部们商量，要想办法给他父女俩治好病。村委领导对我们的意见很重视，对他家很负责，想了很多办法，能够利用的政策都利用上了，总算是把他和女儿的病治好了，腿病也渐渐地好起来。女儿终于有了婆家，嫁了出去。老顾总是在家里待着也不算事，我们建议村里考虑给他找个事情做。村里徐书记最后帮老顾找了个给企业开铲车的活干，这样老顾有了收入，还娶到了老婆，又生了个女儿。那天我跟顾忠军开玩笑说，老顾啊，你现在每个月能挣五千块钱了，家里还有田地，老婆喂喂鸡鸭、养养猪、种种菜，你一个月的收入马上超过我了。以后你日子过得更好时，我当"贫困户"，你来帮扶我吧。他憨憨地笑了。顾忠军的例子让我们工作队感到，陷入贫困的家庭，当他们对生活无能为力、失去信心时，政府的帮扶非常重要，而且，在给他们输血时，不要忘记扶持他们实现自我造血，一旦帮助他们实现了自我造血，他们就能很好地生活下去。

贫困户夏孝海老夫妇俩年过 70 岁，因为儿子交通事故伤了腿，不能干重活，小夫妻俩只好外出捡破烂、收废品。夏孝海老两口在家一边带着有残疾的孙子，一边种家里的田地，还用政府支持的小鸭苗养鸭子，增加收入。他们白天把鸭子赶到稻田里，让它们找螺丝、小虾和青草、野菜吃，晚上赶回来喂上一点沾粮食的饲料，把鸭子养得大大的、肥肥的。但是却找不到销路。他老两口急得到处找人帮忙。眼看着鸭子已长成形，不再长肉了，而且每天还得喂粮食和饲料，夏孝海实在没有法子，他半夜 11 点多给我打电话。第二天，他又跑到村部找到我，请我们工作队帮他想想法子。我没有做过买卖生意，也没有法子。我就去市局与领导商量，局领导同意我们用局里的皮卡车，把他家的鸭子运到局办公大楼旁边卖，动员局里的干部职工购买。我想，局里的同事万一买不了那么多咋办呢？我就编了一条微信，注上我的电话号码，发到局机关微信群和我的微信朋友圈里。

那天我与我们工作队的副队长蔡武、扶贫专员李敬忠，还有开皮卡车的司机杨忠杰，到夏家帮忙满院子捉鸭子，绑了 50 只大胖鸭，又用蛇皮袋子扎住装上车。运到市局后，从局食堂借来电子秤，一个小时就卖得差不多了。还剩几只时，我的一位在国企的朋友打来电话，说刚从微信上看到你们在给贫困户卖鸭子，这个事他得帮忙，问还有没有。我说还有几只。他说，别再摆摊卖了，我马上派人来，拉到我们食堂来。就这样，不大一会就把 50 只鸭子全部卖完了，几千元的卖鸭款很快就到了夏孝海手里。虽然我们 4 个人卖鸭子时把脸上、衣服上都溅上了鸭屎，头发上衣服上也沾上了鸭毛，浑身上下臭烘烘的很难闻，但我们能为贫困户做点实事，心里还是高兴的。

我们工作队采用这样的办法，在大热天村里丰收的西瓜卖不掉时，为村里卖了两汽车西瓜，还发微信让亲朋好友到村里拉西瓜，在企业的朋友看到我们的扶贫微信后，一次就拉去几千斤。我们用这些笨办法解决了村集体经济卖瓜难的问题。这让我们想到了那句话：办法总比困难多。扶贫这个事，虽困难重重，但是只要有心，多想办法，很多困难都是可以克服掉的。

## （二）

在这几年的扶贫工作中，让我们最揪心的，是那些贫困户家里的孩子，他们的生活现状、他们的未来，让人十分担忧。

小岳是一个 12 岁的男孩子，只有六、七岁小孩的个头高和两、三岁小孩的智力，走路东倒西歪，也不会讲话。他的面部表情，永远是那种脑瘫儿童所共有的木然而注意力不集中的表情。

他的父亲因为车祸残废了，为了生活，他们夫妻俩远到浙江打工维持生计，丢在家里的小岳，就跟他的爷爷和奶奶生活。这些年，我们去他家很多次，每次去见到他，他对我们都视而不见，形同陌路人，常常是斜仰着脑袋，看着无边无际的天空。

2018 年年底，我们到他家走访，并打算帮他家销售一些农产品，因为贫困户除了生产难以外，卖农产品也是一个很大的难题。小岳的奶奶见我们进了院子，怕小岳捣乱，就用一根粗绳子将他拴在一个大木桩上，但这次他并没有束手就缚，而是高高地举起两只手，朝我嗷嗷地叫着，并且前倾着身体，两只脚用力地朝我奔，想极力挣脱绳子。我不知道他想干什么，对他奶奶说，你把他放了吧。他奶奶说，不能放，想做点事就得把他拴住，不然他到处捣蛋。我见他不停地嗷嗷，就走到他跟前，他一把揪住我的衣服，扬起头，对我笑，表示对我们的亲热，还叽里呱啦地说着我们不懂的语言。

之后我们又去了小岳家两次，一次是给他送棉衣，一次是下雪了去看看他家有没有生活问题。这两次去他家，小岳一见到我们走进他家院子，就非常高兴，一颠一跛地，带着他不标准的微笑，走到我的面前，用他那脏兮兮且变形的小手，紧紧地抓住我的手，嗷嗷地跟我说一些我仍然听不懂的话。说实话，我很感动。他抓住的虽然只是我的手，但其实他抓住的更是中国共产党领导下的人民政府给他家送去的温暖。他虽然是一个高度残疾的孩子，他不会说话，但有一种温暖他感受到了，他理解了，他用一种简单的拉手的动作和不标准的微笑，表达他那幼小心灵的一种感动和感恩。

小燕是个读小学的小姑娘。第二次去她家时是星期天，听她的爷爷和奶奶说，她在屋里做作业，说她的成绩还好。我本想进屋里去看看她，又怕影响她做作业，只跟她的爷爷和奶奶在外面叙家常。

小燕的身世很苦。爷爷老了，农活也干不动了；奶奶是个驼背很严重的盲人，但家里的一般家务如做饭等，仍然还是奶奶摸索着做。我问小燕的父母在哪里，怎么两次来都没有见着啊。原来小燕的妈妈是个缅甸人，被人拐骗到中国来，又辗转到这里，他们家把那位缅甸姑娘留了下来，给儿子做了媳妇。在小燕出生 3 个月时，她的妈妈就逃走了，从此不见踪影。小燕的爸爸自从小燕的妈妈逃走后，就出门打工，赚点钱维持生计。

2018 年 12 月，小燕被纳入我们局联系失亲儿童的名册。那天我们工作队带着 1000 元助学金，代表市局去她所在的村小学看望她。校长将正在上课学习的小燕叫到学校的院子里与我们见面。校长向她介绍，这是市国土资源局在我们村的扶贫工作队，他们专门来看你的。她只是睁着一双大眼睛，愣愣地看着我们。我弯下腰扶着她的肩膀对她说，我们今天是代表单位专门来看看你的，听说你学习成绩不错，我们都很欣赏你，希望你继续好好学习，将来做一个有用的人……我们怕耽误她上课，将装着 1000 元助学金的信封交给她，她又交给了随我们去的爷爷，然后向我们说了句谢谢，就回教室了。

小辉的父亲下肢瘫痪，走路全靠两只手不断挪动着屁股下面赖以支撑身体的一条小板凳。2018 年 6 月，我陪市局办公室陈方忠主任去他们家时，他正在帮别人做那种用细钢筋折成四方形的做鱼笼子的钢骨。因为用小铁桩和老虎钳子折那些细钢筋，他的手被磨得比老树皮还粗糙。他不停地劳作，一天可以弄到三四十块钱，当然，这样的活也不是经常找得到。他们老夫妻还有一个在江苏念大学的儿子。

那天陈主任问他们家现在有什么困难时，老夫妻俩先说感谢政府的关心，感谢李修俊局长经常到他们家看望，帮忙给他们的儿子解决了上大学的费用。他们说，儿子小辉在大学里，在家里，都不爱讲话，也从不接触人，他们老两口很担心。我对小辉的妈妈说，等小辉放暑假时，你带他到村部去，我们与小辉见见面好吗？

果然到暑假时，小辉妈妈带着他来到我在村部的办公室。小辉个头不矮，算是一个帅小伙。我先是问了一些他在学校的情况，他表情木然，我问几句话，他简单地回答一句话，低着头也不看我。我估计，贫困的家庭让他产生了自卑感，觉得处处不如别人，所以就不跟任何人来往。于是我告诉他，我也是从农村出来的，因为贫穷，到哪里都觉得低人一等。后来我努力学习，找到了工作，懂得了更多的道理：家庭出身是不可以选择的，但能不能成为一个有出息的人，完全可以靠自己。有的人家庭出身富裕，却常常有坐牢失去前途的；有的人出身贫寒，却常常能成为一个有知识、有能力甚至是公众敬仰的人。家庭贫困是人生的一个缺陷，但也是人生的一种财富，贫困家庭的孩子能吃苦、有坚韧的性格，没有伞的孩子就会跑着走，如果富裕家庭的孩子不努力，他将来肯定不如贫困家庭里那些非常努力的孩子……我们聊了一个多小时，小辉的眼睛开始看我了，而且，眼睛里有一种亮光在闪耀。小辉的妈妈不断地在旁边说道，记住韦叔叔讲的话，小辉也不断地点头。

他们娘儿俩离开村部时，我握住小辉的手，告诉他，以后放假回来，可以随时来村部找我。他点了点头，答应了我，并且说："谢谢叔叔！"

有一对小姐弟，姐姐 11 岁，在念小学，弟弟两岁左右，刚会走。他们的父母分别是脑炎后遗症和小儿麻痹症患者，只能做些很简单的农活。好在他们这一双儿女发育很正常。他们家的房子成危房时，政府出钱帮助重新建好，一双儿女按照孤儿的标准由国家给定补，免去在校学习的全部费用，夫妻俩还享受着低保的经济待遇。我们工作队代表市局按失亲儿童的标准给孩子送去 1000 元助学金。陪同我们去的村文书徐明新说，他们一家四口人，今年从政府领去的钱有两、三万元，再加上自家田地里的收入和喂猪、喂鸡鸭鹅什么的，生活已没有什么问题了。我算了算，按贫困户脱贫要达到年人均收入 3500 元的标准，他们家的年人均收入已突破 9000 元。我看着他们儿子媳妇家崭新的房子，院围墙上还挂着腌制的腊肉、腊鹅在阳光下晒着，如果不是精准扶贫，这两个孩子会有怎样的家庭和怎样的未来，我真的不知道。

龙穴村的这些刚刚从贫困状态中走出来的孩子，他们和他们的家庭目前还很脆弱，也许家庭成员中发生一场大病，或者遭遇某个变故，他们也可能会再次返贫。但我相信他们不会永远贫困，因为我们这个中国共产党领导的国家，农村不会永远落后，全国 14 个连片贫困地区也将在 2020 年底前全部摘掉贫困县、乡、村的帽子。龙穴村和其他更多的脱困村里，刚刚走出贫困的孩子长大后，与我们这个伟大而可爱的国家一样，会有十分美好的未来……

一个地方贫困与落后，最根本的原因就是人的智力低、素质不高的问题。扶贫工作也要从长计议，注意从孩子抓起。教育扶贫，是我们局扶贫工作的一项重要内容。为了鼓励孩子们好好学习文化，将来更好地建设发展家乡，从 2015 年开始，我们在龙穴村的高胜小学设立了"国土杯品学兼优奖"，每年评出 20 多位品学兼优的小学生，召开授奖大会，由市局领导亲自到场授奖。对每位获奖的小学生颁发获奖证书和 300 元奖金。我对具体经办这项工作的前队长许洪峰和副队长蔡武说，发给孩子们的奖金，很快就会花掉了，要把证书制作漂亮一些、大气一些，在这个贫困的乡村，那个红彤彤的获奖证书，在孩子们的成长道路上，也许能起到我们想不到的激励作用。到 2019 年，已颁奖 5 次，100 多名小学生受到奖励。

贫困户申自兰的丈夫因病残疾、卧床不起，儿子在念大学，家里经济很困难。负责帮扶她家的李修俊局长经常到他家看望，想方设法帮助他们家解决生活和生产方面的困难。孩子念大学没有学费，李局长就动员一家企业也来帮扶，每年解决 5000 元的学费等。2019 年机构改革后的市国土资源局与市规划局合并，更名为六安市国土资源和规划局，继任党组书记、局长胡雪松，接替李修俊局长继续帮助他们家解决学费和生活等问题，这也叫扶贫工作一任接着一任干啊。那些失亲的孩子，我们也把他们放在心上。对 6 位失亲儿童，我们每年都去看望他们，并送去助学金，让他们感觉到党和政府的温暖，他们并不是被遗忘的人。

## （三）

解决了农村贫困户"两不愁、三保障"的问题后，发展村集体经济是扶贫工作中的一个大问题。农村的脱贫致富奔小康，归根结底还是要靠发展集体经济，一家一户的种田种地，没有力量，没有规模，不会有强大的发展能力。通过这几年的脱贫攻坚，我们扶贫工作队和村两委有了统一的认识：大力发展村级集体经济是未来振兴乡村的必由之路！

在我们局扶贫工作队进驻龙穴村前，村集体经济几乎为零。在支持龙穴村发展集体经济方面，市局领导给予大力支持。

村里想搞太阳能发电，来突破村集体经济没有收入的难题。我们及时向市局反映村里的想法，市局觉得这个办法可行，及时支持 20 万元，把太阳能发电给搞了起来，每年可以给村里带来八、九万元的收入。村里看到别的地方种大棚蔬菜收入多，也想搞。我们就组织村书记和村主任还有镇派干部，去江西九江学习人家是怎么经营现代化大棚蔬菜的，然后及时向市局呈报几易其稿的项目可行性报告，得到市局的大力支持，拨给 65 万元，建起 23 亩 17 个钢筋塑料蔬菜大棚。2018 年春的一场特大暴雪将大棚压垮，市局得知情况后，又及时支持 20 万元进行维修。如今大棚由承包人正常经营，每年给村里提供了可观的集体经济收入。到 2018 年底，村集体经济收入达到 18 万元，并且一举从贫困村出列，摘掉了贫困村的帽子。2019 年村集体经济收入超过 20 万元。2020 年我们还想支持村里发展服务产业，进一步增加集体经济收入。

发展村集体经济，帮助农民发展产业，都离不开基础设施的建设。在扶贫领域，真可以说是八仙过海各显神通。六安市自然资源和规划局在扶贫工作上自然有我们的特长。自 2015 年以来，我们局先后为龙穴村争取省财政专项资金 200 万元，实施了 100 多亩的高标准农田建设项目；为龙穴村争取省财政专项资金 172 万元，在张大郢、大楼、李大郢三个村民组实施了增减挂项目，新增耕地 45 亩；还为龙穴村争取革命老区转移支付项目资金 31 万元，用于农业基础建设投入。这些项目和投入强化了龙穴村的基础设施建设，也有力促进和保障了该村扶贫、脱贫工作。5年来，市局已向龙穴村投入502万元。

## （四）

抓好扶贫攻坚，抓好村集体经济的发展，需要一个好的村班子。为了提高村两委干部和党员的素质，市局与龙穴村成立了联合党委，市局主要领导担任书记，分管领导和我这个驻村第一书记兼扶贫工作队队长任副书记，持续开展党建各项工作，在人力、物力和财力方面给龙穴村多多的倾斜。每年"七一"期间，市局领导都要到龙穴村给全村党员上党课，用通俗易懂的话，讲形势，讲政策，讲任务，讲责任，讲发展的路子；给全村78名党员每人都配发了学习专用包和学习资料等。还注意将党建工作与发展工作密切相结合，多次组织村两委干部到外地参观学习，让他们开阔视野，增强责任感和信心，实现学有目标、干有动力。

我们先后组织龙穴村两委干部，赶到梁家河、兰考县、金寨县等地学习他们的创业和奋斗，他们的奉献和牺牲，他们的脱贫攻坚和新农村建设，让希望之火照亮我们每一个人的心胸。

我们将党的建设与脱贫攻坚、乡村振兴和发展村集体经济的工作紧密地结合起来。党支部的战斗力和凝聚力，决定工作的成效。2019年龙穴村实施了总投资达1.2亿元的新农村建设"整村推进"试点工程，拆迁涉及350多户、1400多人的几处老村庄，复耕土地700亩，建设占地4350平方米、建筑面积34900平方米的现代化农村住宅小区，村两委夜以继日地工作，只用两个月时间就完成了拆迁安置这项艰巨的工作任务。

## （五）

2020年，是脱贫攻坚的决战决胜之年。这一年，村里从整村推进复垦的土地中，流转了三、四百亩田地，发展村集体经济。村里成立了"龙穴村经济合作社"，利用这些土地经营23亩蔬菜大棚，60亩水塘养蛋鸭6000只，种板栗170亩，种水稻100亩，种甘蔗15亩……

2020年因受新冠病毒和洪灾的影响，龙穴村的鸭蛋销售困难。我们在通过网络推销时，也收到很多热心人为我们提出的建议：鸭蛋产量大、出现销售困难时，要进行深加工，这样既可以解决销售难的问题，又可以提高农产品的附加值，进而提高经济效益。我们及时将这些建议通报给村两委，村里采纳了这个建议。最近，村里利用国家项目资金，建设 270 平方米的储藏冷库，储存深加工后的农产品。扩大生产、提高产量、进行深加工、保证质量、提高经济效益，成了我们今后追求的一个大目标。

2019 年已脱贫出列的龙穴村，预计 2020 年集体经济纯收入接近 30 万元。这近 30 万元的收入，对经济比较发达的地方来说，也许是微不足道的，但对一个几年前村集体经济还接近零的贫困村来说，应该是一个质的飞跃。

发展"三农"，壮大村集体经济是我们党永远的主题，未来会更加美好。

# 大别山的愿景

## 杨 明

老谢本名谢家树，生于 1970 年，家住金安区毛坦厂镇东石笋村。老谢在村里很出名，村里有 200 多户，男女老少 1000 多口人，没有人不认识他，没有人没听说过他的事迹。

老谢上面有 4 个哥哥和 3 个姐姐，村民戏称他们家"八仙过海"。老谢从小聪明伶俐，很招人喜欢，父母也很疼爱这个"老窝子"（小儿子），取名谢家树，就是希望他将来能有出息，过上富裕的生活。大别山的乡亲们家家户户都差不多，都太穷了，过上富裕的生活何尝不是大别山的愿景。

大别山的农民日子不好过，这里人多地少，土地贫瘠，耕耘一年，土地的收获也只能维持温饱。要想实现过上富裕生活的愿景就要想别的路子，老谢的父母选择了让他读书。老谢 7 岁那年，被送去上学。老谢学习也很努力，1985 年考上了高中，成为村里第一个上高中的孩子。1988 年，老谢高中毕业，参加高考没有考中。老谢的父亲不甘心，作了决定：复读继续考。第二年老谢还是没有考中。第三年，他又参加了高考，依旧是失败的结局。

此时老谢家的生活已经陷入了绝境，该借的钱也都借了。老谢每次回家拿钱，父母都会手足无措，老谢心里满是愧疚。第三次的失败让他彻底失望，他被当成了"四不像"：农民不像农民，知识分子不像知识分子，干部不像干部，工人不像工人。过上好日子的愿景一下子变得遥遥无期了。

怎么办呢？当时的老谢选择在家务农，但是农活也不是好干的。他打小农活干的就少，加之身体又瘦弱，一时间哪里干得好，父母也为老谢发愁。有人说他读书读傻了，身为农村人农活都不会干。也有人说他打飘飘油（六安方言，指人不务正业）。好在老谢家还有十几亩山林，上面种满了茶树，老谢对种茶采茶还是很在行。

二十多岁的年龄，那个时代农村人都结婚成家了。而老谢还是个单身，谁家姑娘愿意嫁他呢？在当时村民们的眼里，老谢上学花光了钱不说，还欠下了一大笔债，老谢自己还不会种地，以后的日子可怎么过呢？

生活中总有境遇相似的人。隔壁乡镇有一位叫王芳的姑娘，也是三次参加高考都没有考中。"同是天涯沦落人，相逢何必曾相识"，经人介绍两人就结了婚。老谢与妻子王芳感情很好，很快就生下女儿。这些年，老谢的哥哥和姐姐们都各自成了家，老谢夫妻和父母住在一起。现在加上新出生的孩子，一家五口人。但是老谢的父母年龄大了，老谢夫妻成了家里的主要劳动力。家里的收入主要依靠地里的产出，兄弟分家后，剩下的水田还不到 3 亩。虽然还有十几亩茶园，老谢家的茶园也还不错，但是几乎家家户户都有茶场，茶叶卖不了多少钱。一年下来，收入还不到一万元，各项开销却不少。老谢依旧过着贫困的生活，乡亲们的状况也都差不多。

进入新世纪，打工的潮流早已席卷全国。为了能多挣点钱，老谢也选择到上海打工，在一个项目工地找到了工作。好景不长，2013 年一个意外事故最终把老谢拉回了故土。老谢所在的项目工地发生了安全事故，几个工友发生了意外。老板卷款跑了，最后两个月的工资还没有拿到，王芳要他回来。

这次回家有个很大的发现，原来家乡也在发生巨大的变化，最显著的变化就是六毛路的变化，从前那条晴天扬尘弥漫、雨天"沼泽"交错的六毛路变了样。在地方党委政府统筹下，六毛路修建成了沥青路。公路两旁栽上了景观林木和花草，成了绿色长廊。道路两旁也很快换了新颜，噪音小了，扬尘不见了，景观回来了。山还是那山，水也还是那水，路却已经不再是那条路了。

过去的老六毛路很少走车，山里人很少出去，外面的人和车进来的更少。贫瘠的土地和闭塞的交通造成了山区的贫困。那时候人们的生活目标只是填饱肚子，生活的愿景再简单不过。俗话说"靠山吃山，靠水吃水"，过去大别山是造成贫困的重要因素，现在六毛路修好了，家乡面貌发生了大变化，大别山成了宝贵的资源，是不是可以做点什么生意？老谢看着窗外的景象，思绪在不停翻滚着。回到家之后一打听才知道，原来政府在推动旅游业发展。六毛路沿线旅游业已经开始起步了，东石笋、皖西大裂谷等景区陆续运营，尤其是东石笋景区就在自己村。每逢节假日和周末，还真有不少游客，老谢想开办农家乐是最容易干的。

返乡之后的老谢琢磨着要干农家乐，但他没有立即就干。这几年在外面打工节余了一点钱，家里花钱的地方却更多，女儿都上中学了。所以，他准备到饭店打杂学两手。老谢打杂学艺的农家乐是太平桥第一个建立起来的农家乐"卧虎山庄"，老谢还认真研究过卧虎山庄的创业过程和经验。他说，卧虎山庄的老板叫老姚，起初就是皖西大裂谷开业，来了游客，这个地方却没有饭店，所以老姚就过来开了这个农家乐。当时只有三栋小平房。不过短短十来年的辛苦打拼，山庄已经初具规模，餐饮、住宿、会议、休闲、观光等一应俱全，并成功创建为五星级农家乐。从前太平桥这个穷乡僻壤的群众，看到卧虎山庄效益很好，大家纷纷跟着开办了农家乐。这也是老谢要来打杂学艺的原因，他说，太平桥的农家乐有一半都是在卧虎山庄学过的，不是徒弟就是伙计，都学着卧虎山庄的模式赚了钱，过上了好日子，所以他也想过来学学手艺，并且他当时对自己开办农家乐也是相当有信心。

几个月后，老谢就开办了自己的农家乐。在自家里做个简易的厨房，放几张餐桌，扯个旗号，农家乐就算办起来了。起初农家乐还有些生意，但是其他农民看到老谢的举动，也都纷纷效仿，越来越多的群众开起了农家乐。时间一长情况变了样，"小作坊"式的农家乐服务品质跟不上，难以满足游客对旅游服务品质的要求。随着农家乐的增多，生意也就少了。由于客人少，多数都处于半歇业状态，即使来了客人一时间也很难准备饭菜。当时的情况是"夫妻店，随处见，没有客人没有钱，来了客人没饭菜——犯了难"。老谢的农家乐虽然没有投入多少钱，但是本来就不富裕的他还是一下子陷入了困境。

怎么办？旅游业到底有多大的发展前景？能不能实现老谢过上好日子的愿景？这是老谢的困惑，也是地方党委政府要解决的难题。当时金安区经过充分调研，认为旅游业是最有发展前景的行业之一。只要科学发展，完全可以实现老百姓过上好日子的愿景。关键是怎么样才能科学发展？金安区给出的答案是党政主导和科学规划，确保将金安旅游业的发展引向科学道路。考虑到南部乡镇地缘相近、文化相似，且有六毛路作为旅游主干道串联，创造性地提出了整体发展的构想。要知道2014年初，当时旅游业的发展基本上是依托景区，"全域旅游"的概念还没有出现，区域旅游整体发展的构想本身就是一个创举。

山清水秀，碧水蓝天，一路九十里宛如画境，"九十里山水画廊"这个名字很快就叫响了。取名"画廊"，就是要整体打造大旅游区。为什么是"九十里"呢？

因为从中店乡到毛坦厂镇东石笋景区，沿着六毛路大约有九十多华里的路程。从此，这条路不仅是公路，还是一条山水画廊。地方党委政府开始科学统筹这一片区域旅游业发展，进而带动更多的群众脱贫致富。2014 年 5 月，金安区在杭州旅游招商推介会上正式推介九十里山水画廊品牌，取得了良好营销效果。

九十里山水画廊的发展一天一个样，老谢也是看在眼里，但是家里的经济状况并没有立即好起来。同样是 2014 年，精准扶贫开始了。考虑到老谢家底子薄、负担重，开办农家乐投的钱还没有收回来，村里给老谢定个贫困户。老谢接到了村里的通知，要求老谢写一份申请。虽然是村里根据实际情况做出的举措，却让老谢受了伤。平心而论，老谢兄弟姐妹多，他家一直都是村里最穷的。但是老谢心里一直不服气，自己多读了几年书不但没有致富，现在反而成了贫困户，无论如何心里都不好受。

就在老谢苦闷彷徨的时候，"九十里山水画廊"给了老谢更多的信心。政府要发展六毛路沿线一带的旅游业，"九十里山水画廊"可不是一句宣传口号，而是要聘请专业的规划编制单位好好规划，按照规划开展系统的建设和宣传。旅游部门和规划编制单位的同志来到画廊沿线实地调研，也来到了老谢他们村，来到了老谢家。他们要实地了解农民参与旅游发展的实际情况，进而解决存在的问题。就在这一天，老谢提出了心里的困惑：什么是九十里山水画廊？当时旅游局的同志给了解答，按照初步的规划，九十里山水画廊覆盖中店乡、横塘岗乡、张店镇、东河口镇、毛坦厂镇五个乡镇，总面积 543.3 平方公里。九十里山水画廊就是金安区六毛路沿线乡镇旅游业整体发展的大蓝图，现在做的旅游规划就是实现蓝图的具体举措。这一天老谢理解了九十里山水画廊，这一天老谢更加坚定了跟着旅游致富的信心，也是这一天老谢开始盘算起实现愿景的家庭规划。

老谢的规划有一部分是自己盘算的，还有一部分是政府给规划的。原来经过充分的考察，大家一致认为金安区的农家乐服务品质不高，不仅自己发展不起来，而且还会影响到金安区旅游业的整体形象。当时精准扶贫工作开展得风风火火，政府也想树立一些典型，让更多的人学习旅游脱贫致富的门径。于是区里选择了一批农家乐，组织专家对农家乐进行景观规划设计，规划的农家乐要"一院一主题，一居一风格"。规划出来了，政府动员老谢按照规划把农家乐干出个样子，老谢犯了难：建设就要花钱，要往本来就亏钱的农家乐再投钱，当时实在下不了决心。经过多次交流，老谢总算咬紧牙关干了。数年后，老谢回忆起那一段时间的思想斗争还是感慨良多：起初作了预算，要花不少钱，我真是不敢也没那个能力；后来专家对规划进行了调整和变通，我也是想干出个样子，所以就干起来了。当时考虑到老谢的经济状况，政府和规划专家对老谢农家乐改造方案进行了调整，主要利用本土竹木等材料进行改造和装饰。材料都是自己家的，花不了多少钱。按照规划，老谢农家乐的改造很顺利，农家特色一下子就回来了。此时，老谢的农家乐可谓鹤立鸡群，生意自然是不用愁的，愁的只是人手不够。每到节假日和周末，老谢就请哥嫂们来帮忙，还经常购买哥嫂家的鸡鸭和蔬菜等农产品。

看到老谢的农家乐瞬间变得火爆，其他的农家乐纷纷效仿，区里树立典型和示范带动的目标初步实现了。打造农家乐品牌被广泛认同，区旅游部门开始主抓"特色美食"、"田园客栈"两大特色农家乐示范户创建。老谢家成功创建了金安区"特色美食"农家乐，还得到了政府的奖励。很快毛坦厂镇、张店镇等乡镇成立农家乐行业协会，着力加强行业培训、行业自律、行业管理等工作。同质化的农家乐恶性竞争问题也迎刃而解。

就在老谢的农家乐快速发展的时候，金安区旅游业发展也开始进入快车道。有了规划的指导，区里还实施了旅游强区战略，确立了坚持走特色开发的道路，以"休闲、度假、养生、体验"为主题，着力打造不同类型的产品集群。茶产业、桃产业很自然地和旅游走到一起，发挥了更大的资源优势，打响"金安脆桃"等一批农产品品牌。很快金安区旅游产业发展初现端倪，旅游企业也都看到了九十里山水画廊的发展潜力，大企业也纷纷进驻。大别山虚谷温泉度假区、悠然南山度假区、大别山石窟、聆心谷等一批大项目凝聚了旅游发展的不竭动力。

经过两三年的发展，老谢不仅脱贫致富，而且还实现了过好日子的愿景。老谢不想停下脚步，他要带领乡亲们一起发展致富。他把这个想法告诉了妻子，妻子听了他的构想，思索后告诉他以后农家乐就由自己照看，让他琢磨怎么把村里的茶叶做出效益。

随着金安区旅游业的迅速发展，游客迅速增加，茶叶销售逐渐活跃，这是前所未有的变化。老谢本来对茶叶就有些研究，高考失败刚从学校回到家里那段时间，他农活不会干，唯独对种茶采茶比较在行。农家乐生意成功后，他的精神状态好多了，但是那主要是政府帮了大忙。这一次老谢要跟着旅游大干一场。老谢开始留意茶叶的生意，原来茶叶的门道比自己想象的要复杂得多，种茶只是其中一步。采了新茶怎么加工、怎么保存包装，最关键的是怎么才能打出品牌。老谢觉得要想做好茶叶这门生意还得做足功课。恰在此时，茶叶企业、合作社兴起。老谢这次没有冒进，而是找来了专业书籍，开始学习。经过几个月的准备，他就在毛坦厂镇上开了家茶庄，还经营一些土特产品。

随着游客的增多，旅游商品的销量还是很不错的。老谢开始琢磨怎样把事业更进一步。刚好旅游部门组织企业到外地考察旅游商品生产销售，在学习考察后他既认识到毛坦厂旅游还处在发展初期的现实，又发现了创业的机遇。很快老谢成立了公司，改良自家茶园，收购乡村茶叶，自己加工生产。他也学着旅游商品生产的样式，做精致小包装，简便易携带，还注册了商标。没想到变成旅游商品的茶叶更加畅销，有时候一个旅游团队就能把他的茶叶抢购一空。

老谢的茶叶公司第一年就收购了上万斤茶叶，茶叶的价格也比过去提高了。把茶叶卖给老谢的农民不少都是贫困户，家里收入微薄，年底一算账收入都有增加。有几家还提前脱了贫。大家都说老谢成了致富带头人，老谢一下子成了村里的名人。

赚了钱的老谢新建一处办公厂房，又流转了土地打造标准化茶叶生产基地。更难能可贵的是，他还组建了一家茶叶合作社，本村大多数茶农都与他有业务或技术往来。一大批茶农跟着受益。这两年老谢的生意越做越好，他还通过网络销售和实体店加盟扩大经营。如今老谢的公司每年的营销产值上千万元。

他通过公司加农户、组成合作社的方式，既保证了产品质量，也使乡亲们跟着一起增收。原来茶农家一年只有六七千块钱的收益，现在参加合作社，每户每年收入大概有四五万块钱。

村里还有些农民在外务工，老谢就把他们的土地流转过来。村民们这样既有租金又有工资。本村居民王新民说，过去衣食住行都依靠家里几亩山地，温饱就不错了。后来出去打工了，土地就只能让老年人种，但一亩地辛苦一年只有二三百的收入。现在土地流转了，每亩地反而有五六百的收入。从土地里解放出来的农民还能到附近企业务工，不用远赴他乡了。

沿着九十里山水画廊一路走下来，这里不仅是美丽的山水画廊，更是洋溢着幸福的人间乐土。过去大别山的闭塞造成了这里的贫困，如今成了绿色发展的重要资源。这几年有多少重大旅游项目落户九十里山水画廊，有多少人在九十里山水画廊实现了就业，又有多少人在九十里山水画廊实现了过好日子的生活愿景。

不单是老谢所在的村子有脱贫致富的真实故事，同样的景象遍布了九十里山水画廊。老谢当年学厨艺的太平桥村，如今农家乐更多了。一个农家乐就能成为一家人的产业，旅游扶贫的带动力和带动面都具有很大优势。虽然农家乐多起来了，但游客也更多了，大家的收入都不错。这一带的重大旅游项目吸引了大批的游客前来，继皖西大裂谷之后，大别山石窟、大别山风情谷纷纷运营并成功创建了国家4A级景区，大别山虚谷温泉度假区建成运营，聆心谷也在加紧建设。现在政府还在创建省级旅游度假区。

位于张店镇的大别山虚谷温泉度假区，投资商就是本土张店人，为了投资家乡回报家乡，打造这样一个温泉旅游综合体。2017年11月18日大别山虚谷温泉度假区正式营业，成为金安旅游的亮点和热点，一时间吸引大量游客，每至周末一房难求。

大别山虚谷温泉度假区的建成运营，不仅丰富了九十里山水画廊的旅游内容，也弥补了九十里山水画廊冬季旅游项目不足的短板。现在是四季游画廊，月月有亮点。充足的客源给太平桥带来了财富，这几年村里的楼房多了，家家院里停着小汽车，乡亲们过上了城里人的好日子。

九十里山水画廊的北入口是大别山悠然南山旅游度假区。过去这里是一片贫瘠的丘岗地，农作物产量不高，人均收入低，面朝黄土背朝天的农民过着贫困的生活。老谢的三姐就嫁到了这里。三姐夫老程是南山本土农民，早前因为家庭贫困，老程一家人仅靠几亩水稻田过活。一年下来，收入只够吃喝等基本生活开销，日子过得紧紧巴巴。随着旅游业的发展，悠然南山度假区、白鹭园等旅游项目纷纷建成，休闲运动旅游方兴未艾，过去遍地荒草的山丘变成了休闲旅游度假区，南山实现了跨越发展。南山发展了，工作岗位也多了。经旅游部门介绍老谢三姐一家都在家门口找到了工作。今年老谢外甥女大学刚毕业，学的是旅游管理专业，刚好就在南山的度假区找到了对口工作。

过去老谢三姐家省吃俭用也节余不了多少钱，现在一年下来少说也能攒下七八万。像老谢三姐家这样在家门口当工人已经司空见惯了。过上了小康生活的农民见证了这一翻天覆地的变化。

　　九十里山水画廊旅游业的发展改变了这里的面貌，也改变老百姓的生活。老百姓要过上富裕的生活，这是他们最大最普遍的愿景。只有过上富裕的生活，他们才能有幸福感。九十里山水画廊沿线的农民是九十里山水画廊发展的见证人，也是受益人。

　　短短数年间，山区乡村换了新颜，过去的茅草屋全都变成了小洋楼。九十里山水画廊成为旅游扶贫的示范区域。乡亲们都说，山水画廊增收致富路宽又长，九十里山水画廊就是群众眼中脱贫致富的康庄大道，也实现了他们过上好日子的愿景，实现了这大别山的愿景。

# 山花烂漫东河口

## 高绪华

在美丽的金安区九十里山水画廊南部，有一方绿水青山、一片红色热土——东河口镇。东河口镇属典型的大别山北麓余脉向淮北平原过渡的丘陵地带，区域面积160.5平方公里，辖28个行政村、1个街道，在籍人口达5万之多，系安徽省"环境优美乡镇"、第五届"安徽省文明村镇"，省级风景名胜区大华山、大别山国家地质公园嵩寮岩坐落其境。"十二五"期间，东河口镇被金安区列为"特色镇"发展规划。

随着改革开放的深入推进，人民对日益增长的物质与精神文化美好生活的憧憬，东河口的发展步入了脱贫致富奔小康的快车道。距离党中央提出的到2020年底全面脱贫、全面建成小康社会的宏伟目标之差距越来越小。据统计，该镇2014年建档立卡贫困人口2086户、6054人，到2020年8月，东河口镇只剩下30户71人未脱贫。

鉴于2020年脱贫攻坚收官之年的紧迫性，东河口镇党委、政府带领全镇广大干群，再接再厉，趁热打铁，决战决胜，奋力打响这场脱贫攻坚战。

在东河口镇的脱贫攻坚战中，活跃着一批脱贫攻坚的领路人与践行者，他们是斑斓在峰峦耸翠、村野丛林中的山花，他们在以小人物的腿脚丈量着这片绿水青山与红色热土，以平凡低调的心声抒写着一篇篇脱贫攻坚乐章。

## "双站长"杨杰

作为一名共产党员，一名普通的基层工作者，东河口镇扶贫工作站兼农综站站长杨杰，始终默默坚守在扶贫事业第一线，以理想为帆、勤奋作桨，于激流中勇进。

2018年的第二场大雪纷纷扬扬，刚休完婚假的杨杰正扛着铁锹在镇政府大院里铲雪。他记得特别清楚，"当时是中午，我正在铲雪，就听到二楼有人喊我上去。"镇党委书记张继保开口："杨杰，因人事变动及工作需要，经镇党委政府研究决定拟调整任命你为东河口镇扶贫工作站站长，今天找你来，想听听你自己的想法。"

杨杰有点懵。他来镇上虽然好几年了，但一直从事农综相关工作，扶贫工作并未深入接触，他觉得心里没有底。不过，任何工作从来都是由不会到会的，轻易打退堂鼓也不是他的性格。

沉默了半晌，他说："我干试试。"

干就想干好。扶贫工作千头万绪，杨杰从一名办事员转换为部门负责人，所要思考及对全局把控能力的要求与从前大不一样。

对内，扶贫工作站是一个年轻的部门。杨杰是 1989 年出生的，其他几名同事都是 90 后，平均年龄才 25 岁。这些新同事中，有跟杨杰一样从其他部门抽调过来的，也有才大学毕业刚参加工作的，一群新手摸着石头过河，只得边干边学边积累经验。

作为站长，杨杰从开始干的第一天就做好了啃"硬骨头"的思想准备。新部门新业务，所有工作他先上手过一遍，打铁还需自身硬，力求对扶贫业务知识了然于心。刚参加工作的新同事，没有工作经验，报一个简单的表格，他也是手把手地教。

对外，扶贫工作涉及十大工程、八大领域及多部门协同作战，在纷繁复杂的工作中需要定得下心、沉得住气、耐得了烦，扑下身子摸实情，撸起袖子加油干。

2018 年，围绕金安区贫困县高质量退出开展各项脱贫攻坚工作，整个扶贫工作站拧紧发条，"五加二""白加黑"成了工作常态。

长时间加班，如何提高工作效率？这成了摆在杨杰跟前一道急需解决的难题。

经过集思广益，杨杰决定从"人"入手，打破在村办公的常规思维——将全镇 28 个村扶贫专干集中在镇三楼会议室，现场办公、集中培训、当场答疑、针对辅导，类似于这样的业务大练兵前后举办了十几场，工作效率、质量得到了稳步提升。他通过吃透政策，熟练掌握业务技能，锻造出一支精明强干的扶贫专业队伍，达到事半功倍的效果。

2019 年 3 月 12 日早上 6 点。"我羊水破了。"这是杨杰接到家属电话听到的第一句话，此刻他正与同事着手准备迎接当天的金安区贫困县高质量退出入村验收。

杨杰楞了几秒钟，稳下心神，才分别给产科医生、丈母娘、家属打电话问情况，医生给出的建议：还早，大概会在当日下半夜生。在征得家属同意后，他又继续工作，带着贫困县高质量退出评估组下村入户，一直持续到下午 6 点钟结束，杨杰马不停蹄地开车前往六安市立医院。凌晨 1 点 55 分，一声啼哭，杨杰一直拎着的心才放下。

2019 年对杨杰来说是一个特殊的年份，这一年他成了父亲，这一年他还兼任了镇农业技术综合服务站站长职务。从此，他的"双站长"职业轨迹正式开启，责任与担当、蜕变与成长，无不镌刻着他青春奋斗的烙印。

要想打赢脱贫攻坚这场硬仗，必须要有一支过硬的扶贫工作队伍。作为双站长，杨杰牵头组建了一支由农技人员、产业指导员、新型农业经营主体组成的特色产业扶贫队伍，推动全镇特色产业发展，增强村集体经济"造血能力"，带动贫困户产业发展增收，助力脱贫攻坚工作。

2019 年，通过农技人员包村联户，加强产业扶贫技术帮扶指导，共帮助 28 个村 1201 户贫困户发展产业，实现增收 254 万元，户均年增收 3200 元，提高了到村、到户产业经济效益。而通过 7 个贫困村产业指导员入户走访，实施"志智双扶"，帮助贫困户解决产业发展实际难题 110 余件，提高了贫困户脱贫致富自我"造血能力"。培育壮大到村特色产业项目，培育镇级、村级产业发展带头人 20 人，打造村级特色产业基地 8 个，包括百亩稻虾综合特色种养基地、灵芝特色产业基地、千亩脆桃特色产业基地、百亩茶叶特色产业基地及山野菜特色产业基地，创新扶贫模式推进了产业扶贫"输血"更"造血"。

"我想只要肯干，再加上好政策，不仅能脱贫，还能致富。"今年 47 岁的吴克兵，家住东河口镇张公桥村，2014 年 3 月妻子被检查出尿毒症，孩子正在上高中，高昂的医药费、学费压得他喘不过来气。2014 年，吴克兵家被列为因病致贫的贫困户。

要想摆脱因病致贫的现状，必须想办法提高家庭收入。"一开始也不知道做什么好，在家干农活，没门路、没技术。幸好，村两委、驻村工作队帮我出主意想办法，帮我争取小额无息贷款、联系技术培训指导、拓展销路，我这个稻虾共养田才算干起来。"吴克兵感激地说。2017 年，吴克兵抱着试试看的态度，试养了 6 亩稻虾，当年就实现了增收。镇扶贫工作站积极帮助其申报户贷户用自我发展小额信贷 5 万元。他越干越有劲，2020 年种养面积扩增至 114 亩，今年预计增收 10 万元。

"扶贫不养懒汉，智志双扶是关键。"脱贫攻坚已进入攻城拔寨的最后冲刺阶段，在实现脱贫致富的道路上，杨杰认为实施志智双扶，为贫困群众拓展持续有力的增收渠道是解决问题的关键。如何让贫困群众想干、敢干、能干、会干，最终实现稳定脱贫，探索构建新型脱贫模式势在必行。

2020年，他们再次完善"一村一规划、一户一方案、一人一措施"方案，积极推进村有特色产业、户有致富门路、人有一技之长的脱贫模式，积极培育和引进新型农业经营主体，发展村级特色产业，带动贫困群众稳定增收致富。

作为东河口镇重点培育的新型农业经营主体——安徽东市田野绿色农业有限公司旗下的金安区九盛农业专业合作社，带动了当地57户贫困户发展稻虾共养，为养殖户提供技术培训、现场指导、组织销售等帮扶措施，实现每户年增收5000元以上。同时，该公司旗下的生辉生态农业专业合作社，与贫困村牌楼村、毛湾村进行深度合作，通过"党支部+合作社+扶贫基地+农户"模式，发展稻虾综合养殖500亩，预计年增收10万元以上，助力村级集体经济稳定增收，巩固脱贫攻坚的成效。

2020年，通过坚持产业扶贫发展道路，发展村级特色产业，东河口镇建成贫困村特色产业扶贫基地8个、非贫困村到村产业项目4个，投入产业扶贫资金190万元，参与"四带一自"新型经营主体50余家，带动贫困户1059户，投入产业奖补资金268万元，帮扶贫困人口3466人，加大技能培训力度，全镇拥有一技之长的贫困劳动者累计3264人，占现有贫困劳动者的55.93%。贫困人口人均纯收入由2013年底的2800元，增加到2019年底的13800元，增幅392.85%。

"今年，我们镇未脱贫户还有30户71人，通过户户到、户户访的方式，深入排查、因户施策，制定落实帮扶措施490条，户均享受帮扶措施16条，精准施策、全面提升脱贫质量。全力打赢收官战，站好每一班岗是我们的责任。"说到今年的脱贫目标，杨杰有决战决胜的信心。

习近平总书记说："新时代是奋斗者的时代。"幸福是奋斗出来的，只有奋斗的人生才称得上幸福的人生。决战决胜之年，任务仍然艰巨繁重，基层多一些杨杰这样的人，就会把崎岖变为坦途，把蓝图变为现实，把愿景变为实景。

## "辣妈"扶贫交响乐

杨丹凤，中共党员，东河口镇毛湾村主任。这位90后"辣妈"，不仅是两个孩子的母亲，还是村民们津津乐道的"凤姐"，她以雷厉风行的工作作风赢得了全镇干群的一致好评。

疫情防控期间，杨丹凤冲在防疫工作最前线，同时注重抓好村内各项事务。2020 年，该村还有 3 户 8 人需要脱贫，入户走访、帮助贫困户谋划帮扶措施成为"凤姐"日常工作与生活的一部分。贫困户陈久坤身患残疾，杨丹凤走访了解后，为其购买了衣柜、大米、食用油及生活用品，实打实地帮助他解决生活难题。同时她还多次联系其帮扶干部，向帮扶单位争取，帮助他解决住房问题。聚沙成塔，集腋成裘。小小的关怀汇集成一股股暖流，陈久坤诚挚地感喟道："感谢党和政府，感谢凤丫头，给我的关爱！"

村居环境也是事关群众生产生活的大事，为了给毛湾村村民打造一个优美舒适的环境，杨丹凤主动向村委会提出设置农村基础设施管护公益性岗位，一方面改善环境，一方面帮助贫困户实现就近就业。她与村两委认真研究，积极设置公益性岗位，安排卫生保洁员 6 名，其中一户为贫困户家庭。

为帮助贫困户实现产业增收，在毛湾村两委的大力支持下，陈学义等 4 户贫困户，于 2018 年成立了六安市金安区荣义农业专业合作社，主要发展稻虾综合种养产业。合作社成立当年，这 4 户贫困户就实现了增收，现在户均年增收 2 万余元。2020 年因疫情影响，一度饲料紧缺，杨丹凤了解到情况后，积极帮助合作社多方协调，顺利购置到一批饲料，确保生产与收入的可持续性进展。

怎样帮助贫困群众致富增收，是萦绕在杨丹凤心头的一件大事。听闻陈学义有发展电子商务的意愿，她立马行动，多次向金安区商务局争取，最终成功帮助该户发展电子商务事业，村里还帮助其购买设备、提供台式电脑、免费做标识牌。今年陈学义扩大了养殖规模，养鸡 1000 只、鹅 300 只、鸭 500 只、鱼塘 30 亩，预计年收益可达 10 万余元，其中单是通过电子商务线上平台交易就可实现增收 2 万余元。

一直以来，杨丹凤坚持的工作思路就是脱贫先断穷根，想方设法增强贫困户自我发展能力，做好打基础、利长远的扶贫帮困工作。2020 年，为大力推进产业发展，该村在金湾组流转了 50 亩水田，发展稻虾共养，带动村级集体经济发展壮大。

"现在每天虽然忙碌，但很充实。2020 年是脱贫攻坚决战决胜之年，作为一名村主任、一名共产党员，带领我们村 1844 名村民脱贫致富是我的职责！"杨丹凤坚定地说。

## 种田大户涂德圣

今年 58 岁的涂德圣，中共党员，家住东河口镇中旺院村，他的家庭是一个普普通通的六口之家（他和妻子、儿子、儿媳还有两个孙女）。他在点点滴滴的生活小事上，得到了村里乡邻尤其是贫困户的称赞。

2011 年，涂德圣开始承包本村 9 个村民组 650 余亩土地，并成立了合作社。作为本村种田大户，他总是和蔼可亲，助人为乐。不论是平时还是农忙时节用工，他都尽力优先雇用村里的贫困户、边缘户和家庭比较困难的劳动者。他的与人为善，谦卑和谐的品格，深得邻里村民的信任和尊重。真诚待人是他的处事态度，热心助人是他的为人风格。邻居们有些事情做不了或需要帮忙，他总是伸出援助之手，尽心尽力地为那些需要帮助的邻居尤其是贫困户解决燃眉之急。

2018 年 5 月，本村贫困户方秀平因患双侧股骨头坏死，不能再从事重体力劳动了，无可奈何，只得从江苏常熟打工之地返乡，从此家庭便断了经济来源，因病返贫的阴霾再度笼罩着这个家庭。涂德圣得知后，毫不犹豫地从自己的流转土地中分出二十亩给方秀平家发展产业——稻虾共育。尽管当时田里的秧苗刚刚插上，他还是对方秀平说："今年秧苗已经栽了，田租和稻算我的，龙虾你照放，收益全部算你的，明年这些田亩的稻虾共育产业都归你经营。"

方秀平感动得几乎说不出话来："你这样照顾我家，我如何是好，我该怎么报答呢？"

"你这说到哪里去了？谁还没有困难的时候啊，都是左邻右舍的，能帮得上当然会帮，这点小事又何必放在心上呢！"涂德圣语重心长地说。

在涂德圣的热心帮助与配合带动下，在村委扶贫工作组的耐心精准扶贫引导下，几年来本村有二十多户贫困户先后顺利脱贫，纷纷走上致富奔小康的幸福之路！

2019 年 4 月，涂德圣的妻子刘正凤罹患胰腺癌晚期。可是，田家少闲月，五月人倍忙。当时正值农忙时节，家里 600 多亩农田等着旋耕、插秧，全家商量，由儿子涂利峰带母亲去医院治疗。涂利峰于 2019 年 9 月换届选举时被村民推选为村民委员会委员并担任村文书、报账员，业务比较繁忙，常常需在村里与医院之间往返奔波。尽管如此，在照料母亲住院期间，他的村委会工作仍然没有落下；儿媳在家不仅帮公公涂德圣干农活，还料理家务、照顾两个孩子，却依然任劳任怨。"父耕原上田，子劚山下荒。"全家人就这样齐心协力共渡难关，经过近两个月的辛勤劳碌，终于完成了所有的应时农活。同时，刘正凤得到有效治疗，病情稳定有好转。

2020 年春节期间，新型冠状肺炎病毒来势汹汹。大疫面前，身为共产党员的涂德圣父子，毅然决然地投入疫情防控的突击队中。雨雪交加，寒风凛冽，涂德圣主动与村干部一起坚持每天在村卡口值班，还发动兄弟、侄子等亲属积极参与。其子涂利峰从大年初三就开始上班了，父子俩说："作为共产党员，这是我们义不容辞的责任。"

种田大户涂德圣用实实在在的行为履行了共产党员的庄严承诺，在治理好自己小家的同时，仍时刻不忘乡村里的大家，时刻不忘扶危济困、共奔小康的神圣职责！

一个个脱贫攻坚的故事感人肺腑，一朵朵淳朴烂漫的山花争奇斗艳，一个美丽文明的乡村风貌生机勃勃，蒸蒸日上。

# 老丁的扶贫故事

## 冯　文

初见丁国平，是在他的家里。丁国平因工伤在家休养，电话联系后，采访约在一个初冬的上午。他，高高的个子，面色偏黄，可能因为身体的原因，说话慢声细语。

丁国平曾经是位 20 多年坚守安全一线的"老消防"，既是战斗员又是指挥员。在他以往的工作生涯中，和老百姓打交道对他来说并不陌生。在一次又一次的火海热浪前，他不顾个人安危，深入一线或临场指挥，抢救生命，转移财产，先后 4 次荣立个人三等功，并受到公安部和省政府的通令嘉奖。

2017 年 6 月，丁国平被六安市委组织部和市公安局选派到六安市金安区中店乡中店村任第一书记、扶贫工作队队长。

丁国平说，深入基层扶贫是他工作生涯中面临的另一种挑战。虽然扶贫与消防看似不同，但同为冲锋第一线，奋战在最前沿，这是他作为一名人民警察义无反顾的责任。

一

中店村位于金安区中店乡北端，面积 9.6 平方公里，地处江淮分水岭脊背，自然条件差，旱灾频繁，村里基础设施薄弱，基本公共服务不够完善，又无主导特色产业，集体经济一片空白，是金安区 68 个贫困村之一。2014 年有建档立卡贫困户158 户，贫困人口 416 人。

六月的皖西，气温逐渐攀升，天气异常热，让人们瞬间感受到夏日的灼热。一个平常的夏日，丁国平踏进了这片属于中店乡的土地，走进中店村的村部，自此开启了他的扶贫之路。

2017 年，丁国平刚驻村时，怎么和贫困群众打交道，怎样带领他们脱贫致富，是他首先思考和探索的问题。驻村后，他几乎将生活搬到了中店村，每天吃住在村部，为了方便走村入户，还买了一辆电瓶车。经过两个多月的努力，遍访 37 个村民组，穿烂了好几双运动鞋，终于和村民们打成一片，大家都亲切地称呼他"老丁"。

有时走在路上，田间劳作的村民看到丁国平都会热情地打招呼和攀谈。他们间的对话就像是久经农桑的老农在交谈，哪块地该治虫了，哪家稻田该施肥了，他都了如指掌。谁家里有个大事小事，也要请老丁来说个理。

从中店村村部到贫困户胡国友家，是一条新修的水泥路。胡国友今年 69 岁，常年有病，没有劳动力，和老伴俩人主要以低保为生，日子过得磕磕巴巴。"丁书记了解情况后，积极主动帮扶并鼓励他家发展家禽养殖，现在已脱贫了。"村书记吴光余、村主任鲍中文边走边向我们详细介绍胡国友家的情况。没进家门，就看到院子里养了 8 只羊，但鸡、鸭、鹅却不多。我问："鸡鸭怎么这么少呢？"胡国友忙说："原来多啊，我家喂了 80 只鸡、60 只鸭、20 只鹅，秋收后都卖出去了。"

当我们提到丁国平时，他一下打开了话匣子："丁书记那没得说（土语，很好的意思）。他经常来，有时家里没人，他就找到地头，问可有什么困难，身体可好，又关心牲口销路，对田地很熟悉呐，我们从内心都很感激老丁。只要我们有切身利益的事，他都关心，亲自用心去做。我家喂养的鸡鸭鹅，不仅能够卖钱增加收入，还帮助我们申报'四带一自'产业奖补 3000 元，都兑现了。老伴和我在家里拉家常时，常说老丁真是一名好干部，一心一意为我们，是我们的贴心人。"他又说道，"去年我股骨坏死，做了手术，丁书记几次到家来看我，问长问短，并让市公安局帮扶领导到家中走访慰问，很是关心。我住院还享受贫困户政策，现在我们吃的用的比以前好多了，感谢党和政府给我们带来的好日子。"看得出，老人家对现在的生活很满意。

贫困户郭道宝今年 52 岁，老母亲 90 多岁，家属是个精神智障，孩子因故早逝，是个失独家庭，常年靠政府的低保维持生活。家属还有暴力倾向，经常打年迈的婆婆，村里人都不敢拉。丁国平知道后，第一时间赶过去。丁国平每个星期要去老郭家看望一次，这样才放心。

在丁国平的帮扶下，现在郭道宝家养了 8 只羊、70 只鹅、80 只鸡、60 只鸭，还有鱼塘，享受"四带一自"产业奖补 3000 元。年纯收入达到 38500 多元，全家人均纯收入达到 12800 多元，彻底改善了生活，在富裕小康生活的道路上越干越有劲头。村书记说：郭道宝现在不用外出打苦工就有收入，在家养殖还能顾着老母亲和家属。

贫困户胡万生今年 56 岁，他的家庭是丁国平驻村以来重点关注的对象之一。2018 年 9 月中旬，丁国平正在走访一户贫困户时，突然接到胡万生打来的电话："老丁啊，俺家里出大事了……"放下电话，丁国平便赶到胡家。原来胡家有个女儿，怀有五个月身孕，原定当年十月份结婚，男方突然毁婚，胡家不知如何是好。这时胡万生第一个想到的就是丁书记。8 年前，胡万生的儿子发生交通事故意外离世，儿媳丢下幼女改嫁他人，巨大的打击让胡万生妻子精神失常，时好时坏，家中仅靠胡万生一人在外打工为生，生活很艰辛。如今女儿又这样，仿佛天都要塌了。

丁国平了解情况后，立即向乡政府汇报，积极协调男女双方所在村党组织做好调解工作，并请求乡派出所给予法律援助，同时与市人民医院取得联系争取支持。最终，女方在医院进行了堕胎手术，获赔男方 5 万元的精神损失费及营养费。在 2018 年的帮扶工作中，丁国平鼓励胡万生发展养殖业。胡家养鸡 60 只、鸭 40 只、鹅 30 只，获产业补奖 3000 元；为其家庭申报了扶贫小额贷款，获利 3000 元，为其孙女申报幼儿资助 1000 元，又帮助胡家四口人购买了意外伤害保险等。那时胡家已经顺利脱贫，并走上了致富的道路。

"谁想到，好日子刚过没几天，老胡家又发生了意外。"丁国平苦笑着摇着头说。2019 年 10 月 21 日晚上 7 点多，在外打工回家的胡万生，在家用酒精炉生火做菜时，一不小心被点着火的酒精泼洒到身上，以至于身体 85% 的面积被烫伤。送到市人民医院抢救，又转诊到安医大附属医院接受治疗。丁国平得知后，立即与医院取得联系，帮助胡家解决疑难问题，在医院治疗十天，费用近 24 万元。

因开支太大加上病情有了很大的好转，丁国平协调六安市人民医院接受胡万生进行治疗。一个月后，胡万生出院回家静养，如今已正常独立生活。在此期间，丁国平协调有关部门和单位以及个人，积极向胡家捐款等活动，共收到慰问金近 5 万元，政府又帮助解决医疗费用近 24 万元，解决了胡家经济生活的燃眉之急，也极大地鼓舞了胡万生一家人的生活信心。他们深深地感受到共产党好，习近平领导的新时代中国特色社会主义好。

采访中丁国平还说到一个小细节，他告诉我，胡万生的女儿今年出嫁了。丫头每次看见他，都"丁叔叔、丁叔叔"地喊着，就如一家人。说到这里，丁国平笑了。

我也笑了，说，你为他们家操碎了心。丁国平说，他家确实很可怜！不止他们家，村民们谁家有啥事都要找我说道说道，解决了他们的后顾之忧，我心里才踏实。

是啊，类似这样的帮扶故事，早已成了丁国平扶贫工作中的日常。

# 二

中店村大多贫困户主要是因病、因残、因教育致贫，中店村没有集体产业，村民们也没有脱贫动力，丁国平和他的驻村工作队就想尽一切办法争取资金发展产业。

六安市公安局有 35 个党支部，扶贫工作队主动及时地与每个支部进行对接沟通，落实对应的帮扶对象，请求每个支队负责落实包户责任人，并定期不定期地下村走访，了解贫困户的基本情况。发动广大公安干警积极进行捐款捐物，献智献策，给农户提供资金技术等方面的支持，引导农户脱贫致富。

丁国平说，他刚驻村时在走访过程中，经过村北部一条回龙路，坑洼难行，百姓苦不堪言。可村集体无收入，修路资金是个大难题。2017 年年底，丁国平积极向市公安局领导汇报，与市武警支队、消防支队共同支持 10 万余元，修通了这条连接着四个村民组的长 1.67 公里的回龙路，极大方便了四个村民组群众的出行和生产生活。

丁国平在消防岗位 20 多年，安全意识一直很强，在走访中看到村里多处火灾隐患，就想着要在村里建一处消防站。凡是对百姓有益的事，丁国平总是说干就干，他立刻与六安市消防支队沟通协调。在市消防支队的帮助和支持下，投资 10 万余元，在中店村建立全市首个村级微型消防站。丁国平还专门请来市消防员为村级消防员进行培训，教会他们正确应对火灾和使用消防器材，为预防火灾打下了良好的基础。

针对村民用电严重缺乏的情况，在市公安局和供电公司的共同协调下，中店村安装了三台变压器，解决了老百姓多年想解决而未解决的用电难题。不久，丁国平在走访中发现村里光伏发电站多次被人毁坏，这关系到村民的直接利益。丁国平在和金安公安分局的交流中请求支持，该分局花费 1.8 万元在村里安装了 360 度的摄像头，从此杜绝了电站被破坏的不法行为，确保了电站的安全。

丁国平知道，要想实现贫困村长效发展，必须要有产业支撑，得想办法发展集体经济。发展产业是实现脱贫、防止返贫的根本之策，要因地制宜发展产业，延伸产业链条，通过金融财税支持，专业合作社组织创新，实现从"输血"到"造血"

的内生循环。于是，丁国平一方面努力为中店村输血，另一方面注重激发村民内生动力，唤起村级发展造血功能，在不断助力和创新过程中，实现中店村的立体嬗变。

2018 年 7 月，丁国平带领驻村工作队积极争取财政支持 45 万元资金，购买了用于出租的悠然南山门面和让农户承包的 15 亩蔬菜大棚，共获收资金 3.2 万元，不仅增加了村集体收入，而且使全村 154 户贫困户享受资产折股量化受益分配。市公安局、市武警支队、市消防支队等单位近几年为了村集体经济的发展共支持资金32 万元，鼓励村民发展产业。在丁国平的动员下，全村贫困户都加入了发展养殖业的队伍，依靠产业实现长效发展。

2020 年也是极不平凡的一年。新冠肺炎疫情冲击和 7 月以来的皖西洪灾，给脱贫攻坚增加了难度。这些情形时刻提醒着丁国平，已脱贫人口存在返贫风险，边缘人口存在致贫风险，必须充分认识当前脱贫攻坚工作的严峻性和复杂性，必须把工作想到前头、做在前头。

面对突如其来的疫情，丁国平带领驻村工作队提前回到中店村，积极深入贫困户家中，挨家挨户进行排查，与村委党员带领村医为隔离者测量体温，为生活有困难的贫困户提供帮助。及时掌握疫情对农户特别是贫困户农产品生产销售影响情况，因户施策，当好贫困户与市场连接的"服务员"，积极拓宽农产品销售渠道，帮贫困户增加收入，有力地推动了贫困户脱贫步伐，积极解决了因受疫情影响的农产品销路问题。

自防汛以来，丁国平和驻村工作队每天与村两委干部一道在中店村巡查、排险，查看登记农作物受灾情况，挨个村民组对汛情进行摸排，深入他们家中了解受灾情况。贫困户王大平家因洪涝灾害房屋受到损坏，丁国平与村两委一道及时了解情况，并向上级部门汇报，解决了灾情带来的问题。"在关键时候，要让群众真正感受到有党组织在！"丁国平这样说。

三

由于多年从警的习惯，丁国平在生活上严格要求自己，克服家中大大小小的困难。驻村扶贫工作不仅仅是身体上的劳累，心中更有着对家人的愧疚。

2019 年下半年，在老家安庆，88 岁的老母亲因高血压、胃部等出现身体问题，两次住进医院。老母亲曾经因胃癌动过大手术，胃切除 2/3，现在胃部又出现问题，家里兄弟姐妹都非常着急。而此时，扶贫工作处在关键时刻，中央巡视组和省政府都在各市、区进行督查和检查扶贫工作，丁国平得知母亲住院，彻夜难眠，虽急在心里，仍无法回家看望，只好拜托他的兄妹守在母亲身旁照料。多年来，丁国平的爱人体弱多病，患有心肌炎、低血糖，他也无暇顾及，更谈不上对家人嘘寒问暖。但所有的这些，依然撼动不了丁国平在扶贫道路上走下去的决心。

2020年9月29日下午三点多钟，丁国平与乡村两级干部陪同团市委走访慰问贫困户后，因工作需要拟准备回市公安局汇报扶贫工作情况。由于天下着小雨，路面有些滑，丁国平本身长期奔波在扶贫一线，身体处于透支状态，过度疲劳，途中血压突然升高，骑电动车不小心撞到树上，遭遇了车祸。后经过路人报警，120急救送到市人民医院救治。

在卧床养伤的日子里，丁国平仍记挂着扶贫工作，通过互联网和电话指导村集体经济和脱贫户的发展。就在我采访他时，还见他随时接到有关中店村扶贫工作的电话。在他心里，扶贫工作始终是第一位！

我环顾丁国平的家，客厅里一台彩电和简易的木质桌椅、沙发，除此再无任何多余的装饰，一切极为简朴。相反，一辆轮椅在客厅的一角，倒是比较醒目，应是丁国平受伤后必备的坐椅吧。望着丁国平两鬓灰白，我终是没忍住，冒昧地问了句：丁书记，您贵庚？他笑着说，我69年的。这一刻，我沉默了，因为他比实际年龄苍老许多。

## 四

近几年，丁国平在年终考评当中被市委组织部先后评为优秀等次两次，2018年被中店乡党委、政府评为"扶贫工作先进个人"，2019年被金安区委、区政府评为"优秀驻村干部"，2019年被六安市委、市政府评为"全市乡村振兴与脱贫攻坚先进个人"，并被选举为中店乡第15届人大代表。丁国平及驻村扶贫工作队，先后被村民组、贫困户及村民赠予锦旗二十余幅。

通过丁国平和他带领的扶贫工作队的努力，如今的中店村面貌发生了巨大的改变。在产业扶贫、教育扶贫、就业扶贫、健康脱贫、危房改造、旱厕改造、环境卫生、民事纠纷的调解等工作中，都做了很多工作。村级组织坚强有力、基础设施改善、村民收入较快增长、村容村貌焕然一新，真正做到让村民富起来了，村子美起来了，大家的生活好起来了。

笔者走访中店村时，中店乡纪委书记梁学锋百忙之中赶到村部。先是带我们去丁国平办公的地方看了看，巴掌大的屋子，有一张很小的办公桌，桌上堆满了资料。椅子后面墙角下，摆放着一双军用球鞋，一双黑色长筒胶鞋等，屋子四周挂满了锦旗……

在村部会议室，梁书记拿了一份 2020 年的中店村脱贫攻坚工作总结给我。我看到一组最新数据：截至目前，在丁国平带领的驻村工作队的帮扶和村两委的努力下，中店村共修建村级水泥路 27.75 公里。中店村帮扶到村到户项目 36 个，争取资金达 356.6 万元，中店村贫困发生率由原来的 13% 下降至 0.03%，村级集体经济由原来的 0 收入达到 15.86 万元，实现了"村出列，户脱贫，县摘帽"目标任务。

村书记、村主任带我们在中店村走走看看。放眼望去，宽阔平坦的水泥路通向家家户户，田埂上，耕牛悠闲地走着，一口口清澈的当家塘错落在地里田间。当我们走到一处低矮的貌似蔬菜大棚时，村书记介绍说："这就是中店村的光伏扶贫电站，只要太阳一出来，村里就有收入了，每年约 6 万余元，都用在贫困户和开发公益性岗位上。"

在老丁的扶贫事迹中，我们看到了多处闪光点，一个是带着责任和感情，另一个就是精准用力，稳定脱贫。四年来，丁国平用脚步丈量土地，用真情温暖民心，为百姓脱贫致富奔走，为乡村发展输血更造血。驻村一千多个日日夜夜，他走遍了村里的每一个角落，能准确地叫出每一位村民的名字；为了村里的发展，他跑过数十家单位，寻求过不下百次的帮扶与支持。如今，中店村的全体村民生活越来越富裕，在小康致富的道路上越走越宽广。

丁国平用真心换取了老百姓的真情，用汗水赢得了老百姓的口碑，用实际行动彰显了人民警察的英雄本色。近距离接触老丁，让我更深刻地领会到类似丁国平驻村扶贫队长们敢于担当、无私奉献、吃苦耐劳的价值所在。

# 裕　安

岭上开遍映山红
——六安脱贫攻坚
报告文学集

# 脱贫攻坚裕安路径

### 汪锡文

2018 年是裕安人脱贫攻坚决战决胜的关键一年，是实现脱贫战略目标的收官之年，实践证明他们交出了一份上乘答卷。

## 红色发力

2018 年 12 月 29 日上午 10 点钟，许继慎纪念园迎来了接受革命传统教育的特邀群体——参加梦之路·裕安区脱贫攻坚风采行的 60 多位作家。参加这次活动的有中国作家协会副主席徐贵祥，省文联副主席、省作家协会主席许辉。作家们头戴红军帽，身着红军服，沿着当年六霍起义策源地率先暴动的独山镇和红军史上空前大捷苏家埠 48 天战役等红色路线，体悟革命胜利的来之不易。新中国的诞生是千千万万革命先烈用鲜血和生命换来的。

中国工农红军第一军军长、33 位无产阶级军事家之一的许继慎，他的纪念园坐落在环境幽静的一片树林之中。作家们怀着无比崇敬的心情，排着整齐的队伍，肃立在他的塑像前。敬献花篮。深深地三鞠躬。党员作家重温入党誓词，不忘初心，牢记使命。

"梦之路"采风活动，是六安市作家协会近几年来打造的一张文学名片。一年一度组织一批作家围绕一个主题，深入基层，体验生活。以散文（报告文学）、小说、诗歌的形式，讴歌新时代六安人新奋斗新变化新气象新成就。以反映一个地方脱贫攻坚的别样风采，这还是第一次。沿着红色线路接受革命传统教育，这也是第一次。这是因为裕安区在脱贫攻坚起始和全过程中，把传承红色基因作为原生动力。

裕安是一片红色的土地，从这里走出了新中国三十二位开国将军。

裕安区委领导班子，以上率下，扎根基层，扑下身子，撸起袖子加油干，坚决打赢脱贫攻坚战。不忘初心，方得始终。

青山乡是许继慎的故乡，这里的共产党员以及各级干部、学校师生每年都要到纪念园、纪念馆、瞻仰、参观、宣誓。这一天，扶贫 e 站在这里组织扶贫工作队员进行庄严宣誓：坚决贯彻中央、省、市、区脱贫攻坚工作精神，抱定战则必胜的信心，下定破釜沉舟的决心，以舍我其谁的勇气，敢于担当的魄力，不忘初心，凝神聚力，勇往直前，扎实工作，不破楼兰终不还，坚决打赢脱贫攻坚战。

家住青山乡戚塘村村民邬宗前，身患糖尿病，前些年妻子意外离世，女儿远走高飞，儿子上学，家庭重担一下子落在了这个病汉的身上。对生活失去信心的他，整天没精打采。这是一个晴朗的日子，邬宗前做梦也没有想到，这一天是他人生中的一个转折点。一大早区委主要负责人就登门造访，跟他亲切地拉起了家常。区委领导从精神扶贫入手，帮助他树立信心，增强勇气，战胜困难，发展经济。第一步是解决他无钱看病问题，落实健康扶贫政策。接下来，一次又一次地来和邬宗前商讨规划和发展生产项目，帮助解决资金、种苗、技术等问题。邬宗前先是盖猪圈养猪，搭鹅棚养鹅。第二年又围栅栏放养鸡。接着又整修水塘投放鱼苗。邬宗前越干越有劲，他养殖创收，水中捞财，提前一年脱贫。当 56 岁的他手捧"脱贫光荣证"时，激动不已，连声说：共产党好，共产党干部好，共产党的脱贫政策好。

薛礼芬是青山乡芮草洼人。父母早亡，妻子有病，两个孩子小，自身一无技术，二无水田，三无资金，思想悲观，脱贫无门路。在乡党委书记的鼓励、帮助和支持下，他决定租田养虾。薛礼芬参加技术培训后，便干起了在水稻田中养虾的营生。夫妻二人互帮互学，互相鼓劲，口中时不时地哼着：树上鸟儿成双对，夫妻双双把虾喂，科学管养大丰收，虾田里摸爬不觉累。掏得第一桶金后，夫妻俩信心倍增，在不断扩大养虾规模的同时，宣传和带动其他贫困户和周边农户也投身到稻田养虾之中。对于贫困户，他不仅耐心细致地传授技术，还向他们无偿提供虾苗。薛礼芬由贫困户华丽转身为示范户，被传为佳话。

江家店镇副镇长匡晓翠，大家是这样赞誉她的：她像悄然盛放的一束红梅，在寒风中为人们送去缕缕清香，在扶贫战场上默默地耕耘奉献。她是群众身边的贴心人，扶贫攻坚中的勇士。

2017 年 4 月，镇党委决定匡晓翠分管扶贫工作。作为大龄妇女的她，此时身怀有孕，准妈妈的幸福常挂在脸上，笑在心里。但她不向组织讨价还价，毅然决然地挑起这副重担。她实打实地抓，不分昼夜地干。坚持入户走访，核查基础信息，掌握扶贫实情，谋划脱贫措施，检查脱贫进程。严冬大雪纷飞，雪地里留下了她的足印。夏季赤日炎炎，她顶着40度的高温，挨家挨户地排查，烈日下留下了她的背影。一天临晌午头，随行的村干部突然发现挺着大肚子的匡晓翠大汗淋漓，脸色苍白，赶忙将她劝回村部。喝点水休息片刻，她又继续入户排查，直至完成任务。

2017年12月4日，省第三方评估正式进驻江店镇，匡晓翠并没有像往常那样早早地来到办公室。同事忙打电话给她才知道，昨夜她的宝宝出生了。大家都不敢相信，就在昨天她还像以往那样，挺着肚子奔波在扶贫第一线。她最放心不下的就是深度贫困户周绪保一家。周绪保家6口人，上有80多岁老父亲，石聋。下有两岁多尚不会说话的小孙子。老伴和儿子儿媳或痴或残。匡晓翠结对帮扶之后，在驻村第一书记、扶贫队长陈如邦共同努力下，首先解决了周绪保因其配偶智障多年办不了结婚手续的问题。有了结婚证孩子才能够入上户口。不是"黑头户"才能落实政策兜底办理低保。生活有了基本保障，周绪保信心十足，感到这幸福来得有温度，打算养羊增收，这一年的年底他就有了4000多元的收入。

12月27日，省2018年度脱贫第三方评估进行到关键阶段，每天晚上随时随地需要汇集情况并提供相关数据。一个星期之内每天24小时镇分管领导必须跟随评估组，做到需要弄明白的任何一个问题，都能在第一时间找到对接人。面对尚未断奶哭闹不休的孩子，匡晓翠没有丝毫的犹豫。婆婆哀求说，翠儿你不能走呀。匡晓翠喊了一声妈，抹抹眼角上的泪水，拖着行李箱默默无声地走出了家门，这一走就是七八天。这一个星期匡晓翠白天晚上连轴转，每天晚上只能眯盹一两个小时。她忘记了时间和空间，忘记了孩子，忘记了自我。直到评估组走了，她一下子瘫软在工作岗位上，连站起来的力气都没有了。

陈如邦是六安职业技术学院人文艺术学院的院长，2017年4月26日学院领导同他谈话。27日完成原单位工作交接。28日到达江家店镇芝麻地村报到。几天后党组织关系就转到村党支部。这位村第一书记、扶贫队长租住民房，自己起伙，吃住在村，不添麻烦，不给村里增加负担。到村第二天，他就深入贫困户，了解情况，探讨脱贫办法。仅用一个月时间，走访完全村79户贫困家庭。几周下来，人晒黑了，身上泥土也多了。夏季晚上蚊虫多，有时身上被叮的全是包，虽然很苦很累，但他感到自己很幸运。下乡驻村，赶上了脱贫攻坚。贫困户渐渐认识了他、了解了他、相信了他。什么事都愿意跟他说，什么问题都愿意跟他反映，把他当成了亲人和知心人。

贫困户李道中，儿子30多岁去世，孙子读八年级，孙女上小学。妻子包文霞有心血管病，加之丧子心痛，精神受到刺激，整天恍恍惚惚。陈如邦把他家的事时刻挂在心上。2017年9月底的一天，早上6点多钟就去他家探望。一到他家门口，一看大事不好，包文霞躺倒在地上不省人事。她丈夫李道中急得手足无措。陈如邦把包文霞扶上车，立即送到市医院。经过精心治疗，病情得到了控制。接着去找有关部门，帮助办了慢性病卡，把健康扶贫政策送到手上。2018年李道中孙女初中毕业，由于家庭困难，自己学习成绩又跟不上，不愿再上学读书了。陈如邦多次找她谈心，对她讲知识改变命运的道理，激励她继续上学读书。在陈如邦苦口婆心地劝说和帮助下，李道中孙女进了六安职业技术学院，上了5年制大专。还帮她申请了助学金和雨露计划。经与学院协调，不仅免交学费，连住宿费也免了。孩子入学后，学习勤奋，积极向上，成绩优秀。李道中、包文霞逢人就讲，我孙女大专毕业后再参加工作的话，我们这个家就大有希望了。扶贫队长比亲兄弟还要亲啊！

## 特色产业助推

苏埠镇洢河村46岁的沈宜军回想起2012年心里就酸酸的。那时两个孩子读书，外出打工收入有限，怎么办？他从务工所在地江苏宜兴返回家乡。回来后光靠种几亩薄地收入更是微薄。孩子上学正是花钱的时候，一家几口人要生活，土中掏钱很难，被评上了贫困户。沈宜军又是一个不服输的人，贫穷不是件自豪的事情，脸上不光彩。年纪又不算大，不能光靠政府，一定要通过自己的双手脱贫致富。正当一筹莫展之时，政府号召禁止焚烧农作物秸秆。他看到当地大量种植的玉米、油菜、花生秸秆被废弃没人要，又从别地了解到湖羊不挑食，生长发育快，肉质鲜美的特点，他决定当"羊倌"，搞起了湖羊养殖。

好事多磨，养羊绝没有起先想象的那样顺风顺水。养殖初期存栏量不多，不断繁殖和扩大规模的同时，渐渐就遇到了各种问题和困难。养殖技术靠自己，不断地学习钻研。市场可以开拓。资金不足成了最大的烦心事。2016年，沈宜军抱着试试看的态度去找村两委，令他没有想到的是村两委对市场前景分析后，第二天就联系了六安市星供合资金互助合作社苏埠分社求助贷款。没几天工夫，救急的资金就到了沈宜军的手上。养殖场随着湖羊的不断出栏，走上了良性发展的快车道。沈宜军不仅脱了贫，而且还致了富。当地人称他是养羊专家。

驻村工作队长和村两委负责人看到了当地发展湖羊养殖业的潜在优势，决定和星供合资金互助合作社联手，跟愿意养羊的贫困户一起走出一条脱贫好门路。一天，他们把沈宜军请到了村部。饮水思源，回想自己在生活最贫困、发展养羊资金最窘迫时，是谁给了自己最大帮扶？曾经深刻体味过贫穷滋味的沈宜军，决心做一个贫困群众的"暖身炉"，用自己掌握的养羊技术带领和帮助贫困户一起脱贫奔小康。经多方撮合，裕安区众鑫农业专业合作社应运而生。沈宜军建议，把愿意养湖羊的贫困户由他全部带入合作社，通过贷款入股分红的方式来增加收入。同时还可以安排贫困户来合作社务工，他本人将毫无保留地向他们传授养羊技术。经过宣传，淠河村73户贫困户以每户5万元的扶贫贷款向合作社投资。户贷社管，入股分红，聚沙成塔，抱团发展。当年户均增收8000元。目前养殖场初具规模，十几栋标准羊舍建成，正在向产业化方向发展。

裕皖生物科技有限公司是一家集牧草种植、农作物收集加工、山羊良种繁育、生态养殖和技术推广为一体的农业产业化企业。公司拥有标准化羊舍3700多平方米，牧草地200多亩，目前存栏安徽白山羊种羊1500多只，年出栏父母代种羊近2000只，商品羊1000多只。公司总经理王琳连续两年被评为"六安市优秀科技特派员"。她热心扶贫事业，采用"公司+基地+贫困户"模式，提供羊苗和养羊技术，实行产供销一条龙服务。她一天到晚忙个不停，深入养羊户，走进羊舍，打针、消毒、喂饲料、接生羊羔，样样活都干。她不怕苦、不怕脏、不怕累，使所有的养羊户都获得了成功，使公司帮扶的贫困户都如期实现脱贫。

固镇镇军明养殖专业合作社自成立以来，以白鹅产业为支柱，变一家一户自繁自养、自食自销向集约化、商品化转变，科学养殖、抱团发展。合作社按照"无公害皖西白鹅饲养管理技术规程"要求，从场址选择、鹅舍建筑、品种选留、种鹅繁殖、牧草种植、疫病防控、科学孵化到标准化饲养，采取五统一分（统一技术培训、统一供应鹅苗、统一疾病防治、统一饲养管理、统一销售；分户饲养）的办法，提供产前产中产后服务。合作社实行资源共享，风险共担，经济效益和社会效益都十分明显。合作社的利润按照投资额和饲养量给予分红。自2012年始，军明合作社为进一步打造皖西白鹅的品牌效应，成功注册"寿星头"商标，从单一的鹅蛋孵化、鹅苗、成品鹅销售，逐步向鹅类食品加工行业进军，效益突显，越来越多的农户纷纷加入合作社。现在下辖124个白鹅养殖场，带动3000多养鹅户走上了小康之路。

在脱贫攻坚这如火如荼的岁月里，军明白鹅养殖专业合作社勇立潮头，扛起社会责任。通过传递市场信息，印发技术资料，开展技术培训，组织观摩交流，入户技术指导，实行借鹅下蛋，产业助推扶贫。合作社对具备一定养殖能力的贫困户，免费提供100只皖西白鹅鹅苗及一定量的饲料，提供种草技术。鹅出栏时按照高于市场每斤 1 元收购，确保每户每只鹅净利润高于 100 元。去年合作社又推出互助扶贫即借鹅下蛋的办法，对建档立卡贫困户自愿免费领取 10-30 只种鹅在家中饲养。下蛋后送到合作社照价回收。下蛋季节结束种鹅再归还合作社。合作社对有一定劳动能力又不想自家养鹅的贫困户，提供就业岗位，给予合理报酬。对老弱病残失去劳动能力的贫困户给予资金救助。

六安市康宁竹编工艺品有限公司，地处大别山腹地，在非遗传承人竹编工艺师邹红带领下，充分利用当地竹、木、藤、柳、草资源，经过多年的摸索和创新，逐渐形成了独特的编织技术，生产出欣赏与实用、工艺与文化完美结合的数千种产品，生态环保，造型新颖，工艺精湛，品位独特，展现出浓郁的艺术风格和地方特色，彰显出非物质文化遗产所迸发出来的独特内涵和迷人魅力。产品多次在华东地区和深圳等地工艺品展示会上获奖。去年在第十三届中国（深圳）国际文化产业博览会上，康宁竹编精彩亮相，产品被抢购一空。多年来，公司带领 300 多贫困家庭从事竹编加工，为脱贫致富做出了贡献。公司还吸收了一些残疾人到企业就业。

裕安区伊甸园油茶种植专业合作社成立 7 年多来，以"一业为主，多业并举；一品为主，多品共融"方针，在舞旗畈、怀华寺、钱店三个行政村境内，通过流转荒山、荒坡、低产林建成万亩油茶基地。并间作套种油牡丹万余亩，名贵中药材 2000 多亩，杜鹃花千余亩。采用公司+合作社+基地+贫困户的脱贫发展模式，带动脱贫。一是荒山变金山，二是农民变职工，三是资金变股金。目前已有 130 户脱贫。尚有 209 户贫困户在基地就业，年底将全部脱贫。

独山镇是中国十大名茶之一的六安瓜片原产地之一。现有精品茶园 6 万亩，茶叶种植加工企业 42 家。已经形成村村有茶企（业），户户有茶园的格局。茶产业已成为全镇产业脱贫的主要抓手，带动 2500 户 8300 多人脱贫。其主要做法：一是带动就业，贫困户中的劳动力到茶企业打工。二是入股分红，贫困户通过金融小额贷款入股，获得分红收益。三是利益联结，采取"政府引导，企业运作，技术保障，科学种植"打造茶产业利益共同体，为茶农拓宽了增收渠道。

## 绿色振兴乡村

裕安人清醒地认识到，当前农村正处在脱贫攻坚和乡村振兴战略实施的交汇期，在打赢脱贫攻坚战的同时，必须努力做好与乡村振兴的有机衔接。乡村振兴必须持续不断地推进生态振兴、产业振兴、文化振兴和人才振兴。

产业振兴是乡村振兴的经济基础，绿色发展是第一要务。

以传统农业为主的丁集镇，为了摆脱贫困，历届政府在招商引资、发展当地经济上下了不少功夫。但收益甚微，经济没有搞上去，反倒污染了环境。远走他乡，是处于贫困中农民的唯一选择。一个5万多人的乡镇，就有2万多人外出打工。其中有1万6千多人在苏州虎丘地区从事婚纱生产和销售。实际上，早在20世纪90年代就有一批丁集人在此务工创业。他们经过20多年打拼，涌现出一批成功人士。随着经济发达地区产业的递度转移，苏州的婚纱产业面临诸多挑战。丁集镇负责人捕捉到了这个机遇，出台优惠政策，招引凤还巢。在苏州婚纱产业中占有举足轻重地位的丁集人，故土情深，欣然决定回乡创业。在短短的时期内形成了一股返乡创业潮。2017年底，丁集镇已经拥有50多家婚纱企业。随着婚纱产业的快速发展，先后引进缎布、蕾丝、玻璃饰品等在内的辅料企业百余家，基本上实现了婚纱上下游产业链的全覆盖。婚纱产业的蓬勃发展，催生了物流和电子商务的跨越式发展。目前，丁集镇从事婚纱产业的从业人员已超过1.5万人，带动全镇农民人均纯收入由2011年的1966元，上升到2017年的12487元，增长6倍多。

2019年1月5日，对于丁集镇婚纱产业的发展来说，是一个值得纪念的日子——投资21亿元，规划面积3.15平方公里，建设面积1400亩的"中国·丁集婚纱小镇"项目，举行了奠基仪式。项目区集生产、商贸、旅游、文化、社区五大功能于一体。项目全部建成后，可提供5万个就业岗位，形成100亿元产值8亿元税收的规模。世人将共同见证：一个走向世界的婚纱小镇浪漫崛起。

一镇十六将，独秀大别山。独山镇作为中国第一批"特色小镇"和红色旅游重点镇，旅游业的发展正方兴未艾。革命纪念地和遗址群，茶主题公园、龙井沟、樱花溪畔、虎头潭漂流，红绿交相辉映。旅游精品路线相继形成。年接待游客达120万余人次，带领全镇人均增收6000多元。旅游业已成为革命老区、山区、库区振兴乡村产业的不二选择。

乡村振兴第一位的是生态振兴。绿水青山就是金山银山的理念正日益深入人心，"护绿、增绿、管绿、用绿、活绿"，"多栽树，不砍树，能致富"正在成为越来越多裕安人的共识和自觉行动。依托青山绿水、田园、湿地、农业产业园、红色资源、乡土文化，打造一村一景观、一村一特色、一村一品位。加快生态环境优势为经济社会发展优势转变的效果日益彰显。

乡村振兴需要持续不断地改善农村人居环境。近年来，裕安区深入推进农村"三大革命"，着力开展燃煤锅炉、散乱污企业、固废物点位等专项整治。大气、水和土壤污染防治取得了实实在在的进展。小厕所却成了农村人影响生活幸福指数的大问题。农村改厕采取整村推进、分户实施、限期完成的办法，实现了阶段性目标。走进乡村，初步实现了"硬化、亮化、美化、绿化、净化"的人居环境，美不胜收。裕安区先后荣获全省农村环境"三大革命"考核先进县区、农村生活垃圾分类和资源利用示范县区，美好乡村建设连续四年获全省先进。

采访过后，那些奋战在脱贫攻坚第一线的一个个先进人物浮现在我的脑海经久不衰，他们的鲜活故事像一曲曲嘹亮歌声回荡耳际经久不息。

脱贫摘帽的裕安人，正在书写新的绿色传奇。

# 呕心沥血　玉汝于成

## 王　迅

巍巍大别山群峰竞秀，滔滔淠河水源远流长！在青山环抱、绿水相拥的淠水之滨，有一片洒满热血的红色土地，这就是素有"中国第一将军镇"之称的裕安区独山镇。

走进独山，满眼是绿，满眼是红！打开尘封的历史，回望战争的硝烟，红色独山，见证了血雨腥风的峥嵘岁月，也演绎了世代传承的红色经典。

新中国建立后，独山人民继续发扬艰苦奋斗的革命精神，在独山镇党委、政府的坚强领导下，负重爬坡砥砺前行，经济、民生等各项事业都步入了发展的快车道，乡村面貌日新月异，正向着打赢老区脱贫攻坚战和全面建成小康社会的宏伟目标阔步迈进。

面对全面建成小康社会的最后一公里，独山镇党委、政府以时不我待的高度政治责任感，带领全镇广大干群，奋力打响了脱贫攻坚战。

## （一）

独山镇地处大别山东北麓，与中国第二将军县金寨山水相连，属于典型的山区乡镇，区域面积189.4平方公里，村级组织21个，在裕安区19个乡镇中，无论是区域面积还是村民组数，均居全区首位；人口8.6万，居全区第三。2014年建档立卡贫困户3600户11199人。有5个贫困村和8个"双基"薄弱村，贫困发生率16.4%。

面对如此艰巨的脱贫攻坚任务和发展压力，独山镇党委、政府清醒地认识到：要想打赢脱贫攻坚这场硬仗，让老区人民过上幸福安康的生活，全镇上下必须凝心聚力，始终把脱贫攻坚工作，作为统揽经济社会发展和压倒一切的政治任务，来推动落实。

　　为了找准一条适合独山镇脱贫攻坚的路径，真正做到"真脱贫，脱真贫"，独山镇党委、政府多次召开专题会，并动员广大镇村干部和驻村工作队，下田间，走地头，访农户，搞座谈，点对点面对面地了解贫困户致贫的原因，并逐村逐户建立扶贫档案，制定帮扶方案。

　　经过反复调查和研究，并结合独山镇的实际，独山镇制定了《"十三五"脱贫攻坚规划》，进一步明确了"留住绿色，传承红色，保护古色，打造特色"的脱贫攻坚发展思路，并紧紧围绕"六个精准，五个一批"的总体目标，突出"抓两业"（产业、就业），"扶两志"（智力、志气），"强两基"（基础设施、基本公共服务）和"强化党建引领"的工作态势。从大处着眼、小处着手，层层压实责任。

　　习近平总书记指出："发展产业是实现脱贫的根本之策。要因地制宜，把培育产业作为推动脱贫攻坚的根本出路"。

　　地处革命老区大别山区的独山，镇域内高山连绵、河道纵横，山水资源丰富，绿色产业交相辉映。"七碗清风自六安，瓜片源头在独山"，作为中国十大名茶——六安瓜片的原产地、主产区，也是六安茶谷建设的桥头堡和主战场。

　　为了打好"绿水青山就是金山银山"这张牌，进一步培育发展特色产业，独山镇党委政府抢抓"一谷一带"建设机遇，加大"一茶一油"产业培育，深入推进休闲农业与乡村旅游融合发展。

　　地处六安茶谷入口出的长生桥村，二十世纪五六十年代，国营六安茶场在这里开辟了2000多亩的茶园，但是，随着计划经济向市场经济的转轨，茶场昔日的辉煌不再，一度成为政府的一个沉重包袱。

　　为了盘存量活资源变废为宝，独山镇积极配合市区政府的决策，经过多年的努力，将这片几近荒废的茶园，成功地打造成了"六安瓜片茶主题公园"。

　　如今，每到春暖花开的茶春季节，来这里观光旅游的客人络绎不绝，人们在感受清新空气的同时，也体验着茶叶采摘的乐趣。

　　由"徽六"茶业股份有限公司投资兴建的"茶加工综合体""瓜片育苗基地""茶体验馆"和"国家非物质文化展示中心"，先后建成开放，并成功举办"六安茶谷首届开茶节"。

　　为了进一步促进茶旅融合发展，扩大茶旅产业的规模效应，在独山镇党委镇府精心谋划下，2018年，再次引资9亿元，倾力打造集"采茶体验、抹茶加工、特色民宿、生态休闲、茶旅文化"为一体的"三产融合"乡村振兴示范项目——抹茶小镇建设。

2020年4月，独山抹茶村百合花海盛大开园。被疫情久困的四方游客纷至沓来。青山绿水间，50多万株百合争奇斗艳、竞相开放。穿行在游人如织的花丛中，欢声笑语不绝于耳。放眼远眺，大型雕塑"山水之间"巍然屹立，"用情打造抹茶村，用心建好将军镇"的宣传牌赫然在目。

如今的独山镇，茶叶种植面积已经发展到6万多亩，茶加工企业42家，年茶产业产值达5亿多元，直接带动2522户贫困家庭脱贫致富，户均增收5000元以上。"徽六"牌六安瓜片在荣获"中华老字号""中国知名农产品"的基础上，再获"中国驰名商标"的殊荣。

一个"村村有茶厂，家家有茶园，户户有收益"的产业扶贫格局已经基本形成，真正实现了"茶区变景区、茶园变公园、茶山变金山"的绿色产业发展蓝图。

地处钱店村的江淮果岭大观园，是由安徽裕民生态农业有限公司开发的绿色产业综合体。公司立足于独山红色资源和绿色资源，采用"公司+合作社"的形式，将闲置的荒山荒坡打造成万亩油茶示范园。公司自成立以来，先后获得"安徽省林业产业化龙头企业"、"安徽省林业示范合作社"等十多项荣誉称号。

为了进一步发挥龙头企业的示范带动作用，独山镇党委、政府积极作为，主动帮助企业完善发展规划，解决发展困难，协调资金项目支持。在独山镇党委、政府的大力支持下，裕民生态油茶基地由最初不足1万亩发展到3万亩，并在镇域内开辟了六大基地，横跨9个行政村，其中整村推进3个村，每年吸纳周边1400多人就近就业，直接带动343户贫困户脱贫。2017年，依托裕民公司成立的伊甸园油茶合作社，荣获"全国'万企帮万村'精准扶贫行动先进民营企业"称号。

## （二）

独山镇作为中国首批特色小镇，红色旅游资源十分丰富。漫步于镇内的明清老街，感受着当年的繁华与沧桑，九处红色文化遗址，完整保留了苏维埃时期县级机构遗址，实属全国罕见、安徽唯一。自红色旅游启动以来，"独山苏维埃城""六霍起义纪念馆""六霍起义纪念塔"等文化旅游场馆，先后建成并对外开放。

但是，穿行于独山镇的大街小巷，人们不难发现，镇区内基础设施相对滞后，沿街管网十分混乱，景区内"脏、乱、差"现象比比皆是。为了还老区人民清洁的山水、优美的环境，让游客能"进得来、留得住、有回味"，让红色旅游为独山的脱贫攻坚提供持续的动力，独山镇党委、政府本着"规划先行、谋定而动""修旧如旧，修缮复古"的原则，经过反复考察论证，先后编制了《独山镇总体规划》《独山历史文化名镇保护规划》《独山特色小镇专项规划》等，促进老街保护和红色旅游健康发展。

按照规划，独山镇投资近亿元，先后完成集镇主城道"白改黑"和背街小巷道路的硬化，以及污水管网改扩建等工程；并改建集镇公测7处；兴建日处理3000顿的污水处理厂一座；新建日供水5000吨的自来水厂一个。

为了进一步提升独山红色旅游的品位，促进老区经济发展，2019年11月，独山镇党委、政府再次引资2亿元人民币，由安徽"将之星"旅游发展公司设计运营，以"老铺新街，老品新装"为宗旨，以美化亮化红军街为载体，将红色文化、绿色资源、民俗特色、传统工艺、非遗体验深度融合。经过一年多的改造，如今，每天吸引游客近万人。预计项目建成后，可直接带动当地群众就业逾千人，实现景区百姓收入过亿元。

如今的独山，环镇大道、茶韵大道、红军大道循环贯通，行驶在这些道路上，不仅一路通畅，随处可见的山水风光，更是清新怡人。徜徉于飞檐翘角马头墙的红街，游人的脚步更加轻盈了，笑脸也更加灿烂了。每当夜幕降临，街道两旁，商铺林立灯光璀璨，沿河景观大道旁，游人如织，舞曲阵阵，让人仿佛置身于城市公园。

一位在独山老街居住了半个多世纪的老人见人就说：以前一到夜晚，伸手不见五指，一到雨天，污水横流。如今，灯也亮了，水通了，路也平了。真是党的脱贫攻坚政策好！

## （三）

淠河是淮河伸向大别山区的一条重要支流，淠史杭工程自建成以来，为皖西乃至江淮地区的工农业生产和人民的生活，发挥了重要的作用。为了保护好这条母亲河，国家启动了淠河综合治理工程。

独山镇地处西淠河的上游，与金寨响洪甸山水相连。西淠河有11公里的河床穿镇而过。沿着这11公里的淠水河床，两岸群峰叠翠林木葱郁，红黄相间的农家庭院，与青山绿水交相辉映。

同时，由康辉旅游公司开发的"龙井沟"，已经发展成为AAAA级景区，并被誉为"江北九寨沟"。"樱花溪畔"观光度假休闲区，已初具规模。"虎头潭漂流"

也已打造成"皖西第一漂"。

借助西淠河综合治理的契机，继续加大淠水两岸观光带的建设，将各个旅游点串珠连线，独山镇政府先后出台《独山镇旅游发展规划》《独山镇西淠河景观建设规划》《驻驾湾休闲半岛景观建设规划》等一系列发展规划。通过规划的实施，一个"全景独山，全域旅游"的局面，便呈现在人们的面前。

如今，行走在西淠河岸边，澄净的河水碧波荡漾；幽静的亲水栈道互相勾连；新颖的观光亭台错落有致。蓝天白云下，小鸟翻飞，人心和畅。好一派"千里莺啼绿映红，水村山郭酒旗风"的美景。

这条旅游线路，每年吸引外地前来观光旅游和度假休闲的游客达100多万人次，实现景区百姓增收一亿多元，极大地促进了山区群众的脱贫。同时，独山镇还先后被授予"全国重点镇""安徽省首批特色小镇""安徽省历史文化名镇""安徽省环境优美乡镇""安徽最佳旅游乡镇""安徽省文明村镇"；并斩获"中国人居环境范例奖"。独山红色旅游成为"全国三十条红色旅游精品景区"之一。

## （四）

多年的扶贫经历，也让独山镇的广大党员干部充分认识到，立足独山的资源、文化优势，为老百姓提供更多的就业机会，是解决脱贫不返贫的有效途径。俗话说得好：一人就业全家脱贫。

为了进一步整合资金、项目，让"资金跟着项目走，项目跟着规划走"，独山镇启动了"扶贫项目库"建设，为全镇扶贫攻坚的项目申报、产业发展，进行引导和规划。

与此同时，独山镇党委、政府还先后多次组织镇村主要领导和扶贫工作队的干部，赴岳西、巢湖、金寨等周边地区，考察学习脱贫攻坚、产业扶贫，以及围绕农村"三变"改革，壮大集体经济，建设美好乡村的经验和做法。动员全镇党员干部，开动脑筋多方联系，"走出去，请进来"，通过发展产业，变"输血"为"造血"，为脱贫攻坚提供内生动力。

在这一政策的指引下，省住建厅驻村工作队，在驻村干部陈必喜的带领下，多方争取帮扶资金150多万元，在太安村建造了一座800平方米的扶贫车间，并与安徽纳才服务外包公司签订协议，引进洗衣机线束加工工艺，直接解决了当地60多位病残贫困人口在村就近就业问题。

2018年初，在镇党委、政府主要领导的牵头下，黄荆滩村与合肥包河区农林水务局对接，争取启动资金20万元，在本村中行、黄庄、马楼交界处，建立无花果种植扶贫基地。该项目采用"村委会+公司+农户"的合作社经营模式，到2019年末，共投入100多万元，预计进入丰产期后，每年将为村集体经济带来近百万元的收入。

游芳冲村地处独山镇西面，属于典型的山区村落，海拔高度在300米以上。该村茶叶资源丰富，水土气候等自然条件得天独厚，生产的绿茶品质优良，深受客户青睐。以前一到茶春季节，老百姓单打独斗，既要摘茶又要炒茶还要卖茶，忙得不亦乐乎。

为了鼓励茶农集约化经营，镇村扶贫干部多次往返该村，召开"板凳会""庭院会"，动员村民加入合作社，入股经营分红。功夫不负有心人，2019年春，"游芳冲村茶叶专业合作社"成立。合作社采用"党支部+合作社+股民+贫困户"的模式，直接带动20多户贫困户脱贫，人均增收5000多元，同时也实现村集体经济增收30多万元。

44岁的邹红家住独山同兴寺村，山区长大的她耳濡目染父辈们手工工艺，致力于弘扬非遗文化遗产——竹编。为了进一步扩大竹编工艺的经济效益，助力山区脱贫，在独山镇党委、政府的积极引导下，创办了"六安市康宁竹编工艺品有限公司"，先后带领100多户贫困户脱贫。邹红也被当地百姓誉为深山里的"金凤凰"。精巧的康宁竹编远销海内外，并在2020年"汉博杯"工艺创意设计大赛上获得金奖。

独山镇的"扶贫项目库"建设，引起了国务院扶贫办的高度重视，2018年11月，国务院扶贫办在六安召开现场会，向全国推介和展示独山镇的"扶贫项目库"建设。

## （五）

加强基层党组织建设，充分发挥基层组织在脱贫攻坚中的战斗堡垒作用，也是独山镇党委、政府着力推行的工作之一。2017年在检查脱贫攻坚工作时，镇党委、政府发现黄家窑村两委，思想涣散，工作疲沓，各项脱贫任务不仅拉后，民意基础也十分恶劣，成为全镇脱贫攻坚工作的老大难。

了解到这一情况后，镇党委立即召开全镇党员干部大会，不仅严厉批评了这种渎职失职的现象，并以"零容忍"的态度，撤换了村两委主要领导的职务。

此后，围绕着"讲严立"学习，并对照"三严三实"要求，独山镇党委在全镇党员干部中，掀起一场扶贫领域执政问责"风暴"，在这场风暴中，共清退不符合贫困标准的贫困户达 70 多户，问责 20 多人。

为了牢固树立"围绕扶贫抓党建，抓好党建促扶贫"的理念，进一步发挥党员干部在脱贫攻坚中的战斗堡垒作用，独山镇党委、政府先后制定《独山镇绩效考核办法》《独山镇扶贫开发奖励办法》等奖惩制度，同时实行村干部公开招考、跨村任职，选优配强村党支部书记和优秀青年干部。在这些措施的推动下，村两委的战斗堡垒作用得到了进一步的彰显。

今年是全面建成小康社会的关键之年，也是脱贫攻坚的收官之年，独山镇广大扶贫干部，认真履行共产党员的神圣使命，在全面贯彻扶贫攻坚政策、不断强化脱贫攻坚意识、拓宽脱贫攻坚思路、认真落实脱贫攻坚项目、解决脱贫攻坚困难中，以坚强的党性和务实的工作作风，写下壮丽的诗篇。

在他们的亲力亲为下，独山镇的经济发展取得长足的进步，社会民生得到极大的改善，"两不愁三保障"的脱贫攻坚硬核指标全面落实。独山镇脱贫攻坚工作实效，也一直处于全区靠前位次，并多次接受国家、省、市、区各级的视察检查，以及七个省三十多个地市县的参观学习。

到 2020 年上半年，全镇 5 个贫困村全部出列，贫困人口也由 2014 年的 11199减少到不足百人。独山镇在脱贫攻坚考评中的出色表现，也多次受到市委、市政府和区委、区政府的表彰。

独山镇广大扶贫干部不忘初心甘于奉献的情怀，不仅诠释了共产党员"全心全意为人民服务"的宗旨，也深深地感染了全镇的广大群众。他们的所作所为，就像一盏盏明灯，照耀着独山这块红绿交错的山水，也闪亮在革命老区 8.6 万百姓的心头。"金杯银杯不如老百姓的口碑"，革命老区独山镇在镇党委、政府的带领下，脱贫攻坚一定会圆满收官，经济社会发展也一定会更加辉煌，明天一定会更加美好。

# 淠河岸边的牧歌

## 鲁　甄

　　两千多年前，苏武持汉朝符节出使匈奴，因其不降，被罚牧羊。十九载历尽艰辛，持节不屈，终归于汉。名曲《苏武牧羊》赞颂他"任海枯石烂，大节不稍亏"。从苏武牧羊开始，到日常生活中萦绕耳畔的草原歌曲：蓝天白云下，辽阔草原上，青青牧草，云朵一样洁白的羊群，牧羊人轻扬手中皮鞭，一首首悠扬动听的草原歌曲；再到黄土高坡，苍凉幽远、高亢粗犷、荡气回肠的《信天游》，"谁在叹息里自斟自饮，将万里愁绪付与天地"，我对牧羊人的理解一直停留在精神层面。

　　把我拉回生活的，是淠河岸边的牧羊人罗运好。他是裕安区新安镇迎水村人，祖辈居住在淠河岸边，务农为本。深冬的一天，我和扶贫工作人员来到他家走访。

　　那天，冬雨潇潇，寒风凛冽，我们停车在堤坝上，踩着泥泞前去住在村庄东头、贴近堤坝的他家。一段不长的路，走得我们东倒西歪。路面泥泞不堪，好在是泥沙土质，踩下去很有踏实感，鞋子上粘满的泥土，走到他家门口跺跺脚也就甩了大半。眼前大约四百平方米的羊圈棚里，大半的羊已经卖出，剩余不过六七十只，在栏内安静地吃着干草。因为是雨天，罗运好没有出去放牧，有时间接待我们。他的住房非常简陋，也就是依靠羊圈棚的外墙搭建的简易平房，挡风避雨而已。现实里，牧羊人的生活不容丝毫浪漫，可以说窘迫不堪。狭小的空间里，用木板分隔出了"卧室与客厅"，我们坐在几个平方仅能容身的"客厅"里，低矮的小方桌上摆放着一些剩饭菜，上小学一年级的儿子正趴在桌上空出的一半写作业。

　　冬闲无事，我们的来访，引来罗运好的几个热心邻居。天气寒冷，室内又实在太小，大家只好贴着墙壁而立，亲热地和我们搭讪。听说要采访罗运好，他们七嘴八舌地抢着打趣："他现在日子好过了！在新安镇上买了楼房，老婆带着孩子在那里上学，过得不比城里人差。""你们不知道以前他家有多穷！整个迎水村走一遍，没有能找到第二家比他家还穷的！""你们看看，他都四十好几了，这么大年纪孩子才上小学一年级，在农村有几个呀？""没见过这么爱羊的人！他有多疼爱老婆儿子，对羊就有多耐心。不信，你问问桂枝。"桂枝是罗运好老婆，听到别人打趣自己，不好意思地用胳膊肘拐了一下身旁正在抽烟的中年男人。

　　你一言他一语，大家说得热火朝天，驱散了小屋里的寒气。罗远好不抽烟，却一边不住地散烟，一边摇头叹息，似乎不堪回首那些年的苦难日子。一瞬间，气氛沉静下来，站在罗运好旁边的他三妈唏嘘叹道："这孩子真是累命，从小到大没有过上一天好日子！他妈死得早，他爸带他们弟兄三个，还有个小妹，吃了上顿没下顿。就这样，也熬过来了！"他三妈说话快人快语，两手抄在围裙里取暖，身上透出乡村妇女的善良亲切。罗运好说，从小到大，三妈没少帮助他家。小屋除了我和他儿子坐着小凳子外，屋角仅有一只小塑料凳，应该是平日三口围坐吃饭用的，桂枝非让三妈坐上。看得出，夫妻俩对三妈很尊敬。

　　隔墙"咩咩"叫声声不绝，一股股浓膻气穿过墙面，准确无误地扑入我们的鼻子，有人忍不住连连打喷嚏。乡下人习惯了这种居家环境，没有人感到不适。或许，这种气味也是六畜兴旺、家运红火的组成部分，让他们感觉日子踏实安稳。在小屋里的烟雾缭绕中，罗运好从1992年的夏天讲起。

　　那年罗运好在新安中学读书，暑假帮助家里干农活，去淠河岸边放着几只羊。穷人的孩子早当家，罗运好从小习惯帮助大人做事，没有什么不快。苦中作乐的日子，一天天平平静静过去。不想，一连多天的大雨暴雨，打破了生活的平静。地处淠河西岸的迎水村多处内涝，他家房屋周围已被积水围困，房顶也被雨水冲刷得四处漏雨。提心吊胆之际，灾难降临了，淠河由于淤积河床抬高，水位上涨，冲破了堤坝，居于东头的罗运好家首当其冲，淹没在洪水之中。整个迎水村遭受灭顶之灾，没有一户人家幸免。流离失所的村民只得在堤坝上搭起帐篷，等待政府救援。直到九月开学前，洪水才渐渐退去，政府发给受灾家庭每户一万块砖瓦，帮助群众重建家园，渡过难关。罗运好家原本贫穷，没有一点积蓄，东挪西借才建起了仅有四壁的家。身无长物的父亲看着新家、看着要吃要穿的孩子们、看着一堆债务，成天唉声叹气。15岁的罗运好作为家中老大，只好辍学，和父亲一起挑起家中大梁，让弟弟妹妹继续上学。

　　那三年，在六安、合肥、苏州的街巷，一个十五六岁的少年开着三轮车营生。由于省吃俭用，生活环境极差，经常全身乏力，出现浮肿病情，医院确诊患上肾炎，三年挣下的辛苦钱全部交给了医院。医生说这个病不会一下子痊愈，他只好抱病回了家乡，断断续续吃着中药，慢慢将息。病情严重的两年，整天躺在床上昏昏沉沉，半醒半梦，家里已经为他备好了后事。还不到20岁，难道就撒手离世？罗运好不甘心，不想屈服。来看望他的亲戚朋友中，有人说徐集镇有个老中医善治疑难杂症，怎么不去找他看？他央求父亲送他去，父亲答应了，但对已经躺在床上两年的儿子并不抱有希望。老中医见地甚高，一边给他配制中药，一边开导他要心情开朗，多晒太阳，呼吸新鲜空气。他坐在淠河岸边，看着美丽的风景，内心波涛汹涌：不舍昼夜奔流的淠河告诉他，生命在于不言放弃！顽强的求生意识，让年轻的罗运好身体慢慢硬朗起来。他跟父亲商量，想放几只羊，老中医曾建议他每天喝点羊奶，有利身体恢复。

父亲说干脆多放一些，也许可以卖些钱贴补家用。村两委负责人冉霞听了他们的想法后，积极帮助办理小额扶贫资金贷款。这样，罗运好拿到了400元，买了第一批13头羊，当上了牧羊人。

随着淠河的治理，堤坝加宽加固，河床疏浚，一条橡胶坝阻隔了上游流水的迅猛，流经迎水村一段的流水舒缓下来。河道蓄水能力增强，两岸水草更加茂盛，成为天然牧场。

春天是淠河岸边最美的季节，河水涌动着无尽的生命力，由南向北一路奔放。河水滋润出风情万种的柳树，绿茵如毯的小草，化作了淠河两岸美景的底色。蓝天白云下，鹭鸶轻灵洁白的身影，翩然翻飞。迎水村东头的堤岸上，有一片早年传下的桃树林，桃花盛开的时候，有遗世独立的风采。偶有游人光顾，面对此情此景不免吟诵"桃花流水窅然去，另有天地非人间"。当然，罗运好不会吟诗，他会唱歌，会唱许多与牧羊有关的歌曲。这些歌曲唱出了他的心声，让他感到生活的美好，他相信老中医的良方——笑、唱歌、晒太阳。每天，他就坐在岸边看羊儿吃草饮水，对着滔滔不绝的河水唱他的牧羊曲。

一年一年过去，罗运好的羊群在发展壮大，收入也逐年增长，贫困的一家人终于看到了希望。冉霞看到他的身体好起来了，建议他把养羊当作脱贫致富的路子，又为他争取扶贫贷款，他的羊群达到了上百只。驻村扶贫工作人员得知他的情况，帮助他联系上裕安区防疫站站长王举勇。在王站长的技术帮扶下，罗运好学习掌握了科学养殖技术，他后来也用自己的技术帮助周边村庄养羊的农户。

2000年他还上了一部分扶贫贷款，过上了不愁吃喝的日子。这时的罗运好已经33岁了，弟弟都成家几年了，他开始考虑自己的婚姻。农村人大多早婚，像这个年龄的人，孩子都能扛活了，邻近村庄哪里还有待字闺中的姑娘？罗运好是有心人，放羊时养成了听广播的习惯，有一天听到安徽交通广播的交友信息，附近的三里桥街上有个女青年在征友，他觉得很符合自己的条件。女方是城镇人口，也就是后来的桂枝，家庭条件不错，跟他见面后，听他对自己的人生有目标、有规划，认为可以交友相处。通过一年多交往，他们结婚成家。

婚后的日子，如同芝麻开花节节高，生活越来越好。桂枝贤惠能干，帮他照料家里诸事，让他专心养羊。2016 年，村委会帮他争取到 5 万元的扶贫资金贷款，他的羊群发展到近 200 头。有人建议他依托优势办个上规模的牧场。罗运好没有盲从，他不缺乏技术、经验与能力，但他说天然资源并非取之不尽、用之不竭，超过二百只的庞大羊群，必然会破坏此处生态平衡。盲目发展牧场，只能喂饲料添加剂，这样的羊肉只有数量，不会有质量，也不会有市场。

依靠可持续发展，罗运好实现了脱贫致富梦想。2018 年春天，他在新安镇买了商品房，桂枝带孩子在新安镇小学上学。桂枝说，日子过好以后，她不想让罗运好再放羊，毕竟放羊非常辛苦。冬天顶风冒雪，夏天酷暑曝晒，一年四季睡不好一个安稳觉。常有母羊半夜下崽，他就得守着一夜不睡。桂枝在娘家时就有开店做生意的经验，她一直想开店过日子。罗运好不同意，他已经有了养殖技术，并且拥有稳定的销售网络。再说，乡亲们也在他的带领下，不少家也在养殖，村里贫困人家认为这是条脱贫出路。这个时候，自己不能打退堂鼓……

如今，罗运好成为迎水村的脱贫示范户，他还帮助贫困户杨平和李友国，他们也是因病致贫。罗运好手把手帮助他们从选购种羊、养羊到卖羊，两家生活都在好转。平时，村民们家里的羊下崽、生病，也都是请他帮忙，卖羊遇到困难，也交给他代卖。多年下来，罗运好拥有了稳定的供销渠道，他的羊因为散放，肉质鲜美，符合食品安全检疫检验标准，市场畅销。这两年，他的羊在微信同学群里更是销售火爆，每个冬季可以包销近 200 条。有时，因为供不应求，他还帮助村民代销。

生活水平提高后，罗运好与更多农村人一样，更加看重精神生活。以前，农闲时节村民聚在一起，往往就是喝酒赌钱，说些无聊粗俗的话，弄不好还会发生争执。现在，他家成了村民社交场所，大家一起聊的是时事政治和国家政策，商谈脱贫致富路子。大家达成共识，赶上好时代，没有理由好吃懒做，贫穷下去就是耻辱。村里还聘请他当护林员，这个职业倒是非常适合他，因为他每天都要在淠河岸边走上两三万步，几乎包占微信朋友圈的运动第一名。淠河是他的家乡，一天天在变好变美，是他醉心的"美丽乡愁"。每天，他恪尽职守，护卫淠河堤岸的绿色，杜绝了以前屡禁不止的烧荒毁林事件发生。

春天来了，眼前的淠河水面碧波万顷，白鹭展翅。岸边，杨柳堆烟，绿意盎然，春光无限。罗运好和很多脱贫摘帽的人一样，精神面貌焕然一新。春光里，他轻扬牧鞭，对着淠河兴奋放歌：

滔滔秀美淠河水

滋润两岸绿草美

阳光温暖百姓家

赶着羊群奔小康……

迎水村的淠河岸边，牧羊人的歌声在春风里颂扬。

# 太安传奇

## 陆秀红

### 一

多情的土地诞生了传奇，那是因为走过和来过不同寻常的人。

在美丽的大别山东北角，有一块红色的土地，这里曾走出 16 位开国将军。滔滔淠河水诉说着她辉煌的历史，幽幽瓜片香讲述着她厚重的文化，这就是被誉为"一镇十六将，独秀大别山"的独山镇。新中国成立以后，独山人民在党和政府带领下，生活水平不断提高，昔日穷山恶水的面貌有了根本改变。然而，由于各村自然条件、基础设施、人文环境差异，独山镇村级经济发展并不平衡。

太安村，位于独山镇西北部。长期以来，村民依靠传统的农业耕作维持生活。在家挣不到大钱，许多年轻人就外出了。在外面闯荡好了，也就不再回来。留在老家的，多是条件比较差的。如果再来一场大病，半辈子的积蓄打了水漂。2014 年，太安村被列为建档立卡贫困村，当时，因病、因残致贫的贫困户达 80% 以上。

"你们知道吗？咱村来了 3 个新干部，说是帮大伙脱贫致富的。"

"咱这村，自己家的人都头疼，外来的人会搞出什么名堂？"

"以前说'要想富，先修路'没见效果，现在'要想富，来干部'差不多就能有起色。"

"改天我们去看看新来的干部，是不是长了三头六臂啊！"

一阵苦苦的笑声，村民们在打牌桌上不时聊起这个新话题。

说起这 3 个新干部，是从远方的省城前来。2017 年初，安徽省住建厅选拔驻村扶贫工作队成员。这是深入基层锻炼的机会。单位共有 40 人报名，经过考核，最终确定 3 名人选，陈必喜任工作队队长，徐经仁任副队长，符高翔任扶贫专干。

陈必喜得知胜出，心中生出一股豪迈之情。看来组织对自己是信任的，那就勇挑重担，不负众望。

回到家里，陈必喜把这个好消息告诉妻子。妻子淡淡地笑着说："你的好消息就是我的坏消息。这回又要出远门啊，这一去要多长时间才能回来呢？"

"将近 4 年吧。"

"孩子小时，你在部队，经常参加抗洪抢险。刚转业到地方，那一年又去四川参加近 40 天的抗震救灾。现在又要去扶贫，而且这次不是 40 天，是将近 4 年。这 4 年，你知道对咱家很关键吗？"

陈必喜知道，这些年，一直没有照顾好家里。不说妻子，就说孩子吧。儿子读高二，为高考做准备，家长们都在陪读。而自己这一走，万一儿子以后高考不理想，是不是恨自己一辈子？但转念又一想，孩子大了，要有独立的锻炼，这样才像一个军人的孩子。

陈必喜笑着对妻子说："脱贫攻坚是当前国家三大攻坚战之一。我是党员，又是军人出身，就得在关键时接受组织的挑选，和全国千万个扶贫干部一起共同打赢这场脱贫攻坚战。我是农村出来的，对农村有感情，相信我去能干好。就是你在家要照顾老小，确实辛苦了。"

4 月 28 日，陈必喜和另两位同志进驻太安村。车站送别时，妻子叮嘱："在农村，各方面条件不像在家里，一定要注意身体。累垮了身子，再重要的工作可都做不了了。"陈必喜感激地望着妻子，点了点头："放心，一路走来，我是一个娇生惯养的省城人吗？"

到了太安村部，眼前是几间老旧的平房。在临时安排的工作队办公室，陈必喜了解到太安村有 20 个村民组，2865 人，面积 9.54 平方公里，属于典型岗畈区，经济基础薄弱，双基建设落后，人均收入低于独山镇平均水平。他思考着今后的工作路还很长，而脱贫的第一步是了解贫困，要看看贫困户的家庭现状。

到这里工作，平时住哪里呢？太安村党支部书记陈本祥犯了难。陈必喜问，村部附近有闲置的民房吗？陈本祥说，这倒是有，有一家主人外出打工了，那房子也有十来年了，好几年没人住，你们三人能适应吗？陈必喜笑道："有房子就行，比救援住帐篷不是好上许多倍吗？"于是，三人住进了离村部一公里多路的民房。

"咱到了这里要安下心，但不能安身不动。我们的'三点一线'模式是村部——农户——住处，其中农户是我们最大的点。"为此，他和其他两位选派干部、村两委同志深入到贫困户家里，天晴、下雨不间断，双休往往也不回合肥，继续入户走访。遇到人不在家，就在田间地头询问。还有一大家常年不回来的，就通过电话联系。他计划，对 2014 年建档立卡贫困户 153 户 467 人，争取在最短的时间里做到户户到。村里和农户手中红色封面的扶贫手册，他都细细地翻阅、思考，并在自己的笔记本中记下详细的致贫信息。

一面是苦心走访，另一面却是群众的不买账。多数贫困户看工作队跑来跑去，暗地里议论："老是折腾什么，像查户口一样问这问那，不送米不送油的，还耽误我干活时间。"

有的群众说："那陈书记，听说是什么住建厅房地产市场监管处副处长，大概是个不小的官，好好的办公大楼不待着，没事跑到我们这个村来干什么？人往高处走，他却往低处流，不是头脑进水了吧。"

有搭茬的跟上说："我看你头脑进水了，你不知道他们精明着呢？这和以前知识青年上山下乡一样，他们不是白来的，是到我们这贫困地区镀金的，搞几年做做样子，回去就升官了。"

这样的议论，偶尔会传到陈必喜耳朵。工作队三人乍一听很郁闷，陈必喜微微一笑："群众有这样的想法很正常，毕竟我们是第一次来这里，他们看不惯。要改变他们的想法，我们就要拿出实际行动。他们脱贫了，村貌变好了，我们再去听听他们的声音吧。"

## 二

"经过前两年我们和各级政府的努力，已有近一半农户脱贫，目前还有贫困户88 户 248 人。"专题会上，村两委汇报。

"嗯，我们得想办法让贫困数字变小。"陈必喜心里清楚，剩下来的往往都是老大难的户子，转变所付的力度要更大才行。

"驻村第一个月，用'马不停蹄'来形容最为恰当，工作队一直在跑。"陈本祥回忆道。

认真吃透上情，深入了解下情。陈必喜带领工作队按照精准帮扶的要求，走访时对重点家庭的基本情况、致贫原因、帮扶计划、帮扶措施和帮扶成效等方面进行全面了解，厘清扶贫工作思路。到 5 月底，已走访 66 个贫困户。夏意渐浓的太安村大道小路，留下了工作队密密的脚印。

白天，陈必喜对贫困户进行走访、记录，头脑中记下了江敦兵、张宜林、李成中、王仕俊、陈志堂、申树英等名字。家家有本难念的经，这个经就是贫困经。如何做一个念好经、撞响钟的苦行僧？晚上，他打开笔记本，详细分析贫困户因病、因学、因残等各类致贫原因，对照相关扶贫政策，制定有针对性帮扶措施。如何把路上的脚步印在百姓心坎上？笔记本写得密密麻麻。

农村，多数都有养家禽的习惯和经验。近年来，越来越多的城市人偏向到农户家买散养的家禽。于是，对有养殖家禽意向的贫困户，陈必喜积极协调相关单位，购买鸡苗和皖西白鹅苗免费向贫困户发放。来村的第一个月，就发放鸡苗2000只、鹅苗500只。后来，又陆续发放了鸡苗1800只、鹅苗700只。

每次将鸡苗、鹅苗发放完，陈必喜隔一段时间就带着农委的专家现场指导，重点讲解家禽疾病防治常识。看着在池塘中扑腾腾的白鹅，陈必喜给农户打气："好好喂，入冬后就有买主上门了。"

"好的好的，我们不会把'皖西大白鹅'的牌子养砸掉的！"

走访中，一些贫困户对陈必喜的看法发生了转变。他们发现，陈书记变黑了、变瘦了。人们一开始去村部开会，看到他的样子是高大英武，一米八的个头，一脸严肃，感觉是高高在上、不食人间烟火的村官。短短一个月，和他交流，他居然也是和蔼可亲的，还能收起普通话，用本地的方言聊天交流。渐渐，大家口中的"陈书记"喊得亲切了。

初来的一个月，是磨炼期。打给妻子报平安的电话说得轻巧，但面对的现实却是不乐观的。由于工作压力增加和生活环境变化，陈必喜原本的高血压又升高了不少，支气管哮喘也复发了，他经常整夜整夜咳嗽，不能入睡，晚上只能背靠枕头在床上坐着休息。睡眠不好，直接影响身体状态，体重一下子就减轻了近10斤。因为瘦了，这段时间他没有回去，和妻子说村里工作忙。但还有一个主要原因，是怕妻子、儿子看到自己的变化而担心、分神。

暑期即将结束的一天夜里，老天突然下起了暴雨。雨点随着大风，敲打在工作队住处的玻璃窗上，啪啪作响。陈必喜还没有入睡，一下子想到百姓的住房，走访时看到有的老人住的还是土墙草顶的房子，风雨中太不安全了。第二天一早，陈必喜搁下其他事务，查看危房材料。资料显示，太安村2017年初上报危房改造8户。但实际存在的肯定不止这个数字，不能因为上面给的指标小，就少报。深入走访发现，部分五保老人和残疾人贫困户住房漏雨严重，墙体也有部分开裂，存在安全隐患，却没有上报危房改造。

"老人家，你住的房子不能再住了。你看看，墙上贴的老画子都开裂了，说明里面的墙也开裂了。这要拆掉重盖啊！"陈必喜走进汪老汉家，关切地问。

"咳，你看我年纪一大把了，都是土掩到老颈把子的人了。活不了几年了，翻它干什么？再说，盖房子还要管人吃饭，我又烧不好。还有手里没铜啊，不干了不干了。"汪老汉一脸无奈。

如果房子坍塌，把人砸死砸伤，那就问题大了。第二天，陈必喜把汪老汉以及其他几位和他有一样顾虑的人带到自己住处。让他们楼上楼下转了转，说："你看看，原来这房子没人住，老鼠整夜整夜地乱跑。我把它收拾了一下，简单地维修、粉刷一番，现在看是不是敞亮些，和新房子也差不多了。要说，我就在这住个三四年，随便将就一下也行。但是，那样看着就没好心情，还怎能休息呢？你们说年龄大了，那最少也能活个十来年啊！"

老人们看了，听了，感觉说得对。十几二十年，不能遭遭迁迁过，要砸个半死不活，就更苦了。于是，他们同意进行改造。随后，陈必喜决定由村两委牵头，建筑材料实行统一采购、统一施工、包工包料，降低改造成本，施工人员也不在贫困户家就餐。改造期间，工作队经常到现场督促施工进度和质量。通过几个月的努力，25 户危房改造的贫困户当年全部搬进安全的新房，老人入住后，感觉舒坦多了。

之后，经过引导和规划，各家各户的门前敞亮整洁，种上了花花草草。就连柴禾垛都码得整整齐齐，像一堵堵砖石小城墙一样。不多久入冬，一位摄影爱好者来村，拍摄了一个农户家门前的柴禾垛，柴禾垛上躺着一只小猫，正惬意地晒着太阳。受到感染，陈必喜走访之余也爱上了摄影。他要用镜头记录下这里的酸甜苦辣和破旧立新。他拍摄的《奋进中的太安村》《驻村驻心》获得"奋斗的脚印"省属和中央驻皖单位驻村扶贫工作图片展大奖。这是来自一线的图片，透着汗水和泥土的芳香，镜头画面不仅述说了春天的故事，更包含了一年四个季节的"在行动"。

# 三

来到太安村的第一个夏天过后，陈必喜适应了这里的生活，身体状况有了好转。走访和帮扶，与每位贫困户的距离近了。每个贫困家庭的转变，哪怕幅度不大，也让他原本窝着的心舒展开来。

就说贫困户李成中吧，工作队来的那年72岁，一家5口人，他本人患有高血压，妻子脑梗塞，儿媳乳腺癌，这样的大病是无底洞，家里有多少钱，搭进去都不管用。另外，还有孙女上小学。全家靠老人种植水稻及儿子在外打工挣钱维持，日子过得紧巴巴。

陈必喜带队多次到老人家里商谈，帮助发展产业。看到家门口有池塘，屋后还有一片茶山，感觉就在这"一水一山"上做文章。李老汉有这样的资源，但怕风险，一直不敢干。听了陈书记的谋划，有了保障，胆子大了。很快，李老汉在自己的水塘养鱼，并对6亩老茶山进行改造，以提高产量和品质。年底，老人就增加收入6000多元，加上儿子在外打工收入、自己种植水稻收入及低保等政策补贴，一家年人均收入达万元。生病的妻子和儿媳都得到了及时治疗和医药费报销，顺利实现了脱贫。

除了李老汉，申树英老太太更是从陈必喜身上体会到了家人的温暖。

2017年中秋节放假。过节前的那天晚上，陈必喜从村回到合肥家里，放心不下村里的申老太太，就打了一个电话说了一些关照的话语。因为这位老人是五保户，平时一个人过，有一个女儿，嫁在外村，平时忙很少看母亲，往年都是过节才回来陪伴母亲。

谁知，在电话里得知申老太太这次过节女儿没有回来，家里也没有月饼。陈必喜忽然想起，前段时间走访她家的时候，还问过老太太过节想要什么。老太太说想吃月饼。陈必喜答应买些送来。后来事情忙就把这个耽搁了。

放下电话，陈必喜不禁深深地自责。拿自心比人心，陈必喜决定满足老太太这个愿望。中秋节一大早，他坐着高铁返回六安，出站后打了辆出租车，辗转近3个小时将两盒团圆月饼送到申老太太手中。老太太接过月饼，感动得不知说什么好。当时，老人还以为陈必喜是从村部来的。

和老太太谈了一会儿，陈必喜就往回赶了。赶到家，12点多正好吃午饭。80

多岁的老岳母知道这事，笑着说："有你这样好心肠的女婿，我觉得真幸福！"正上高三的儿子说："爸爸做的事我觉得很有意义，我给你点赞！"

## 四

一次走访，发现一户村民家里买了好几箱矿泉水和冰红茶。陈必喜不解："家里买这么多饮料，能喝完吗？"

"陈书记，这些是儿子、媳妇买的。我们倒是不喝，就是小孩们放假、双休回来喝，他们说喝井里打上来的水有味道、有杂质，不习惯。唉，年轻人，说不尽啊！"村民叹着气说道。

一方水土养一方人，从村里走出去的年轻人居然不喝家乡的水了，陈必喜很诧异。太安村农户，老早喝塘水、井水。不过，有的水井在雨天会"走样"，也就是地表流淌的浑水渗进了井里，造成井水混有泥沙等杂质，并伴有一股异味。外出的人看家里井水不能喝，花一两千元买了净水机。不过用着用着，净水机工作负担重，出现故障又不能用了。

陈必喜看到这种现状，决定引水，把城里和镇上人喝的自来水引到村里来。

自来水是从8公里之外的独山镇街道引进来的，中间穿过钱店村，这个着实沾了扶贫村的好处。家家通了自来水，用起来方便，再也不用为井水"走样"犯愁了。钱店村群众很羡慕地说："你们太安村真过劲，自来水管从我们村中间埋过去，我们村家家通自来水比你们要晚一些啊！"

与此同时，村民组主干道的水泥路修通，这下不怕"雨天出门两腿泥"了。路修好后，他和工作队员一起到省风景园林行业协会联系，做好路边绿化，让路上的风景美起来，提升美丽乡村形象。

村容村貌的变化，要从农户、道路，延伸到中心村。在陈必喜协调下，2017年下半年，太安村村部进行了规划重建，原先的平房村部拆除，改建成宽敞明亮的党群服务中心办公楼，按照青顶、白面、马头墙新式徽派建筑的格局设计。2018年上半年，村部附属设施建设完成，包括1100平方米农民文化广场、400平方米标准化篮球场、100平方米健身场以及文化墙、大舞台、公共厕所。

"能文就登大舞台，能武就上健身场。送戏下乡开眼界，文化广场拍巴掌。"闲暇时文化体育生活丰富了，原来耗在牌桌上赌博、小搞搞等陋习不见了踪影。

陈必喜再次联系省风景园林行业协会，争取帮扶资金 47 万元用于村绿化提升工程，包括村部绿化、村部至六子碑村口近 2 公里主干道两边绿化。省风景园林行业协会又赠送太安村入口景观石，在六子碑入口完成安装。与此同时，太阳能路灯、家庭改厕也在按计划实施，逐步实现"有路有绿有亮光，盖了新房改旱厕"。从此，外面经独山镇前来太安村参观、考察、旅游的人越来越多了，前往红石谷、响洪甸水库自驾游的人们也会绕一个小弯子，看看焕然一新的太安村。

"这大半年，我们村取得了前所未有的成绩，一改过去延续多年的那种一潭死水状态。"村里的年度小结这样概括。工作队驻村第一年，太安村贫困家庭生活有了改善，整个村的面貌有了改观。陈必喜办公室外的公示栏清晰地写着：2017 年已完成项目，产业到户、危房改造、村民组主干道、安全饮水工程、当家塘整治、光伏电站。陈必喜的脑子里也积淀着一串数字，2017 年投入资金 95.55 万元，用于建设 60kW 光伏电站、修缮村房屋和配置生活设施等。

这一年，太安村在裕安区 75 个贫困村中排名第一，被裕安区委、区政府评为"脱贫攻坚先进村"，工作队 3 名队员被评为"优秀选派帮扶干部"。"我们驻村扶贫的开局之年，首战告捷，站住了脚。好的开始是成功的召唤，后面我们会一往无前，乘胜追击。我们有必胜的信心！"陈必喜接过荣誉，信心满满地说。

## 五

别的村有特色产业基地，太安村应该有什么呢？这是进入 2018 年后陈必喜脑中跳跃起伏的新课题。为此，他带领工作队及村两委一行到太湖县小池镇红星村考察，参观了猕猴桃产业示范园基地，对其产业发展的思路有了新的认识。就算太安不种猕猴桃，但这里的规划、管理是值得借鉴的。

后来，又去了霍邱县彭塔乡。在这里，看到了构树种植基地。这个在同行的人眼中，感觉不可思议。原以为构树是什么珍稀的树种，细细一看，居然就是再平常不过的皮树。为什么叫皮树？就是因为这种树的皮韧性非常好。

几个村干部说："这树在我们那儿，野生的非常多，一长就长大了，影响其他树的生长。我们一般把它当成像稗子、敌人那样的坏树来看待。没想到，在你们这儿，把它当成了宝贝。"

构树基地负责人说："那是没有认识它、利用好。"其实，陈必喜之前已听说过构树种植。他曾去过位于裕安区顺河镇的安徽华好生态养殖有限公司，那里喂了大约 2000 头奶牛，奶牛场旁边就种着一大片构树。构树的叶子、皮加工后贮存，然后喂奶牛，奶牛吃了产奶质好、量大。感觉这个项目不错。

中午，在彭塔乡的构树基地吃了工作餐。桌上摆出来的菜看似平常，有干子烧肉、青豆炒鸡。大家一品尝，这肉和鸡的味道都不同寻常，喷香可口，是一般饭店烧不出来的味道。基地负责人介绍说："我们种养合一，养的猪和鸡都是吃构树叶子加工的饲料。别的养殖场畜禽发生传染病，我们这儿一点事儿也没有。"

从彭塔乡回来，陈必喜坚定了做构树种植的设想。他查看了王老庄、江小庄这两个村民组的山地，随着道路的修建和拓宽，交通已经便利。除了一些茶山、油菜地、麦地和板栗林外，近一半的土地都闲置和荒芜。随即召开专题会议，讨论并通过了既定的计划。村民以土地入股分红的方式共流转荒坡荒地 100 亩，工作队争取到产业扶贫资金 60 万元，建立了构树产业基地。

基地初始阶段，涉及种植树苗以及后续的除草维护等。有了就业空间，当年吸收 27 位村民参加基地生产。除了 12 位贫困户，还有 15 位非贫困户来务工。大家说："咱村扶贫工作队不错，不仅仅关照贫困户，对我们也不算富裕的非贫困户也能提供工作岗位。"

陈必喜笑着对大家说："手心手背，都是我们太安的村民。扶贫，不能把贫困户扶上去，而把非贫困户刷下来了。"

地里劳作休息时，有人问："陈书记，我们种了这构树，能卖多少钱啊？如果卖不了，你贴进去那么多本钱，还要支付我们干活的工钱，不是赔大了吗？"

陈必喜一听大家也关心村里的集体经济效益，很是欣喜，拿出他的笔记本，一边算着一边说："这一年大约有两个月的活，你们在这做，每人能挣 3000 元。我们现在有 100 亩，第一年不行，以后就可以了。构树叶子加工的饲料供不应求啊，靠叶子集体经济收入就能达到 3 万元，另外你们每亩的分红还有 260 元。两年后，我们会扩大到 200 亩，还把土鸡养殖引进来，那样就形成了构树种植、饲料加工、畜禽养殖为一体的绿色产业链条，因为构树的叶子可以加工给牲口吃，而牲口的粪便经氧化又可以给构树提供有机养分。那时集体经济收入就能超过 10 万元，你们的分红也水涨船高了。"

村民听了，干劲更大了。

当然，项目不止构树种植一个。根据各村民组特点，陈必喜进行了针对性的规划和安排，描绘出"一园四区"大蓝图。秉着"传承红色、保护绿色、打造特色"的理念，工作队会同省城乡规划设计院，编制了《太安村脱贫攻坚暨提升发展规划》《太安村产业发展规划》《太安村三年行动规划》。根据规划，逐步形成农民返乡创业园、特色茶叶种植区、优质果林培育区、苗木花卉种植区和稻虾（鳖）共生田园区的"一园四区"产业布局，带动包括贫困人口的全体村民就业、增收。与发展相对应，基层党建、乡风文明也在稳步提升。

"2018 年，我们在开局良好的情况下，继续前行，做好了推进年的多方举措，并得到了上级和外界的认可。"陈必喜如此总结。4 月，全国脱贫攻坚县级扶贫项目库建设培训会在六安召开，太安村编制的项目库资料在会上进行了展示，国务院扶贫办副主任欧青平在省委常委、市委书记孙云飞陪同下亲临现场观摩并给予肯定。11 月，张曙光副省长在太安村召开了脱贫攻坚调研座谈会。这一年，青海省、海南省和潜山、长丰、明光、五河等县市领导多次带队到村座谈交流。

# 六

"陈书记，最近没看到你，怪想你哩！""要不是党的扶贫政策好和陈书记来帮扶，我老伴早就不在了！"这是张宜林常挂在嘴边的心里话。

2018 年，对贫困户张宜林来说，是不平凡的一年。在陈必喜引导下，他感觉自己重新充满了信心，像换了一个人。

张老汉 73 岁，自己身子还凑合。不过，老伴患有多种疾病，后来又得了脑梗塞，常年卧床不起，生活起居、一日三餐都要张老汉照顾。儿子、儿媳带着出世不久的孙子去了杭州打工，一年才回来一次。好在这两年有了健康脱贫兜底"351"工程，老伴病情一严重，到城里不是住进市立医院，就是住进二院。虽说住了院，可也就几千块钱的事儿。

不过，之前老伴住院花了很大一笔钱，自己家的钱花光了，还欠了好几万。一听到"住院"两个字，张老汉的头就疼了。最后，朝人家借钱，别人都不敢借了，嘴不说心里说："钱借给你了，你以后能拿什么偿还啊！"

陈必喜跑了很多次张老汉家，也和村干部在他家开了多次板凳会，研究改变窘境的方法。张老汉说："我在家，就靠着门口 5 亩多田，种稻子糊口。如果你们想要帮我，就帮我干干田里的农活吧！"

　　说者无心，听者有意。大事要做，小忙也不能无所谓。陈必喜和其他几位干部还真的来了。张老汉要照顾老伴，他们几个就在稻田里照应。收割机来了扎袋口、扛稻袋子，然后在谷场晒稻谷，太阳落山了收稻谷。

　　一次，陈必喜回合肥，上菜市场买菜，看到有个摊点正在卖老鳖。虽然价格上标着"100元一斤"，但是前来购买的人不在少数。他走近一看，问摊主为什么这老鳖如此贵还有人来买。摊主说："现在人就爱货真价实的东西，我这卖的老鳖，不是池塘里饲料喂的，而是稻田里吃野草、野虫长的。那肉的味道绝不是一般市面上就能有的。"

　　陈必喜一听大喜，想起了张老汉门口的那5亩田。对上号了，说干就干。周一回村部上班，陈必喜来到张老汉家，把自己的想法说了出来，并说种稻、养鳖两不误，这种新模式就叫稻鳖共生。

　　张老汉听了，不为所动，说："我都73了，七十三，八十四，五阎王不请自己去。我还能干什么啊？稻子兴好就算不错的了，还折腾什么老鳖啊？再说，王八羔子从哪搞？王八喂不大、喂死了怎么办？就算喂活了、喂大了，我到哪儿卖啊！我们家门口，有哪个舍得花100块买一斤老鳖吃啊！"

　　陈必喜笑着说："大爷，你不要怕这怕那。我能找到专家，帮你把稻子种好、老鳖养好，这样两不误，你该放心了吧。"

　　"这样吧，咱俩赌一把。如果稻田养鳖成功了，赚到的钱都是你的。如果搞失败了，损失全部算我的。怎么样？没有钱，我先帮你垫上。"

　　"也不能让你吃亏啊。那就试试吧！"张老汉知道陈必喜是稳当人，也是热心人。陈志堂父子患重病，陈书记个人捐了4000元。村里9名贫困学生，他协调战友、同学结对子，捐了18000元。想想这些，张老汉朝陈书记使劲点了点头。

　　陈必喜有认识的朋友在省农科院工作，便把他请来支招。农科院得知情况，第一年提供优质稻种，播撒在老张的秧田，然后插秧。又请来挖土机，在其中的一小块田里挖了一个水塘。一场雨后，将朋友无偿提供的鳖苗，放在挖好不久的水塘。朋友说："现在鳖苗在水塘里，长着长着就会往旁边的稻田里乱爬了。那时正好稻苗也大了。"为了防止长大的鳖苗跑走了，陈必喜又让张老汉在稻田的外沿扎了一圈黑塑料围子。

　　几个月一过，张老汉真的见到小老鳖浮头了。这年中秋，张老汉特意制了一面手拉网，捕上来几只大老鳖，并把这个好消息告诉了陈必喜。陈必喜说："大叔，你不用急，老鳖要慢慢养，至少要十个月以上。等年底了，我们再统一捕捞，那阵子卖的价钱也更高。"

中秋后，张老汉的优质水稻获得了丰收。经加工后，白白闪亮的大米卖到了4块钱一斤。张老汉吃惊地说："乖乖，这米成白银了。明年要多种点了！"

到了年底，老鳖也有了很好的收成。一部分在家门口卖，过年打工回来的年轻人舍得花钱，以80元一斤出售。还有一部分，陈必喜帮忙带到了合肥去卖，100元一斤很快就脱手了。

最后一算账，除去挖塘、扎围子、购稻种等本钱，稻鳖净收入有5000元。张老汉说："今年是第一年，投入大，下一年干，赚的就不止这个数了。"陈必喜点点头，说："现在你老人家也会算这笔账了，一次投入，能受益多年，明年你至少能赚个一万朝上。"

"好啊，当初听你话是对的，以后啊，我这家就你当着了。今年送你老鳖你没有要。明年送你，你一定要收着。开始你说赌一把，你赢了。这算奖品吧！"张宜林感激地说。

"真的不用，你的心意我领了！你也不容易啊！"陈必喜心中涌上一股暖流。

## 七

张宜林送老鳖这么贵重的礼物，陈必喜自然不会收。不过，村民们会暗地里给他送一些"土特产"。

"我们的帮扶工作一步步得到了太安村群众的广泛认可，老百姓的各种感谢举动使我们心里倍感温暖。经常有人往我们的住处送菜、鸡蛋和板栗等。在给钱不要的情况下，我们就坚决不收，他们就趁我们不在，把菜放在门口。还有一个送鱼的老百姓，为了怕放门外被猫吃了，就悄悄地把鱼从窗户扔到屋内。为此，我们不得不在门口装了监控，目的是辨认谁在给我们送东西，我们得想办法把钱送给老百姓。因为我们是扶贫干部，不能白要老百姓辛辛苦苦挣来的东西啊！"

"记得一个冬天的夜晚，我们加班到十一点多，总觉得窗外有人影在晃动，开门一看，是一个残疾贫困户给我们送锅巴。由于天气很冷，他就把炕好的锅巴抹上酱用塑料袋包着，揣在怀里给我们送来。当他从怀里掏出带着体温的锅巴时，我们3个铮铮铁骨的汉子流下了感激的泪水。老百姓东西虽然不值多少钱，但这是老百姓的一片心、一片深情厚意啊！"

这样的真情记录，多次出现在他参加市、区脱贫攻坚典型宣讲的汇报中。观众每每听到此处，在其哽咽的话语中，总是报以热烈的掌声。

夜深人静的时候，回想到太安村两年来，自己做过的事情，翻开笔记本，稍加回忆，如数家珍，又罗列了一笔笔数字。"工作队积极帮助 110 户贫困家庭申报 143 个产业到户项目。老茶园改造 66 亩，种植新茶 7.5 亩、油茶 34 亩、西瓜 5 亩，养殖鸡鸭鹅 5500 只、生猪 23 头，稻田养虾养鳖养鱼 359.5 亩。争取奖补资金 35.43 万元。"体味这些数字，陈必喜心潮澎湃而安定，感觉群众的锅巴没有白吃。

2018 年底，区内兄弟乡镇前来参观考察。陈必喜早早来到立着太安村景观石的村入口处迎接，带领大家参观了构树种植区、张宜林的稻鳖养殖区、村党群服务中心后，来人纷纷投来羡慕的目光。

有人感叹："短短的时间，这么好的成绩，实在了不起。以前我们只知道苏南村、南楼村，现在看太安村也不得了啊！"

有人疑惑："人家起步早，起点高，你这儿基本上是从一张白纸做起的。到底是什么让这里取得了如此好的成绩呢？"

面对这个问题，陈必喜稍稍思考了一下，说："我只是引导。主要是原来的村干部想干事，还有广大群众有积极性，他们也在内心追求美好的生活。我不是一个人在战斗，我们背后有省住建厅党组和各级党委政府的高度重视和大力支持，还有其他帮扶单位的协助。我还要感谢我们一道而来的其他两位同事的付出。团队的力量很重要，住建厅扶贫工作队联络卡上，太安村脱贫攻坚连心卡上，我们三个人的名字始终都是在一起的。可能你们只知道我，其实那两位脱贫攻坚的'战友'一样不容易，一样不简单！"

于是，大家又知道了更多感人的事儿。副队长徐经仁，父亲在老家去世，他未见到老父最后一面，父亲生前，他也没有多少时间在床前尽孝心。年初他的二宝出生了，家里家外也全靠妻子撑着。扶贫专干符高翔，去年来扶贫时，正值小孩上小学一年级，每天都要接送，自己抽不开身，只有让远在四川的父母过来帮忙。

两位"战友"听了，谦虚地说："队长是领头雁，我们都是在他的带动下做了自己该做的事儿。他对工作的执着，对家庭的牺牲，比我们大得多。他一门心思扑在这片土地上，你们知道他的儿子在通讯录中给他标注的昵称是什么吗？是陈太安。我们经常也忘了他的名字，直接喊他陈太安了。"

心系太安，便是心安。要问家里各有不同的困难，却都能够安心驻村，并时刻保持着高昂的斗志，靠的是什么？陈必喜回答："是党性，是对老区人民深厚的情感！六安是革命老区，是一片红色的土地，红的时间很早，红的颜色很深，红的时间很长。今天，我们接受组织的派遣到六安脱贫攻坚，来反哺老区人民，我们有什么理由不尽心尽责地工作呢？"

当考察人员一行来到太安村就业扶贫驿站时，陈必喜沸腾的心忽而平静下来。

说起这个扶贫驿站，目的就是把村里闲散的劳动力集中起来。做农业产业，往往就是那集中的一段时间忙，其余便没有什么事情可做。而扶贫驿站，有了工业园一样的企业，能保证天天有活干，那就是天天有钱挣。

这个建设项目在 2018 年年底就基本完工了，建筑依旧是徽派格局，800 平方米主车间宽敞高大。建设之初就在招项目，但过了几个月还是一副空架子。驿站建好，人们来看，总要问一句，投产了吗？面对此问，无言应对，陈必喜就生出了一块心病。这一项目不是纸糊的，足足花了 150 万元，计划能解决上百人就业，创造不菲的年产值。而现实，东风始终没有吹来。

2019 年新年刚过，陈必喜就带着资料，到平桥工业园、裕安经济开发区招商引资。结果对方一看这里的地域，与城区距离太远，相关生活附属实施不齐备，本地可招的职工老年化严重，都摇手谢绝了。

如果这是一个空壳，当初豪言壮语的计划岂不成了泡影？这与大动干戈的形式主义又有什么区别？想起去年省住建厅赵厅长多次来村调研，对扶贫工作做的具体要求，明确指出，"一园四区"布局，搞项目就要搞好，不能搞花架子，不能好心把事办砸了。陈必喜陷入了沉思：引进企业，带动留守在家的群众就业创收，敢问路在何方？

## 八

2019 年 3 月初，陈必喜参加六安市第二批脱贫攻坚先进典型巡回宣讲活动，心里还在纠结着这个事儿。

面临窘境，他也想到收手和退缩。但一想年初在支部党员大会上的表态发言，"我们是组织选派来负责扶贫工作的，既然来了就要沉下心，好好干，把好事干到底，认真对老百姓负责。如果耽误了农村发展，回过头来，老百姓是要骂娘的。"

他又坚定了迎难而上的恒心。

陈必喜一边请省监狱管理局战友帮忙，到监狱察看服刑人员做手工活寻找订单企业，一边把自己的难题与思考发在了朋友圈。驻村扶贫人所做的坚守，就像手机里的重要软件，不能卸载，只能更新。

天无绝人之路，商人不全是图利益的，也有心存关爱和公益的。

这天，一个陌生的电话打来了。对方说，他是安徽纳才服务外包有限公司负责人，经过白湖监狱管理局了解到需求信息，愿意做这个项目。随后来村考察，决定做洗衣机配套加工线束项目。

这位老板叫张扬，家住霍山县与儿街。据介绍，他小时候家里非常困难，小学到大学都是接受了好心人的资助才完成学业。后来创业，在巢湖、合肥、霍山都有厂房。如今选择把一个分厂安置在太安村，也算是回报家乡和社会。"很可能自己赚不到什么钱，但是能让太安村的乡亲们有活做，让这个扶贫驿站活起来，这么做就是值得的。"张扬说。

一块石头终于有了着落的地方。5月28日，扶贫驿站的生产车间落地生根、启用开业了。6月，扶贫车间被裕安区人社局、扶贫局共同认定并挂牌。之前进厂上班，要跑很远的路去镇上，甚至更远的城市和外省，现在不出村就能实现就业。因为加工出来的线束靠手工配合机器，操作简单，一段时间培训后就可以上岗，并且生产过程安全、环保。不久，有51人来此实现稳定就业，其中贫困户21人、残疾2人。在他们还不算熟练的情况下，计件折算，每天收入50到80元。

64岁的贫困户李贤霞老人感慨说："像我这个年纪，出去打工，人家都不会要了，如今，在家门口就能上班挣钱，真得要感谢陈书记。"贫困户孙庆华说："现在厂子开起来了，姐妹们也没那穷功夫打牌摸麻将了，村里连吵嘴打架的都少见了。"

挺过最大的难关，好事也就接踵而至。扶贫车间运作活了，村企合作经营的新型建材厂也闪亮起来。陈必喜牵头，村里按照三权变革相关规定，将车间厂房资产作为资本入股到能人大户的建材厂。工作队依托省住建厅优势，为建材厂开拓业务市场，分红利润作为村集体经济收入。安徽宝业建工集团、安徽华力建设公司和合肥建工集团等企业和村、建材厂签订了合作协议。

9月，是丰收的季节。太安的田野一片金黄和忙碌，基地、车间有条不紊地生产着。陈必喜接到一个电话，是去年底一道参加区脱贫攻坚先进典型巡回宣讲的一个成员。对方说："我听了你的宣讲,对太安村充满期待,准备到实地好好看看你引领、创造的传奇。"

陈必喜表示欢迎,发了位置,早早来到村口景观石处迎接。对方到达一脸茫然,见到陈必喜的第一印象,是差点认不得了,说："陈书记,怎么不到一年的时间,你的头发白了这么多。上次宣讲时,你还是一头黑发呀!"

陈必喜轻描淡写地说："这白发,估计是为扶贫车间的启动增多的。还有今年7月份,我的鼻子、扁桃体在一起做了个手术,在重症监护室住了一夜急的吧。"

"今后车间兴旺了,'一园四区'规划实现了,我一兴奋,说不定头发还会返老还童的。"陈必喜的笑容就如金秋的庄稼一般灿烂。

## 九

2020 年春节前夕,6 万斤"太安村牌"稻鳖米销售一空,村民们拿到了称心如意的"压岁钱"。太安稻鳖鱼米香,土里刨食见真金。扶贫车间门口,工人们领到了红红的一沓钞票,领款时按下的红手印映现着欢庆和喜悦,一摞摞线束产品成了陈必喜连接留守村民和就业创收的红丝带。这些,都是陈必喜带给大家最好的新年礼物。

岁末年初,又到陈必喜总结算账的时候了。这已成了他的驻村工作习惯,总结过去,谋划新局。他心里的数字又一次清晰起来:村级集体经济从 2016 年的零元,跃升至 2019 年的 53 万元,2020 年计划突破 60 万元。驻村帮扶以来,工作队积极争取各类帮扶资金 1200 多万元,建成和完善多项基础设施和公共服务设施,自己联系和组织的消费扶贫资金超过 100 万元,扶贫车间生产线为上班的当地留守妇女和残疾人发放劳务费 70 多万元。每一个数字都是一步踏石的印记,都是一道抓铁的痕迹,都是从一声叹息走向一缕微笑的胜利。

2020 年新春,一场突如其来的新冠肺炎疫情袭略华夏大地。刚刚放假回到合肥的陈必喜,顾不得和家人一起欢度春节,听到一声令下,就匆匆往太安村赶回。

当得知村里有 18 名武汉返乡人员、436 名从外省回乡人员时,他立即率领工作队成员和村干部一起排查布控,走访登记,直到全区防控风险降低。2 个多月时间里,他始终坚守在抗疫一线,不敢有丝毫懈怠。

青山千重茶谷地,清风一缕瓜片香。疫情过后,陈必喜带领村民忙碌在茶园里。近年来，根据太安村地处六安茶谷地理优势，依托六安瓜片这张名片，陈必喜指导村民将 2425 亩茶园升级改造，有力推动了"一村一品"特色产业在太安村的落地生根。

如今，陈必喜的儿子上了大学，在他的言传身教下，儿子寒、暑假都来村里看望贫困户，并用自己的奖学金为村里的贫困学生购买学习用品。妻子也多次偕年迈的母亲来村为贫困家庭捐款捐物，扶贫成了陈必喜家庭的共同担当。

"陈书记，你把这里做好做强了，也让我们从贫穷的日子里解脱了出来，过上了幸福的生活，你不久就要回省城了吧！"入户走访时，有的村民抛出了这样的问题。

陈必喜笑而不答，片刻后说："我是来扶贫的，群众脱贫并非结束。我要为今后的乡村振兴做好铺垫。离开嘛，刚来的时候想过，现在就把这个淡忘了。"

驻村，更驻心。即使有一天离开，陈必喜依然心系这片导航提示 148 公里的远方。

必胜之心赴脱贫，得见新貌方为喜。光荣岁月里，不变的赤子心，种在泥土迎来盛开的传奇。太安传奇，你曾来过，你一直在这里！

# 从"院长"到"队长"

宋金婷

　　他，六安职业技术学院人文艺术学院院长，育人无数，在学术的道路上获奖无数，2017 年 4 月 26 日，他积极服从组织安排，选派到江家店镇芝麻地村担任第一书记、扶贫工作队队长，从此，教书育人的教授院长成为群众眼里、心里的"泥腿子"扶贫队长。

　　他就是陈如邦，初见时他正在和村里干部商讨工作，高大的身材，温润的眼神，谦和的话语，感受到那一颗为百姓奔忙的热情火热的心。从院长到队长，从学校到农村，从教学到扶贫，对陈如邦来说，每一个都是非常严峻的挑战。但他深知使命光荣，责任重大，任务艰巨，用他的话来说，"从三年前的那一天，我就和芝麻地结下了不解之缘，这里就是我的家、我父老乡亲之所在，一个令我魂牵梦绕的地方。"

## （一）

　　人的一生中有无数次的选择，一个选择即是一种际遇、一种缘分，亦是一种人生。

　　对于陈如邦来说，2017 年 4 月 26 日是个特别的日子，那一天和平常一样，他在学院上班，上午校长来到办公室找他进行动员谈话，"如邦，组织上准备选派你去江家店镇芝麻地村担任第一书记、扶贫工作队队长，你愿不愿意考虑一下？"

　　陈如邦听了没有任何犹豫，当即表态，"行，我去！"

　　"你要不要回去和你家属汪老师商量一下？"校长无不担忧地提醒。

　　"不用问，她会支持我的，我去！"结婚 26 年，陈如邦深知妻子的心思，在全国上下都在吹响脱贫攻坚冲锋号的当下，能为最后一战贡献自己的力量，无比光荣，她绝不会阻拦自己。果然，晚上回到家里，妻子并没有反对自己去扶贫，而是开始着手帮他收拾行李，一边念叨着要带哪些衣服、常备药，一边担心他的身体。

"但我还是挨批评了，汪老师埋怨我没有征求她意见，虽然她也赞同我去扶贫。"陈如邦笑着说道，言谈中满满相知相守的甜蜜。

于是，4月27号交接完原单位的工作，28号到村报到，5月6日党组织关系转到村党支部，从此，陈如邦开始了他的"队长"生涯。

芝麻地村是江家店镇4个贫困村之一，典型的丘陵地区，有8个村民组，13.5平方公里，人口2038人，党员45名，全村共有建档立卡贫困户75户、243人，2017年贫困村出列，贫困发生率降至0.16%。

陈如邦到村报到后，租住民房，吃住在村，自己动手丰衣足食，"原来在家汪老师做饭，哈哈哈，现在我'锻炼'得跟大厨一样，厨艺高超，我做饭带学院另外2位年轻的扶贫工作队员们一起吃，不增加村里任何负担。"陈如邦开玩笑地说，"另一项技艺大增的是我的车技，现在行驶在乡间小道上完全不在话下。"陈如邦平均每个月在村工作25天，三年时间，他的私家车从11万公里跑到了21万公里，村村落落，家家户户，芝麻地的角角落落都留下了他的身影。

报到的第二天陈如邦就和工作队员一起开始走访，遇到农忙，就到田间地头，一边帮助贫困户干农活，一边和他们谈心，宣传扶贫政策，了解家庭基本情况，帮扶措施有哪些，有没有帮扶成效，是否满意等。遇到在外干活的户子，就晚上走访，几周下来，人晒黑了，浑身泥土，更难的是晚上蚊子多，被叮咬的全是包。虽然很苦很累，但是，贫困户逐渐认识了他，了解了他，相信了他，逐渐把他当成知心人和亲人，什么事情都愿意和他说。一个月左右的时间，他走访了全村全部79户贫困户，了解到贫困户主要致贫原因是因病、因残，当然也有部分贫困户脱贫存在"等靠要"思想。村集体经济非常薄弱，2015年以前集体经济收入是零，2016年集体经济收入仅2万元。

"由院长到队长，由学校到农村，由教学到扶贫，这样的身份转变在3年中是否感觉得有些大呀？"

"身份的转变不是字面上的艺术，而是生活与工作细节的转化。"陈如邦把驻村帮扶作为人生的一次拓展和升华来历练，在内心真正增强使命担当，激发脱贫攻坚的动力。他通过走访、交流、座谈、专题培训等，全面学习扶贫政策，吃透精神，学习选派帮扶工作先进经验和做法，尽快转换角色，提高帮扶工作水平。

## （二）

真情帮扶，激发内生动力。未来的路，我不能替你走，但是，我可以扶你慢慢走。

"要不是扶贫陈队长的帮助，我不可能养起羊来，现在我对脱贫非常有信心，明年我还要多养一些羊。"芝麻地村贫困户王克玉的脸上写满了成就感，逢人就说。

"其实，贫困户也不是一开始都是贫困的，有的家里遭难，有的家人生病，慢慢地就穷了，人穷志短，思想上就有了等靠要的滑坡。"陈如邦到村走访中，了解到王克玉的情况后，主动与他结成帮扶对子。通过多次宣传产业扶贫政策，动员他申请养羊，发展产业。接着就帮助他联系养羊大户，赊了 12 只羊羔，并在养殖、防疫、出栏销售等方面提供服务保障，彻底解决了他的后顾之忧。真诚的帮助和激励，最终让他燃起了脱贫的热情。2017 年，王克玉养羊收入 7000 多元，主动要求脱贫。尝到了甜头，老王热情更高了，不怕苦，不怕累，起早贪黑，自己盖起了宽敞的羊圈，2018 年养羊 25 只，2019 年养羊 35 只，成了远近闻名的养羊户，对未来幸福生活信心满满。

贫困户李道中，儿子 30 多岁去世，孙女读八年级，孙子读小学，妻子包文霞丧子心痛，精神恍惚，还患有心血管疾病，是陈如邦经常走访的贫困户，有事没事，陈如邦总爱去他家转转，看看缺什么，有没有什么要帮忙的地方。

2017 年 9 月底的一天，早上 6 点多陈如邦打算在上班之前去李道中家走访看看，一到家门口，看到包文霞躺倒在地，李道中急得手足无措，他连忙把包文霞扶上车，立即开车送她到世立医院，找到医生说明病情，安排好住院。由于送医及时，经过精心治疗，包文霞病情很快得到控制，回到了家里，还要长期吃药，陈如邦又帮她申请办理了慢性病卡，享受 "351"、"180" 等健康扶贫政策，基本医疗有了保障，包文霞身体在逐渐康复。2018 年陈如邦帮助他家申请养殖了 3 头猪、200 只鸡。养的时候帮忙，卖的时候更是帮助销售。李道中不需要照料老伴了，就在当地打打零工，人均收入增加 2000 元，实现稳定脱贫。

知识改变命运，知识也会阻断贫困。2018 年李道中孙女初中毕业，不想继续读书了，陈如邦打心眼里觉得可惜，多次找她谈心，勉励她继续学习，改变命运，鼓励她填报六安职业技术学院五年制大专，全力帮助她解决读书困难，和学校协调，不仅免交学费，还免交住宿费，同时帮助申请助学金、雨露计划等。在陈如邦的鼓励下，孩子想通了，在校学习勤奋，积极向上，有什么事就爱和陈如邦说道说道，从他那里获得力量。孩子大专毕业就业工作，这个家庭更加有了希望，彻底阻断了贫困代际传递。包文霞高兴地逢人就说："俺们这个扶贫队长比亲兄弟还亲呢！"

（三）

什么都比不上一颗真心来得重要，真心付出，为民排忧解难，你惦记的就是我思索的，你所见的都是我所愿的。

秋天的田野是金色的，金黄色稻浪像田野上铺了一层金子，秋风吹动稻香，风声稻浪，如似一曲动人的乐章。

高放华正在家门口的水泥地上晒稻，"我们家今年种了60多亩，收了5万多斤稻呢。"一边翻稻，一边闲聊，秋风混杂着丰收的气息，迎面拂来，很是惬意，"多亏了陈队长他们修的泵站，现在我们是旱不怕，涝也涝不着，旱涝保收着呢。"

陈如邦指着静静躺在田野里的一处泵站说："从去年开始，我们村再也不用为提水灌溉争抢发愁啦！"站在大关庄泵站前，陈如邦讲述起"抢水"的故事：2017年7月，连续两周多的持续高温，水稻正值拔苗灌浆的关键时期，发生严重的旱情，群众心急如焚，涌到村部要求尽快提水灌溉。但是由于电灌站几年没使用，需要更换配件，灌渠急要疏通。他连夜赶到电灌站和灌渠查看情况，走在灌木杂草中，脸上和身上多处被刺破，鲜血和着汗水流。他白天顶着烈日骑车奔走在田间地头、沟渠河坝，组织抢修水利设施，疏通灌渠，协调村民用水矛盾。村里一时拿不出钱，他就用自己工资垫付买回配件，连夜组织抢修。

大关庄村民组400多亩水稻需要提水灌溉，水泵得不到解决，村民意见很大。在镇主要领导的大力支持下，他又第一时间借水泵抽水。由于抗旱及时，村里2000多亩水稻得到及时有效灌溉，挽回经济损失近百万元，群众自发送来锦旗！

为彻底解决大关庄村民组灌溉难问题，他积极争取学院支持，捐资8.9万元，新建大关庄泵站，2018年投入使用。

站在村头，闻着稻香，看着村民丰收的喜悦，陈如邦的心里无比温暖。

## （四）

一个村庄其实就像一个家庭，责任扛到肩上，事业抓在手上，努力经营好芝麻地村这个"家"，我爱我家，我希望每位"家人"都感受到幸福。

在徽彩再生资源循环利用科技有限公司1000多平方米钢构厂房里，堆满了色彩各异的边角料，看上去杂乱无章，实则却是金山银山。徽彩成立于2018年4月，是一家以解决服装厂尾料处理难、可再循环生产利用的国家鼓励型企业。"我们招商进来的哦！2018年租金7.8万元，以后每年租金9.3万元，打入村三资账户，这可是村里真真切切的资产。"陈如邦介绍，公司老总章俊是他的学生，年轻有为，在外创业有成，正好为家乡做些奉献，在发展壮大企业的同时，具有强烈的社会责任感，积极参与脱贫攻坚，平时用工30多人，解决了芝麻地村年龄较大、劳动能力较弱、在家能够就近务工的群体增收，其中有8名贫困户，每月人均收入2000—2400元。

稳定扶贫脱贫，关键要有产业支撑和良好运行的基础设施。陈如邦和村里干部结合村情实际，摸清路子，制定脱贫计划，帮扶发展产业，壮大村集体经济。

芝麻地村紧邻312国道，交通便利。在和党员干部、村民座谈交流，征求他们的意见建议后，陈院长就和村两委商定申报《芝麻地村农产品加工基地扶贫项目》，在老村部闲置的200平方米建筑的基础上，申请财政专项资金70万元，新建1080平方米钢构厂房，作为村集体固定资产，发展小型加工业，建立扶贫基地。该项目2017年底竣工，2018年公开招商，租赁经营，2018年租金7.8万元，年初已经打入村三资账户，以后每年租金9.3万元，2018年有8名贫困户在这个扶贫基地就业，人均年收入2.5万左右。同时作为裕安区贫困村资产收益扶贫工作试点村，把租金作为村集体资产收益，折股量化，拿出51.3%、699股，根据贫困户管理台账，按贫困程度不同分红给所有贫困户，最低分红100元，最高分红3600元。2019年，按贫困程度不同，全村所有贫困户分红不断增加，3户、14人脱贫顺利脱贫。

"我不是一个人在战斗，我们学院给予了大力支持。"陈如邦感到非常欣慰，"校领导多次到村开展扶贫调研，听取我们扶贫人员就'户脱贫、村发展'工作的汇报。2017年，学院帮扶资金20.5万元，在原有60千瓦村级光伏电站的基础上，立项建设村级光伏电站扩容30千瓦，每年可为村集体经济增加2.5万元。2017年，芝麻地村顺利通过特色产业专业村认定，村集体经济收入8.62万元，贫困村出列。2018年光伏电站收入8.5万元，钢构厂房租金收入7.8万，加上其他经营性收入，村集体经济收入16.8万元。2019年又争取项目资金90万元，新建农产品加工基地二期钢构厂房1100平方米，集体经济增加收入6万元，2019年集体经济收入达到22.8元。"

## （五）

捧着一颗心来，不带半根草去。我知道，脱贫，功成不必在我，但，功成必定有我。

六安职业技术学院风景优美，学校办公楼宽敞明亮，在学校面对的学生，陈如邦需要处理的是教导学习关系，相对单纯，但到村里就不一样了，今天谁家吵架了，明天谁丢鸡了，谁日子又过不下去了，各种琐事都奔涌而来，陈如邦刚来的时候，芝麻地村办公室场所还没有新建，地面都不是水泥地，窗户破了就用报纸糊上，住的地方更不用说，租住在一户农家的侧房里，仅有的家电就是电灯，四周是竹林，不远处就是一处坟地。

"第一天晚上在这里住的时候，下着雨，风吹着外面的竹叶，呜咽呜咽，屋里还在漏着小雨，临睡觉的时候，忽然门口'咚'的很大一声响，吓了我一跳，外面也没人，后来我想了想，估计是野兔子一类的撞到门上了。"

上得课堂的陈如邦，也下得了田间，小时候在乡村长大的陈如邦对农村有着深深的眷恋，所有的困苦在他看来，都不算什么。习惯了村里艰苦的环境，他自得其乐，每天早上起来很早，去溜达一圈，买最新鲜的蔬菜，晚上没有互联网，正好看书学习，提升自己。村里琐事处理起来虽然麻烦，可是真心换真心，只要真正为老百姓着想，为他们解决事情，老百姓对你的态度立刻不一样，当你是自家人。

2017年至今，陈如邦通过多种渠道，帮助村里的贫困户销售畜禽农产品4万多元。还记得2018年1月上旬，几十年不遇的大雪，道路被阻，树断了，水、电停了，陈如邦和工作队员第一时间跋涉在过膝盖深的雪地里，走村串户，查灾情，排险情。当赶到贫困户訾长友独居老人家中，她住的是平顶房屋，房顶上积雪有30多公分厚，存在严重的安全隐患，他冒着寒冷和危险爬到房顶清除积雪，汗水湿透了内衣。过后手臂疼了两个多月。

"陈队长，今天到我家吃饭啊，我刚摘的红薯叶，新鲜着呢，你一定别走了！"

这是芝麻地村脱贫户朱家勤看见陈如邦在村里走访群众时热情邀请。群众朴实的话语，深深地表达了他们对精准脱贫政策的感恩，对扶贫工作队的感谢，对队长陈如邦的认可。

每逢年节，陈如邦都会到五保户、独居老人户走访，送去问候、温暖和米油等生活用品，平均每个月自己都要拿出 1000 多元，救助贫困户和困难村民。他还多次主动接送贫困户到村、镇、区相关部门就医、就学、办事。

陈如邦在村里，心就在这里，他利用自身优势积极改变芝麻地村贫穷面貌，学院、亲戚、学生、朋友，因为他，很多本不相干系的人带着投资、带着热情来到这里，和村民一起为这片土地的发展努力。三年来，在工作队牵头和协助下，陈如邦争取和落实到村到户项目 30 多个，资金 1200 多万元，精准扶贫精准脱贫工作扎实开展，扶贫政策得到有效落实，扶贫措施有了明显成效，贫困村顺利出列。党支部战斗力明显增强，村两委工作作风务实，基础设施明显改善，基本公共服务明显提升，村容村貌发生了翻天覆地的变化。

# 春风化雨　桃李芬芳

## 王　迅

在美丽的独山镇，有一块山峦起伏、群峰竞秀的土地。浩渺的将军湖在它的身边荡漾，滔滔的淠河水在它的脚下奔流。这就是与新中国著名的将军县——金寨县山水相连的同兴寺。同兴寺学校，就坐落在这片群山环绕、松竹滴翠的山野中。

二十世纪七八十年代，结束十年浩劫的中国大地，百废待兴。伴随着中高考制度的恢复，一大批胸怀远志的年轻人，终于有机会在中高考的大浪中接受洗礼，并重新走向报效祖国的康庄大道。

一九八四年盛夏，一个貌不惊人的年轻人，告别老家原六安县东河口镇，只身带着铺盖卷，来到了这个岭高谷深人烟稀少的学校，稚气的脸上洋溢着初为人师的兴奋。他就是陈新，一个刚从霍山师范毕业的中师生，那一年，他年仅十八岁。

从此，这个被定性为"八十年代中师生"的小伙子，扎根在独山同兴寺这块红色的土地上，一干就是三十多年。

刚到学校的时候，陈新发现学校大门外的院墙上写着一幅字迹硕大的宣传标语："农村要致富，少生孩子多栽树"。看着这样的标语，陈新不禁笑了，这漫山遍野郁郁葱葱的林木，咋就没能改变山区贫穷落后的面貌呢！不过，对于一个从小学到初中一直孜孜不倦地奋斗，并终于鱼跳龙门端上"铁饭碗"的陈新来说，"知识改变命运"的理念，已深深地烙在他的脑海里。

同兴寺学校地处独山镇的西南角，撤区并乡前，这所学校辐射周边六个行政村。二十世纪八九十年代，获得土地承包权的农民，意气风发地在这块土地上刨食。那时的同兴寺学校，一派欣欣向荣的兴盛局面。

在这样的岁月里，陈新这个新来乍到的年轻人，怀着对山区孩子的满腔热情，废寝忘食地工作。为了不让一个学生辍学，他的足迹踏遍了这里的沟沟坎坎。为此，在1992年"普九验收"时，他曾获得过先进个人的荣誉称号；2014年被六安市教育局评为"控流降辍"工作先进个人。

但是，进入新世纪，随着农民工进城，那些家境比较好的学生，纷纷进城进镇就学。同兴寺这座昔日充满欢声笑语的学校，逐渐冷清下来。和陈新一起在这里工作的同事，终于耐不住山里孤独，纷纷离开了这里。面对此情此景，陈新也曾动摇过。但是，每次当他一有这样的念头时，他的眼前就会浮现出山里孩子那一双双渴求知识的眼睛，于是，他只能一而再再而三地平复内心深处那种蠢蠢欲动的进城欲望。

这期间，他也由一位普通的教师，成长为一名优秀的共产党员，并且担任了该校的教导主任。

其实，在同兴寺初中辐射的六个行政村里，陈新老师教过的学生岂止是一届两届了。有一年新学期开学，一位家长带着孩子来校报名时，笑着对陈新说：陈老师，你还记得我这个学生吗？现在我又把孩子交给你，这可是你的徒子徒孙了！

如今，在同兴寺学校周边六个自然村中，上至六七十岁的老人，下至刚刚入学的孩童，又有谁不知道陈新的鼎鼎大名！又有谁不钦佩陈老师的教书育人呢！

近年来，党中央国务院把脱贫攻坚摆到更加突出的位置，打响了脱贫攻坚战。为此，全国上下勠力同心、顽强奋战。"扶贫先扶志，治穷先治愚"，教育扶贫作为助力脱贫攻坚的一支不可或缺的力量，独山镇广大教职工也积极响应党和政府的号召，应声而动。

2013年新春伊始，回老家东河口镇的陈新，突然接到学校召开紧急会议的通知。于是，一年到头难得和亲人团聚的陈新，立即辞别尚在欢乐中亲人们，就匆匆赶往学校。临行时，已经七十多岁的父母，看着儿子对待工作的那种执着坚定的神态，都禁不住有些心热眼红。

这是一次部署脱贫攻坚的专题会议。在这次会议上，组织上深知陈新扎根同兴寺这片热土已经三十多年，不仅对这里的一草一木一山一水都熟悉，而且对生活在这里的乡邻乡亲有深厚感情。于是，就把学校脱贫攻坚领导组组长的重担，交到了他的肩上。

任务就是命令。面对这项新的工作，如何落实好扶贫攻坚的各项任务，成了陈新昼思夜想的问题。陈新觉得：吃透党和政府关于扶贫攻坚的方针政策是关键，为此他多次召开全校教职工大会，学习领会扶贫攻坚的各项文件精神，动员全体教职工积极投身到脱贫攻坚的时代潮流中。

针对学校地处边远山区，外出务工人员多，留守儿童普遍存在的现象，已经年过半百的陈新再次迈动双腿，利用双休日，早出晚归，深入到每一位有困难的学生家里走访，倾听家长心声，逐一排查学生家庭的经济状况、致贫原因，并为每一位家庭困难的学生建立扶贫档案。

在那段岁月里，陈新的足迹踏遍了同兴寺的山山岭岭，山头的晨曦和落霞成了他最熟悉不过的风景。

"两免一补"，是义务教育阶段国家资助家庭经济困难学生的一项重要举措。为了把这项政策落到实处，真正把党的温暖送到每一位有困难的学生家中，作为学校脱贫攻坚领导组组长的陈新，为了摸清情况找准对象，主动与村两委对接，先后走访了400多名"建档立卡"贫困户的家庭。

每到一家，他都会沉下身子，静下心来和家长促膝谈心，了解他们的实际困难和心理需求，并鼓励家长和孩子树立生活信心，人穷志不穷，只要大家在困难面前不低头，齐心协力奔小康，困难就一定能战胜，全面建成小康社会的目标，就一定会实现。

像这样拉家常式的访谈，他一聊就是一个下午，有时是一个晚上。

2014年春天，一场车祸让刘晓曼的家顿时失去了春色。在这场意外车祸中，刘晓曼四十多岁的父亲变成了植物人。本来刘晓曼的父亲在外承包工程，是当地有名的小老板。车祸发生后，为了救治父亲的病，刘晓曼的家花光了所有的积蓄。当时，刘晓曼的哥哥已经上初中，而晓曼为了帮助妈妈照顾卧床不起的父亲，只能辍学在家。

陈新得知这一情况后，立马前往远在柳树冲的刘晓曼家。当他看到已经腰勾背驼年过九旬的刘晓曼奶奶，以及躺在床上神情木然的刘晓曼父亲时，他的心情十分沉重。

回到学校后，陈新立即组织全体教职工分片包干，逐村逐户开展家访，摸排学区内适龄学生的就学情况，并多次往返刘晓曼家，动员晓曼继续回校读书。

陈新深深知道，让刘晓曼能安心地坐在教室里读书，必须解决她家里经济困难的后顾之忧。为此，陈新主动联系到当年处理此次交通事故的六安市交警大队，以及曾在同兴寺驻扎过的73617部队的广大官兵，向他们讲述了刘晓曼家的困难处境。在陈新的努力下，73617部队的广大官兵和六安市交警大队的干警纷纷解囊相助，共为刘晓曼家庭争取到爱心资金达五万多元。

像这样的帮扶，在陈新老师扶贫帮困的道路上，何止一件两件呢！

2015冬天的一个周末，放晚学后，校园里一片沉寂。陈新在巡查教室时，发现七年级教室里，有一个瘦小的身影正趴在课桌上哭泣。经过询问，原来这位同学名叫邓晓琴，家住石婆店镇鲍冲村。平时这位同学在校寄宿，每到周末都是爷爷来校接她回家，可是今天爷爷偏偏没有来。

陈新得知这一情况后，一边安慰邓晓琴同学不要着急，一面从家里推来摩托车，亲自骑车送她回家。

此时，外面正刮着寒风，铅灰色乌云阴沉得仿佛要崩塌下来。从学校到鲍冲村要翻过好几个山头，足足有二、三十里的路程。当陈新把邓晓琴同学送到家里的时候，发现原来她的爷爷因为生病，正躺在床上发着高烧。

这是一个单亲家庭，三年前，邓晓琴的父母离异，父亲外出打工后，只留下邓晓琴和年近七十的爷爷奶奶生活。奶奶因为有病，家里的重担都落在了爷爷一个人的肩上。看着老人躺在床上疲惫而又苍白的神态，陈新立即请来村卫生室的医生给老人打点滴，然后又往返村卫生室给老人拿药。

安顿好老人已是夜里十一点多钟了，回校的路上，漫天的风雪纷纷扬扬，由于雨雪在地，本来就崎岖的山路更加泥烂路滑，一路上陈新不知摔了多少跤，到家时，外衣完全湿透，脸和手上都划出了不少伤痕。

从那之后，陈新就成了走访邓晓琴同学家的常客。为了让邓晓琴树立生活信心，陈新多次找她谈心，从思想上化解她因贫困和单亲造成的心理阴影。也是从那时起，陈新利用休息时间，先后拜访了安徽省裕民油脂公司、六安和众汽车销售服务公司、太平洋保险集团等爱心企业，向他们讲述了邓晓琴同学品学兼优的情况，以及她特殊的家庭背景。功夫不负有心人，企业老总们听了陈新至真至诚的讲述，也为邓晓琴的勤奋好学所感动，纷纷解囊相助，为邓晓琴同学争取到爱心资金六万多元。

这笔爱心资助，对于一个上有老下有小的单亲家庭来说，不仅解决了眼前的经济困难，也极大地鼓舞了邓晓琴同学刻苦学习立志成才的信心。2018年中考时，邓晓琴同学以优异成绩考取了省示范中学六安一中。

盛红，是一对老年夫妇收养的弃婴，在盛红还不到五岁时，她的养母就去世了，只留下她和年迈的父亲相依为命。由于家庭教育的缺失，刚到学校读书的盛红性格孤僻，平时总是一个人独来独往，十分自闭，学习成绩在班上也总是拉后。

陈新看到这种情况后，特地叫来学校心理辅导员，研究如何对盛红开展心理干预，并与盛红结成帮扶的对象。课后一有空闲时间，陈新就将盛红叫到办公室，与她促膝谈心，聆听孩子心理诉求。学校开展活动，陈新也会找到盛红，鼓励她报名参加。经过一个多学期的努力，盛红自闭的心结终于打开。

如今的她，不仅学习成绩提高了，沉默寡言的性格也开始变得阳光开朗了。课余时间，人们经常能听到她和同学们结伴玩耍的欢声笑语。每当陈新看到盛红脸上洋溢着的快乐和自信的笑容时，他的心里别提有多高兴了。

为了解决好盛红在校学习的后顾之忧，陈新又与独山镇政府联系，请求地方政府对口帮扶。在他的努力下，镇关工委、妇联和村里的领导多次走进盛红家，为她父女捐款捐物，化解父女俩生活中的实际问题。

袁枚有诗云"白日不到处，青春恰自来。苔花如小米，也学牡丹开"。是啊！在同兴寺这块贫瘠的土地上，每一朵如牡丹一样盛开的苔花身上，又凝结了陈新多少的汗水和心血呢！

党的十八大提出"全面建成小康社会"的宏伟目标。为此，社会各界积极行动起来，纷纷组织爱心团体，向老少边穷地区捐款捐物。为了给同学们争取到更多的帮扶资金，陈新密切关注社会各界和爱心人士的捐赠行动。

从 2013 年开始，陈新通过内引外联的方式，先后与裕安区关工委的"双百花"行动、六安市"爱联盟"公益助学联合会、南京市（原驻地部队）离退休老干部发起的"扶苗资金"等慈善组织，建立结对帮扶关系，并请这些组织的组织者走进校园，亲身感受山区孩子身处逆境但却自强不息的生活状况。经过不懈努力，陈新前后为在同兴寺学校就读的贫困学子，争取到爱心资金达十几万元，受益学生有 100 多人次。其中，与学校共建的 73610 部队（原 83408 部队）官兵，捐献的助学资金就达 75400 多元，这笔捐款先后让 58 位家有困难的学生圆满完成了九年义务教育。

为了进一步畅通帮扶渠道，近年来，陈新先后多次邀请结对帮扶的团体和爱心人士走进校园，与结对帮扶的对象开展联谊活动。

2016 年 12 月 7 日，同兴寺学校校园里一派欢乐祥和的气氛。那一天，当年曾在这里战斗过的 73610 部队官兵走进了校园。面对曾经资助过自己的部队官兵，受过捐助的同学们禁不住内心的感激之情，纷纷走上前去，和叔叔阿姨们握手畅谈自己在校的学习情况。看着孩子们稚气而又充满阳光的笑脸，官兵们也语重心长地告诫孩子们，一定要不负众望立志成才。当官兵们即将离开校园时，孩子们依依不舍地涌进他们的怀抱，拍照留念。

2019 年国庆节，一场别开生面的"家庭聚会"，在充满温情的喜悦中展开。曾多次为贫困学生提供资助的爱心人士曾义宏夫妇，在陈新的引导下，走进他们资助的十个孩子的家庭。这次到来，他们夫妻不仅为孩子们带来了学习用品和文具，还把自己的孩子也带到了同学们中间，切身感受大山里的孩子们生活的艰辛和学习的不易。

通过这些联谊活动的开展，不仅筑牢了捐助者和同学们之间的情感纽带，也使受到捐助的同学接受到很好的感恩教育。

星海横流，岁月成碑。陈新老师几十年如一日，苦心孤诣地助力山区教育的事迹，得到了当地群众和上级组织的一致好评。自参加工作以来，他先后多次被评为裕安区"优秀教育工作者"、裕安区"先进共产党员"、"降流控辍先进个人"等，并获得首届"皖西好老师"提名。

在荣誉面前，陈新总是谦虚地说：与改革开放的大好形势和党的英明政策相比，我个人的点滴努力实在是微不足道。

2020 年是脱贫攻坚的收官之年，然而，新春突发的新冠疫情，却让华夏大地风声鹤唳。新年刚过，和孩子团聚不久的陈新虽然身在合肥，却时刻惦记着那些还在山村里居家隔离的同学们。回到学校后，他立马和帮扶的同学建立网上联系，并采用网上直播的方式，为同学们授课和辅导作业，直到学校正式开课。在他的精心辅导下，他所帮扶的四十多名同学，成绩都没有因为疫情而下降。

"落红不是无情物，化作春泥更护花"。陈新老师几十年来扎根山区教育不动摇，用自己的爱心帮扶每一位家境贫寒的学生。他的满腔热情诠释了一个人民教师"捧着一颗心来，不带半根草去"的无私奉献精神，也诠释了一位共产党员"全心全意为人民服务"的高尚品质。

# 编织"梦想"

## 丁美科

邹红生长在素有"一镇十六将，独秀大别山"的六安市裕安区独山镇，是一位山区农民。为了带领老区人民脱贫，邹红坚守初心，弘扬非遗文化竹编，创办了六安市康宁竹编工艺品有限公司，带领 100 多户贫困户脱贫致富，演绎了由"非遗传承人"到带领群众致富脱贫的"引路人"的传奇人生，成为深山里飞出的一只"金凤凰"。

## 小竹编"惊动"大世界

在 2017 年的第十三届中国（深圳）国际文化产业博览会上，邹红带着康宁竹编精彩亮相并"一炮走红"，竹编工艺品类别达数百种之多，特别是竹编的现场制作技艺展示，众多客商驻足欣赏、拍照留影，小竹编"惊动"大世界，"圈粉"无数，前来观赏品鉴、洽谈购买的人次达 7.5 万，现场所带约 2300 件产品被"哄抢一空"，充分展示了非物质文化遗产竹编工艺所迸发出来的独特内涵和迷人魅力。

近年来，邹红带着她的竹编闯荡世界，先后参加第十届合肥国际文化博览会、安徽农特产品展览会、第十三届中国（深圳）国际文化产业博览会、第十三届中国北京国际文化创意产业博览会，均受到各界人士的关注和好评。日前，由中国工艺美术协会、徐州市人民政府主办的 2020 中国"汉博杯"工艺美术创意设计大赛落下帷幕，邹红凭借精湛的竹编技艺斩获大赛金奖，这是中国工艺品类单项最高奖项。康宁竹编成为六安市名显天下的一张"非遗文化名片"。

邹红研发的产品多达 5000 余种，在市场上取得了骄人成绩，线上线下销售火爆，产品已经远销欧美、日本、韩国以及香港、台湾地区，年产值达 400 万元。

## 梅花香自苦寒来

邹红出身篾匠世家，她的父亲和爷爷都是世代从事篾编的手艺人，他们靠着一手好手艺养活了一家人。儿时起，她就被爷爷每天编制的各种竹编吸引，每天放学回来就坐在爷爷身旁学习编制各种竹品。

然而从单纯的兴趣到"立身"之本，这期间，却要经历一番淬炼与涅槃，邹红用"过五关"来形容自己的成长与发展之路。

选择难。高中毕业的她，开始了人生的彷徨。家里困难，急需劳动力，上大学，家里无法供养。父亲又反复告诫她，干手艺活是最吃苦的，你可要想好了。是继续读书？是出门打工？还是坚持兴趣从事父辈留下的手艺？经过反复考虑，邹红选择了自己的喜好竹编！这也时常召来左邻右舍的嘲笑：哪有一个女孩子干这苦活的?! 好多同学都把她作为一个笑柄到处打趣，但她没有犹豫，而是坚守了自己的初心——下决心一定要将祖辈的手艺传承延续下去。

学艺难。想要坚持做竹编传承人并不容易，这需要顽强的毅力与坚持不懈的精神。就是一个看似最不起眼的筛子也要经过九道工序。竹器工艺从材料的选择到编制过程，每一道工序都要严格准确。竹编工艺大体可分起底、编织、锁口三道工序，同时要穿插疏、编、插、穿、削、锁、钉、扎、套等各种技法，单个产品从设计打样，到竹子高温蒸煮，再到破篾裁剪与编制成品，每一样产品她都精益求精。一只精巧、工序复杂的倒径篮，需要套圈、编制底部、成形、收口、上配件、上色等工序，这种诞生于唐朝的花道用器直径 19 厘米，却有 500 多道迴，需要转 500 多回竹篾。历经岁月，她的双手已经被篾条磨去手纹，变得十分粗糙。

创新难。画画讲究"笔墨当随时代"，作为一项非遗文化产品，竹编的创新是必不可少的。为了创新，她买来文艺类、美学类书籍，苦心领悟，同时奔赴各地拜师学艺，致力把竹编产品从以往的生活必需品发展成雅俗共赏的文化艺术品。经过近 30 年的摸索、实践和创新，她充分利用大别山区特有的优质竹、木、藤、柳、草等天然材料，编织成欣赏与实用、工艺与文化完美结合的产品近 5000 种。在目前开发的产品中，农耕系列彰显传统文化与乡愁，器皿系列彰显绿色文化与环保，饰品系列彰显时尚文化与精致，竹艺系列彰显包容文化与创新。她将传统工艺和非物质文化融入人们的工作生活中去，实现了从竹编产品到竹文化的华丽转身。2017年，六安竹编被市政府评为第五批非物质文化遗产。

创业难。为了弘扬竹编文化，她开始创办公司，其间，可谓吃尽苦头：从修路运输、资金供给、原产地选材、产品包装销售以及亲赴日本对产品进行研讨谈判等，处女座的她都亲力亲为，不在任何环节上出错。

传承难。为了这份非遗传承，邹红真是磨破了嘴皮，到处说服年轻人不要外出打工，留下来传承"祖上"留下的这门传统技艺。她开办竹编教室，免费传授学习课程，让喜欢竹编热爱竹编的年轻人得到系统专业化学习。还掏钱让他们出去学习长见识。心地善良的邹红表示，就是再难，也要将竹编这门手艺坚持并发扬传承下去，不让它在自己手里丢失，要留住人，留住艺，留住传统文化的根脉。

"历尽天华成此景，人间万事出艰辛"。高级工艺美术大师、中国竹工艺大师徐华铛在看到她的作品后，大为称赞："在大山深处一干就是30年太不容易了，作品精湛，为你传承非遗文化的这种精神点赞！"

## 致富路上一起走

邹红创办的康宁竹编公司九成工人都是附近村民，为了照顾贫困户农忙务工两不误，公司决定贫困户农民每年只工作八个月，遇到农忙季节就回家劳作，大大方便了周边群众。

贫困户李世峰说："我以前是个篾匠，编烘篓、提篮、筛子等，都是日常用品，但随着塑料袋、金属制品的出现，传统篾制品几乎被淘汰，为了养家，很多篾匠和我一样不得不选择转行。现在我又重新做起了擅长的篾匠活，而且收入比以前更高，最重要的是在家门口上班，农忙时节还能放假，家人、孩子和农活都能照顾，再也不用四处奔波了。"

贫困户沈丙云50岁就来厂里上班，家里没有房子，和老伴都住在公司里，邹红无偿给他们提供水电和房屋，现在，她老伴去世，60岁的她依然住在公司里，成了邹红的"家人"。

游芳冲村贫困户42岁的顾秀芳是个聋哑人，丈夫44岁，残疾，干不了农活，夫妻二人都在邹红的公司里务工，每年两人有近5万元的收入。

为助力脱贫攻坚，康宁公司还将竹编工艺品原材料或半成品送到群众家中，让其"居家加工"，再以高于市场的价格回收，工资采取按件计酬，多劳多得。这种模式让很多无法外出就业的劳动者（其中较多是贫困户）可以在家从事手工编织，极大地激活了脱贫动力。

漫长的历史进程中，通过掌握、擅长某些技能的能工巧匠的口传身授，民族的记忆，文明的脉络，才得以保留和延续——这些为人类文明的传承作出巨大贡献的能工巧匠，就是我们今天所要保护的非物质文化遗产传承人。邹红就是其中之一。

近年来，康宁竹编广泛吸纳周边的贫困户前来务工就业。目前，康宁竹编已培养各类技师 20 余人，编织专业人员 40 多人，从业员工 200 多人，其中残疾人员 8 名，并辐射 300 多个贫困家庭从事竹编加工生产，每年户均增收约 5000 元，带领 100 多户贫困户成功脱贫。

# 春到桃花坞

杨 熙

2012 年 9 月 1 日，已经傍晚了，天气依然闷热，云越积越厚，风也渐渐地起来了，要下雨的样子。许有勇今年 42 岁，体格壮实，人也长得帅气，四四方方的大脸，中等身材，这会儿他扛着把铁锹在稻田周围望水。老婆王云芝跟他同龄，此时在家中准备晚饭，儿子小飞在镇上一家企业上班。女儿小月今年初中毕业，过两天就要去城里读高中了，这时正在帮妈妈打下手，她利用在家仅有的几天，想尽量帮爸爸妈妈多干些农活家务。想着这一双儿女，云芝嘴角露出了笑意。这是裕安区新安镇马河村一户平平常常的家庭。

天上滚过隐隐的雷声，风卷起灰尘，老远的土路那头有个人在向许有勇挥手，在喊着什么，风大，根本听不清。走近了许有勇才看出是邻居卫浪洪，平时话语不多的许有勇和这位到处乱晃荡的邻居交流不多。"你快去看看，小飞出事了！他骑摩托车摔坏了！"卫浪洪一身是汗，"就在村部南头！""咔嚓！"一个大雷在许有勇头顶炸响，瞬间打了个冷战！雨下下来了，像鞭子一样抽在地上，空气中散发出闷闷的味道。

因为快下雨了，小飞摩托车骑得太快，路又不平，拐弯时摔倒了，人甩了出去，头撞到了路边废弃的石碌上，大脑左半部粉碎性骨折，半个脑壳都没了。从这一刻起，许有勇一家走上了求医问药的艰难历程。女儿小月在父母一再催促下揣着 1000 元钱去城里读高中，谁知道还没到一个星期，同村的孩子便把 1000 元钱捎了回来，女儿悄无声息地去江苏打工了，放弃了读书。为了给小飞治疗，一家人卖了所有能变现的家私，借遍了亲戚朋友，妻子王云芝眼睛哭肿了，许有勇一下苍老了许多。

将近两年了，许有勇带着儿子四处求医，小飞的病情也渐渐地稳定了，但是因为当时的伤势非常严重，生活依然难以自理，只有慢慢地康复了。这期间，村两委除了帮助小飞办理医疗报销、生活补贴外，还专门开会，着手研究他们一家今后的的生活，出路在哪里？未来在哪里？转眼，时间到了 2014 年 6 月，根据国家《扶贫开发建档立卡工作方案》要求，新安镇马河村被确定为裕安区 75 个村贫困村之一，国家统计局安徽调查总队派出了扶贫工作队进驻马河村。许有勇一家也按照精准识别的要求被评为贫困户纳入精准帮扶。

吃过晚饭，国家统计局安徽调查总队驻马河村扶贫工作队队长、村党支部第一书记魏启文又来到许有勇家，和他谈谈心，一起商量下一步家庭产业发展规划。灶膛前，火光在许有勇黝黑的脸庞上勾勒出田埂般深深的皱纹，他不紧不慢地说着：家里的确比以前困难多了，但生活还要继续，外出打工是不可能了，走不开。打算多养些鸡鸭鹅猪什么的，但是目前发愁的是没有合适的场地。许有勇的思路和扶贫工作队考虑的方向不谋而合，村两委召集村民小组开会，讨论如何解决许有勇的困难，大家举手表决，一致同意把村西南角岗上近 60 亩荒芜的桃花坞无偿提供给许有勇发展生产。

桃花坞名字好听，可是那里是岗头，水上不去，也没有路。最西头 30 来亩相对凹些，东头和北部 20 多亩地都是砂石，贫瘠得很，密布着一人多高的灌木和荒草。许有勇和王云芝拿着镰刀、铁锹，一头扎进看不见人影的桃花坞中。顶着烈日，经过半个多月的整治，他们硬是在这片岗地上围起了 30 亩水塘，老天帮忙，没几天就一场透雨，水塘注满了，许有勇揉着累弯了的腰，眼里放出了光。再接再厉，他又用镇林业站免费提供的树苗种了 20 亩桃树、红叶石楠、香樟，岗头上边边角角都栽了各种蔬菜，这些可以拿到镇上买，剩下的还可以做青饲料。他规划着：鸡、鸭、鹅等家禽放在岗头上散养，水塘里投放些鱼苗。等树长起来了，家禽就不怕夏季烈日的暴晒了。牲口的粪便是再好不过的有机肥料。村里也积极帮着联系电力部门接了动力电，安装了自来水，铺了砂石路。在这期间，魏启文没事就往许有勇家跑，给他鼓劲，和他们商量发展打算。

2016 年春天，桃树、香樟、红叶石楠，都长起来了。许有勇林间养的鸡也有了一定的规模。魏启文又帮助许有勇申请国家扶贫小额信贷，鼓励许有勇扩大产业规模。许有勇在魏启文的帮助指导下，盖了农场宿舍、猪圈，扩大了鸡棚，买了 3000 只鸡鸭鹅苗，养了 100 来头黑毛猪，鱼塘开挖了引水渠、配了提水泵。这几年小飞的医疗费在国家健康扶贫政策的帮助下几乎全部报销，彻底解除了许有勇的后顾之忧，家里最大的负担卸下了。女儿小月打工学会了服装制作手艺，回村和姐妹们在家里办了个服装制作车间，承接来料加工，同时进行网上销售，各种花色时尚款式的新颖服装销路不错，久违的笑脸又浮现在王云芝的脸上。凭着勤劳苦干和来自四面八方的支持与帮助，2016 年底，许有勇一家成功脱贫。

可是那个卫浪洪，他也是贫困户，还没有脱贫。以往卫浪洪，不是日上三竿不起床，就是到处瞎跑乱晃荡，许有勇和王云芝看在眼里着急在心上，便寻思着桃花坞的产业发展需要帮手，卫浪洪现在虽然被村里安排做护路员，但平日里工作相对轻松，时间有盈余，索性叫他有空来桃花坞帮忙吧。于是卫浪洪便兼职在桃花坞工作，又有许有勇这样的好师傅，卫浪洪渐渐走上了正路，2017 年也成功脱贫。2018 年 9 月 23 日早上，在国家第一个丰收节上，许有勇魁梧的身材，配上女儿小月为他精心挑选的西服，精神饱满地从裕安区王仲儒区长手中接过产业脱贫标兵的牌子。会场上大家为他鼓起热烈的掌声。

2020 年新年来临之际，仿佛一夜之间一场波及全国的疫情降临了。疫情波及范围越来越广，往年紧俏的家禽由于交通阻断、商场、饭店关门出现了大量积压，老许一筹莫展，几千只鸡鸭鹅没有了销路，春节可是销售的旺季呀，这怎么办？！魏启文主动联系六安市中医院主治医生李继波。李医生是六安车友会成员，他向朋友们介绍了许有勇的家庭情况，很快车友会的朋友们便在网上认购了马河村积压的全部家禽肉蛋。

夜里，许有勇辗转反侧怎么也睡不着，不行，我要给书记打个电话，电话里许有勇有点激动："党和国家帮我孩子治病，帮我家庭致富，镇村领导和乡亲们那样支持我，现在国家有难，我不能坐视不管，我要给抗击疫情捐 2000 元钱，这是我的一份心意。"魏启文答应了他，并嘱咐他生产上遇到困难要及时说。

这些年下来，许有勇好像烙下了心病，他总是惦记着这些帮助过他的人和事。他不止一次地对走访的魏书记提起：有机会我许有勇一定要对所有帮助过我的人鞠一个躬，说声谢谢！魏书记微笑着拍着他厚实的肩膀说："你把生活过好了，生产发展了，富裕了，就是对帮助过你的人最好的回报。"

早春二月里，桃花坞远远望去，一片葱绿，春日里阳光和煦、暖风拂面，红叶石楠轻吐嫩紫，香樟叶才刚露头儿，桃树仿佛一夜之间，串串粉红的花朵就挂满了枝头，林木间鸡鸭喧闹，池塘上白鹅戏水，充满希望的春天。

# 叶 集

岭上开遍映山红
——六安脱贫攻坚
报告文学集

# 扶贫路上爱同行

## 李　静


　　赵德莉，中等个子，剪着齐耳短发，一张圆圆的脸庞上总是洋溢着笑容，是安徽省政府信访局来访接待二室的副主任。在 2017 年 4 月前，赵德莉还是一名标准的机关干部，每天上班下班、买菜做饭、辅导孩子功课，过着两点一线的规律生活。2017 年 4 月的一天，局领导找赵德莉谈话，想让她到叶集区三元镇龙元村扶贫。第一时间听到这个消息，她心里十分没底，她在心里暗想：自己对农村工作不熟悉，没有工作经验，如果做不出成绩，对扶贫工作、对组织、对自己都不好交待。但局领导鼓励她说："你的工作风格适合做这项工作，又加之你是霍邱人，霍邱离叶集很近，对当地的乡风民俗熟悉，相信很快可以融入。"看到组织对自己如此信任，赵德莉不再犹豫，但对家里能否支持却心怀忐忑。

　　果不其然，赵德莉回去把这事跟爱人一说，他立即反对，当时情绪激动到要去找她的领导谈谈。他的理由很充分，双方父母都是高龄老人，孩子正在上初一，他工作的单位离家又远，一周才能回来一次，如果妻子再要驻村扶贫，那孩子的学习和生活就面临着难题。赵德莉和爱人发生了激烈争吵，谈话不欢而散，他气得一连几天没理她。后来赵德莉发动他的姐姐姐夫和同学轮番做他思想工作，他看到妻子态度坚决，虽然没有完全想通，但也只得勉强同意了她的决定。


## （一）


　　2017 年 4 月 29 日，赵德莉第一次踏上叶集区三元镇龙元村的土地，来不及休息调整，就一头扎进了走访调研中，一个个沉重的身影、一双双期盼的眼睛、一声声无奈的叹息，无时无刻不刺激她的心灵、冲击她的感情，也坚定她扶贫攻坚的决心和意志。

　　到村时间不久，她就发现了一些现象，这里有部分老年贫困户独自生活，一边是子女高楼大院，一边是老人漏屋破房。由于子女疏于照顾，很多老人患病或残疾，境况十分凄凉，让人心酸。一些留守儿童，父母常年在外打工，跟着爷爷奶奶生活，缺乏父爱母爱，性格内向，学习积极性不高。一些兄弟姐妹、邻里之间利益至上，感情淡漠，时常引发各种各样的矛盾。一些陈规陋习在群众中还存在极深厚的滋生土壤。

赵德莉意识到，这里缺少的不仅仅是金钱，还要有精神的支撑，扶贫先扶志，只有把群众的精气神提起来，只有把整个村的风气扭转过来，才能更好地促进扶贫工作的有效开展。为此，她拟定了一系列措施：加大摸排，对 24 户与子女分户的贫困老人，子女有能力但不尽赡养、扶助义务的，逐户约谈。起草了《龙元村落实老年建档立卡贫困户子女赡养实施方案》，从宣传引导、组织实施到监督执法三个阶段开展具体工作。为配合工作开展，还草拟了《龙元村敬老孝老倡议书》《子女赡养老人协议书》《赡养老人的法律规定》《子女不履行赡养义务的法律责任》等相关配套宣传材料，逐户送达给不照顾老人的子女手中，向村民广泛宣传敬老爱老优良典型，倡导良好社会风尚。

怎样实现乡风文明，恰逢叶集区在推进"新风爱心超市"建设，赵德莉下决心把这项工作做细做实。2019 年 1 月 31 日下午，龙元村部热闹非凡，近百名村民代表、贫困群众齐聚一堂，参加村 2018 年度新风爱心超市积分发放大会。会议现场发放了 26930 分（1 分价值 1 元）积分券。除了对"爱卫生"、"爱劳动"、"爱集体"的贫困户发放奖励积分以外，对一般农户也发放奖励积分，包括"爱文明比节俭"家庭户 5 户、"爱教育比学优"家庭户 7 户、"爱集体比奉献"家庭户 1 户、"爱社会"家庭户 32 户、"爱集体"村民 48 名。获得积分的家庭可以到爱心超市兑换生活用品，此举增强了他们的荣誉意识和比学意识。通过持之以恒的宣传、推动和村民的广泛参与，龙元村以孝为先的传统美德逐步深入人心。

## （二）

家庭是社会的基本细胞，正所谓"天下之本在家"。尊老爱幼、母慈子孝、兄友弟恭，家和万事兴等是中华民族传统家庭美德，是支撑中华民族生生不息、薪火相传的重要精神力量，要想激发农村贫困群众从思想上脱贫，重要的一点就是要帮助他们营造团结和谐、互谅互帮的家风。

贫困户张玉华，身患软骨病，是一个残疾人，离婚多年，一个人在外打工，艰难度日，逢年过节回来无处居住。她要求在 310 省道旁边新建住房，由于申请的宅基地属于限建范围，无法批建，所以建房问题一直无法解决。赵德莉多次到现场查看，后又了解到其哥哥家房后有一块菜园地是原来的老宅基，符合建房条件，就想到做其哥哥的工作，把菜园地划一点出来给张玉华建房。

在农村，群众把土地看得很重，即使是兄弟姐妹也不轻易让出一寸，赵德莉刚一提出她的想法就遭到张玉华哥哥的强烈反对，嫂嫂更是理都不理赵德莉，她就三番五次到他家去，有时买点菜，有时带点酒，跟他们边吃边叙，从家庭亲情到张玉华的艰难，说得张玉华的哥嫂几次低头沉思，他们对她说："赵队长，你尊重俺两口子，跟俺们讲这么多掏心窝子的话，俺们再不答应，实在讲不过去，我今天当着你的面，同意从自家菜园辟一块地出来给玉华建房。"

很快，张玉华的小屋建起来了，身残志坚、对生活仍充满了热爱的张玉华把小屋布置得温馨整洁，她高兴地逢人就说，以后打工回来再也不担心没地方住了。兄妹之间的感情因为这件事也更融洽亲近了。妹妹说，是哥哥帮了我，我永远都记得这份情。哥哥说，妹妹困难时，我拉了她一把，心里也踏实。

残疾贫困户王春刚老两口住在一处几十年前修建的土墙瓦顶的老房子里，房子破旧还有安全隐患。赵德莉动员他家实施危改，老两口却因为上级补助的危改资金不够，自己手里又没有钱一直下不了决心。赵德莉明白老两口内心其实是渴望住上新房的，就说："你儿子也可以支援一点呀。"老两口却说："儿子也有儿子的难处，还不知儿媳妇什么想法。"她知道问题症结在王春刚儿媳妇身上后，就找到他的儿媳妇。从最初她一见到赵德莉就冷言冷语讽刺她多管闲事，到关门闭户让她吃闭门羹，再到肯与她坐在一块交流谈心，赵德莉前前后后到她家跑了无数趟，跟她反复讲什么才是孝道，什么才是为人子女应该做到的事，知道她眼睛上火就给她捎去菊花茶，从合肥给她孩子买来本地买不到的书籍，听说她家中刚孵的小鸡未能成活，为她买来 30 只仔鸡和鸡饲料，又带菜到她家和她一块做饭吃饭聊天。最终，王春刚的儿媳妇被赵德莉感动，答应拿出一万元给公婆建房，赵德莉又想办法帮其解决了一万元，老两口终于住上了宽敞明亮的新房。每次见到赵德莉，老两口都拉着她的手说："赵队长，多亏你，俺才住上了这么好的房子，儿媳妇现在对俺老两口也很好。"

## （三）

孩子是家庭的希望，是家庭的未来。近年来，留守儿童引发的社会问题越来越引起各级重视，为帮助村里这些贫困留守儿童树立学习的信心，增长他们的见识，开拓他们的视野，赵德莉连续三年牵头组织开展贫困家庭学龄儿童合肥科教一日游活动，先后到科大校园、合肥市科技馆、野生动物园、三河古镇、合肥海洋世界等地参观、游学。

孩子们平时难得参加外出集体活动，很多孩子早早就准备好自己最好的衣服鞋子，有的孩子甚至激动得睡不着觉，孩子们跟赵德莉说："赵阿姨，俺从来没出过门，俺以为俺们叶集就是大城市。"更有一些孩子的爷爷奶奶跟她说："赵队长，俺把孩子交给你，俺放心，孩子爸妈都没带孩子出去玩过，你们搞这个活动，俺和孩子都高兴。"

这些农村的孩子虽然没出过远门，但却是很听话很守规矩，看得出，他们十分珍惜这样的机会。他们边看边听，有问不完的问题，也学到很多在课堂上学不到的知识。一些孩子跑到她面前说："赵阿姨，俺以后上大学就想来合肥，合肥太大了，好多东西俺看都没看过的。"其实，这又何尝不是赵德莉组织这个活动的初衷和出发点呢，虽然每次活动至少有 30 多个孩子参加，安全风险又很大，全程陪护下来，她累得腰酸腿疼，但看到孩子们一张张鲜花一样的笑脸，一切都感到再值得不过了。

贫困女童李小云，母亲是精神病人，父亲常年在外做工，爷奶都是八十多岁的老人，由于自小生活在缺乏爱的家庭，导致她性格自卑，不愿意与同学们相处。有一段时间，她把自己关在屋里，也不上学，认为自己得了抑郁症。赵德莉得知情况后，和村里扶贫专干蔡弱男一块到她家去看望。

一进她的房间，看到吃过的方便面盒、喝过的饮料盒以及一些生活垃圾堆满了屋，小女孩裹一床被子埋头大睡也不理人。赵德莉她们帮她收拾房间，打扫卫生，苦口婆心地跟她谈心，鼓励她，又把她带到六安检查身体，在确认身体没有毛病后，赵德莉又给她买了几件漂亮的衣服，小女孩的心被感动了，转变了态度，答应赵德莉回到校园继续上学。

赵德莉把她送到教室，交到老师手里，并在教室里对她的同学们说："李小云这段时间没有来上学，心里非常想念大家呀。"当全班同学响起欢迎的掌声，赵德莉看见小云笑了。老师说："你们扶贫干部对一个贫困户的孩子能做到这样真是让人敬佩。"其实，老师不知道，赵德莉作为一个母亲，看到李小云这样的孩子，实在做不到视而不见、听而不闻。后来，赵德莉又陆续给李小云买了《傅雷家书》《平凡的世界》等一些励志书籍，就是希望她能从书本里汲取到学习的动力，增强生活的信心。每当听到老师说李小云情绪稳定、状态正常时，赵德莉比听到自己孩子进步还要高兴和欣慰。

## （四）

用真心帮真贫，你给群众一滴水，群众会还你一桶水。在驻村扶贫过程中，赵德莉越来越深刻地体会到，只要倾注真心真情，没有解决不掉的问题，没有攻克不了的难关。当你为群众真心解决问题，群众也会发自内心地支持你的工作。

有时到户做工作，群众经常会逮来鸡鸭追出很远要送给赵德莉，或者是留她在家吃饭，虽然她一一委婉拒绝，却从心底感受到群众的质朴与可爱。有时，走在田间地头，遇上饭点时间，群众看见了，喊一声："赵队长，来俺家喝一杯呀。"朴实的一句话就像天籁之音，一瞬间就驱散了赵德莉满身的疲惫。

有时赵德莉也买菜拎酒到群众家去，与他们同吃同劳动，群众高兴得像是家里来了贵客，给外出务工的孩子打电话说，村里的扶贫干部到俺家来吃饭啦。有时群众杀年猪接赵德莉他们去打猪盆，她就买件把衣服和一点零食带上，她认为，群众心里有我们，我们也要把群众看得高高的，干群鱼水情的好传统在新时代不仅不能丢，还要以一种新的形式发扬光大，这是转变村干部作风的一条途径，也是事实证明了的行之有效的途径。

## （五）

赵德莉在扶贫工作中学到了很多，也收获了很多，但说真心话，她对家里还是心怀愧疚的。2017年冬天，母亲因雪天路滑，摔断了胳膊，住了一个多月院，直到半年后胳膊才完全好。当时，正好赶上村出列评估，赵德莉只好打电话给姐妹让她们多照顾母亲。在母亲住院的一个多月里，她只抽时间去看了一次母亲。好在母亲非常理解支持她的工作，反而安慰她不要担心不要分心，既然选择到农村就一定要把工作做好。

　　有一次，赵德莉的孩子高烧 40 多度多日不退，爱人几次打电话让她回去，孩子也哭着给她打电话，当时村里扶贫任务很重，看到村干部每个人都在工作岗位上连轴转，作为扶贫工作队长，赵德莉实在张不开口，因为，她知道，她必须做各方面的表率，她不再是机关干部，她要把自己当作一名普通的村干部对待。孩子是娘的心头肉，在孩子高烧的那几个夜晚，赵德莉没有一夜睡得踏实，她只能用电话安慰他，让他学着坚强起来。

　　平时在村里，赵德莉不敢给孩子打电话，因为孩子已经逐渐习惯了妈妈不在他身边。她怕干扰他的思想，勾起他对妈妈的想念，有时候，赵德莉就在村里用手机为孩子点快餐，孩子有次对她说："我家周边的快餐我都吃腻了，一点没有妈妈做的好吃"。现在，只要一回到合肥的家，赵德莉就立即扔下手中的包，打扫卫生，整理房间，到超市菜场买好他爷俩吃的用的，烧他俩爱吃的饭菜，带孩子看电影、泡图书馆，弥补她对这个家的亏欠。她给母亲买衣服买食品买必需的药品，她记得母亲的生日，每年生日那天即使不能回家，也要提前送上礼物和祝福。

　　赵德莉跟爱人、孩子叙到村里的贫困户张大爷、刘大妈，叙到张玉华、李小云，叙到那些留守儿童，还叙到跟她共同战斗的村干部，叙到动情处，常常泪湿眼睫。爱人彻底理解了她的工作，有时回家，他主动跟她打趣说，快讲讲扶贫工作新动态。孩子也说："妈妈，你是在帮农村贫困的人，这是一件多么有意义的事啊。"

　　是的，这不仅对她来说是一件有意义的事，对国家也是一件意义重大的事，她想，若干年后，再回望这段难忘的岁月，一定会为自己曾亲自参与这项意义重大的工作而感到万分荣幸和自豪。

　　赵德莉深知，扶贫的路上不是她一人，还有像蔡弱男这样自己家庭就是贫困户，却在扶贫一线上任劳任怨的扶贫专干，还有常年没有星期天节假日奉献在前、待遇微薄的村干部，还有有求必应、全力支持她、把贫困户当亲人的省局领导和同事们。当然，还有她的父母、爱人和孩子，正是有他们一路同行，她才有勇气选择基层；正是有他们一路同行，才让她感受到这人间的大爱与大美。

　　三年多的扶贫经历告诉赵德莉，扶贫工作就是要让每一个贫困的家庭重新燃起希望之火，重新充满温馨之情；同时，三年多的扶贫经历也告诉赵德莉，忠孝可以两全，他们这些驻村扶贫队长，即使工作再繁重，也不能疏忽了自己的小家，因为，家是最小的国，国是千万家，只有千千万万的家庭一个不落，建设小康社会的目标才能最终实现，中华民族的伟大复兴才能最终实现。

# 龙元村的亲人

## 黄圣凤

来龙元村采访的时候，村贫困户大会刚好散会，我看到村书记赵德莉正把路途较远的陈大娘托付给一个开农用车的贫困户，嘱咐他顺路把大娘带回家。

赵书记熟悉每一条贫困家庭的路，在她的办公桌边，贴着一张贫困户分布图，是她手绘的，黑色水笔清晰地标注着每一户贫困家庭的位置，那密密麻麻的每一点、每一线上，都印满她的足迹，她脚步踩过的地方，一朵朵小花随风摇曳。

赵德莉是安徽省信访局的一名副处级干部，两年前派驻到六安市叶集区三元镇龙元村任扶贫第一书记。

身在扶贫一线，她深沉触摸到人民的疾苦。她说，贫穷不叫社会主义，贫富差距太大不叫社会主义。城市反哺农村，富裕地方拉贫困地方一把，正体现了我们社会的本质和特征。

她说，过去的农村，对群众的多是索取，现在则全是给与。也有些人想不通，说群众越服务脾气越大！其实，这说明农民有权利意识了，有底气了，精气神不一样了，我们要的就是这种感觉！

她说，如果没有扶贫与群众对接，这些人穷就一直穷下去了，有些人自怨自艾，有些人自轻自贱，有些人自暴自弃，有些人自生自灭，也有些人就可能走向极端，变成社会的阴风淫雨。

说这些话的时候，赵德莉的眼睛里闪烁着动人的光辉，眉心拘着无限的向往，"他们是我心尖上的人！"话语中漾溢出来的热切和赤忱，像花间一壶老酒，像透过玻璃窗照进来的煜煜日光。

## 受命扶贫

2017 年 4 月的一天，省城合肥的春意已经布满大街小巷，省信访局来访接待二室副主任赵德莉，像寻常一样，走进省政府大院。而这一天又注定了不同寻常。

她接到通知：局机关选派三位同志组成工作队，下基层一线扶贫，她任扶贫队长，为期三年。

这个任务，让她又欣喜，又忐忑。

欣喜的是，扶贫是国家的大政方针，是国家的一项宏大战略，是一种恢弘壮丽的事业，自己有幸能够成为其中的一部分，身体力行，为民请命，这是一项崇高而光荣的任务！

她要奔赴的，是六安市叶集区。叶集过去隶属霍邱县，广袤的古蓼大地，是她的母亲，也是她生生不息的根和力量的源泉。她在这里出生，在这里成长，对这里的土地有着天然的眷恋，孩提时代，任你穿什么鞋子，都感觉没有赤足走在大地上的安然、从容与舒坦。

现在，要回归故里了，那熟悉的乡音乡情，顿时洋溢在周围，那给她洗过脸、梳过头、穿过鞋、喂过饭的大嫂大娘，憨厚纯朴的容颜，瞬间都在她的眼前了，她的胸口像揣着一波海水，动荡着，起伏着，久久不能平静。

忐忑的是，扶贫是一项长期的工作，一走将是三年，或许还不止，深深爱她的老公和儿子会理解吗？

果然，老公的反应甚是激烈：

"我就是想不通，组织上为什么要派一个女同志下乡？局里副处级干部有的是，为什么偏偏是你？我还想不通了，你为什么要答应？"

其实，赵德莉也不尽是风平浪静的。最初征求她意见的时候，她心也"咯噔"一下的，像一只鸟，爪子一蹬，飞出去，落到另外的树枝上。下乡扶贫，她不知道将要面临什么，将要经受怎样的四面八方的风。"但是既然组织上选择了我，我就责无旁贷"，她想。

而老公心上的疙瘩，拧住了，春风在这里打了个卷，旋了个涡。

他们夫妻从基层一步步走到省城，一路都是事业上的尖子。赵德莉职高毕业后，在岔路乡政府工作八年，企业办干过，纪委办干过，信访局干过，2007年经考试选调到省信访局。工作上的辗转，两个人时聚时离，奔奔波波，一路艰辛。好容易生活安定了，孩子也该上初中了，到了求学的关键学段，也到了青春期，怎么可以没有母亲的陪伴？

他大声说："那我去你单位，去找你的领导！"

本来赵德莉一直在温和地解释，这是工作需要，那一带我比较熟悉。一听他要闹到单位去，火就上来了。

"你没有权利去找我领导！事情已经定下来了，而且组织上已经征求过我的意见，我已经答应了！难道我工作上的事情，我还要跟你请示吗，你是我上级吗?!"

她忽地站起，操起床上的一个健身器，甩手掼在地上。由于力气太猛，她趔趄一下。健身器瞬间解体，一块零件飞在老公的脚背上。

他趿着拖鞋的脚，一白，一红，继而涌出血来。

两个都怔了一下，同时蹲下，四目聚焦在脚背上。

"对不起，对不起！"赵德莉喃喃着。

没有想到的是，一个意外反倒让二个人安静下来。

过了一会，老公低低地说："德莉，不是我阻止你下乡，我是担心你身体。你工作起来太拼命，没日没夜，没白没黑，身边若没人，不知道会把自己弄成什么样。没有谁比我更了解你，你的心软得像一摊泥，天天面对那些贫的穷的，你还不把自己撕碎了给人家?"

人就这么奇怪，一个凶，一个更凶；一个软，一个更软。有时候仅仅一句体己的话，就融了冰雪，化了硝烟。

那一晚，他们说了很多，从扶贫政策到个人际遇，从国家前途到人生理想，从工作到家庭，就连平时说不出口的亲热话，都说出来了，话越说越开，理越说越明，心越说越温暖。当东方天际现出第一缕晨曦，赵德莉背上行装，出发！

## 俯向大地的身影

来了，就得静下来，沉下去，把腰俯向大地，把心贴在人心上。不俯下身去，就无法听到大地的涌动，就无法体会老百姓的冷暖，就难以与村庄水乳交融。

**——赵德莉**

初来乍到，身上的压力真大。陌生的环境，陌生的工作，陌生的人。心目中从省城下来扶贫，带很多项目，带很多钱，给一个村带来翻天覆地的变化，才能对组织有个交代，对群众有个交代，但一切并不那么简单。

"最大的担心是工作怎么开展，工作队能做哪些事，从哪里入手。似乎一切都还没有想好，就捧住一颗热乎乎的心来了。"她笑。

真正工作了，她才发现一切并不需要凭空预想，事情一桩接一桩来，赶着你走，撵着你干。

杨进才，原来是个军人，没出事故之前，顶呱呱的一个人。现在出行靠双拐，吃饭不能正常拿筷子。这个倒也能将就，他最大的心病，是儿子。

好不容易培养儿子上了大学，不知在外经历了什么，精神垮了，像再也吐不出嫩芽的秃枝。今年30了，不能正常交流，不能从事体力劳动，视力也毁了，还有暴力倾向，娶亲无望。生命的洞穴里，看不到晴朗，只有浑浊的细浪摇摇晃晃。

杨进才就这么一个儿子，弄成这样，他的心灰成一片腐朽的布，常常无望地瞅着空洞的天空，不知道何时能有福祉缓缓下降。

好在还能开旋耕机，种了20多亩地。老婆也很贤惠，家收拾得干干净净，但是一进那个门，总觉有一种无形的压抑，像石缝间拔不起身子的老草。

"如此萧索"，赵德莉想，"总该有些绿意。"再来的时候，她带了一盆绿萝，配个架子，往屋里一放。又买几支富贵竹，插在花瓶里。哇，一下子就"亮"起来！这个气氛萎颓的农家屋，瞬间少了黯淡，多了生机，仿佛久不出勤的镰刀，忽一朝麦子黄熟，翘首以待，它被细细地擦去满身的尘埃。

人说："给他送这个？不能吃不能喝的，啥用！"赵德莉也曾疑惑这老弱病残的一家人，会不待见着星星点点的绿，没想到竟真心喜欢，接露水，晒太阳，搬进搬出，像顾惜孩子一样顾惜着。

杨进才家门前，是一截"断头路"，距离"村村通"还有200百米，一下雨一脚泥，一只鞋子能有二斤重，出门就像"过草地"。

"去年秋天，稻子运不出来，肩头子起泡，脚壳子扒翻，还是弄迟了，粮食都没卖上价！"杨进才抱怨道。

赵德莉心里一直惦记着，"此路不通，我就不是合格的扶贫干部"！

今春，她把农管办的周怡祥主任带到现场："你看这断头路，雨天，好腿好脚都难，何况拄拐的杨进才他和有病的儿子！"

他们看到杨进才半截腿的黄泥巴，连脊梁盖上都是散落的泥点子。他拐杖下端，一搾长的泥糊，干了，印痕却在。

赵德莉反复陈述他这一户的特殊情况，这一刻，只要有人答应修路，给人躬身下拜她都肯。

在赵德莉的积极争取下，初夏时节，一条4.5米宽的水泥路平地开花，像一根横贯大地的琴弦，终于弹拨出"一马平川"的跫音。

"谢谢，谢谢！"杨进才的心情特别舒畅。他说："赵书记啊，这路，真格是好，哪天来喝一杯啊？"

我坐在赵德莉办公桌的对面，注视着她的眼睛，品味她叙述里的喜悦与艰辛。她说："幸福家庭都是相似的，不幸的家庭各有各的不幸。他们的疾苦，我们得懂，不高高在上，不把自己弄的救世主一样：啊，你要好好干，你要自强自立啊！不讲这样的话，多拉些家常。当你把心贴向他们的时候，就是扶贫最人性的时候。"

"给他一种亲人的感觉"，这是赵德莉的姿态。

"解决他最需要的问题"，这是赵德莉的宗旨。

五保户易沙年，是村里唯一一户还住土坯房的，门都歪了，像耗尽元气的跋涉者，再也无力丈量时光的长度。

而危房改造，他坚决不改，你说一大堆的好，他不为所动，就不配合。

赵德莉一连三天，天天登门。

易沙年怨气一大兜："过去我主动要改，去村里，去镇里，求爹爹，告奶奶，都说我不符合条件。现在屁都涨价，水泥沙子我都买不起了，还谈啥改！"

他拒改的意念，像狂风也吹不透的墙。"前年城区那边拆迁，我去搞些旧门旧窗来，两万旺就盖起来了，今年五万也盖不成，我能尿金子屙银子？"

精准扶贫，就是要给贫困户以实实在在的关怀。即便有不理解、不通融，即便是"好心当成驴肝肺"，也还得为着他们，把心窝子掏出来，真情地奉上。

第二天，赵德莉又来。

"您这已鉴定为 D 级危房，不能住了，遇到灾难性天气，危险得很！"

"我不怕死。"易沙年一脸的无所谓。

"即便现在不改，将来土坯房也得一律拆除。真拆了，您住哪？"

"我到小房子住。"他说的小房子，是后期搭建的半间小厨房，"我就住那，这你给拆了算了！"

"那跟牛棚一样，能住吗？"赵德莉一边谈话，一边把他散乱在椅子上的衣服，折叠成方方正正的豆腐块。"不过像你这种五保、散户，也可以集中居住，那您去敬老院吧！"

一听敬老院，他急了："那我肯定不去！"

"那就危改，盖房！您说钱不够，危改资金补贴您两万，您自个可以凑多少？"

"顶多出 5000。"

赵德莉从他犹犹豫豫的眼神里，看到了一丝乌云撤退的亮光。

"那行，您先找人估估，房子重建得多少钱。明天就找人，我明天还来。"

赵德莉的真诚感动了易沙年，他说："要不是看你赵书记跑了这些趟，我就不盖了，我小房子住到死拉倒！"

第三天，赵德莉又来了，和扶贫专干陈俊海一起。

易沙年说："找人看了，最低也得 4 万！"

"你只管盖，钱的事交给我。不过你得有进度，盖好了我跟陈主任还来，我买酒，他买菜，我们来燎锅底子！"

结果他的房子 26 天就盖好了。

新房落成。赵德莉带着村干部，提溜着碟子，提溜着菜，坐到了易沙年的新居门口，吃饭聊天。这种聊，不是干部来访，她就是亲戚朋友，她就是乡亲乡邻，她是来串门拉呱的。

远处有稻田，近处有蛙声，乡村的夜晚，这般多情！

"七八个星天外，两三点雨山前，稻花香里说丰年，听取蛙声一片"，这才是乡村的恬淡和美丽！此时，易沙年脸上的笑，一如稻花香里的丰收年。赵德莉的心头，美丽在滋长，欣慰在滋长："我欲穿花寻路，直入白云深处，浩气展虹霓！"

赵德莉长着一张典型的淮河女儿的脸，憨厚，纯朴，本真。往那一站，她不是省城干部，就是一个邻家姑娘；一开口说话，乡音未改，像掠过的一阵杨柳风；她一笑，空气就暖了，像有月色照进来。

赵德莉对我说：再贫困，都有追求幸福的权利，大家都是一样的人。你到他家，你指手画脚：这啥啥，那啥啥，居高临下，你像完成任务一样，冰冷，应付差事，人家当然不会接受你。你就是给钱给物，他也不和你交心，真诚少了，工作就浮在上面。

你必须把他们当作亲人，当作自己的兄弟姐妹，以心换心。不是你来了，象征性地拎个油，拎个米，就扶贫了。现在不缺吃穿，龙元村即使最穷的户，也不存在吃喝问题。如何与群众拉近距离呢，你得知道他们真正需要的是什么，你到底能给他解决什么问题。

许林度是一根"老油条"，游手好闲，不劳动，老婆被他打跑了，房子被他卖了，一有钱就进赌场，过去做坏事，半边头骨被人打烂，医治花了十几万，穷困潦倒，一穷二白。2014 年，识别为贫困户。

有钱了就吃掉喝掉赌掉，没钱了就找扶贫办，问"什么时候给我发钱"。有时候半夜了还敲门，"不给钱，我就去偷了哈！"尊严，廉耻，道德感，在他那里一文不值。

用什么办法能够改其心志，助其脱贫，是摆在赵德莉面前的一个难题。

贫困户罗成给人代卖的电瓶车，他骑上就跑。

"罗成那么困难，老婆还癌症，你怎么诳他的车，钱呢？"

"先赊着，明天给！"

明天了。"不给钱，为啥不把车子还给人家？"

"明天就还！"

"你也不老，咋不找点事情干干？"

"明天我去打工！"

第二天碰到。"怎么还没走？"

"我收拾收拾，明天就走。"

"明日复明日，明日何其多。"最看不到"明天"的许林度，却天天口不离"明天"。

逼急了他又装可怜："我病了，头晕得很，哎呀，天都转，我要去吊水！你们不扶贫吗，给点钱啊！"

那天，他正伸出两只指头，准备夹一个人背包里的东西，就那么巧，赵德莉从三角路口走出来，逮了个正着。

他伸出去的手，一时收不回来，停在半空，迟疑片刻，假装挠挠头。

哀其不幸，怒其不争。赵德利火了："当初就不该把你识别为贫困户，就应该逼着你去劳动。你六十还不到，有手有脚，却要靠偷，好意思吗你？去去去，再也不想见到你！"平时慈眉善目、笑意盈盈的赵书记，今天说话像刀子一样。

也是在那一天，很少照镜子的赵德莉，在一面镜子前反复打量自己，审视自己。孔子说：君子三省吾身。她对镜子里的自己说：你是国家干部，你的任务就是扶贫济困，你的职责就是助其脱贫，你有什么理由烦躁，你有什么理由对贫困户火冒三丈？是，他脊梁是不直，如果啥都好，还要你来"扶"吗？你难，难得过共产党打天下吗？

"草接地皮生意浓，面对老百姓，你就该伏下身去，再伏下身去。不把自己平易地接近大地，接近群众，接近最世俗的生活，你就无法体会泥土的寒凉，民心的冷暖。"

赵德莉甩甩头，挺挺腰，第二天再去找许林度。他再油滑，也不能放弃他，碰多少钉子都得抚摸好自己，然后继续碰。

"我是路，让你走；我是灯，让你明；我是绿叶，让你开花。"那晚，她在日记本上写下这些话，"路漫漫其修远兮，我将上下而求索"。

捧着一颗心来，什么样的心？忠诚之心，责任之心，奉献之心，也是一颗为百姓做实事，历尽千番终不改其志的"初心"，不忘初心，才能牢记使命，才能砥砺前行。

又一个春天到来了，龙元的大地草长莺飞，鲜花盛开，就连屋檐下、田埂外、古道边最边边角角的地方，春风也吹拂到了。赵德莉想到习总书记的话："全面建成小康社会，一个不能少；共同富裕的路上，一个也不能掉队。"扶贫就是要补齐短板，让太平盛世的浩荡春风，吹拂到每一个角落，吹到每一个贫困户的心里。不仅如此，还要对最贫困的人格外关注，格外关爱，格外关心。

"是的，脱贫攻坚，我们手上捧着的是一颗红心，我们肩上担负的是国家的重托。"

远远地，她站在一块稻田里，弯着腰，像是在轻吻一支成熟的稻穗，又像是在对浩大的大地膜拜，或者致敬。

夕阳映照在田野上，也映照着她俯向大地的身影。那些包括贫困户在内的所有的农民，就是血肉丰满的大地呀，她愿意俯下身子，靠近他们："衣带渐宽终不悔，为伊消得人憔悴"。

"民不富裕，我不安生"，她内心长时间默念着这句话。

## 龙元村的亲人

如果你随便拉住龙元村的某一个人，问一下"赵德莉是谁"，她的回答一定是：好人，亲人，或者女儿。

让赵德莉感动，也让她总是难以拒绝的，是龙元群众的热情。

一出门，遇到几个老奶奶，围住她，拉住她，各自往家里拽，有的要给鸡，有的要给鸭，有的要给小菜。这些朴实无华的村民，他们最朴素的爱，最真诚的表达，莫过于此。

　　老人们把赵德莉当成自己的孩子，尹德云说："你比俺亲闺女都亲！""大娘，您可别这么说，你女儿她该生气了！"笑声就蝴蝶一样飞起来。

　　赵德莉不说自己把他们当成了亲人，一颗心捧给他们了，却说村民们真是太好太好了。她说，在机关，人就是工作的机器，上班各干各的活，下班各回各的家。而在乡下，处处有浓郁的亲情，你给他做点什么，或者什么也没有做过，他都会对你特别好。

　　这就是咱们的老百姓！他们的父辈或祖辈，曾经送夫送儿当红军，曾经做军衣军鞋，曾经省下自己的口粮送给咱们的子弟兵，是他们以及他们先人，撑起了共和国的昨天。他们最识大体顾大局，他们最不起眼的，却最富人情味。

　　最感动人心的还有那些孩子，远远地，隔着一条河，隔着一块田，隔着一条路，就大声地喊："赵阿姨，赵阿姨！"手举得高高的，一脸童真，一脸纯粹。每当这个时候，赵德莉就觉得她与一村人之间，什么也没有隔着，大树与大树根连着根，蓝天和白云触手可及。

　　笔者也曾与另一些扶贫干部交流过，总有一些人，找不到穴位，走不进时代的风景。他们抱怨贫困户只知索取，不懂感恩。而在赵德莉这里，我所采撷到的，都是清隽的泉水，洁白的浪花。她说，龙元村的贫困户有九十多家，只知道伸手要的，确实有，但极少极少。

　　"我们的人民大众身上，承载着五千年文明古国的传统美德，你为他捧一颗心去，他定会还你一颗心来！"

　　赵德莉看到这些可敬可亲的人们，内心涌起的，是更为强烈的责任感、使命感、紧迫感。无论如何，也要让亲人们到2020年都能够如期脱贫。

　　多年的信访工作经验，她知道怎样面对百姓。她耐心地倾听，合理处理他们的诉求，既春风化雨，又恪守原则，形成一种独特的风范。在扶贫一线，她更深入地贴近群众，身子匍匐得更低，蕴含在骨子里的"仁慈"，从来未曾如此丰饶。

　　"榆柳荫后檐，桃李罗堂前"是她最爱的乡村美景。坐在贫困户的笑靥中，她感觉充实和幸福像盛夏的甘霖，撩拨着心海的涟漪；站在稻田边，闻着稻花香，她感到通身的血脉，完全融入这一片天地之中。

　　与贫困户促膝，说一些知冷知热的话，开诚布公地言谈，贴心贴肺地叙叨，她不是干部，她就是亲人！很多心结，像蓓蕾上缠裹的蛛丝，花一张开，就"吧嗒吧嗒"断了。

　　她像一条清澈的小溪，从村庄的肌体上流过，冬天温暖，夏天清凉，上能纳天光云影，下能蓄鱼虾蛙鸣，含养水源，浇灌大地。老百姓就是大地，她愿成为他们水一样的亲人，成为血脉，世界上没有任何什么能比"水"和"土地"更亲密贴合的东西了。大地对这个世界的全是奉献，如果说有什么需求的话，那就是对一汪碧水的需求。

"老吾老以及人之老，幼吾幼以及人之幼"，赵德莉不仅全心为老人们邀请明月，她还倾力为下一代铺洒阳光。

汪克发，原来是龙塘小村的书记，干了一辈子基层工作，老了老了，遇到一个天大的灾难。

唯一的儿子，不明不白地死在异乡的一条马路边。肇事者逃逸，他没有得到一分钱的赔偿，把尸体弄回来安葬花光了他所有的积蓄。儿子死了，丢下一个两岁的女儿，丢下一个身怀六甲的媳妇。媳妇是山东枣庄人，才25岁，留得住吗，留得住也不能强留啊，怎么忍心让她年纪轻轻在这守一辈子？

汪克发，一夜白头！

媳妇在龙元村把孩子生了下来，走了，一走就再也没有回来。

两个古稀老人，两个幼稚童娃，早起是"白发人"给"黑发人"洗脸吃饭，暮至是"黄发"拉着"垂髫"的衣襟，在夕阳下扯开长长的身影。

赵德莉的心，疼得像被石磨碾碎的豆瓣。我能给他们做点什么呢？她常常在心里叩问，他们最需要的是什么？

在扶贫一线，赵德莉问自己最多的，就是"他们最需要什么"！

杨进才手脚残疾，出入不便，他最需要的是一段春风路；易沙年无儿无女，孤寡无靠，他最需要的是两间安居房；尹德云眼睛上火，双目红肿，她最需要的是一瓶眼药水；王大娘脚步蹒跚，炎炎日头，她最需要的是捎带一段行程；陈玉兰幼年流浪到此，她最需要的就是自己的名字和身份证件；高明宝贫病交加，蜗居寒凉，他最需要的就是一块煤球、一筐竹炭……

汪克发最需要什么？是两个孩子的健康成长，是娃能长学识，长见识，长本事，将来能够好好生活。

赵德莉一有时间就去看望孩子，给他们买零食，买玩具，买文具，买书籍，做他们的知心妈妈。她还决定带他俩去见识见识大千世界。"只有时刻把人民放在心上，才能懂得为民情怀"，赵德莉始终把"群众"放在心头最高的海拔上。

不仅这两个娃，她要让阳光普照到更多的孩子。

全村摸了底，8-14岁年龄段的孩子30多个，都带出去！"龙元村贫困儿童科教一日游"活动拉开序幕。他们走动物园，进博物馆，逛科大校园，参观科技馆，刚开始还是怯生生的，揪住大人的衣角不放，不敢去看、去观察、去触摸，不久就变成了快乐的小燕子，叽叽喳喳，问这问那。他们好奇的眼睛，睁得大大的，世界以一种崭新的面目呈现在眼前，他们扩大了视野，拉长了目力，感受到了无边的自然和飞奔的时代。他们欢呼雀跃，享受了一场科教盛宴，直到活动结束，还依依不舍。

对孩子们来说，以前远在天边的，现在近在眼前了，以前高高悬挂的星星，现在摘在手心了。

就为这，赵德莉觉得，付出多少都值！

这项活动已经连续开展了三年，赵德莉说："将来我离开龙元之后，希望这项活动还能够持续下去。"

"只有平凡的人，没有平凡的工作"，赵德莉谦逊地说，"我就是一棵小草，没有花香，没有树高。"我则想说，正是这棵小草，书写了一个共产党员的信仰和担当，书写了党与群众的鱼水深情；正是这棵小草，在扶贫的金光大道上，撒下"大德大善"的种子。


工作忙完了，村庄安静下来，田野和庄稼都沉陷于夜的怀抱，村民窗口的灯光次第熄灭了，她一个人守着一间屋，一盏灯，她在做些什么呢？

她说，我也没有什么爱好，平平淡淡一杯茶，从从容容一页书。这些年一直随身携带的，是周国平的书，周国平"以哲学家之大眼光，写烟火人家之小性情"类的文章，我尤其喜欢，深邃或者浅显，都是我精神的食粮。

其实她只说了一半，她没说的那一部分是，夜深人静的时候，是想家的时候。她常常在手机里，一张张翻开家人的照片，在儿子和老公的笑容里，体会相思和眷念。"缺月挂疏桐，漏断人初静"，她的心，像缓缓盛开的夜来香，散发着幽幽的芬芳。而在平时忙碌的白昼，她可能整天整天都无暇去思念他们，所以她的内心常存愧疚。

一个两个星期才能回家一次，平时与老公孩子的交流大多是通过电话和视频，但是现在夜已深，人已定，她不可以打扰他们。在异地的一间简陋的宿舍内，她只有温柔地抚摸儿子的眼睛和嘴巴，自言自语："宝贝，请原谅妈妈，等我扶贫结束，我去接你上下学，我去参加家长会，我陪你看电影、泡图书馆，好吗？妈妈好想你！"

她经常在 300 里之外给他爷俩点外卖，权且尽一个为人妇为人母的责任。周边的外卖已经点遍了，吃够了。妈妈问"今天吃什么？"儿子半晌无语，因为他已经找不出不让人腻歪的味道。

所以每次回合肥，赵德莉就烧一大锅汤，烧一锅鸭子，或者烧一锅牛肉，给爷俩慢慢热着吃。

那天回家，老公看到她就笑："你怎么这么黑了？"她也笑："黑是健康嘛。乡下水土养人，连风都肥沃，你不必惦记我。"

过年了，杨进才非要送一只鸭子给她，她不要，他就远远地候在路口。怎么拒绝呢，她也就接受了。节后去拜年，她给他买了两盒茶叶，花了四五百元。

杨进才说：我那鸭子不值钱！

赵德莉说："不是钱的问题，是咱们相互的小心意，你给我的我领了，我给你的也得收下。"

礼尚往来，这是朴素的民风，这也是中华传统的精髓，你拒绝他的东西就是拒绝他的心，就是推开他对你的亲近；你收下，就是拉近距离，就是接受一颗心。

赵德莉说："老百姓的笑，就是扶贫成效最直观的呈现！"

我问了很多人："在你心中，赵德莉是什么样子的人？"

镇上的干部说："扑得下身子，沉得下心。"

村上的干部说："爱一村人，鱼和水，水和鱼。"

普通的农户说："有她，我们冬天不冷。"

我问赵德莉如何评价自己，她想了想说："日行一善，涓滴成河；动人善愿，其量无涯。"

为了解扶贫干部的工作和生活，掌握第一手素材，我在龙元村做了长时间的采访。无论走到哪，一提赵德莉无不交口赞誉。老百姓说不好花言巧语，只会由衷地充满深情地说：她是我们的亲人。

是的，赵德莉是整个龙元村的亲人。

# 尾 声

龙元地处叶集区三元镇中部，和许许多多的村庄一样，有着积贫积弱的过去。如今有国家大政的春风吹拂，有广大干群的齐心努力，村庄亮化了，绿化了，美化了！四通八达道路，参差茂密的庄稼，天地朗朗，乾坤浩荡！

空闲的时候，赵德莉喜欢翻看以前的照片，前后一比，真是天差地别。

初到龙元村的第一眼，怎么尘土飞扬的呢？水泥地起皮，小车一过，一阵扬尘。小花池里的树，怎么都委委屈屈的呢？两三棵桃树桂树，稀稀拉拉，不成气候。从那个时候，她就默默地规划着龙元村的美丽远景。

一些老人鳏寡孤独，晚景凄凉，一了解竟是有儿有女的。她就很不理解，随即印发了一红一白两张纸文，红纸的是亲手起草的红色《敬老爱老的倡议书》，白纸的是《子女赡养老人的法规》。

通知 24 户老年贫困户子女回来签一份《赡养协议书》。熟悉情况的干群告诉她，农村有农村人赡养老人的方式，老人生灾害病了，子女会来照顾，平时不能因为老人身体不好，儿女就不生活了，他们也想多劳动，多挣钱，改善生活，这是农村的实际。

赵德莉感觉自己来龙元，是工作，也是一种学习。

为宣传孝道，弘扬新风，她亲自拟定《新风爱心超市奖励方案》，在重要位置，有奖励"敬老孝老"的条目，评选"好儿子""好媳妇"，表彰"文明家庭"，发放积分券，经过持之以恒地宣传，龙元村"以孝为先"的传统美德逐步深入人心。

许林度的问题，也基本得到解决。

村东边有一个看水闸的临时住房，村里花了将近三万块钱，里里外外修葺一新，装好水电，交给他，解决了他的住房问题。

就业呢，村里给他安排了一个公益性的岗位，300 元一个月。还规定他每月至少参加三次人居环境集中整治的活动，打电话要来，指定的活要干，每月 600 元工资，并跟他签了合同。2019 年 7 月份开始，又给他申请了一个三类低保。

"我们不能放弃他，尽管有劣根性，大家必须要带着他一起脱贫。"

村里安排他到稻虾养殖大户处帮忙，也是学习技术，希望将来有一天他能自主创业，真正挺起脊梁，实现真正意义上的脱贫。

"人活着，就要有活着的尊严，你好好的，女儿就会认你，就会回到你身边。身体有病你就去看病，没有病你就好好劳动，好好生活。你没有条件，我们给你创造条件，再自暴自弃，怎么讲得过去？"

经过不断地疏导，许林度做事有劲头了，能起早摸黑了，精神面貌大有改变，像枯枝上新绽的一枚叶子，像秋荷上一缕明媚的光线。

赵德莉还有一个心结，汪克发的住房问题。他儿子惨死以后，万念俱灰，把所有的房子推倒铲平，拓为农田了。易地搬迁的时候，他根本没有房子，不符合政策条件，搬迁不了，他就一直上访。

赵德莉说："汪书记，你的心结，也是我的心结，在我的岗位上，我会时时刻刻关注。关注政策，关注局里帮扶的动向，一有机会，我一定积极争取！"

经过赵德莉耐心细致的工作，汪克发多年不再上访。

她心中最美好的愿景，是村民们远离病痛，远离残疾，过得有奔头，活得有希望，既有新时代的经济条件，又有淳朴的古风和人性的美好。她呼唤文明走近，恶习远离，好习惯蔚然成风，村容村貌柳暗花明，生态环境宜居宜业，社会生活风清气正。

她说："我所做的一切，发乎本性，无须上升到什么高度。说句实在话，我并不急于离开，我喜欢这里的人情味，我了解每一户，户户都有感情。"

晚上，她给老公发了一条信息，说："明年五月份还不一定能够回去呢，估计要到年底。"

老公回复了一个"龇牙"，说："你安心在那，我们做你后方永远不倒的江山！"赵德莉突然眼中含泪。无论工作多苦多难，她从不把疲倦和心结挂在脸上，总是笑容常新。现在听老公一句"不倒江山"，她似乎融化了，她的心温软而感动。老公不愧为她志同道合的伴侣，她没有看走眼！

上次回家，她给老公翻点自己成绩、讲述龙元村变化的时候，老公真真切切地生发一种心满意足的自豪。他体会到妻子工作的意义、生命的价值，真诚地肯定了妻子的成绩，并为她点赞。

两年多来，赵德莉带领工作队共申报到村项目 17 个，落实到户项目 50 个，共计 1380 多万元；全村基础设施建设基本完善，集体经济来源不断拓宽，产业发现方向逐步明晰，群众满意度不断提高。2017 年底，通过了省第三方评估验收，顺利实现"村出列、户脱贫"工作目标，龙元村被授予全镇"脱贫攻坚工作先进单位。"

因为工作成绩突出，2018 年，赵德莉被评为"全区脱贫攻坚先进个人"。区电视台《关注》栏目也"关注"了她，拍了专题片。区委组织部"关注"了她的成绩，拍了电教片，在全区表彰、传播和推广。

那天，我在赵德莉的桌子上，看到一张纸上写着这样几句话：

如何让贫困群众跟得上政策的引导？

如何避免扶贫产业的跟风发展？

脱贫路上如何取得长期稳定的收益？

这是她目前关注的焦点、思考的方向。她的状态一时一刻都是工作、工作、再工作。

采访赵德莉，是在 10 月的一个下午，那天，我们聊了很久。西天的太阳在晚霞中渐渐隐去红圆的面庞，但我感觉阳光还在，那是农村扶贫的一股力量。

她的笑容，带着泥土的芬芳，带着淮河的味道。她说，她是喝着淮河水长大的，她自小住在淮河岸边的农家小院里，父母都是农民，她对农村的父老乡亲有着割舍不了的情怀。"扶贫是我这一生最难忘的人生经历，是我职业生涯的色彩和丰姿，我很开心走在这条曲折而美丽的路上！"

那一刻，我突然感觉她像一个舞者，手持彩练，缤纷飘扬；突然感觉她站在精神的高坡，目力所及的远方，扶贫之花遍地开放。是的，在中国扶贫攻坚的征程中，正是赵德莉以及无数的赵德莉们，捧着一颗心来，以一种家国情怀，勇挑重担，勇于拼搏，勇于担当，才凝成了扶贫一线拔山扛鼎的力量！

# 春风吹遍史河岸

## 黄　菊

　　皖西史河岸边村民王学奎家，是龙晓敏帮扶的贫困户。

　　昨天，在胜利社区党支部会议室召开的扶贫调研会场，扶贫专干龙晓敏，认真而仔细地向大家介绍了几年来王学奎家生活逐步好转的情况。最后，龙晓敏表态，2020年年底，一定让王学奎家达到小康生活水平。

## 一

　　史河，南依大别山麓，北入淮河，它往事如烟或疾或徐地流淌着。四十多年来的改革春风，在史河沿岸吹起幢幢楼房。唯有村民王学奎家几间茅草屋，固执地趴在史河东面、胜利社区、湖北组巴掌大的一块地面上，大有永远在这里生存下去的迹象。

　　年过六旬的农民王学奎，他爷爷的爷爷就居住在史河岸的东边。祖辈和父辈们每天大清早挑着水桶，快步来史河边挑水。

　　二十几年前，王学奎在家门口的院子里，打了一口压水井。从那天起，他家不再去史河边挑水了。不过，他们一家饮水与史河水位有关系。你瞧，史河水位上涨时，压水井管子出满管水；一旦史河水位退下去，压水井里只能出半管子水了。

　　王学奎家里四口人。户主王学奎，妻子彭泽芳，大儿大喜子，小儿王本东。

　　户主王学奎，年过六旬，一张老脸坑坑洼洼，人也干瘦，像是一座陈年根雕。一直弓腰驼背，甩手走路。天气晴爽时，他身上不痛不痒；一旦他腰酸、腿痛，浑身犹如无数个小虫子在骨头里噬咬时，天空即便阳光灿烂，不多时，便乌云密布，接着，天空就大珠小珠落玉盘了。日常生活中，左邻右舍的邻居们，一瞧见王学奎龇牙咧嘴相，就知道老天要变脸了。

　　妻子彭泽芳，六十出头，颧骨高耸，脸黄巴巴的，老人斑被层层皱纹分裂开，似菊花般颓败；干瘦身材，黄黑皮肤松松垮垮地粘在骨架子上。

王学奎家的大儿子大喜子，三十出头，整天睁着一大一小射击似的双眼，细缝的双目空白一片，像挂满枯叶没有果实的树。一年四季，脸皮子红得像秋天的红薯；走起路来，一瘸一拐，两肩膀成六十度倾斜。他有时也笑，笑起来有些瘆人。数十年前，大喜子刚过完三岁生日，连续几天，小脸一直通红，额头烫手。王学奎夫妇救儿心切，无奈之下，听信离家八里路的江湖神医之言，给大儿喜子打了一针。一针下去，不到一顿饭的工夫，大喜子退烧了。烧虽退了，他双眼也成了瞌睡人的眼——呆滞，无神。

史河岸边的白杨树，青了又黄，黄了又青，大喜子身高渐长，可他的智力永远停留在三岁孩子的智力上。一年四季，大喜子身上穿着邻居们给的灰不灰、黑不黑的单衣或者棉衣。他身上永远是臊哄哄的气味。除了冬天，大喜子也是苍蝇和蚊子最开心的玩伴。一年四季，虱子对他情有独钟，不离不弃。

王学奎的小儿子王本东，年近三十。王家靠近史河，他们便从史河里捞生活。

小儿王本东十岁开始，王学奎就带着他常去史河边逮鱼摸虾掏黄鳝。他们的劳动成果，除了是自家餐桌上的美味佳肴外，还能从集市上换来钞票，补贴家用，为王本东购买学习用具。中学毕业后，王本东外出打工，不知受了啥刺激，年关回到家，王学奎夫妇觉得小儿与人交流时，头三句话正常。聊着，聊着，话题就有些岔道了。小儿常自言自语道：老板要不是我的话，他早被抓起来了，早破产了。所以，老板一家人不敢对我咋地！

一推开王学奎家的院门，第一眼就看到大喜子张着嘴，流着涎水，溜肩歪胯地站在院子里。院子里到处是鸡屎、鸭粪，篱笆四合院里散发着一股酸滋滋臭烘烘的气味。

王学奎家有近二亩耕地。耕地一年四季随着季节的变化，生长着玉米、小麦、芝麻、油菜。麦苗在春风里翻卷着碧浪时，芝麻和油菜花上围着嗡嗡叫的蜜蜂。王学奎夫妇俩，一年四季舍不得坐下来歇息一会儿，蜜蜂采花般忙碌着。王学奎家菜园地不缺肥料，鸡粪多，鸭粪足。他家的菜园地枝繁叶茂，黄瓜、葫芦、丝瓜、蚕豆、四季豆、西红柿、豇豆、茄子、辣椒、韭菜等等，长满菜园里的边边角角。好一幅满园春景！

通常天麻麻亮时，王学奎夫妇拿着手电筒来到菜园地，裤子和袖子都被露水打湿了，他们把摘回来的新鲜蔬菜放在筐里。王学奎蹬着三轮车，把车上的菜，拉到集上卖。他经常因为缺斤少两的事，与顾客争得耳红脖子粗的。

这几日，天像与谁赌气、非要争个输赢似的，呼呼拉拉地下个不停。彭泽芳从锅屋里盛了大海碗稠乎乎的面条，递到坐在廊沿上的喜子手里，转身从堂屋端来一个高凳子，喜子双手接过妈妈递过来的大碗面条，抖着双手，把面条放在面前的高凳子上。然后，慢慢地往厚嘴唇、大黄牙嘴里挑。一碗稠稠的面条，他十来分钟才挑完。彭泽芳不敢在他面条碗里多舀汤，怕喜子水喝多了，尿到裤子上、床上。天阴，洗了没太阳晒，一时干不了，晚上床上没铺的。

彭泽芳盛了一小碗面条，也是慢腾腾地往嘴里挑着。昨晚，喜子又在床上尿了两泡尿，她与大儿睡一张床，小儿与王学奎睡一张床。一间屋，横竖两张床。尿臊和屎臭时时在两张床边横冲直撞。

王学奎一家住在史河边上，泥巴筑墙，松木作梁，房上麦草一层叠压着一层，快到屋脊时，再有规则地铺排几层红瓦。茅屋与篱笆围成一个四合院。篱笆外，长着几棵洗脸盆粗的白杨柳，白杨树梢上有一个形如大巨号的乌色鸟窝。

对于王学奎一家来说，时间好像是没有发酵的面团，硬邦邦的一点弹性也没有。它仍然停留在二十世纪八十年代的乡村。

雨，仍在滴滴嗒嗒地下着。王学奎坐在堂屋大桌边，腰酸腿疼、腰肌劳损、膝关节积水这些可恶的家伙们，不约而同地与他亲热地拉着呱。你瞧，王学奎的脸绷得跟鸡胗样，眉头皱纹一把，都可以拧成一捆小菜，吹出一缕冷风了。他一根接着一根吸着三块钱一包的黄山烟。门口的白杨树已高过茅屋，连阴天，堂屋里光线不好，黑黢黢的，给人一种沉重郁闷之感。大儿喜子坐在门口，一股股尿臊味扑鼻而来。

彭泽芳坐在门口，把指头大的五色圆珠子用白色细胶丝线穿成汽车坐垫。王学奎看了老伴一眼，张了张嘴，想说什么，又把要说的话咽下去，他陷入深深的沉思之中。最终，他还是鼓足勇气，说出了自己的想法：孩他妈，我想把大喜子送走。王学奎牙痛似的嘶嘶地说，像是一只轮胎在跑慢气。

送走，送到哪？你这个挨千刀的死鬼！王家没修积好，后代一代不如一代。你不管大喜子，我要饭都把傻儿子带着。说着话，她整个人如同一粒爆米花，一下子就从坐着的板凳上站起来，头发也立了起来，插秧似的。瞬间，几滴眼泪从她黑眼圈里滚出来，润湿了蜡黄的脸。她来到大儿跟前，伸出双臂紧搂着痴儿，生怕他立刻化成轻烟消失。或者，被王学奎带走，送到不知道的地方。

大喜子睁着一双射击眼，呆愣地看着妈妈眼泪从枯黄的脸颊上流淌。王学奎自知理亏，低头无语，仍旧吱吱地吸着烟。忽明忽暗的微红在堂屋里折腾着。

这是 2015 年以前的事情。

胜利社区扶贫专干龙晓敏，本是重庆山城一个小村庄上的女子。念高二时，年迈的父母实在供养不起她再上学。无奈之下，龙晓敏出门打工。在南方打工地，机缘巧合，与叶集小伙王本山相识相知再相恋。后来，成了叶集媳妇。

不到二十岁的龙晓敏嫁到叶集后，尊老爱晚。左邻右舍、大人小孩都能和睦相处。于是，众人推荐她到胜利社区村委上班，上级领导安排她负责该社区贫困人口脱贫致富工作。

龙晓敏老公王本山的父亲与王学奎同一个爷爷和奶奶。龙晓敏喊王学奎大伯，喊彭泽芳大妈。他们两家相距不到二百米地，她对本家王学奎家境了如指掌。

无数个夜晚，龙晓敏在床上烙烧饼样翻来覆去睡不着觉。大伯大妈，放下连枷拿扫帚，整天没闲着；小弟王本东每天跟着大伯出去打零工，也就是大喜子一个不能挣钱。他们没有停、靠、要、等，即使在阴雨连绵的天气里，也没能躺在床上悠闲地听屋檐滴滴嗒嗒的雨吟。他们一直在生活的大网里，鱼样扑腾着！

唉，若不改变思维，一家几口人，光靠汗珠子掉地摔八瓣；舍不得吃，舍不得穿，一块钱一块钱地挣，一块钱一块钱地攒，累死也改善不了生活。

大伯王学奎家近几年生活没多大起色，身为本社区扶贫专干，工作没做到位呀！

年近四十的龙晓敏郁闷之极。夏夜，凉风习习，四周虫儿们也噤了声，沉沉地睡去，心事似虫，噬咬着她的心。

## 二

凌晨四点多钟时，史河沿岸，庄户人家一只鸡叫了起来，叫声发颤像是被空气拧弯了。接着，村子里其他公鸡也跟着引吭高歌。

农村有句谚语，春雾雨，夏雾热，秋雾寒风，冬雾雪。农民们喜欢根据雾气来安排一天的活计。

彭泽芳站在茅屋廊檐下，深深地打了一个哈欠，又大大地伸了个懒腰。她抬眼望向史河，见河岸边垂柳四周，烟雾朦朦。她在晨雾里回想着昨晚那个梦，那是个衣食无忧的梦。期盼那个梦会像果树那样，长出果实来。

唉，今个又是大热天呀！

热天，忙了一大天。7 点多钟，吃过晚饭，洗漱之后，彭泽芳在地锅里烧了一大锅热水，供一家四口洗澡用。周围邻居家早早地住上楼房，用上了太阳能或热水器，做饭用煤气灶。他们家一日三餐，仍然用土灶炒菜、烧饭、烧水洗澡。好在大家不烧地锅，棍棍棒棒的柴火到处都是。

彭泽芳端来一大盆热水，把温度适中的热水倒进大木盆里，给痴儿洗澡。

每天，她在庄稼地里或者菜园里劳累之后，回到家，用干净的毛巾，再在毛巾上涂上厚厚一层的舒肤佳为大儿洗澡。可他身上总有股浓浓的熏人且令人作呕的臊味，任凭咋擦洗，都洗不净。把大喜子安顿上床后，她坐在竹竿挂着的明晃晃的灯下，左手一伸一缩地拿珠子，右手执针引线把珠子穿成汽车垫子。彭泽芳她们这帮老年妇女，从送珠子人那里领来珠子和细尼龙线，把无数个珠子穿成长方形或圆形汽车坐垫。十天或半月后，放珠子的人来收坐垫时按质论价。因穿珠子时老是保持一种低头状态，颈椎病、肩周炎也深情地与彭泽芳结伴同行了。

晴天，彭泽芳在离家较远的庄稼地里或菜园里地干活，她以庄稼地里活为主，不能及时赶回家拉大喜子到厕所里解决屎尿，索性就随他拉在裤裆里。中午或者晚上到家，一步入篱笆小院，迎接她的，往往是扑鼻的恶臭。彭泽芳第一件事，就是端盆热水，帮傻儿子擦洗身子，换上干净的衣服。做完这一切，她才走进锅屋，添些柴火在锅洞里，烧饭，再炒菜。

往往，她从地里回来，刚清洗好大喜子身上的卫生，正待做饭时，王学奎带着小儿子王本东外出打零工回到家。一到家，王学奎一屁股坐在板凳上开始一根烟接着一根烟地吸。他静脉贲张，小腿上就像盘着一条小蛇。

每逢此时，彭泽芳在锅屋里做饭、炒菜，嘴像上了弦的弓箭，大有不发不罢休的架势，诉说着王学奎的不是：懒得屁眼爬蛆，我给傻儿洗澡，再晚，家里都是瓢不动，锅不响，你也不伸手帮把忙。家里油瓶倒了都不扶。整天这样，也不嫌丑得慌！

茅屋上的烟囱冒着淡淡的烟火气，在满眼钢筋水泥的世界里，孤独地飘来荡去，静静地听着女主人发着对男主人不满的牢骚。慢慢地，炊烟隐藏在白杨树丛里。

劳累的生活，痴呆的大儿，像刀子一样尖锐地扎进彭泽芳的心里。小儿子王本东早已到谈婚论嫁的年龄，环顾低矮的茅屋，哪个女孩子愿进这个东倒西歪且勉强吃饱肚皮的家门，过清苦日子呢？

# 三

暑天。礼拜天早起的太阳似喝了点酒，脸颊酡红，从东边楼群里探出头来，笑眯眯地注视着史河沿岸已开始一天劳作的众生们。

扶贫专干龙晓敏五点钟不到，就到自家菜园地里锄草。一墒菜地锄到头，她的思绪仍在大伯王学奎家屋里屋外徘徊着。

她扛着锄头回到自家，她的家是二十年前盖的三间平房。刚盖房子时，手里钱不多，盖不起楼房；等手里有点闲钱，想在平房上接层楼房时，这里成了政府规划区，不准随意接、盖房子。

龙晓敏的家虽不豪华，但也充满着幸福和温馨。一进四合院门，月季热情似火地笑着，栀子花清丽可人，透着芬芳，含情脉脉地注视着步入这个小院的人。龙晓敏做好早饭，叫起读初三的女儿和小学三年级的儿子吃饭。她自己泡杯茶。轻抿一口杯中的茶水，扶贫路上经历的点点滴滴，在眼前淡淡的茶香里氤氲开来。

大伯王学奎家仍住在二十世纪七十年代的茅屋草房里。大伯家的茅屋又在大路口，走在 312 国道上，不经意就能看见他家几间老态龙钟的茅草屋。每次，上级领导到本社区考察民生工程，路过此地时，总有人不咸不淡地指着大伯家的茅草屋问：哎，现在都啥年代了，还有人住在这种老古董房子里！

每逢此时，同行的社区领导不约而同地望了望龙晓敏。龙晓敏感觉被人猛抽了几个耳光，脑海里立刻涌现出，村两委会一再强调对困难群众多关心、要找出穷根、尽快致富脱贫的会议现场。

多少个夜晚，史河沿岸的乡村，被群狗的叫声撕破，月光也跟着碎破。宁静逃跑了，散漫的思绪被拽回来了。大伯王学奎家几间茅屋也在龙晓敏思绪里打着转，转得她一阵阵头昏眼花。

上午，十来点钟的太阳像个大火炉，焦巴巴地烤着大地，也似刀子般割着龙晓敏光洁的皮肤。她再一次来到大伯王学奎家的茅屋门口，浓烈的生活垃圾气息扑鼻而来。大妈彭泽芳坐在篱笆栅栏门边，正低着头专注地穿着珠垫子。大喜子斜着肩膀站在廊檐下，一对打枪眼瞄着刚进门口的龙晓敏。正穿汽车珠垫子的大妈猛抬头，见龙晓敏正认真地看着她面前的珠垫子，大妈咧着她的豁牙嘴，哈哈笑着，忙站起来，让座。

俺大妈，在忙呀？

哎呀，天天这样穷忙哩！彭泽芳一边端板凳让座，一边回答着侄媳妇龙晓敏的问话。

大妈，俺大伯又和小弟王本东出门打零工去了？

对呀！他父子俩出去找点零活做，挣点油盐钱。

俺大妈呀，小弟王本东年纪也不小了，有合适的女孩子也该帮他介绍下。大妈，你们一家四口人，都挤在这三间茅屋里，你们家的房子属危房。大伯你们想没想过，另拨宅子盖几间平房，留作王本东弟结婚住呀？

哎呀喂，俺亲侄媳妇呀，这几天，你大伯俺俩正在寻思着，另拨宅子盖房的事。算来算去，就是盖三间平房也得十几万哩！彭泽芳咧着她乌黑的仅剩几颗牙齿的嘴，眯着双眼，满脸枯菊颓败般望着龙晓敏。

大妈，贫困户盖房子，政府多少有点补贴。等下，我写个申请报告，村委两会上，递交上去。能争取点补贴，尽量争取一点。你家是老贫困户，村两委都知道。

好，俺侄媳妇，又费你心了！

大妈，你忙吧。等晚上俺大伯回来家，我再来你们家，商议盖几间新房子的事。

彭泽芳又坐到原来的地方，手执细针，不紧不慢地穿起珠子。右手白尼龙细线穿过珠子中间的小孔，她的心思仍在侄媳妇龙晓敏身上。——乖乖，这些年，逢年过节，侄媳妇代表村里，给俺家送米送油送慰问金。冬天，还送棉被。惹得左邻右舍害起了红眼病，他们酸酸地说，家里有人当官就是好，真能捞到不少好处！

你们看，你们瞧，你们家早住楼房了，俺家还住在茅草屋里。要不，俺两家换换住。村里也能给你们一些贫困救济东西。

彭泽芳的话，说得那些红眼病者哑口无言。

晚上，圆月高挂。龙晓敏吃罢晚饭拿着手电筒，来到大伯王学奎家。大伯一家正在院子里，边乘凉边吃晚饭。

他们把龙晓敏迎进院子里，端来板凳，放在"呼呼"摇头晃脑的电风扇下，开始了他们再拨宅基地盖三间平房的话题。

# 四

火热的夏天已透支了它的热量，秋天袅袅婷婷地扭着杨贵妃似的丰腴腰肢，含笑而来。秋季正午的阳光，像彭泽芳手中穿珠垫子的细绳，一节节地缩短了。

　　王学奎家三间平房开始动工了。他家邻居包工，房料王学奎自采。王学奎、彭泽芳、王本东三人做小工，拎灰桶。天遂人愿，秋天雨水少，王家从开工之日，很少歇工。

　　中秋节刚过，王学奎家三间平房完工了。这期间，彭泽芳的牙齿又有两颗脱岗了。

　　2015 年年末，王学奎家一阵"噼噼、啪啪"的鞭炮之后，搬进了新居。

　　再瞧，几间茅草房太老旧了，躬腰驼背的，看上去像年代久远的古刹旧寺。门窗也老化的厉害，到处张着豁牙嘴。龙晓敏建议王学奎把它拆掉，老夫妻俩不愿拆。

　　龙晓敏心里那根松弛的弦又被拨紧了一下。为这几间茅屋拆与留的事，龙晓敏与他大伯王学奎之间有点小分歧。——她知道大伯脾气犟，不能硬来。

　　龙晓敏心想：大伯舍不得拆这几间茅屋，想留着它关牲畜。好，暂时不提拆茅屋的事，慢慢来。迟早会让老人家把几间疤痕样茅屋拆掉。

　　2019 年农历腊月二十八，龙晓敏一家四口，到重庆过春节。回到了她阔别五年的娘家。

　　五年没见，年迈父母的脸上又多了些皱纹。站在父母跟前，愧疚像微风穿过密林，滑过水面。她感到自己是天下最不孝顺的女儿，想到此，不禁泪眼朦朦。好在父母深深理解女儿的不易，从小到大，父母知道女儿不干事便罢，一干，非得把它干好，决不做半途而废的逃兵。

　　龙晓敏在父母家刚吃过年夜饭，接到皖西家乡社区通知，——2019 年岁末新型冠状肺炎在国内蔓延，各地要做好封城、封村准备。

　　龙晓敏一家四口，大年初一大早，依依不舍地告别父母，离开重庆，踏上回安徽的征程。

　　饱尝十几个小时的劳累奔波。一到家，龙晓敏在龙头边洗去千里迢迢的疲惫，戴着口罩来到大伯王学奎家里。

　　大伯大妈春节好！龙晓敏推开大伯家掩着的堂屋门说。

　　无焰无烟的炭火透着浓浓的暖意，驱散了她身上的寒气。因为戴着口罩，她声音闷闷的，像是隔着一层湿土。

　　王学奎一家在明亮光洁的新屋里围着一盆炭火，边咔嚓咔嚓咬着咀着零食，边看电视。

　　大喜子一身新衣坐在木炭盆边瞄着电视机看热闹，身上透着清新的沐浴露芬芳。堂屋中间是一盆炭火，看不见烟火却感到浓浓的温暖。往年春节，大伯家舍不得烤炭火，天寒地冻时，顶多在破旧漏水废弃的脸盆里，撅些柴火，燃着，一家人围着破脸盆烤火取暖。

龙晓敏的到来，他们既感到突然，又深为感动。他们知道龙晓敏一家四口去重庆过春节，没想到他们回来的这么快。大伯、大妈赶忙从火盆边起身，挪椅子、抹桌子、倒茶、端果盘。龙晓敏随手抓了几粒果盘里的开心果，掰开果壳，细品果仁，他们开心地聊着过去一年的收获和即将到来的新一年打算。

2020 年，是决战脱贫攻坚收官之年，也是全面建成小康社会的决胜之年。

疫情一过，庄户人家已恢复到正常生产和生活中。王学奎和彭泽芳夫妇经龙晓敏介绍，去邻居家的卷皮厂晒皮子。

起初，卷皮厂老板不同意，怕他们夫妇俩身体不好，耽误事。

龙晓敏笑着说，你别嫌人家做活爱耽误了，你们在露天地晒皮子，只能晴天出工，天阴没太阳，就得停工。那些家里有劳动力的，都愿去模板厂上班。模板厂，属室内作业，天阴天晴都能出工。

卷皮厂老板眨巴眨巴一对豹突眼，挠了挠板寸头，自言自语道，王学奎人不错，实在，他老婆彭泽芳个头虽小，人也干巴，做活也行。救人难处，多得福报！龙委员，王学奎家的忙俺帮定了！

王学奎夫妇俩在卷皮厂打工，时间可以自己支配，最主要的是，离家近，夫妇俩一人能抽空回家帮大儿喜子解决大小便问题。夫妇俩晴天，天天有活干，收入稳定；下雨时，他们也能歇歇，或者，在自家菜园地里拔拔草。

彭泽芳坐在宽敞的平房里，做做针线活。她因穿珠垫子落下的颈椎病、肩周炎也得到了缓解；王学奎的身体也有所好转。他的眼睛整天眯缝着，成了一条线。细看，从这条线里，透着浓浓的笑意。

彭泽芳密密匝匝的皱纹脸，常常笑得拥挤不堪。笑容里常飘着一句话：一个人，吃了木耳，千万不能忘记树蔸！

安顿好王学奎夫妇后，龙晓敏来到工业区，找到一位朋友的门厂，跟朋友一再沟通，把王学奎家的困难情况，与朋友如实说。得到朋友的同情后，朋友同意王本东在他的门厂里做杂活。这样，王本东的就业问题也解决了。

大伯王学奎一家三人每天有秩序地忙碌着，且收入稳定。龙晓敏的脸上时时绽放着开心的笑容，这笑容如初生婴儿般干净，也如老大妈菜园地里种的青菜——纯朴。她准备在下一次村两委扶贫调研会上，自豪地宣布，她的扶贫硬骨头已咀嚼、消化了。

喜鹊在王学奎家泛着深深绿意的白杨树树头喳喳地叫着，跳着。彭泽芳手搭凉棚，眯起双眸，咧着只有三颗牙齿的瘪嘴，无言地笑了。

昨晚，吃罢晚饭，龙晓敏得到通知，明天在本社区村部召开拆迁户动员会。

会上，区主要领导说，叶集老城区大部分房屋建于二十世纪八九十年代，由于住户较多、房屋老旧、基础设施配套不足、城区河道淤塞等问题，造成人居环境较差，群众意见较大。近日，叶集区从城区黑臭水体问题和老城区改造入手，找准堵点痛点，下大力气开展人居环境整治，着力解决群众的揪心事。会议还传达了《2019 年叶集重点项目（工程）计划拆迁 4700 余户，60 个建设项目，推进叶集跨越式发展》内容。

这次拆迁范围，包括王学奎等四十多户村民。好，这次，大伯家的几间茅屋要拆迁了！龙晓敏眼睛睁得很大，一丝火星在眼眸里闪烁。

天空出奇的蓝，一丛丛云翻卷着，很白，像水刚洗过；很柔，像从羊身上刚剪下来的；史河水的纹理带着情趣，被和风一吹，远远近近，荡漾着涟漪，将一些春天的小花小草拽着，糅合到一起，那是春天的景象。

龙晓敏骑着电瓶车，走在去村部的路上。春风迎面吹来，风是亲的，也是甜的！

2020 年年底，定是大丰收之年！相信，史河岸的景致，在脱贫攻坚决战决胜大潮影响下，会像小姑娘一样，扭着蛮腰，笑着跳着，一路向前。

# 教育扶贫当仁不让

张成民

在叶集，在皖豫交界地带，无人不知也无人不晓田保家这个名字，他已成一位传奇人物。什么"田保家电器""田保家商场""田保家学校""田保家地产"等等，这些都是他创办的产业。其实，创办学校的冠名是皖西当代学校，但人们还是习惯称之为田保家学校，"田保家"的名字似乎成了一个响亮的品牌。他从修钟表站街头开始，发展到现在拥有多个产业、资产达到好几个亿的本土企业家，这里不乏有很多传奇故事，有许许多多动人场面，我无法用更多、更美的语言来赞誉他，更无法知道他一步步走到今天所经历的全部艰辛，凭着与他的多次接触，略知他创业的一些情况，以及企业家的社会担当，发自内心对他十分敬佩。

## 历经磨炼壮志酬

时间推回到 1979 年，也就是全国恢复高考的第三年，田保家毕业于叶集中学，按当时他勤奋程度和平时的学科成绩，老师、同学们都认为考上大学是十拿九稳的事，他自己也信心满满，但终究与大学无缘，他以总分低两分的成绩与大学失之交臂。第二年又复读了一年，还是未能如愿以偿，无奈当时家里贫困，兄弟多人，父母无力再支撑他去圆大学梦。田保家的心情糟透了，他那不甘失败的心理与体谅家境困难的心理、酷爱上学的心理交织在一起，多少天来挥之不去。

在经历一段时间苦闷折磨之后，他精神振作起来，他想人生的道路有多条，只要走正、走稳一样不负韶华，于是他选择自谋职业这条路。当时正值国家改革开放的前期，一些经济能人已开始跃跃欲试，这对他产生了一定的影响，父母得知他的想法后也支持他学点手艺。他外出拜了修钟表的师傅，学了一手精湛的修表技术。

二十世纪八十年代在叶集的十字街上，几乎天天都能看到一个瘦瘦的、个子高高的小伙子，整天扒在一张破旧的条桌上专心致志地修理着钟表，面前摆着一个酒精灯罩、一个红色吹尘的橡皮鼓囊、一套精致的捏夹和碢子，桌上"田保家钟表修理"字样的玻璃橱里面整齐摆放着已修好的手表，等待着顾客来取，表带上夹着小字条，记下顾客的名字和预约的时间。

田保家修表有一个特点：价钱讲在前，不让顾客跑第二趟，讲什么时间来取一点不耽误，若是身上没装钱表可先拿走，只到多年后不修钟表了还有一些人欠着他的维修费呢。别人修表没活干，而他天天接的活忙不完，渐渐地修表有了名气。一些贫困家庭的小青年下学后，家长便带着孩子前来拜田师傅，几年下来共带了十几个徒弟。这些徒弟们手艺学成后，有的以后成了他的帮手，有的单独经营，个个干得风生水起。

田保家始终有着一股韧劲，再艰苦的环境他都能咬牙坚持，夏天任凭烈日暴晒、蚊虫叮咬，冬天任凭寒风刺骨、雪花飘落，每天都在露天地里工作十小时以上，晚上还要加班干活。特别是遇到天气突变，遮棚伞只能顾着桌面，衣服淋湿了，没有衣服换干脆就穿着，湿了干，干了又湿，他毫不在乎，整天乐呵呵的。

顾客的满意是他最大的欣慰，诚实守信是他不断的追求。在这个行当里，他一干就是六个年头。这六年里，他练就了吃苦，懂得了做人，也积攒了一些人脉关系，为以后发展奠定了坚实基础，同时收获了宝贵的人生经验。

## 诚信守德强产业

1992 年小平同志南巡讲话之后，我国进入全面改革开放时期，一大批市场经济"弄潮儿"在搏击着浪潮，田保家也初试牛刀，由修理钟表转型成专卖钟表。他用自己的一点积蓄，租了两间门面房，又摸清了一些进货渠道，半年下来他感到销售的利润远比搞修理的收入来得多、来得快。加上本身对钟表行业情况熟、懂技术，所以经营起来得心应手。他以前所带的徒弟派上了用处，售出去钟表实行"三包"，维修费全免，售后服务成了他的一大亮点，一下子生意红火起来。两年之后在民强中路买了一间两层小楼，从此有了自己的经营场地。

场子虽小，安排得井井有条，楼上住家，后面做成仓库，门面房摆上商品，经营范围扩大到小家电，人们开始称呼他"田老板"，这是当时对搞实体经济人的尊称，听起来很时髦。当时电风扇成了田老板的主营商品，无论是街上还是农村，只要通电必装电风扇，田老板卖出的风扇占据叶集和周边一大半市场。

深圳有一家公司与田老板有业务关系，一次田老板从该公司进了 20 多万元的货。刚开始卖，突遇九一年那场多年不遇的大水，仓库来不及转运，商品全泡在水里，一下损失了几十万，这对田保家来说等于是灭顶之灾。对方不停地催要货款，公司也知道田老板受了大灾，毕竟不是小数目呀，若要不回来公司损失也大。隔了几个月时间，田老板和妻子带着 20 多万现金，突然来到这家公司还款，公司负责人十分惊讶，感激得流出了泪水。公司认为这笔货款注定要泡汤了，哪知分文未少，如数结清。也就是这一次，田保家通过这家公司老总的搭桥，认识了当时已小有名气的女企业家董明珠，后来田保家钟表经营小卖部转型升级为"田保家电器公司"，经营范围扩大到彩电、空调、冰箱、洗衣机、手机等诸多产品，与多个厂家、商家建立了密切合作关系。特别是格力公司全方位支持他，田保家成了叶集周边格力品牌的总代理。当时叶集流传着这样一句话："叶集田保家，大小老板相信他，有钱没钱货照拉"；多家银行与他有存贷关系，并授予他 AA 级信誉等级。田保家经常说："做生意就是做信誉，做信誉就是做人。"

毛坦厂中学与皖西当代中学成功联办，对方看准的也是田保家的为人。事情还得从十年前说起。六安市举行成功人士巡回报告会，田保家与毛中时任校长同住一个房间，两人开始了第一次接触。

当时田保家创办的皖西当代学校，正值办学初期，无论是生源规模、师资力量还是管理水平都存在很大差距，而毛坦厂中学名气胜过很多省级示范高中。田保家心想：如果能与毛中联办那该多好啊？他试探性地说出自己的想法，毛中校长并没有当面答应他，通过几天的接触和交谈，田保家的创业精神和创业经历已在他的脑海里留下了深深烙印。毛中校长也是一位敢闯、敢试、敢干的人，毛中能取得今天如此辉煌的成绩，校长更是功不可没。报告会结束不久，该校校长悄无声息地一人来叶集考察，他向熟人打听、向老百姓打听，向教育主管部门打听，所问到的人都是对田保家赞不绝口。他前后暗访考察三次，最终决定与皖西当代中学联合办学，成立毛坦厂金安中学分校。

说干就干，毛中一期注资皖西当代中学就有好几千万，陆续从校本部优选部分教师进住分校，又将常务副校长调到叶集任分校的校长。毛中先进的管理理念，加上皖西当代中学打下的良好基础，毛中分校迎来了良好的发展机遇，步入发展的快车道。三年时间，在校师生就达 6000 多人（现在达 1.4 万人），生源覆盖固始、商城、金寨、六安、合肥等地，皖西当代中学成功地走出一条与名校联合办学的路子。这种做法得到上级主管部门的认可和支持，并在一些地方进行推广。

## 富不忘本有担当

田保家一贯制的诚信和与生俱来的爱心赢得了社会广泛赞誉。自己没能上大学，这是他多年的心结，他要帮助更多的孩子去圆上大学的梦。

他每年都要拿出一些资金，买学习用品和雨伞亲自送到各个学校，每年都要资助一些贫困家庭的孩子上大学，还为几所学校送电脑和电视机。办学这几年间，学校共减免贫困家庭孩子的学杂费和住宿费高达 2300 万元。他深知：知识能够改变人的命运，没有知识和文化终究不会走远，扶贫离不开扶智，尤其是贫困家庭的孩子，一旦失去上学机会，除了终生遗憾就是难以寻求摆脱贫困的捷径，这个方面他是深有体会的。

他办学的初衷就是让更多的孩子步入大学学堂，学习更多的知识和本领将来回报社会。他为办学操尽了心血，满头的头发落光了，正如他自己所说的：若是不办学，凭他现在的资产几辈子也用不完，办学目的是创造更好的学习环境，让更多的孩子有学上，让更多的家庭免受陪读之苦和减少家庭一系列负担。很多家庭正是因为孩子在外地上学，陪读几年家长不能工作，导致家庭贫困，成了新生贫困户。富了不能忘本，他要勇担社会责任，实现人生价值。

现如今，田保家创办了皖西当代中学、皖西当代小学、皖西当代职业中专学校，应蚌埠市固镇县的招商，他又斥资 2000 多万元，创办固镇实验中学（现在在校师生达 5000 人）。他的中专学校与格力集团实现校企对接，为格力培训大量专业人才，每年都有上百人进入格力上班就业，有的已升到集团管理层，并在合肥买了房子安了家。

有一贫困户的子女名叫支道丽，父亲得了脑干瘤，几年花光了家里所有积蓄，还欠了不少外账，成了当地有名的贫困户。这时，支道丽在皖西当代中专学校还没有毕业，田总得知后一次性送去 4000 元慰问金，同时免去当年的所有费用，作为特例直接与格力公司对接，等于给她提前半年就业。

穷人的孩子早当家，父亲病逝后，家庭重担全压在支道丽身上，她拼命工作，月薪拿到 6000 多元，一方面去还外面欠账，一方面资助弟弟上完高中。弟弟高中毕业后，学校直接给他安排到车间，让他在公司边学边干。这时支道丽已升到公司管理层，姐弟俩一起挣钱，不仅还清了外债，而且实现了家庭脱贫。

田保家全部的爱倾注在学生身上，无论是教室还是寝室全部安装空调，食堂供餐他经常检查、经常陪餐，不断变换食材花样，增加学生营养。困难家庭孩子凭扶贫手册，每个学期的学费、住宿费全免，学习成绩好的孩子还可以经常拿到奖学金。

在教学楼墙壁上有这样一段校训：爱心当代、精心育才、专心敬业、核心尚德。田保家把所有的心思用在教育事业上，每天休息五六个小时，他要开会，他要与老师交谈，他要思考学校未来的发展，等等。学校保安们说，从未见过田总夜里十二点以前离开学校。田保家在师生大会上不止一次地说："我把所有家当都投到办学了，现在还欠着贷款，但是我无怨无悔，更不用担心，只要老师把书教好，同学们把书读好，这就是我最大的精神支柱，也是我最具价值的'保单'。"功夫不负有心人，真诚打动受教人，从2016年开始，每年高考本科达线率都在百分之八十以上，创办的这所学校回报了社会，也回报了田总的大爱。

## 留住人才人气旺

田保家非常清楚，要想把学校办好、办到底，优质师源是关键。学校每年都要招聘一批大学生，为了留住人才，除了高薪聘请外，重要的是解决教师住房问题。在当地政府的支持下，他在学校东边竞拍了一块地做起房地产，一方面建设教师单身宿舍楼和学生公寓楼，另一方面开发商品房对内和对外出售，对内一律实行成本价，让更多老教师能够拥有自己的一套房子。老师们住房问题解决了，个个安居乐业，人人解除了后顾之忧。

现如今，这个上万人规模的学校带动了当地的经济消费，附近几条大街生意兴隆。每逢大双休，前来接学生的车辆占据观山路所有车位，数十名交警忙着维护秩序，服装店、餐饮业、大小超市生意十分红火。

当地政府优先发展教育在全区上下形成共识，区委、区政府又引进安徽师范大学附中与叶集中学联办，投资数亿元改善城乡办学条件。几所名校大大提升了叶集的知名度，为城市发展聚集了人气。

近年来，皖西当代中学考上的大学生相继毕业，师范类的学生愿意回到本校任教的，学校一律优先接纳。田保家给学校这样规定：本校出来的学生参加应聘时只需面试就行了，特殊情况下可以特殊对待。有位女生大学毕业后回到学校任教，一年后辞职准备考编制教师，连考两次没能如愿，她不好意思地回来看看母校是否原谅她。这名女生家庭特殊，父母离异又是当地贫困户，校领导把情况反映到田总面前。田总表示很理解："孩子还年轻，考虑问题不够全面，她家庭又困难，不知什么时候能考得上，失去工作就等于失去收入，家庭就难以脱贫，我看这个问题还是特殊对待吧。"这名女孩后来在学校谈了对象结了婚，夫妻双双扎根学校，工作干得十分出色。

## 带动脱贫献大爱

当叶集区脱贫攻坚工作正处于如火如荼时期，田保家思考着怎样更好地参与社会扶贫，只要有乡村干部找到他，他都义不容辞地帮助解决。

从他那密密麻麻记录流水账里可以算出，几年来投入到各地方帮扶资金就高达数百万元，仅以2017年为例：向平岗办事处富岗村捐款5万元，捐赠4台空调；向三元镇王店村产业扶贫项目建设帮扶18.5万元；为洪集镇胡义龙同学送去治疗白血病款14万元；拿出16万元帮助三元镇王店村发展扶贫产业，同时又拿出4万元慰问该村贫困户；5月份购买平岗扶贫桃500箱，分发给学校老师；向区内8个贫困村爱心超市捐款8万元；为姚李镇合兴村捐赠12万元现金用于该村基础设施建设和脱贫攻坚工作；向三元镇祖师庙村开展"送温暖"活动，捐赠资金12万元用于支持该村村级公益事业，帮助部分贫困户、五保户解决生活问题等；端午节之际，又赴该村慰问贫困户，送去大米156袋、食用油256瓶，并到祖师庙敬老院看望老人，送去2万元慰问金。

以往田保家只是拿钱、拿物帮助一些贫困村和贫困户，2018年一个偶然机会让他找到一条长效帮扶贫困村的路径。

平岗街道尧岭村是全区19个贫困村之一，2018年该村利用农业发展资金建起120多个蔬菜大棚。费了好大劲总算把棚建好了，可没有人愿意租种，隔了很长时间，棚里长满了蒿草，流转群众的地租无钱支付，乡村干部急得像热锅上的蚂蚁一样。田总得到消息后，带着学校分管后勤的副校长直奔尧岭村，没有人敢接盘他来接，说干就干，考察后的第三天就与村里签了租赁十年的合同。合同内容基本上都是以村里提的条件为准，包括地租、管理费、大棚租赁费、安排贫困家庭人口就业等。

田保家是这样考虑的，一方面学校有上万人生活，大小食堂就有七八个，每天都需要从外地购买大量蔬菜，另一方面贫困村出了这么大的难题，责任之重大，何不把两个方面结合起来呢？若是种好蔬菜基地，学校吃菜问题解决了，村里产业扶贫也带动起来了，岂不是一举两得的好事吗？

合同签订后，生产怎么搞，技术员从哪来，由谁来管理等等，一系列问题都需要解决，也是棘手问题。但是，田保家多年来养成敢想、敢拼、不畏困难的性格，只要他认准的事，没有难住他的，也没有他干不成的。大棚蔬菜生产技术是关键，于是他三请叶集湾种菜能手余启宝，让他全权负责种菜技术上的事，并在基地旁边专门租了一户农宅，供技术员在这里吃住。管理人员聘请该村刚退下来的老村支部书记，这个老书记忠厚老实、干事务实、群众基础较好。两个关键人员组成了黄金搭档，加上田总的大力支持，蔬菜产业基地很快就搞起来了。

一百多个大棚，精心布局，合理安排，种的有黄瓜、番茄、瓠子、冬瓜、辣椒、小白菜等，棚里安装喷灌和滴灌，高温干旱季节棚里的作物基本上没有受到影响，各类蔬菜长势喜人，产量很高，每个棚子产的黄瓜、番茄、冬瓜都在万斤以上，有的高达 2 万斤，亩均产值达 1.6 万元。学校专门买了两辆运送蔬菜的卡车，每天早上采摘的瓜果、蔬菜堆在路埂上，等着车子来拉，产业基地里到处都是忙碌的人群，在册贫困户中固定劳动力就有好几十人。大家干活特别起劲，都说在家门口务工真好，既能拿到钱，又能照顾到家，个个乐滋滋的。当年年终上级来该村考评时，30 户贫困户一举实现稳定脱贫的目标，同时给该村带来 50 万元的村集体经济收入。

蔬菜种成了，田保家又有一个设想：学校每天那么多学生吃剩下的米饭和馒头全作垃圾处理了，何不用来养鸡呢？他决定在尧岭村再建一个养鸡场。又是说干就干，他在蔬菜基地附近租了 100 多亩荒山，四周围起栅栏，一次性散养上万只土鸡，剩饭拌料喂鸡，鸡粪积起来上大棚，形成养种结合的生态模式。养鸡场又一次带动 6 户贫困家庭就业。村支两委看到了什么是真正意义的产业扶贫，他们信心满满，全力支持，帮助田总流转土地，支持田总修路、挖塘、挖渠。在干群心目中，他就是扶贫产业上的领头人。

在田总扶贫产业基地带动下，现如今的尧岭村今非昔比，2000 多亩连片桃林，500 多亩稻虾种养基地，200 多亩蔬菜大棚，30 多家规模养殖，扶贫产业的发展红火起来。在区乡的重视支持下，该村基础设施建设得到加强，新修了几条水泥路，户户安装了自来水，建了村级活动场所和村民文化活动广场，贫困村一举摘了帽，成了远近闻名的美丽乡村。

田保家始终不忘提升自己的能力和水平，他善于学习和思考，不断从成功人士身上汲取经验，这些人潜移默化地影响着他，不畏艰险、永不言败、开拓创新、豁达大度，在他身上都得到充分体现。党和人民给了他很多荣誉，叶集人民推荐他当选全省劳动模范和六安市人大代表，省委、市委、区委多次授予他"优秀共产党员"光荣称号。

荣誉和光环激励着他，信任和期待环绕着他。作为一名教育家，他爱职业、爱学校、爱老师、爱学生，一个"爱"字令他当之无愧；作为一名企业家，讲诚信、走正道、干正事是他固有的本性，照章纳税，光明磊落，健康成长；作为一名慈善家，乐善好施，勇担社会责任，不图回报、不图虚名、不计得失是他不变的承诺。

# 雪中送炭　冬里暖阳

李成林

　　叶集区孙岗乡双塘新村的扶贫室里，挂着几面由贫困户送给该村扶贫队长黄荣军的锦旗，其中一面锦旗上写着："雪中送炭，冬里暖阳"。贫困户何以给这个扶贫队长说出心里话呢？

　　寻着黄荣军队长在双塘新村走过的足迹，一位心系贫困户、一心为群众的帮扶干部形象逐渐明晰起来，那些平凡而又平常的工作，让黄荣军做得饱含真情。

## 一

　　黄荣军，早已过了不惑之年。二十几年都在工商行政管理岗位上工作，2017年5月，当组织部门要他去一个离家十余公里的双塘新村担任扶贫队长的时候，他心里很不是滋味，认为是个别领导对他有偏见，把他"发配"到一个边远的贫困村里工作，内心充满了抵触情绪。再说，他生在集镇，工作在机关，根本不熟悉农村工作，更不知道该怎样去扶贫。

　　"欢迎黄主任来我们双塘新村担任扶贫队长！"噼里啪啦的掌声让黄荣军一下子涨红了脸。看着村干部诚恳真挚的眼神，黄荣军心中的怨恨稍稍有了些缓解。

　　"谢谢大家，我一定好好工作。让我们同舟共济，把双塘新村的扶贫工作搞好，让贫困户尽快脱贫，不辜负组织对我的期望。"黄荣军说出这些话时，心里根本没有底气。

　　报到后的黄荣军，第一件事，就是跟扶贫专干魏海霞要了一本《六安市叶集区脱贫攻坚政策知识口袋读本》，他首先要学习脱贫攻坚的各项政策，因为他知道，将来要面对贫困户，要全身心地投入到脱贫攻坚工作中去，掌握政策，熟悉业务是刻不容缓的事情。

　　"叶乃成，身体好些了吗？我是村里的扶贫队长，今天特地来看望您。"黄荣军老远就跟坐在凳子上的叶乃成打招呼，好像是早已熟悉的老朋友。

"还好，还好。还劳您来看望我，真是不敢当啊！"叶乃成跟跟跄跄地站起来，右手伸出去跟黄队长握手，左手擦去眼角的泪水。

叶乃成虽然只有四十多岁，可身患直肠癌的他，已经被病痛折磨得不成样子。乱蓬蓬的头发，数日没有修剪的胡须，看上去像一个七八十岁的老人。

"你出来一下，家里来人了，快给领导们倒水喝。"

叶乃成的话音刚落，一个病恹恹的妇女从屋里走了出来。随行的村干部介绍说："这是叶乃成的家属，刚做过乳腺切除手术，也是一个大病患者。"

看着这对夫妇的境况，黄荣军强装的笑脸再也"笑"不出来了。

"听说你们的儿子成绩不错，这是你一家人的希望呢！"黄队长打破了这尴尬的场面。

"是啊。可孩子已经连生活费都没有了，眼看着就要失学了。"叶乃成叹了一口气。

"来之前，村里已经跟我介绍了你家的情况，你们不要着急，办法肯定会有的。告诉孩子安心读书，有困难，我们大家共同想办法。"黄队长安慰着叶乃成夫妇。

"听说你的手术很成功，你们俩都要按医嘱治疗，及时检查了解病情。要相信现在的医学，更要相信党和政府。看病有健康扶贫政策，你不用担心，一切困难都会过去的。谢谢！"黄队长接过叶乃成家属递过的茶水，感觉茶杯发黏，他低头一看，盛水的杯子仿佛一年没洗的样子。不过，他还是勉强地喝了一口。

"孩子上学的困难，我们大家想办法，不是还有教育扶贫政策嘛！你们自己也要注意卫生。要做到室内外干净整洁，家具物品摆放有序。俗话说'人穷志不短'，我们要从改变我们的生活环境开始。环境改变了，人的精神面貌也会有变化的。"

听了黄队长的话，叶乃成夫妇连连点头，他家属不好意思地低下了头。

第一次遍访结束，黄队长心中的怨恨一扫而光。作为一个受党教育多年的共产党员，怎么能看着这些父老乡亲挣扎在贫困线上，为生活所困、为生计发愁呢？组织上把这么艰巨的任务交给我，是对我的信任，我有什么理由不倾心尽力把这项工作做好呢？

黄荣军队长把"要我扶贫"变成"我要扶贫"，思想观念的转变，他的心里敞亮了很多。他仔细认真地梳理着走访发现的问题：曹建贵常年多病，儿媳妇精神有问题；高正友房屋漏水，经济困难，不愿意维修；薛世中身患癌症，三个儿子都是哑巴……

## 二

不到一个月，黄荣军队长对全村 79 户贫困户进行了一次走访。随着走访的深入，接触贫困户的增加，黄队长的心情越来越沉重。白皙的脸庞也变成了紫铜色。按理说，活动量增加了，饭量也会增加，可他经常端起饭碗却难以下咽。是啊，这 79 户贫困户，家家有本难念的经。每家的情况虽然不同，但身体差、收入低、精神萎靡不振是大多数贫困户的共性。要激发他们的内生动力，达到稳定脱贫的目标，必须从根本上找出他们的问题，并针对不同的情况加以解决，才能让他们重拾生活信心。

黄荣军首先从叶乃成儿子读书困难的事情做起。他主动与叶集区总工会联系，为其申报了金秋助学，即金牌蓝领救助项目。当拿到 4000 元补助款时，叶乃成一家感动得泪流满面。叶乃成夫妇表示，一定要积极治疗，与病魔作斗争；一定要让孩子读完大学，拥有一个灿烂的明天！

下楼组高正友，已过古稀之年，老伴残疾，腰直不起来。黄荣军第一次去他家的时候，正值阴雨天，走进他家，看到屋里摆满了盆盆罐罐，雨水砸向那些容器里发出的各种声音，让黄荣军队长的心情变得非常沉重。他第二次来他家，带着住建局和乡里有关负责人，对他家里的情况进行了进一步了解，确认高正友符合危房改造条件，可以享受 8000 元补贴。可高正友不相信房屋修缮后能拿到钱，黄队长多次上门劝说也没有用。在征得有关部门同意后，黄队长自己找人，自己垫钱购买建筑材料，对高正友的房屋进行了维修，使高正友夫妇终于住上了不漏雨的房屋，真正做到住房有保障。

曹建贵，下庄组人。常年懒洋洋的，总说自己身体有病，这也不能做，那也不能做，精神不振，情绪低迷。黄荣军专门安排一个周末时间，带他到六安市第六人民医院，找到比较权威的医生，帮他进行检查。查心电图、拍 CT 片、做核磁共振，从早上七点到中午十二点，黄荣军没顾得上喝一口水，跑前跑后，拿东拿西，感动得医生都说："叔叔，你这儿子可真孝心啊！"曹建贵连忙解释："可不能这样说啊！他是我们的扶贫队长，你这样说，可不折了我的寿嘛！"黄队长却笑着说："我们这些扶贫干部，就和你们的家人一样啊！"

　　检查的结果，曹建贵各项身体指标正常，可能是因为抑郁和精神压力所致。听说自己没有什么病，曹建贵的脸上也露出了笑容。他笑呵呵地说："明天俺就去找点事情干，说不定俺的身体也会好起来呢！"

　　沈业红的儿子在桥店中学读书，而沈业红在叶集务工，孩子接送不顺路，给他们家增添了很多烦恼。黄荣军了解后，主动帮助他把孩子转到孙岗中学。沈业红上下班正好可以接送孩子，既节省时间，也减少了安全隐患……

## 三

　　脱贫攻坚，扶是手段，只有让贫困户从内心激发脱贫致富奔小康的志气，才能实现稳定脱贫的目的。

　　龙井组薛世中，今年67岁，患有直肠癌。三个儿子都是哑巴，三四十岁的年纪，却不能挣钱养活自己，全靠政府的低保金过日子。一家6口人住在三间平房里，房顶漏水，墙壁开裂，住房安全得不到保障。生活的环境差，人的精神状态更差。黄荣军配合乡村负责同志，多次上门做工作，使他们家终于住进了异地搬迁居民点，住上120平方米的新楼房。

　　干净整洁、宽敞明亮的住房，让薛世忠一家人的精神面貌焕然一新。特别是小区的配套设施齐全，有水泥路，有自来水，还有漂亮的花花草草，连不会说话的哑巴都笑得合不拢嘴。黄荣军抓住有利时机，动员三个哑巴务工挣钱，还主动帮他们联系建筑公司，兄弟三人每天早上一起出门上工，晚上一起下班回家，原本死气沉沉的家，也变得充满生气。特别是老大薛泽军13岁的儿子，回到家里就会带回来一阵阵欢声笑语，奶奶杨光会的脸上，也露出久违的笑容。现在，三个哑巴不但能挣到可观的工资，每个月务工补贴就有900元，年人均收入10000元左右，实现了稳定脱贫。

　　"黄队长，今个我要剃头，给我10块钱。"五十多岁的沈业成把手伸到了黄荣军面前。黄队长放下手中的水笔，笑眯眯地看着他，十秒钟后，沈业成低下了头，伸直的手臂慢慢地垂了下来。

　　"老沈，这个10块钱我可以再给你，但你觉得这样是不是有点难为情呢？"黄队长依然笑眯眯地说。

　　"我……我……"沈业成有点语无伦次。

　　"好了，你去理发吧。理完后喊我一声，我去你家坐坐。"黄队长递上了10

块钱。

沈业成，肢体有残疾，50多岁就已经是五保户了。他整天游手好闲，吃饱了玩，玩累了睡；有钱了，打牌喝酒，没钱了，逮到谁就跟谁要。一副死猪不怕开水烫的样子，村里的人，大多都躲着他。这不，知道新来的扶贫队长好说话，又来要钱了。

"我……我还没有吃早点，我吃完饭来喊你啊！"拿到钱的沈业成仿佛又换了一个人。

黄队长无奈地笑笑："好吧，你先吃饭。"

黄荣军了解到，沈业成虽然有点残疾，但他身强力壮，有些农活还是能干的。但他"等靠要"思想严重，力所能及的事情他也不干，建档立卡成为贫困户以后，他伸手要钱更加理直气壮了。黄队长决心改变他的现状，引导他靠自己的双手让生活过得更好。

已经入住搬迁房的沈业成家徒四壁，两个破凳子搭上十几根编排在一起的竹棍就是一张床。一个锈迹斑斑的煤炉子就是他家的灶台。黄队长坐在老沈的"床上"，柔软的竹棍一下子凹下去很多。黄队长只好又往"床头"——那个破凳子上挪了挪。

"老沈啊，你这哪里像家啊！这样的新房子，没有两件像样的家具哪行啊！"

"可我没钱买呢！"

"这样吧，今年有一个环境提升项目，只要你参加劳动，改善人居环境，就可以拿到一笔资金，活不重，钱不少，干完了，你的床帐枕席、桌椅板凳都齐了。"

沈业成睁大了眼睛："真的假的？"

"当然是真的！"黄队长毫不迟疑地回答。

老沈参加了环境提升工程的劳动，割草、扫地，干得有模有样。通过这个活动，黄队长还发现沈业成有一个特点，就是他喜欢吆五喝六，说说这个人，讲讲那个人，时时处处都在刷存在感。黄队长若有所思，露出让人不易察觉的笑容。

环境提升工程，让老沈获得了1500元的补助款。钱刚打进沈业成的存折，黄队长就来找沈业成了。

"老沈，把你的存折带上，我带你去买家具。"

"黄队长，我存折里的钱，早就被我取完了。"

"你不是参加了环境提升工程吗，那个钱下来了，够给你添置家具了。"

"有这么多吗？"沈业成不大相信。

"你拿上存折跟我上街。"黄队长不容置疑。

那天，黄队长带着沈业成买回了桌子、凳子、灶头和液化气。帮扶单位叶集区机关事务管理局的领导，为他送来床帐枕席，沈业成的新房子一下子变得温馨富足起来。

沈业成看着自己的屋子，不敢相信这就是他的家。兴奋得不知道手往哪里放："黄……黄队长，这……这……"

黄队长笑着对沈业成说："老沈，只要你好好干，你的家会越来越漂亮的！"

"嗯，黄队长，我听你的。"沈业成仿佛一下子找回了自信。

在黄荣军队长的主持下，村支两委决定，以公益性岗位的形式，让沈业成负责异地搬迁安置小区的环境卫生。在跟沈业成交待工作的时候，黄队长特意说："老沈啊，以后这个小区 45 户人家的卫生问题就归你管了。谁家的门口脏了，你要及时督促他清扫；每栋房屋的垃圾往哪个垃圾桶倒，也都由你安排。以后，你就跟我这个扶贫队长一样，月月都有工资领了。你也就不需要伸手跟别人要钱花了。你说这样好不好？"

沈业成连忙答应："好，好，我听你的。不过，你说的，小区里的住户可要都听我的哦！"

"行！"黄队长再次露出满意的笑容。

## 四

真心才能做好事，真情才能感动人。双塘新村是由过去的松棵村和双塘村合并而成。这里远离集镇，农民的收入来源主要靠人均不足三亩地的水田和旱地，抵御自然灾害的能力较低，大多数村民都不算富裕。贫困户脱贫也就是实现了"两不愁三保障"，要想让村民致富奔小康，都过上好日子，还有很长的路要走。

黄荣军队长起早睡晚，和村干部战斗在一起，和贫困户打成一片，积极配合乡村，建设光伏电站，壮大集体经济，并利用光伏电站的闲置场地，发展金银花栽培和石斛栽培项目，实现"农光互补"。仅此一项，就增加集体收入十几万元，还解决了 50 多户村民和贫困户的就业问题，使那些不能离家的村民，实现了家门口就业，增加了村民家庭的经济收入。

黄荣军上有年过古稀的父母，下有十几岁的孩子，妻子离异，父母生病没有人照顾，孩子上学没有人接送，家庭的困难不是外人能够想象得到。组织上考虑到他家里的实际情况，决定让他回机关上班，这样既可以照顾老人，也方便接送孩子。可双塘新村的贫困户得知此事后，联名向区委组织部递交了挽留信。组织部门征求他个人意见时，黄荣军说："既然大家这么相信我、挽留我，说明我在这里的工作是合格的，如果组织上将我继续留在这个岗位上，我一定不辜负组织和乡亲们的期望，带领他们实现稳定脱贫的愿望。"

黄荣军没有走，他和双塘新村的村支两委成员一起，齐心协力带领村民脱贫致富奔小康。现在，双塘新村的村容村貌有了极大改善，乡村大舞台建成使用，村里人也和城里人一样，跳起了广场舞；美丽乡村也即将验收，健身广场、景观塘、路灯亮化等配套设施建成使用，提升了村民们的生活品位和生活质量；村集体经济得到发展，2020 年集体经济收入将达到 30 万元左右；脱贫攻坚工作取得可喜成绩。2016 年脱贫 9 户，2017 年脱贫 24 户，2018 年顺利脱贫 39 户，2019 年实现整村贫困户稳定脱贫。

有人问黄荣军队长："你驻村扶贫最大的收获是什么?"他说："我觉得驻村扶贫的最大收获是村民们对我的信任，我用心工作，真情帮扶，与贫困户和广大村民建立了良好的互信，结下了深厚的友谊，在他们的心中我也成了双塘新村的一员。我相信，有双塘新村村支两委的支持，有群众的信任和参与，我们一定能如期稳定脱贫，实现全面小康目标。"

对扶贫工作倾注全部心血的黄荣军队长，得到全体贫困户的拥护和褒奖。春节前，贫困户自发组织起来，掏钱制作了三面锦旗，敲锣打鼓地送到双塘新村扶贫工作室。接过锦旗的黄荣军队长，含着满眼泪水，和贫困户一一拥抱……

# 后　记

2020 年是极不平凡的一年，我们取得了战疫、战洪、战贫的全面胜利。特别是脱贫攻坚的"歼灭战"，在六安市委、市政府的坚强领导下，让全市 442 个贫困村全部摘帽，70.96 万人口全部脱贫，13.84% 贫困发生率全部清零，这不得不说是一个非凡的创举。

为隆重纪念习总书记视察安徽六安五周年和全市脱贫攻坚的全面胜利，弘扬伟大的大别山精神，反映我市脱贫攻坚事业取得的历史成就，全方位多角度展示老区人民在脱贫攻坚决战决胜中的精神风貌和名垂青史的丰功伟绩，市扶贫开发局、市作家协会联合编写了这本《岭上开遍映山红——六安脱贫攻坚报告文学集》。

本书从动议到付梓成册，历时一年多，近百位作家参与，创作了百余篇报告文学，先由各县区把关，再经编委会初审终审，最后遴选出 60 篇优秀作品，约 40 万字结集成书。

在整个编写过程中，市扶贫开发局和市作协付出了大量辛劳，共开协调会 14次，研究解决创作过程中遇到的困难和问题。作家们不辞劳苦，不舍昼夜，不畏寒暑，不计报酬，跋山涉水，通过一线采访、多方座谈、查阅资料等形式，将全市脱贫攻坚中涌现出来的优秀人物、典型事迹打磨成健康的精神食粮，唱响主旋律，弘扬正能量，彰显出新时代我市作家的政治担当和历史责任。

在整个成书过程中，首先要感谢市委、市政府两位主要领导为该书拨冗作序，这是成书的动力；其次要感谢相关部门支持和协调，这是成书的基础；再次要感谢编委会同仁们共同努力，特别是汪锡文主编和市扶贫局王小庆副局长，以及徐缓、鲁甄两位编审的辛勤付出，这是成书的关键；更要感谢各位参与采访创作的作家，这是成书的保障，这里需要说明的是，有部分作家的作品因受篇幅等因素影响，编者只能综合考虑，忍痛割爱。

由于时间的仓促和编者水平有限，书中定有不少瑕疵，敬请读者批评指正。

编者